D.T.

Das Buch

Kommissar Harry Hole unterrichtet an der Polizeihochschule Oslo, seine Vorlesungen und Seminare sind überfüllt, denn seine Ermittlungserfolge waren spektakulär. Der Spezialist für Serienmorde hat die größten Kriminalfälle Norwegens gelöst und eine Verschwörung innerhalb der norwegischen Polizei aufgedeckt. Obwohl er inzwischen ein ganz anderes Leben führt, kann er sich dem Sog des Vampiristen-Falls nicht entziehen, der in Oslo die Schlagzeilen bestimmt. Harry Hole ist wieder im Spiel.

Der Autor

Jo Nesbø, 1960 geboren, ist Ökonom, Schriftsteller und Musiker. Er gehört zu den renommiertesten und erfolgreichsten Krimiautoren weltweit. Jo Nesbø lebt in Oslo.
www.nesbo.de

In unserem Hause sind von Jo Nesbø bereits erschienen:

In der Serie »Ein-Harry-Hole-Krimi«:
Der Fledermausmann (Harry Holes 1. Fall)
Kakerlaken (Harry Holes 2. Fall)
Rotkehlchen (Harry Holes 3. Fall)
Die Fährte (Harry Holes 4. Fall)
Das fünfte Zeichen (Harry Holes 5. Fall)
Der Erlöser (Harry Holes 6. Fall)
Schneemann (Harry Holes 7. Fall)
Leopard (Harry Holes 8. Fall)
Die Larve (Harry Holes 9. Fall)
Koma (Harry Holes 10. Fall)
Durst (Harry Holes 11. Fall)

Außerdem:

Headhunter · *Der Sohn* · *Blood on Snow. Der Auftrag*
Blood on Snow. Das Versteck

JO NESBØ

DURST

KRIMINALROMAN

Aus dem Norwegischen
von Günther Frauenlob

Ullstein

Besuchen Sie uns im Internet:
www.ullstein-buchverlage.de

Ungekürzte Ausgabe im Ullstein Taschenbuch
1. Auflage August 2018
© für die deutsche Ausgabe
Ullstein Buchverlage GmbH, Berlin 2017/Ullstein Verlag
© 2017 by Jo Nesbø
Published by agreement with Salomonsson Agency
Titel der norwegischen Originalausgabe: Tørst
(Aschehoug, Oslo, 2017)
Umschlaggestaltung: zero-media.net, München,
Titelabbildung: © Michael Trevillion/Trevillion Images (Insel);
© FinePic®, München
Satz: LVD GmbH, Berlin
Gesetzt aus der Quadraat
Druck und Bindearbeiten: CPI books GmbH, Leck
ISBN 978-3-548-29071-3

PROLOG

Er starrte in das weiße Nichts.

Wie er es seit bald drei Jahren tat.

Er sah niemanden, und niemand sah ihn. Abgesehen von den kurzen Augenblicken, in denen die Tür aufging und so viel Dampf entwich, dass er hin und wieder einen nackten Mann erkennen konnte, bevor die Tür sich wieder schloss und alles erneut in Nebel versank.

Das Bad würde bald schließen. Er war allein.

Er schlug das weiße Handtuch enger um die Brust, stand von der Holzbank auf, verließ den Raum, zog den Bademantel über und ging an dem leeren Becken vorbei in die Umkleide.

Keine plätschernde Dusche, keine türkischen Floskeln, keine nackten Füße auf den Fliesen. Er betrachtete sich im Spiegel. Berührte mit dem Finger die Narbe der letzten Operation. Er hatte eine Weile gebraucht, sich an das neue Gesicht zu gewöhnen. Seine Finger fuhren am Hals entlang und über die Brust, verharrten dort, wo das Tattoo anfing.

Er öffnete das Schloss am Umkleideschrank, zog sich die Hose an und schlüpfte in seinen Mantel, ohne vorher den noch feuchten Bademantel auszuziehen. Band sich die Schuhe. Er versicherte sich noch einmal, dass er allein war, und trat an den Umkleideschrank mit dem blauen Punkt auf dem Vorhängeschloss. Stellte die Nummer 0999 ein, nahm das Schloss ab und öffnete den Schrank. Einen Moment lang betrachtete er den großen, schönen Revolver, der darin lag. Dann legte er die Finger um den rotbraunen Schaft und steckte die Waffe in die Jackentasche. Er nahm den Umschlag und öffnete ihn. Ein Schlüssel, eine Adresse und ein paar weitere Informationen.

Und noch etwas lag im Schrank.

Etwas Schwarzes, aus Eisen.

Er hielt es ins Licht und bewunderte fasziniert die schmiedeeiserne Arbeit.

Er würde es gründlich reinigen müssen, bürsten, und spürte die Erregung, es endlich benutzen zu dürfen.

Drei Jahre. Drei Jahre in diesem weißen Nichts, dieser Leere einförmiger Tage.

Es war höchste Zeit, wieder vom Leben zu kosten.

An der Zeit, zurückzukehren.

Harry schrak aus dem Schlaf. Er starrte ins Halbdunkel des Zimmers. Da war er wieder, *dieser Mann*, er war zurück, er war hier.

»Wieder ein Alptraum, Liebster?« Die flüsternde Stimme neben ihm war ruhig und warm.

Er drehte sich zu ihr. Ihre braunen Augen musterten ihn. Und die Erscheinung verblasste und verschwand.

»Ich bin hier«, sagte Rakel.

»Und ich bin hier«, sagte er.

»Wer war es dieses Mal?«

»Niemand«, log er und legte seine Hand auf ihre. »Schlaf wieder ein.«

Harry schloss die Lider. Wartete, bis er sich sicher war, dass auch sie die Augen wieder geschlossen hatte, bevor er seine aufschlug und ihr Gesicht betrachtete. Dieses Mal hatte er ihn in einem Wald gesehen. Ein Moor mit weißen Nebelfetzen. Er hatte die Hand gehoben und etwas auf Harry gerichtet. Der tätowierte Dämon auf seiner nackten Brust war deutlich zu erkennen gewesen, bis der Nebel dichter geworden war und ihn verschluckt hatte. Wieder einmal.

»Ich bin hier«, flüsterte Harry Hole.

TEIL I

KAPITEL 1

Mittwochabend

Die *Jealousy Bar* war beinahe leer, und doch war die Luft drinnen zum Schneiden.

Mehmet Kalak beobachtete den Mann und die Frau, die am Tresen saßen, während er ihnen Wein einschenkte. Vier Gäste insgesamt. Der dritte saß allein an einem Tisch und trank winzige Schlucke von seinem Bier, und vom vierten sah er nur die Spitzen der Cowboystiefel, die aus einer der seitlichen Nischen des Lokals ragten. In dem schwachen Lichtschein über dem Tisch leuchtete hin und wieder ein Handydisplay auf. Vier Gäste, und das im September, abends um halb zwölf in der besten Kneipengegend Grünerløkkas. So durfte das nicht weitergehen. Manchmal fragte er sich ernsthaft, was ihn geritten hatte, seinen Job als Barchef in einem der angesagtesten Hotels der Stadt aufzugeben, um dieses heruntergekommene Lokal mit seiner versoffenen Klientel zu übernehmen. Hatte er wirklich geglaubt, er müsse nur die Preise anheben, um die alten Gäste durch bessere Kundschaft ersetzen zu können? Mittdreißiger aus dem Viertel mit viel Geld und wenig Problemen. Oder hatte er nach der Trennung einfach einen Ort gesucht, an dem er sich zu Tode arbeiten konnte? Vielleicht war der ausschlaggebende Punkt am Ende einfach das verlockende Angebot des Kredithais Danial Banks gewesen, nachdem bereits alle Banken abgewunken hatten. Oder die Tatsache, dass er in der *Jealousy Bar* ganz allein über die Musik bestimmen konnte und nicht irgendein bescheuerter Hotelchef, für den nur das Klingeln der Kasse Musik war. Zumindest war es ihm

9

gelungen, die alten Stammgäste loszuwerden, sie hatten Zuflucht in einer billigen Kneipe drei Straßen weiter gefunden. Vielleicht musste er, um an neue Gäste zu kommen, sein Konzept noch einmal überdenken. Möglicherweise reichte ein Fernseher mit dem türkischen Fußballkanal nicht, um sich Sportsbar nennen zu können. Und was die Musik anging, musste er vielleicht mehr auf Mainstream setzen, U2 und Springsteen für die Männer und Coldplay für die Frauen.

»Ich hatte ja noch nicht so viele Tinder-Dates«, sagte Geir und stellte das Weinglas wieder auf den Tresen. »Trotzdem habe ich schon gemerkt, dass da eine Menge merkwürdiger Leute unterwegs ist.«

»Ach ja?«, sagte die Frau und unterdrückte ein Gähnen. Sie hatte blonde, kurze Haare. Mitte dreißig, dachte Mehmet. Schnelle, etwas hektische Bewegungen. Müde Augen. Vermutlich arbeitete sie zu viel und versuchte das dann mit ebenso viel Sport zu kompensieren, um zu entspannen und wieder zu Kräften zu kommen. Wohl ohne Erfolg, dachte Mehmet und beobachtete, wie Geir das Glas mit drei Fingern am Stiel hielt, genau wie die Frau. Bei all seinen Tinder-Dates hatte er konsequent dasselbe bestellt wie die Frau, mit der er gekommen war. Von Whisky bis zu grünem Tee. Bestimmt wollte er damit signalisieren, wie gut sie auch in diesem Punkt zueinanderpassten.

Geir räusperte sich. Es waren sechs Minuten vergangen, seit die Frau die Kneipe betreten hatte, und Mehmet wusste, dass Geir jetzt zur Sache kommen würde.

»Du bist viel schöner als auf deinem Profilbild, Elise«, sagte er.

»Sagtest du bereits, aber trotzdem danke.«

Mehmet spülte ein Glas und tat so, als hörte er nicht zu.

»Sag mal, Elise, was erwartest du vom Leben?«

Sie lächelte etwas herablassend. »Einen Mann, der nicht nur auf das Äußere fixiert ist.«

»Wie recht du hast, ich bin ganz deiner Meinung, Elise, die inneren Werte zählen.«

»Das war ein Scherz. Ich bin auf meinem Profilbild viel attraktiver als in Wirklichkeit, und ich würde mal sagen, dass das auch auf dich zutrifft, Geir.«

»Hmm«, sagte Geir, lachte überrumpelt und starrte in sein Weinglas. »Ist doch ganz normal, dass man ein Foto nimmt, auf dem man gut getroffen ist. Du suchst also einen Mann. Was für einen Mann?«

»Einen, der gerne auch mal mit drei Kindern zu Hause bleibt.« Sie sah auf die Uhr.

»Haha.« Geir begann zu schwitzen. Sein glattrasierter Schädel glänzte bereits. Bald würden sich die ersten Schweißflecken auf seinem schwarzen Hemd abzeichnen, Schnitt Slimfit. Seltsam eigentlich, da er weder slim noch fit war. Er drehte das Glas in der Hand. »Elise, du hast genau meinen Sinn für Humor, auch wenn mir mein Hund im Moment als Familie reicht. Magst du Tiere?«

Tanrim, dachte Mehmet, er redet sich um Kopf und Kragen.

»Ob eine Frau die Richtige ist, spüre ich. Hier ... und hier ...« Er lächelte, senkte die Stimme und zeigte auf seinen Schritt. »Aber was das angeht, muss man ja erst einmal überprüfen, ob es auch stimmt. Oder was meinst du, Elise?«

Mehmet schüttelte sich innerlich. Geir setzte alles auf eine Karte und fuhr die Sache wieder einmal mit Vollgas gegen die Wand.

Die Frau schob das Weinglas zur Seite und beugte sich etwas zu Geir hinüber, so dass Mehmet sich anstrengen musste, ihre Worte zu verstehen.

»Kannst du mir eins versprechen, Geir?«

»Natürlich.« Sein Blick und seine Stimme hatten etwas Erwartungsvolles, als wäre er ein bettelnder Hund.

»Dass du, wenn ich jetzt gehe, nie wieder versuchst, Kontakt zu mir aufzunehmen?«

Mehmet konnte Geir nur dafür bewundern, dass er sich noch ein Lächeln abrang.

»Natürlich.«

Die Frau lehnte sich wieder zurück. »Nicht weil du wie ein Stalker wirkst, Geir, aber ich habe schon mal schlechte Erfahrungen gemacht, weißt du. Ein Typ hat mich hinterher verfolgt und sogar den Mann bedroht, mit dem ich später zusammen war. Ich hoffe, du verstehst, dass ich ein bisschen vorsichtig geworden bin.«

»Na klar.« Geir führte sein Glas an den Mund und leerte es. »Wie gesagt, da sind einige verdammt merkwürdige Leute unterwegs. Aber du musst keine Angst haben, dir passiert nichts. Statistisch gesehen ist das Risiko, ermordet zu werden, für einen Mann viermal höher als für eine Frau.«

»Danke für den Wein, Geir.«

»Sollte einer von uns dreien«, Mehmet gab sich Mühe, rasch wegzusehen, als Geir auf ihn zeigte, »heute Abend ermordet werden, stehen die Chancen, dass du das bist, eins zu acht. Oder Moment, da hab ich noch nicht einberechnet, dass ...«

Sie stand auf. »Ich hoffe, du kommst noch drauf, Geir. Leb wohl.«

Noch eine ganze Weile, nachdem sie gegangen war, starrte Geir in sein Weinglas und nickte im Takt zur Musik, als wollte er Mehmet und allen möglichen weiteren Zeugen signalisieren, dass er längst über die Sache hinweg und diese Frau nicht mehr als ein dreiminütiger Popsong war, der ebenso schnell auch wieder in Vergessenheit geriet. Dann stand er auf, ohne sein Glas noch einmal zu berühren, und ging. Mehmet sah sich um. Die Cowboystiefel und der Typ, der quälend langsam sein Bier getrunken hatte, waren verschwunden. Er war allein. Plötzlich bekam er auch wieder Luft. Mit dem Handy wechselte er die Playlist und stellte endlich seine Musik an. Bad Company. Mit Musikern von Free, Mott the Hoople und King Crimson, einfach nur gut. Und mit Paul Rodgers als Leadsänger sowieso. Mehmet drehte die Lautstärke so hoch, dass die Gläser hinter dem Tresen zu klirren begannen.

Elise ging die Thorvald Meyers gate hinunter. Rechts und links erhoben sich dreistöckige Häuser. Früher war das mal eine billige Arbeitergegend in einem der ärmsten Viertel einer armen Stadt gewesen. Heute kostete hier der Quadratmeter dasselbe wie in London oder Stockholm. September in Oslo. Die Dunkelheit war endlich zurück und die langen, irritierend hellen Sommernächte mit dem hysterisch-munteren Treiben bis zum nächsten Sommer Geschichte. Im September zeigte Oslo wieder seinen wahren Charakter: melancholisch, zurückhaltend, effizient. Eine solide Fassade, aber nicht ohne dunkle Ecken und Geheimnisse. Wie sie selbst. Sie beschleunigte ihre Schritte. Regen hing in der Luft, Nebel. Als würde Gott niesen, wie eine ihrer Männerbekanntschaften gesagt hatte. Wohl in dem Versuch, poetisch zu sein. Sie sollte diese Tinder-Scheiße wirklich lassen. Morgen. Es reichte. Sie hatte genug von Kneipen und geilen Kerlen, unter deren Blicken sie sich immer wie eine Nutte fühlte. Genug von verrückten Psychopathen und Stalkern, die sich festsaugten wie Zecken, ihr Zeit und Energie raubten, sie verunsicherten. Genug von all den erbärmlichen Verlierern, in deren Nähe sie sich fühlte wie eine von ihnen.

Es hieß, Onlinedating sei das Nonplusultra, um jemanden kennenzulernen, und dass man sich dafür längst nicht mehr schämen müsse, da das ja alle täten. Aber das stimmte nicht. Menschen trafen einander auf der Arbeit, im Lesesaal der Uni, bei Freunden, beim Training, in Cafés, im Flugzeug, Bus, Zug. Sie begegneten sich, wie es sich gehörte, entspannt, ohne Druck, mit einer romantischen Illusion von Unschuld, Reinheit, in einer Laune des Schicksals. Sie wollte diese Illusion, wollte ihr Tinder-Konto löschen. Das hatte sie sich schon oft vorgenommen, aber dieses Mal würde sie es wirklich tun. Noch an diesem Abend.

Sie überquerte die Sofienberggata, nahm den Schlüssel heraus und schloss die Haustür gleich neben dem Gemüseladen auf. Sie öffnete sie, trat in den dunklen Flur und blieb wie angewurzelt stehen.

Da standen zwei.

Sie brauchte ein paar Sekunden, bis sich ihre Augen so weit an die Dunkelheit gewöhnt hatten, dass sie erkennen konnte, was die beiden machten. Ihre Hosenställe waren offen, und sie hielten ihre Schwänze in der Hand.

Sie wich nach hinten zurück, ohne sich umzudrehen, hoffte im Stillen, dass niemand hinter ihr stand.

»Verfluchtscheißeohsorry!« Der seltsame Ausruf, Fluch und Entschuldigung in einem, kam von einer jungen Stimme, achtzehn, vielleicht zwanzig, tippte Elise. Und ganz sicher nicht nüchtern.

»Ey!«, rief der andere. »Du pisst auf meine Schuhe.«

»Ich hab mich erschreckt.«

Elise schlug den Mantel enger um sich und lief eilig an den jungen Männern vorbei, die sich wieder zur Wand gedreht hatten. »Das ist kein Pissoir hier!«, schimpfte sie.

»Sorry, war dringend. Wird nicht wieder vorkommen.«

Geir hastete in Gedanken über die Schleppegrells gate. Es stimmte nicht, dass bei zwei Männern und einer Frau das Risiko für die Frau, ermordet zu werden, bei eins zu acht lag, so einfach war die Rechnung nicht. Warum musste alles immer so kompliziert sein?

Er war an der Romsdalsgata vorbeigelaufen, als ihn irgendetwas bewog, sich umzudrehen. Etwa fünfzig Meter hinter ihm ging ein Mann. Er war sich nicht ganz sicher, aber war das nicht der Typ, der auf der anderen Straßenseite das Schaufenster betrachtet hatte, als er aus der *Jealousy Bar* herausgekommen war? Geir legte einen Zahn zu und lief nach Osten in Richtung Dælenenga und Schokoladenfabrik. Es war kein Mensch auf der Straße, aber an der Haltestelle stand ein Bus. Vermutlich war er etwas zu früh dran und musste warten. Geir sah sich um. Der Typ war noch immer hinter ihm, in gleichbleibendem Abstand. Geir hatte Angst vor dunkelhäutigen Menschen, das war von

Anfang an so gewesen, dabei konnte er den Mann gar nicht richtig erkennen. Sie waren dabei, den weißen, gentrifizierten Bereich des Viertels zu verlassen und näherten sich den Sozialwohnungen mit den Massen von Ausländern. Geir sah bereits das Haus, in dem er wohnte. Hundert Meter noch. Als er sich wieder umdrehte, bemerkte er, dass der Mann hinter ihm schneller lief. Aus Angst, einen traumatisierten, aus Mogadischu geflohenen Somalier hinter sich zu haben, begann auch Geir zu rennen. Er war seit Jahren nicht mehr so schnell gelaufen, und bei jedem Schritt hämmerte es in seinem Kopf. Er erreichte sein Ziel, fand auf Anhieb das Schlüsselloch, schlüpfte ins Haus und warf die schwere Tür hinter sich zu. Keuchend lehnte er sich gegen das feuchte Holz, seine Beinmuskulatur brannte. Er drehte sich um und warf einen Blick durch das kleine Glasfenster in der Haustür, das sich auf Augenhöhe befand. Er sah niemanden. Vielleicht war das ja gar kein Somalier gewesen. Geir musste lachen. Verdammt, wie schreckhaft man werden konnte, wenn man über Mord redete. Oder hatte es damit zu tun, was Elise über diesen Stalker gesagt hatte?

Geir war noch immer außer Atem, als er seine Wohnungstür aufschloss. Er nahm ein Bier aus dem Kühlschrank, sah, dass das Küchenfenster offen war, und schloss es. Dann ging er in sein Arbeitszimmer und schaltete die Lampe ein.

Er drückte eine Taste auf der Tastatur des PCs, und der große 20-Zoll-Bildschirm erwachte.

Er setzte sich davor, tippte »Pornhub« und »French« ins Suchfeld, suchte die Fotos durch, bis er eines mit einer Frau fand, die Elises Haarfarbe und Frisur hatte. Die Wohnung hatte dünne Wände, so dass er sich die kleinen PC-Kopfhörer in die Ohren steckte, bevor er das Bild anklickte, die Hose aufmachte und über die Knie nach unten zog. Die Frau ähnelte Elise so wenig, dass Geir irgendwann die Augen schloss und sich auf das Stöhnen konzentrierte, während er gleichzeitig versuchte, an Elises schmalen, etwas strengen Mund, ihren höhnischen Blick und

15

die korrekte, aber trotzdem sexy Bluse zu denken. Nur so konnte er sie haben. Sonst niemals.

Geir hielt inne. Öffnete die Augen. Ließ seinen Schwanz los und spürte, wie sich ihm die Nackenhaare in dem kalten Luftzug, der durch die Tür drang, aufstellten. Er war sich *ganz* sicher, die Tür geschlossen zu haben. Er hob die Hand, um die Ohrstöpsel rauszuziehen, wissend, dass es zu spät war. Viel zu spät.

Elise legte die Sicherheitskette vor, streifte im Flur die Schuhe ab und fuhr wie gewohnt mit dem Zeigefinger über das Foto von sich und ihrer Nichte Ingvild, das im Rahmen des Spiegels klemmte. Sie wusste nicht wirklich, warum sie das tat, es war ihr einfach ein tiefes Bedürfnis, genau wie sie sich immer wieder die Frage stellte, was eigentlich nach dem Tod mit den Menschen geschah. Sie ging ins Wohnzimmer ihrer kleinen, gemütlichen Zweizimmerwohnung und legte sich aufs Sofa. Warf einen Blick auf ihr Handy. Eine SMS von der Arbeit. Die Sitzung am nächsten Morgen war abgesagt. Sie hatte dem Typ, den sie gerade getroffen hatte, nicht gesagt, dass sie als Anwältin für Vergewaltigungsopfer arbeitete. Und dass die Statistik, dass Männer häufiger ermordet wurden, nicht stimmte. Bei sexuell motivierten Morden waren Frauen viermal häufiger die Opfer. Genau deshalb hatte sie gleich nach ihrem Einzug das Schloss ausgewechselt und die Sicherheitskette montieren lassen, mit deren Mechanismus sie noch immer zu kämpfen hatte, wenn sie die Kette vorlegen oder lösen wollte.

Sie öffnete Tinder. Drei der Männer, die sie am frühen Abend markiert hatte, hatten reagiert. Genau das war das Faszinierende an diesem Spiel. Es ging nicht darum, sie zu treffen, sondern zu wissen, dass es sie irgendwo dort draußen gab und dass diese Männer sie wollten. Sollte sie sich einen letzten kleinen Flirt gönnen? Einen letzten virtuellen Dreier mit ihren noch verbliebenen Kandidaten, ehe sie ihr Konto und die App endgültig löschte?

Nein. Jetzt löschen.

Sie öffnete das Menü, tippte die entsprechenden Befehle ein und wurde zu guter Letzt gefragt, ob sie ihr Konto *wirklich* endgültig löschen wollte.

Elise starrte auf ihren Zeigefinger. Er zitterte. Mein Gott, war sie inzwischen abhängig? Abhängig von dem Kick, dass da draußen jemand war, der sie wollte, ohne zu wissen, wer oder wie sie war? Sie kannten alle nur ihr Profilbild. War sie tatsächlich abhängig oder nur angetriggert? Das würde sie herausfinden, wenn sie ihr Konto jetzt löschte und sich fest vornahm, einen Monat ohne Tinder auszukommen. Einen Monat. Wenn sie das nicht schaffte, lief wirklich etwas grundverkehrt mit ihr. Der zitternde Finger näherte sich der Delete-Taste.

Und wenn sie abhängig war? Wäre das so schlimm? Wir wollen doch alle begehrt werden und jemanden haben. Sie hatte gelesen, dass ein Säugling sogar sterben konnte, wenn er nicht ein Minimum an Hautkontakt bekam. Sie bezweifelte zwar, dass das stimmte, fragte sich andererseits aber auch, was der Sinn des Lebens war, wenn es nur aus Arbeit bestand, die einen auffraß, und ein paar sogenannten Freunden, die sie nur aus Pflichtgefühl traf oder weil die Angst vor der Einsamkeit sie mehr quälte als das ewige Gejammer dieser Menschen über Kinder, Männer oder die Abwesenheit von mindestens einem davon. Und vielleicht war ihr Traummann ja gerade jetzt bei Tinder? Also, okay, eine letzte Runde. Das erste Bild, das aufpoppte, wischte sie nach links in den Mülleimer, in das Feld »Dich will ich nicht«. Ebenso das zweite. Und das dritte.

Ihre Gedanken kreisten in immer weiteren Bahnen. Sie war bei dem Vortrag eines Psychologen gewesen, der engen Kontakt zu einigen der schlimmsten Sexualverbrecher des Landes hatte. Er hatte berichtet, dass Männer für Sex, Geld und Macht töteten, Frauen hingegen aus Eifersucht und Angst.

Sie hielt inne. Das schmale Gesicht auf dem Bildschirm kam ihr irgendwie bekannt vor, auch wenn es unterbelichtet und etwas unscharf war. Es wäre nicht das erste Mal, Tinder brachte auch Leute zusammen, die sich räumlich ganz nah waren. Und laut Tinder war dieser Mann weniger als einen Kilometer entfernt. Vielleicht wohnte er sogar im gleichen Viertel. Das unscharfe Bild bedeutete, dass der Betreffende die Tips für die beste Tinder-Taktik ignoriert hatte, was an sich ein Pluspunkt war. Der Text bestand aus einem einfachen »Hallo«. Kein Versuch, besonders aufzufallen. Nicht gerade phantasievoll, aber selbstbewusst. Ja, es würde ihr definitiv gefallen, wenn ein Mann auf einer Party zu ihr käme, sie mit festem Blick ansehen, einfach nur »Hallo« sagen und damit die unausgesprochene Frage stellen würde: »Bist du bereit, weiterzugehen?«

Sie schob das Bild nach rechts. In die Rubrik »Auf dich bin ich neugierig«.

Und hörte das fröhliche Klingeln, das ihr ein weiteres Match verkündete.

Geir atmete heftig durch die Nase.

Er zog die Hose hoch und drehte sich langsam mit seinem Stuhl herum.

Der PC-Bildschirm war das einzige Licht im Zimmer, es fiel auf den Oberkörper der Person, die hinter ihm stand. Das Gesicht konnte er nicht erkennen, nur die weißen Hände, die ihm etwas entgegenstreckten. Es war ein Lederriemen mit einer Schlaufe am Ende.

Die Person trat einen Schritt näher, und Geir wich automatisch zurück.

»Weißt du, was mich noch mehr ankotzt als du?«, flüsterte die Stimme im Dunkeln, während die Hände den Lederriemen strafften.

Geir schluckte.

»Dein Köter«, sagte die Stimme. »Dein Scheißköter, für den du alles tun wolltest. Und der auf den Küchenboden kackt, weil du nicht mit ihm rausgehst.«

Geir räusperte sich. »Aber, Kari ...«

»Los, raus! Und rühr mich nicht an, wenn du dann ins Bett kommst!«

Geir nahm das Lederband, und die Tür wurde zugeworfen.

Er blieb im Dunkeln sitzen und kniff die Augen zusammen.

Neun, dachte er. Zwei Männer und eine Frau, ein Mord. Die Wahrscheinlichkeit, dass die Frau ermordet wird, beträgt eins zu neun, nicht eins zu acht.

Mehmet fuhr mit dem alten BMW langsam aus dem Zentrum in Richtung Kjelsås. Villen, Fjordblick, frischere Luft. Er bog in seine stille, schlafende Straße ein. Sah einen schwarzen Audi R8 neben der Garage vor seinem Haus stehen. Mehmet bremste langsam ab, überlegte einen Augenblick, Gas zu geben und weiterzufahren, wusste aber ganz genau, dass er die Sache damit nur aufschob. Andererseits war Aufschub genau das, was er brauchte. Aber Banks würde ihn überall finden, und vielleicht war der Zeitpunkt jetzt ja ganz passend. Es war dunkel und still. Keine Zeugen. Mehmet parkte am Straßenrand. Öffnete das Handschuhfach. Starrte auf das, was er seit Tagen dort liegen hatte, weil er wusste, dass dieser Moment irgendwann kommen würde. Er nahm es heraus, steckte es in die Jackentasche und atmete tief durch. Dann stieg er aus dem Auto und ging auf das Haus zu.

Die Tür des Audis öffnete sich, und Danial Banks stieg aus. Als Mehmet ihn im *Pearl of India* getroffen hatte, wusste er, dass der pakistanische Vor- und der englische Nachname vermutlich ebenso falsch waren wie die Unterschrift auf dem sogenannten Dokument, das sie unterzeichnet hatten. Aber das Geld, das er ihm über den Tisch geschoben hatte, war echt gewesen.

Der Kies vor dem Haus knirschte unter Mehmets Schuhen.

»Schönes Haus«, sagte Danial Banks, der jetzt mit verschränkten Armen an seinem Auto lehnte. »Und das hat deine Bank als Sicherheit nicht akzeptiert?«

»Ich wohne hier nur zur Miete«, sagte Mehmet. »In der Keller-wohnung.«

»Dumm für mich«, sagte Banks. Er war viel kleiner als Meh-met, trotzdem wirkte er größer, so wie er dastand und seinen Bi-zeps unter der Anzugjacke massierte. »Dann nützt es uns nichts, die Bude einfach abzufackeln, damit die Versicherung deine Schulden zahlt, oder?«

»Nein, das tut es wohl nicht.«

»Das ist dann wiederum dumm für dich, denn dann muss ich zu den Mitteln greifen, die weh tun. Willst du Details?«

»Willst du nicht erst wissen, ob ich bezahlen kann?«

Banks schüttelte den Kopf und zog einen Gegenstand aus der Tasche. »Deine Rate ist seit drei Tagen fällig, und ich habe dir ge-sagt, dass Pünktlichkeit das A und O ist. Damit ihr endlich ka-piert, dass so etwas nicht toleriert wird, muss ich reagieren, keine Ausnahmen, weder bei dir noch bei anderen Schuldnern.« Er hielt den Gegenstand ins Licht der Garagenlampe. Mehmet schnappte nach Luft.

»Ich weiß, dass das nicht sonderlich originell ist«, sagte Banks, legte den Kopf schief und musterte den Seitenschneider. »Aber effektiv.«

»Aber ...«

»Du darfst dir den Finger aussuchen. Die meisten entscheiden sich für den kleinen Finger der linken Hand.«

Mehmet spürte sie in sich aufsteigen. Die Wut. Seine Brust hob sich, als er seine Lungen mit Luft füllte. »Ich habe eine bessere Lösung, Banks.«

»Ach ja?«

»Ich weiß, dass sie nicht sonderlich originell ist«, sagte Meh-met und steckte die Hand in die Tasche. Holte es heraus. Richtete es auf Banks. Legte auch die zweite Hand darum. »Aber effektiv.«

Banks starrte ihn überrascht an. Nickte langsam.

»Da hast du recht«, sagte Banks, nahm das Geldbündel, das Mehmet ihm hinstreckte, und zog die Banderole ab.

»Das deckt die fällige Rate samt Zinsen«, sagte Mehmet. »Du darfst gerne nachzählen.«

Pling.

Ein Tinder-Match.

Der triumphale Handyton, wenn jemand, den du bereits nach rechts verschoben hast, dein Bild ebenfalls nach rechts schiebt.

Elise schwirrte der Kopf, ihr Herz galoppierte.

Sie kannte den Tinder-Effekt und wusste, dass der Aufregung eine erhöhte Herzfrequenz folgte. Und dass eine ganze Reihe von Glückshormonen freigesetzt wurde, von denen man, wie sie jetzt wusste, abhängig werden konnte. Aber nicht deshalb galoppierte ihr Herz so wild.

Denn das Pling war nicht von ihrem Telefon gekommen. Es war nur exakt in dem Moment zu hören gewesen, als sie das Bild nach rechts geschoben hatte. Das Foto der Person, die sich laut Tinder weniger als einen Kilometer entfernt befand.

Sie starrte auf die geschlossene Schlafzimmertür. Schluckte.

Das Geräusch musste aus der Nachbarwohnung gekommen sein. Im Haus wohnten viele Singles, viele potentielle Tinder-Nutzer. Und es war mittlerweile vollkommen still, sogar in der Wohnung unter ihr, in der die Mädels eine Party gefeiert hatten, als sie zu ihrem Date gegangen war. Sie wusste, dass es nur eine wirksame Methode gab, um eingebildete Monster loszuwerden. Man musste sich ihnen stellen.

Elise stand vom Sofa auf und ging die vier Schritte zur Schlafzimmertür. Zögerte. Ein paar Vergewaltigungsfälle, an denen sie gearbeitet hatte, gingen ihr durch den Kopf.

Sie riss sich zusammen und öffnete die Tür.

Blieb auf der Schwelle stehen und rang nach Luft. Weil keine da war, auf jeden Fall keine, die sie einatmen konnte.

Das Licht am Bett brannte, und das Erste, was sie sah, waren die Sohlen der Cowboystiefel, die aus dem Bett herausragten. Jeans und ein paar lange, übereinandergeschlagene Beine. Der

Mann, der dort lag, war wie auf dem Foto halb im Dunkeln, unscharf. Er hatte sein Hemd aufgeknöpft und die Brust entblößt. Das Gesicht, das darauf tätowiert war, bannte sie. Der stumme Schrei. Als hinge es irgendwie fest und versuchte rauszukommen. Auch Elises Schrei blieb stumm.

»So sehen wir uns also wieder, Elise«, flüsterte er.

Aufgrund der Stimme wusste sie, warum ihr das Profilbild so bekannt vorgekommen war. Die Haarfarbe war verändert, das Gesicht schien operiert worden zu sein, sie sah noch die Narben.

Er hob die Hand und schob sich etwas in den Mund.

Elise starrte ihn entgeistert an und wich langsam zurück. Dann drehte sie sich um, bekam Luft in die Lungen und wusste, dass sie diese Luft zum Laufen verwenden sollte, nicht zum Schreien. Es waren fünf, höchstens sechs Schritte bis zur Wohnungstür. Sie hörte das Bett knarren, aber sein Weg war länger. Wenn sie es ins Treppenhaus schaffte, konnte sie schreien, dann würde man ihr helfen. Sie drückte die Klinke nach unten und versuchte, die Tür aufzureißen, aber sie ging nicht auf. Die Sicherheitskette. Sie schloss die Tür ein wenig und versuchte, die Kette zu lösen, aber das alles ging viel zu langsam. Wie in einem Alptraum. Viel zu langsam. Etwas legte sich ihr über den Mund, und sie wurde nach hinten gezogen. Verzweifelt schob sie den Arm über der Kette durch den Türspalt und bekam den Türrahmen zu fassen. Sie versuchte zu schreien, aber die große, nach Nikotin stinkende Hand lag zu fest auf ihrem Mund. Er riss sie nach hinten und drückte die Tür zu. Er flüsterte ihr ins Ohr: »Gefalle ich dir nicht? Du siehst auch nicht so gut aus wie auf deinem Profilbild, Baby. Wir sollten uns ein bisschen besser kennenlernen, damals hatten wir ja nicht genug Z-Zeit.«

Die Stimme. Und dieses abstoßende Stottern. Sie kannte beides. Sie trat wild um sich und versuchte, sich loszureißen, aber sie steckte wie in einem Schraubstock fest. Er zog sie vor den Spiegel. Legte seinen Kopf auf ihre Schulter.

»Es war nicht dein Fehler, dass ich verurteilt wurde, Elise, die

Beweise waren überwältigend. Aber deshalb bin ich nicht hier. Würdest du mir glauben, wenn ich sage, dass das alles ein Riesenzufall ist?« Er grinste. Elise starrte in seinen offenen Mund. Sein Gebiss sah aus, als wäre es aus Eisen, schwarz und rostig mit spitzen Zacken in Ober- und Unterkiefer, wie eine Bärenfalle.

Es knirschte leise, als er den Mund aufmachte, es musste da irgendwo eine Feder geben.

Sie erinnerte sich an die Details des Falls. An die Fotos vom Tatort. Und wusste, dass sie bald sterben würde.

Dann biss er zu.

Elise Hermansen schrie in seine Hand, als sie das Blut aus ihrem eigenen Hals spritzen sah.

Er hob den Kopf wieder. Sah in den Spiegel. Ihr Blut tropfte ihm von den Augenbrauen, von den Haaren und lief ihm über das Kinn.

»Das nenne ich ein M-Match, Baby«, flüsterte er. Dann biss er noch einmal zu.

Vor ihren Augen begann sich alles zu drehen. Sein Griff lockerte sich, aber er brauchte sie auch nicht mehr festzuhalten. Eine lähmende, finstere Kälte nistete sich in ihr ein. Sie befreite eine Hand und streckte sie in Richtung des Fotos am Spiegel aus. Versuchte, es zu berühren, doch die Fingerspitzen erreichten es nicht ganz.

KAPITEL 2

Donnerstagvormittag

Das gleißende Vormittagslicht fiel durch die Fenster ins Wohnzimmer und den Flur.

Die leitende Kriminalkommissarin Katrine Bratt stand schweigend vor dem Spiegel und betrachtete das Foto, das in dem Rahmen klemmte. Es zeigte eine Frau und ein kleines Mädchen. Beide saßen Arm in Arm auf einem glattgespülten Felsen am Meer. Mit nassen Haaren und in Handtücher gewickelt. Als wollten sie sich nach einem etwas zu kalten Bad im norwegischen Meer gegenseitig wärmen. Doch jetzt trennte sie etwas. Blut war über den Spiegel und das Foto gelaufen und wie eine Trennlinie genau zwischen den lächelnden Gesichtern angetrocknet. Katrine Bratt hatte keine Kinder. Möglicherweise hatte sie sich irgendwann einmal welche gewünscht, doch in diesem Moment ganz sicher nicht. Sie war gerade wieder Single geworden und auf gutem Wege, die Karriereleiter noch weiter nach oben zu klettern. Oder etwa nicht?

Sie hörte ein leises Räuspern und hob den Blick. Er begegnete einem vernarbten Gesicht mit vorspringender Stirn und seltsam hohem Haaransatz. Truls Berntsen.

»Was gibt's, Herr Kommissar?«, fragte sie in gedehntem Ton und sah, wie seine Miene erstarrte. Sie spielte darauf an, dass er trotz fünfzehn Jahren Polizeidienst aus einem oder mehreren Gründen nie Kriminalkommissar im Dezernat für Gewaltverbrechen geworden wäre, hätte ihn sein Jugendfreund und jetziger Polizeipräsident Mikael Bellman dort nicht platziert.

Berntsen zuckte mit den Schultern. »Nichts, Sie leiten ja die Ermittlungen.« Er sah sie mit kaltem, zugleich unterwürfigem und boshaftem Hundeblick an.

»Befragen Sie die Nachbarn«, sagte Bratt. »Fangen Sie mit der Etage drunter an. Uns interessiert besonders, was die Leute gestern und heute Nacht gesehen und gehört haben. Und da Elise Hermansen allein wohnte, ist auch von Interesse, mit welchen Männern sie Umgang hatte.«

»Sie gehen also davon aus, dass das ein Mann war und dass sie sich von früher kannten?« Erst jetzt bemerkte Katrine Bratt den jungen Mann, fast noch ein Junge, der neben Berntsen stand. Offenes Gesicht, blond, hübsch.

»Anders Wyller, hab heute erst angefangen.« Helle Stimme, lächelnde Augen. Katrine dachte, dass er sich seiner Wirkung durchaus bewusst war. Das Zeugnis von seinem Chef in der Polizeistation Tromsø war die reinste Liebeserklärung gewesen. Aber okay, er hatte auch einen Lebenslauf, der zu ihm passte. Bestnoten an der Polizeihochschule, die er vor zwei Jahren abgeschlossen hatte, samt guter Resultate als Kommissaranwärter in Tromsø.

»Gehen Sie schon mal vor, Berntsen«, sagte Katrine.

Seine schlurfenden Schritte waren ein stiller Protest dagegen, von einer jüngeren Frau herumkommandiert zu werden.

»Willkommen«, sagte sie und streckte dem jungen Mann die Hand entgegen. »Tut mir leid, dass wir Sie an Ihrem ersten Tag nicht richtig willkommen heißen können.«

»Die Toten haben Priorität vor den Lebenden«, sagte Wyller, und Katrine erkannte das Harry-Hole-Zitat. Erst als sie sah, wie Wyller ihre Hand betrachtete, wurde ihr bewusst, dass sie noch die Latexhandschuhe trug.

»Die haben nichts Ekliges angefasst«, sagte sie.

Er lächelte. Weiße Zähne. Zehn Pluspunkte.

»Ich hab eine Latexallergie«, sagte er.

Zwanzig Minuspunkte.

»Okay, Wyller«, sagte Katrine Bratt noch immer mit ausgestreckter Hand. »Diese Handschuhe sind puderfrei und haben nur sehr wenig Allergene und Endotoxine, und wenn Sie wirklich im Dezernat für Gewaltverbrechen arbeiten wollen, müssen Sie die ziemlich oft anziehen. Aber wir können Sie natürlich ans Dezernat für Wirtschaftskriminalität abtreten, wenn Sie wollen ...«

»Nee, danke«, sagte er lachend und ergriff ihre Hand. Sie spürte die Wärme seiner Haut durch das Latex.

»Ich bin Katrine Bratt, leitende Ermittlerin in diesem Fall. Und du darfst mich gerne duzen.«

»Danke. Du warst doch auch in dieser Harry-Hole-Gruppe, oder?«

»Harry-Hole-Gruppe?«

»Im Heizungsraum.«

Katrine nickte. Sie hatte die kleine, dreiköpfige Ermittlergruppe, die parallel und unabhängig von den offiziellen Ermittlungen im Einsatz gewesen war, nie Harry-Hole-Gruppe genannt ... obwohl es das eigentlich ziemlich genau traf.

Inzwischen war Harry an der Polizeihochschule, Bjørn in Bryn bei der Kriminaltechnik, und sie selbst war ins Dezernat gewechselt, wo sie vor kurzer Zeit zur Chefermittlerin aufgestiegen war.

Wyllers Augen glänzten, noch immer lächelnd. »Schade, dass Harry Hole nicht ...«

»Schade, dass wir jetzt nicht die Zeit haben, uns zu unterhalten, Wyller, wir müssen einen Mord aufklären. Begleite Berntsen, und halte Augen und Ohren offen.«

Anders Wyller verzog den Mund zu einem schiefen Grinsen. »Du meinst also, dass ich von Kommissar Berntsen etwas lernen kann?«

Bratt zog die Augenbrauen hoch. Jung, selbstsicher, furchtlos. So weit, so gut, sie hoffte nur inständig, dass er nicht einer dieser Harry-Hole-Wannabes war.

Truls Berntsen drückte mit dem Daumen auf den Klingelknopf, hörte es drinnen läuten und dachte, dass er aufhören sollte, Nägel zu kauen. Er ließ den Knopf los.

Als er Mikael gebeten hatte, ins Dezernat für Gewaltverbrechen versetzt zu werden, hatte dieser ihn nach den Gründen für diese Bitte gefragt. Und Truls hatte freiheraus zugegeben, dass er auf der Karriereleiter gerne ein Stück weiter nach oben wollte, ohne sich dafür den Arsch aufzureißen. Jeder andere Polizeipräsident hätte Truls rausgeworfen, aber dieser konnte das nicht. Dafür hatten die beiden zu viel gegeneinander in der Hand. In jungen Jahren waren sie durch eine Art Freundschaft verbunden gewesen, später handelte es sich um eine Symbiose wie bei Putzerfisch und Hai. Inzwischen verbanden die gemeinsamen Sünden und Schweigegelübde sie untrennbar miteinander. Und bewirkten, dass Truls Berntsen sich nicht einmal verstellen musste, als er seine Bitte formulierte.

Dass diese Aktion wirklich klug gewesen war, bezweifelte Truls mittlerweile. Im Dezernat für Gewaltverbrechen gab es die Ermittler und die Analytiker. Als Dezernatsleiter Gunnar Hagen gesagt hatte, dass Truls selbst wählen könne, was er sein wollte, war Truls bewusst geworden, dass er ihm definitiv keine Verantwortung übertragen würde. Was ihm eigentlich nur recht war. Trotzdem hatte es ihm einen schmerzhaften Stich versetzt, als die Chefermittlerin Katrine Bratt ihn im Dezernat herumgeführt, ihn konstant Herr Kommissar genannt und sich dann extraviel Zeit genommen hatte, um ihm die Bedienung der Kaffeemaschine zu erklären.

Die Tür ging auf. Drei junge Frauen starrten ihn mit entsetzten Gesichtern an, ganz offensichtlich hatten sie bereits mitbekommen, was passiert war.

»Polizei«, sagte Truls und hielt seine Marke hoch. »Ich habe ein paar Fragen. Hat jemand von Ihnen etwas gehört, also zwischen ...«

»... ein paar Fragen, für deren Beantwortung wir auf Ihre Mithilfe hoffen«, sagte eine Stimme hinter ihm. Der Neue. Wyller. Truls sah das Entsetzen aus den Gesichtern der Frauen weichen, ihre Mienen entspannten sich sichtlich.

»Natürlich«, sagte diejenige, die die Tür geöffnet hatte. »Wissen Sie schon, wer ... also wer das da ... *war*?«

»Dazu können wir natürlich nichts sagen«, erwiderte Truls.

»Aber *was* wir sagen können«, übernahm Wyller, »ist, dass Sie sich keine Sorgen zu machen brauchen. Gehe ich recht in der Annahme, dass Sie studieren und sich die Wohnung als WG teilen?«

»Ja«, sagten sie im Chor, als wollte jede die Erste sein.

»Dürfen wir kurz reinkommen?« Wyllers Lächeln war so strahlend wie das von Bellman, stellte Truls fest.

Die jungen Frauen gingen ins Wohnzimmer voraus. Zwei von ihnen räumten schnell ein paar Bierflaschen und Gläser vom Tisch und verließen damit den Raum.

»Wir hatten gestern eine Party«, sagte die dritte entschuldigend. »Das ist so schrecklich.«

Truls war sich nicht sicher, ob sie den Mord an der Nachbarin meinte oder dass er passiert war, während sie gefeiert hatten.

»Haben Sie gestern Abend zwischen zehn Uhr und Mitternacht irgendetwas gehört?«, fragte Truls.

Die junge Frau schüttelte den Kopf.

»Hatte Else ...?«

»Elise«, korrigierte Wyller sie, der mittlerweile Block und Stift gezückt hatte. Truls dachte, dass er das vielleicht auch tun sollte.

Er räusperte sich. »Hatte Ihre Nachbarin einen Freund, der öfter mal hier war?«

»Weiß ich nicht«, antwortete die junge Frau.

»Danke, das war schon alles«, sagte Truls und drehte sich um, um zur Tür zu gehen, als die beiden anderen zurückkamen.

»Vielleicht sollten wir auch noch hören, was die anderen zu sagen haben«, meinte Wyller. »Ihre Freundin hat angegeben, dass sie gestern Abend nichts gehört hat und nicht weiß, ob es Personen gibt, mit denen Elise Hermansen in der letzten Zeit regelmäßig Kontakt hatte. Haben Sie da noch etwas hinzuzufügen?«

Die zwei sahen sich an, ehe sie sich wieder Wyller zuwandten und synchron ihre blonden Köpfe schüttelten. Truls entging nicht, dass sie ihre ganze Aufmerksamkeit auf den jungen Ermittler richteten, aber das machte ihm nichts aus, er hatte weitreichend Erfahrung damit, übersehen zu werden. War den kleinen Stich in der Brust gewohnt, seit Ulla ihn damals in der weiterführenden Schule endlich einmal angesprochen hatte, nur um zu fragen, ob er wisse, wo Mikael sei. Und ob er ihm etwas ausrichten könne – schließlich gab es damals noch keine Handys. Einmal hatte Truls gesagt, dass das nicht einfach werden würde, da Mikael mit einer Freundin beim Zelten sei. Dabei war das mit dem Zelten gelogen, aber er wollte wenigstens einmal denselben Schmerz, seinen Schmerz, in ihrem Blick sehen.

»Wann haben Sie Elise zuletzt gesehen?«, fragte Wyller.

Die drei jungen Frauen sahen sich noch einmal an. »Wir haben sie nicht gesehen, aber ...«

Die eine kicherte und hielt sich entsetzt die Hand vor den Mund, als ihr klarwurde, wie unpassend ihr Verhalten war. Die junge Frau, die ihnen die Tür geöffnet hatte, räusperte sich. »Enrique hat heute Morgen angerufen und erzählt, dass er und Alfa auf dem Weg nach Hause ins Treppenhaus gepinkelt haben.«

»Die sind echt asozial«, sagte die Größte von den dreien.

»Sie waren halt betrunken«, sagte die Dritte und kicherte wieder.

Die junge Frau, die die Tür geöffnet hatte, warf den beiden anderen einen tadelnden Blick zu. »Auf jeden Fall ist eine Frau ins Haus gekommen, als sie da standen, und sie haben angerufen, um sich für ihr Verhalten zu entschuldigen, falls wir wegen ihnen Ärger kriegen.«

»Wie rücksichtsvoll von den beiden«, sagte Wyller. »Und sie glauben, diese Frau war ...«

»Sie sind sicher. Die beiden haben im Internet gelesen, dass eine Dreißigjährige ermordet wurde, das Haus war auf Fotos zu sehen. Sie haben weiter gegoogelt und in einer Netzzeitung ein Bild von ihr gefunden.«

Truls grunzte. Er hasste Journalisten. Das waren alles verfluchte Aasgeier. Er trat ans Fenster und sah nach draußen auf die Straße. Und da standen sie, nur zurückgehalten vom Absperrband der Polizei, mit ihren langen Teleobjektiven wie Schnäbel vor den Gesichtern, um, sobald sich die kleinste Chance bot, ein Foto zu schießen, sich ein Stückchen der Toten zu sichern, wenn sie aus dem Haus getragen wurde. Neben dem wartenden Krankenwagen stand ein Typ mit grün-gelb-rot gestreifter Rastamütze und sprach mit den weißgekleideten Kollegen von der Spurensicherung. Bjørn Holm von der Kriminaltechnik. Holm nickte den Kollegen zu und verschwand wieder im Haus. Er ging gekrümmt, zusammengesunken, als hätte er Magenschmerzen, und Truls fragte sich, ob das etwas damit zu tun hatte, dass der Tölpel mit dem runden Gesicht und den Dorschaugen gerade von Katrine Bratt abserviert worden war. Gut. Dann wussten wenigstens auch noch andere, wie es war, gedemütigt zu werden. Wyllers helle Stimme plätscherte im Hintergrund. »Die heißen also Enrique und ...?«

»Nein, nein!« Die jungen Frauen lachten. »Henrik. Und Alf.«

Truls schaute Wyller an und nickte in Richtung Tür.

»Danke, meine Damen, das war schon alles«, sagte Wyller. »Das heißt, ach ja, kann ich noch ihre Telefonnummern bekommen?«

Die Frauen starrten ihn mit so etwas wie freudigem Entsetzen an.

»Die von Henrik und Alf«, fügte er grinsend hinzu.

Katrine stand hinter der Rechtsmedizinerin, die neben dem Bett im Schlafzimmer in die Hocke gegangen war. Elise Hermansen lag auf dem Rücken, die Decke unter sich. So, wie das Blut auf ihrer weißen Bluse verteilt war, musste sie gestanden haben, als ihr die Verletzungen zugefügt worden waren. Vermutlich vor dem Spiegel. Der Teppich davor war derart mit Blut getränkt, dass er am Parkett festklebte. Die Blutspuren zwischen Flur und Schlafzimmer und die geringe Menge Blut im Bett zeigten zudem, dass das Herz von Elise Hermansen wohl schon im Flur zu schlagen aufgehört hatte. Ausgehend von der Körpertemperatur und dem *rigor mortis*, nahm die Rechtsmedizinerin an, dass der Tod irgendwann zwischen dreiundzwanzig Uhr und ein Uhr nachts eingetreten war. Die Todesursache war vermutlich der Blutverlust, nachdem die Halsschlagader durch einen oder mehrere Stiche seitlich am Hals und über der linken Schulter punktiert worden war.

Die Hose und der Slip waren ihr heruntergezogen worden.

»Ich habe ihre Nägel gesäubert und geschnitten, kann mit bloßem Auge aber keine Hautreste sehen«, sagte die Rechtsmedizinerin.

»Seit wann machen Sie die Arbeit der Kriminaltechnik?«, fragte Katrine.

»Seit Bjørn uns darum gebeten hat«, antwortete sie. »Er kann so nett fragen.«

»Ach ja? Gibt es noch andere Wunden?«

»Sie hat eine Hautabschürfung am linken Unterarm und einen Splitter im Mittelfinger der linken Hand.«

»Ist sie vergewaltigt worden?«

»Es gibt keine sichtbaren Spuren für Gewalt im Genitalbereich, aber das hier ...« Sie hielt eine Lupe über den Bauch des Opfers. Katrine sah hindurch und erkannte einen dünnen weißen Streifen. »... könnte Speichel von ihr oder jemand anderem sein, sieht aber eher nach Präejakulat oder Sperma aus.«

»Wollen wir das mal hoffen«, sagte Katrine.

»Hoffen, dass sie vergewaltigt wurde?« Bjørn Holm war ins Zimmer getreten und hatte sich hinter sie gestellt.

»Wenn es eine Vergewaltigung war, deutet alles darauf hin, dass sie post mortem stattgefunden hat«, sagte Katrine, ohne sich umzudrehen. »Dann hat sie das eh nicht mehr mitbekommen. Und ich würde schon gerne etwas Sperma haben.«

»Hab nur Spaß gemacht«, sagte Bjørn leise in seinem charakteristischen Dialekt.

Katrine schloss die Augen. Natürlich wusste er, dass Sperma bei einem Fall wie diesem das ultimative »Sesam, öffne dich!« war. Und natürlich versuchte er, die düstere Stimmung aufzuhellen, die seit ihrem Auszug vor drei Monaten zwischen ihnen herrschte. Auch sie versuchte das immer wieder, aber es wollte ihr einfach nicht gelingen.

Die Rechtsmedizinerin sah zu ihnen hoch. »Ich bin dann hier fertig«, sagte sie und rückte ihren Hidschab zurecht.

»Der Krankenwagen ist da. Meine Leute bringen den Leichnam dann runter«, sagte Bjørn. »Danke für deine Hilfe, Zahra.«

Die Rechtsmedizinerin nickte und beeilte sich, aus dem Zimmer zu kommen. Bestimmt spürte auch sie die angespannte Stimmung.

»Und?«, fragte Katrine und zwang sich, Bjørn anzusehen und seinen finsteren Blick, in dem mehr Trauer als Vorwurf lag, zu ignorieren.

»Da gibt es nicht viel zu sagen«, meinte er und kratzte sich den dichten roten Wangenbart unter der Rastamütze.

Katrine wartete, sie hoffte, dass sie noch immer über den Mord redeten.

»Sie war nicht gerade die Reinlichste, wir haben Haare von einer ganzen Reihe von Personen gefunden – hauptsächlich Männer. Und die werden vermutlich nicht alle gestern Abend hier gewesen sein.«

»Sie war Anwältin«, sagte Katrine. »Einer alleinstehenden Frau mit einem anspruchsvollen Job ist Sauberkeit vielleicht nicht so wichtig wie dir.«

Er lächelte kurz, ohne ihr zu widersprechen. Und Katrine spürte den Anflug eines schlechten Gewissens, das er ihr immer irgendwie machte. Sie hatten sich nie übers Putzen gestritten, Bjørn hatte immer klaglos gespült, die Treppe gewischt, Wäsche gewaschen oder gestaubsaugt. Wie auch alles andere. Nicht ein verfluchter Streit in dem ganzen Jahr, das sie zusammengewohnt hatten, dem wich er grundsätzlich aus. Und wenn sie mal nicht mehr gekonnt hatte, war er da gewesen, aufmerksam, fürsorglich, unermüdlich wie eine beschissene Maschine, so dass sie sich wie eine verwunschene Prinzessin gefühlt hatte. Je mehr er tat, desto schlimmer.

»Woher weißt du eigentlich, dass die Haare von Männern stammen?«, fragte sie seufzend.

»Eine alleinstehende Frau mit einem anspruchsvollen Job ...«, sagte Bjørn, ohne sie anzusehen.

Katrine verschränkte die Arme. »Was willst du damit sagen, Bjørn?«

»Was?« Sein blasses Gesicht bekam eine leicht rötliche Färbung, und seine Augen traten noch deutlicher hervor.

»Dass ich rumvögel? Wenn du Details wissen willst ...«

»Nein!« Bjørn hob beschwichtigend die Hände. »Sorry, so meinte ich das nicht. War nur ein schlechter Scherz.«

Katrine wusste, dass sie Verständnis haben sollte. Und manchmal hatte sie das auch. Aber nicht so, dass man jemanden tröstend in den Arm nehmen wollte. Sie empfand eher Verachtung, das Bedürfnis, auf ihn einzuschlagen und ihn zu demütigen. Und um genau das nicht erleben zu müssen, um Bjørn Holm, diesen feinen Mann, niemals gedemütigt zu sehen, hatte sie ihn verlassen. Katrine Bratt holte tief Luft.

»Männer also?«

»Die meisten Haare waren kurz«, sagte Bjørn. »Mal sehen, ob die Analysen meine Annahme bestätigen. Auf jeden Fall haben wir genug DNA, um die Rechtsmedizin für eine ganze Weile zu beschäftigen.«

»Okay«, sagte Katrine und drehte sich wieder zu der Toten um. »Irgendeine Idee, womit er sie erstochen haben könnte? Es sieht so aus, als hätte er auf sie eingehackt. Die Stiche liegen dicht beieinander.«

Bjørn schien erleichtert zu sein, dass sich ihr Gespräch wieder auf den Fall richtete.

Mann, bin ich müde, dachte Katrine.

»Es ist nicht leicht zu erkennen, aber die Stiche bilden ein Muster«, sagte er. »Genauer gesagt, zwei Muster.«

»Ja?«

Bjørn trat dicht an die Leiche heran und zeigte unter den kurzen blonden Haaren auf ihren Hals. »Siehst du nicht, dass die Stiche wie zwei etwas abgerundete Vierecke angeordnet sind, die sich ein wenig überschneiden? Hier und hier?«

Katrine neigte den Kopf zur Seite. »Jetzt, wo du es sagst ...«

»Wie zwei Bisse.«

»Verdammt«, rutschte es Katrine heraus. »Ein Tier?«

»Wer weiß. Stell dir mal vor, wie die Haut zusammengequetscht wird, wenn sich Ober- und Unterkiefer schließen. Das ergibt so einen Abdruck wie hier.« Bjørn Holm zog ein Stück transparentes Papier aus der Tasche, das Katrine als das Butterbrotpapier erkannte, in das er immer seine Brote einschlug, bevor er zur Arbeit ging. Die Abdrücke hatten die gleiche Form. Er hielt das Papier dicht über die Einstiche im Hals. »Ziemlich viel Ähnlichkeit mit dem Biss von einem Landei wie mir, wenn du mich fragst.«

»Aber Menschenzähne können doch so etwas nicht anrichten.«

»Stimmt, trotzdem sieht der Abdruck aus wie von einem Menschen.«

Katrine befeuchtete sich die Lippen. »Es gibt Menschen, die ihre Zähne spitz feilen lassen.«

»Wenn das Zähne waren, finden wir vielleicht Speichel in der Wunde. Wie auch immer, wenn er im Flur war, als er sie gebissen hat, muss er hinter ihr gestanden haben und größer als sie sein.«

»Die Rechtsmedizinerin hat unter den Nägeln der Toten nichts gefunden, ich nehme an, er hat sie festgehalten«, sagte Katrine.

»Ein kräftiger, mittelgroßer bis großer Mann mit Raubtierzähnen.«

Schweigend betrachteten sie den Leichnam. Wie ein junges Paar in einer Kunstausstellung, das überlegt, mit welchen Gedanken der andere zu beeindrucken wäre, dachte Katrine. Nur mit dem Unterschied, dass Bjørn es nie darauf anlegte, andere zu beeindrucken. Das war eher ihr Ding.

Katrine hörte Schritte im Flur. »Ich will hier nicht noch mehr Leute haben!«, rief sie.

»Wollte nur sagen, dass im angegebenen Zeitraum nur in zwei Wohnungen jemand war und dass keiner von denen etwas gehört oder gesehen hat.« Wyllers helle Stimme. »Und ich habe gerade mit zwei jungen Männern gesprochen, die Elise Hermansen gesehen haben, als sie nach Hause gekommen ist. Sie sagen, sie wäre allein gewesen.«

»Und diese jungen Männer sind …«

»… nicht vorbestraft, haben eine Taxiquittung, aus der hervorgeht, dass sie hier gegen halb zwölf den Abflug gemacht haben. Sie sagen, dass Elise Hermansen sie überrascht habe, als sie unten in den Hausflur gepinkelt haben. Soll ich sie einbestellen?«

»Das sind sicher nicht die Täter, aber lad sie trotzdem vor.«

»Okay.«

Wyllers Schritte entfernten sich.

»Sie ist allein gekommen, und es gibt keine Anzeichen für einen Einbruch«, sagte Bjørn. »Glaubst du, sie hat ihn freiwillig reingelassen?«

»Nur, wenn sie ihn gut kannte.«

»Was?«

»Elise war Anwältin, sie wusste, was passieren konnte. Und die Kette an der Tür sieht noch ganz neu aus. Ich glaube, sie war ein vorsichtiges Mädchen.« Katrine hockte sich noch einmal neben die Tote und musterte den Splitter, der aus Elises Mittelfinger ragte. Und die Hautabschürfung auf ihrem Unterarm.

»Anwältin?«, fragte Bjørn. »Wo?«

»Hollumsen & Skiri. Sie haben die Polizei alarmiert, weil Hermansen einen Gerichtstermin nicht wahrgenommen hat und auch nicht ans Telefon gegangen ist. Es ist nicht ungewöhnlich, dass Anwälte, die sich für Vergewaltigungsopfer einsetzen, von Sexualstraftätern bedroht werden.«

»Glaubst du, dass ein ...?«

»Nein, ich glaube, wie gesagt, nicht, dass sie jemanden reingelassen hat. Aber ...« Katrine zog die Stirn in Falten. »Was würdest du sagen, welche Farbe dieser Splitter da hat?«

Bjørn beugte sich über die Tote. »Weiß ist er jedenfalls nicht.«

»Rosa«, sagte Katrine und stand auf. »Komm!«

Katrine öffnete die Wohnungstür und zeigte auf den abgesplitterten Rahmen auf der Außenseite. »Rosa.«

»Wenn du das sagst«, brummte Bjørn.

»Siehst du das nicht?«, fragte sie ungläubig.

»Die Forschung hat längst nachgewiesen, dass Frauen generell mehr Farbnuancen sehen als Männer.«

»Aber das hier siehst du?«, fragte Katrine und hielt die Sicherheitskette hoch, die auf der Innenseite der Tür hing.

Bjørn beugte sich zu ihr vor. Sein Duft versetzte ihr einen Stich. Vielleicht störte sie auch einfach nur die plötzliche Intimität.

»Da ist Haut«, sagte er.

»Vom Unterarm. Verstehst du?«

Er nickte langsam. »Sie hat sich den Arm an der Kette aufgeschürft, also war die dran. Nicht er hat sich an ihr vorbeigedrängt, um reinzukommen, sondern sie hat versucht, aus der Wohnung zu fliehen.«

»In Norwegen werden normalerweise keine Sicherheitsketten benutzt. Wir schließen ab, und das war's. Wenn sie ihn vorher reingelassen hätte, einen kräftigen Mann, den sie kannte ...«

»... hätte sie die Kette nicht wieder vorgelegt. Dann hätte sie sich sicher gefühlt.«

»Ergo«, übernahm Katrine, »war er bereits in der Wohnung, als sie nach Hause kam.«

»Ohne dass sie es wusste.«

»Sie hat die Kette vorgelegt, weil sie glaubte, dass das Gefährliche *draußen* lauert.« Katrine lief ein Schauer über den Rücken. Eine grauenvolle Erkenntnis, aber genau der Moment, in dem sie als Mordermittlerin mit einem Mal alles *sah* und *verstand.*

»Harry wäre jetzt sehr zufrieden mit dir«, sagte Bjørn. Und lachte.

»Was ist?«, fragte sie.

»Du wirst rot.«

Mann, bin ich fertig, dachte Katrine.

KAPITEL 3

Donnerstagnachmittag

Katrine hatte während der Pressekonferenz Schwierigkeiten, sich zu konzentrieren. Neben ihr saß der Leiter des Dezernats für Gewaltverbrechen, Gunnar Hagen. Er informierte kurz über die Identität und das Alter des Opfers und ging in wenigen Worten darauf ein, wo und wann die Tat geschehen war. Bei der ersten Pressekonferenz kurz nach einem Mordfall kam es eigentlich nur darauf an, im Namen einer modernen, offenen Demokratie an die Öffentlichkeit zu treten, dabei aber so wenig wie möglich zu sagen.

Die Blitzlichter spiegelten sich auf seinem blanken, von dunklen Haaren gesäumten Schädel, während er die kurzen Sätze, die sie gemeinsam vorbereitet hatten, vom Blatt ablas. Katrine war froh, dass Hagen das Wort führte. Nicht, dass sie das Rampenlicht scheute, aber ihre Zeit würde noch kommen. Vorläufig bevorzugte sie es als neue Chefermittlerin, Hagen dabei zu beobachten, wie es ihm dank seiner Erfahrung gelang, mehr durch Körpersprache und Ton als durch Fakten den Eindruck zu vermitteln, die Polizei habe alles unter Kontrolle.

Sie war sitzen geblieben und ließ den Blick über die Gesichter der rund dreißig Journalisten schweifen, die sich im Parolesaal im dritten Stock vor dem großen Gemälde versammelt hatten. Das Bild, das die gesamte Wand einnahm, lenkte sie ab. Es zeigte nackte, badende Menschen, die meisten kleine, schmächtige Jungs. Eine idyllische, unschuldige Szene aus einer Zeit, in der noch nicht alles gleich aufs Übelste gedeutet und interpretiert worden war. Dabei war sie keinesfalls besser, weil sie automatisch annahm, dass der Künstler pädophil war. Hagen wiederholte sein Mantra, egal, wie die Fragen der Journalisten lauteten: »Darauf können wir Ihnen leider keine Antwort geben«, leicht variiert, damit es nicht arrogant oder gar komisch wirkte. »Zum jetzigen Zeitpunkt können wir das nicht kommentieren.« Oder etwas wohlwollender: »Darauf werden wir noch zurückkommen.«

Die Presseleute schrieben mit und formulierten immer neue Fragen. »War der Leichnam übel zugerichtet?«, »Gab es Anzeichen für einen sexuellen Übergriff?«, »Hat die Polizei einen Verdächtigen, und falls ja, ist es jemand, der dem Opfer nahestand?«

Spekulative Fragen, die aufgrund der Antwort »Kein Kommentar« Raum ließen für Spannung und Nervenkitzel.

Am anderen Ende des Saals erschien eine bekannte Gestalt, mit schwarzer Klappe über dem einen Auge und in Polizeipräsidentenuniform, die, wie Katrine wusste, immer frisch gebügelt in seinem Büro hing. Mikael Bellman. Er betrat den Saal nicht, sondern blieb als stummer Zuhörer in der Tür stehen. Auch Hagen schien ihn bemerkt zu haben, denn er richtete sich unter den Augen des jüngeren Polizeipräsidenten etwas auf.

»Das wäre dann alles«, schloss der Pressesprecher.

Katrine sah Bellman die Hand heben. Er wollte sie sprechen.

»Wann wird die nächste Pressekonferenz stattfinden?«, rief Mona Daa, die Kriminalreporterin der Zeitung VG.

»Darauf werden wir zurückk...«

»Sobald wir etwas Neues haben«, unterbrach Hagen den Pressesprecher.

»Sobald« registrierte Katrine, nicht »wenn« oder »falls«. Diese kleinen Dinge, etwa die exakte Wortwahl, signalisierten, dass die Diener des Rechtsstaats unermüdlich arbeiteten, die Mühlen der Gerechtigkeit mahlten und es nur eine Frage der Zeit war, bis der Schuldige gefasst wurde.

»Etwas Neues?«, fragte Bellman, als sie durch die Eingangshalle des Präsidiums gingen. Früher hatte seine beinahe feminine Ausstrahlung – lange Wimpern, gepflegte, etwas zu lange Haare und brauner Teint mit den eigentümlichen Pigmentflecken – mitunter etwas Affektiertes, Schwächliches gehabt. Die Augenklappe allerdings, die bei anderen vielleicht inszeniert gewirkt hätte, vermittelte einen Eindruck von Stärke. Dieser Mann nahm rein äußerlich nicht einmal durch den Verlust eines Auges Schaden.

»Die Kriminaltechnik hat etwas in den Bisswunden gefunden«, sagte Katrine, während sie hinter Bellman durch die Kontrolle im Eingangsbereich ging.

»Speichel?«

»Rost.«

»Rost?«

»Ja.«

»Wie in ...?« Bellman drückte auf den Knopf des Fahrstuhls.

»Keine Ahnung«, sagte Katrine und trat neben ihn.

»Und ihr wisst noch immer nicht, wie der Täter in ihre Wohnung gekommen ist?«

»Nein. Das Schloss ist mit einem Dietrich nicht zu öffnen, und weder Türen noch Fenster wurden aufgebrochen. Und an die Möglichkeit, dass sie ihn reingelassen hat, glauben wir nicht.«

»Vielleicht hatte er einen Schlüssel.«

»Die Wohnungstüren und die Haustür unten sind mit dem gleichen Systemschlüssel zu öffnen. Laut Hausverwaltung gab es für Elise Hermansens Wohnung nur einen Schlüssel. Und den hatte sie selbst. Berntsen und Wyller haben mit zwei jungen Männern gesprochen, die im Hausflur waren, als sie kam, und die sind sich beide sicher, dass sie die Tür selbst aufgeschlossen hat und nicht von jemandem, der schon in ihrer Wohnung war, hereingelassen wurde.«

»Verstehe. Könnte ihr Mörder den Schlüssel irgendwie nachgemacht haben?«

»Dafür müsste er sich den Originalschlüssel beschafft und

dann noch einen Schlüsseldienst gefunden haben, der System-schlüssel ohne schriftliche Genehmigung der Hausverwaltung nachmacht. Das ist ziemlich unwahrscheinlich.«

»Okay, aber das war eigentlich gar nicht das, worüber ich mit dir reden wollte ...« Die Fahrstuhltüren öffneten sich vor ihnen, und zwei Kommissare traten heraus. Sie hörten augenblicklich auf zu lachen, als sie den Polizeipräsidenten sahen.

»Es geht um Truls«, sagte Bellman, nachdem er ihr höflich den Vortritt gelassen hatte. »Also Berntsen.«

»Ja?«, erwiderte Katrine und nahm den schwachen Duft seines Rasierwassers wahr. Sie hatte eigentlich gedacht, dass die meisten Männer sich nach dem Rasieren nicht mehr mit alkoholischen Lösungen pflegten. Bjørn hatte sich elektrisch rasiert, ohne eine Pflege zu benutzen, und die, die sie danach gehabt hatte ... nun, in einigen Fällen wäre Katrine da schweres Parfüm sicher lieber gewesen als der natürliche Geruch dieser Männer.

»Wie fügt er sich ein?«

»Berntsen? Gut.«

Sie standen nebeneinander, den Blick auf die Fahrstuhltür gerichtet, aber aus den Augenwinkeln nahm sie sein schiefes Lächeln wahr.

»Gut?«, wiederholte er nach kurzem Schweigen.

»Berntsen erledigt die Aufgaben, die wir ihm geben.«

»Und die sind nicht sonderlich anspruchsvoll, nehme ich mal an.«

Katrine zuckte mit den Schultern. »Er hat keine Erfahrung als Ermittler, arbeitet aber als Kommissar im größten Morddezernat des Landes, sieht man mal vom Kriminalamt ab. Klar, dass man da nicht immer in der ersten Reihe mitmischt, oder?«

Bellman nickte und rieb sich das Kinn. »Ich wollte eigentlich nur hören, dass er sich anständig benimmt. Dass er ... sich an die Spielregeln hält.«

»Soweit ich weiß, ja.« Der Fahrstuhl hielt an. »Von welchen Spielregeln reden wir eigentlich?«

»Es wäre mir lieb, wenn du ihn im Auge behalten würdest, Bratt. Truls Berntsen hat es nicht leicht gehabt.«

»Denkst du an die Verletzungen, die er durch die Explosion davongetragen hat?«

»Ich denke an … sein *Leben*, Bratt. Er ist etwas … wie soll ich das sagen?«

»Mitgenommen?«

Bellman lachte kurz und nickte in Richtung der offenen Fahrstuhltür. »Deine Etage, Bratt.«

Bellman betrachtete Bratts durchtrainierten Po, als sie sich über den Flur entfernte, und ließ seiner Phantasie freien Lauf, bis die Fahrstuhltüren sich wieder schlossen. Dann konzentrierte er sich wieder auf das *Problem*. Das eigentlich weniger ein Problem war als eine neue Möglichkeit. Trotzdem stand er vor einem Dilemma. Er hatte unter Wahrung höchster Diskretion eine Anfrage aus dem Büro des Ministerpräsidenten erhalten. Es war zu erwarten, dass es in der Regierung einige Veränderungen geben würde, unter anderem wurde vermutlich der Posten des Justizministers vakant. Die Anfrage bezog sich nun darauf, was Bellman – natürlich rein hypothetisch – antworten würde, sollte ihm dieses Amt angeboten werden. Anfangs war er einfach nur verblüfft gewesen, doch bei näherer Betrachtung war ihm klargeworden, dass die auf ihn gefallene Wahl vollkommen logisch war. Er hatte als Polizeipräsident nicht nur substantiell dazu beigetragen, dass der international als Polizeischlächter bekannt gewordene Täter dingfest gemacht werden konnte, sondern in der Hitze des Kampfes auch noch ein Auge eingebüßt, wofür man ihm über die Landesgrenzen hinaus Anerkennung zollte. Ein Polizeipräsident mit Juraexamen, der sich gut ausdrücken konnte, erst knapp über vierzig war und die Hauptstadt erfolgreich gegen Mord, Drogen und Kriminalität verteidigte, war sicher auch für höhere Aufgaben geeignet. Und dass er gut aussah, war kein Handicap, man musste ja auch an die weiblichen Wähler denken. Also hatte er – rein hypothetisch – mit ja geantwortet.

Bellman trat in der obersten Etage aus dem Fahrstuhl und ging an der Reihe der Porträts der früheren Polizeipräsidenten vorbei.

Bis die Entscheidung definitiv war, durfte sein Lack keine Kratzer bekommen. Am meisten fürchtete er, dass Truls irgendeinen Mist baute, der auf ihn zurückfiel. Bellman dachte mit Schaudern an die möglichen Schlagzeilen: »Polizeipräsident hielt seine Hand schützend über korrupten Polizisten und Freund«.

Truls war in sein Büro spaziert, hatte die Füße auf den Schreibtisch gelegt und gesagt, dass er sich – falls er jemals gefeuert werden sollte – damit trösten würde, einen ebenso schmutzigen Polizeipräsidenten mit in die Tiefe zu reißen. Es war Bellman deshalb ausgesprochen leichtgefallen, Truls' Wunsch nachzukommen und ihm einen Posten im Dezernat für Gewaltverbrechen zuzuschustern. Insbesondere da dieser – wie Bratt ihm gerade bestätigt hatte – dort nicht so viel Verantwortung innehatte, dass er die Ermittlungen in einem konkreten Fall wirklich sabotieren konnte.

»Ihre hübsche Frau wartet drinnen«, sagte Lena, als Mikael Bellman in sein Vorzimmer kam. Lena war über sechzig, und als Bellman vor vier Jahren seine Stelle angetreten hatte, hatte sie als Erstes gesagt, dass sie auf keinen Fall als Assistentin bezeichnet werden wollte. Moderne Stellenbeschreibung hin oder her, sie sei eine Vorzimmerdame und wolle das auch bleiben.

Ulla saß auf dem Sofa der Sitzgruppe am Fenster. Lena hatte recht, seine Frau war hübsch. Sie war zierlich und noch immer attraktiv, daran hatten auch die drei Schwangerschaften nichts geändert. Noch wichtiger war aber, dass sie sich hinter ihn gestellt und erkannt hatte, dass sie ihn bei seiner Karriere unterstützen und ihm Ellbogenfreiheit geben musste. Und dass der eine oder andere Fehltritt im Privatleben nur menschlich war, wenn man dem Druck einer derart anspruchsvollen Stelle standhalten wollte.

Sie war so unverdorben, fast naiv, dass er alles in ihrem Gesicht lesen konnte. Und jetzt las er Verzweiflung. Das Erste, was Bellman dachte, war, dass einem der Kinder etwas passiert war. Er wollte schon fragen, aber dann bemerkte er den Anflug von Verbitterung in ihrer Miene und erkannte, dass sie etwas herausgefunden haben musste. Schon wieder. Verdammt! »Du siehst so ernst aus, Liebes«, sagte er ruhig und ging, die Uniform aufknöpfend, zum Kleiderschrank. »Ist etwas mit den Kindern?«

Sie schüttelte den Kopf. Er atmete erleichtert auf. »Nicht dass ich mich nicht freuen würde, dich zu sehen, aber ich mache mir immer gleich Sorgen, wenn du unangemeldet hier auftauchst.« Er hängte die Jacke in den Schrank und setzte sich ihr gegenüber auf den Sessel. »Und?«

»Du hast sie wiedergesehen«, sagte Ulla. Er hörte, dass sie sich die Worte genau zurechtgelegt und sich vorgenommen hatte, nicht zu weinen. Trotzdem standen ihr bereits wieder die Tränen in den blauen Augen.

Er schüttelte den Kopf.

»Du brauchst es gar nicht abzustreiten«, sagte sie mit belegter Stimme. »Ich habe dein Telefon überprüft. Du hast sie allein in dieser Woche dreimal angerufen, Mikael. Du hast versprochen ...«

»Ulla.« Er beugte sich vor und wollte ihre Hand nehmen, aber sie zog sie zurück. »Ich habe mit ihr gesprochen, weil ich ihren Rat brauchte. Isabelle Skøyen arbeitet inzwischen als Kommunikationsberaterin in einem Unternehmen, das auf Lobbying und Politik spezialisiert ist. Sie kennt die Irrwege der Macht, sie hat sich selbst schon darin verlaufen. Und sie kennt mich.«

»Kennt?« Ullas Gesicht verzog sich zu einer Grimasse.

»Wenn ich – wenn wir – diese Herausforderung annehmen wollen, muss ich jeden Vorteil, der sich mir bietet, nutzen, um am Ende wirklich eine Kopflänge vorne zu liegen. Diesen Job wollen noch andere Leute. *Regierung*. Ulla. Es gibt nichts Größeres.«

»Nicht mal die Familie?«, sagte sie.

»Du weißt ganz genau, dass ich unsere Familie niemals im Stich lassen würde ...«

»Niemals im Stich lassen?«, rief sie mit einem Schluchzen. »Das hast du doch bereits ...«

»... und ich hoffe, dass du das auch niemals tun wirst, Ulla. Nicht aus grundloser Eifersucht auf eine Frau, mit der ich nur aus Karrieregründen telefoniert habe.«

»Die Frau war doch nur Kommunalpolitikerin, und das noch nicht mal sonderlich lang. Was kann die dir schon sagen?«

»Unter anderem, was man nicht tun darf, wenn man als Politiker überleben will. Diese Erfahrung hat das Unternehmen mit eingekauft, als sie sich für sie entschieden haben. Unter anderem darf man nie gegen seine Ideale verstoßen. Die Pflichten verletzen und sich aus der Verantwortung stehlen. Und macht man Fehler, muss man um Vergebung bitten und versuchen, es beim nächsten Mal richtig zu machen. Man darf Fehler machen, aber niemanden betrügen, Ulla. Und das will ich versuchen.« Er griff wieder nach ihrer Hand, und dieses Mal schaffte sie es nicht, sie wegzuziehen. »Ich weiß, dass ich nach all dem, was vorgefallen ist, nicht zu viel verlangen darf, aber wenn ich das jetzt hinbekommen will, brauche ich dein Vertrauen und deine Unterstützung. Du musst mir vertrauen.«

»Wie soll das gehen?«

»Komm.« Er stand auf, ohne ihre Hand loszulassen, und zog sie ans Fenster. Stellte sich hinter sie und legte ihr die Hände auf die Schultern. Da das Präsidium auf einer kleinen Anhöhe lag, sah sie halb Oslo in der Sonne vor sich. »Willst du dabei sein und etwas bewegen, Ulla? Willst du mir helfen, die Zukunft unserer Kinder ein bisschen sicherer zu machen? Der Kinder unserer Nachbarn. Unserer Stadt. Unseres Landes?«

Seine Worte zeigten Wirkung. Mein Gott, sie gingen auch an

ihm nicht spurlos vorbei. Er war geradezu gerührt. Die Worte stammten aus ein paar Notizen, die er sich mit Blick auf die Medien gemacht hatte. Wenn es mit dem Posten des Justizministers offiziell würde, hätte er nicht viel Zeit, bis Fernsehen, Radio und Zeitungen ein Statement von ihm wollten.

Truls Berntsen wurde von einer kleinen Frau aufgehalten, als er und Wyller nach der Pressekonferenz in die Eingangshalle des Polizeipräsidiums traten.

»Mona Daa, VG. Sie habe ich schon mal gesehen ...« Sie wandte sich von Truls ab. »Aber Sie müssen neu im Präsidium sein?«

»Stimmt«, sagte Wyller lächelnd. Truls musterte Mona Daa von der Seite. Nettes Gesicht. Breit, vielleicht samisch. Aber aus ihrem Körperbau war er nie schlau geworden. In den bunten, weiten Gewändern, die sie trug, erinnerte sie eher an eine Opernkritikerin der alten Schule als an eine hartgesottene Kriminalreporterin. Sie konnte kaum älter als dreißig sein, aber Truls hatte das Gefühl, dass sie schon immer da gewesen war. Stark, standhaft und dominant. Es brauchte schon einen Orkan, um Mona Daa umzuwerfen. Außerdem roch sie nach Mann, benutzte Gerüchten zufolge Old-Spice-Aftershave.

»Sie haben uns auf der Pressekonferenz nicht gerade viel präsentiert.« Mona Daa lächelte. Wie Journalisten lächeln, die etwas wollen. Auch wenn es ihr im Augenblick nicht vorrangig um Informationen zu gehen schien. Ihr Blick zog Wyller förmlich aus.

»Wir hatten wohl nicht mehr«, sagte Wyller und erwiderte ihr Lächeln.

»Dann darf ich Sie so zitieren?«, sagte Mona Daa und machte sich Notizen. »Name?«

»*Was* zitieren?«

»Dass die Polizei nicht mehr hat, als Hagen und Bratt auf der Pressekonferenz vorgetragen haben.«

Truls sah die aufkeimende Panik in Wyllers Augen. »Nein,

nein, das hab ich nicht gemeint ... bitte ... bitte schreiben Sie nichts.«

Mona Daa antwortete, machte sich aber zeitgleich weitere Notizen: »Ich habe mich als Journalistin vorgestellt, da sollte Ihnen klar sein, dass ich beruflich hier bin.«

Wyller sah hilfesuchend zu Truls, aber Truls sagte nichts. Jetzt war der junge Mann nicht mehr so selbstsicher und arrogant wie in dieser Studenten-WG.

Wyller räusperte sich und versuchte, seiner Stimme einen tieferen Klang zu geben. »Ich untersage Ihnen, dieses Zitat zu veröffentlichen.«

»Verstehe«, sagte Daa. »Dann zitiere ich das, was klarmacht, dass die Polizei die Presse zu zensieren versucht.«

»Ich ... nein, das ...« Wyller wurde rot, und Truls musste sich zusammenreißen, um nicht zu lachen.

»Entspannen Sie sich, ich mach doch nur Witze«, sagte Mona Daa.

Anders Wyller starrte sie einen Augenblick lang an, dann atmete er tief durch.

»Welcome to the game. Wir spielen hart, aber fair. Und wenn wir können, helfen wir einander. Nicht wahr, Berntsen?«

Truls grunzte eine unverständliche Antwort, die man in alle Richtungen verstehen konnte.

Daa blätterte in ihrem Notizbuch. »Ich werde die Frage, ob es irgendwelche Verdächtigen gibt, nicht wiederholen, dazu sollen sich Ihre Vorgesetzten äußern. Aber lassen Sie mich generell ein paar Fragen zu den Ermittlungen stellen.«

»Nur zu«, sagte Wyller und lächelte, er saß schon wieder hoch zu Ross.

»Ist es nicht so, dass sich bei Ermittlungen in einem Mordfall wie diesem der Fokus immer auf frühere Geliebte oder Partner richtet?«

Anders Wyller wollte antworten, aber Truls legte ihm eine Hand auf die Schulter und übernahm.

»Ich sehe, worauf Sie hinauswollen, Daa: *Die leitenden Ermittler wollten sich zu möglichen Verdächtigen nicht äußern, die VG hat allerdings aus Polizeikreisen erfahren, dass sich die Ermittlungen auf frühere Partner und Liebschaften richten.*«

»Also«, sagte Mona Daa, »ich wusste ja gar nicht, dass Sie so spitzfindig sind, Berntsen.«

»Und ich wusste nicht, dass Sie meinen Namen kennen.«

»Ach, jeder Polizist hat so seinen Ruf, wissen Sie. Und das Morddezernat ist so groß ja nun auch wieder nicht. Aber was Sie angeht, weiß ich noch nichts.«

Anders Wyller lächelte blass.

»Wie ich sehe, ziehen Sie es vor, nichts mehr zu sagen. Aber Ihren Namen können Sie mir doch wenigstens verraten.«

»Anders Wyller.«

»Und hier finden Sie mich, Wyller.« Sie reichte ihm eine Visitenkarte, bevor sie – nach einem gewissen Zögern – auch Truls eine gab. »Wie gesagt, wir schätzen die Tradition, einander zu helfen. Und wir bezahlen durchaus gut, wenn die Tips was taugen.«

»Sie bezahlen doch wohl keine Polizisten?«, fragte Wyller und steckte ihre Karte in die Hosentasche.

»Warum nicht?«, erwiderte sie, und ihr Blick streifte Truls. »Tips sind Tips. Also rufen Sie ruhig an, wenn Ihnen etwas einfällt. Oder kommen Sie ins Gain-Fitnessstudio. Sie finden mich dort jeden Abend ab neun. Dann können wir ein bisschen zusammen schwitzen ...« Sie lächelte Wyller an.

»Ich schwitze lieber draußen«, sagte Wyller.

Mona Daa nickte. »Mit dem Hund joggen. Sie sehen aus wie ein Hundetyp. Gefällt mir.«

»Warum?«

»Katzenallergie. Okay, Jungs, im Sinne der Zusammenarbeit werde ich euch anrufen, wenn ich auf etwas stoße, von dem ich glaube, dass es für euch interessant sein könnte.«

»Danke«, sagte Truls.

»Aber dafür brauche ich eine Telefonnummer, die ich anrufen kann.« Mona Daa hielt den Blick auf Wyller gerichtet.

»Sicher«, sagte er.

»Ich notiere.«

Wyller sagte Ziffer für Ziffer, bis Mona Daa den Blick hob. »Das ist doch die Nummer der Zentrale hier im Präsidium.«

»Ja, hier arbeite ich ja auch«, sagte Anders Wyller. »Außerdem habe ich eine Katze.«

Mona Daa klappte ihr Notizbuch zu. »Bis dann.«

Truls sah ihr hinterher, als sie wie ein Pinguin in Richtung Ausgang watschelte und die schwere Metalltür mit dem Bullauge aufdrückte.

»Die Besprechung beginnt um drei«, sagte Wyller.

Truls sah auf die Uhr. Die Nachmittagsbesprechung der Ermittlergruppe. Das Dezernat für Gewaltverbrechen war spitze, bis auf die Morde. Morde waren scheiße. Morde bedeuteten Überstunden, Berichte, nicht enden wollende Besprechungen und Stress. Aber wenigstens gab es in der Kantine dann Gratis-Essen. Er seufzte, drehte sich um, ging in Richtung Kontrolle im Eingangsbereich und erstarrte.

Ulla.

Was machte sie hier?

Sie war auf dem Weg nach draußen. Ihr Blick huschte über ihn, aber sie tat so, als hätte sie ihn nicht gesehen. Vielleicht weil es immer etwas peinlich war, wenn sie ein seltenes Mal ohne Mikael zusammentrafen. Sie hatten das schon immer bewusst vermieden, seit sie sich kannten. Er, weil er in ihrer Gegenwart zu schwitzen begann und sein Herz so stark schlug und weil ihn anschließend all die blöden Dinge quälten, die er gesagt hatte, und auch die intelligenten, richtigen Worte, die natürlich in dem Moment wieder nicht über seine Lippen gekommen waren. Und sie ... weil ... nun vermutlich, weil er schwitzte, sein Herz zu stark schlug und er nichts oder ausnahmslos blöde Dinge sagte.

Trotzdem hätte er dort in der Eingangshalle beinahe ihren Namen gerufen.

Aber sie war bereits durch die Metalltür verschwunden. Gleich würde draußen das Sonnenlicht ihre seidigen blonden Haare küssen.

Ulla, flüsterte er tonlos.

KAPITEL 4

Donnerstag, später Nachmittag

Katrine Bratt ließ den Blick durch den Besprechungsraum schweifen, der intern nur als KO-Raum bezeichnet wurde.

Acht Ermittler, vier Analytiker, eine Kriminaltechnikerin. Sie alle standen ihr zur Verfügung und beobachteten sie – die neue Ermittlungsleiterin – mit Adleraugen. Katrine wusste, dass die größten Skeptiker im Raum ihre Kolleginnen waren. Sie hatte sich schon oft gefragt, ob sie sich von anderen Frauen wirklich so grundsätzlich unterschied. Lag es daran, dass sie ein Testosteronniveau von nur fünf bis zehn Prozent im Vergleich zu ihren männlichen Kollegen hatten, während Katrines Niveau bezogen auf die Kollegen bei fünfundzwanzig Prozent lag? Sie war deshalb kein behaartes Muskelpaket mit penisähnlicher Klitoris, aber sie brauchte den Sex mehr, als ihre wenigen Freundinnen es jemals für sich eingeräumt hatten. Und das schon solange sie denken konnte. Bjørn hatte es als »wutgeil« bezeichnet, wenn sie mitten in der Arbeitszeit nach Bryn gefahren war, damit er sie mal eben schnell in dem leeren Lagerraum hinter dem Labor durchfickte, bis die Kolben und Reagenzgläser in den Kartons zu klirren begannen.

Katrine räusperte sich und schaltete das Aufnahmegerät in ihrem Handy ein.

»Heute ist Donnerstag, der 22. September, 16 Uhr, und wir befinden uns im Sitzungsraum 1 des Dezernats für Gewaltverbrechen zur ersten Besprechung der vorläufigen Ermittlergruppe im Fall der ermordeten Elise Hermansen.«

Katrine sah Truls Berntsen als Letzten in den Raum schleichen und ganz hinten Platz nehmen.

Sie fuhr mit der Zusammenfassung der Fakten fort, obgleich die meisten im Raum diese bereits kannten: Elise Hermansen war am Morgen des 22. September ermordet aufgefunden worden. Die vermutliche Todesursache war der Blutverlust infolge der Stichverletzungen am Hals. Bis jetzt hatten sich keine Zeugen gemeldet. Vorläufig gab es keine Verdächtigen und keine bestätigten physischen Spuren. Was sie an organischem, möglicherweise von Menschen stammendem Material in der Wohnung gefunden hatten, war zur DNA-Analyse geschickt worden. Mit den Ergebnissen war hoffentlich im Laufe einer Woche zu rechnen. Weitere mögliche physische Spuren wurden von der Kriminaltechnik sowie der Rechtsmedizin untersucht. Mit anderen Worten: Sie hatten nichts.

Sie sah einige der Anwesenden die Arme vor der Brust verschränken und tief durchatmen, fast schon gähnen. Und sie wusste, was ihre Mitarbeiter dachten: Das alles waren nur Allgemeinplätze, inhaltslose Wiederholungen, nicht genug, um zu rechtfertigen, dass sie alle dafür ihre Arbeit unterbrochen hatten. Dann erklärte Katrine, wie sie ganz einfach darauf gekommen war, dass sich der Täter bereits in der Wohnung befunden haben musste, als Elise nach Hause gekommen war. Sie hörte selbst, dass ihre Worte ätzend selbstbeweihräuchernd klangen, als würde sie als neue Leiterin um Anerkennung betteln. Sie spürte die aufkeimende Verzweiflung und dachte an das, was Harry gesagt hatte, als sie ihn angerufen und um Rat gebeten hatte.

»Fang den Täter«, hatte er gesagt.

»Harry, danach habe ich dich nicht gefragt, ich wollte von dir wissen, wie man eine Ermittlergruppe leitet, die einem nicht vertraut.«

»Und ich habe dir die Antwort gegeben.«

»Einen Mörder zu fassen löst nicht mein …«

»Das löst alles.«

»Alles? Und welche deiner Probleme sind dadurch gelöst worden, Harry? So rein persönlich?«

»Keines, aber du hast auch nach der Führungsrolle gefragt.«

Katrine sah sich noch einmal im Raum um, fügte einen weiteren unnötigen Satz an, holte tief Luft und registrierte eine Hand, deren Finger auf die Armlehne trommelten.

»Wenn Elise Hermansen diese Person am früheren Abend in die Wohnung gelassen und ihr erlaubt hat, dort zu bleiben, während sie selbst ausgegangen ist, suchen wir nach jemandem, den sie kennt. Deshalb sind wir die Kontaktlisten ihres Telefons und PCs durchgegangen. Tord?«

Tord Gren stand auf. Er wurde Reiher genannt, weil er mit seinem unglaublich langen Hals, seiner schmalen, schnabelartigen Nase und seiner übermenschlichen Spannweite einem Reiher glich. Die archaische, runde Brille und die langen Locken, die das schmale Gesicht rahmten, ließen einen spontan an die Siebziger denken.

»Wir haben ihr iPhone geknackt und sind die Anrufliste der letzten drei Tagen durchgegangen«, sagte Tord, ohne den Blick von seinem Tablet zu nehmen. Er mied generell den Augenkontakt mit anderen Menschen. »Die Adressliste scheint rein beruflich zu sein. Kollegen und Mandanten.«

»Keine Freunde?«, fragte Magnus Skarre, einer der taktischen Ermittler. »Eltern?«

»Ich denke, es verhält sich wirklich so, wie ich es gesagt habe«, erwiderte Tord, nicht unfreundlich, aber nachdrücklich. »Ähnlich sieht es mit dem Mailverkehr aus. Alles nur beruflich.«

»Das Anwaltsbüro bestätigt, dass Elise häufig Überstunden gemacht hat«, fügte Katrine hinzu.

»Singlefrauen machen so was«, sagte Skarre.

Katrine sah irritiert zu dem eher kleinen, leicht gedrungenen Ermittler, obwohl sie wusste, dass dieser Kommentar nicht auf sie gemünzt war. Dafür war Skarre weder verschlagen noch clever genug.

»Sie hatte kein Passwort für ihren PC, aber da war auch nicht viel zu finden«, fuhr Tord fort. »Die Logfiles zeigen, dass sie vor allem Nachrichten liest und googelt. Sie hat ein paar Pornoseiten besucht, aber ganz normale Sachen, und es gibt keinerlei Hinweise darauf, dass sie über diese Seiten jemanden kontaktiert hat. Das Problematischste, was sie in den letzten Jahren gemacht hat, war, auf Popcorn Time *Wie ein einziger Tag* zu streamen.«

Da Katrine den IT-Experten nicht gut genug kannte, wusste sie nicht, ob er mit »problematisch« die Nutzung des Piratenservers als solchen oder die Wahl des Filmes meinte. Sie selbst fand eher Letzteres problematisch. Sie vermisste Popcorn Time.

»Ich habe ein paar naheliegende Passwörter für ihren Facebook-Account ausprobiert«, fuhr Tord fort. »Ohne Erfolg, deshalb habe ich das Ganze jetzt an das Kriminalamt weitergeleitet.«

»Wieso das denn?«, fragte Anders Wyller, der in der ersten Reihe Platz genommen hatte.

»Wir brauchen eine gerichtliche Verfügung«, sagte Katrine. »Der Antrag für die Offenlegung eines Facebook-Accounts geht über das Kriminalamt ans Gericht, und wenn das zustimmt, wird die Angelegenheit an die amerikanische Gerichtsbarkeit und eventuell sogar an Facebook weitergegeben. Bestenfalls dauert das Wochen, vielleicht sogar Monate.«

»Das war alles«, sagte Tord Gren.

»Nur eine Frage von einem Neuling«, sagte Wyller. »Wie bist du in ihr Telefon gekommen? Mit einem Fingerabdruck der Leiche?«

Tord sah Wyller kurz an und schüttelte den Kopf.

»Wie dann? Ältere iPhone-Codes bestehen aus vier Ziffern. Das ergibt zehntausend verschiedene Möglichkeiten ...«

»Mikroskop«, unterbrach Tord ihn und tippte etwas in sein Tablet.

Katrine kannte Tords Methode, schwieg aber. Tord Gren hatte keinerlei Ausbildung, weder als Polizist noch sonst was. Ein paar

Jahre IT-Technik in Dänemark, aber kein Examen. Trotzdem hatte die IT-Abteilung des Präsidiums ihn, ohne zu zögern, als Analytiker für alles, was mit technischen Spuren zu tun hatte, eingestellt.

»Selbst härtestes Glas hat an den Stellen Mikrogruben, an denen die Fingerkuppen am häufigsten tippen«, sagte Tord. »Ich finde heraus, wo diese Gruben am tiefsten sind, und schon hab ich den Code. Vier Ziffern bedeuten vierundzwanzig Kombinationsmöglichkeiten.«

»Aber das iPhone erlaubt nur drei Fehlversuche«, sagte Anders. »Man muss also ...«

»Ich habe zwei Versuche gebraucht«, sagte Tord und lächelte. Katrine war sich nicht ganz sicher, ob er deshalb lächelte oder wegen etwas, das er auf dem Tablet gesehen hatte.

»Oha«, sagte Skarre. »Glück gehabt.«

»Im Gegenteil, eher Pech, dass ich nicht schon beim ersten Versuch richtiglag. Wenn der Code, wie in diesem Fall, die Ziffern Eins und Neun enthält, handelt es sich in der Regel um Jahreszahlen, und dann bleiben nur zwei Möglichkeiten.«

»Das reicht«, sagte Katrine. »Wir haben mit der Schwester von Elise gesprochen, und die hat uns gesagt, dass Elise schon seit Jahren keinen festen Partner mehr hatte und vermutlich auch keinen wollte.«

»Tinder«, sagte Wyller.

»Sorry?«

»Hat sie eine Tinder-App auf dem Handy?«

»Ja«, sagte Tord.

»Die Jungs, die Elise im Treppenhaus gesehen haben, meinten, sie sei ziemlich aufgebrezelt gewesen. Sie kam also weder vom Sport noch von der Arbeit und ganz sicher nicht von einer Freundin. Und wenn sie keine feste Beziehung will ...«

»Gut«, sagte Katrine. »Tord?«

»Wir haben die App überprüft, und da gab es, gelinde gesagt, viele Matches. Tinder ist dummerweise an Facebook gekoppelt, so dass wir zu den Chats, wenn es die denn gibt, vorerst keinen Zugang haben.«

»Tinder-User treffen sich meistens in Kneipen«, kam es aus unerwarteter Richtung.

Katrine blickte überrascht auf. Truls Berntsen.

»Wenn sie ihr Telefon bei sich hatte, müssen wir doch nur die Basisstationen checken und dann die Kneipen in der Gegend abklappern, in denen sie gewesen sein kann.«

»Danke, Truls«, sagte Katrine. »Die Basisstationen haben wir bereits. Stine?«

Eine der Analytikerinnen richtete sich auf und räusperte sich. »Laut Auskunft von Telenor ist Elise Hermansen zwischen halb sieben und sieben am Youngstorget aufgebrochen. Da arbeitet sie. Sie ist dann in Richtung Bentsebrua gegangen. Danach ...«

»Die Schwester hat gesagt, dass Elise in das Fitnessstudio *Myrens Verksted* geht«, warf Katrine ein. »Und die haben bestätigt, dass Elise um 19 Uhr 32 gekommen und um 21 Uhr 14 wieder gegangen ist. Entschuldige, Stine.«

Stine lächelte etwas steif. »Danach hat Elise sich im Bereich ihrer Wohnung aufgehalten, wo sie – oder wenigstens ihr Telefon – war, bis sie gefunden wurde. Das Signal wurde allerdings auch von einigen angrenzenden Basisstationen aufgefangen, woraus man schließen könnte, dass sie draußen war, aber sicher nicht mehr als ein paar hundert Meter von ihrer Wohnung in Grünerløkka entfernt.«

»Na super, dann lasst uns durch die Kneipen ziehen«, sagte Katrine.

Sie erntete ein abgehackt schnaubendes Lachen von Truls und ein breites Grinsen von Anders Wyller. Die anderen schwiegen.

Hätte schlimmer laufen können, dachte sie.

Das Telefon, das vor ihr lag, begann sich vibrierend über den Tisch zu schieben.

Auf dem Display sah sie Bjørns Nummer.

Falls es um weitere Ergebnisse bei den technischen Spuren

ging, wäre es gut, wenn sie die anderen darüber in Kenntnis setzte. Andererseits hätte er dann vermutlich eher seine Kollegin von der Kriminaltechnik informiert, die im Raum saß, und nicht Katrine. Der Anruf konnte also auch privat sein.

Sie wollte ihn gerade wegdrücken, als ihr bewusst wurde, dass Bjørn über die Besprechung Bescheid wusste, so etwas vergaß er nie.

Sie nahm das Gespräch an und drückte das Telefon ans Ohr. »Die Ermittlergruppe hat gerade Besprechung, Bjørn.«

Sie bereute, das Telefonat angenommen zu haben, als sie die Blicke der anderen auf sich spürte.

»Ich bin in der Rechtsmedizin«, sagte Bjørn. »Wir haben gerade das Resultat des Schnelltests von diesem durchsichtigen Sekret erhalten, das sie auf dem Bauch hatte. Es enthält keine menschliche DNA.«

»Mist«, rutschte es Katrine heraus. Diesen Aspekt hatte sie die ganze Zeit im Hinterkopf gehabt. Wäre es Sperma gewesen, hätten sie den Fall innerhalb der magischen 48-Stunden-Grenze aufklären können. Die Erfahrung zeigte, dass es danach deutlich schwieriger wurde.

»Aber das Ergebnis deutet darauf hin, dass er trotzdem Geschlechtsverkehr mit ihr hatte«, sagte Bjørn.

»Inwiefern?«

»Bei der Substanz handelt es sich um Gleitmittel. Vermutlich von einem Kondom.«

Katrine fluchte innerlich. Und aus den Blicken der anderen konnte sie schließen, dass aus dem, was sie gesagt hatte, noch nicht hervorging, dass das Gespräch nicht privater Natur war. »Du meinst also, der Täter hat ein Kondom benutzt?«, fragte sie laut und deutlich.

»Er oder wen auch immer sie gestern Abend getroffen hat.«

»Okay, danke.« Sie wollte das Gespräch beenden, hörte Bjørn aber ihren Namen rufen, bevor sie auflegen konnte.

»Ja?«, sagte sie.

»Das ist eigentlich gar nicht der Grund meines Anrufs.«

Sie schluckte. »Bjørn, wir sind mitten in der ...«

»Die Tatwaffe«, sagte er. »Ich glaube, ich habe herausgefunden, um was es sich dabei handelt. Kannst du dafür sorgen, dass die Gruppe noch zwanzig Minuten zusammenbleibt?«

Er lag in seiner Wohnung auf dem Bett und studierte im Handy die Online-Zeitungen. Mittlerweile hatte er alle durch. Es war enttäuschend, sie hatten keine Details genannt und nichts berichtet, was auf den künstlerischen Wert hindeutete. Entweder weil die leitende Ermittlerin, Katrine Bratt, ihnen nichts sagen wollte oder weil sie nicht in der Lage waren, die Schönheit in dem Ganzen zu erfassen. Er, der Polizist mit dem Mörderblick, hätte es gesehen. Und obgleich er es, ähnlich wie Bratt, nicht an die große Glocke gehängt hätte, hätte er es wenigstens zu schätzen gewusst.

Er musterte Bratts Foto, das dem Artikel beigefügt war.

Sie war hübsch.

Mussten bei Pressekonferenzen keine Uniformen getragen werden? Wenn doch, hatte sie sich darüber hinweggesetzt. Daraufgeschissen. Sie gefiel ihm. Er stellte sie sich in Uniform vor.

Sehr hübsch.

Leider stand sie nicht auf seiner Agenda.

Er legte das Handy weg und fuhr mit der Hand über sein Tattoo. Manchmal fühlte es sich fast lebendig an, als wollte es heraus. Dann war die Haut auf seiner Brust zum Bersten gespannt.

Ihm wäre das egal.

Er spannte die Bauchmuskeln an und stand vom Bett auf, ohne die Arme zu benutzen. Betrachtete sich im Spiegel des Schranks. Er hatte im Gefängnis trainiert. Nicht im Trainingsraum, es war undenkbar für ihn gewesen, auf Matten und Bänken zu trainieren, die andere mit Schweiß getränkt hatten. Er hatte in der Zelle trainiert. Nicht die Muskeln, sondern die *wahren* Kräfte: Ausdauer. Körperspannung. Balance. Die Fähigkeit, Schmerz zu ertragen.

Seine Mutter hatte einen kräftigen Körperbau gehabt. Einen fetten Arsch. Und zum Schluss hatte sie sich gehenlassen. War schwach gewesen. Er wollte den Körperbau und die Konstitution seines Vaters. Die Kraft.

Er schob die Schranktür zur Seite.

Dort hing seine Uniform. Er fuhr mit der Hand über den Stoff. Bald würde sie zum Einsatz kommen.

Er dachte an Katrine Bratt. In Uniform.

Heute Abend wollte er in eine Bar gehen. In eines der hippen Lokale mit vielen Menschen, nicht in eine wie die *Jealousy Bar*. Es war ein Verstoß gegen die Regeln. Eigentlich ging er nur raus, um einzukaufen, das Dampfbad zu besuchen oder um sich um seine Agenda zu kümmern. Er würde darauf achten, seine Anonymität zu wahren. Er musste mal raus, er brauchte das, um nicht verrückt zu werden. Er lachte leise. Verrückt. Die Psychologen rieten ihm, zum Psychiater zu gehen. Und er wusste natürlich, was sie damit meinten: dass jemand ihm Medikamente verschreiben sollte.

Er nahm ein Paar frisch geputzte Cowboystiefel aus der Schuhablage und schaute die Frau ganz hinten im Schrank an. Sie wurde von dem Haken, der hinter ihr in der Wand befestigt war, aufrecht gehalten. Ihr Blick glitt starr zwischen den Anzügen hindurch. Sie roch schwach nach dem Lavendelparfüm, das er ihr auf die Brüste gestrichen hatte. Er machte die Tür zu.

Verrückt? Das waren doch alles inkompetente Idioten, einer schlimmer als der andere. Er hatte in einem Lexikon die Definition für Persönlichkeitsstörung nachgeschlagen, angeblich eine psychische Krankheit, die zu »Schwierigkeiten und hohem Leidensdruck bei der betroffenen Person oder ihrer Umgebung führt«. Okay. In seinem Fall betraf das dann ausschließlich die Umgebung. Er hatte exakt die Persönlichkeit, die er haben wollte. Und, wenn es etwas zu trinken gab, was war dann – rein

rational betrachtet – normaler und naheliegender, als Durst zu
haben? Er schaute auf die Uhr. In einer halben Stunde war es
dunkel genug.

»Das hier haben wir an den Rändern der Wunde am Hals gefunden«, sagte Bjørn und zeigte auf die Leinwand. »Die drei
Splitter links sind rostiges Eisen, der eine auf der rechten Seite
ist schwarze Farbe.«

Katrine hatte sich zu den anderen gesetzt. Bjørn war außer
Atem angekommen, seine blassen Wangen glänzten noch immer vor Schweiß.

Er tippte etwas in seinen Laptop, und eine Nahaufnahme des
geschundenen Halses erschien auf der Leinwand.

»Wie ihr sehen könnt, haben die Einstiche im Hals eine Struk-
tur, etwa wie ein menschlicher Zahnabdruck, aber diese Zähne
hier müssen messerscharf gewesen sein.«

»Ein Satanist?«, fragte Skarre.

»Katrine dachte an die Möglichkeit, dass jemand seine Zähne
geschliffen haben könnte. Wir haben das anhand der Druckspu-
ren überprüft, und es ist zu erkennen, dass die Zähne nicht exakt
übereinanderliegen, sondern so versetzt sind, dass sie perfekt
ineinandergreifen. Ergo ist das kein normaler menschlicher
Kiefer. Außerdem haben wir, wie gesagt, auch Rost gefunden,
und das hat mich auf den Gedanken gebracht, dass eine Art
Eisengebiss zum Einsatz gekommen sein könnte.«

Bjørn tippte wieder etwas in seinen Laptop.

Katrine hörte, wie alle die Luft anhielten.

Auf der Leinwand war ein Gegenstand zu sehen, den Katrine
auf den ersten Blick für das alte, rostige Fangeisen gehalten
hätte, das sie einmal bei ihrem Großvater in Bergen gesehen
hatte. Er hatte das Ding Bärenfalle genannt. Es sah aus wie ein
Gebiss. Spitze Zähne bildeten ein Zickzackmuster, und Unter-
und Oberteil waren mit einer Art Feder verbunden.

»Dieses Ding ist aus einer privaten Sammlung in Caracas und

stammt angeblich aus der Sklavenzeit. Damals wurden Menschenkämpfe veranstaltet. Jeweils zwei Sklaven wurden mit solchen Gebissen ausgestattet, dann hat man ihnen die Hände auf dem Rücken gefesselt und sie aufeinander losgelassen. Der Überlebende kam eine Runde weiter. Nehme ich an ...«

»Danke«, sagte Katrine.

»Ich habe versucht herauszufinden, wo man solche Eisengebisse herkriegt. Einfach bestellen kann man die Dinger nicht. Wenn wir also jemanden finden, der solche Teile in Oslo oder Norwegen verkauft hat, und wissen, an wen er sie verkauft, haben wir sicher einen sehr überschaubaren Täterkreis.«

Katrine stellte für sich fest, dass Bjørn weit mehr als nur die Arbeit des Kriminaltechnikers gemacht hatte.

»Und noch etwas«, fuhr Bjørn fort. »Es fehlt Blut.«

»Fehlt?«

»Die Blutmenge eines erwachsenen Menschen beträgt durchschnittlich sieben Prozent des Körpergewichts. Es gibt individuelle Unterschiede, aber selbst wenn Elise Hermansen am unteren Ende der Skala gelegen hat, fehlt gut ein halber Liter. Alles eingerechnet, also das Blut an der Leiche, auf dem Teppich im Flur, auf dem Parkett und das bisschen, das auf dem Bett war. Wenn der Täter die fehlende Menge nicht in einem Eimer wegtransportiert hat ...«

»... hat er sie getrunken«, vollendete Katrine.

Drei Sekunden lang war es vollkommen still.

Wyller räusperte sich. »Und was ist mit der schwarzen Farbe?«

»Auf der Farbe gab es ebenfalls Rost, sie stammt also auch von dem Gebiss«, sagte Bjørn und zog den Anschluss des Beamers aus dem Laptop. »Aber die Farbe ist nicht so alt. Ich werde sie heute Nacht analysieren.«

Katrine sah den Anwesenden an, dass sie das mit der Farbe nicht mitbekommen hatten, sondern in Gedanken noch bei dem Blut waren.

»Danke, Bjørn«, sagte Katrine, stand auf und sah auf die Uhr.

»Also, dann lasst uns jetzt durch die Kneipen ziehen. Es ist bald Schlafenszeit, deshalb schlage ich vor, dass alle, die Kinder haben, nach Hause gehen, und wir Kinderlosen teilen uns auf.«

Keine Antwort, kein Lachen, nicht mal ein Lächeln.

»Gut, dann machen wir das so«, sagte Katrine.

Sie war entsetzlich müde, was sie schnell verdrängte, weil sie ahnte, dass das nur der Anfang war. Ein Eisengebiss und keine DNA. Ein halber Liter verschwundenes Blut.

Stuhlbeine schrammten über den Boden.

Sie packte ihre Unterlagen zusammen, hob den Blick und sah Bjørn aus dem Raum gehen. Eine merkwürdige Mischung aus Erleichterung, schlechtem Gewissen und Selbstverachtung machte sich in ihr breit. Und sie dachte, dass sich das irgendwie ... falsch anfühlte.

KAPITEL 5

Donnerstag, Abend und Nacht

Mehmet Kalak betrachtete die beiden Personen vor sich. Die Frau hatte ein hübsches Gesicht und eindringliche Augen. Sie trug Hipster-Kleider und war dermaßen durchtrainiert, dass sie ihren gut zehn Jahre jüngeren, attraktiven Begleiter vermutlich längst um den Finger gewickelt hatte. Genau diese Klientel wünschte er sich, deshalb hatte er extra breit gelächelt, als die beiden in die *Jealousy Bar* gekommen waren.

»Was meinen Sie?«, fragte die Frau. Sie sprach Bergener Dialekt. Er hatte nur den Nachnamen mitbekommen, Bratt, und dass sie von der Polizei war.

Mehmet senkte den Blick und sah sich noch einmal das Foto an, das vor ihm auf dem Tisch lag.

»Ja«, sagte er.

»Ja?«

»Ja, die war gestern Abend hier.«

»Sind Sie sicher?«

»Sie saß ungefähr da, wo Sie jetzt sitzen.«

»Hier? Allein?«

Mehmet bemerkte, dass die Frau versuchte, ihre große Nervosität zu verbergen. Warum tun die Menschen das? Was ist so schlimm daran, Gefühlsregungen zu zeigen? Er wollte seinen einzigen Stammgast nicht anschwärzen, aber sie war von der Polizei.

»Sie war mit einem Mann zusammen, der oft hier ist. Was ist denn passiert?«

»Lesen Sie keine Zeitung?«, fragte der junge blonde Mann mit der hellen Stimme.

»Nein, ich ziehe Medien vor, die wirklich Neuigkeiten bringen«, sagte Mehmet.

Bratt lächelte. »Die Frau wurde gestern Morgen ermordet aufgefunden. Was können Sie uns über diesen Mann sagen? Was haben die beiden hier gemacht?«

Mehmet fühlte sich, als hätte jemand einen Eimer Eiswasser über ihm ausgeleert. *Ermordet?* Die Frau, die vor weniger als vierundzwanzig Stunden vor ihm gestanden hatte, war jetzt eine Leiche? Er versuchte, sich zusammenzureißen. Und schämte sich für den automatisch aufpoppenden Gedanken: Wenn die Bar jetzt in den Zeitungen erwähnt würde, war das gut oder schlecht fürs Geschäft? Andererseits, viel schlechter konnte es ja eigentlich nicht mehr gehen.

»Tinder-Dating«, sagte er. »Er trifft seine Dates in der Regel hier. Er nennt sich Geir.«

»*Nennt* sich?«

»Ich tippe, dass er wirklich so heißt.«

»Bezahlt er nicht mit Karte?«

»Doch.«

Sie nickte in Richtung der Kasse. »Meinen Sie, Sie könnten die Abrechnung von gestern Abend heraussuchen?«

»Ich denke, das wäre möglich, ja«, erwiderte Mehmet etwas mürrisch.

»Sind die beiden gemeinsam gegangen?«

»Definitiv nicht.«

»Und das heißt?«

»Dass Geir wie gewöhnlich die Latte etwas zu hoch gelegt hatte. Das war eigentlich schon klar, als sie ihre Drinks bestellt haben. Apropos, wollen Sie etwas ...?«

»Nein, danke«, sagte Bratt. »Wir sind im Dienst. Dann ist sie allein hier aufgebrochen?«

»Ja.«

»Und Sie haben nicht gesehen, ob ihr jemand gefolgt ist?«

Mehmet schüttelte den Kopf, stellte zwei Gläser auf den Tisch und nahm die Flasche Apfelmost. »Der geht aufs Haus. Frisch gepresst und aus der Gegend. Sie können dann ja ein andermal wiederkommen. Dann spendiere ich Ihnen ein Bier. Das erste geht aufs Haus. Das Gleiche gilt natürlich auch für Ihre Kollegen. Gefällt Ihnen die Musik?«

»Ja«, sagte der junge Mann. »U2 ist ...«

»Nein«, sagte Bratt. »Hat die Frau vielleicht etwas gesagt, das für uns von Interesse sein könnte?«

»Nein. Oder ... jetzt, wo Sie es sagen. Sie hat von einem Typen gesprochen, der sie gestalkt hat.« Mehmet sah von den Gläsern auf. »Die Musik war leise, und sie hat laut gesprochen.«

»Sicher. Waren noch andere in der Kneipe, die sich für die Frau interessiert haben?«

Mehmet schüttelte den Kopf. »Es war ein ruhiger Abend.«

»Wie heute also?«

Mehmet zuckte mit den Schultern. »Die beiden anderen Gäste waren schon weg, als Geir ging.«

»Dann dürfte es ja nicht so schwierig werden, die Kartennummern der Gäste herauszusuchen?«

»Einer hat bar bezahlt, der andere hat gar nichts bestellt.«

»Okay. Wo waren Sie selbst zwischen zweiundzwanzig Uhr und ein Uhr nachts?«

»Ich? Ich war hier. Und dann zu Hause.«

»Kann das jemand bestätigen? Nur damit wir Sie gleich abhaken können.«

»Ja. Oder nein.«

»Ja oder nein?«

Mehmet dachte nach. Vorbestrafte Kredithaie in die Sache hineinzuziehen, würde sicherlich zu Schwierigkeiten führen. Diesen Trumpf musste er zurückhalten, bis er ihn wirklich brauchte.

»Nein, ich wohne allein.«

»Danke.« Bratt hob das Glas. Mehmet dachte erst, sie würde ihm damit zuprosten, doch sie deutete nur in Richtung Kasse.

»Wir trinken lokalen Apfelsaft, während Sie suchen, okay?«

Truls arbeitete seine Kneipen und Restaurants im Schnelldurchgang ab. Er hatte allen Barkeepern und Kellnern das Foto gezeigt und die Lokale verlassen, sobald er die vorhersehbaren Antworten erhalten hatte. »Nein« oder »Weiß nicht«. Was man nicht weiß, weiß man nicht, und dieser Tag war nun wirklich schon lang genug. Außerdem hatte er noch etwas anderes zu erledigen.

Truls hämmerte einen abschließenden Punkt in die Tastatur und überflog noch einmal seinen kurzen, aber schlüssigen Bericht, wie er fand. »Siehe beigefügte Liste der besuchten Kneipen mit Angabe der Uhrzeit meines Besuchs. Keiner der Angestellten hat ausgesagt, Elise Hermansen am Mordabend gesehen zu haben. Truls Berntsen.« Er klickte auf *Senden* und stand auf.

Ein leises Brummen ertönte, und das Lämpchen am Festnetztelefon begann zu blinken. Die Nummer der Kriminalwache erschien auf dem Display. Dort gingen die Hinweise ein, aber weitergeleitet wurden nur diejenigen, die einigermaßen relevant erschienen. Verdammt, er hatte jetzt echt genug für heute. Er *könnte* so tun, als hätte er den Anruf nicht bemerkt. Andererseits … wenn das tatsächlich ein wichtiger Hinweis war, half ihm das vielleicht auch bei seiner privaten Agenda.

Er nahm das Gespräch an.

»Berntsen.«

»Endlich! Keiner meldet sich, wo sind die denn?«

»Die ziehen durch die Kneipen.«

»Müsst ihr nicht einen Mord aufklären …?«

»Um was geht's?«

»Ich habe hier einen Mann, der sagt, gestern Abend mit Elise Hermansen zusammen gewesen zu sein.«

»Stellen Sie ihn durch.«

Es klickte, und dann hörte Truls das hektische, schnelle Atmen eines Mannes, der ganz offensichtlich Angst hatte.

»Kommissar Berntsen, Dezernat für Gewaltverbrechen. Was kann ich für Sie tun?«

»Mein Name ist Geir Sølle. Ich habe das Foto von Elise Hermansen in der Onlineausgabe der VG gesehen. Ich melde mich, weil ich gestern Abend ein kurzes Date mit einer Frau hatte, die ihr ähnlich sah. Und die sich Elise genannt hat.«

Geir Sølle brauchte fünf Minuten, um über sein Treffen in der *Jealousy Bar* zu berichten. Er gab an, anschließend nach Hause gegangen zu sein, noch vor Mitternacht. Truls erinnerte sich vage, dass die pinkelnden Jungs Elise um 23.30 Uhr gesehen hatten. Da war sie also noch am Leben gewesen.

»Kann jemand bestätigen, wann Sie nach Hause gekommen sind?«

»Das Logfile auf meinem PC. Und Kari.«

»Kari?«

»Meine Frau.«

»Sie haben Familie?«

»Frau und Hund.« Truls hörte den Mann schlucken.

»Warum haben Sie nicht eher angerufen?«

»Ich habe das Foto erst jetzt gesehen.«

Truls machte sich eine Notiz und fluchte. Das war nicht der Täter, nur wieder jemand, den sie ausschließen mussten, und das bedeutete, dass er noch einen Bericht schreiben musste und erst gegen zehn zu Hause sein würde.

Katrine lief über den Markveien. Sie hatte Anders Wyller nach Hause geschickt. Sein erster Arbeitstag war lang genug gewesen. Sie lächelte bei dem Gedanken, dass er sich an diesen Tag sein Leben lang erinnern würde. Aus dem Büro direkt zu einem Tatort – und keinem alltäglichen. Der Mord an Elise Hermansen war kein trauriger Drogenmord, den die Leute am nächsten

Tag vergessen hatten, sondern eine Tat aus der Kategorie Das-könnte-ich-gewesen-sein, wie Harry es nennen würde. Also ein Mord an einem normalen Menschen in einer ganz normalen Umgebung. Solche Taten führten zu vollbesetzten Pressekonferenzen und fetten Schlagzeilen auf den Titelseiten. Weil das Alltägliche den Menschen die Möglichkeit gab, Mitgefühl zu zeigen und sich zu identifizieren. Aus demselben Grund wurde über einen Terroranschlag in Paris auch mehr berichtet als über einen in Beirut. Und Presse bedeutete Druck. Deshalb wollte Polizeipräsident Bellman auch jederzeit auf den neuesten Stand gebracht werden. Weil er den Journalisten Rede und Antwort stehen musste. Nicht sofort, aber wenn der Mord an einer jungen, hübschen Frau, noch dazu einer Stütze der Gesellschaft, nicht im Laufe der nächsten Tage aufgeklärt wurde.

Sie bräuchte zu Fuß eine halbe Stunde von hier zu ihrer Wohnung in Frogner, aber das war okay, sie musste ihren Kopf ein bisschen durchpusten lassen. Und ihren Körper. Sie nahm das Handy aus der Jackentasche und öffnete die Tinder-App. Konzentrierte sich mit einem Auge auf den Bürgersteig, mit dem anderen auf das Display. Wischte nach links und rechts.

Dann hatten sie also richtiggelegen mit der Annahme, dass Elise Hermansen von einem Tinder-Date nach Hause gekommen war. Der Mann, den der Barkeeper beschrieben hatte, schien harmlos, aber Katrine wusste aus eigener Erfahrung, wie gestört einige Männer waren, die glaubten, eine schnelle Nummer gäbe ihnen das Recht auf mehr. Sie hielten an der archaischen Vorstellung fest, dass der Geschlechtsakt weiblicher Unterwerfung gleichkam, die möglicherweise noch über das Sexuelle hinausging. Andererseits gab es sicher nicht weniger Frauen, die die ebenso archaische Vorstellung hatten, dass die Männer, die dankenswerterweise in sie eindrangen, ihnen fortan moralisch verpflichtet wären. Aber genug davon, gerade wurde ein Match angezeigt.

Ich bin zehn Minuten vom Nox am Solli plass entfernt, tippte sie.

Okay, dann bin ich schon da, erhielt sie als Antwort von Ulrich, dem Profilbild nach ein einfacher Mann.

Truls Berntsen blieb stehen und beobachtete Mona Daa, die sich selbst im Spiegel betrachtete.

Sie sah jetzt nicht mehr wie ein Pinguin aus, allenfalls wie ein in der Mitte eingeschnürter Pinguin. Truls hatte einen gewissen Widerstand gespürt, als er das betont sportlich gekleidete Mädel am Empfang des Gain Fitnessstudios bat, in die heiligen Hallen eingelassen zu werden, damit er sich einen Überblick über die zur Verfügung stehenden Geräte machen konnte. Vermutlich hatte sie ihm sein Interesse an einer Mitgliedschaft nicht abgenommen, oder sie wollte jemanden wie ihn nicht als Mitglied haben. Es war aber auch denkbar, dass Truls nach einem langen Leben, in dem ihm immer wieder Verachtung begegnet war – manchmal aus gutem Grund –, nun in allen Gesichtern immer gleich Widerwillen zu sehen glaubte. Aber egal, nachdem er die Geräte für Bauch, Beine und Po, den Pilates-Saal und einen Spinningroom mit einer hysterisch engagierten Aerobictrainerin passiert hatte (Truls hatte eine vage Ahnung, dass das nicht mehr Aerobic hieß), fand er sie im Männerbereich. Im Gewichteraum beim Kreuzheben. Ein breiter Ledergürtel schnürte ihr die Taille zusammen und betonte die stämmigen, schulterbreit gestellten Beine, das ausladende Hinterteil und den muskulösen Oberkörper.

Sie stieß ein heiseres, beängstigendes Brüllen aus, als sie den Rücken streckte, die Stange ergriff und dabei ihr rot geflecktes Gesicht im Spiegel betrachtete. Die Gewichte schlugen aneinander, als sie sich vom Boden lösten. Die Stange bog sich nicht so stark, wie Truls es schon mal im Fernsehen gesehen hatte, aber dass es sich um reichlich Gewicht handelte, sah er den entgeisterten Mienen der beiden jungen Pakistani an. Sie standen in unmittelbarer Nähe und machten Bizepscurls, um die Oberarme für das Gangtattoo aufzupumpen. Verdammt, wie er diese Leute hasste. Verdammt, wie sie ihn hassten.

Mona Daa setzte die Stange ab. Brüllte und hob sie wieder hoch. Und noch einmal. Insgesamt vier Wiederholungen.

Anschließend stand sie zitternd da und lächelte wie die Verrückte aus Lier, wenn sie einen Orgasmus hatte. Wäre sie nicht so fett gewesen und hätte sie nicht so weit weg gewohnt, hätte aus ihm und ihr vielleicht sogar etwas werden können. Angeblich hatte sie ihn verlassen, weil sie sich in ihn verliebt hatte. Weil ihr einmal in der Woche zu wenig war. Damals war Truls erleichtert gewesen, aber heute dachte er hin und wieder an sie. Natürlich nicht so, wie er an Ulla dachte, aber sie war lustig gewesen und hatte wirklich was gehabt.

Mona Daa erblickte ihn im Spiegel und nahm die Ohrhörer ab. »Berntsen? Ich dachte, im Polizeipräsidium gäb's einen eigenen Fitnessraum?«

»Gibt es auch«, sagte er und trat näher. Warf den Pakis einen Ich-bin-Bulle-verpisst-euch-Blick zu, auf den sie nicht reagierten. Vielleicht irrte er sich ja in ihnen. Einige dieser Jungs gingen heute sogar auf die Polizeihochschule.

»Was führt Sie dann her?« Sie löste den Gürtel, und Truls starrte fasziniert auf ihre Taille, ob ihr Körper sich jetzt wieder zu dem üblichen Pinguin aufblähte.

»Ich dachte, wir könnten einander helfen.«

»Bei was?« Sie hockte sich vor die Stange und löste die Schrauben an den Gewichten.

Er ging neben sie in die Hocke und senkte die Stimme. »Sie haben gesagt, dass Sie für Tips gut bezahlen.«

»So ist es«, sagte sie, ohne leiser zu sprechen. »Was haben Sie?«

Er räusperte sich. »Das kostet fünfzigtausend.«

Mona Daa lachte laut. »Wir bezahlen gut, Berntsen, aber so gut nun auch wieder nicht. Zehntausend ist die Obergrenze, und dafür muss es schon wirklich ein echter *Trüffel* sein.«

Truls nickte langsam und befeuchtete sich die Lippen. »Es ist kein Trüffel.«

»Was haben Sie gesagt?«

Truls sprach etwas lauter. »Ich habe gesagt, dass es kein Trüffel ist.«

»Was ist es dann?«

»Ein Drei-Gänge-Menü.«

»Kommt nicht in Frage«, rief Katrine durch das Stimmenwirrwarr und nippte an ihrem White Russian Cocktail. »Ich habe einen Lebensgefährten, und der ist zu Hause. Wo wohnst du?«

»In der Gyldenløves gate. Aber da gibt's nichts zu trinken, und unordentlich ist es auch ...«

»Sauberes Bettzeug?«

Ulrich zuckte mit den Schultern.

»Du beziehst das Bett neu, während ich dusche«, sagte sie. »Ich komme direkt von der Arbeit.«

»Was machst du ...?«

»Sagen wir, dass du nur zu wissen brauchst, dass ich früh rausmuss, also sollten wir ...«

Sie nickte in Richtung Ausgang.

»Ja, klar, aber vielleicht könnten wir vorher noch austrinken?«

Sie warf einen Blick auf seinen Drink. Sie trank aus dem einzigen Grund White Russian, weil Jeff Bridges den in *The Big Lebowski* trank.

»Kommt darauf an«, sagte sie.

»Worauf?«

»Welche Wirkung Alkohol ... auf dich hat.«

Ulrich lachte. »Willst du damit andeuten, dass ich es nicht draufhaben könnte, Katrine?«

Ihr schauderte, als sie ihren Namen aus dem fremden Mund hörte. »Hast du es drauf, Ul-rich?«

»Aber sicher«, sagte er grinsend. »Außerdem ... weißt du eigentlich, was diese Drinks kosten?«

71

Sie lächelte. Ulrich war okay. Schlank. Das Gewicht war das Einzige, worauf sie bei den Profilen achtete. Und die Größe. Sie rechnete den BMI ebenso schnell aus wie ein Pokerspieler die Chancen auf den Pot. 26,5 war in Ordnung. Bevor sie Bjørn getroffen hatte, war sie der Meinung gewesen, alles über 25 sei inakzeptabel.

»Ich muss aufs Klo«, sagte sie. »Hier ist meine Garderobenmarke, schwarze Lederjacke. Warte an der Tür.«

Katrine stand auf, ging durch den Raum und nahm an, dass er ihr jetzt mit dem Blick folgte, schließlich war das seine erste Chance, ihr Fahrgestell, wie das bei ihr zu Hause genannt wurde, von hinten zu sehen. Sie wusste, dass er zufrieden war.

Im hinteren Teil des Lokals standen die Gäste dicht gedrängt, sie musste sich mit den Armen einen Weg durch sie hindurchbahnen. Ein einfaches »Entschuldigung« hatte hier nicht die gleiche Wirkung wie in zivilisierteren Ecken. Zum Beispiel in Bergen. Plötzlich blieb ihr zwischen den verschwitzten Körpern die Luft weg. Sie kämpfte sich vorwärts, und nach wenigen Schritten verschwand das Gefühl des Sauerstoffmangels wieder.

Im Toilettengang war wie üblich eine Schlange vor dem Damenklo, während bei den Männern niemand stand. Sie sah noch einmal auf die Uhr. Leitende Ermittlerin. Eigentlich wollte sie morgen früh die Erste sein. Oder? Scheiß drauf, dachte sie, öffnete resolut die Tür der Männertoilette, trat ein, ging unbemerkt an der Reihe der Pissoirs und zwei Männern vorbei, die ihr den Rücken zudrehten, und schloss sich in einer Toilette ein. Ihre wenigen Freundinnen betonten immer, dass sie nie im Leben auch nur einen Fuß in eine Männertoilette setzen würden, weil es da viel dreckiger sei als auf dem Frauenklo. Diese Erfahrung hatte Katrine nicht gemacht.

Sie hatte gerade die Hose heruntergelassen und sich gesetzt, als jemand vorsichtig an die Tür klopfte. Seltsam, dachte sie, da man von außen sah, dass das Klo besetzt war. Und wenn man es sah, warum klopfte man dann? Sie schaute nach unten. In den

Spalt zwischen Tür und Boden ragten die Spitzen von schmal zulaufenden Cowboystiefeln aus Schlangenleder. Offenbar hatte der Stiefelträger sie auf die Männertoilette gehen sehen und war ihr gefolgt, weil er sie wohl für besonders experimentierfreudig hielt.

»Verschw...«, begann sie und brach aus Mangel an Luft ab. Wurde sie krank? Hatte sie der eine Tag als Leiterin der Ermittlungen in diesem, wie sie schon jetzt wusste, großen Mordfall so fertiggemacht? Mein Gott ...

Sie hörte, wie sich die Tür des Toilettenraums öffnete und dass zwei laut palavernde Männer ins Klo kamen.

»Das ist echt der Wahnsinn!«

»Total verrückt.«

Die Stiefelspitzen verschwanden. Katrine lauschte, hörte aber keine Schritte. Sie machte sich fertig, schloss auf und ging zum Waschbecken. Das Gespräch der beiden lautstarken Kerle verstummte, als sie das Wasser andrehte.

»Was machst du denn hier?«, fragte einer der beiden.

»Pinkeln und mir die Hände waschen«, sagte sie. »Merkt euch die Reihenfolge.«

Sie schüttelte sich das Wasser von den Händen und ging nach draußen.

Ulrich stand mit ihrer Jacke an der Tür und erinnerte sie an einen Hund mit wedelndem Schwanz und Stock im Maul. Sie zwang sich, diesen Gedanken beiseitezuschieben.

Truls fuhr nach Hause. Er drehte das Radio lauter, als er hörte, dass sie den Motörhead-Song spielten, von dem er immer geglaubt hatte, er hieße »Ace of Space«. Bis Mikael irgendwann auf einer Schulfete gegrölt hatte: »Beavis glaubt übrigens, dass Lemmy Ace of ... Space singt!« Das grölende, die Musik übertönende Lachen schallte noch heute in seinen Ohren nach, und auch das Funkeln in Ullas schönen, lachenden Augen hatte er nie vergessen.

Egal, Truls war noch immer der Meinung, dass »Ace of Space« ein besserer Titel wäre als »Ace of Spades«. Einmal, als Truls das Wagnis eingegangen war, sich in der Kantine an einen Tisch zu setzen, an dem schon andere saßen, hatte Bjørn Holm gerade in seinem lächerlichen Dialekt doziert, dass er es viel poetischer fände, wenn Lemmy 72 geworden wäre. Als Truls fragte, warum, hatte Bjørn nur geantwortet: »Sieben und zwei, zwei und sieben, alles klar? Morrison, Hendrix, Joplin, Cobain, Winehouse, die ganze Gang.«

Truls hatte wie die anderen genickt, aber nicht verstanden, was er meinte. Nur dass er noch immer nicht dazugehörte, das hatte er durchaus verstanden.

Aber dazugehören oder nicht, an diesem Abend war Truls um dreißigtausend reicher als Bjørn fucking Holm und all seine nickenden Kantinenfreunde.

Mona war richtig aufgeblüht, als Truls ihr von den Beißerchen erzählt hatte oder dem Eisengebiss, wie Holm es genannt hatte. Sie hatte ihren Redakteur angerufen und ihn überzeugt, dass diese Info wirklich, wie Truls es gesagt hatte, ein Drei-Gänge-Menü war. Die Vorspeise war, dass Elise Hermansen ein Tinder-Date gehabt hatte. Der Hauptgang, dass der Mörder vermutlich bereits in ihrer Wohnung gewesen war, als sie nach Hause kam, und das Dessert, dass er sie durch einen Biss mit einem Eisengebiss in die Halsschlagader getötet hatte. Zehntausend für jeden Gang. Dreißig. 3 und 0 und dreimal 0, nicht wahr?

»Ace of space, ace of space!«, grölten Truls und Lemmy.

»Kommt nicht in Frage«, sagte Katrine und zog ihre Hose wieder an. »Wenn du kein Kondom hast, kannst du das vergessen.«

»Ich habe mich gerade erst vor zwei Wochen checken lassen«, sagte Ulrich und setzte sich auf die Bettkante. »Ehrenwort.«

»Dein Ehrenwort kannst du dir in die Haare schmieren ...« Katrine hielt die Luft an, um sich die Hose zuzuknöpfen. »Geschweige denn, dass ich so schwanger werden könnte.«

»Verhütest du denn nicht?«

Doch, Ulrich gefiel ihr wirklich. Das war es nicht. Es war …
ach, zum Teufel.

Sie ging in den Flur und zog die Schuhe an. Hatte sich gemerkt,
wohin er ihre Lederjacke gehängt hatte und dass es an der Wohnungstür nur ein simples Drehschloss gab. Ja, sie sicherte immer ihren Rückzug. Sie verließ die Wohnung und lief die Treppe
hinunter. Unten auf der Gyldenløves gate schmeckte die frische
Herbstluft nach Freiheit. Irgendwie hatte sie das Gefühl, noch
einmal davongekommen zu sein. Sie lachte. Ging zwischen den
Baumreihen in der Mitte der breiten, menschenleeren Allee entlang. Mann, war sie fertig. Aber wenn sie sich so gut abgrenzen
konnte und sich sogar den Rückzug gesichert hatte, als sie mit
Bjørn zusammengezogen war, warum hatte sie sich damals
keine Spirale einsetzen oder sich wenigstens die Pille verschreiben lassen? Im Gegenteil erinnerte sie sich an ein Gespräch, als
sie Bjørn erklärt hatte, dass ihre sowieso schon angeknackste
Psyche nicht auch noch eine Hormonmanipulation ertragen
würde. Tatsächlich hatte sie die Pille abgesetzt, gleich nachdem
sie mit Bjørn zusammengekommen war. Ihre Gedanken wurden
vom Klingeln ihres Telefons unterbrochen. Das Eröffnungsriff
von »O my soul« von Big Star, eingerichtet – natürlich – von
Bjørn, der ihr voller Begeisterung von der vergessenen Südstaa-
ten-Band aus den Siebzigern erzählt und sich beklagt hatte, dass
der Dokumentarfilm über die Band auf Netflix ihm seine lang-
jährige Missionarstätigkeit einfach kaputtgemacht habe. »Verdammt, das Besondere an unbekannten Bands ist doch, dass sie
unbekannt sind!« Dieser Mann würde so schnell nicht erwachsen
werden.

Sie ging ans Telefon. »Ja, Gunnar?«

»Ermordet mit Eisenzähnen?« Der in der Regel ruhige Dezernatsleiter klang stinkwütend.

»Entschuldigung?«

»Die Schlagzeile der VG in der Onlineausgabe. Und dann steht da noch, dass der Täter bereits in Elise Hermansens Wohnung war und ihr die Halsschlagader durchgebissen hat. Das Ganze wollen sie von einer zuverlässigen Polizeiquelle haben.«

»Was?«

»Bellman hat bereits angerufen. Er ist – wie soll ich sagen? – außer sich.«

Katrine blieb stehen. Versuchte nachzudenken. »Zum einen *wissen* wir noch gar nicht, ob er schon da war, zum anderen ist noch völlig unklar, ob er gebissen hat, *wenn* es denn überhaupt ein Er war.«

»Dann halt eine unzuverlässige Polizeiquelle, das ist mir egal! Wir müssen der Sache nachgehen. Wer ist der Informant?«

»Ich weiß es nicht, aber ich weiß, dass die VG schon aus Prinzip ihre Quelle schützen wird.«

»Prinzip hin oder her, sie wollen sich ihre Quelle warmhalten, weil sie natürlich davon ausgehen, dass da noch mehr kommt. Wir müssen dieses Leck stopfen, Bratt.«

Katrine hatte sich inzwischen wieder gesammelt. »Macht Bellman sich etwa Sorgen, dass dieses Leck den Ermittlungen schaden könnte?«

»Er macht sich Sorgen, dass die ganze Polizei damit in ein schlechtes Licht gerückt wird.«

»Dachte ich es mir.«

»Was dachtest du dir?«

»Du weißt, was ich dachte, weil du dasselbe denkst.«

»Darum müssen wir uns morgen früh als Erstes kümmern«, sagte Hagen.

Katrine steckte das Handy in ihre Jackentasche und sah nach vorn auf den Weg. Irgendetwas im Schatten hatte sich bewegt. Wahrscheinlich nur ein Windstoß in den Bäumen. Sie erwog kurz, die Straße zu überqueren und den hellerleuchteten Bürgersteig zu nehmen, doch dann beschleunigte sie einfach ihre Schritte und ging geradeaus weiter.

Mikael Bellman stand am Wohnzimmerfenster. Von ihrer Villa in Høyenhall aus konnte er das ganze Zentrum von Oslo überblicken, das sich nach Westen bis hoch zum Holmenkolien erstreckte. Abends funkelte die Stadt wie ein Diamant im Mondlicht. Sein Diamant.

Seine Kinder schliefen fest. Seine Stadt schlief relativ fest.

»Was ist los?«, fragte Ulla und sah von ihrem Buch auf.

»Dieser Mordfall muss gelöst werden.«

»Das müssen doch wohl alle Mordfälle.«

»Der hier ist besonders gravierend.«

»Weil es eine Frau ist?«

»Darum geht es nicht.«

»Oder weil die VG den Fall so groß rausgebracht hat?«

Er hörte den Anflug von Verachtung in ihrer Stimme, aber das beunruhigte ihn nicht weiter. Sie hatte sich wieder beruhigt, war wieder die Alte. Tief in ihrem Inneren kannte Ulla ihren Platz. Und sie war nicht auf Streit aus. Seine Frau liebte es über alles, für die Familie zu sorgen, sich um die Kinder zu kümmern und Bücher zu lesen. Deshalb erforderte die unverhohlene Kritik in ihrer Stimme keine Reaktion. Außerdem würde sie ohnehin nicht verstehen, dass man, wollte man als guter König in Erinnerung bleiben, nur zwei Möglichkeiten hatte. Entweder war man ein König in guten Zeiten, dafür brauchte man das Glück, während erfolgreicher Jahre auf dem Thron zu sitzen. Oder man war der König, der das Land aus Krisenzeiten herausführte. Wenn es keine Krisen gab, konnte man welche vom Zaun brechen, Kriege anzetteln und den Menschen klarmachen, in welch große Probleme es das Land stürzen würde, wenn man nicht in den Krieg zog. Dafür musste man den Teufel an die Wand malen. Es konnte ruhig ein kleiner Krieg sein, wichtig war nur, dass man ihn gewann. Mikael Bellman hatte den Medien und dem Senat gegenüber die Zahlen der Eigentumsdelikte durch Zugereiste aus den baltischen Staaten und Rumänien aufgeblasen und die Zukunft in düsteren Farben gemalt. Ihm war in der Folge ein Sonderetat bewilligt worden, um den in Wahrheit kleinen, in den Medien aber großen Krieg zu gewinnen. Und mit den letzten Zahlen, die er zwölf Monate später präsentierte, hatte er sich selbst indirekt zum Sieger ausgerufen.

Dieser neue Mord war kein kleiner Krieg, in dem er das Zepter führte. Nach den Schlagzeilen in der VG an diesem Abend wusste er, dass dies längst ein großer Krieg war, in dem die Medien das Kommando übernommen hatten. Er erinnerte sich an eine Lawine auf Spitzbergen, durch die zwei Menschen umgekommen waren und einige weitere ihre Häuser verloren hatten. Ein paar Monate später waren bei einem Feuer in einer Reihenhaussiedlung in Nedre Eiker drei Menschen gestorben und weitere obdachlos geworden. Dieser Fall hatte nur die üblichen, schlichten Artikel nach sich gezogen, wie für Hausbrände und Verkehrsunfälle typisch. Die Lawine auf der weit entfernten Insel hingegen war wesentlich medienwirksamer gewesen – genau wie dieses Eisengebiss. Die Presse war darauf angesprungen wie auf eine nationale Katastrophe. Und die Ministerpräsidentin – die immer dann sprang, wenn die Medien das wollten – hatte sich in einer Livesendung an die Norweger gewandt. Die Fernsehzuschauer und Reihenhausbewohner in Nedre Eiker wunderten sich, wo sie gewesen war, als es bei ihnen gebrannt hatte. Mikael Bellman wusste, wo sie gewesen war. Sie und ihre Ratgeber hatten wie immer mit einem Ohr auf den Medien-Gleisen gelegen und auf die Vibrationen gelauscht. Aber da war nichts gewesen.

Mikael Bellman spürte den Boden beben. Weil ausgerechnet jetzt, wo er als erfolgreicher Polizeipräsident die Chance auf Macht hatte, ein Krieg ausbrach, den er nicht verlieren durfte. Er musste diesen einen Mord so wichtig nehmen, als stünde er für eine neue Welle der Gewalt, ganz einfach weil Elise Hermansen eine gebildete, gutverdienende norwegische Frau in den Dreißigern war und weil es sich bei der Mordwaffe nicht um eine Eisenstange, ein Messer oder eine Pistole, sondern um Zähne aus Eisen handelte.

Deshalb hatte er einen Entschluss gefasst, der ihm gar nicht passte. Aus vielerlei Gründen. Aber an dem doch kein Weg vorbeiführte.

Er musste ihn um Hilfe bitten.

KAPITEL 6

Freitagmorgen

Harry wachte auf. Das Echo seines Traumes, eines Schreis, erstarb. Er zündete sich eine Zigarette an und versuchte herauszufinden, was das für ein Aufwachen gewesen war. Es gab fünf verschiedene Arten. Da war zunächst das Job-Aufwachen. Viele Jahre war das die beste Art gewesen, wenn er nahtlos in den Fall geglitten war, in dem er ermittelte. Manchmal hatten der Schlaf und die Träume die Perspektive etwas verschoben, und er hatte im Bett liegend jeden Aspekt des Falls von diesem neuen Blickwinkel aus betrachtet. Mit etwas Glück hatte er so Neues entdeckt, einen kleinen Teil der dunklen Seite des Mondes. Nicht weil der Mond sich bewegt, sondern weil er seinen Standpunkt verändert hatte.

Die zweite Art war das Allein-Aufwachen, geprägt von dem Bewusstsein, allein im Bett zu sein, allein im Leben, allein in der Welt. Dieses Aufwachen erfüllte ihn mal mit einem süßen Gefühl von Freiheit, dann wieder mit einer Melancholie, die man vielleicht auch Einsamkeit nennen konnte. Möglicherweise zeigte es lediglich in einem Augenblick von Klarheit, was das Leben des Menschen eigentlich war, nämlich eine Reise, die mit dem Gefühl der Verbundenheit begann, der sicheren, direkten Verbindung über die Nabelschnur, und bis zum Tod führte, der uns endgültig von allem und jedem trennte. Ein kurzer Moment der Weitsicht im Augenblick des Aufwachens, bevor unsere Schutzwälle wieder an Ort und Stelle sind und unsere tröstenden Illusionen wieder greifen und uns das Leben erträglich erscheinen lassen.

Dann gab es noch das Angst-Aufwachen. Das kam in der Regel, wenn er länger als drei Tage am Stück besoffen gewesen war. Die Angst war unterschiedlich intensiv, kam aber immer schlagartig. Selten durch eine konkrete äußere Gefahr oder Bedrohung ausgelöst, mehr eine Panik, überhaupt aufzuwachen, am Leben zu sein, hier und jetzt. Manchmal spürte er aber auch so etwas wie die Angst, nie wieder Angst zu haben. Und endgültig und unumkehrbar verrückt zu werden.

Die vierte Art, das Es-ist-jemand-hier-Aufwachen, hatte Ähnlichkeit mit dem Angst-Aufwachen. Es setzte das Hirn in zwei Richtungen in Gang. Rückwärts: Wie zum Henker konnte das passieren? Und vorwärts: Wie komm ich aus der Nummer raus? Manchmal legte sich diese Fight-or-flight-Reaktion erst nach einiger Zeit, wenn es schon nicht mehr um das »Aufwachen« ging.

Und schließlich gab es noch die fünfte Art. Ein ganz neues Aufwachen für Harry Hole. Das Zufriedenheits-Aufwachen. Zu Beginn war er vollkommen überrascht gewesen, dass es möglich war, glücklich aufzuwachen. Er war automatisch alle Parameter durchgegangen, aus denen dieses idiotische »Glück« tatsächlich bestand, und ob es nicht nur das Echo eines ebenso naiven wie angenehmen Traums war.

In dieser Nacht hatte er jedenfalls keinen angenehmen Traum gehabt. Der Schrei, dessen Echo er gehört hatte, war der Schrei des Dämons gewesen, das Gesicht auf der Netzhaut des Mörders, den sie nicht gefasst hatten.

Trotzdem hatte Harry Hole das Gefühl, glücklich aufgewacht zu sein. Oder? Doch. Nachdem diese Art des Aufwachens sich häufte und Morgen für Morgen wiederholte, war er langsam zu der Erkenntnis gelangt, dass er wohl schlicht und ergreifend ein zufriedener Mann war, der mit Ende vierzig doch noch das Glück gefunden hatte und sich in diesem neueroberten Land tatsächlich hatte niederlassen können. Wenigstens vorläufig.

Die Hauptursache dafür lag weniger als eine Armlänge von

ihm entfernt und atmete ruhig und gleichmäßig. Ihre Haare lagen wie die Strahlen einer rabenschwarzen Sonne auf dem Kopfkissen.

Was ist Glück? Harry hatte in einem Artikel über Glücksforschung gelesen, dass es ausgehend vom Glücksgehalt des Blutes, dem Serotoninspiegel, nur wenig äußere Ereignisse gab, die den Pegel über einen längeren Zeitraum reduzieren oder anheben konnten. Man kann einen Fuß verlieren, die Nachricht erhalten, dass man unfruchtbar ist, oder zusehen müssen, wie das eigene Haus abbrennt. Der Serotoninspiegel sinkt durch derartige Schicksalsschläge spontan ab, sechs Monate später ist man aber wieder so glücklich oder unglücklich wie vorher. Ähnlich verhält es sich, wenn man sich ein noch größeres Haus oder ein teureres Auto kauft.

Forscher hatten herausgefunden, dass es darüber hinaus bestimmte Dinge gab, die für das Empfinden von Glück entscheidend waren. Eine der wichtigsten Ursachen war eine gute Ehe.

Und genau die führte er. Es klang so banal, dass er lachen musste, wenn er das manchmal den wenigen Menschen gegenüber sagte, die er als seine Freunde bezeichnete oder mit denen er Umgang hatte: »Meine Frau und ich führen eine glückliche Ehe.«

Ja, er hielt das Glück in seiner hohlen Hand. Wenn er könnte, würde er die drei Jahre seit ihrer Hochzeit gerne in einem Copy-and-paste-Verfahren vervielfältigen und sie wieder und wieder leben. Aber so etwas hatte man nicht in der Hand, und vielleicht war das der Grund für die leichte Unruhe, die er trotz allem spürte? Die Zeit ließ sich nicht aufhalten, und Dinge ändern sich. Das Leben war wie der Rauch seiner Zigarette, der sich selbst in einem geschlossenen Raum bewegte und sich beständig auf nicht vorhersehbare Weise veränderte. Da sein Leben jetzt perfekt war, würde jede Veränderung eine Verschlechterung bedeuten. Ja, so musste es sein. Glücklich, wie er war, hatte er das Gefühl, über dünnes Eis zu laufen, er wollte vorbereitet sein, wenn es brach, und so schnell wie möglich das kalte Wasser wieder verlassen. Deshalb hatte er auch damit begonnen, seine innere Uhr so zu programmieren, dass er früher als nötig aufwachte. Wie heute, wo er die erste Vorlesung zum Thema Mordermittlungen erst um elf Uhr hatte. Er wollte wach sein, einfach daliegen und das ungewohnte Glück spüren, solange es dauerte. Er verdrängte das Bild des Täters, den sie nicht gefasst hatten. Es war nicht mehr Harrys Verantwortung, nicht mehr Harrys Revier. Und der Mann mit dem Dämonengesicht tauchte auch immer seltener in seinen Träumen auf.

Harry stieg, so leise er konnte, aus dem Bett, obwohl ihr Atem nicht mehr so gleichmäßig ging und er den Verdacht hatte, dass sie sich schlafend stellte, um den Moment nicht kaputtzumachen. Er zog sich die Hose an, ging nach unten ins Erdgeschoss, steckte ihre Lieblingskapsel in die Espressomaschine, goss Wasser in den Tank und öffnete für sich selbst das kleine Glas mit dem Pulverkaffee. Er kaufte kleine Gläser, weil frisch geöffneter Pulverkaffee so viel besser schmeckte. Dann setzte er Wasser auf, schob seine nackten Füße in ein Paar Schuhe und ging nach draußen auf die Treppe.

Er sog die scharfe Herbstluft ein. Die Nächte begannen hier oben in Besserud am Holmenkollenveien bereits kalt zu werden. Er ließ seinen Blick über die Stadt und den Fjord schweifen, auf dem blauen Wasser zeichneten sich nur noch wenige Segelboote als kleine weiße Dreiecke ab. In zwei Monaten, oder weniger, würde hier oben der erste Schnee fallen. Aber das war in Ordnung, das große, braun gebeizte Holzhaus war für den Winter gebaut, nicht für den Sommer.

Er zündete sich die zweite Zigarette des Tages an und ging die steile, geschotterte Einfahrt hinunter. Hob die Füße bei jedem Schritt an, um nicht auf die losen Schnürsenkel zu treten. Er hätte eine Jacke anziehen können oder wenigstens ein T-Shirt, aber zu frieren war ein Luxus, den man sich leisten konnte, wenn man jederzeit in ein warmes Zuhause zurückkehren konnte. Er blieb am Briefkasten stehen und nahm die *Aftenposten* heraus.

»Guten Morgen, Herr Nachbar.«

Harry hatte den Tesla nicht aus der asphaltierten Einfahrt des Nachbarhauses kommen hören. Das Fenster auf der Fahrerseite stand offen, und dahinter saß die blonde Frau Syvertsen, die immer wie aus dem Ei gepellt aussah. Sie war für Harry, der aus einfachen Verhältnissen im Osten der Stadt stammte und noch nicht lange hier oben wohnte, der Inbegriff der klassischen Holmenkollenfrau. Hausfrau mit zwei Kindern und zwei Haushälterinnen, ohne Ambitionen, selbst zu arbeiten, obwohl der norwegische Staat ihr ein fünfjähriges Universitätsstudium finanziert hatte. Was andere als Freizeit bezeichneten, war für sie Arbeit: sich fit zu halten (Harry sah nur die Trainingsjacke, wusste aber, dass sie darunter einen enganliegenden Gymnastikanzug trug und für ihre knapp vierzig Jahre noch verdammt gut aussah), alle Termine zu managen (also immer zu wissen, welches Hausmädchen sich gerade um die Kinder kümmerte und wann und wohin die Familie in die Ferien fuhr: Sollte es das Haus in Nizza sein, die Skihütte im Hemsedal oder das Sommerhaus im Sørland?) oder ihr Netzwerk zu pflegen (Lunch mit Freundinnen, Essen mit Verwandten und potentiell wichtigen Kontakten). Ihr wichtigster Job war bereits abgehakt: sich einen Ehemann angeln, der genug Geld hatte, um ihr diese sogenannte Arbeit zu finanzieren.

In diesem Punkt hatte Rakel einen fundamentalen Fehler gemacht. Sie war in der großen Holzvilla in Besserud aufgewachsen und hatte früh gelernt, welche Manöver im Leben nötig waren, sie war klug und attraktiv genug, um all ihre Ziele zu erreichen, hatte sich aber trotzdem für einen alkoholabhängigen Mordermittler mit Niedriglohn entschieden, der – zurzeit nüchtern – für ein noch geringeres Gehalt an der Polizeihochschule unterrichtete.

»Sie sollten aufhören zu rauchen«, sagte Frau Syvertsen und musterte ihn von oben bis unten. »Sonst habe ich eigentlich nichts auszusetzen. Wo trainieren Sie?«

»Im Keller«, sagte Harry.

»Sie haben sich einen eigenen Fitnessraum einrichten lassen? Wer ist Ihr PT?«

»Ich«, sagte Harry, nahm einen tiefen Zug von seiner Zigarette und betrachtete sein Spiegelbild im Fenster der Rücksitze. Schlank, aber nicht mehr so mager wie noch vor ein paar Jahren. Drei Kilo mehr Muskelmasse. Zwei Kilo angenehmere Tage. Und ein gesünderes Leben. Aber das Gesicht, das ihn aus dem Fenster ansah, belegte, dass es nicht immer so gewesen war. Das Delta der dünnen roten Adern in den Augenwinkeln und dicht unter seiner Haut erzählte von einer Vergangenheit, geprägt von Alkohol, Chaos, Schlaflosigkeit und schlechten Gewohnheiten. Die Narbe, die vom Ohr zum Mundwinkel verlief, erzählte von dramatischen Situationen und mangelnder Impulskontrolle. Und die Tatsache, dass er die Zigarette zwischen Zeigefinger und Ehering am Ringfinger hielt, weil ihm der Mittelfinger fehlte, belegte, dass Mord und Totschlag Spuren in Fleisch und Blut hinterließen.

Sein Blick fiel auf die Zeitung. Das Wort »Mord« lief quer über die Titelseite. Und für einen Augenblick war das Echo des Schreis wieder zu hören.

»Ich habe auch schon darüber nachgedacht, mir einen Fitnessraum einzurichten«, sagte Frau Syvertsen. »Können Sie nächste Woche nicht mal vormittags vorbeikommen und mir ein paar Tips geben?«

»Eine Matte, ein paar Hanteln und eine Reckstange«, sagte Harry. »Andere Tips kann ich Ihnen nicht geben.«

Frau Syvertsen lächelte breit und nickte vielsagend. »Einen schönen Tag noch, Harry.«

Der Tesla rollte lautlos davon, und er ging zurück Richtung Haus. Er blieb im Schatten der großen Fichten stehen und sah es sich an. Ein solider Bau. Nicht uneinnehmbar, nichts war uneinnehmbar, aber hier bräuchte es schon einiges. Die dicke Eichentür hatte drei Schlösser, und alle Fenster waren vergittert. Herr Syvertsen hatte sich beklagt und gemeint, das fortähnliche Bollwerk erinnere ihn an Johannesburg und drücke die Preise, weil es das Viertel so gefährlich wirken ließe. Rakels Vater hatte die Gitter nach dem Krieg anbringen lassen. Harrys Ermittlerjob hatte Rakel und ihren Sohn Oleg zwischenzeitlich in Gefahr gebracht. Oleg war inzwischen erwachsen. Er war mit seiner Freundin zusammengezogen und hatte auf der Polizeihochschule angefangen. Rakel sollte selber entscheiden, wann die Gitter wieder wegkamen, denn die brauchten sie nicht mehr. Harry war jetzt nur noch ein unterbezahlter Lehrer.

»Ah, Frühstück im Bett«, murmelte Rakel lächelnd, gähnte betont laut und richtete sich auf.

Harry stellte das Tablett vor sie auf die Decke.

»Frühstück im Bett« war das Synonym für die morgendliche Extrastunde, die sie sich jeden Freitagmorgen gönnten, weil er erst spät in die Hochschule und sie nicht ins Außenministerium musste, wo sie als Juristin arbeitete.

Er kroch zu ihr unter die Decke und gab ihr wie gewöhnlich den Teil der *Aftenposten* mit der Innenpolitik und dem Sportteil, während er die Außenpolitik und die Kulturnachrichten las. Er setzte die Lesebrille auf, an die er sich mittlerweile gewöhnt hatte, und las als Erstes die Kritik des neuen Albums von Sufjan Stevens, wobei ihm einfiel, dass Oleg ihn in der folgenden Woche zu einem Konzert von Sleater-Kinney eingeladen hatte. Leicht nerviger, neurotischer Rock, wie Harry ihn mochte. Oleg hörte selber härtere Sachen, weshalb Harry sich umso mehr über die Einladung freute.

»Was Neues?«, fragte Harry und blätterte um.

Er wusste, dass sie den Artikel über den Mord gelesen hatte, der auf der Titelseite prangte, aber auch, dass sie ihm davon nichts sagen würde. Das war eine ihrer stillen Vereinbarungen.

»Mehr als dreißig Prozent der amerikanischen Tinder-Nutzer sind verheiratet«, sagte sie. »Aber Tinder will davon nichts wissen. Und bei dir?«

»Die neue Father-John-Misty-Scheibe scheint hinter den Erwartungen zurückzubleiben. Oder der Kritiker wird alt und miesepetrig. Ich tippe eigentlich auf Letzteres. In der *Mojo* und im *Uncut* wurde sie in den höchsten Tönen gelobt.«

»Harry?«

»Mir sind junge, miesepetrige Kritiker lieber, die werden mit dem Alter vielleicht aufgeschlossener. Wie ich. Nicht wahr?«

»Wärst du eifersüchtig, wenn ich bei Tinder wäre?«

»Nein.«

»Nein?« Sie richtete sich etwas weiter auf. »Warum nicht?«

»Mir fehlt vermutlich die Phantasie. Ich bin dumm und glaube, dass ich mehr als genug für dich bin. Es ist nicht so dumm, dumm zu sein, weißt du?«

Sie seufzte. »Bist du denn nie eifersüchtig?«

Harry blätterte um. »Doch, aber Ståle Aune hat mir gerade erst eine Reihe von Gründen genannt, warum es besser ist, solchen Gefühlen möglichst wenig Raum zu geben, Liebste. Er kommt heute vorbei und hält einen Gastvortrag über morbide Eifersucht.«

»Harry?« Er hörte dem Unterton in ihrer Stimme an, dass sie nicht so schnell aufgeben würde.

»Fang deine Sätze bitte nicht immer mit meinem Namen an, du weißt doch, wie nervös mich das macht.«

»Aus gutem Grund, ich wollte dich nämlich gerade fragen, ob du manchmal Lust auf andere Frauen als mich hast?«

»Wolltest du fragen, oder fragst du?«

»Ich frage.«

»Okay.« Sein Blick blieb an einem Foto von Polizeipräsident Mikael Bellman und seiner Frau auf einer Filmpremiere hängen. Die schwarze Augenklappe, die er seit neuestem trug, stand ihm, und Harry wusste, dass Bellman das wusste. Der junge Polizeipräsident erklärte in dem dazugehörigen Artikel, dass die Medien und allen voran die Kriminalfilme wie der, den er gerade gesehen hatte, ein falsches Bild von Oslo zeichneten. Er betonte, dass die Stadt unter seiner Führung so friedlich sei wie niemals zuvor. Die Wahrscheinlichkeit, dass man Selbstmord beging, sei viel höher als die, ermordet zu werden.

»Also«, sagte Rakel und rückte näher an ihn heran. »Hast du Lust auf andere?«

»Ja«, sagte Harry und unterdrückte ein Gähnen.

»Oft?«, fragte sie.

Er nahm den Blick von der Zeitung. Zog die Stirn in Falten, starrte vor sich hin und dachte über die Frage nach. »Nein, nicht oft.« Er richtete seinen Blick wieder auf die Zeitung. Das neue Munch-Museum und die Deichmansche Bibliothek neben dem neuen Opernhaus nahmen langsam Form an. Die Hauptstadt der Fischer und Bauern, die zweihundert Jahre lang alle Abweichler mit künstlerischen Ambitionen, von denen sie sich bedroht fühlte, nach Kopenhagen und Europa geschickt hatte, war auf dem besten Weg, Kulturstadt zu werden. Wer hätte das geglaubt? Oder besser: Wer glaubte das?

»Wenn du die Wahl hättest«, frotzelte Rakel, »die nächste Nacht entweder mit mir oder deiner Traumfrau zu verbringen? Also ohne dass das irgendwelche Folgen hätte?«

»Hast du heute nicht einen Arzttermin, den du nicht versäumen darfst?«

»Eine einzige Nacht, Harry. Ohne Folgen.«

»Das ist jetzt wohl der Moment, wo ich sagen sollte, dass du meine Traumfrau bist, oder?«

»Jetzt komm schon.«

»Du musst mir schon ein bisschen helfen. Mach mal einen Vorschlag.«

»Audrey Hepburn.«

»Nekrophilie?«

»Red dich nicht raus, Harry!«

»Hm. Hast du ganz bewusst eine bereits verstorbene Frau vorgeschlagen, weil das für dich weniger bedrohlich ist, anstatt eine Frau, mit der ich tatsächlich eine Nacht verbringen könnte? Aber okay, ich nehme deinen manipulativen Vorschlag an, und angesichts von *Frühstück bei Tiffany* antworte ich mit einem lauten und deutlichen Ja.«

»Wenn dem so ist, warum tust du es dann nicht? Warum gehst du nicht fremd?«, fragte Rakel leicht empört.

»Zum einen, weil ich gar nicht weiß, ob meine Traumfrau auch *ja* sagen würde, und ich kann ganz schlecht damit umgehen, abgewiesen zu werden. Zum anderen, weil die Voraussetzung *ohne irgendwelche Folgen* gar nicht garantiert ist.«

»Ach?«

Harry konzentrierte sich wieder auf die Zeitung. »Du würdest mich möglicherweise verlassen. Auf jeden Fall würde es unsere Beziehung belasten.«

»Du könntest es geheim halten.«

»Das würde ich nicht aushalten.« Die frühere Sozialsenatorin Isabelle Skøyen kritisierte den amtierenden Senat. keine Notfallpläne für den Tropensturm zu haben, der laut Vorhersage der Meteorologen Anfang der folgenden Woche mit ungeahnter Wucht auf die Westküste treffen und wenige Stunden später mit beinahe unverminderter Kraft auch über Oslo ziehen sollte. Skøyen betonte, dass die Antwort des Senats (»Wir sind nicht in den Tropen, weshalb es für Tropenstürme auch kein Budget gibt«) von unvergleichlicher Arroganz und Verantwortungslosigkeit zeugte. »Diese Leute scheinen zu glauben, dass der Klimawandel nur im Ausland stattfindet«, sagte Skøyen, die sich in einer Pose hatte ablichten lassen, die man bereits von ihr kannte. Was Harry als klares Zeichen deutete, dass sie ihr Comeback in der Politik plante.

»Wenn du sagst, dass du es nicht aushalten würdest, einen Seitensprung geheim zu halten, meinst du dann wirklich nicht aushalten?«, fragte Rakel.

»Ich will das einfach nicht. Solche Geheimnisse sind verdammt anstrengend. Außerdem hätte ich sicherlich ein schlechtes Gewissen.« Er blätterte um, aber es gab keine weiteren Seiten mehr. »Gewissen ist anstrengend.«

»Anstrengend für dich, ja. Und was ist mit mir, machst du dir gar keine Gedanken darüber, wie weh mir so etwas tun würde?«

Harry starrte einen Moment lang auf das Kreuzworträtsel, dann legte er die Zeitung auf die Decke und wandte sich ihr zu. »Wenn du nichts von dem Seitensprung wüsstest, würdest du doch auch nichts spüren.«

Rakel legte eine Hand um sein Kinn und zwang ihn, sie anzusehen. »Aber was, *wenn* ich davon erführe? Und wenn du erfahren würdest, dass ich mit einem anderen zusammen war. Würde das nicht weh tun?«

Er spürte einen stechenden Schmerz, als sie ihm ein vermutlich graues Brusthaar ausriss, das da nicht sein sollte.

»Garantiert«, sagte er. »Deshalb das schlechte Gewissen, sollte es andersherum sein.«

Sie ließ sein Kinn los. »Mann, Harry, du redest, als würdest du in einem Mordfall ermitteln. *Fühlst* du denn nichts?«

»*Mann, Harry?*« Er verzog den Mund zu einem Lächeln und sah sie über die Brille hinweg an. »Sagt man das noch?«

»Jetzt antworte schon, sonst schick ich dich dahin ... wo ... der Pfeffer wächst.«

Harry lachte. »Ich versuche, dir nur so ehrlich wie möglich zu antworten. Aber dafür muss ich nachdenken und rational sein, so bin ich eigentlich nicht. Wäre ich meinen ersten Gefühlen gefolgt, hätte ich vermutlich gesagt, was du hören willst. Das als Warnung: Ich bin nicht ehrlich, ich bin ein gerissener Hund. Die Ehrlichkeit, die ich dir jetzt zeige, ist nur eine langfristige Investition in meine Glaubwürdigkeit. Es könnte nämlich irgendwann der Tag kommen, an dem ich tatsächlich lügen muss, und dann wäre es natürlich toll, wenn du mich für ehrlich halten würdest.«

»Lass dieses Lächeln, Harry. Du willst damit also sagen, dass du ein untreues Schwein wärst, wenn das nicht so viele Probleme mit sich bringen würde?«

»Sieht ganz so aus.«

Rakel schubste ihn, schwang verächtlich schnaubend die Beine aus dem Bett und verschwand durch die Tür. Dann hörte Harry ein neuerliches Schnauben unten vom Treppenabsatz.

»Setzt du noch Kaffeewasser auf?«, rief er.

»Cary Grant«, rief sie. »Und Kurt Cobain. Gleichzeitig.«

Er hörte sie unten herumkramen. Dann brodelte das Wasser im Wasserkocher. Harry legte die Zeitung auf das Nachtschränkchen und verschränkte die Hände hinter dem Kopf. Lächelte. Glücklich. Als er aufstand, glitt sein Blick über ihren Teil der Zeitung, der noch auf dem Kopfkissen lag. Er sah ein Bild, einen Tatort und davor das Absperrband der Polizei. Er schloss die Augen und trat ans Fenster. Öffnete sie wieder, starrte zwischen die Fichten und spürte, dass er es jetzt schaffen könnte, den Namen zu vergessen. Den Namen dessen, den sie nicht gefasst hatten.

Er wachte auf. Er hatte wieder von seiner Mutter geträumt. Und von einem Mann, der behauptete, sein Vater zu sein. Er spürte nach, was das für ein Aufwachen gewesen war. Er war ausgeruht. Entspannt. Zufrieden. Die Ursache dafür lag weniger als eine Armlänge von ihm entfernt. Er drehte sich zu ihr. Er war gestern wieder in den Jagdmodus gewechselt. Unbeabsichtigt. Aber als er sie – die Polizistin – in der Bar gesehen hatte, schien es, als würde das Schicksal seinen Lauf nehmen. Oslo war eine kleine Stadt, man sah sich immer wieder. Trotzdem war er nicht Amok gelaufen, er hatte die Kunst der Selbstbeherrschung gelernt. Er studierte die Linien ihres Gesichts, die Haare, den Arm, der in einem etwas unnatürlichen Winkel auf dem Bett lag. Sie war kalt und atmete nicht, der Geruch nach Lavendel war beinahe verflogen, aber das war okay. Sie hatte ihre Arbeit getan.

Er warf die Decke zur Seite, trat an den Garderobenschrank und nahm die Uniform heraus. Bürstete sie und fühlte schon jetzt, wie das Blut schneller durch seine Adern pumpte. Es würde ein guter Tag werden.

KAPITEL 7

Freitagvormittag

Harry Hole ging neben Ståle Aune durch den Flur der Polizeihochschule. Mit seinen 193 Zentimetern war Harry gut zwanzig Zentimeter größer als sein zwanzig Jahre älterer und deutlich runderer Freund.

»Es überrascht mich, dass ausgerechnet du einen derart klaren Fall nicht lösen kannst«, sagte Aune und versicherte sich, dass seine gepunktete Fliege richtig saß. »Das ist nicht so schwer, du bist Lehrer geworden, weil deine Eltern das auch waren. Oder genauer gesagt, dein Vater. Noch post mortem suchst du bei ihm die Anerkennung, die du als Polizist nie bekommen hast. Oder besser gesagt, die du als Polizist nicht haben wolltest, weil die Rebellion gegen deinen Vater ja gerade darauf ausgerichtet war, nicht so zu werden wie er. Für dich war er eine jämmerliche Figur, weil er es nicht geschafft hat, das Leben deiner Mutter zu retten. Du hast deine eigene Unzulänglichkeit auf ihn übertragen und bist Polizist geworden, um gutzumachen, dass auch du nicht dazu in der Lage warst, sie zu retten. Du wolltest uns alle vor dem Tod bewahren, genauer gesagt vor den Mördern.«

»Hm. Wie viel zahlen dir die Leute eigentlich für dieses Zeugs? Pro Stunde?«

Aune lachte. »Apropos Stunde, was ist denn bei Rakels Arzttermin rausgekommen? Wegen ihrer Kopfschmerzen.«

»Der Termin ist erst heute«, sagte Harry. »Ihr Vater hatte im Alter Migräne.«

»Erblich vorbelastet. Als würde man sich die Zukunft vorhersagen lassen und es dann sein ganzes Leben bereuen. Wir Menschen haben das Unabwendbare noch nie gemocht. Wie den Tod.«

»Erbe ist nicht unabwendbar. Großvater hat gesagt, dass er wie sein Vater nach dem ersten Drink Alkoholiker war. Während mein Vater sein Leben lang Alkohol genossen hat – wirklich genossen –, ohne Alkoholiker zu werden.«

»Dann hat der Alkoholismus eine Generation übersprungen, das kommt vor.«

»Oder die Genetik ist nur eine willkommene Entschuldigung für meinen schwachen Charakter.«

»Ja, aber es muss auch erlaubt sein, die Genetik für den eigenen schwachen Charakter an den Pranger zu stellen.«

Harry lächelte, und eine Studierende, die ihnen auf dem Flur entgegenkam, missverstand ihn und erwiderte das Lächeln.

»Katrine hat mir die Bilder vom Tatort in Grünerløkka geschickt«, sagte Aune. »Was hältst du davon?«

»Ich lese keine Kriminalberichte.«

Die Tür des Hörsaals zwei stand offen. Die Vorlesung richtete sich an die Studierenden des letzten Semesters, aber Oleg hatte gesagt, dass er und ein paar Erstsemesterkollegen versuchen wollten, sich auch hineinzuschmuggeln. Entsprechend voll war der Hörsaal. Einige Studierende saßen auf der Treppe oder lehnten an den Wänden, und Harry erkannte sogar die Gesichter einiger Kollegen.

Er trat an das Pult und schaltete das Mikrofon ein. Ließ seinen Blick über die Anwesenden schweifen. Suchte automatisch nach Oleg. Die Gespräche verstummten, und es wurde still. Harry befeuchtete sich die Lippen. Das Seltsame war nicht, dass er Lehrer geworden war, sondern dass es ihm auch noch *gefiel*. Dass er, der als wortkarg und verschlossen galt, sich vor einer Gruppe anspruchsvoller Studierender ungehemmter fühlte als an der Kasse eines 7-Eleven, wenn er das Päckchen Camel Light, das man ihm fälschlicherweise hingelegt hatte, gegen ein Päckchen Camel umtauschen wollte. In diesen Momenten glaubte er immer, das Gemurmel der Leute hinter sich zu hören, und es war tatsächlich schon vorgekommen – an schlechten Tagen mit dünnem Nervenkostüm –, dass er mit den Camel Light aus dem Laden gegangen war, eine Zigarette geraucht und den Rest weggeworfen hatte. Hier im Hörsaal befand er sich in seiner Komfortzone. Fachwissen. Mord. Harry räusperte sich. Er hatte Olegs ernstes Gesicht nicht entdeckt, dafür aber ein anderes, das er gut kannte. Eins mit schwarzer Augenklappe. »Wie ich sehe, haben sich einige von Ihnen im Hörsaal vertan. Das hier ist der Kurs drei ›Mordermittlung‹ für Studierende im letzten Semester.«

Gelächter. Niemand machte Anstalten, den Raum zu verlassen.

»Okay«, sagte Harry. »All jene, die hier sind, um eine von meinen trockenen Vorlesungen über Mordermittlungen zu hören, muss ich enttäuschen. Unser heutiger Gast ist seit vielen Jahren Berater des Dezernats für Gewaltverbrechen und einer der bekanntesten Psychologen Skandinaviens im Fachgebiet Gewalt und Mord. Seine Publikationsliste ist lang. Aber bevor ich Ståle Aune das Wort erteile, das kriege ich dann nämlich nicht mehr wieder, möchte ich noch darauf hinweisen, dass es nächsten Mittwoch um ein weiteres Kreuzverhör geht, bezogen auf einen Fall, der als *Das fünfte Zeichen* bekannt ist. Die Details zu dem Fall, Tatortberichte und Verhörprotokolle finden Sie wie üblich auf der Website PHS/Ermittlung. Ståle?«

Applaus brandete auf. Harry ging die Treppe nach unten, während Aune mit vorgestrecktem Bauch und einem zufriedenen Lächeln auf den Lippen zum Pult schritt.

»Das Othello-Syndrom!«, rief Aune und senkte seine Stimme, als er das Mikrofon erreichte: »Das Othello-Syndrom ist ein Fachausdruck für das, was wir als morbide Eifersucht bezeichnen. Das Motiv für die meisten Morde in diesem Land. Genau wie in William Shakespeares Tragödie *Othello*. Roderigo ist verliebt in General Othellos junge Frau Desdemona, während der gerissene Offizier Jago Othello hasst, weil dieser ihn nicht zum Leutnant befördert hat. Jago glaubt, doch noch Karriere machen zu können, wenn Othello erst einmal weg ist, weshalb er Roderigo hilft, einen Keil zwischen Othello und dessen junge Frau zu treiben. Jago tut das, indem er Othellos Hirn und Herz mit einem Virus infiziert, einem ebenso tödlichen wie resistenten Virus, den es in vielen Spielarten gibt. Eifersucht. Othello wird krank, die Eifersucht löst epileptische Anfälle bei ihm aus, er liegt von Krämpfen geschüttelt auf der Bühne. Schließlich tötet Othello seine Frau und am Ende des Stückes sich selbst.« Aune zupfte an den Ärmeln seiner Tweedjacke. »Ich erzähle Ihnen das alles nicht, weil Shakespeare Prüfungsstoff ist, sondern weil ein bisschen Allgemeinbildung nicht schaden kann.« Gelächter. »Also was – meine nicht eifersüchtigen Damen und Herren – ist das Othello-Syndrom?«

»Was verschafft mir die Ehre des hohen Besuchs?«, flüsterte Harry Hole. Er hatte sich am hinteren Rand des Hörsaals neben Mikael Bellman gestellt. »Interessiert an Eifersucht?«

»Nein«, sagte Bellman. »Ich möchte, dass Sie die Ermittlungen in dem aktuellen Mordfall übernehmen.«

»Ich fürchte, Sie haben sich die Mühe umsonst gemacht.«

»Ich will, dass Sie so vorgehen, wie Sie das schon früher gemacht haben. Sie sollen eine kleine Gruppe leiten, die parallel und unabhängig von der großen Ermittlergruppe arbeitet.«

»Danke, Herr Polizeipräsident, aber meine Antwort lautet nein.«

»Wir brauchen Sie, Harry.«

»Ja. Hier.«

Bellman lachte kurz. »Ich zweifle nicht daran, dass Sie ein guter Dozent sind, aber hier sind Sie ersetzbar. Anders als Ermittler.«

»Ich bin fertig mit Mord.«

Mikael Bellman schüttelte lächelnd den Kopf. »Kommen Sie,

Harry. Wie lange, glauben Sie, können Sie sich hier verstecken und so tun, als ob Sie ein anderer wären? Sie sind kein Vegetarier wie der da vorne, Harry. Sie sind ein Raubtier, genau wie ich.«

»Meine Antwort lautet nein.«

»Und Raubtiere haben bekanntlich scharfe Zähne, weshalb sie auf der obersten Stufe der Nahrungskette stehen. Da vorne sehe ich Oleg sitzen. Wer hätte gedacht, dass er einmal auf der Polizeihochschule anfangen würde.«

Harrys Nackenhaare stellten sich warnend auf. »Ich führe das Leben, das ich führen will, Bellman. Ich kann nicht zurück, meine Antwort ist endgültig.«

»Besonders wenn man bedenkt, dass es für eine Aufnahme entscheidend ist, keine Vorstrafen zu haben.«

Harry antwortete nicht. Aune erntete erneut Lacher, und Bellman lachte mit. Dann legte er eine Hand auf Harrys Schulter, beugte sich zu ihm vor und senkte die Stimme noch weiter: »Auch wenn das jetzt ein paar Jahre her ist, ich habe noch immer Kontakte, die jederzeit bezeugen würden, dass Oleg damals Heroin gekauft hat. Strafrahmen zwei Jahre. Er würde dafür kaum noch ins Gefängnis müssen, aber Polizist wird man damit nicht.«

Harry schüttelte den Kopf. »So etwas würden nicht einmal Sie tun, Bellman.«

Bellman gluckste leise. »Nicht? Mag sein, dass es Ihnen so vorkommt, als würde ich zu große Geschütze auffahren, aber es ist wirklich wichtig für mich, dass dieser Fall gelöst wird.«

»Aber welchen Vorteil hätten Sie, wenn das Leben meiner Familie zerstört wird, weil ich ablehne?«

»Wohl keinen, aber vergessen wir nicht, dass ich – wie war noch gleich das Wort dafür? – Sie *hasse*.«

Harry starrte auf die Rücken vor sich. »Sie sind kein Mann, der sich von Gefühlen leiten lässt, Bellman. Das ist nicht Ihr Ding. Wie wollen Sie begründen, dass Sie diese wichtige Information über den Polizeischüler Oleg Fauke so lange zurückgehalten haben? Es ist keine gute Idee zu bluffen, wenn der Gegner weiß, wie schlecht Ihre Karten sind.«

»Wenn Sie die Zukunft des Jungen darauf verwetten wollen, dass ich bluffe, dann nur zu, Harry. Nur dieser eine Fall. Lösen Sie ihn für mich, und die Sache ist ein für alle Mal aus der Welt. Ich brauche Ihre Antwort bis heute Nachmittag.«

»Nur aus Neugier, Bellman. Warum ist gerade dieser Fall so wichtig für Sie?«

Bellman zuckte mit den Schultern. »Politik. Raubtiere brauchen Fleisch. Und vergessen Sie nicht, dass ich ein Tiger bin, Harry. Und Sie nur ein Löwe. Der Tiger wiegt mehr und hat mehr Hirn pro Kilo Körpergewicht. Die Römer im Colosseum wussten, dass der Löwe stirbt, wenn sie ihn zu dem Tiger in die Arena schicken.«

Harry sah, wie sich im Hörsaal ein Kopf umdrehte. Oleg lächelte ihn mit nach oben gestrecktem Daumen an. Der Junge war jetzt bald zweiundzwanzig. Harry hob ebenfalls den Daumen und versuchte zu lächeln. Als er sich wieder umdrehte, war Bellman verschwunden.

»In der Regel erkranken Männer am Othello-Syndrom«, dröhnte Aunes Stimme. »Während männliche Täter mit Othello-Syndrom die Tendenz haben, ihre Hände zum Morden zu benutzen, verwenden weibliche Othellos Schlagwaffen oder Messer.«

Harry hörte genau hin. Auf das dünne, dünne Eis über dem schwarzen Wasser unter seinen Füßen.

»Du siehst so ernst aus«, sagte Aune, als er von der Toilette zurück in Harrys Büro kam, den Rest seines Kaffees trank und den Mantel anzog. »Hat dir die Vorlesung nicht gefallen?«

»Doch, sehr. Bellman war da.«

»Habe ich gesehen. Was wollte er?«

»Er hat versucht, mich unter Druck zu setzen. Ich soll die Ermittlungen in dem aktuellen Mordfall übernehmen.«

»Und was hast du geantwortet?«

»Nein.«

Aune nickte. »Gut. Es frisst die Seele auf, wenn man so engen Kontakt mit dem Bösen hat, wie du und ich es gehabt haben. Für andere ist das vielleicht nicht zu erkennen, aber es hat schon einige von uns kaputtgemacht. Und es ist an der Zeit, dass unsere Liebsten endlich die Aufmerksamkeit bekommen, die bisher den Soziopathen vorbehalten war. Unsere Schicht ist um, Harry.«

»Willst du damit sagen, dass du raus bist?«

»Ja.«

»Nicht dass ich das nicht gut nachvollziehen könnte, aber gibt's auch einen konkreten Anlass?«

Aune zuckte mit den Schultern. »Nur dass ich zu viel gearbeitet habe und zu wenig zu Hause war. Und wenn ich an Mordfällen arbeite, bin ich auch dann nicht zu Hause, wenn ich zu Hause bin. Das kennst du ja, Harry. Und Aurora, sie ...« Aune blies die Wangen auf und atmete wieder aus. »Die Lehrer meinen, dass es langsam bergauf geht. Es kommt vor, dass Kinder in ihrem Alter extrem verschlossen sind und etwas ausprobieren. Eine Wunde auf dem Handrücken bedeutet noch nicht, dass sie sich systematisch selbst verletzen, das kann auch eine Art Experiment sein. Aber es ist immer besorgniserregend für einen Vater, wenn er nicht mehr zu seinem Kind durchdringt. Vielleicht besonders frustrierend für einen berühmten Psychologen.«

»Sie ist jetzt fünfzehn, oder?«

»Und noch bevor sie sechzehn ist, kann das alles vergessen sein und weit hinter uns liegen. Solche Phasen sind verdammt typisch für dieses Alter. Aber wenn man sich um seine Liebsten kümmern will, sollte man das nicht bis nach einem Fall aufschieben, bis zum Ende des Arbeitstages, sondern man sollte *sofort* für sie da sein. Oder was meinst du, Harry?«

Harry drückte seine unrasierte Oberlippe zwischen Daumen und Zeigefinger zusammen und nickte langsam. »Hm, schon.«

»Dann gehe ich jetzt«, sagte Aune, nahm seine Tasche und zog einen Stapel Fotos heraus. »Hier sind übrigens die Tatortfotos, die Katrine mir geschickt hat. Ich brauche sie, wie gesagt, nicht.«

»Und was soll ich damit?«, fragte Harry und starrte auf den Leichnam einer Frau auf einem blutigen Bett.

»Für den Unterricht, dachte ich. Du sprichst doch über diesen alten Fall, *Das fünfte Zeichen*, ich schließe daraus, dass du tatsächliche Mordfälle besprichst und echte Dokumente nutzt.«

»Die gelöst wurden«, sagte Harry und versuchte seinen Blick von dem Foto der Frau loszureißen. Das Setting kam ihm irgendwie bekannt vor. Wie ein Echo. Hatte er die Frau schon einmal gesehen? »Wie heißt das Opfer?«

»Elise Hermansen.«

Bei dem Namen klingelte nichts bei ihm. Harry sah sich das nächste Foto an. »Und die Wunden am Hals, was ist das?«

»Du hast wirklich nichts über diesen Fall gelesen? Der prangt doch auf jeder Titelseite. Kein Wunder, dass Bellman dich zu shanghaien versucht. Eisenzähne, Harry.«

»Eisenzähne? Ein Satanist?«

»Wenn du die VG liest, steht da auch etwas von meinem Kollegen Hallstein Smith. Er hat getwittert, dass da ein Vampirist sein Unwesen treibt.«

»Vampirist? Also ein Vampir?«

»Wenn das so einfach wäre«, sagte Aune und holte eine ausgerissene Zeitungsseite aus seiner Tasche. »Ein Vampir findet sich in der Zoologie und der Fiktion. Ein Vampirist ist laut Smith und einigen anderen Psychologen ein Mensch, der Befriedigung empfindet, wenn er das Blut anderer Menschen trinkt. Lies da ...«

Harry las die Twitter-Meldung, auf die Aune deutete. Sein Blick blieb am letzten Satz hängen. *Ein Vampirist wird immer wieder zuschlagen.*

»Hm. Dass es davon nur wenige gibt, heißt ja nicht, dass in dieser Meldung nicht ein bisschen Wahrheit steckt, oder?«

»Bist du verrückt? Das ist völliger Unsinn, dabei mag ich ambitionierte Menschen wie Smith. Er hat aber in seinem Studium einen fatalen Fehler gemacht und sich so den Spitznamen *Affe* eingehandelt. Und ich fürchte, dass er deshalb in Psychologenkreisen weiterhin als nicht glaubwürdig gilt. Dabei war er ein wirklich vielversprechender Psychologe, bis er sich in das Thema Vampirismus verstiegen hat. Seine Artikel waren gar nicht schlecht, aber sie wurden natürlich in keiner einzigen Fachzeitschrift publiziert. Jetzt hat ihn wenigstens mal die VG zitiert.«

»Und warum glaubst du nicht an Vampirismus?«, fragte Harry. »Du hast doch selbst gesagt, dass es nichts gibt, was es nicht gibt.«

»Ja, schon, es gibt alles. Oder es wird es irgendwann geben. Unsere sexuelle Phantasie handelt von dem, was wir imstande sind, uns auszudenken und zu fühlen. Und das ist bekanntermaßen ziemlich grenzenlos. Dendrophilie zum Beispiel, sexuelle Erregung durch Bäume. Oder Kakorrhaphiaphilie, das bedeutet, dass du geil davon wirst zu versagen. Aber damit man von -philie oder -ismus sprechen kann, muss es für diese Abnormität schon eine gewisse Verbreitung und einen gemeinsamen Nenner geben. Smith und seine gleichgesinnten mythomanischen Psychologen haben sich ihren eigenen Ismus geschaffen. Aber sie irren sich, es gibt keine Gruppe sogenannter Vampiristen, die einem festen Handlungsmuster folgt, über das man Aussagen treffen könnte.« Aune knöpfte sich den Mantel zu und ging zur Tür. »Während die Tatsache, dass du unter Angst vor Nähe leidest und es nicht schaffst, deinen besten Freund zum Abschied in den Arm zu nehmen, schon genug Stoff für eine psychologische Theorie bietet. Grüß bitte Rakel von mir, und sag ihr, dass ich ihre Kopfschmerzen bannen werde? Harry?«

»Was? Ja, natürlich. Grüßen. Ich hoffe, die Sache mit Aurora klärt sich.«

Harry blieb sitzen und starrte vor sich hin, nachdem Aune gegangen war. Am Abend war er ins Wohnzimmer gekommen, als Rakel sich einen Film angesehen hatte. Nach einem Blick auf den Bildschirm hatte er sich gefragt, ob das ein James-Gray-Film war. Zu sehen war ein neutrales Straßenbild ohne Schauspieler, ohne auffällige Autos, kein besonderer Kamerawinkel, zwei Sekunden eines Films, den Harry nicht kannte. Obwohl, ein Bild ist nie ganz neutral. Harry hatte keine Ahnung, wieso ihm gerade dieser Regisseur eingefallen war. Abgesehen davon, dass er ein paar Monate zuvor einen James-Gray-Film gesehen hatte. Vielleicht also eine simple, automatische Kopplung. Ein Film, den er gesehen hatte, und irgendwann später ein Zwei-Sekunden-Ausschnitt, der ein oder zwei Details enthielt, die so schnell durch sein Hirn schossen, dass er nicht ausmachen konnte, worin der Wiedererkennungseffekt bestand.

Harry griff zu seinem Handy.

Zögerte. Dann suchte er die Nummer von Katrine Bratt heraus. Sah, dass ihr letzter Kontakt mehr als sechs Monate zurücklag. Eine SMS, in der sie ihm zum Geburtstag gratuliert hatte. Er hatte damals knapp mit »danke« geantwortet. Ohne Großbuchstaben oder Punkt. Er wusste, dass sie wusste, dass das nichts zu bedeuten hatte und er lediglich keine langen SMS mochte.

Sein Anruf wurde nicht angenommen.

Als er ihre Direktnummer im Präsidium wählte, ging Magnus Skarre ans Telefon. »Oha, Harry Hole persönlich.« Die Ironie war so offenkundig, dass Harry kein Raum für Deutungen blieb. Er hatte nicht viele Fans im Morddezernat, und Skarre gehörte definitiv nicht dazu. »Nein, ich habe Bratt heute nicht gesehen. Was ungewöhnlich ist für eine frischernannte Ermittlungsleiterin. Wir haben hier nämlich verdammt viel zu tun.«

»Könntest du ihr sagen, dass ich ...«

»Ruf lieber wieder an, Hole, wir müssen so schon genug im Kopf behalten.«

Harry legte auf. Trommelte mit den Fingern auf die Tischplatte und sah zu dem Stapel Hausarbeiten, der auf der einen Seite des Schreibtischs lag. Und dem Stapel mit Fotos auf der anderen. Dachte an Bellmans Raubtieranalogie. Löwe? Tja, warum nicht? Er hatte gelesen, dass Löwen, die allein jagten, eine Erfolgsquote von nur 15 Prozent hatten. Und dass Löwen, wenn sie große Beutetiere töteten, diesen nicht die Kehle durchbeißen konnten, sondern sie ersticken mussten. Sie schlugen ihre Zähne in den Hals ihrer Opfer und drückten die Luftröhre zu. Was dauern konnte. Bei großen Tieren, zum Beispiel Wasserbüffeln, war es möglich, dass der Löwe sich und sein Opfer stundenlang quälte und dann trotzdem irgendwann aufgeben musste. Genau wie bei einer Mordermittlung. Harte Arbeit und kein Lohn.

Er hatte Rakel versprochen, sich für immer davon fernzuhalten. Er hatte es sich selbst versprochen.

Harry sah noch einmal auf den Stapel Fotos. Elise Hermansen. Der Name war hängengeblieben. Ebenso die Details des Fotos, wie sie auf dem Bett lag. Aber es waren nicht die Details, sondern der Gesamteindruck. Der Film, den Rakel gesehen hatte, hieß übrigens The Drop – Bargeld. Und der Regisseur war nicht James Gray. Harry hatte sich geirrt. 15 Prozent. Und dennoch.

Es war die Art, wie sie dort lag. Wie drapiert. Arrangiert. Das Echo eines vergessenen Traumes. Ein Ruf im Wald. Die Stimme eines Mannes, dessen Namen er vergessen wollte. Eines Mannes, der ihnen entkommen war.

Harry erinnerte sich an einen bekannten Gedanken: Der Moment, in dem er die Kontrolle verlor, den Deckel von der Flasche schraubte und den ersten Schluck nahm, war nicht entscheidend. Die Entscheidung war lange vorher gefallen. Danach war es nur noch eine Frage der Gelegenheit. Die kommen würde. Irgendwann würde die Flasche vor ihm stehen. Sie wartete schon lange auf ihn. Und er auf sie. Der Rest war bewegte elektrische Ladung, Magnetismus, die Unabänderlichkeit physikalischer Gesetze.

Verdammt. Verdammt.

Harry stand abrupt auf, nahm seine Lederjacke und hastete aus seinem Büro.

Er warf einen Blick in den Spiegel und sah, dass die Jacke saß, wie sie sitzen sollte. Er hatte ein letztes Mal ihr Profil gelesen und verachtete sie bereits. W in einem Namen, der wie sein eigener mit V geschrieben werden sollte. Das allein war Grund genug für Strafe. Er hätte ein anderes Opfer vorgezogen, jemanden, der mehr nach seinem Geschmack war. Wie Katrine Bratt. Aber die Entscheidung war ihm abgenommen worden. Die Frau mit dem W im Namen wartete auf ihn.

Er knöpfte den letzten Knopf der Jacke zu und ging nach draußen.

KAPITEL 8

Freitag, tagsüber

»Wie hat Bellman dich überredet?« Gunnar Hagen stand am Fenster und drehte Harry den Rücken zu.

»Nun«, tönte es unverkennbar hinter ihm. »Er hat mir ein Angebot gemacht, das ich nicht ablehnen konnte.« Die Stimme war noch rauher als beim letzten Mal, als er sie gehört hatte, sie hatte aber denselben ruhigen Basston. Hagen wusste, dass einige seiner Kolleginnen meinten, das Schönste an Hole sei seine Stimme.

»Und was war das für ein Angebot?«

»Fünfzig Prozent höherer Überstundentarif und doppelte Pensionspunkte.«

Der Dezernatsleiter lachte kurz. »Und du stellst keine Bedingungen?«

»Nur dass ich mir noch einmal selbst meine Gruppe zusammenstellen darf. Ich will nur drei Leute.«

Gunnar Hagen drehte sich um. Harry saß in bequemer Haltung, die langen Beine ausgestreckt, vor Hagens Schreibtisch. Das schmale Gesicht hatte noch mehr Falten bekommen, und die dichten, kurzen Haare waren an den Schläfen grau geworden. Aber er war nicht mehr so mager wie bei ihrer letzten Begegnung. Das Weiß seiner Augen rund um die blaue Iris war vielleicht nicht ganz klar, aber auch nicht mehr komplett von roten Äderchen überzogen wie in Holes schlechtesten Zeiten.

»Bist du noch immer trocken, Harry?«

»Wie eine norwegische Ölquelle, Chef.«

»Hm. Du weißt aber schon, dass die norwegischen Ölquellen nicht trocken sind, sondern bloß geschlossen, bis die Ölpreise wieder steigen?«

»Genau das wollte ich damit sagen.«

Hagen schüttelte den Kopf. »Und ich dachte, du würdest mit den Jahren erwachsener werden.«

»Enttäuschend, nicht wahr? Wir werden nicht klüger, nur älter. Noch immer nichts von Katrine?«

Hagen warf einen Blick auf das Telefon. »Nein.«

»Sollten wir sie vielleicht anrufen?«

»Hallstein!« Der Ruf kam aus dem Wohnzimmer. »Die Kinder wollen, dass du noch mal den Habicht machst.«

Hallstein Smith seufzte resigniert, aber zufrieden, und legte das Buch *Miscellany of Sex* von Francesca Twinn auf den Küchentisch. Es war zwar interessant zu lesen, dass es auf den Trobriand-Inseln vor Papua-Neuguinea als Akt der Leidenschaft galt, die Augenwimpern der Frauen mit den Zähnen auszureißen, für seine Doktorarbeit war das aber nicht relevant. Da machte es schon deutlich mehr Freude, mit den eigenen Kindern zu spielen. Er war zwar noch müde von der letzten Runde, aber was sollte er machen? Geburtstag war Geburtstag. Und das viermal im Jahr bei vier Kindern. Oder sechsmal, die *kleinen Geburtstage* mitgerechnet mit eigenen Gästen, wenn die Eltern Geburtstag feierten. Oder zwölfmal, wenn auch der Halbjahrestag gefeiert wurde.

Er war auf dem Weg ins Wohnzimmer, wo die Kinder schon erwartungsvoll kreischten, als es klingelte.

Hallstein Smith öffnete, und die Frau, die vor der Tür stand, starrte ihm überrascht auf den Kopf.

»Ich muss vorgestern was mit Nüssen gegessen haben«, sagte er und kratzte die feuerroten Quaddeln auf seiner Stirn. »Die verschwinden in ein paar Tagen wieder.«

Erst jetzt registrierte er, dass sie sich nicht für seinen Ausschlag interessierte.

»Ach das«, sagte er und nahm den Kopfschmuck ab. »Das soll ein Habichtkopf sein.«

»Sieht eher aus wie ein Huhn«, sagte die Frau.

»Es ist eigentlich ein Osterküken, wir spielen aber, dass es ein Hühnerhabicht ist.«

»Mein Name ist Katrine Bratt. Ich bin vom Morddezernat der Osloer Polizei.«

Smith legte den Kopfschmuck zur Seite. »Stimmt, ich habe Sie gestern im Fernsehen gesehen. Geht es um meine Twitter-Nachricht? Das Telefon steht seither nicht mehr still. Es war nicht meine Absicht, einen solchen Wirbel zu verursachen.«

»Darf ich reinkommen?«

»Natürlich, aber ... Ich hoffe nur, Sie haben nichts gegen etwas ... Kinderlärm?«

Smith erklärte den Kindern, dass sie für eine Weile selber Habicht spielen müssten, und ging mit der Polizistin in die Küche.

»Sie sehen so aus, als könnten Sie einen Kaffee brauchen«, sagte Smith und goss ihr eine Tasse ein, ohne die Antwort abzuwarten.

»Es ist gestern Abend überraschend spät geworden«, sagte Katrine Bratt. »Ich habe verschlafen, ich bin gerade erst aufgestanden. Und dann habe ich auch noch mein Handy zu Hause vergessen. Dürfte ich von Ihrem Telefon kurz auf der Dienststelle anrufen?«

Smith reichte ihr sein Telefon und sah die Frau hilflos auf das beinahe antiquarische Ericsson-Gerät starren. »Meine Kinder nennen das Dumm-Phone. Soll ich Ihnen zeigen, wie es geht?«

»Ich glaube, das kriege ich noch hin«, sagte Katrine. »Sagen Sie mir, was Sie diesem Bild entnehmen können?«

Während sie die Nummer eintippte, sah sich Smith das Foto, das sie ihm gegeben hatte, aufmerksam an.

»Ein Eisengebiss«, sagte er. »Aus der Türkei?«

»Nein, Caracas.«

»Ah. Ich weiß, dass es ein ganz ähnliches Gebiss im Archäologischen Museum in Istanbul gibt. Das soll von Soldaten aus der Armee von Alexander dem Großen benutzt worden sein, aber die Historiker bezweifeln das. Sie gehen eher davon aus, dass die Oberschicht es für irgendwelche sadomasochistischen Spielchen verwendet hat.« Smith kratzte sich an der Stirn. »Hat der Täter ein solches Gebiss benutzt?«

»Das wissen wir noch nicht sicher. Wir haben nur die Bisswunden des Opfers, Rost und Reste von schwarzer Farbe.«

»Ah!«, sagte Smith. »Dann müssen wir nach Japan.«

»Müssen wir?« Bratt hielt sich das Telefon ans Ohr.

»Sie haben vielleicht schon mal Fotos von japanischen Frauen gesehen, die sich die Zähne schwarz färben? Man nennt diese Tradition Ohaguro. Das bedeutet so viel wie ›Dunkelheit, nachdem die Sonne untergegangen ist‹. Die Anfänge dafür liegen in der Heian-Periode etwa achthundert Jahre nach Christi Geburt. Und ... äh, soll ich weitermachen?«

Katrine hob bestätigend die Hand.

»Im Mittelalter soll ein Mogul im Norden Japans seine Soldaten aufgefordert haben, schwarz bemalte Eisengebisse zu tragen. Die Zähne dienten in erster Linie der Abschreckung, konnten im Nahkampf aber auch als Waffe eingesetzt werden. Kamen einem die Feinde so nah, dass die Handwaffen keine Hilfe mehr waren, konnte man ihnen mit den Zähnen die Kehle aufreißen.«

Die Polizistin signalisierte ihm, dass sie eine Verbindung hatte. »Hallo, Gunnar, hier ist Katrine. Ich wollte nur Bescheid geben, dass ich von zu Hause aus direkt zu Professor Smith gefahren bin ... Ja, das ist der mit der Twitter-Nachricht. Und ich habe mein Handy zu Hause vergessen, sollte also jemand versucht haben, mich zu erreichen ...« Sie hörte zu. »Du machst Witze.« Wieder war sie ein paar Sekunden still. »Harry Hole ist einfach zur Tür hereinspaziert und hat gesagt, dass er diesen Fall will? Lass uns später darüber reden.«

Sie gab Smith das Telefon zurück. »Also, erklären Sie mir, was Vampirismus ist.«

»Dann«, sagte Smith, »sollten wir vielleicht einen kleinen Spaziergang machen.«

Katrine ging neben Hallstein Smith über den geschotterten Weg, der vom Haus zu den alten Stallungen führte. Er erzählte ihr, dass seine Frau den Hof und neunzig Ar Land geerbt hatte und dass hier in Grini, nur wenige Kilometer vom Zentrum von Oslo entfernt, noch vor zwei Generationen Kühe und Pferde auf der Weide gestanden hätten. Trotzdem seien die knapp zehn Ar mit dem Bootshaus auf Nesøya, die Teil des Erbes waren, mehr wert. Das hätten sie aus den Angeboten schließen können, die ihnen ihre steinreichen Nachbarn dafür inzwischen gemacht hätten.

»Nesøya liegt nicht direkt vor der Tür, aber wir wollen trotzdem nicht verkaufen, bevor wir nicht wirklich müssen. Wir haben nur ein billiges Aluminiumboot mit einem 25-PS-Motor, aber ich liebe es. Sagen Sie das nicht meiner Frau, aber mir ist das Meer lieber als dieses Bauernland hier.«

»Ich bin auch an der Küste aufgewachsen«, sagte Katrine.

»Bergen, nicht wahr? Ich liebe den Bergener Dialekt. Ich habe ein paar Jahre in der Psychiatrie in Sandviken gearbeitet. Schön, aber viel Regen.«

Katrine nickte langsam. »Ja, in Sandviken regnet es ziemlich viel.«

Sie hatten die Stallungen erreicht. Smith nahm einen Schlüssel heraus und öffnete das Vorhängeschloss.

»Ein dickes Schloss für einen Stall«, sagte Katrine.

»Das vorige war zu klein«, sagte Smith. Er klang verbittert. Katrine trat über die Schwelle und stieß einen leisen Schrei aus, als der Boden unter ihren Füßen nachgab. Sie stand auf einer einen Meter breiten und anderthalb Meter langen, in den Betonboden eingelassenen Metallplatte, die von Druckfedern gehalten wurde. Langsam, nachdem die instabile Platte mehrmals mit einem Knirschen an den Rahmen gestoßen war, kam sie zum Stillstand. »Achtundfünfzig Kilo«, sagte Smith.

»Was?«

Er nickte nach links in Richtung eines Pfeils, der auf einer halbmondförmigen Skala zwischen fünfzig und sechzig anzeigte, und sie verstand, dass sie auf einer alten Großviehwaage stand. Sie kniff die Augen zusammen.

»Siebenundfünfzig Komma achtundsechzig.«

Smith lachte. »Auf jeden Fall weit unterhalb des Schlachtgewichts. Ich muss zugeben, dass ich in der Regel von der Türschwelle über die Waage springe, ich mag den Gedanken nicht, dass jeder Tag mein letzter sein könnte.«

Sie gingen an einer Reihe von Boxen vorbei, bis sie vor einer richtigen Tür stehen blieben. Smith schloss auf. Sie befanden sich in einem Büro mit Schreibtisch und PC. Durch das Fenster sah man die Felder, und an der Wand hing die Zeichnung eines menschlichen Vampirs mit großen, dünnen Fledermausflügeln, langem Hals und viereckigem Gesicht. Das Regal hinter dem Schreibtisch war nur zur Hälfte mit Ordnern und Büchern gefüllt.

»Das ist alles, was jemals über Vampirismus publiziert wurde«, sagte Smith und strich mit der Hand über die Bücher. »Ziemlich übersichtlich. Aber um Ihre Frage, was Vampirismus ist, beantworten zu können, müssen wir zurück zu Vanden Bergh und Kelly ins Jahr 1964.« Smith zog eines der Bücher aus dem Regal, schlug es auf und begann zu lesen: »*Vampirismus beschreibt die Handlung, Blut aus einem Objekt – in der Regel einem Objekt der Begierde – zu saugen und dadurch sexuelle Erregung und Befriedigung zu erlangen.* So die offizielle Definition. Aber Sie wollen noch mehr wissen, nicht wahr?«

»Ich glaube schon«, sagte Katrine und betrachtete die Zeichnung des Menschenvampirs. Ein schönes Werk. Schlicht. Aber es strahlte eine Einsamkeit und Kälte aus, die sie unwillkürlich veranlasste, die Jacke enger um sich zu ziehen.

»Gehen wir ein bisschen mehr in die Tiefe«, sagte Smith. »Um es gleich zu sagen, Vampirismus ist keine wirklich neue Erfindung. Der Name kommt natürlich von den blutrünstigen, menschenähnlichen Wesen, deren Mythen seit vielen Jahrhunderten, besonders in Osteuropa und Griechenland, existieren. Die moderne Vorstellung von Vampiren entwickelte sich erst mit Bram Stokers *Dracula* 1897 und den ersten Vampirfilmen aus den dreißiger Jahren. Manche Forscher hängen dem Irrglauben an, dass Vampiristen, also ganz normale, aber kranke Menschen, von Letzteren inspiriert sind. Sie vergessen aber, dass Vampirismus bereits in diesem Buch erwähnt wurde.« Smith zog ein uraltes Buch mit einem brüchigen braunen Einband aus dem Regal. »Richard von Krafft-Ebings *Psychopathia sexualis* aus dem Jahr 1886, also bevor die Vampire richtig bekannt wurden.« Smith stellte das Buch vorsichtig wieder zurück und zog ein anderes Buch heraus.

»Meine eigene Forschung stützt sich darauf, dass Vampirismus verwandt ist mit zum Beispiel Nekrophagie, Nekrophilie und Sadismus, wie es auch der Autor dieses Artikels, Bourguignon, meint.« Smith schlug das Buch auf. »Der Text stammt aus dem Jahr 1983, und Bourguignon schreibt darin: *Vampirismus ist eine seltene zwanghafte Persönlichkeitsstörung, die gekennzeichnet ist von einem unbändigen Drang, Blut zu trinken. Der Vampirist folgt einem Ritual, das für ihn entscheidend ist, um mentale Linderung zu erfahren, wie bei anderen zwanghaften Leiden versteht der Vampirist selbst die Bedeutung dieses Rituals aber nicht.«*

»Dann tut ein Vampirist einfach das, was Vampiristen tun? Sie können nicht anders?«

»Das ist stark vereinfacht, aber ja.«

»Kann uns einer dieser Ansätze helfen, das Profil eines Mörders zu erstellen, der seinen Opfern das Blut aussaugt?«

»Nein«, sagte Smith und stellte das Buch zurück. »Ein entsprechendes Werk wurde zwar geschrieben, steht aber nicht hier im Regal.«

»Warum nicht?«

»Weil es nie veröffentlicht wurde.«

Katrine musterte Smith. »Ihr eigenes?«

»Mein eigenes«, sagte Smith traurig lächelnd.

»Was ist passiert?«

Smith zuckte mit den Schultern. »Das Umfeld war noch nicht bereit für diese radikale Psychologie. Weil ich dem hier die Stirn geboten habe.« Er zeigte auf einen Buchrücken. »Herschel Prins und seinem 1985 im *British Journal of Psychiatry* veröffentlichten Artikel. So etwas tut man nicht ungestraft. Ich wurde mit dem Argument niedergemacht, dass meine Resultate auf Fallstudien beruhten und nicht empirisch seien. Aber Empirie ist bei so wenigen Fällen von echtem Vampirismus per se gar nicht möglich, noch dazu lauten die meisten Diagnosen aus Mangel an Wissen Schizophrenie. Es ist mir leider auch nicht gelungen, die Öffentlichkeit für die Vampirismusforschung zu gewinnen. Ich habe es versucht, aber selbst Zeitschriften, die sich liebend gerne über irgendwelche amerikanischen B-Promis auslassen, hielten das Thema Vampirismus für unseriös und sensationslüstern. Und als ich endlich genug Forschungsergebnisse zusammenhatte, um mich gegen all diese Widerstände zur Wehr zu setzen, kam der Einbruch. Sie haben mir nicht nur den PC geklaut, sondern auch alles andere.« Smith breitete die Arme aus und zeigte auf die leeren Regalbretter. »All meine Patientenberichte sind weg, das komplette Archiv, bis auf die letzte Seite. Einige böswillige Kollegen behaupten, dass das ein Warnschuss gewesen sei, der mich davor bewahrt hätte, mich mit einer Veröffentlichung meines Materials zum Vampirismus noch mehr der Lächerlichkeit preiszugeben.«

Katrine fuhr mit dem Finger über den Rahmen des Vampirbildes. »Wer bricht irgendwo ein, um Patientenberichte zu stehlen?«

»Das wissen die Götter. Ein Kollege, denke ich. Ich habe damit gerechnet, dass irgendjemand mit meinen Theorien rauskommt, das ist aber nie geschehen.«

»Vielleicht wollten die Ihnen Ihre Patienten abjagen?«

Smith lachte. »Na, herzlichen Glückwunsch! Die sind so verrückt, die will niemand haben, glauben Sie mir. Die sind nur für die Forschung wichtig, nicht für das tägliche Einkommen. Würde meine Frau mit ihren Yogaschulen nicht so gut verdienen, könnten wir Hof und Bootshaus sicher nicht halten. Apropos, da drinnen gibt's einen Kindergeburtstag, der auf einen Habicht wartet.«

Sie verließen das Büro, und als Smith die Tür abschloss, bemerkte Katrine die kleine Überwachungskamera, die an der Wand über den Boxen montiert war.

»Sie wissen, dass die Polizei bei kleineren Einbrüchen gar keine Ermittlungen mehr aufnimmt?«, fragte sie. »Auch wenn Sie Überwachungsfotos haben.«

»Ja, weiß ich«, sagte Smith seufzend. »Die ist für mich. Falls sie zurückkommen, will ich wissen, mit welchen Kollegen ich es zu tun habe. Ich habe auch draußen und am Tor Kameras installiert.«

Katrine musste lächeln. »Ich dachte, Akademiker wären superintelligente, grundehrliche Menschen, die ihre Nasen nur in Bücher stecken, und keine schnöden Diebe.«

»Oh, ich fürchte, wir sind auch nicht besser als die weniger Intelligenten«, sagte Smith und schüttelte traurig den Kopf. »Mich selbst eingeschlossen, nur damit das gesagt ist.«

»Ach ja?«

»Nichts Aufregendes. Nur ein Fehler, für den ein Kollege mich mit einem Spitznamen belohnt hat. Aber das ist lange her.« Wie lange es auch her sein mochte, Katrine bemerkte trotzdem, wie er kurz das Gesicht verzog.

Auf der Treppe vor dem Wohnhaus reichte Katrine ihm ihre Visitenkarte. »Falls die Medien Sie anrufen, wäre ich Ihnen dankbar, wenn Sie nichts von unserem Gespräch erwähnen. Es könnte einen beunruhigenden Effekt haben, wenn es heißt, dass die Polizei der Vampirtheorie folgt.«

»Ach, die Medien rufen schon nicht an«, sagte Smith und warf einen Blick auf ihre Karte.

»Nicht? Die VG hat Ihre Twitter-Nachricht doch abgedruckt.«

»Aber interviewt haben sie mich nicht. Vielleicht hatten sie Bedenken, weil ich schon einmal die Pferde scheu gemacht habe.«

»Haben Sie?«

»Ja, bei einem Mordfall in den Neunzigern. Ich war mir ziemlich sicher, dass es das Werk eines Vampiristen war. Und dann noch bei einem Fall vor drei Jahren, ich weiß nicht, ob Sie sich daran erinnern.«

»Nein.«

»Es hat damals auch keine großen Schlagzeilen gegeben. Zum Glück, kann man wohl sagen.«

»Das ist jetzt also das dritte Mal, dass Sie Alarm schlagen?«

Smith nickte langsam und sah sie an. »Ja, das dritte Mal. Wie Sie sehen, ist mein Sündenregister ziemlich lang.«

»Hallstein?«, rief eine Frauenstimme von drinnen. »Kommst du?«

»Sofort, Liebes! Gib schon mal Habichtalarm! Kra, kra, kra!«

Als Katrine zum Tor des Grundstücks ging, hörte sie ein Gekreische hinter sich im Haus. Die Hysterie vor dem Hühnermassaker.

KAPITEL 9

Freitagnachmittag

Um 15 Uhr hatte Katrine eine Besprechung mit der Kriminaltechnik, um 16 Uhr eine mit der Rechtsmedizin. Beide Treffen
waren ernüchternd. Wiederum eine Stunde später saß sie im
Büro des Polizeipräsidenten Mikael Bellman.

»Ich bin froh über deine positive Reaktion, dass wir Harry
Hole ins Boot geholt haben.«

»Warum sollte ich nicht froh sein? Harry ist unser erfolg-
reichster Ermittler.«

»Andere Leiter hätten das vielleicht als – wie heißt das Wort,
nach dem ich suche? – Provokation verstanden, wenn ihnen so
ein erfahrener Haudegen in die Karten guckt.«

»Kein Problem, ich spiele immer mit offenen Karten.« Katrine
lächelte knapp.

»Gut. Harry soll ja ohnehin seine eigene kleine, unabhängige
Gruppe leiten, du brauchst also keine Angst zu haben, dass er
sich einmischt. Und Konkurrenz belebt ja bekanntlich das Geschäft.« Bellman legte die Fingerkuppen aneinander, und Katrine bemerkte, dass einer seiner Pigmentflecken sich bis über
den Ehering hinaus ausgebreitet hatte. »Ich stehe bei diesem
Wettkampf natürlich auf Seiten der Konkurrentin. Ich hoffe, wir
können mit schnellen Resultaten rechnen, Bratt.«

»So, so«, sagte Katrine tonlos und sah auf die Uhr.

»Wie bitte?«

Sie hörte die Irritation in seiner Stimme. »Du hoffst also auf
schnelle Resultate.«

Sie war sich im Klaren darüber, dass sie den Polizeipräsidenten gerade mit voller Absicht provozierte. Nicht weil sie es wollte. Es ging einfach nicht anders.

»Und das solltest du auch tun, Hauptkommissarin Bratt. Frauenquote hin oder her, Jobs wie deinen gibt es nicht wie Sand am Meer.«

»Ich werde versuchen, mich würdig zu erweisen.«

Sie hielt seinem Blick stand. Die Augenklappe betonte, wie intensiv und schön das noch verbliebene Auge war. Und wie berechnend hart.

Sie hielt die Luft an.

Er lachte plötzlich laut. »Ich mag dich, Katrine. Aber ich muss dir einen Rat geben.«

Sie wartete, war auf alles vorbereitet.

»Bei der nächsten Pressekonferenz solltest du und nicht Hagen das Wort führen. Und am besten betonst du, wie kompliziert der Fall ist, dass wir noch keine konkreten Spuren haben und damit rechnen, dass die Ermittlungen sich eine ganze Weile hinziehen werden. Das bremst die Medien ein wenig aus und lässt uns mehr Spielraum.«

Katrine verschränkte die Arme vor der Brust. »Das kann den Mörder aber auch ermutigen und dazu bewegen, noch einmal zuzuschlagen.«

»Ich glaube nicht, dass den Mörder wirklich das antreibt, was in den Zeitungen steht.«

»Wenn du meinst. Ich muss jetzt wirklich die nächste Sitzung der Ermittlergruppe vorbereiten.«

Katrine sah die stille Warnung im Blick des Polizeipräsidenten. »Tu das, aber beherzige meinen Rat. Sag den Medien bei der nächsten Pressekonferenz, dass der Fall der schwierigste ist, mit dem du je zu tun hattest.«

»Ich ...«

»Natürlich mit deinen eigenen Worten. Wann ist die nächste anberaumt?«

»Die für heute haben wir abgesagt, weil wir nichts Neues haben.«

»Okay. Und denk dran, die Freude, wenn wir den Fall lösen, wird umso größer sein, wenn wir ihn als kompliziert darstellen. Außerdem lügen wir ja nicht, wir haben wirklich nichts, oder? Noch dazu lieben die Medien große Rätsel. Betrachte das als Win-win-Situation.«

Scheiß Win-win, dachte Katrine, als sie die Treppe runter ins Dezernat nahm.

Um 18 Uhr begann sie die Besprechung mit der Ermittlergruppe. Als Erstes betonte sie, wie wichtig es sei, dass die Berichte geschrieben und im internen Netz veröffentlicht wurden, damit nicht so etwas passierte wie bei Geir Sølle, dem Tinder-Date von Elise Hermansen, der wegen des fehlenden Berichts ein zweites Mal kontaktiert werden musste.

»Natürlich ist das aufwendig, aber so vermeiden wir, dass die Leute da draußen das Gefühl kriegen, hier im Präsidium wüsste die eine Hand nicht, was die andere tut.«

»Das muss ein Computer- oder Systemfehler gewesen sein«, sagte Truls Berntsen, obwohl Katrine seinen Namen gar nicht genannt hatte. »Ich habe den Bericht geschrieben und veröffentlicht.«

»Tord?«, sagte Katrine.

»In den letzten Tagen wurde kein Systemfehler dokumentiert«, sagte Tord Gren, rückte seine Brille zurecht, sah Katrine an und deutete deren Blick richtig. »Aber es kann natürlich sein, dass mit Ihrem PC etwas nicht stimmt, Berntsen, ich werde mir den mal ansehen.«

»Apropos, Tord, kannst du uns deinen neuesten Geniestreich vorstellen?«

Der IT-Experte wurde rot, nickte und begann etwas steif zu erzählen, als würde er aus einem Manuskript vortragen.

»Standortdienste. Die meisten Handybesitzer lassen durch

eine oder mehrere Apps fortlaufend aufzeichnen, wo sie sich gerade befinden, viele machen das mit Sicherheit, ohne es zu wissen.«

Pause. Tord schluckte. Katrine wusste, wie schwer es ihm fiel, vor der Gruppe zu reden. Er hatte offensichtlich sein Manuskript auswendig gelernt, nachdem sie ihn gebeten hatte, seine Arbeit in der Ermittlergruppe vorzustellen.

»Viele dieser Apps verkaufen die Standorte an kommerzielle Dritte, nicht aber an die Polizei. Ein solcher Drittnutzer ist zum Beispiel Geopard. Drittnutzer sammeln Standortdaten und können diese Daten, ohne rechtliche Beschränkung, an die Öffentlichkeit, also auch an die Polizei weiterverkaufen. Kommen Sexualstraftäter frei, speichern wir deren Daten, also Adresse, Handynummer und E-Mail, da wir routinemäßig Kontakt zu diesen Personen aufnehmen, wenn es zu ähnlichen Sexualstraftaten kommt. Man geht gemeinhin davon aus, dass das Risiko einer Wiederholungstat bei dieser Art von Verbrechen sehr hoch ist. Obwohl moderne Forschungen belegen, dass diese Annahme falsch ist. Vergewaltigungen gehören tatsächlich zu den Straftaten mit der geringsten Wiederholungsrate. BBC Radio 4 hat erst kürzlich in einem Bericht die Rückfallquote bei Straftätern mit 60 Prozent für die USA und 50 Prozent für Großbritannien angegeben. Häufig handelt es sich dabei um die gleiche Art des Verbrechens. Bei Vergewaltigungen sehen die Zahlen ganz anders aus. Eine Statistik des amerikanischen Justizministeriums zeigt, dass 78,8 Prozent der Straftäter, die wegen Diebstahls eines Motorfahrzeugs verhaftet worden sind, innerhalb von drei Jahren noch einmal wegen einer ähnlichen Straftat verhaftet werden. Bei Hehlerei sind es 77,4 Prozent und so weiter. Während das nur bei 2,5 Prozent der Vergewaltiger der Fall ist.«

Tord zögerte. Vermutlich spürte er, wie begrenzt die Aufnahmekapazität der Gruppe für solche Berechnungen war. Dann räusperte er sich.

»Wie dem auch sei. Wenn wir die Kontaktdaten unserer Straftäter an Geopard senden, können die uns eine Karte generieren, aus der ersichtlich wird, wo sich die Mobilgeräte dieser Personen zu einem bestimmten Zeitpunkt oder über einen begrenzten Zeitraum hinweg, zum Beispiel am Mittwochabend, befunden haben, vorausgesetzt natürlich, sie nutzen einen der relevanten Standortdienste.«

»Wie genau sind die?«, rief Magnus Skarre.

»Bis auf wenige Quadratmeter genau«, sagte Katrine. »Aber das GPS ist nur zweidimensional, wir sehen also nicht, in welcher Höhe oder auf welcher Etage sich das Telefon befunden hat.«

»Ist das wirklich gesetzeskonform?«, fragte Gina, eine der Analytikerinnen. »Ich meine, wie ist das mit dem Datenschutz ...?«

»Der kann mit der technischen Entwicklung kaum Schritt halten«, fiel ihr Katrine ins Wort. »Ich habe mit dem Staatsanwalt gesprochen. Er meint, wir bewegen uns da in einer Grauzone, verstoßen aber nicht gegen geltendes Recht. Und was nicht verboten ist, ist bekanntlich ...« Sie breitete die Arme aus, doch niemand im Raum wollte ihren Satz zu Ende bringen. »Weiter, Tord.«

»Mit Einwilligung der Staatsanwaltschaft und der Genehmigung von Gunnar Hagen haben wir Standortdaten gekauft. Die Karten der Mordnacht nennen uns die GPS-Positionen von 91 Prozent der bekannten Sexualverbrecher.« Tord hielt inne und dachte einen Moment nach. »Das war's.«

Katrine war klar, dass Tord am Ende seines Vortrags angekommen war. Ihr war nur nicht klar, warum kein begeistertes Raunen durch den Raum ging.

»Versteht ihr denn nicht, wie viel Arbeit wir uns so sparen können? Wenn wir, wie früher, jeden Einzelnen hätten abhaken müssen ...?«

Ein Räuspern war zu hören. Es kam von Wolff, dem Ältesten von ihnen allen. Er hätte längst pensioniert sein sollen. »Abhaken heißt dann wohl, dass die Karte keinen Treffer bei Elise Hermansen ergeben hat?«

»Ja«, sagte Katrine und stemmte die Hände in die Seiten. »Und dass wir nur bei den letzten neun Prozent das Alibi überprüfen müssen.«

»Wo das Telefon von einem ist, gibt einem doch noch kein Alibi«, sagte Skarre und sah sich beifallheischend um.

»Du verstehst schon, was ich meine«, sagte Katrine resigniert. Was war nur mit dieser Gruppe los? Sie waren hier, um einen Mord aufzuklären, und nicht, um sich gegenseitig die Energie zu rauben. »Kriminaltechnik«, sagte sie und setzte sich in die erste Reihe, um ihre Kollegen nicht ständig ansehen zu müssen.

»Nicht viel«, sagte Bjørn Holm und stand auf. »Das Labor hat die Farbe in der Wunde untersucht. Ziemlich spezielles Zeugs. Wir nehmen an, dass es sich um in Essig aufgelöste Eisenspäne handelt, denen aus Tee gewonnene pflanzliche Gerbsäure beigemischt war. Weitere Recherchen haben ergeben, dass diese Farbe in einer alten japanischen Tradition benutzt wurde, bei der man sich die Zähne schwarz gefärbt hat.«

»Ohaguro«, sagte Katrine. »Dunkelheit, nachdem die Sonne untergegangen ist.«

»Ja, korrekt«, sagte Bjørn und warf ihr den gleichen anerkennenden Blick zu wie manchmal beim Frühstück im Café, wenn es ihr endlich einmal gelungen war, vor ihm die *Aftenposten*-Quizfrage zu lösen.

»Danke«, sagte Katrine, und Bjørn setzte sich. »Dann zu unserem eigentlichen Problem. Die VG nennt es Quelle, für uns ist es ein Leck.« In dem bereits stillen Raum wurde es noch stiller.

»Eine Sache ist der bereits entstandene Schaden. Der Mörder weiß jetzt, was wir wissen, und kann sein Vorgehen anpassen. Schlimmer ist, dass wir hier in diesem Raum nicht wissen, ob wir einander vertrauen können. Deshalb stelle ich die Frage ganz direkt: Wer hat mit der VG gesprochen?«

Zu ihrer Überraschung schnellte eine Hand in die Höhe.

»Ja, Truls?«

»Müller und ich haben gestern nach der Pressekonferenz mit Mona Daa geredet.«

»Sie meinen Wyller?«

»Ja, der Neue. Wir haben nichts gesagt. Aber die Frau hat dir ihre Visitenkarte gegeben, nicht wahr, Müller?«

Alle Blicke richteten sich auf Anders Wyller, der unter seinen hellen Haaren knallrot geworden war.

»Ich ... ja, aber ...«

»Wir wissen alle, dass Mona Daa die Kriminalreporterin der VG ist«, sagte Katrine. »Man braucht keine Visitenkarte, um bei denen in der Zentrale anzurufen und zu ihr durchgestellt zu werden.«

»Warst du das, Wyller?«, fragte Magnus Skarre. »Komm schon, jeder Anfänger macht mal Fehler.«

»Aber ich habe nicht mit der VG gesprochen«, sagte Wyller. Seine Stimme klang verzweifelt.

»Berntsen hat doch gerade gesagt, dass ihr mit dieser Frau gesprochen habt«, sagte Skarre. »Willst du behaupten, dass Berntsen lügt?«

»Nein, aber ...«

»Jetzt spuck's schon aus.«

»Sie hat gesagt, dass sie allergisch gegen Katzen ist, und ich habe ihr daraufhin mitgeteilt, dass ich eine Katze habe.«

»Na also, sie haben miteinander geredet! Und was noch?«

»Du kannst genauso gut die Quelle sein, Skarre.« Die tiefe, ruhige Stimme kam von ganz hinten. Alle drehten sich um. Niemand hatte ihn kommen hören. Der großgewachsene Mann lag förmlich in seinem Stuhl, der direkt an der Wand stand.

»Apropos Katze«, sagte Skarre. »Schon erstaunlich, was die alles mit anschleppen. Ich habe nicht mit der VG gesprochen, Hole.«

»Du und jeder andere hier im Raum kann ganz unbedarft mit einem Zeugen gesprochen und dabei etwas zu viel preisgegeben haben. Und der Betreffende kann dann bei der Zeitung angerufen und ausgeplaudert haben, was er gerade direkt von den Bullen erfahren hat. Deshalb *eine Polizeiquelle*. Das passiert immer wieder.«

»Sorry, aber das glaubt hier niemand, Hole«, schnaubte Skarre.

»Das solltet ihr aber«, sagte Harry. »Denn hier wird doch niemand beichten, dass er mit der VG geredet hat. Außerdem, wenn ihr bei den Ermittlungen die ganze Zeit denkt, dass ihr einen Maulwurf in euren Reihen habt, kommt ihr nicht weit.«

»Was macht der eigentlich hier?«, fragte Skarre an Katrine gewandt.

»Harry wird eine Projektgruppe bilden, die parallel zu uns arbeiten wird«, sagte sie.

»Und die vorläufig noch ein Ein-Mann-Team ist«, sagte Harry. »Außerdem bin ich hier, um etwas Material anzufordern. Die neun Prozent, von denen wir nicht wissen, wo sie sich zum Zeitpunkt des Mordes befunden haben ... Kann ich von denen eine Liste haben, sortiert nach der Länge ihres letzten Knastaufenthalts?«

»Das übernehm ich«, sagte Tord, erschrak über sich selbst und sah zu Katrine.

Sie nickte. »Noch mehr?«

»Eine Übersicht, welche Sexualstraftäter Elise Hermansen hinter Gitter gebracht hat. Das wäre alles.«

»Ist notiert«, sagte Katrine. »Und da du schon mal hier bist. Lässt du uns an deinen ersten Gedanken teilhaben?«

»Nun«, sagte Harry und sah sich um. »Ich weiß, dass die Rechtsmedizin Gleitmittel gefunden hat, das aller Voraussicht nach vom Täter stammt. Es kann aber nicht ausgeschlossen werden, dass das eigentliche Motiv Rache ist und der Sex nur on top war. Und dass der Täter schon in ihrer Wohnung war, als sie nach Hause gekommen ist, muss nicht heißen, dass sie ihn hereingelassen hat oder dass sie sich persönlich gekannt haben. Ich würde die Ermittlungen deshalb zu einem so frühen Zeitpunkt nicht einschränken. Aber ich gehe mal davon aus, dass ihr diese Dinge auch auf dem Schirm habt.«

Katrine verzog den Mund zu einem schiefen Lächeln. »Was auch immer. Es ist auf jeden Fall gut, dich wieder hier zu haben, Harry.«

Der vielleicht beste, vielleicht schlechteste, aber auf jeden Fall berüchtigtste Mordermittler der Osloer Polizei versuchte sich trotz seiner fast liegenden Stellung an einer Verbeugung. »Danke, Chef.«

»Du meintest das ernst«, sagte Katrine, als sie mit Harry im Fahrstuhl stand.

»Was meinte ich ernst?«

»Du hast mich Chef genannt.«

»Natürlich«, sagte Harry.

Sie stiegen in der Tiefgarage aus, und Katrine drückte auf den Autoschlüssel. Irgendwo im Dunkeln blinkte und piepte es. Harry hatte sie überzeugt, doch von dem Dienstwagen Gebrauch zu machen, der ihr während einer Mordermittlung wie dieser zustand. Und danach, dass sie ihn nach Hause fahren durfte – als Gegenleistung für einen Kaffee im Restaurant Schrøder.

»Was ist mit deinem Taxifahrer passiert?«, fragte Katrine.

»Øystein? Der ist rausgeflogen.«

»Bei dir?«

»Im Gegenteil. Bei seinem Taxiunternehmen. Es gab da so einen Zwischenfall.«

Katrine nickte und sah Øystein Eikeland vor sich: ein langhaariges Schmalhemd mit Junkiezähnen und einer Whiskytrinkerstimme. Er sah aus wie siebzig, war aber einer von Harrys Jugendfreunden. Einer von zweien, wie Harry immer betonte. Der andere hieß Holzschuh und war, wenn das überhaupt ging, eine noch bizarrere Figur. Ein übergewichtiger, ziemlich unangenehmer Büroangestellter, der nachts zu einem pokerspielenden Mr Hyde mutierte.

»Was ist passiert?«, fragte Katrine.

»Hm. Willst du das wirklich wissen?«

»Nein, aber sag schon.«

»Øystein reagiert auf Panflöten allergisch.«

»Wer tut das nicht?«

»Er hatte eine Langstreckenfahrt nach Trondheim mit einem Typen, der nur Taxi fahren konnte, wegen Flug- und Zugangst. Aber das war nicht sein einziges Problem, denn unterwegs wollte er unbedingt eine CD mit Panflötenversionen von alten Pop-Hits hören, um dabei seine Atemübungen zu machen, ohne die er nicht leben könne. Na ja, und dann kam es, wie es kommen musste. Als die Panflötenversion von ›Careless Whisper‹ mitten in der Nacht oben auf dem Dovrefjell zum siebten Mal lief, hat Øystein die CD aus der Anlage genommen, das Fenster herunter-gelassen und sie rausgeschmissen. Dann gab es ein Handge-menge.«

»Handgemenge ist ein schönes Wort. Und dieser Song ist schon bei George Michael ziemlich unerträglich.«

»Schließlich ist es Øystein gelungen, den Typ rauszusetzen.«

»Während der Fahrt?«

»Nein, aber nachts, mitten im Dovrefjell, etwa zwanzig Kilo-meter vom nächsten Haus entfernt. Øystein hat zu seiner Vertei-digung angeführt, dass es Juli war, heiter bis wolkig, und der Typ ja unmöglich auch Laufangst haben könne.«

Katrine lachte. »Und jetzt ist er arbeitslos? Du solltest ihn als Privatfahrer anstellen.«

»Ich versuche ja, ihm einen Job zu beschaffen, aber Øystein ist – um ihn selbst zu zitieren – schwer vermittelbar und wie ge-schaffen für die Arbeitslosigkeit.«

Das Restaurant Schrøder ist dem Namen zum Trotz eine ein-fache Kneipe. Das nachmittägliche Stammpublikum war da und nickte Harry wohlwollend zu, keiner sprach ein Wort.

Über das Gesicht der Bedienung hingegen ging ein Strahlen, als wäre der verlorene Sohn zurückgekehrt. Sie servierte ihnen einen Kaffee, der definitiv nicht der Grund dafür sein konnte, dass immer mehr Touristen Oslo als eine der besten Kaffeestädte bezeichneten.

»Schade, dass das mit Bjørn und dir nicht geklappt hat«, sagte Harry.

»Ja.« Katrine wusste nicht, ob er sich wünschte, dass sie etwas mehr ins Detail ging, oder ob das ihr Wunsch war, weshalb sie nur mit den Schultern zuckte.

»Nun«, sagte Harry und führte die Kaffeetasse an die Lippen. »Wie ist dein Leben als frischgebackener Single?«

»Neugierig auf ein Singleleben?«

Er lachte. Und ihr wurde bewusst, dass sie dieses Lachen vermisst hatte. Dass sie es vermisst hatte, ihn zum Lachen zu bringen. Es war jedes Mal wie eine Belohnung.

»Das Singleleben ist okay«, sagte sie. »Ich treffe Männer.« Sie wartete auf eine Reaktion. *Hoffte* auf eine Reaktion?

»Dann hoffe ich mal, dass Bjørn auch Frauen trifft. Hoffe es für ihn.«

Sie nickte. Dabei war der Gedanke eigentlich neu für sie. Aber trotzdem. Wie ein ironisches Apropos ertönte plötzlich das alberne Klingeln eines Tinder-Matches, und Katrine sah eine feuerrot gekleidete Frau zum Ausgang laufen.

»Warum bist du wieder da, Harry? Das Letzte, was du zu mir gesagt hast, war, dass du nie wieder an einem Mord arbeiten willst.«

Harry drehte die Kaffeetasse in der Hand. »Bellman droht damit, Oleg aus der Polizeihochschule zu werfen.«

Katrine schüttelte den Kopf. »Bellman ist wirklich das größte Arschloch unter Gottes Himmel. Er will, dass ich die Presse anlüge und behaupte, dass dieser Fall eigentlich unlösbar ist. Damit er in einem besseren Licht dasteht, wenn wir ihn doch lösen.«

Harry sah auf die Uhr. »Nun, vielleicht hat Bellman recht. Einem Mörder, der mit Eisenzähnen zubeißt und einen halben Liter Blut von seinem Opfer trinkt, geht es vermutlich mehr um den Mord an sich als um das Opfer. Und damit ist der Fall gleich um Längen komplizierter.«

Katrine nickte. Draußen schien die Sonne, trotzdem glaubte sie weit entfernt Donner zu hören.

»Die Tatortfotos von Elise Hermansen«, sagte Harry. »Musstest du da nicht an etwas Bestimmtes denken?«

»Die Bisswunde im Hals, nein.«

»Ich meine nicht die Details, ich meine ...« Harry sah aus dem Fenster. »Das Ganze. Wie wenn du Musik hörst, die du noch nie gehört hast, gespielt von einer Band, die du nicht kennst, und trotzdem hörst du, wer das Lied geschrieben hat. Weil da etwas ist. Aber etwas, das du nicht greifen kannst.«

Katrine betrachtete einen Moment lang Harrys Profil. Die kurzgeschnittenen blonden Haare standen trotzig ab, es waren vielleicht nicht mehr ganz so viele wie früher. Das Gesicht wurde immer markanter, Geheimratsecken und Falten prägten sich immer stärker aus, und selbst die Lachfalten um die Augen konnten diesen Eindruck nicht mehr abmildern. Sie hatte eigentlich nie verstanden, warum sie ihn so unglaublich schön fand.

»Nein«, sagte sie und schüttelte den Kopf.

»Okay.«

»Harry?«

»Hm?«

»Du bist wirklich wegen Oleg wieder da?«

Er sah sie an, eine Augenbraue hochgezogen. »Warum fragst du das?«

Es war genau wie früher. Sein Blick traf sie wie ein elektrischer Schlag. Wie konnte er, der so abwesend, so distanziert wirkte, von nur einer Sekunde auf die andere alles wegschieben und voll und ganz die Aufmerksamkeit seines Gegenübers einfordern ... und bekommen? Als gäbe es in dieser Sekunde niemanden sonst auf der ganzen Welt.

»Tja«, sagte sie und lachte kurz. »Warum frage ich das? Komm, brechen wir auf.«

»Ewa mit w. Mama und Papa wollten, dass ich etwas ganz Besonderes bin. Aber dann zeigte sich, dass das in den Ländern hinter dem Eisernen Vorhang ein ganz üblicher Name war.« Sie lachte und nahm einen Schluck aus ihrem Halbliterglas. Öffnete den Mund und wischte mit dem Zeigefinger etwas Lippenstift aus ihrem Mundwinkel.

»Eiserner Vorhang und Ostblock«, sagte der Mann.

»Was?« Sie sah ihn an. Er sah eigentlich ganz gut aus. Auf jeden Fall besser als die, bei denen sie sonst ein Match bekam. Bestimmt hatte er irgendeine andere Macke, etwas, das sich wie schon so oft erst später bemerkbar machte. »Du trinkst langsam«, sagte sie.

»Und du magst Rot.« Der Mann nickte in Richtung des Umhangs, den sie über den Stuhl gelegt hatte.

»Wie dieser Vampir«, sagte Ewa und sah zu dem riesigen Fernsehbildschirm. Das Fußballspiel war vorbei, und die Kneipe, die fünf Minuten zuvor noch voll gewesen war, leerte sich langsam. Sie merkte, dass sie etwas angetrunken war. »Hast du die VG gelesen? Er hat tatsächlich ihr Blut *getrunken*! Kannst du dir so was vorstellen?«

»Ja«, sagte der Mann. »Weißt du, wo sie ihren letzten Drink genommen hat? Nur hundert Meter die Straße runter, in der *Jealousy Bar*.«

»Wirklich?« Sie sah sich um. Die meisten Gäste schienen in irgendwelchen Gruppen unterwegs zu sein. Ein Mann war ihr allerdings aufgefallen. Er hatte allein in einer Ecke gesessen und sie beobachtet. Jetzt war er weg. Der Schleicher war das aber nicht gewesen.

»Ja, wirklich. Noch einen Drink?«

»Ja, den brauche ich jetzt«, sagte sie mit einem Schaudern. »Puh.«

Sie gab dem Barkeeper ein Zeichen, der den Kopf schüttelte. Der Minutenzeiger hatte die magische Grenze passiert.

»Sieht aus, als müssten wir den auf ein anderes Mal verschieben«, sagte der Mann.

»Ausgerechnet jetzt, wo du mir solche Angst gemacht hast«, sagte Ewa. »Dafür musst du mich nach Hause bringen.«

»Natürlich«, sagte der Mann. »Tøyen, oder?«

»Komm«, sagte sie und legte sich den roten Umhang über die rote Bluse. Draußen auf dem Bürgersteig schwankte sie kurz und hielt sich an ihm fest.

»Ich hatte mal so einen Stalker«, sagte sie. »Den habe ich Schleicher genannt. Ich habe ihn einmal getroffen und ... Ja, wir hatten unseren Spaß. Aber als ich nicht mehr wollte, wurde er eifersüchtig und tauchte immer wieder auf, wenn ich unterwegs war und jemanden getroffen habe.«

»Wie unangenehm.«

»Und wie.« Sie lachte. »Natürlich ist es irgendwie auch eine Bestätigung, wenn man jemanden so verhexen kann, dass er nur noch an einen denkt.« Sie hustete.

Der Mann ließ sie bei sich einhaken und hörte höflich zu, während sie ihm von den anderen Männern erzählte, die sie verhext hatte.

»Weißt du, ich war mal richtig schön. Anfangs war ich deshalb gar nicht so überrascht, dass er überall auftauchte. Aber dann wurde mir irgendwann klar, dass er ja unmöglich wissen konnte, wohin ich abends gehen wollte. Und weißt du was?« Sie blieb abrupt stehen und schwankte wieder.

»Äh, nein.«

»Manchmal hatte ich das Gefühl, er wäre in meiner Wohnung gewesen. Das Gehirn registriert den Geruch von Menschen, es erkennt Gerüche ganz unbewusst.«

»Aha.«

»Stell dir mal vor, vielleicht war der ja der Vampir!«

»Das wäre aber schon ein echt großer Zufall. Wohnst du hier?«

Sie sah überrascht an der Fassade hoch, die vor ihr aufragte.

»Ja, genau. Das ging aber schnell.«

»Du weißt ja, Ewa, in guter Gesellschaft vergeht die Zeit wie im Flug. Dann bleibt mir wohl nur noch, mich ...«

»Willst du nicht noch mit hochkommen? Ich habe bestimmt noch eine Flasche da.«

»Ich glaube, wir haben beide genug ...«

»Nur um sicherzugehen, dass er nicht da ist. Bitte.«

»Das ist doch wirklich unwahrscheinlich.«

»Guck mal, da brennt Licht in der Küche«, sagte sie und zeigte auf ein Fenster in der untersten Etage. »Ich bin mir sicher, dass ich es ausgemacht habe, bevor ich gegangen bin.«

»Bist du?«, sagte der Mann und unterdrückte ein Gähnen.

»Glaubst du mir nicht?«

»Du, tut mir leid, aber ich muss jetzt wirklich nach Hause und ins Bett.«

Sie sah ihn vorwurfsvoll an. »Wo sind nur die wahren Gentlemen geblieben?«

Er lächelte vorsichtig. »Die ... äh, sind vielleicht schon nach Hause gegangen und im Bett?«

»Ha! Du bist verheiratet und kriegst jetzt kalte Füße, was?«

Der Mann musterte sie. Als täte sie ihm leid.

»Ja«, sagte er. »So ist es. Schlaf gut.«

Sie schloss die Haustür auf und ging die wenigen Stufen zu ihrer Wohnung hoch. Lauschte. Sie hörte nichts. Sie hatte keine Ahnung mehr, ob sie das Licht in der Küche angelassen hatte, um ihn in die Wohnung zu locken. Aber nachdem sie ausgesprochen hatte, dass sie es definitiv ausgemacht hatte, sah sie plötzlich Gespenster. Vielleicht war der Schleicher wirklich in ihrer Wohnung.

Sie hörte schlurfende Schritte hinter der Kellertür, dann wurde die Tür geöffnet, und ein Mann in Wachmannuniform trat in den Flur. Er schloss die Tür mit einem weißen Schlüssel wieder ab, drehte sich um und zuckte zusammen, als er sie sah.

»Ich habe Sie nicht gehört«, sagte er. »Tut mir leid.«

»Probleme?«

»In letzter Zeit sind die Verschläge im Keller mehrmals aufgebrochen worden, deshalb hat die Hausverwaltung uns gebeten, da ab und zu einmal nachzusehen.«

»Dann arbeiten Sie für uns?« Ewa legte den Kopf schief. Er sah auch nicht schlecht aus. Nicht ganz so jung wie die meisten Wachmänner, aber immerhin.

»Darf ich Sie vielleicht bitten, einen Blick in meine Wohnung zu werfen? Wissen Sie, bei mir ist auch schon mal eingebrochen worden. Und grad hab ich gesehen, dass da Licht brennt, wo ich sicher bin, dass ich es ausgemacht habe …«

Der Wachmann zuckte mit den Schultern. »Es gehört nicht zu unseren Aufgaben, Wohnungen zu kontrollieren, aber das ist sicher okay.«

»Endlich ein Mann, der zu etwas zu gebrauchen ist«, sagte Ewa und ließ noch einmal ihren Blick über ihn gleiten. Ein erwachsener Wachmann. Bestimmt nicht der Schlaueste, aber solide und verlässlich. Und umgänglich. Der gemeinsame Nenner ihrer früheren Männer war, dass sie alles hatten: einen guten Namen, die Aussicht auf ein solides Erbe, Bildung, Zukunft. Und sie hatten sie vergöttert, dabei aber auch alle so viel getrunken, dass ihre gemeinsame Zukunft irgendwann den Bach runtergegangen war. Es war an der Zeit, etwas Neues auszuprobieren. Ewa stellte sich ins Profil, beugte sich nach vorne und suchte nach dem Schlüsselbund. Mein Gott, so viele Schlüssel. Vielleicht hatte sie doch etwas mehr getrunken, als sie vertragen konnte.

Sie fand den richtigen Schlüssel, öffnete die Tür und ließ die Schuhe an, als sie in die Küche ging. Der Wachmann folgte ihr.

»Niemand da«, sagte er.

»Abgesehen von dir und mir«, sagte Ewa mit einem Lächeln und lehnte sich an die Anrichte.

»Nette Küche.« Der Wachmann stand in der Türöffnung und fuhr sich mit der Hand über die Uniform.

»Danke. Wenn ich gewusst hätte, dass ich heute noch Besuch bekomme, hätte ich aufgeräumt.«

»Und vielleicht abgewaschen«, sagte er und lächelte.

»Ja, ja, der Tag hat nur vierundzwanzig Stunden.« Sie strich sich eine Haarsträhne aus dem Gesicht und versuchte, auf ihren hohen Absätzen das Gleichgewicht zu halten. »Wenn du so nett bist, auch noch die anderen Zimmer zu überprüfen, mixe ich uns einen Cocktail. Einverstanden?« Sie legte eine Hand auf ihren neuen Smoothie-Mixer.

Der Wachmann sah auf die Uhr. »Ich muss in fünfundzwanzig Minuten an der nächsten Adresse sein, aber ich guck trotzdem gerne, ob sich hier irgendwo jemand versteckt.«

»Heutzutage kann ja viel passieren«, sagte sie.

Der Wachmann sah ihr in die Augen, lachte leise, strich sich mit der Hand über das Kinn und ging.

Er ging in Richtung des Zimmers, das er für das Schlafzimmer hielt. Es war so hellhörig in der Wohnung, dass er beinahe verstand, was der Nachbar nebenan sagte. Er öffnete die Tür. Dunkel. Dann schaltete er die sparsame Deckenbeleuchtung ein.

Leer. Das Bett war nicht gemacht. Leere Flasche auf dem Nachtschränkchen.

Er ging weiter. Öffnete die Badezimmertür. Dreckige Fliesen. Der schimmelige Duschvorhang war zugezogen. »Sieht so aus, als wärst du sicher!«, rief er in Richtung Küche.

»Setz dich ins Wohnzimmer«, rief sie zurück.

»Okay, aber ich muss in zwanzig Minuten los.« Er ging ins Wohnzimmer und nahm auf dem durchgesessenen Sofa Platz. Hörte das Klirren von Flaschen, die aneinanderstießen, aus der Küche und ihre schrille Stimme.

»Was willst du trinken?«

Ihre Stimme war wirklich unangenehm. Genau die Art von Stimme, bei der jeder Mann sich wünschte, sie mit einer Fernbedienung ausschalten zu können. Aber sie war üppig. Der mütterliche Typ. Er fingerte an etwas in der Tasche seiner Uniform herum, das sich im Futter verhakt hatte.

»Ich habe Gin, Weißwein«, schrillte es aus der Küche. Wie ein Bohrer. »Etwas Whisky. Was magst du?«

»Etwas anderes«, sagte er leise vor sich hin.

»Was hast du gesagt? Ach, ich bring alles mit!«

»Tu das, Mutter«, flüsterte er und schaffte es endlich, den Gegenstand aus dem Futter zu lösen. Er legte ihn vor sich auf den Couchtisch, damit sie ihn gleich sah. Spürte die Erektion kommen und holte tief Luft. Es fühlte sich an, als saugte er allen Sauerstoff aus dem Raum. Er lehnte sich im Sofa zurück und legte die Cowboystiefel neben das Eisengebiss auf den Tisch.

Mit müden Augen starrte Katrine Bratt im Licht der Bürolampe auf die Fotos. Es war diesen Menschen nicht anzusehen, dass sie Sexualstraftäter waren. Dass sie Frauen vergewaltigt hatten, Männer, Kinder, Alte. Dass sie sie gequält und manchmal sogar getötet hatten. Okay, wenn man bis ins letzte, grausame Detail wusste, was sie gemacht hatten, erkannte man es vielleicht an ihren devoten, verängstigten Blicken. Aber das waren ja auch Polizeifotos. Träfe man sie auf der Straße, würde man einfach so an ihnen vorbeigehen. Ohne die geringste Ahnung, dass man vielleicht gemustert, taxiert und hoffentlich als Opfer ausgeschlossen wurde. Einige Namen kannte sie noch aus ihrer Zeit bei der Sitte, andere waren neu. Es waren viele neue. Jeden Tag wurde ein potentieller Straftäter geboren. Ein unschuldiges kleines Wesen, dessen Schreie von denen der gebärenden Frau übertönt wurden, mit der es noch durch die Nabelschnur verbunden war. Ein Geschenk, das die Eltern vor Glück weinen ließ und das später im Leben eine gefesselte Frau verstümmelte, ihr ein Messer in die Scheide stieß und sich dabei einen runterholte, während sein heiseres Stöhnen von den Schreien der Frau übertönt wurde.

Die halbe Ermittlergruppe hatte damit begonnen, diese Leute

zu kontaktieren, die schlimmsten Fälle zuerst. Die Alibis mussten überprüft werden, um sie als Täter ausschließen zu können. Noch war es ihnen nicht gelungen, einen einzigen der vorbestraften Männer in der Nähe des Tatorts zu verorten. Die andere Hälfte der Gruppe befragte frühere Freunde, Geliebte, Kollegen und Verwandte des Opfers. Die Statistik in Norwegen war eindeutig: Bei achtzig Prozent aller Mordfälle kannten Täter und Opfer sich. Mit über neunzig Prozent waren die Zahlen noch klarer, wenn das Opfer weiblich und bei sich zu Hause ermordet worden war. Trotzdem erwartete Katrine nicht, den Täter in diesem Umfeld zu finden, denn Harry hatte recht. Dieser Mord war anders. Die Tat als solche war wichtiger als die Wahl des Opfers. Sie waren die Liste der Sexualstraftäter durchgegangen, gegen die Elises Mandanten ausgesagt hatten, aber Katrine glaubte wie Harry nicht daran, dass der Täter zwei Fliegen mit einer Klappe geschlagen hatte, süße Rache und sexuelle Befriedigung. Befriedigung? Sie versuchte sich vorzustellen, wie der Täter nach der Untat mit dem Opfer im Arm dalag und mit einer Zigarette zwischen den Lippen den Moment genoss. Harry hatte über die sexuelle Frustration von Serienmördern gesprochen. Sie erreichten nie ganz, was sie wollten, und mussten deshalb immer weiter jagen. Damit es beim nächsten Mal klappte, endlich perfekt war, sie Befriedigung erfuhren und zu den Schreien der Frau neu geboren wurden – bevor sie den Lebensfaden abschnitten.

Sie betrachtete noch einmal das Foto von Elise Hermansen auf dem Bett. Fragte sich, was Harry darin gesehen hatte. Oder gehört. Hatte er nicht von Musik gesprochen? Sie gab es auf und stützte das Kinn auf die Hände. Was hatte sie nur glauben lassen, dass sie das psychische Rüstzeug für einen Job wie diesen hatte? »Eine bipolare Störung ist kein guter Ausgangspunkt, allenfalls für Künstler«, hatte ihr Psychiater gesagt, als sie das letzte Mal bei ihm gewesen war. Und dann hatte er ihr noch einmal die kleinen rosa Pillen verschrieben, die sie stabil hielten.

Es war Wochenende, normale Menschen machten jetzt normale Dinge und saßen nicht im Büro und starrten auf grausame Tatortfotos und grausame Menschen. Immer in der Hoffnung, irgendetwas in ihren Gesichtern zu erkennen. Um sich im Anschluss ein Tinder-Date zu suchen, das sie ficken und vergessen konnten. Dabei suchte sie im Augenblick wirklich verzweifelt nach der Nabelschnur zur Normalität. Ein Sonntagsessen. Als sie noch zusammen waren, hatte Bjørn sie mehrmals zu seinen Eltern in Skreia eingeladen, zum Essen. Sein Elternhaus war nur anderthalb Stunden entfernt, aber trotzdem hatte sie immer eine Entschuldigung gesucht, um abzulehnen. Jetzt wünschte sie sich nichts sehnlicher, als an einem Tisch mit einer Schwiegerfamilie zu sitzen, die Kartoffeln weiterzureichen, über das Wetter zu klagen, das neue Sofa zu loben, trockenes Elchfleisch zu kauen und sich an einem stockenden, aber sicheren Gespräch zu beteiligen. Warme, freundliche Blicke, verstaubte Witze und die immer gleichen kleinen Ärgernisse, die sie im Moment nur allzu gerne akzeptiert hätte, ja richtiggehend vermisste.

»Hallo.«

Katrine zuckte zusammen. Ein Mann stand in der Türöffnung.

»Ich habe den Letzten von meiner Liste gerade abgehakt«, sagte Anders Wyller. »Wenn es nicht noch was gibt, würde ich dann jetzt nach Hause gehen und ein bisschen schlafen.«

»Natürlich. Bist du der Letzte?«

»Sieht so aus.«

»Und Berntsen?«

»Der war schon früh fertig und ist gefahren. Arbeitet vermutlich effektiver als ich.«

»Genau«, sagte Katrine und hätte am liebsten gelacht, schaffte es aber nicht. »Tut mir leid, dich das zu bitten, Wyller, aber könntest du seine Liste noch einmal gegenchecken, ich glaube …«

»Habe ich gerade gemacht. Sieht alles okay aus.«

»Alles?« Katrine hatte Wyller und Berntsen beauftragt, den Handybetreiber zu kontaktieren, um an die Liste mit Nummern und Namen der Leute zu kommen, mit denen das Opfer in den letzten sechs Monaten gesprochen hatte. Sie sollten die Liste aufteilen und die Alibis der betreffenden Personen überprüfen.

»Ja. Doch. Es gab allerdings einen Typen aus Åneby im Nittedal, dessen Vorname auf y endet. Er hat Elise Anfang des Sommers auffällig oft angerufen, weshalb ich den genauer unter die Lupe genommen habe.«

»Der Vorname endet auf y?«

»Lenny Hell, lass dir den Namen mal auf der Zunge zergehen.«

»Tue ich. Du verdächtigst Leute wegen der Buchstaben in ihren Namen?«

»Unter anderem. Es ist eine Tatsache, dass das y in der Kriminalstatistik überrepräsentiert ist.«

»Und das heißt?«

»Das heißt, dass ich zum Telefon gegriffen habe, als ich gesehen habe, dass Berntsen Hells Alibi einfach so abgehakt hat, obwohl der bloß angegeben hat, zur Tatzeit mit einem Kumpel im *Åneby Pizza & Grill* gewesen zu sein. Bestätigt worden ist das übrigens nur durch den Pizzeriabesitzer, weshalb ich die lokale Polizeiwache angerufen und mich dort erkundigt habe.«

»Weil der Typ Lenny heißt?«

»Weil der Pizzabesitzer Tommy heißt.«

»Und was hat der Beamte da oben gesagt?«

»Dass Lenny und Tommy zwei gesetzestreue Bürger sind, denen man trauen kann.«

»Du hast dich also geirrt.«

»Das wird sich noch zeigen. Der Ortspolizist heißt Jimmy.«

Katrine lachte laut und spürte, wie gut das tat. Anders Wyller antwortete ihr mit einem Lächeln. Vielleicht brauchte sie auch dieses Lächeln. Jeder versucht, einen guten ersten Eindruck zu machen, trotzdem hatte sie das Gefühl, dass Wyller von sich aus nicht gesagt hätte, dass er auch Berntsens Arbeit gemacht hatte. Und das zeigte, dass Wyller – wie sie – Truls Berntsen nicht traute. Katrine hatte einen bestimmten Gedanken immer zu verdrängen versucht, doch jetzt entschied sie sich, ihn auszusprechen.

»Komm rein und mach die Tür zu.«

Wyller tat, worum sie ihn bat.

»Es gibt noch etwas anderes, um das ich dich bitten möchte. Leider. Dieses Leck. Du bist derjenige, der am engsten mit Truls Berntsen zusammenarbeiten wird. Könntest du ...?«

»Augen und Ohren offen halten?«

Katrine seufzte. »So in etwa. Das bleibt aber unter uns, und wenn du etwas bemerkst, redest du nur mit mir, verstanden?«

»Verstanden.«

Wyller ging. Katrine wartete noch ein paar Sekunden, bis sie das Handy vom Schreibtisch nahm und eine Nummer wählte. Bjørn. Sie hatte ein Foto von ihm gespeichert, das gleichzeitig mit der Nummer angezeigt wurde. Er lächelte. Bjørn Holm war kein Schmuckstück. Sein Gesicht war blass und etwas aufgedunsen, und die roten Haare waren dünn und hell geworden. Aber es war Bjørn. Das Gegengift für all diese anderen Bilder. Wovor hatte sie eigentlich solche Angst? Wenn Harry Hole es schaffte, mit einem anderen Menschen zusammenzuleben, warum schaffte sie das dann nicht? Ihr Zeigefinger näherte sich dem Anrufsymbol neben der Telefonnummer, als die Warnungen wieder durch ihren Kopf geisterten. Die Warnungen von Harry Hole und Hallstein Smith. Die Nächste.

Sie legte das Telefon weg und konzentrierte sich auf die Fotos. Die Nächste.

Was, wenn der Täter bereits an die Nächste dachte?

»Du musst dir mehr M-Mühe geben, Ewa«, flüsterte er.

Er hasste es, wenn sie nicht alles gaben.

Wenn sie ihre Wohnungen nicht putzten. Ihre Körper nicht pflegten. Wenn sie es nicht schafften, den Mann zu halten, der sie geschwängert hatte. Wenn sie dem Kind kein Abendessen gaben, sondern es im Schrank einsperrten und Schokolade ver-

sprachen, damit es still war, während sie Männer empfingen, ihnen Abendessen servierten, sie mit der Schokolade fütterten,
ihnen alles gaben und mit ihnen spielten, laut juchzend, wie sie
es mit ihrem Kind nie gemacht hatten.

Nein.

Dann sollte lieber das Kind mit der Mutter spielen. Oder solchen wie Mutter.

Und er hatte gespielt, wild. Bis sie ihn eines Tages im Jøssingveien 33 im Schrank eingesperrt hatten. Ila Haft- und Verwah-
rungsanstalt. In den Statuten stand, es handele sich um eine lan-
desweite Anstalt für männliche Gefangene mit »ausgeprägter
Hilfsbedürftigkeit«.

Einer dieser Homopsychologen hatte ihm erklärt, dass sowohl
die Vergewaltigungen als auch sein Stottern auf Traumata in der
Kindheit zurückzuführen seien. Dieser Idiot. Das Stottern hatte
er von seinem Vater, den er nie gesehen hatte. Das Stottern und
einen dreckigen Anzug. Und vom Vergewaltigen träumte er
schon, solange er denken konnte. Außerdem hatte er nur das getan, was diese Frauen nicht schafften. Er hatte sich Mühe gegeben, vollen Einsatz gezeigt. Das Stottern war fast weg. Er hatte
die Gefängniszahnärztin vergewaltigt. Und er war aus Ila ausgebrochen und hatte weitergespielt. Härter als jemals zuvor. Dass
die Polizei ihn jagte, war nur das i-Tüpfelchen seiner Karriere gewesen. Bis er eines Tages direkt vor dem Polizisten gestanden
und die Entschlossenheit und den Hass in seinem Blick gesehen
und verstanden hatte, dass dieser Mann dazu in der Lage sein
würde, ihn zu schnappen und in die Dunkelheit seiner Kindheit
zu verbannen. In den verriegelten Schrank, in dem er die Luft angehalten hatte, um nicht den Gestank von Schweiß und Tabak
riechen zu müssen, der aus Vaters schmierigem Anzug drang,
den Mama angeblich nur behalten hatte, falls er eines Tages wieder zurückkehrte. Er würde es nicht überleben, noch einmal eingesperrt zu werden. Deshalb hatte er sich vor dem Polizisten mit
dem Mörderblick versteckt. Hatte sich drei Jahre nicht vom Fleck

gerührt. Drei Jahre, ohne zu spielen. Bis sich auch das zu einem Gefängnis entwickelt hatte, seinem Kleiderschrank. Dann war diese Chance da. Eine Möglichkeit, ganz in Sicherheit zu spielen. Wobei es natürlich auch nicht zu sicher sein durfte. Er musste die Furcht riechen, um richtig erregt zu werden. Bei sich und bei ihnen. Es war egal, wie alt sie waren, wie sie aussahen, ob sie groß oder klein waren. Hauptsache, es waren Frauen. Oder potentielle Mütter, wie einer dieser idiotischen Psychiater es einmal ausgedrückt hatte.

Er legte den Kopf schief und sah sie an. Die Wohnung war hellhörig, aber das machte ihm keine Sorgen mehr. Erst jetzt, da er im hellen Licht ganz dicht an ihrem Gesicht war, bemerkte er, dass Ewa mit w kleine Pickel rund um den offenen Mund hatte. Sie versuchte zweifelsohne zu schreien, aber das würde ihr nicht gelingen, sosehr sie sich auch bemühte. Denn unter ihrem offenen Mund hatte sie einen neuen. Ein blutiges, klaffendes Loch im Hals, dort, wo ihr Kehlkopf gewesen war. Er drückte sie auf den Boden, und aus dem Ende der abgebissenen Luftröhre war ein Gurgeln zu hören. Rosa Blutblasen spritzten heraus. Die Muskeln in ihrem Hals spannten sich abwechselnd und erschlafften, als sie versuchte, Luft zu holen. Ihre Lungen arbeiteten noch, sie würde noch ein paar Sekunden leben. Aber am meisten faszinierte ihn, dass er ihrem schrillen Schnattern ein Ende hatte machen können, indem er ihr mit den Eisenzähnen die Stimmbänder durchgebissen hatte.

Und während das Licht in ihren Augen langsam erlosch, suchte er in ihrem Blick die Todesangst, den Wunsch, noch eine Sekunde leben zu dürfen. Aber da war nichts. Sie hätte sich mehr Mühe geben müssen. Vielleicht fehlte ihr die Phantasie. Oder die Lebensfreude. Er hasste es, wenn sie ihr Leben so einfach aufgaben.

KAPITEL 10

Samstagmorgen

Harry lief. Er tat das nicht gern. Manche Menschen laufen angeblich, weil sie das mögen, wie Haruki Murakami. Harry mochte die Bücher von Murakami, nur eben das eine über das Laufen nicht, das hatte er zur Seite gelegt. Harry lief, um anzukommen, und weil er das Gefühl liebte, gelaufen zu sein. Krafttraining war eher nach seinem Geschmack. Konkrete Schmerzen, die von der Leistungskraft der Muskeln und nicht vom Willen abhingen, Schmerzen zu ertragen. Vermutlich sagte das etwas über seinen schwachen Charakter aus, seine Neigung, wegzulaufen und eine Linderung der Schmerzen zu suchen, *bevor* es überhaupt richtig weh tat.

Ein klapperdürrer Jagdhund, eine dieser Rassen, die sich die Reichen hier oben am Holmenkollen hielten, obwohl sie allenfalls alle anderthalb Jahre mal an einer Elchjagd teilnahmen, rannte an ihm vorbei. Sein Besitzer kam hundert Meter dahinter angelaufen. In der neuen Kollektion von Under Armour. Harry konnte sich ein Bild von seiner Lauftechnik machen, als sie wie zwei Züge aneinander vorbeirauschten. Schade, dass sie nicht in dieselbe Richtung liefen. Harry hätte sich ihm gerne an die Fersen geheftet und irgendwann so getan, als müsste er sich zurückfallen lassen, um dann doch an der Steigung zum Tryvann an ihm vorbeizuziehen und ihm die abgetretenen Sohlen seiner zwanzig Jahre alten Adidas-Schuhe zu zeigen. Oleg fand Harry beim Joggen unglaublich kindisch. Selbst wenn sie vereinbart hatten, die ganze Strecke ruhig zu laufen, schlug Harry kurz vorm Ziel jedes Mal ein Wettrennen vor. Er forderte die Niederlage regelrecht heraus, denn Oleg hatte ungerechterweise die Sauerstoffaufnahmefähigkeit seiner Mutter geerbt.

Zwei übergewichtige Frauen, die mehr gingen als liefen, redeten und schnauften so laut, dass sie Harry nicht von hinten kommen hörten, weshalb er auf einen kleineren Weg auswich und sich plötzlich auf unbekanntem Terrain befand. Die Bäume sperrten hier das Morgenlicht aus, und Harry fühlte sich auf einmal in seine Kindheit versetzt, bis er wieder in offeneres Gelände kam. Wie damals hatte er für einen Augenblick die Angst gespürt, sich zu verlaufen und nie wieder zurückzufinden. Dabei wusste er jetzt ganz genau, wo er hinmusste und wo sein Zuhause war.

Manche Menschen mochten die frische Luft hier oben, die weichen, sanft hügeligen Waldwege, die Stille und den Geruch der Nadelbäume. Harry mochte den Blick über die Stadt. Die Geräusche und ihren Geruch. Das Gefühl, sie greifen zu können. Und die Gewissheit, dass man in ihr untergehen und ertrinken konnte. Oleg hatte Harry erst vor kurzem gefragt, wie er sich wünschte zu sterben. Harry hatte darauf geantwortet, dass er gerne friedlich einschlafen würde. Oleg war ein schneller und möglichst schmerzfreier Tod lieber. Harry hatte gelogen. Er wollte sich in einer Kneipe dort unten in der Stadt zu Tode saufen. Und er wusste, dass auch Oleg gelogen hatte. Auch er zog die Hölle und das Paradies vergangener Tage vor, eine Überdosis Heroin. Alkohol und Heroin. Geliebte, die sie verlassen hatten, aber nicht vergessen konnten, egal, wie viel Zeit verging.

Harry machte in der Einfahrt einen Schlussspurt, hörte, wie der Kies unter seinen Sohlen wegsprang, und entdeckte Frau Syvertsen hinter der Gardine des Nachbarhauses.

Dann duschte er. Er liebte es zu duschen. Jemand sollte mal ein Buch übers Duschen schreiben.

Als er ins Schlafzimmer kam, stand Rakel in ihrem Gartenoutfit am Fenster. Gummistiefel, Arbeitshandschuhe, kaputte

Jeans und verblichener Sonnenhut. Sie drehte sich zur Seite und strich sich eine dunkle Strähne aus dem Gesicht, die unter der Hutkrempe hervorlugte. Harry fragte sich, ob sie wusste, wie hinreißend sie in diesen Sachen aussah. Vermutlich.

»Iih«, sagte sie leise und lächelte. »Ein nackter Mann.«

Harry stellte sich hinter sie, legte ihr die Hände auf die Schultern und massierte sie leicht. »Was tust du?«

»Ich sehe mir die Fenster an. Was meinst du, müssen wir noch etwas tun, bevor Emilia kommt?«

»Emilia?«

Rakel lachte.

»Was?«

»Du hast so abrupt mit dem Massieren aufgehört, Liebster. Entspann dich, das ist niemand, der zu Besuch kommt. Bloß ein Sturm.«

»Ach, *die* Emilia. Diese Festung hier wird mindestens noch ein oder zwei Naturkatastrophen überstehen.«

»Das glauben wir hier oben immer, oder?«

»Was glauben wir?«

»Dass unser Leben eine Festung ist. Uneinnehmbar.« Sie seufzte. »Ich muss einkaufen.«

»Kochen wir? Wir haben das peruanische Restaurant in der Badstugata noch nicht ausprobiert. Das soll nicht teuer sein.«

Harry versuchte immer wieder, sie für seine Junggesellenangewohnheit zu begeistern, essen zu gehen. Rakel hatte seine Argumente, warum Restaurants zu den besseren Ideen der Zivilisation gehörten, mittlerweile eingesehen. Schon in der Steinzeit hätten die Menschen begriffen, dass Großküchen und das gemeinsame Essen klüger waren, als jeder für sich drei Stunden pro Tag damit zu vergeuden, ein Essen zu planen, einzukaufen, zu kochen und anschließend sauberzumachen. Auf ihren Einwand, dass das ziemlich dekadent sei, hatte er geantwortet, es sei viel dekadenter, wenn sich eine vierköpfige Familie eine Küche für Millionen von Kronen leistete. Und dass es eine gesunde, nicht dekadente Nutzung der Ressourcen sei, gutausgebildeten Köchen das zu zahlen, was sie brauchten, um in einer Groß-küche zu arbeiten, während diese ebenfalls dafür zahlten, dass Rakel juristischen Beistand leisten und Harry zukünftige Poli-zisten ausbilden konnte.

»Heute bin ich mit Bezahlen dran«, sagte er und hielt sie am rechten Arm fest. »Bleib.«

»Ich muss einkaufen«, sagte sie und schnitt eine Grimasse, als er sie an seinen noch immer dampfenden Körper zog. »Oleg und Helga kommen.«

Er hielt sie noch fester. »Wirklich. Hast du nicht gerade gesagt, dass kein Besuch kommt?«

»Ein paar Stunden mit Oleg und Helga wirst du ...«

»Ich mach doch nur Witze. Ich freue mich, das wird schön. Aber sollten wir nicht lieber ...?«

»Nein, wir gehen nicht mit ihnen essen. Helga war noch nie hier, und ich will sie mir in aller Ruhe ansehen.«

»Arme Helga«, flüsterte Harry und wollte Rakel ins Ohrläpp-chen beißen, als ihm etwas an ihrem Hals auffiel.

»Was ist das?« Vorsichtig legte er einen Finger auf die rote Stelle.

»Was?«, fragte sie und tastete selbst. »Ach das. Da hat der Arzt Blut abgenommen.«

»Am Hals?«

»Frag mich nicht, warum.« Sie lachte. »Du bist süß, wenn du dir Sorgen machst.«

»Ich mache mir keine Sorgen«, sagte Harry. »Ich bin eifersüch-tig. Das ist mein Hals, und wir wissen ja, dass du eine Schwäche für Ärzte hast.«

Sie lachte, und er drückte sie noch fester an sich.

»Nein«, sagte sie.

»Nicht?«, fragte er, hörte ihren Atem mit einem Mal schwerer gehen und spürte, wie sie ihren Körper an ihn schmiegte.

»Zur Hölle mit dir«, stöhnte sie. Rakel brauchte, wie sie selbst immer betonte, wenig Zeit, um warmzulaufen. Das Fluchen war immer das sicherste Zeichen, dass er sie überzeugt hatte.

»Vielleicht sollten wir es doch lassen«, flüsterte er und ließ sie los. »Wie der Garten wieder aussieht.«

»Zu spät«, knurrte sie.

Er knöpfte ihr die Jeans auf und zog sie ihr samt Slip über die Knie nach unten, bis sie auf dem Schaft der Stiefel lag. Sie beugte sich vor, legte die eine Hand an die Fensterbank und wollte mit der anderen den Hut abnehmen.

»Nein«, flüsterte er, den Kopf dicht neben ihrem. »Lass ihn auf.«

Ihr leises, glucksendes Lachen kitzelte in seinem Ohr. Gott, wie er dieses Lachen liebte! Dann mischte sich ein anderes Geräusch in das Lachen. Sein Handy vibrierte neben ihrer Hand auf der Fensterbank.

»Wirf es aufs Bett«, flüsterte er und sah ganz bewusst nicht aufs Display.

»Das ist Katrine Bratt«, sagte sie.

Rakel zog die Hose hoch und beobachtete ihn.

Sein Gesicht war hoch konzentriert.

»Wie lange ist das her?«, fragte er. »Verstehe.«

Sie sah, wie er sich mit der Stimme der anderen Frau am Ohr immer weiter von ihr entfernte. Sie wollte die Hände nach ihm ausstrecken, aber es war zu spät, er war bereits weg. Nur der nackte, magere Körper mit den sehnigen Muskeln unter der blassen Haut stand noch vor ihr. Seine Augen waren offen. Das verwaschene Blau der Iris zeugte von Jahren des Alkoholmissbrauchs. Er sah sie nicht mehr, sein Blick war nach innen gerichtet. Am Abend zuvor hatte er ihr erklärt, warum er diesen Fall hatte annehmen müssen. Sie hatte nicht protestiert. Denn wenn Oleg aus der Polizeihochschule flog, würde er rückfällig werden. Und wenn sie die Wahl hatte, Harry oder Oleg zu verlieren, würde sie lieber Harry verlieren. Damit hatte sie jahrelange Erfahrung, und sie wusste, dass sie ohne ihn leben konnte. Ob sie ohne ihren Sohn leben konnte, wusste sie nicht. Aber während er ihr erklärt hatte, dass er das für Oleg tat, hatte sie plötzlich das Echo von etwas gehört, das er erst kürzlich gesagt hatte: *Es könnte nämlich irgendwann der Tag kommen, an dem ich tatsächlich lügen muss, und dann wäre es toll, wenn du mich für ehrlich halten würdest.*

»Ich komme sofort«, sagte Harry. »Adresse?«

Harry beendete das Gespräch und begann sich anzuziehen. Schnell und effektiv. Wie eine Maschine, die tat, wofür sie gebaut worden war. Rakel beobachtete ihn, versuchte alles aufzunehmen, in dem Bewusstsein, dass sie ihn eine Weile nicht sehen würde.

Er eilte ohne einen Blick oder ein Wort des Abschieds an Rakel vorbei. Sie war ausgebootet, aus seinem Kopf gelöscht. Das vermochten seine beiden wahren Geliebten: Alkohol und Mord. Vor Letzterer hatte sie am meisten Angst.

Harry stand vor dem orange-weißen Absperrband, als vor ihm ein Fenster im Hochparterre des Hauses aufging. Katrine Bratt streckte den Kopf heraus.

»Lassen Sie ihn rein«, rief sie dem jungen Beamten zu, der ihm den Weg versperrte.

»Er kann sich nicht ausweisen«, protestierte der Polizist.

»Das ist Harry Hole«, rief Katrine.

»Wirklich?« Der Mann musterte Harry von Kopf bis Fuß, bevor er das Absperrband anhob. »Ich dachte, Sie wären bloß eine Legende«, sagte er.

Harry ging die drei Stufen zu der offenen Wohnungstür hoch. Drinnen folgte er den Miniflaggen, mit denen die Spurensicherung Fundstücke markierte. Zwei Kriminaltechniker knieten am Boden und kratzten etwas aus Bodenfugen.

»Wo ...?«

»Da drin«, sagte einer der Techniker.

Harry blieb vor der Tür stehen, auf die der Techniker gezeigt hatte. Holte tief Luft und versuchte an nichts zu denken. Dann trat er ein.

Er nahm so viele Eindrücke auf, wie er konnte: Licht, Gerüche, Einrichtung, alles. Und alles, was nicht da war.

»Guten Morgen, Harry«, sagte Bjørn Holm.

»Kannst du kurz mal zur Seite treten?«, fragte Harry leise.

Bjørn ging vom Sofa weg, über das er sich gebeugt hatte. Die Leiche kam zum Vorschein. Harry trat einen Schritt zurück, ließ die Szenerie, die Komposition, das Gesamtbild auf sich wirken. Erst dann machte er wieder einen Schritt vor und begann sich Details zu notieren. Die Frau saß auf dem Sofa, die Beine gespreizt, ihr Kleid war nach oben gerutscht und der schwarze Slip zu sehen. Der Kopf lag nach hinten gekippt auf der Sofalehne und die langen, blond gefärbten Haare hingen herunter. In ihrem Hals klaffte ein großes Loch.

»Sie wurde da vorn ermordet«, sagte Bjørn und zeigte an die Wand neben dem Fenster. Harry ließ seinen Blick über die Tapete und den unbehandelten Holzboden schweifen.

»Weniger Blut«, sagte Harry. »Dieses Mal hat er nicht die Halsschlagader verletzt.«

»Vielleicht verfehlt«, sagte Katrine, die aus der Küche kam.

»Der muss verdammt starke Kiefer haben«, sagte Bjørn. »Die durchschnittliche Bisskraft beim Menschen entspricht etwa siebzig Kilo. Der Täter scheint den Kehlkopf und einen Teil der Luftröhre auf einmal abgebissen zu haben. Dafür braucht man selbst mit spitzen Eisenzähnen *sehr viel* Kraft.«

»Oder sehr viel Wut«, sagte Harry. »War in der Wunde Rost oder Farbe?«

»Nein, aber vielleicht ist alles, was lose war, schon abgegangen, als er Elise Hermansen gebissen hat.«

»Vielleicht hat er dieses Mal aber auch keine Eisenzähne benutzt, sondern etwas anderes. Die Leiche wurde auch nicht im Bett in Szene gesetzt.«

»Ich verstehe, auf was du hinauswillst, Harry, aber das ist derselbe Täter«, sagte Katrine. »Komm mal mit.«

Harry folgte ihr in die Küche. Einer der Kriminaltechniker nahm Proben von der Innenseite eines Glaskolbens, der in der Spüle stand.

»Er hat sich einen Smoothie gemacht«, sagte Katrine.

Harry schluckte und starrte auf den Kolben. Die Innenseite war rot.

»Aus Blut. Wahrscheinlich mit einer Zitrone aus dem Kühlschrank.« Sie zeigte auf die gelben Schalenreste auf der Anrichte.

Harry spürte die Übelkeit kommen. Das war wie mit dem ersten Glas, das einem immer wieder hochkam und das man auskotzen musste. Zwei Gläser später konnte man nicht mehr aufhören zu trinken. Er nickte und ging wieder nach draußen. Inspizierte kurz Badezimmer und Schlafzimmer, ehe er zurück ins Wohnzimmer ging. Er schloss die Augen und lauschte. Die Frau, ihr stummer Körper, die Art, wie sie inszeniert war. Wie Elise Hermansen. Und plötzlich war es da, das Echo. Das war er. Er musste es sein.

Als er die Augen wieder öffnete, sah er direkt in das Gesicht eines blonden jungen Mannes, den er irgendwo schon einmal gesehen hatte.

»Anders Wyller«, sagte der junge Mann. »Ermittler.«

»Ach ja«, sagte Harry. »Du hast vor zwei Jahren die Polizeihochschule absolviert, stimmt's? Zwei Jahre?«

»Zwei Jahre.«

»Meinen Glückwunsch für die guten Noten.«

»Danke. Du erinnerst dich noch an die Noten?«

»Ich erinnere mich an gar nichts, das ist bloß die logische Schlussfolgerung. Deine Noten müssen gut gewesen sein, sonst wärst du nicht nach zwei Jahren schon beim Morddezernat.«

Anders Wyller lächelte. »Sag Bescheid, wenn ich störe, dann verziehe ich mich. Die Sache ist die, ich bin erst seit zweieinhalb

Tagen hier, und wenn das jetzt ein Doppelmord ist, wird so bald niemand Zeit haben, mich einzuarbeiten. Deshalb wollte ich fragen, ob ich dir vielleicht ein bisschen über die Schulter schauen darf. Natürlich nur, wenn das okay für dich ist.«

Harry musterte den jungen Mann. Er erinnerte sich an ihn, er war immer wieder zu Harry in die Sprechstunde gekommen und hatte viele Fragen gestellt. So viele und manchmal völlig irrelevante, dass Harry ihn schon in Verdacht gehabt hatte, ein Holehead zu sein. Holehead war die Bezeichnung für Studierende an der Polizeihochschule, die von dem Mythos Harry Hole besessen waren. Einige extreme Fälle hatten sich wohl nur wegen ihm an der Hochschule beworben. Harry scheute sie wie der Teufel das Weihwasser. Aber Holehead oder nicht, Anders Wyller würde es mit seinem Abschluss, dem Ehrgeiz, seinem Lächeln und dem ungezwungenen Auftreten weit bringen können, dachte Harry. Doch bevor Wyller so weit war, sollte er sich ruhig nützlich machen und beispielsweise ein paar Morde aufklären.

»Okay«, sagte Harry. »Die erste Lektion ist, dass du von deinen neuen Kollegen enttäuscht sein wirst.«

»Enttäuscht?«

»Du bist stolz und motiviert, weil du glaubst, es bei der Polizei nun ganz nach oben geschafft zu haben. An dieser Stelle deshalb die erste Lektion: Mordermittler sind auch nur Menschen und nicht besser als andere. Wir sind nicht sonderlich intelligent, einige von uns sogar ausgemacht dumm. Wir machen Fehler, viele Fehler, und lernen nicht sonderlich viel daraus. Und wenn wir müde werden, entscheiden wir uns manchmal fürs Schlafen, statt weiter zu jagen, obwohl wir wissen, dass die Lösung des Falls unmittelbar bevorsteht. Wenn du also glaubst, dass wir dir die Augen öffnen, dich inspirieren und dir eine ganz neue Welt ermittlungstechnischer Raffinesse zeigen können, wirst du enttäuscht sein.«

»All das weiß ich doch längst, Harry.«

»Ach ja?«

»Ich arbeite seit zwei Tagen mit Truls Berntsen zusammen. Ich will nur wissen, wie du arbeitest.«

»Du hast meinen Kurs zum Thema Mordermittlung belegt.«

»Und ich weiß, dass das nicht deine Arbeitsweise ist. An was hast du gedacht?«

»Gedacht?«

»Als du mit geschlossenen Augen dagestanden hast. Das hast du in der Vorlesung nie gemacht.«

Harry sah, dass Bjørn sich aufgerichtet hatte und Katrine mit verschränkten Armen in der Tür stand und ihm aufmunternd zunickte.

»Okay«, sagte Harry. »Jeder hat seine Methode. Ich versuche, sämtliche Gedanken zu registrieren und zu sortieren, die mir durch den Kopf gehen, wenn ich an einen neuen Tatort komme. All die scheinbar unbedeutenden Schlüsse, die das Hirn ganz automatisch zieht, wenn wir etwas zum ersten Mal sehen. Gedanken, die wir ganz schnell wieder vergessen, weil es uns nicht gelingt, sie zu formulieren, bevor unsere Aufmerksamkeit sich wieder auf etwas anderes richtet. Wie Träume, die verschwinden, sobald man die Augen aufschlägt und all das andere um sich herum wahrnimmt. Neun von zehn dieser Gedanken sind wertlos. Beim zehnten kannst du hoffen, dass er wichtig ist.«

»Und?«, fragte Wyller. »War so ein Gedanke dabei?«

Harry zögerte. Sah Katrines abschätzenden Blick. »Das weiß ich nicht. Aber ich glaube, dass der Täter ein besonderes Faible für Reinlichkeit hat.«

»Reinlichkeit?«

»Er hat sein voriges Opfer von dem Ort, an dem er es umgebracht hat, zum Bett getragen. Serienmörder gehen eigentlich immer gleich vor, warum hat er dieses Opfer hier also im Wohnzimmer gelassen? Der einzige Unterschied zwischen dem Schlafzimmer in dieser Wohnung und dem bei Elise Hermansen ist, dass hier das Bettzeug schmutzig ist. Ich war gestern noch einmal in Hermansens Wohnung, als die Kriminaltechnik das Bettzeug geholt hat. Es hat nach Lavendel gerochen.«

»Er hat sich an der Toten im Wohnzimmer vergangen, weil er nicht mit dreckigem Bettzeug klarkommt?«

»Dazu kommen wir noch«, sagte Harry. »Hast du den Mixer in der Küche gesehen? Okay. Dann wirst du auch bemerkt haben, dass er den Glaskolben nach Benutzung in die Spüle gestellt hat? Das war nicht nötig, wenn er ihn nicht spülen wollte. War das also eine Zwangshandlung? Leidet er an einem Reinlichkeitstick, Bakterienphobie? Phobien sind ziemlich typisch für Serienmörder. Aber er hat sein Vorhaben nicht zu Ende gebracht, er hat den Kolben nicht abgespült, ihn nicht mal mit Wasser gefüllt, damit der Blutsmoothie nicht antrocknet. Und warum hat er das nicht getan?«

Anders Wyller schüttelte den Kopf.

»Okay, auch darauf kommen wir noch zurück«, sagte Harry und nickte in Richtung der Toten. »Wie du siehst, hat die Frau ...«

»Der Nachbar hat sie als Ewa Dolmen identifiziert«, sagte Katrine. »Ewa mit w.«

»Danke. Ewa trägt, wie du siehst, noch immer ihren Slip. Im Gegensatz zu Elise, die hat er ausgezogen. Im Mülleimer im Bad lagen obenauf leere Tamponverpackungen, weshalb ich darauf tippe, dass Ewa gerade ihre Tage hat. Katrine, kannst du mal nachsehen?«

»Die Rechtsmedizinerin ist unterwegs.«

»Nur um zu schauen, ob meine Vermutung stimmt und der Tampon noch drin ist.«

Katrine zog die Stirn in Falten und tat, was Harry wollte, während die drei Männer sich abwendeten.

»Ja, du hast recht.«

Harry nahm ein Päckchen Camel aus der Jackentasche. »Was bedeutet, dass der Täter – außer er hat den Tampon wieder reingesteckt – sie nicht vaginal vergewaltigt hat. Weil er ...« Harry zeigte mit seiner Zigarette auf Anders Wyller.

»Reinlich ist«, sagte Wyller.

»Das ist zumindest eine Möglichkeit«, fuhr Harry fort. »Die andere ist, dass er kein Blut mag.«

»Kein Blut mag?«, sagte Katrine. »Verdammt, der trinkt Blut.«

»Mit Zitrone«, sagte Harry und steckte sich die nicht angezündete Zigarette zwischen die Lippen.

»Was?«

»Das frage ich mich auch«, sagte Harry. »Was? Was bedeutet das? Ist ihm Blut zu süß?«

»Versuchst du, witzig zu sein?«, fragte Katrine.

»Nein, ich finde es nur sonderbar, dass jemand, von dem wir glauben, dass er Blut trinkt, um sexuelle Befriedigung zu finden, seinen Lieblingsdrink nicht pur zu sich nimmt. Leute nehmen Zitrone zu Gin oder Fisch, angeblich weil das den jeweiligen Eigengeschmack hervorhebt. Aber das stimmt nicht, Zitrone betäubt die Geschmacksknospen und überlagert alles. Wir nehmen Zitrone, um den Geschmack von etwas, das wir nicht mögen, abzuschwächen. Tran wird viel besser verkauft, seit Zitrone zugesetzt wird. Vielleicht mag unser Vampirist also gar kein Blut, vielleicht ist das Trinken von Blut nur eine Zwangshandlung.«

»Vielleicht ist er abergläubisch und trinkt das Blut, um die Kraft seiner Opfer zu übernehmen«, sagte Wyller.

»Auf jeden Fall ist er jemand, der von einem sexuellen Wahn angetrieben wird. Trotzdem hat er den Unterleib dieser Frau nicht angerührt. Und das *vielleicht*, weil sie blutet.«

»Ein Vampirist, der kein Menstruationsblut erträgt«, sagte Katrine. »Das soll mal einer verstehen …«

»Was uns zurückbringt zu dem Glaskolben«, sagte Harry. »Haben wir andere physische Spuren vom Täter oder nur diesen Kolben?«

»An der Eingangstür«, sagte Bjørn.

»An der Tür?«, fragte Harry. »Ich habe einen Blick auf das Schloss geworfen, als ich gekommen bin, das sieht nicht nach einem Einbruch aus.«

»Nein, es ist kein Einbruch. Es geht um die Tür. Du musst dir die Außenseite angucken.«

Die drei anderen standen draußen auf dem Flur und sahen zu, wie Bjørn das Seil löste, mit dem die Tür an einem Haken in der Wand festgebunden worden war. Sie schloss sich langsam, und die Außenseite kam zum Vorschein.

Harry erstarrte. Sein Herz schlug schneller. Sein Mund wurde trocken.

»Ich habe die Tür festgebunden, damit keiner von euch das anfasst«, sagte Bjørn.

Auf die Tür war ein V gemalt worden, über einen Meter hoch. Dass es ausfranste, lag an dem Blut, das langsam nach unten gelaufen war.

»Deshalb wurden wir gerufen«, sagte Katrine. »Die Nachbarn haben Ewas Katze auf dem Flur maunzen hören. Es kam nicht selten vor, dass die Katze ausgesperrt war, darum haben sie sie häufig mit in die Wohnung genommen, wenn Ewa die Tür nicht aufmachte. Inzwischen sei es für die Katze schon nicht mehr ganz klar, wohin sie eigentlich gehörte, meinten sie. Aber egal, als sie die Katze zu sich hereinlassen wollten, leckte die gerade an Ewas Tür. Und da Katzen für gewöhnlich keine Farbe mögen, war ihnen gleich klar, dass das V mit Blut gemalt worden sein musste.«

Die vier starrten wortlos auf die Tür.

Bjørn brach als Erster das Schweigen. »V für Victory?«

»V für Vampirist?«, sagte Katrine.

»Oder er hat einfach nur ein weiteres Opfer abgehakt«, schlug Wyller vor.

Die drei sahen Harry an.

»Ich weiß es nicht«, sagte er.

Katrine sah ihn eindringlich an. »Komm schon, ist sehe doch, dass dir etwas durch den Kopf geht.«

»Hm. V für Vampirist ist vielleicht kein schlechter Vorschlag.

Das würde dazu passen, dass er sich so sehr anstrengt, um uns genau das zu zeigen.«

»Genau was?«

»Dass er etwas ganz Besonderes ist. Eisenzähne, der Smoothie-Mixer, dieser Buchstabe. Er empfindet sich selbst als einzigartig und zeigt uns Puzzlesteinchen, damit wir das auch erkennen. Er will, dass wir näher kommen.«

Katrine nickte.

Wyller zögerte, als verstünde er, dass seine Redezeit vorbei war, trotzdem wagte er einen Versuch.

»Meinst du, dass der Mörder tief in seinem Inneren verraten will, wer er ist?«

Harry antwortete nicht.

»Nicht, wer er ist, aber was«, sagte Katrine. »Er zeigt Flagge.«

»Darf ich fragen, was das bedeutet?«

»Bitte«, sagte Katrine. »Frag unseren Experten für Serienmorde.«

Harry starrte auf den Buchstaben. Es war jetzt nicht mehr das Echo eines Schreis. Es war ein Schrei. Der Schrei des Dämons.

»Das bedeutet ...«, sagte Harry, entzündete das Feuerzeug, hielt die Flamme vor die Zigarette und nahm einen tiefen Zug. »Dass er spielen will.«

»Du glaubst, dass das V für etwas anderes steht«, sagte Katrine, als sie und Harry eine Stunde später aus der Wohnung aufbrachen.

»Tue ich das?«, fragte Harry und sah sich auf der Straße um. Tøyen. Das Stadtviertel der Einwanderer. Schmale Straßen, pakistanische Lebensmittelläden, Kopfsteinpflaster, Norwegischlehrer auf Fahrrädern, türkische Cafés, Mütter mit Hidschab, Studierende, Luft und Liebe und ein winziger Plattenladen, der Vinyl und Hardrock die Treue hielt. Harry liebte Tøyen. So sehr, dass er sich manchmal fragte, was er eigentlich da oben auf diesem Nobelhügel machte.

»Du wolltest es nur nicht laut sagen«, fuhr Katrine fort.

»Weißt du, was mein Großvater immer gesagt hat, wenn er mich beim Fluchen erwischt hat? Wenn du den Teufel rufst, dann kommt er. Nun ...«

»Nun was?«

»Willst du, dass der Teufel kommt?«

»Wir haben es mit einem Doppelmord zu tun, Harry, vielleicht mit einer Serie. Kann es da noch schlimmer werden?«

»Ja«, sagte Harry. »Es kann.«

KAPITEL 11

Samstagnachmittag

»Wir gehen davon aus, es mit einem Serienmörder zu tun zu haben«, sagte Hauptkommissarin Katrine Bratt und ließ ihren Blick über die vollzählig anwesenden Kollegen schweifen. Auch Harry war da. Sie hatten sich darauf geeinigt, dass er an den Besprechungen teilnahm, solange er seine eigene kleine Gruppe noch nicht zusammengestellt hatte.

Alle waren konzentrierter als bei den vorangegangenen Besprechungen, was natürlich mit der Entwicklung des Falls zu tun hatte. Trotzdem war Katrine überzeugt, dass auch Harrys Anwesenheit ihren Teil dazu beitrug. Er war das versoffene, arrogante Enfant terrible des Dezernats, das mit seinen höchst zweifelhaften Arbeitsmethoden direkt oder indirekt die Schuld am Tod von Kollegen trug, aber das spielte alles keine Rolle. Seine Ergebnisse waren über jeden Zweifel erhaben, und er hatte noch immer die düstere, mitunter geradezu erschreckende Ausstrahlung, der man sich nicht entziehen konnte. Irgendwie saßen die Kollegen aufrechter auf ihren Stühlen. Katrine kam spontan nur eine Person in den Sinn, die er nicht hinter Schloss und Riegel hatte bringen können. Aber vielleicht stimmte trotzdem das, was Harry sagte: Selbst einer Puffmutter wird Respekt gezollt, wenn sie sich lange genug im Milieu hält.

»Ein Täter wie dieser ist aus mehreren Gründen sehr schwer zu fassen. In erster Linie, weil er alles gründlich plant, sich zufällige Opfer sucht und keine anderen Spuren am Tatort hinterlässt als die, die wir finden sollen. Deshalb sind die Mappen mit den

Berichten der Spurensicherung, der Rechtsmedizin und der Ermittler, die vor Ihnen liegen, auch so dünn. Es ist uns noch immer nicht gelungen, einen der uns bekannten Sexualstraftäter mit den Morden an Elise Hermansen und Ewa Dolmen oder einem der Tatorte in Verbindung zu bringen. Wohl aber konnten wir eine bestimmte Methode identifizieren. Tord?«

Der IT-Experte lachte unpassenderweise, als fände er irgendetwas an dem, was Katrine gesagt hatte, lustig.

»Ewa Dolmen hat eine Nachricht von ihrem Handy geschickt, die Aufschluss darüber gibt, dass sie in einer Sportsbar namens *Dicky* ein Tinder-Date hatte«, sagte Tord.

»*Dicky*?«, platzte Magnus Skarre heraus. »Das ist doch schräg gegenüber von der *Jealousy Bar*.«

Ein einstimmiges Stöhnen ging durch den Raum.

»Wenn das mit den Tinder-Dates und den Treffpunkten in Grünerløkka ein Muster ist, haben wir wenigstens etwas«, sagte Katrine.

»Und was?«, fragte einer der Ermittler.

»Eine Idee, wie es beim nächsten Mal sein wird.«

»Und wenn es kein nächstes Mal gibt?«

Katrine holte tief Luft. »Harry?«

Harry lehnte sich im Stuhl zurück. »Nun. Für gewöhnlich machen Serienmörder, die ihr Handwerk noch lernen, größere Pausen zwischen den ersten Morden. Es können Monate vergehen. Jahre. Normalerweise folgt auf einen Mord eine Art Erholungsphase, bevor die sexuelle Frustration sich langsam wieder aufbaut. Diese Zyklen werden in der Regel immer kürzer, und die Morde folgen immer schneller aufeinander. Bei einem kurzen Zyklus von nur zwei Tagen liegt deshalb die Vermutung nahe, dass unser Mann nicht zum ersten Mal ein solches Verbrechen begeht.«

Stille. Alle warteten auf die Fortsetzung, aber es kam keine.

Katrine räusperte sich. »Das Problem ist, dass wir in den letzten fünf Jahren keine Gewaltverbrechen in Norwegen finden, die diesen beiden brutalen Morden ähneln. Wir haben in Zusammenarbeit mit Interpol überprüft, ob der Mörder möglicherweise sein Revier gewechselt hat und nach Norwegen gekommen ist. Aber von dem Dutzend Kandidaten, die in Frage kämen, scheint keiner in der letzten Zeit umgezogen zu sein. Wir wissen also nicht, wer er ist. Aber wir können sagen, dass er – das zeigt die Erfahrung – wieder zuschlagen wird. Und das vermutlich bald.«

»Wie bald?«, ertönte eine Stimme.

»Schwer zu sagen«, meinte Katrine und sah zu Harry, der diskret einen Daumen hob. »Aber wir müssen damit rechnen, dass es im Laufe eines Tages passieren kann.«

»Und wir können nichts tun, um ihn zu stoppen?«

Katrine verlagerte das Gewicht von einem Bein auf das andere. »Wir haben den Polizeipräsidenten gebeten, morgen auf der Pressekonferenz eine offizielle Warnung an die Bevölkerung herauszugeben. In der Hoffnung, dass die erhöhte Aufmerksamkeit den Täter dazu veranlasst, von seinen Plänen abzusehen oder den nächsten Mord wenigstens erst einmal aufzuschieben.«

»Wird ihn das wirklich abhalten?«, fragte Wolff.

»Ich glaube ...«, begann Katrine, wurde aber unterbrochen.

»Bei allem Respekt, Bratt, die Frage war an Hole gerichtet.«

Katrine schluckte und versuchte, sich nicht provozieren zu lassen. »Was meinst du, Harry? Wird ihn eine öffentliche Warnung abhalten?«

»Keine Ahnung«, sagte Harry. »Vergesst alles, was ihr im Fernsehen gesehen habt. Serienmörder sind keine Roboter, die einem bestimmten Programm und starrem Handlungsmuster folgen, sie sind ebenso unterschiedlich und unberechenbar wie alle anderen Menschen auch.«

»Gute Antwort, Hole.« Alle drehten sich zu Polizeipräsident Bellman um, der mit verschränkten Armen am Türrahmen lehnte. »Niemand weiß, welche Wirkung eine öffentliche Warnung auf einen wahnsinnigen Täter hätte. Vielleicht stachelt ihn das auch nur an und gibt ihm das Gefühl, die Situation im Griff zu haben, unverwundbar zu sein und einfach weitermachen zu können. Aber wir wissen, dass eine öffentliche Warnung den Eindruck erweckt, dass wir hier im Präsidium die Kontrolle über die Situation verloren haben. Und das würde die Bürger dieser Stadt nur verunsichern. Noch weiter verunsichern, sollten wir wohl sagen. Wer von Ihnen mal ins Netz geschaut und die Schlagzeilen gelesen hat, wird gesehen haben, dass bereits über einen Zusammenhang zwischen den Morden spekuliert wird. Deshalb habe ich einen besseren Vorschlag.«

Mikael Bellman zupfte an den weißen Manschetten, die aus den Ärmeln seiner Anzugjacke herausragten.

»Schnappen wir diesen Typen einfach, bevor er noch mehr Unheil anrichten kann.« Er lächelte in die Runde. »Oder was meinen Sie?«

Katrine sah ein paar nickende Köpfe.

»Gut«, sagte Bellman mit einem Blick auf die Uhr. »Machen Sie weiter, Hauptkommissarin Bratt.«

Das Glockenspiel am Rathaus verkündete, dass es 20.00 Uhr war, als der zivile Polizeiwagen, ein VW Passat, langsam an ihm vorbeifuhr.

»Das war die beschissenste Pressekonferenz, die ich jemals geleitet habe«, schimpfte Katrine und bog in die Dronning Mauds gate ein.

»Neunundzwanzigmal«, sagte Harry.

»Was?«

»Du hast neunundzwanzigmal ›kein Kommentar‹ gesagt«, sagte Harry. »Ich habe mitgezählt.«

»Ich war kurz davor zu sagen, dass der Polizeipräsident uns einen Maulkorb verpasst hat. Was macht Bellman da eigentlich? Keine Warnung der Öffentlichkeit, mit keinem Wort erwähnen, dass ein Serienmörder frei herumläuft und die Leute vorsichtig sein sollen?«

»Er hat schon recht, eine solche Warnung würde vollkommen irrationale Ängste schüren.«

»Irrational?«, fauchte Katrine. »Sieh dich doch mal um! Es ist Samstagabend, und die Hälfte der Frauen, die du hier herumlaufen siehst, ist auf dem Weg, irgendwelche Männer zu treffen, die sie nicht kennen. Den Prinzen, der ihr Leben verändern soll. Und wenn dein Tip von einem Tag stimmt, wird sich das für eine von ihnen verdammt bewahrheiten.«

»Wusstest du, dass im Zentrum von London ein schrecklicher Busunfall passiert ist, als in Paris der Terroranschlag war? Fast gleich viele Tote wie in Paris. Norweger, die Bekannte in Paris hatten, haben besorgt dort angerufen, um herauszubekommen, ob ihre Freunde unter den Opfern sind. Um die Freunde in London hat sich kaum jemand Sorgen gemacht. Nach dem Terroranschlag hatten die Menschen Angst, nach Paris zu fahren, trotz einer hohen Sicherheitsstufe. Aber niemand hatte Angst, in London in einen Bus zu steigen, obwohl die Verkehrssicherheit da keine Spur besser geworden war.«

»Worauf willst du hinaus?«

»Dass die Angst der Menschen, auf diesen Vampiristen zu treffen, unverhältnismäßig groß ist, weil er auf den Titelseiten der Zeitungen prangt und weil sie gelesen haben, dass er ihr Blut trinkt. Andererseits qualmen sie Zigaretten, von denen sie ganz sicher wissen, dass sie sie umbringen.«

»Sag mal, hältst du zu Bellman?«

»Nein«, sagte Harry und sah auf die Straße. ›Ich nehme die Gegenposition nur ein, weil ich verstehen will, was Bellman vorhat. Er will doch immer irgendetwas erreichen.‹

»Und das wäre?«

»Ich weiß es nicht. Auf jeden Fall will er diese Sache so klein wie möglich halten und rasch vom Tisch haben. Wie ein Boxer, der einen Titel verteidigt.«

»Von was redest du, Harry?«

»Wenn du den Gürtel hast, tust du gut daran, weitere Kämpfe

157

möglichst zu vermeiden. Das Beste, was du erreichen kannst, ist, zu behalten, was du schon hast.«

»Interessante Theorie. Wie sehen deine anderen Theorien aus?«

»Ich habe gesagt, dass ich nicht sicher bin.«

»Er hat ein V an die Tür von Ewa Dolmen gemalt. Das ist der erste Buchstabe seines Namens, Harry. Und du hast gesagt, dass du den Tatort wiedererkannt hast. Aus der Zeit, als er aktiv war.«

»Ja, aber ich schaffe es nicht, mir ins Bewusstsein zu holen, was ich wiedererkannt habe.«

Harry zögerte, als ihm mit einem Mal ein neutrales Straßenbild durch den Kopf ging.

»Hör mal, Katrine, dieser Biss in die Kehle, die Eisenzähne, das Bluttrinken, das ist alles nicht wirklich seine Art des Vorgehens. Serientäter und Mörder sind vielleicht unberechenbar, was Details angeht, aber sie ändern nicht ihre Methode.«

»Er hat viele Methoden, Harry.«

»Er liebt ihren Schmerz und ihre Angst. Nicht das Blut.«

»Du hast gesagt, der Mörder hätte Zitrone ins Blut gemischt, weil er es eigentlich gar nicht mag.«

»Katrine, es würde uns nicht mal helfen, wenn wir wüssten, dass er es ist. Interpol und ihr jagt ihn jetzt schon wie lange?«

»Jetzt bald vier Jahre.«

»Aus diesem Grund halte ich es für kontraproduktiv, die anderen über den Verdacht zu informieren und dadurch zu riskieren, dass die Ermittlungen sich nur noch auf diese Person konzentrieren.«

»Oder weil du ihn für dich selbst haben willst?«

»Was?«

»Du bist doch wegen ihm zurückgekommen, Harry. Hab ich recht? Du hast von Anfang an gerochen, dass er wieder da ist. Oleg ist nur ein Vorwand.«

»Katrine, hören wir damit auf.«

»Bellman hätte niemals Olegs Vergangenheit öffentlich gemacht, weil es ein verdammt schlechtes Licht auf ihn werfen würde, dass er nicht viel früher reagiert hat.«

Harry drehte das Radio lauter. »Hast du das schon mal gehört? Aurora Aksnes, ziemlich ...«

»Du hasst elektronische Musik, Harry.«

»Nicht mehr als dieses Gespräch.«

Katrine seufzte und hielt an einer roten Ampel. Sie beugte sich vor und sah nach oben. »Guck mal, wir haben Vollmond.«

»Es ist Vollmond«, sagte Mona Daa und sah durch das Küchenfenster auf die gefurchten Felder. Das Licht des Mondes verlieh ihnen einen Glanz, als wäre Schnee gefallen. »Steigt dadurch die Wahrscheinlichkeit, dass er schon heute Nacht wieder zuschlägt? Zum dritten Mal? Was meinen Sie?«

Hallstein Smith lächelte. »Kaum. Nach allem, was Sie mir über die Morde gesagt haben, ist das Verhalten dieses Vampiristen eher durch Paraphilien wie Nekrophilie und Sadismus als durch Mythomanie oder den Glauben geprägt, selbst ein außerirdisches Wesen zu sein. Aber dass er wieder zuschlägt, steht außer Frage.«

»Interessant.« Mona Daa machte sich Notizen auf dem Block, der auf dem Tisch neben der Tasse mit frisch aufgebrühtem grünem Chili-Tee lag. »Und was glauben Sie, wie und wann das passieren wird?«

»Sie haben gesagt, dass auch die letzte Frau ein Tinder-Date hatte?«

Mona Daa nickte, während sie sich weitere Notizen machte. Die meisten ihrer Kollegen nutzten Aufnahmegeräte, doch obwohl sie eine der jüngsten Kriminalreporterinnen war, bevorzugte sie die altbewährte Methode. Ihre offizielle Erklärung lautete, dass sie in dem ewigen Rennen, die Erste zu sein, Zeit sparen konnte, weil sie so bereits beim Notieren redigieren konnte. Besonders bei Pressekonferenzen war das ein Vorteil. Wobei man bei der Pressekonferenz, die am Nachmittag im Präsidium stattgefunden hatte, auch ganz ohne Block oder Aufnahmegerät ausgekommen wäre. Katrine Bratts Kein-Kommentar-Mantra hatte gegen Ende sogar erfahrene Kriminalreporter auf die Palme gebracht.

»Wir haben das zwar noch nicht veröffentlicht, aber durch einen Tip aus Polizeikreisen wissen wir, dass Ewa Dolmen eine SMS an eine Freundin geschickt und darin geschrieben hat, dass sie ein Tinder-Date im Dicky in Grünerløkka habe.«

»Aha.« Smith rückte seine Brille zurecht. »Ich bin mir ziemlich sicher, dass er bei der Methode bleiben wird, mit der er bislang Erfolg hatte.«

»Was würden Sie denn denjenigen raten, die in den nächsten Tagen jemanden über Tinder treffen wollen?«

»Nun ja. Dass sie damit warten sollten, bis der Vampirist gefasst ist.«

»Glauben Sie denn, dass er an Tinder festhält, nachdem er den Artikel gelesen hat und weiß, dass seine Methode jetzt allseits bekannt ist?«

»Eine Psychose ist nicht durch rationale Risikoerwägungen beeinflussbar. Wir haben es hier nicht mit dem klassischen Serienmörder zu tun, der in aller Ruhe sein Vorgehen plant. Er ist nicht der kaltblütige Psychopath, der keine Spuren hinterlässt und sich zwischen den Morden perfekt zu verstecken weiß.«

»Unsere Quelle meint, die Ermittlungsleitung gehe von einem klassischen Serienmörder aus.«

»Wir haben es hier mit einer anderen Form von Wahnsinn zu tun. Der Mord ist dem Biss untergeordnet, dem Blut. *Das* ist es, was ihn antreibt. Und er will unbedingt weitermachen, ist am Höhepunkt, er hat eine akute schwere Psychose. Es ist zu hoffen, dass er – im Gegensatz zu dem klassischen Serienmörder – schnell identifiziert und geschnappt wird, weil er außer Kontrolle ist, und es ist ihm egal, ob er gefasst wird. Der klassische Serienmörder ist ebenso eine Naturkatastrophe wie der Vampirist. Beide sind ganz gewöhnliche Menschen, nur eben krank im

Kopf. Aber während der Serienmörder ein Unwetter ist, das immer wieder an unterschiedlichen Orten ausbrechen kann, ist der Vampirist eine Lawine, die schnell vorbei ist, aber in der kurzen Zeit ein ganzes Dorf ausradieren kann, nicht wahr?«

»Stimmt«, sagte Mona und machte sich Notizen. *Ein ganzes Dorf ausradieren.* »Herr Smith, ich danke Ihnen. Ich denke, ich habe, was ich wollte.«

Smith breitete die Arme aus. »Das war doch nicht viel. Es wundert mich eigentlich, dass Sie dafür den Weg auf sich genommen haben.«

Mona Daa nahm ihr iPad. »Für die Fotos mussten wir sowieso vorbeikommen, da bin ich gleich mitgefahren. Willy?«

»Ich könnte mir ein Foto draußen auf den Feldern vorstellen«, sagte der Fotograf, der während des Interviews nichts gesagt hatte. »Sie vor den abgeernteten Feldern, dazu das schöne Mondlicht.«

Mona wusste natürlich, was der Fotograf beabsichtigte. Einsamer Mann nachts auf einem schwarzen Feld, Vollmond, Vampir. Sie nickte dem Kollegen unmerklich zu. Manchmal war es besser, den Menschen, die sie fotografierten, nicht zu sagen, was sie vorhatten. Man riskierte nur Einwände.

»Wäre es möglich, meine Frau mit auf das Foto zu nehmen?«, fragte Smith sichtlich aufgeregt. »Ich meine ... VG ... das ist für uns schon eine große Sache.«

Mona Daa musste lächeln. Süß. Für einen Moment flatterte das Bild des Psychologen, der seiner Frau in den Hals biss, an ihrem inneren Auge vorbei. Aber nein, das ging sicher zu weit. Das würde die ernste Situation ins Lächerliche ziehen.

»Meine Redakteure hätten Sie lieber allein«, sagte sie.

»Verstehe, aber fragen kostet ja nichts«, sagte Smith unschuldig lächelnd.

»Ich bleibe hier und schreibe derweil. Vielleicht können wir das Interview dann gleich ins Netz stellen. Haben Sie WLAN im Haus?«

Mona bekam das Passwort und war bereits halb fertig, als sie draußen ein Blitzlicht wahrnahm.

Die inoffizielle Erklärung, warum sie auf Aufnahmegeräte verzichtete, war, dass es dann keine zweifelsfreie Dokumentation gab, was wirklich gesagt worden war. Nicht dass Mona Daa bewusst etwas schrieb, das ihre Interviewpartner so nicht gesagt hatten, aber so hatte sie einfach mehr Spielraum, den Aussagen den nötigen Pfeffer zu geben, die Zitate so zusammenzufassen, dass sie ins Tabloid-Format passten und die Leser die Schlagzeilen auch anklickten.

Psychologe: Vampirist kann ganzes Dorf ausradieren!

Sie sah auf die Uhr. Truls Berntsen hatte gesagt, dass er um zehn anrufen wollte, falls es etwas Neues gab.

»Ich mag keine Science-Fiction-Filme«, sagte der Mann, der Penelope Rasch gegenübersaß. »Am meisten nerven mich die Geräusche, wenn ein Raumschiff an der Kamera vorbeizieht.« Er spitzte die Lippen und machte einen Zischlaut. »Im Weltraum ist keine Luft, also gibt es auch keine Geräusche. Da herrscht vollkommene Stille. Wir werden angelogen.«

»Amen«, lachte Penelope und hob ihr Wasserglas.

»Ich mag Alejandro González Iñárritu«, sagte der Mann und nahm auch sein Mineralwasserglas. »*Biutiful* und *Babel* sind meine Filme. Viel mehr als *Birdman* oder *The Revenant*. Ich habe die Befürchtung, dass auch er jetzt immer mehr in Richtung Mainstream geht.«

Penelope lief ein Schauer über den Rücken, ein wohliger Schauer. Nicht nur, weil er gerade zwei ihrer Lieblingsfilme genannt hatte, sondern weil er auch den wenig bekannten anderen Nachnamen von Iñárritu kannte. Und das, nachdem er vorher schon ihren Lieblingsautor Cormac McCarthy und ihr Lieblingsreiseziel erwähnt hatte.

Die Tür ging auf. Sie waren die einzigen Gäste in dem kleinen, versteckten Restaurant, das er für ihr erstes Treffen vorgeschlagen hatte. Jetzt kam ein weiteres Paar herein. Er drehte sich um. Nicht zur Tür, um zu sehen, wer kam, sondern in die andere Richtung, so dass sie ihn für ein paar Sekunden unbemerkt mustern konnte. Er war schlank und etwa so groß wie sie, hatte gute Manieren und war anständig gekleidet. Doch war er auch gutaussehend? Schwer zu sagen. Er war definitiv nicht abstoßend, aber irgendwie zu glatt. Und sie glaubte nicht, dass er erst vierzig war, wie in seinem Profil stand. Die Haut um die Augen und am Hals wirkte irgendwie gestrafft, als hätte er sich liften lassen.

»Ich kannte dieses Restaurant gar nicht«, sagte sie. »Sehr still.«

»Z-zu still?«, fragte er lächelnd.

»Still ist gut.«

»Beim nächsten Mal können wir ja irgendwo hingehen, wo sie Kirin-Bier haben und schwarzen Reis servieren«, sagte er. »Wenn du das magst.«

Sie sah ihn überrascht an. Er verblüffte sie zunehmend. Woher wusste er, dass sie schwarzen Reis liebte? Die meisten ihrer Freunde wussten nicht einmal, dass es so etwas gab. Roar hatte diesen Reis gehasst und gemeint, er schmecke nach Reformhaus und unnötigem Luxus. Beides stimmte, schwarzer Reis enthielt mehr Antioxidantien als Blaubeeren und wurde lange für die verbotenen, nur dem Kaiser und seiner Familie vorbehaltenen Sushis verwendet.

»Ich liebe schwarzen Reis«, sagte sie. »Was magst du sonst noch?«

»Meine Arbeit«, erwiderte er.

»Und du bist?«

»Künstler.«

»Wie spannend! Was ...?«

»Installationen.«

»Roar ... mein Ex, war auch Künstler, vielleicht kennst du ihn ja.«

»Kaum, ich verkehre nicht in den etablierten Künstlerkreisen. Und ich bin Autodidakt, wenn du so willst.«

»Wenn du von deiner Kunst leben kannst, ist es wirklich erstaunlich, dass ich noch nie von dir gehört habe. Oslo ist klein.«

»Ich mache andere Sachen, um Geld zu verdienen.«

»Was zum Beispiel?«

»Ich arbeite als Wachmann.«

»Aber du stellst deine Kunst aus?«

»In der Regel sind das geschlossene Ausstellungen für ein ausgesuchtes, professionelles Publikum, zu denen die Presse keinen Zutritt hat.«

»Also, hört sich exklusiv an. Ich habe Roar oft geraten, es auch so zu machen. Was verarbeitest du in deinen Installationen?«

Er wischte sein Glas mit einer Serviette ab. »Modelle.«

»Modelle wie in ... also lebende Modelle?«

Er lächelte. »Sowohl als auch. Aber reden wir doch über dich, Penelope. Was magst du?«

Sie legte einen Finger unter ihr Kinn. Tja, was mochte sie? Eigentlich hatte sie das Gefühl, dass er schon alles gesagt hatte. Als hätte er ein Buch über sie gelesen.

»Ich mag Menschen«, sagte sie. »Und Ehrlichkeit. Meine Familie. Und Kinder.«

»Und festgehalten zu werden«, sagte er und warf einen Blick auf das Paar, das zwei Tische von ihnen entfernt saß.

»Entschuldigung?«

»Du magst es, festgehalten zu werden, wenn dich jemand hart rannimmt.« Er beugte sich über den Tisch. »Das sehe ich dir an, Penelope. Und das ist in Ordnung, denn das mag ich auch. Es wird hier drinnen langsam voll, sollen wir zu dir nach Hause gehen?«

Penelope brauchte eine Sekunde, um zu verstehen, dass er das ernst meinte. Sie senkte den Blick und sah, dass er seine Hand vorgeschoben hatte und mit den Fingerkuppen fast ihre Hand berührte. Sie schluckte. Was war nur mit ihr, dass sie immer an die falschen Männer geriet? Ihre Freundinnen waren der Meinung, dass sie am besten über Roar hinwegkommen würde,

164

wenn sie andere Männer traf. Und sie hatte es versucht, aber entweder waren das verklemmte, sozialgestörte IT-Nerds gewesen, die kaum ein Wort über die Lippen gebracht hatten, oder eben Männer wie der hier, die es nur auf eine schnelle Nummer abgesehen hatten.

»Ich glaube, ich gehe lieber allein nach Hause«, sagte sie und hielt nach dem Kellner Ausschau. »Die Rechnung, bitte.« Sie saßen erst knapp zwanzig Minuten zusammen, aber ihre Freundinnen hatten ihr das dritte und wichtigste Tinder-Gebot eingebläut: *Don't play games, leave if you don't click.*

»Die zwei Flaschen Mineralwasser übernehme ich«, sagte der Mann lächelnd und zupfte an seinem hellblauen Hemdenkragen. »Lauf, Aschenputtel.«

»Dann ... danke.«

Penelope nahm ihre Tasche und verließ das Lokal.

Die scharfe Herbstluft strich ihr angenehm kühlend über die heißen Wangen. Sie ging den Bogstadveien hoch. Es war Samstagabend, und die Straßen waren voller aufgedrehter Menschen. Am Taxistand wartete eine lange Schlange, aber bei den Taxipreisen in Oslo nahm sie sich eh nur eins, wenn es wirklich schüttete. Auf Höhe der Sorgenfrigata dachte sie, dass sie immer davon geträumt hatte, mit Roar mal in eins dieser schönen Häuser zu ziehen. Die Wohnung musste nicht größer als siebzig oder achtzig Quadratmeter sein, hatten sie sich geeinigt, solange sie nur frisch renoviert war, mindestens das Bad. Dass es schweineteuer werden würde, war ihnen klar gewesen, aber sowohl ihre als auch Roars Eltern hatten ihnen finanzielle Unterstützung versprochen und mit dieser »Unterstützung« natürlich gemeint, dass sie die ganze Wohnung finanzieren wollten. Sie hatte als frischdiplomierte Designerin noch keinen Job gehabt, und auch Roars enormes Talent war auf dem Kunstmarkt noch niemandem aufgefallen. Außer der verfluchten Galeristin, die ihn in die Falle gelockt hatte. In der ersten Zeit nach Roars Auszug war Penelope überzeugt gewesen, dass Roar irgendwann erkennen würde, dass die alte Schachtel nur einen jungen Loverboy wollte, mit dem sie sich eine Weile amüsieren konnte. Aber das war nicht passiert. Im Gegenteil, irgendwann hatten sie ihre sogenannte Verlobung in Form einer idiotischen Installation aus Zuckerwatte bekanntgegeben.

An der U-Bahn-Station Majorstua nahm Penelope die erste Bahn in Richtung Westen. In Hovseter, dem östlichsten und einfachsten der westlichen Stadtteile, stieg sie aus. Eine Siedlung mit Hochhäusern und relativ preiswerten Wohnungen, in der Roar und sie die billigste genommen hatten. Das Bad war schrecklich.

Roar hatte sie getröstet und ihr *Just Kids* von Patti Smith geschenkt, ein Memoir über zwei ambitionierte Künstler, die von Hoffnung, Luft und Liebe im New York der siebziger Jahre lebten und zum Schluss natürlich erfolgreich waren. Aber okay, auch ihre Beziehung war dabei draufgegangen. Wenigstens das.

Auf dem Weg vom U-Bahnhof zum ersten Wohnblock fiel ihr der seltsame Glorienschein auf, der ihn umgab. Der Vollmond musste jetzt direkt hinter dem Haus stehen, dachte sie.

Sie hatte mit vier Männern geschlafen, seit Roar sie vor elf Monaten und dreizehn Tagen verlassen hatte. Zwei davon waren besser gewesen als er, die anderen beiden schlechter. Aber sie hatte Roar auch nicht wegen Sex geliebt. Sondern weil ... weil Roar ... Ach, zum Henker mit ihm!

Ihre Schritte wurden schneller, als sie an dem kleinen Wäldchen, das links neben der Straße lag, vorbeiging, in Hovseter war schon bei Einbruch der Dunkelheit kaum noch jemand auf der Straße. Früher hätte Penelope, eine großgewachsene, sportliche Frau, nicht einmal im Traum daran gedacht, dass es abends gefährlich werden könnte. Vielleicht lag das an diesem Mörder, über den die Zeitungen schrieben. Oder nein, das war es nicht, eher die Tatsache, dass jemand in ihrer Wohnung gewesen war. Vor etwa drei Monaten. Zuerst war sie voller Hoffnung gewesen, dass das Roar war, der wieder zu ihr zurückwollte. Dass jemand in der Wohnung gewesen war, hatte sie an den Erdklumpen auf dem Boden im Flur erkannt, die nicht von ihren Schuhen stammen konnten. Und als sie auch vor der Kommode im Schlafzimmer Dreck gefunden hatte, war sie in der Hoffnung, dass Roar einen von ihren Slips mitgenommen hatte, ihre Unterwäsche durchgegangen. Es war aber alles da gewesen. Erst danach hatte sie bemerkt, dass die Schachtel mit dem Verlobungsring fehlte, den Roar ihr in London gekauft hatte. War doch ein Einbrecher in der Wohnung gewesen? Oder hatte Roar den Ring geklaut, um ihn dieser ... Galeristin zu schenken? Penelope hatte ihn wütend angerufen und damit konfrontiert, aber er leugnete, da gewesen zu sein, und sagte, er habe beim Umzug die Schlüssel verloren, die er ihr ansonsten natürlich längst geschickt hätte. Lügen, natürlich, wie alles andere auch. Trotzdem hatte sie die Schlösser für die Haustür unten und für ihre Wohnungstür im vierten Stock austauschen lassen.

Penelope nahm die Schlüssel aus der Handtasche. Sie lagen neben dem Pfefferspray, das sie sich gekauft hatte. Sie schloss die Haustür auf und hörte die leise fauchende Hydraulik, als sich die Tür hinter ihr langsam zuzog. Der Aufzug stand in der sechsten Etage, weshalb sie die Treppe in den vierten Stock nahm. Sie ging an der Tür der Amundsens vorbei und blieb stehen, weil sie außer Atem war. Merkwürdig, sie war gut trainiert, die Treppe machte ihr doch sonst nichts aus. Irgendetwas stimmte nicht, aber was?

Sie sah nach oben zu ihrer Wohnungstür.

Die Wohnblöcke waren für die vor langer Zeit noch existierende Arbeiterklasse im Osloer Westen gebaut worden, und dabei war auch am Licht gespart worden. Es gab nur eine einzelne Deckenlampe auf jeder Etage. Penelope hielt den Atem an und lauschte. Sie hatte nichts gehört, seit sie das Treppenhaus betreten hatte.

Nicht seit der Hydraulik der Tür.

Keinen Laut.

Und genau das war falsch.

Sie hatte die Tür nicht ins Schloss fallen hören.

Penelope kam nicht mehr dazu, sich umzudrehen oder die Hand in die Tasche zu stecken. Sie schaffte nichts mehr, ehe ein Arm von hinten sich so fest um ihren Oberkörper legte, dass es ihr die Luft aus den Lungen presste. Ihre Tasche fiel auf die Treppe und war das Einzige, was sie traf, als sie wild um sich trat. Sie schrie lautlos in die Hand, die sich über ihren Mund gelegt hatte und nach Seife roch.

»So, so, Penelope«, flüsterte ihr eine Stimme ins Ohr. »Im W-Weltraum kann dich keiner hören, weißt du?« Er machte einen Zischlaut.

Unten an der Eingangstür war ein Klatschen zu hören, und für einen Augenblick hoffte sie, dass jemand kam, doch dann wurde ihr bewusst, dass das ihre Tasche mit dem Pfefferspray gewesen sein musste, die durch die Geländerstäbe gerutscht und unten im Erdgeschoss aufgekommen war.

»Was ist?«, fragte Rakel, ohne sich umzudrehen oder damit aufzuhören, Salat zu schneiden. Sie hatte in der Spiegelung im Fenster über der Anrichte gesehen, dass Harry nicht mehr den Tisch deckte, sondern ans Wohnzimmerfenster getreten war.

»Ich dachte, ich hätte was gehört«, sagte er.

»Bestimmt Oleg und Helga.«

»Nein, das war etwas anderes, es war … etwas anderes.«

Rakel seufzte. »Harry, du bist gerade erst nach Hause gekommen und schon wieder … nervös. Siehst du, was das mit dir macht?«

»Nur dieser eine Fall, dann ist es vorbei.« Harry kam zur Anrichte und küsste sie in den Nacken. »Wie fühlst du dich?«

»Gut«, log sie. Ihr ganzer Körper tat weh, der Kopf, das Herz.

»Du lügst«, sagte er.

»Und, lüge ich gut?«

Lächelnd massierte er ihr den Nacken.

»Wenn ich nicht mehr bin«, sagte sie. »Würdest du dir eine andere suchen?«

»*Eine andere suchen?* Klingt ganz schön anstrengend. Es war schwer genug, dich zu überzeugen.«

»Eine Jüngere. Eine, mit der du Kinder haben könntest. Ich könnte ja nicht mehr eifersüchtig werden, weißt du.«

»Du lügst nicht *so* gut, Liebste.«

Sie lachte, ließ das Messer fallen, senkte den Kopf und spürte, wie seine warmen, trockenen Finger den Schmerz wegmassierten und ihr einen Moment Ruhe gönnten.

»Ich liebe dich«, sagte sie.

»Hm?«

»Ich liebe dich. Besonders, wenn du mir einen Tee kochst.«

»Aye, aye, Chef.«

Harry ließ sie los, und Rakel blieb abwartend stehen. Voller Hoffnung, aber nein, die Schmerzen kamen wieder, unerbittlich wie ein Faustschlag.

Harry stützte sich mit beiden Händen auf die Anrichte und starrte auf den Wasserkocher. Wartete auf das leise Blubbern, das lauter und lauter werden würde, bis die ganze Kanne zitterte. Als würde sie schreien. Er hörte Schreie. Stumme Schreie, die seinen Kopf erfüllten, den Raum, seinen Körper. Er verlagerte das Gewicht von einem Bein auf das andere. Die Schreie wollten raus, *mussten* raus. Wurde er verrückt? Er hob den Blick zum Fenster, sah in der dunklen Scheibe aber nur sein eigenes Spiegelbild. Er war es. Er war da draußen. Er wartete auf sie. Er sang. *Kommt raus und spielt mit mir!*

Harry schloss die Augen.

Nein, er wartete nicht auf *sie*. Er wartete auf ihn. Auf Harry. *Komm raus und spiel mit mir!*

Sie war anders als die anderen. Penelope Rasch wollte leben. Sie war groß und stark. Und die Tasche mit dem Wohnungsschlüs-

169

sel lag nun drei Etagen unter ihnen. Er spürte, wie die Luft aus ihren Lungen gedrückt wurde, und verstärkte den Griff um ihre Brust. Wie eine Würgeschlange. Eine Boa Constrictor. Ein einziger Muskel, der sich umso mehr anspannte, je mehr Luft die Beute ausatmete. Er wollte sie lebend. Vital und warm. Um ihren wunderbaren Lebenswillen Stück für Stück zu brechen. Aber wie? Wenn er sie mit sich nach unten schleifte, um sich die Schlüssel zu holen, riskierte er, dass einer der Nachbarn sie hörte und Alarm schlug. Er spürte Wut in sich aufsteigen. Er hätte Penelope Rasch auslassen sollen. Hätte das schon erkennen müssen, als er vor drei Tagen festgestellt hatte, dass die Schlösser ausgetauscht worden waren? Aber dann war ihm das Glück hold gewesen, und er hatte über Tinder mit ihr Kontakt aufnehmen können. Sie hatte eingewilligt, sich an diesem diskreten Ort zu treffen, und er hatte gedacht, dass es doch irgendwie klappen würde. Aber ein diskreter Ort bedeutete auch, dass die wenigen, die dort waren, umso mehr auffielen. Und ein Gast hatte ihn einen Moment zu lang angeschaut, weshalb er zu sehr gedrängt hatte, dort wegzukommen. Penelope war zickig geworden und gegangen.

Er hatte diese Möglichkeit eingeplant und das Auto vorsorglich in der Nähe geparkt. Er war schnell gefahren. Nicht so schnell, dass er riskierte, von der Polizei angehalten zu werden, aber schnell genug, um sich in dem Wäldchen verstecken zu können, bevor sie aus der U-Bahn kam. Sie hatte sich nicht umgedreht, als er ihr gefolgt war, auch nicht, als sie die Schlüssel aus der Tasche genommen und die Tür aufgeschlossen hatte. Und so hatte er einen Fuß in die Tür gesetzt, bevor diese zufallen konnte.

Ein Zittern fuhr durch ihren Körper, bald würde sie das Bewusstsein verlieren. Seine Erektion drückte sich gegen ihr Gesäß. Auch Mutter hatte so einen kräftigen, breiten Po gehabt.

Er spürte, dass der Junge kam, dass er übernehmen wollte, vor Hunger schrie. Er wollte gefüttert werden. Jetzt!

»Ich liebe dich«, flüsterte er ihr ins Ohr. »Ich liebe dich wirklich, Penelope, und deshalb will ich dich zu einer ehrbaren Frau machen, ehe wir weitergehen.«

Sie wurde schlaff in seinen Armen, und er beeilte sich, hielt sie mit einem Arm fest, während er mit der anderen Hand in seine Jackentasche griff.

Penelope Rasch wachte auf und wusste, dass sie einen Moment weg gewesen war. Es war dunkel. Sie hing, und etwas zerrte an ihren Armen und schnitt ihr in die Handgelenke. Sie sah nach oben. Handschellen. Und etwas, das matt an ihrem Ringfinger glänzte.

Da spürte sie den Schmerz zwischen den Beinen und sah nach unten, als er gerade die Finger aus ihr zog.

Sein Gesicht lag halb im Schatten, aber sie sah, wie er sich die Finger unter die Nase hielt und schnupperte. Sie versuchte zu schreien, aber es kam kein Ton.

»Gut, meine Geliebte«, sagte er. »Du bist sauber, dann können wir anfangen.«

Er knöpfte sich die Jacke und das Hemd auf und entblößte eine Tätowierung, ein Gesicht, das ebenso lautlos schrie wie sie. Mit geschwellter Brust stand er vor ihr, als wollte er ihr diese Tätowierung unbedingt zeigen. Vielleicht war es aber auch umgekehrt. Vielleicht war *sie* es, die gezeigt wurde. Einem schreienden Dämon.

Er griff in die Tasche seiner Jacke, nahm etwas heraus und zeigte es ihr. Schwarz. Eisen. Zähne.

Penelope bekam ein bisschen Luft. Und schrie.

»So, ja, meine Geliebte. Das ist die Musik für meine Arbeit«, sagte er lachend, machte den Mund auf und setzte sich die Zähne ein.

Sein Lachen und ihre Schreie hallten in den Wänden wider.

Der Raum war erfüllt von Stimmen und Kommentaren internationaler Nachrichtensender, die über die Bildschirme an der Wand der VG-Redaktion flimmerten.

Der Onlineredakteur und der Nachrichtenchef bearbeiteten fortlaufend die Onlineausgabe der Zeitung. Mona Daa und der Fotograf standen hinter dem Stuhl des Nachrichtenredakteurs und sahen sich das Foto auf seinem Dashboard an.

»Ich habe alles versucht, aber es ist schlichtweg unmöglich, ihn irgendwie gefährlich aussehen zu lassen«, sagte der Fotograf seufzend.

Mona sah, dass er recht hatte. Hallstein Smith sah im Licht des Vollmonds einfach nur jovial aus.

»Das geht sicher trotzdem«, sagte der Redakteur, »schaut euch mal die Klicks an. Jetzt sind es schon neunhundert pro Minute.«

Mona sah auf den Zahlenstand an der rechten Seite des Bildschirms.

»Wir haben einen Sieger«, sagte der Nachrichtenchef. »Wir stellen das ganz nach oben. Vielleicht sollten wir die Chefin vom Dienst fragen, ob wir nicht auch die Titelseite austauschen können.«

Der Fotograf ballte die Faust, und Mona Daa drückte ihre Knöchel pflichtschuldig gegen seine. Ihr Vater meinte, Tiger Woods und sein Caddy hätten diese Geste populär gemacht. Von dem obligatorischen High five waren sie abgekommen, nachdem der Caddy die Hand des Golfspielers nach einem perfekten Pitch am sechzehnten Loch in der letzten Runde bei den Masters durch ein allzu begeistertes Abklatschen verletzt hatte. Es war die große Sorge ihres Vaters gewesen, dass Mona wegen ihres angeborenen Hüftschadens nie die Golfspielerin werden würde, die er sich gewünscht hatte. Sie selbst hasste Golf, seit er sie zum ersten Mal mit auf die Driving Range genommen hatte. Da das Niveau so seltsam niedrig gewesen war, hatte sie trotzdem weitergespielt und gewonnen, was man gewinnen konnte. Ihr Schlag war aber so kurz und hässlich, dass der Trainer der Juniorennationalmannschaft sich schlichtweg geweigert hatte, sie aufzunehmen. Seine Begründung war, dass er lieber mit einem Team verlöre, das wenigstens so aussah, als spielte es Golf. Danach hatte sie die Golfschläger in den Keller zu denen ihres Vaters gestellt und war in den Kraftraum gegangen. Dort hatte niemand Einwände dagegen, *wie* sie die hundertzwanzig Kilo in die Höhe stemmte. Anzahl Kilo, Anzahl Schläge, Anzahl Klicks. Erfolg war in Zahlen messbar, wer etwas anderes behauptete, hatte Angst vor der Wahrheit oder glaubte vielleicht ernsthaft, dass Durchschnittsmenschen eine Lebenslüge brauchten. Im Augenblick richtete sie ihre ganze Aufmerksamkeit aber auf das Kommentarfeld. Ihr war etwas in den Sinn gekommen, als Smith gesagt hatte, der Vampirist scheue kein Risiko. Es war durchaus möglich, dass er die VG las und vielleicht sogar einen Kommentar schrieb.

Ihr Blick ging über die eingehenden Zeilen.

Es waren die Üblichen:

Die Mitfühlenden, die ihre Anteilnahme mit den Opfern ausdrückten.

Die selbsternannten Soziologen, die erklärten, warum die eine oder andere politische Partei Schuld an der Misere trug, dass die Gesellschaft immer mehr unerwünschte Individuen hervorbrachte, in diesem Fall einen Vampiristen.

Und die Henker, die – sobald sich die Gelegenheit bot – nach Todesstrafe und Kastration schrien.

Und natürlich die Wannabe-Stand-up-Komiker mit ihren schrägen Vorbildern, die vor nichts zurückschreckten. »Musiktip: Wampire«; »Verkaufen Sie Ihre Tinder-Aktien jetzt!«

Was würde sie tun, wenn tatsächlich ein verdächtiger Kommentar gepostet wurde? Würde sie es Katrine Bratt & Co. melden? Das schuldete sie Truls Berntsen. Oder sollte sie den Blonden anrufen, diesen Wyller, damit auch er in ihrer Schuld stand? Auch wenn man nicht bei Tinder war, konnte man den einen nach links und den anderen nach rechts schieben.

Sie gähnte. Ging zu ihrem Schreibtisch und nahm die Tasche.

»Ich geh zum Training«, rief sie zur Chefin vom Dienst hinüber.

»Jetzt? Es ist mitten in der Nacht.«

»Ruf mich an, wenn was passiert.«

»Deine Schicht war vor einer Stunde zu Ende, Daa, jetzt sind andere dran ...«

»Das ist meine Story, und du rufst mich an, okay?«

Sie hörte jemanden lachen, als die Tür hinter ihr ins Schloss fiel. Vielleicht wegen ihres Ganges oder wegen ihrer Kluges-Mädchen-schafft-alles-allein-Attitüde. Es war ihr egal. Sie *hatte* einen seltsamen Gang. Und sie *wollte* alles allein schaffen.

Fahrstuhl, Pförtner, Schwingtür, dann war sie raus aus dem gläsernen Medienhaus und stand im Licht des Vollmonds. Mona holte tief Luft. Etwas Großes stand bevor, das *wusste* sie ganz einfach. Und sie würde daran teilhaben.

Truls Berntsen hatte seinen Wagen am Rand der kurvigen, steilen Straße geparkt. Unter ihm, im Dunkeln, lag Oslos stillgelegte Industrie, stumm gewordene Ziegelbauten mit zugewucherten Eisenbahnschienen. Und dahinter die neuen Bauklötze der Architekten: Barcode, die Verspieltheit der neuen Business-welt als Kontrast zu dem düsteren Ernst einer vergangenen Arbeitswelt, in der Minimalismus noch eine kostensparende Notwendigkeit und kein ästhetisches Ideal gewesen war.

Truls sah zu dem Haus hoch, das oben am Hang im Mondlicht badete.

Hinter den Fenstern brannte Licht. Er wusste, dass Ulla zu Hause war. Vielleicht saß sie wie so oft auf dem Sofa, die Beine angezogen, und las ein Buch. Wenn er das Fernglas mit auf die Anhöhe im Wald nähme, könnte er es herausfinden. Und wenn sie auf dem Sofa säße, könnte er auch sehen, wie sie ihre blonden Haare hinter ein Ohr strich, als lauschte sie auf etwas. Waren die Kinder aufgewacht, wollte Mikael etwas, oder war sie nur wachsam wie eine Gazelle am Wasserloch angesichts möglicher Raubtiere?

Es knackte und rauschte, Stimmen waren zu hören, dann war

alles wieder still. Die Geräusche einer Stadt, vermittelt über den Polizeifunk, beruhigten ihn mehr als Musik.

Truls starrte auf das offene Handschuhfach. Das Fernglas lag hinter der Dienstwaffe. Er hatte sich auferlegt, damit aufzuhören. Es war an der Zeit, er brauchte das jetzt nicht mehr, schließlich hatte er herausgefunden, dass es noch andere Fische im Teich gab. Na ja, Seeteufel, Seeskorpione und Petermännchen. Truls grunzte. Diesem Lachen hatte er seinen Spitznamen Beavis zu verdanken, und seinem kräftigen Unterbiss. Und da oben saß sie, gefangen in dem viel zu großen, teuren Haus, mit der Terrasse, die Truls gegossen und in die er die Leiche eines Drogendealers einbetoniert hatte. Nur Truls wusste davon, was ihm aber keine schlaflosen Nächte bereitete.

Ein Krächzen im Funkgerät. Stimmen aus der Kriminalwache.

»Haben wir einen Wagen in der Nähe von Hovseter?«

»31 ist in Skøyen.«

»Hovseterveien 44, Eingang B. Hysterische Hausbewohner, die sagen, dass ein Verrückter im Hausflur eine Frau misshandelt, sie sich aber nicht trauen einzugreifen, weil es im Treppenhaus ganz dunkel ist. Er soll eine Lampe zerschlagen haben.«

»Mit einer Waffe misshandelt?«

»Sie wissen es nicht. Sie haben durchgegeben, dass er sie gebissen hat, bevor es dunkel wurde. Die Anrufer heißen Amundsen.«

Truls reagierte sofort und drückte den Sprechknopf. »Kommissar Truls Berntsen hier, ich bin näher dran, ich kümmere mich darum.«

Er hatte den Motor bereits angelassen, gab Gas und fuhr auf die Straße. Ein Wagen, der knapp hinter seinem um die Kurve gebogen war, hupte wütend.

»Okay«, kam es von der Einsatzzentrale. »Und wo sind Sie, Berntsen?«

»Ganz in der Nähe, habe ich doch gesagt. 31, ich will Sie als Backup. Warten Sie, falls Sie doch vor mir da sind. Es ist möglich, dass der Täter bewaffnet ist. Wiederhole, bewaffnet.«

Samstagabend, fast kein Verkehr. Mit Vollgas durch den Ope-
ratunnel, der in einem leichten Bogen unter dem Fjord verlief
und am Zentrum vorbeiführte. Er lag höchstens sieben oder acht
Minuten hinter 31. Diese Minuten konnten natürlich kritisch
sein – für das Opfer ebenso wie für die Ergreifung des Täters.
Andererseits war Kommissar Truls Berntsen so vielleicht der
Polizist, der den Vampiristen verhaftete. Ganz zu schweigen davon, was die VG für den Bericht desjenigen zahlen würde, der als
Erster am Tatort war. Er drückte auf die Hupe, und ein Volvo
machte Platz. Erst zwei Spuren, dann drei. Vollgas. Sein Herz
hämmerte gegen die Rippen, eine Tunnelkamera blitzte. Polizist
im Dienst – die Lizenz, alle in dieser Scheißstadt zur Hölle schicken zu dürfen. Im Dienst. Das Blut pumpte kraftvoll durch
seine Adern, wohltuend, als bekäme er einen Ständer.

»Ace of space!«, brüllte Truls. »Ace of space!«

»Ja, wir sind die 31, wir warten hier jetzt schon seit Minuten.« Der
Mann und die Frau standen hinter dem Streifenwagen, den sie
direkt vor Eingang B abgestellt hatten.

»Ich hatte so einen langsamen Lastwagen vor mir, der mich
einfach nicht vorbeilassen wollte«, sagte Truls und überprüfte,
ob die Pistole geladen und das Magazin voll war. »Haben Sie etwas gehört?«

»Da drinnen ist es still. Es ist keiner rein- oder rausgegangen.«

»Dann los.« Truls zeigte auf den Polizisten. »Sie gehen mit mir.
Nehmen Sie eine Taschenlampe mit.« Er nickte der Frau zu. »Und
Sie halten hier draußen die Stellung.«

Die zwei Männer gingen auf den Eingang zu. Truls sah durch
das Fenster in das dunkle Treppenhaus und drückte dann auf die
Klingel der Amundsens.

»Ja?«, flüsterte eine Stimme.

»Polizei. Haben Sie etwas gehört, seit Sie uns alarmiert haben?«

»Nein, aber er kann noch immer da sein.«

»Okay. Machen Sie auf.«

Das Schloss summte, und Truls drückte die Tür auf. »Sie gehen vor und leuchten.«

Truls hörte den Polizisten schlucken. »Ich dachte, Sie hätten was von Backup gesagt, nicht Vorhut.«

»Seien Sie froh, dass Sie nicht allein sind«, flüsterte Truls. »Los, kommen Sie.«

Rakel sah zu Harry hinüber.

Zwei Morde. Ein neuer Serienmörder. Sein Fall.

Er saß da und aß, tat so, als folgte er dem Gespräch am Tisch, war höflich zu Helga und reagierte interessiert auf alles, was Oleg sagte. Vielleicht irrte sie sich, vielleicht interessierte ihn das Gespräch wirklich. Vielleicht war er doch noch nicht ganz in den Bann gezogen worden, vielleicht hatte er sich verändert.

»Waffenkontrollen werden doch sinnlos, wenn sich jeder irgendwann einen 3-D-Drucker kaufen und seine eigenen Pistolen herstellen kann«, sagte Oleg.

»Ich dachte, 3-D-Drucker könnten nur Sachen aus Plastik machen«, sagte Harry.

»Die einfachen, ja. Aber Plastik reicht ja auch vollkommen aus, wenn du dir nur eine simple Einweg-Schusswaffe bauen willst, um jemanden zu erschießen.« Oleg beugte sich voller Eifer vor. »Du musst nicht mal selbst eine Waffe haben, um sie kopieren zu können. Man kann sich für fünf Minuten eine leihen, sie auseinanderbauen und Wachsabdrücke von den Einzelteilen machen. Davon 3-D-Datenfiles erstellen und mit denen dann über den PC den Printer füttern. Nach dem Mord kannst du die Plastikwaffe dann ganz einfach einschmelzen. Und sollte die Polizei trotzdem herausfinden, dass das die Waffe war, ist sie wenigstens nicht registriert.«

»Hm. Aber die Pistole kann möglicherweise zu dem Drucker führen, mit dem sie gemacht worden ist. Bei einigen Tintenstrahldruckern kann man die Ausdrucke schon heute zu den Druckern zurückverfolgen.«

Rakel sah zu Helga, die etwas verloren dreinblickte.

»Jungs ...«, sagte Rakel.

»Egal«, sagte Oleg. »Das ist echt verrückt, diese Dinger können alles. Bis jetzt sind in Norwegen gerade mal zweitausend Printer verkauft worden, aber stell dir mal vor, wie das ist, wenn jeder so ein Ding hat. Dann könnten Terroristen eine H-Bombe ausdrucken.«

»Jungs, können wir nicht über etwas Erfreulicheres reden?« Rakel fühlte sich seltsam kurzatmig. »Schließlich haben wir Besuch.«

Oleg und Rakel schauten zu Helga, die lächelnd mit den Schultern zuckte, als wollte sie sagen, dass ihr alles recht sei.

»Okay«, sagte Oleg. »Wir wär's mit Shakespeare?«

»Hört sich schon besser an«, sagte Rakel und sah misstrauisch zu ihrem Sohn hinüber, ehe sie Helga die Kartoffeln reichte.

»Okay, dann kommen wir zu Ståle Aune und dem Othello-Syndrom«, sagte Oleg. »Ich habe noch nicht erzählt, dass Jesus und ich die ganze Vorlesung aufgenommen haben. Ich hatte ein verstecktes Mikrofon und einen Sender unter dem Hemd, und Jesus hat im Kolloquienraum gesessen und alles aufgezeichnet. Glaubst du, Ståle fände es in Ordnung, wenn wir die Aufnahme ins Netz stellen? Harry?«

Harry antwortete nicht. Rakel musterte ihn. Entfernte er sich wieder von ihnen?

»Harry?«, fragte sie.

»Das kann ich nicht beantworten«, sagte er mit Blick auf seinen Teller. »Aber warum habt ihr die Vorlesung nicht einfach mit eurem Handy aufgenommen? Vorlesungen für den privaten Gebrauch aufzuzeichnen ist ja erlaubt.«

»Sie üben«, sagte Helga.

Die anderen drehten sich zu ihr um.

»Jesus und Oleg träumen davon, undercover zu arbeiten«, sagte sie.

»Wein, Helga?« Rakel hob die Flasche an.

»Danke. Aber trinkt ihr nichts?«

»Ich habe eine Kopfschmerztablette genommen«, sagte Rakel. »Und Harry trinkt keinen Alkohol.«

»Trockener Alkoholiker«, sagte Harry. »Was eigentlich schade ist, denn dieser Wein soll wirklich gut sein.«

Rakel sah, wie Helgas Wangen sich röteten, und beeilte sich zu fragen: »Dann bringt euch Ståle was über Shakespeare bei?«

»Ja und nein«, sagte Oleg. »Das Othello-Syndrom besagt seiner Meinung nach, dass Eifersucht das Motiv für den Mord in dem Stück ist, aber das ist nicht richtig. Helga und ich haben gestern Othello gelesen ...«

»Ihr habt zusammen gelesen?« Rakel legte eine Hand auf Harrys Arm. »Ist das nicht süß?«

Oleg verdrehte die Augen. »Wie auch immer, meine Deutung ist, dass das eigentliche, viel tiefer liegende Motiv aller Morde nicht Eifersucht, sondern Missgunst und der Ehrgeiz eines gekränkten Mannes sind. Nämlich Jagos. Othello ist nur eine Marionette. Das Stück sollte Jago heißen, nicht Othello.«

»Und du bist auch dieser Meinung, Helga?«, fragte Rakel. Sie mochte das nette, etwas anämische, wohlerzogene Mädchen, das wirklich schnell die Kurve gekriegt hatte. »Ich finde Othello als Titel passend, vielleicht gibt es gar kein tieferliegendes Motiv. Möglicherweise ist es einfach so, wie Othello es selbst sagt. Dass nämlich der Vollmond schuld ist, dass die Männer verrücktspielen.«

»*No reason*«, sagte Harry mit betont würdevoller Stimme und sauberer englischer Aussprache. »*I just like doing things like that.*«

»Beeindruckend, Harry«, sagte Rakel. »Du zitierst Shakespeare?«

»Walter Hill«, sagte Harry. »*Die Warriors*, 1979.«

»Yeah«, sagte Oleg lachend. »Der beste Gang-Film *aller Zeiten*.«

Rakel und Helga lachten mit. Harry hob sein Wasserglas an und sah zu Rakel hinüber. Lächelte. Lachen am gemeinsamen Tisch. Und sie dachte, dass er jetzt, in diesem Moment, wirklich hier war, hier bei ihnen. Sie versuchte, seinen Blick festzuhalten, ihn festzuhalten. Aber kaum merkbar, so wie die Farbe des Meeres sich von Grün zu Blau verändert, geschah es. Sein Blick richtete sich wieder nach innen. Und sie wusste, dass er, noch bevor das Lachen verstummt war, wieder von ihnen wegtrieb, hinein ins Dunkel.

Truls ging im Dunkeln die Treppe hoch. Geduckt, die Waffe im Anschlag, folgte er dem großgewachsenen Beamten mit der Taschenlampe. Die Stille wurde nur von einem Ticken unterbrochen, das von weiter oben kam, wie von einer Uhr. Der Lichtkegel schien die Dunkelheit vor sich herzuschieben und sie nur dichter und schwerer zu machen. Wie der Schnee, den Truls und Mikael in ihrer Jugend für ein paar Senioren in Manglerud geräumt hatten. Um anschließend einen Hunderter aus den knochigen Händen der Alten zu ziehen und zu sagen, dass sie ihnen das Wechselgeld dann vorbeibringen würden. Sollten sie gewartet haben, warteten sie noch heute.

Es knirschte unter den Schuhsohlen.

Truls packte die Jacke des Polizisten, der stehen blieb und die Taschenlampe nach unten richtete. Glasscherben glitzerten, und dazwischen sah Truls einen undeutlichen Schuhabdruck mit Absatz in etwas, das wie Blut aussah. Zu groß für eine Frau. Der Abdruck zeigte treppabwärts, Truls glaubte aber nicht, dass es weiter unten noch andere Abdrücke gab, die hätte er gesehen. Das Ticken war lauter geworden.

Truls gab dem Polizisten mit der Hand zu verstehen, dass er weiter nach oben gehen sollte. Er starrte auf die Stufen und sah jetzt deutliche Abdrücke. Dann richtete er den Blick nach vorn, blieb stehen und hob seine Waffe an. Ließ den Polizisten weitergehen. Truls hatte etwas gesehen. Etwas, das durch das Licht fiel. Glitzernd und rot. Es war kein Ticken, das sie gehört hatten, sondern das Klatschen von Blutstropfen auf die Treppenstufen.

»Leuchten Sie nach oben«, sagte er.

Der Polizist blieb stehen, drehte sich um und war sichtlich verwirrt, dass der Kollege, den er dicht hinter sich wähnte, viel weiter unten stand und nach oben Richtung Decke starrte. Aber er tat, was Truls sagte.

»Jesses«, flüsterte er.

»Amen«, sagte Truls.

An der Wand über ihnen hing eine Frau.

Ihr kariertes Kleid war so weit hochgeschoben, dass ein Teil ihres weißen Slips zu sehen war. Aus einem der Oberschenkel, etwa in Kopfhöhe des Polizisten, rann Blut aus einer großen Wunde. Es lief über das Bein in den Schuh der Frau, der bereits voll zu sein schien, weil die Tropfen sich in der Schuhspitze sammelten und von dort in eine rote Lache tropften, die sich auf einer der Stufen gebildet hatte. Die Arme waren über dem vorgeneigten Kopf nach oben gestreckt und mit Handschellen über dem Stahlarm der Lampe gefesselt. Wer immer die Frau dort aufgehängt hatte, musste stark sein. Ihre Haare verdeckten das Gesicht und den Hals, weshalb Truls keine Bisswunde sehen konnte, aber die Größe der Blutlache und das langsame Tropfen verrieten ihm, dass sie ohnehin fast leer war.

Truls betrachtete sie, versuchte sich jedes noch so kleine Detail zu merken. Sie sah aus wie ein Gemälde. Den Ausdruck wollte er gebrauchen, wenn er mit Mona Daa redete. *Sie hing wie ein Gemälde an der Wand.*

Auf dem Treppenabsatz über ihnen wurde eine Tür einen Spaltbreit geöffnet. Ein blasses Gesicht wurde sichtbar. »Ist er weg?«

»Sieht so aus. Amundsen?«

»Ja.«

Licht strömte in den Flur, als die Tür aufging. Sie hörten einen entsetzten Aufschrei.

Ein älterer Mann stapfte heraus, während eine Frau, wahrscheinlich seine Frau, ängstlich auf der Türschwelle stehen blieb. »Das ... das war der Teufel persönlich«, sagte der Mann. »Sieh nur, was er getan hat.«

»Kommen Sie bitte nicht näher«, sagte Truls. »Das ist hier ein Tatort. Hat jemand den Täter gesehen?«

»Hätten wir gewusst, dass er weg ist, wären wir ins Treppenhaus gegangen und hätten nachgeschaut, ob wir etwas tun können«, sagte der Alte. »Vom Wohnzimmerfenster aus haben wir einen Mann gesehen. Er kam aus dem Haus und ging in Richtung U-Bahn. Keine Ahnung, ob er das war. Er ging so normal.«

»Wie lange ist das her?«

»Höchstens eine Viertelstunde.«

»Wie hat er ausgesehen?«

»Tja.« Der Mann drehte sich hilfesuchend zu seiner Frau um. »Normal.«

»Ja«, bestätigte der Mann, »weder groß noch klein. Nicht blond und nicht schwarzhaarig. Anzug.«

»Grau«, fügte die Frau hinzu.

Truls nickte dem Polizisten zu, der daraufhin etwas in das Funkgerät sprach, das an seiner Brusttasche befestigt war. »Brauchen Unterstützung im Hovseterveien 44. Verdächtiger wurde gesehen, wie er etwa vor fünfzehn Minuten zu Fuß in Richtung U-Bahn ging, zirka 1,75, möglicherweise Norweger, grauer Anzug.«

Auch Frau Amundsen schlurfte jetzt in Pantoffeln nach draußen. Sie schien noch schlechter zu Fuß zu sein als ihr Mann. Zitternd richtete sie einen Zeigefinger auf die Frau an der Wand. Sie erinnerte Truls an eine der Seniorinnen, für die er Schnee geräumt hatte. Er erhob die Stimme: »Ich wiederhole, nicht näher kommen, bitte.«

»Aber ...«, begann die Frau.

»Zurück in die Wohnung! Der Tatort eines Mordes darf nicht verunreinigt werden, bevor nicht die Spurensicherung da war. Wir klingeln, wenn wir Fragen haben.«

»Aber ... aber sie ist nicht tot.«

Truls drehte sich um. Im Licht der offenen Tür sah er, dass der rechte Fuß der Frau leicht zitterte, als hätte sie einen Krampf.

Ein Gedanke kam ihm, ohne dass er etwas dafür konnte. Er hatte sie angesteckt. Zu einem Vampir gemacht. Und jetzt wachte sie auf.

KAPITEL 12

Samstag, später Abend

Metall schlug hart gegen Metall, als die Stange der Langhantel über der schmalen Bank auf dem Stativ aufsetzte. Für manche Leute war das Lärm, für Mona Daa klang es wie ein Glockenspiel. Das niemanden störte, sie war allein im Studio. Seit einem halben Jahr hatte das Gain rund um die Uhr geöffnet, angeblich inspiriert von Studios in Los Angeles und New York. Bis jetzt hatte Mona aber nach Mitternacht noch nie jemanden gesehen. Die Norweger arbeiteten nicht so lange, dass sie tagsüber keine Trainingszeit fanden. Mona Daa war eine Ausnahme. Sie *wollte* eine Ausnahme sein. Ein Mutant. Wie in der Evolution, die Ausnahmen brachten die Welt weiter. Perfektionierten sie.

Das Telefon klingelte, und sie erhob sich von der Bank.

Es war Nora. Mona drückte sich den Ohrhörer ins Ohr und nahm das Gespräch an.

»Du *trainierst* wieder, du Bitch«, stöhnte die Freundin.

»Nur ein bisschen.«

»Das ist eine Lüge, ich sehe doch, dass du schon seit zwei Stunden da bist.«

Mona, Nora und einige der anderen Freundinnen aus dem Studium folgten einander über das GPS ihrer Handys. Sie hatten einen Tracking-Dienst aktiviert, der die Telefone der anderen orten konnte. Sie fühlten sich dadurch sicherer und sozial enger verknüpft. Nur für Mona hatte das manchmal auch etwas Bedrückendes. Eine professionelle Schwesternschaft war gut, aber trotzdem brauchte man ja nicht so aneinanderzukleben wie mit vierzehn, als man sogar zusammen aufs Klo ging. Es war an der Zeit, sich endlich klarzumachen, dass für junge, tüchtige Frauen alle Wege nach oben führen konnten, wenn sie nur mutig und wirklich ehrgeizig waren. Nur darum ging es, und nicht darum, ob sie bei den anderen wohlgelitten war.

»Ich hasse dich ein bisschen, wenn ich daran denke, wie viel Kalorien du jetzt wieder verbrennst«, sagte Nora. »Während ich hier auf meinem fetten Arsch sitze und mich mit noch einer Piña Colada tröste. Hör mal ...«

Als langgezogenes Schlürfen durch einen Strohhalm ihr fast das Trommelfell zerriss, hätte Mona sich am liebsten den Ohrhörer herausgerissen. Für Nora war Piña Colada das einzige Gegengift gegen frühe Herbstdepression.

»Gibt es etwas Wichtiges, Nora? Ich bin mitten in ...«

»Ja«, sagte Nora. »Arbeit.«

Nora und Mona hatten beide die Journalistenhochschule besucht. Die Aufnahmebedingungen waren damals härter gewesen als für jedes andere Studium des Landes. Irgendwie hatte man gedacht, dass es der Traum eines jeden klugen Mädchens oder Jungen sei, eine eigene Kommentarspalte in einer Zeitung zu bekommen oder mal im Fernsehen sprechen zu dürfen. Auf jeden Fall waren das Monas und Noras Ziele gewesen. Sollten sich doch andere, weniger Schlaue, mit der Krebsforschung oder der Führung des Landes auseinandersetzen. In den letzten Jahren war die Popularität der staatlichen Journalistenhochschule gesunken, da zahlreiche lokale Hochschulen – gefördert mit staatlichen Subventionen – gefragtere Studien im Bereich Journalistik, Film, Musik und Beauty anboten, ohne auch nur einen Gedanken daran zu verschwenden, welche Fachkompetenzen in der Gesellschaft wirklich gefragt und nötig waren. Das fehlende Wissen importierte das reichste Land der Erde dann lieber aus härter arbeitenden Nationen, während die ebenso sorg- wie arbeitslosen Jungen und Mädchen, die Filmwissenschaften studiert hatten, zu Hause saßen, ihren Strohhalm tief in den staatlichen Milchshake steckten und ausländische Filme sahen – und vielleicht sogar kritisierten. Ein anderer Grund für die sinkende Popularität der staatlichen Journalistenschule war natürlich auch, dass die Jugend die Blogs entdeckt und erkannt hatte, dass man nicht für gute Noten kämpfen musste, um sich die gleiche Aufmerksamkeit zu sichern, wie man sie durch Zeitungen und Fernsehen bekam. Mona hatte einen Artikel darüber geschrieben, dass die Medien keine fachlichen Anforderungen mehr an ihre Journalisten stellten und dies auch nicht mehr nötig war, weil die neue Medienlandschaft mit ihrer immer stärkeren Ausrichtung auf Promis die Rolle der Journalisten auf die von Waschweibern reduzierte. Mona hatte ihre eigene Zeitung, die größte Zeitung des Landes, als Beispiel angeführt. Der Artikel war nie gedruckt worden. »Weil er zu lang ist«, hatte der Redakteur der Gesellschaftsseite gesagt und sie an den Magazinredakteur verwiesen. »Weil Kritik nun einmal das ist, was die sogenannte kritische Presse am wenigsten mag«, hatte ihr ein wohlgesinnter Kollege erklärt. Mona hatte das Gefühl, dass die Aussage des Magazinredakteurs den Nagel auf den Kopf traf: »Aber, Mona, in dem ganzen Artikel kommt ja nicht eine bekannte Person zu Wort.«

Mona trat ans Fenster und ließ den Blick über den Frognerpark schweifen. Es waren Wolken aufgezogen. Zwar waren die Wege hell erleuchtet, aber abgesehen davon lag eine beinahe stoffliche Dunkelheit über dem Park. Es war wie in jedem Herbst, bevor das Laub von den Bäumen fiel und alles durchscheinender und die Stadt wieder kalt und hart wurde. Von Ende August bis Ende September war Oslo wie ein weiches, warmes Kuscheltier, das einfach nur festgehalten werden wollte.

»Ich bin ganz Ohr, Nora.«

»Es geht um den Vampiristen.«

»Du hast den Auftrag bekommen, ihn dir als Gast zu holen. Glaubst du, er mag Talkshows?«

»Zum letzten Mal, die Sendung ist ein Talkmagazin, Mona. Ich habe Harry Hole angerufen, aber er hat abgelehnt und gesagt, dass Katrine Bratt die Ermittlungen leitet.«

»Und die ist nicht hübsch? Du beschwerst dich doch immer, wie schwierig es ist, an gute weibliche Gäste zu kommen.«

»Ja, aber Hole ist als Ermittler fast ein Promi. Erinnerst du dich noch an die letzte Sendung, in der er war? Da war er komplett besoffen! Natürlich war das ein Skandal, aber die Leute haben es geliebt!«

»Hast du ihm das gesagt?«

»Nein, aber ich habe ihm gesagt, dass das Fernsehen auf bekannte Gesichter angewiesen ist und wir nur so der Arbeit der Polizei in dieser Stadt mehr Aufmerksamkeit schenken können.«

»Schlau. Aber hat er dir das abgekauft?«

»Er hat gesagt, dass er noch morgen damit beginnen würde, an seinem Slowfox zu arbeiten, sollte ich ihn stellvertretend für die Polizei zu *Let's Dance* einladen. Dass es sich bei dieser Sache aber um eine höchst schwierige Mordermittlung handele und nur Katrine Bratt den Durchblick habe und bevollmächtigt sei, sich öffentlich zu äußern.«

Mona lachte.

»Was?«

»Ach, ich stelle mir nur Harry Hole bei *Let's Dance* vor.«

»Meinst du etwa, der hat das ernst gemeint?«

Mona lachte noch lauter.

»Du kennst dich doch in der Szene aus. Was hältst du von dieser Katrine Bratt?«

Mona nahm zwei leichte Hanteln vom Stativ und machte ein paar schnelle Curls, um den Kreislauf in Gang zu halten und die Schlacke aus den Muskeln zu kriegen. »Bratt ist klug. Und sie kann sich gut ausdrücken. Ein bisschen streng vielleicht.«

»Aber glaubst du, dass sie auf dem Bildschirm rüberkommt und die Leute erreicht? In den Aufzeichnungen von der Pressekonferenz wirkt sie ein bisschen …«

»Grau? Ja, aber sie kann verdammt gut aussehen, wenn sie will. Ein paar der Jungs aus der Redaktion meinen, sie wäre der heißeste Feger im ganzen Präsidium. Aber sie hängt das nicht an die große Glocke und mag's lieber professionell.«

»Ich merke, dass ich sie schon jetzt hasse. Und was ist mit Hallstein Smith?«

»Da hast du vielleicht auf die lange Bank einen Stammgast. Exzentrisch, intelligent und redegewandt. Den kannst du wirklich einladen.«

»Gut, danke. Sisters are doing it for themselves, okay?«

»Sind wir damit nicht langsam durch?«

»War doch nur ironisch gemeint.«

»Ach ja. Ha-ha.«

»Und du?«

»Ja?«

»Er ist noch immer da draußen.«

»Das ist mir klar.«

»Ich meine das so, wie ich es sage. Es ist nicht so weit von Hovseter bis zum Frognerpark.«

»Von was redest du?«

»Oje, hast du das noch gar nicht mitbekommen? Er hat wieder zugeschlagen.«

»Verdammt!«, schrie Mona und sah aus den Augenwinkeln, wie der junge Mann an der Rezeption den Blick hob. »Diese scheiß Chefin vom Dienst! Ich hatte ihr gesagt, dass sie mich anrufen soll! Jetzt hat sie das jemand anders gegeben. Mach's gut, Nora.«

Mona ging zur ihrem Spind, stopfte ihre Straßenkleider in die Tasche, rannte über die Treppe nach unten und raus auf die Straße. Auf dem Weg zum VG-Haus hielt sie nach einem Taxi Ausschau und fand an einer roten Ampel eins. Sie ließ sich auf den Rücksitz fallen, nahm ihr Handy und rief Truls Berntsen an. Nach nur zwei Klingeltönen hörte sie ein seltsam grunzendes Lachen.

»Was?«, fragte sie.

»Ich habe mich schon gefragt, wie lange Sie brauchen«, sagte Truls Berntsen.

KAPITEL 13

Samstagnacht

»Sie hatte schon mehr als anderthalb Liter Blut verloren, als sie hier eingeliefert wurde«, sagte der Arzt, der Harry und Katrine im Ullevål-Krankenhaus über den Flur führte. »Hätte der Biss die Oberschenkelpulsader etwas weiter oben verletzt, wo sie dicker ist, hätten wir sie nicht retten können. Normalerweise gestatten wir es nicht, dass ein Patient in einem derart kritischen Zustand von der Polizei verhört wird, aber wenn es darum geht, andere Menschen zu retten ...«

»Danke«, sagte Katrine. »Wir stellen wirklich nur die allernötigsten Fragen.«

Der Arzt öffnete die Tür, und er und Harry blieben stehen, während Katrine an das Krankenbett trat, neben dem eine Schwester saß.

»Das Ganze ist wirklich beeindruckend«, sagte der Arzt. »Finden Sie nicht auch, Harry?«

Harry drehte sich zu ihm und zog eine Augenbraue hoch.

»Sie haben doch nichts dagegen, dass ich Sie beim Vornamen nenne?«, fragte der Arzt. »Oslo ist wirklich klein. Ich bin auch der Arzt Ihrer Frau.«

»Wirklich? Ich wusste nicht, dass sie hier in der Klinik war.«

»Mir ist das klargeworden, als sie eines unserer Formulare ausfüllte und Sie als nächsten Angehörigen eintrug. Und Ihren Namen kannte ich ja aus der Zeitung.«

»Dann haben Sie aber ein gutes Gedächtnis«, Harry warf einen Blick auf das Namensschild auf dem weißen Kittel, »Dr. John

D. Steffens. Es ist ziemlich lange her, dass mein Name in der Zeitung stand. Und was genau finden Sie jetzt beeindruckend?«

»Dass ein Mensch einen Oberschenkel auf diese Art ... durchbeißen kann. Viele Leute sind der Meinung, der Mensch habe einen schwachen Biss, aber verglichen mit den meisten Säugetieren steckt da doch ziemlich viel Kraft dahinter, wussten Sie das?«

»Nein.«

»Was glauben Sie, Harry, wie fest können Sie zubeißen?«

Harry verstand erst nach ein paar Sekunden, dass Steffens tatsächlich auf eine Antwort wartete. »Nun, unser Kriminaltechniker hat etwas von siebzig Kilo gesagt.«

»Dann wissen Sie ja bereits, dass wir fest zubeißen können.«

Harry zuckte mit den Schultern. »Die Zahl sagt mir nur nicht viel. Wenn man mir sagen würde, dass es einhundertfünfzig Kilo sind, würde mich das nicht weniger beeindrucken. Apropos Zahlen, woher wissen Sie eigentlich, dass Penelope Rasch etwa anderthalb Liter Blut verloren hat? Puls und Blutdruck sind dafür doch keine wirklich genauen Indikatoren, oder?«

»Mir sind Bilder vom Tatort zugeschickt worden«, sagte Steffens. »Ich bin Käufer und Verkäufer von Blut und habe ein außergewöhnlich gutes Augenmaß.«

Harry wollte ihn fragen, wie er das meinte, als Katrine ihn zu sich winkte.

Harry trat neben sie. Penelope Raschs Gesicht war so weiß wie das Kissen, auf dem es lag. Ihre Augen waren offen, der Blick aber benebelt.

»Wir wollen Sie nicht lange quälen, Penelope«, sagte Katrine. »Wir haben mit dem Polizisten gesprochen, der Sie am Tatort betreut hat, wir wissen also, dass Sie den Täter vorher in der Stadt getroffen haben und er Sie im Treppenhaus angegriffen und mit Eisenzähnen gebissen hat. Können Sie uns vielleicht mehr über seine Identität sagen? Hat er Ihnen noch einen anderen Namen als Vidar genannt oder gesagt, wo er wohnt oder arbeitet?«

»Vidar Hansen. Wo er wohnt, habe ich nicht gefragt«, sagte sie mit einer Stimme, die Harry an dünnes Porzellan denken ließ. »Aber er hat gesagt, dass er Künstler ist und als Wachmann arbeitet.«

»Haben Sie ihm geglaubt?«

»Ich weiß nicht. Das mit dem Wachmann ja. Jemand, der Zugang zu Schlüsseln hat, er war nämlich auch in meiner Wohnung.«

»Ach ja?«

Penelope Rasch musste all ihre Kraft zusammennehmen, um die linke Hand unter der Decke hervorzuholen und hochzuhalten. »Der Verlobungsring, den ich von Roar bekommen habe. Er hat ihn aus meiner Kommode entwendet.«

Ungläubig starrte Katrine auf den matten Goldring. »Sie meinen ... er hat Ihnen den im Treppenhaus auf den Finger gestreift?«

Penelope nickte und kniff die Augen zu. »Und das Letzte, was er gesagt hat ...«

»Ja?«

»War, dass er nicht wie andere Männer ist, dass er zurückkommt und mich heiratet.« Sie begann zu schluchzen.

Harry sah, wie nah Katrine das alles ging. Trotzdem blieb sie konzentriert.

»Wie sah er aus, Penelope?«

Penelope öffnete den Mund und schloss ihn wieder. Starrte sie verzweifelt an. »Ich erinnere mich nicht. Ich ... muss es vergessen haben. Wie ...?« Sie biss sich auf die Unterlippe. Tränen stiegen ihr in die Augen.

»Alles wird gut«, sagte Katrine. »Das ist in Ihrer Situation ganz normal. Die Erinnerung kommt wieder. Wissen Sie noch, was er anhatte?«

»Einen Anzug. Und ein Hemd. Er hat es aufgemacht. Er hatte ...«

Sie hielt inne.

»Ja?«

»Eine Tätowierung auf der Brust.«

Harry sah Katrine nach Luft schnappen. »Was für eine Tätowierung, Penelope?«

»Ein Gesicht.«

»Wie ein Dämon, der versucht, durch die Haut nach draußen zu brechen?«

Penelope nickte, und eine einzelne Träne rann ihr über die Wange. Als hätte sie nicht mehr Flüssigkeit in sich, dachte Harry.

»Und es war irgendwie so ...« Penelope schluchzte einmal kurz auf, »als wollte er mir den zeigen.«

Harry schloss die Augen.

»Sie braucht jetzt Ruhe«, sagte die Schwester.

Katrine nickte und legte eine Hand auf Penelopes milchweißen Arm. »Danke, Penelope, Sie waren uns eine große Hilfe.«

Harry und Katrine gingen gerade aus dem Zimmer, als die Schwester sie zurückrief.

»Ich erinnere mich noch an eine andere Sache«, flüsterte Penelope. »Er sah aus, als hätte er sich das Gesicht operieren lassen. Und ich habe mich gefragt ...«

»Ja?«, fragte Katrine und beugte sich weiter nach unten, um sie besser verstehen zu können.

»Warum er mich nicht getötet hat?«

Katrine sah hilfesuchend zu Harry. Er holte tief Luft, nickte ihr zu und beugte sich über Penelope.

»Weil er es nicht geschafft hat«, sagte er. »Weil Sie das nicht zugelassen haben.«

»Jetzt sind wir uns wenigstens sicher, dass er es ist«, sagte Katrine, als sie über den Flur in Richtung Ausgang liefen.

»Hm. Sieht so aus, als hätte er die Methode geändert. Und die Präferenz.«

»Was fühlst du dabei?«

»Wobei? Dass er es ist?« Harry zuckte mit den Schultern.

»Keine Gefühle. Das ist ein Mörder, der gefasst werden muss. Punkt.«

»Weich nicht aus, Harry. Er ist der Grund dafür, dass du hier bist.«

»Weil durch ihn viele weitere Leben gefährdet sind. Es ist wichtig, ihn zu fassen, aber das ist nicht persönlich, okay?«

»Ich höre, was du sagst.«

»Gut«, sagte Harry.

»Wenn er sagt, dass er zurückkommen und sie heiraten will, glaubst du, das ist …?«

»Im übertragenen Sinne gemeint? Ja, er wird sie in ihren Träumen heimsuchen.«

»Und das heißt dann …?«

»Dass er sie ganz bewusst am Leben gelassen hat.«

»Dann hast du sie angelogen.«

»Ja, ich habe gelogen.« Harry öffnete die Tür, und sie setzten sich in das Auto, das draußen wartete. Harry hinten, Katrine vorn.

»Präsidium?«, fragte Anders Wyller, der hinter dem Steuer saß.

»Ja«, sagte Katrine und nahm das Handy, das am Ladekabel hing. »Bjørn hat geschrieben, dass die Fußspuren in dem Blut auf der Treppe vermutlich von Cowboystiefeln stammen.«

»Cowboystiefel«, wiederholte Harry von der Rückbank.

»Diese schmalen, spitzen, mit Keilabsatz.«

»Ich weiß, wie Cowboystiefel aussehen. Solche Schuhe sind in einer der Zeugenaussagen auch schon genannt worden.«

»In welcher?«, fragte Katrine und überflog die anderen SMS, die sie bekommen hatte, während sie im Krankenhaus gewesen waren.

»Der Barkeeper in der *Jealousy Bar*. Irgend so ein Mehmet.«

»Dein Gedächtnis funktioniert noch, das muss man dir lassen. Die wollen mich als Gast im *Sonntagsmagazin* haben, um über den Vampiristen zu reden.« Sie tippte etwas.

»Was antwortest du?«

»Dass das nicht in Frage kommt. Ist doch logisch. Bellman hat klar gesagt, dass er so wenig Öffentlichkeit wie nur möglich will.«

»Auch wenn der Fall aufgeklärt ist?«

Katrine drehte sich zu Harry um. »Wie meinst du das?«

Harry zuckte mit den Schultern. »Na ja, so könnte der Polizeipräsident landesweit im Fernsehen damit prahlen, den Fall in nur drei Tagen aufgeklärt zu haben. Und zweitens könnten wir die Öffentlichkeit gut brauchen, um ihn zu erwischen.«

»Haben wir den Fall gelöst?« Wyller sah Harry über den Rückspiegel an.

»Aufgeklärt«, sagte Harry. »Nicht gelöst.«

Wyller wandte sich an Katrine. »Wie meint er das?«

»Wir wissen jetzt, wer der Täter ist, der Fall ist aber erst gelöst, wenn der lange Arm des Gesetzes den Täter geschnappt hat. In diesem Fall hat sich der Arm des Gesetzes bisher als nicht lang genug erwiesen, denn die betreffende Person wird weltweit bereits seit drei Jahren gesucht.«

»Wer ist er?«

Katrine seufzte tief. »Ich mag nicht mal seinen Namen nennen. Erzähl du, Harry.«

Harry starrte aus dem Fenster. Katrine hatte natürlich recht. Er hätte ablehnen können. Was er aber aus einem einzigen, egoistischen Grund nicht getan hatte. Nicht wegen der Opfer, des Wohlergehens der Stadt oder des Prestiges der Polizei. Ja nicht einmal wegen seines eigenen Rufs, sondern einzig und allein deswegen, weil er ihnen entkommen war. Ja, Harry fühlte sich schuldig, ihn nicht früher gestoppt zu haben. Wegen all der Mordopfer, wegen jedes Tages, den er frei herumlief. Deshalb dachte er an nichts anderes als daran, dass es ihm gelingen musste, ihn zu fassen. Dass er, Harry, ihn in Handschellen legen musste. Warum, wusste er nicht. Brauchte er wirklich den schlimmsten Serienmörder und Vergewaltiger, um seinem eigenen Leben eine Richtung und einen Sinn zu geben? Weiß der Teufel! Und der Teufel wusste vielleicht auch, ob es nicht genau umgekehrt war. Ob dieser Mann nicht einzig und allein wegen ihm, Harry, aus seinem Versteck gekrochen war, ein V auf die Tür von Ewa Dolmen gemalt und sein Dämonentattoo Penelope Rasch gezeigt hatte. Penelope hatte ihn gefragt, warum der Täter sie nicht getötet hatte. Und Harry hatte gelogen. Der Täter hatte sie am Leben gelassen, damit sie reden konnte. Damit sie Harry erzählen konnte, was sie gesehen hatte, damit er sich endlich dem Spiel stellte.

»Nun«, sagte Harry. »Wollt ihr die lange oder die kurze Version?«

KAPITEL 14

Sonntagmorgen

»Valentin Gjertsen«, sagte Harry Hole und zeigte auf das heller-
leuchtete Gesicht, das auf der drei Quadratmeter großen Leinwand im Besprechungsraum prangte.

Katrine studierte die schmalen Züge. Braune Haare, tieflie-
gende Augen. Vielleicht lag Letzteres aber auch nur daran, dass
der Mann auf dem Foto die Stirn nach vorne schob, wodurch das
Licht in einer ganz bestimmten Weise darauf fiel. Katrine wun-
derte sich, dass der Polizeifotograf diese Kopfhaltung zugelassen
hatte. Besonders auffällig war aber der Gesichtsausdruck. Unmittelbar nach der Verhaftung aufgenommene Polizeifotos ließen in
den Gesichtern in der Regel Angst, Verwirrung oder Resignation
erkennen. Nicht so bei Valentin Gjertsen. Er lächelte, als würde er
sich freuen. Als wüsste er etwas, das sie nicht wussten. Noch nicht.

Harry ließ das Gesicht ein paar Sekunden auf die Anwesenden
wirken, bevor er fortfuhr. »Zum ersten Mal angeklagt mit sechzehn, weil er an einem neunjährigen Mädchen herumfingerte,
nachdem er es in ein Ruderboot gelockt hatte. Mit siebzehn
wurde er von seiner Nachbarin wegen versuchter Vergewaltigung im Waschkeller angezeigt. Als Valentin Gjertsen sechs-
undzwanzig war und eine Strafe wegen diverser Übergriffe auf
Minderjährige absaß, hatte er im Ila-Gefängnis einen Zahnarzt-
termin. Mittels eines Zahnarztbohrers hat er die Zahnärztin
gezwungen, sich die Strumpfhose aus- und über den Kopf zu
ziehen. Dann hat er sie im Zahnarztstuhl vergewaltigt und anschließend die Strumpfhose angesteckt.«

Harry drückte auf eine Taste am PC, und das Foto auf der Leinwand machte einem anderen Platz. Ein Stöhnen kam von den Anwesenden. Katrine sah, dass auch einige der erfahrenen Ermittler den Blick senkten.

»Ich zeige Ihnen dieses Bild nicht aus Vergnügen, sondern um Ihnen vor Augen zu führen, mit welchem Menschen wir es hier zu tun haben. Im Übrigen hat er die Zahnärztin am Leben gelassen. Genau wie Penelope Rasch. Ich glaube nicht an einen Arbeitsunfall. Ich glaube, Valentin Gjertsen spielt ein Spiel mit uns.«

Harry drückte wieder eine Taste, und erneut war ein Foto von Gjertsen zu sehen, dieses Mal der Online-Steckbrief von Interpol.

»Valentin ist vor knapp vier Jahren auf spektakuläre Weise aus Ila ausgebrochen. Er hat einen Mithäftling, Judas Johnsen, aufs Brutalste totgeprügelt, ihm dann eine Kopie seines eigenen Tattoos in die Brust gestochen und die Leiche schließlich in der Bibliothek versteckt, wo Gjertsen selbst arbeitete. Als Judas beim nächsten Appell nicht auftauchte, ging man davon aus, dass er ausgebrochen war. In der Nacht seiner Flucht hat Gjertsen dem Leichnam dann seine eigene Kleidung angezogen und ihn in seiner Zelle auf den Boden gelegt. Als die Gefängniswärter die nicht mehr zu identifizierende Leiche fanden, gingen sie natürlich davon aus, es mit Valentin zu tun zu haben. Eigentlich war niemand sonderlich überrascht. Wie alle anderen Pädophilen war auch Valentin Gjertsen bei den übrigen Insassen verhasst. Man überprüfte weder seine Fingerabdrücke, noch wurde ein DNA-Test an der Leiche vorgenommen. Deshalb dachten wir lange, dass Valentin Gjertsen ein Kapitel der Vergangenheit war. Bis er in Verbindung mit einem neuen Mordfall auftauchte. Wir wissen nicht, wie viele Morde und Vergewaltigungen auf sein Konto gehen, aber sicher mehr als die, die wir mit ihm in Verbindung bringen oder für die er verurteilt wurde. Was wir wissen, ist, dass eines seiner letzten Opfer vor seinem zwischenzeitlichen Verschwinden seine frühere Vermieterin Irja Jacobsen war.« Erneuter Tastendruck. »Das Bild stammt aus der WG, in der sie wohnte und sich vor Gjertsen versteckt hielt. Wenn ich mich richtig erinnere, waren Sie, Berntsen, als Erster am Tatort, wo Sie sie erdrosselt unter einem Stapel Kindersurfbretter mit Haimotiv gefunden haben.«

Grunzendes Lachen von ganz hinten. »Stimmt. Die Bretter waren Diebesgut, das die blöden Junkies noch nicht vertickt hatten.«

»Irja Jacobsen wurde aller Wahrscheinlichkeit nach getötet, weil sie die Polizei über Valentin informiert hatte. Das erklärt möglicherweise, warum es anschließend so schwierig war, auch nur einen zu finden, der etwas über seinen Aufenthaltsort sagen konnte. Wer ihn kennt, wagt es nicht, den Mund aufzumachen.« Harry räusperte sich. »Ein anderer Grund, warum Valentin bislang nicht zu finden war, ist der Tatsache geschuldet, dass er nach der Flucht umfangreiche plastische Operationen hat vornehmen lassen. Die Person auf den Fotos sieht derjenigen, die wir auf einem körnigen Überwachungsfoto aus dem Ullevål-Stadion erkennen, nicht einmal mehr ähnlich. Dieses Überwachungsfoto ließ er uns mit Absicht sehen. Die Tatsache, dass wir ihn nicht gefunden haben, lässt vermuten, dass er noch weitere Operationen hat vornehmen lassen. Vermutlich sind diese Operationen irgendwo im Ausland gemacht worden, da wir alle plastischen Chirurgen hier in Skandinavien gründlich geprüft haben. Die Annahme, dass sein Gesicht stark verändert ist, wird auch dadurch untermauert, dass Penelope Rasch ihn auf den Bildern, die wir ihr gezeigt haben, nicht erkannt hat. Leider ist sie auch nicht in der Lage, ihn zu beschreiben, und die Tinder-Fotos, die sie von diesem sogenannten Vidar auf ihrem Handy hat, zeigen mit Sicherheit nicht Valentin Gjertsen.«

»Tord hat auch das Facebook-Profil dieses Vidar überprüft«, sagte Katrine, »Es ist wenig überraschend falsch und wurde erst kürzlich eingerichtet. Über einen Computer, den wir nicht orten können. Letzteres bedeutet laut Tord, dass Gjertsen sich mit Computern recht gut auskennen muss.«

»Oder Hilfe hat«, sagte Harry. »Auf jeden Fall haben wir eine Person, die Valentin Gjertsen gesehen und sogar mit ihm geredet hat, bevor dieser vor drei Jahren vom Radar verschwunden ist. Leider arbeitet Ståle nicht mehr als Berater des Dezernats, trotzdem hat er sich bereit erklärt, heute hierherzukommen.«

Ståle Aune stand auf und knöpfte sich seine Tweedjacke zu.

»Ich hatte das zweifelhafte Vergnügen, für einen recht kurzen Zeitraum einen Patienten namens Paul Stavnes betreuen zu dürfen. Als schizophrener Psychopath war er sich seiner Krankheit bewusst, auf jeden Fall bis zu einem gewissen Grad. Überdies ist es ihm gelungen, mich zu manipulieren, so dass ich nicht wusste, wer er wirklich ist oder was er getan hat. Bis zu dem Tag, an dem er sich durch einen Zufall verraten und dann versucht hat, mich umzubringen. Danach ist er von der Bildfläche verschwunden.«

»Ståles Beschreibung war die Grundlage für dieses Phantombild.« Harry drückte eine Taste. »Das Bild ist natürlich nicht mehr aktuell, aber auf jeden Fall besser als das Überwachungsfoto aus dem Stadion.«

Katrine neigte den Kopf. Die Zeichnung zeigte eine Veränderung der Haare, Nase und Augenform. Ja, sogar die Kopfform wirkte irgendwie spitzer als auf den Fotos. Nur das Lächeln war noch da. Das, was sie für Lächeln hielten. Das *Lächeln* eines Krokodils.

»Wie wurde er ein Vampirist?«, ertönte eine Frage aus dem hintersten Winkel des Raumes.

»Tja, ich persönlich bin noch gar nicht davon überzeugt, dass es Vampiristen überhaupt gibt«, sagte Aune. »Es kann eine ganze Reihe von Gründen geben, warum Valentin Gjertsen Blut trinkt, eine endgültige Antwort wage ich da noch nicht zu geben.«

Eine lange Stille folgte.

Harry räusperte sich. »Bei keinem von Valentins alten Fällen gab es Anzeichen für Beißen oder Bluttrinken. In der Regel halten sich Täter wie er an ein gewisses Muster. Sie werden wieder und wieder von den gleichen Phantasien heimgesucht.«

»Wie sicher sind wir uns denn, dass das wirklich Valentin Gjertsen ist?«, fragte Skarre. »Und nicht nur einer, der uns das glauben lassen will?«

»Neunundachtzig Prozent«, sagte Bjørn Holm.

Skarre lachte. »Exakt neunundachtzig?«

»Ja, wir haben Körperhaare an den Handschellen gefunden, mit denen er Penelope Rasch gefesselt hat. Vermutlich stammen diese Haare von seinem Handrücken. Bei einer DNA-Analyse ist man bei einer Übereinstimmung schnell bei neunundachtzig Prozent Sicherheit. Die restlichen elf Prozent brauchen Zeit. Die endgültige Antwort haben wir in zwei Tagen. Die Handschellen, die er benutzt hat, kann man übrigens im Internet kaufen. Eine Replik von Handschellen aus dem Mittelalter. Deshalb Eisen und nicht Stahl. Bestimmt beliebt bei Leuten, die ihre Liebesnester wie mittelalterliche Kerker eingerichtet haben.«

Ein einzelnes, grunzendes Lachen ertönte.

»Und wie verhält es sich mit diesen Eisenzähnen?«, fragte eine Beamtin. »Wo kann er die herhaben?«

»Das ist schwieriger«, sagte Bjørn Holm. »Wir haben noch keinen Produzenten gefunden, der solche Zähne herstellt, jedenfalls nicht aus Eisen. Vielleicht hat er bei einem Schmied eine Sonderanfertigung in Auftrag gegeben. Oder er hat sie selber gemacht. Die Methode ist auf jeden Fall neu. Wir haben noch nie davon gehört, dass jemand solche Zähne benutzt hätte.«

»Neue Vorgehensweise«, sagte Aune, öffnete seine Jacke und präsentierte seinen Bauch. »Dabei sind grundlegende Wechsel der Vorgehensweise eigentlich ausgeschlossen. Menschen sind Gewohnheitstiere, sie bestehen darauf, immer wieder dieselben Fehler zu machen, selbst wenn sie über neue Informationen verfügen. Das ist auf jeden Fall meine These, die in Psychologenkreisen aber so umstritten ist, dass sie auch Aunes Postulat genannt wird. Wenn wir trotzdem beobachten, dass ein Individuum das Verhalten ändert, muss das an einer Veränderung des Umfelds liegen, an das es sich anpasst. Die grundlegende Motivation des Individuums bleibt dabei dieselbe. Es ist keineswegs selten, dass ein Sexualverbrecher neue Phantasien und Gelüste entwickelt, denn auch bei solchen Leuten entwickelt sich der Geschmack langsam weiter, aber grundsätzlich ändert sich dafür nichts am Individuum. Als ich ein Teenager war, hat mein Vater zu mir gesagt, dass ich, wenn ich älter bin, Beethoven schon zu schätzen wissen würde. Damals hasste ich Beethoven und war überzeugt davon, dass er sich irrte. Valentin Gjertsen hatte schon als junger Mensch einen recht breit gefächerten Geschmack in sexueller Hinsicht. Er hat sowohl junge als auch alte Frauen vergewaltigt, ja vielleicht sogar Jungs. Erwachsene Männer waren nicht dabei, aber dafür kann es auch rein praktische Gründe geben, sie können sich einfach besser wehren. Pädophilie, Nekrophilie, Sadismus, all das steht auf Valentin Gjertsens Speisekarte. Abgesehen von Svein Finne, den wir auch als den ›Verlobten‹ kennen, ist Valentin Gjertsen die Person, mit der die Osloer Polizei die meisten sexuell motivierten Morde in Verbindung bringt. Dass er jetzt auf den Geschmack von Blut gekommen ist, heißt bloß, dass er wirklich offen für neue Erfahrungen ist. In der Psychologie spricht man von der Offenheit für Erfahrungen. Ich sage, ›auf den Geschmack gekommen‹, weil die eine oder andere Beobachtung, wie die Tatsache, dass er dem Blut in einem Fall Zitrone beigemischt hat, mehr darauf hindeutet, dass Valentin Gjertsen mit Blut experimentiert und nicht wirklich davon besessen ist.«

»Nicht besessen?«, rief Skarre. »Ein Opfer pro Tag! Während wir hier sitzen, ist er vermutlich bereits wieder auf der Jagd. Oder nicht, Professor?« Die Ironie war deutlich herauszuhören.

Aune breitete seine kurzen Arme aus. »Um es noch einmal zu sagen: Ich weiß es nicht. *Wir* wissen es nicht. Niemand kann das wissen.«

»Valentin Gjertsen«, sagte Mikael Bellman. »Sind wir uns da ganz sicher, Bratt? Wenn dem wirklich so ist, brauche ich zwei Minuten, um nachzudenken. Ja, ich verstehe, dass es eilt.«

Bellman unterbrach die Verbindung und legte das Handy auf den ClassiCon-Tisch. Isabelle hatte ihm gerade erzählt, dass der Tisch aus mundgeblasenem Glas sei, fünfzigtausend Kronen teuer. Und dass sie die neue Wohnung lieber mit ein paar wenigen Qualitätsmöbeln einrichten wollte als mit einem Haufen Schrott. Von seinem Platz aus sah Mikael einen künstlichen Badestrand und ein paar Fähren, die durch den Oslofjord pflügten. Scharfe Windböen peitschten das violette Wasser auf, so dass es etwas weiter draußen fast weiß wirkte.

»Und?«, fragte Isabelle aus dem Bett hinter ihm.

»Die leitende Ermittlerin fragt sich, ob sie heute Abend zum *Sonntagsmagazin* gehen soll. Es geht natürlich um die Vampiristenmorde. Wir wissen jetzt, wer der Täter ist, aber nicht, wo er sich aufhält.«

»Ist doch ganz einfach«, sagte Isabelle Skøyen. »Wäre der Typ schon geschnappt worden, müsstest du natürlich selbst dort auftreten. Bei einem Teilerfolg ist es richtig, eine Vertretung zu schicken. Erinnere sie daran, dass sie ›wir‹ und nicht ›ich‹ sagt und dass sie ruhig andeuten soll, dass der Täter sich möglicherweise auch über die Grenze abgesetzt haben könnte.«

»Die Grenze? Warum das denn?«

Isabelle Skøyen seufzte. »Stell dich nicht dümmer, als du bist, Liebling, das nervt.«

Bellman stand auf und trat an die Verandatür. Er sah nach unten auf die Menschen, die wie jeden Sonntag in Richtung Tjuvholmen strömten, um das Astrup-Fearnley-Museum für Neue Kunst zu besuchen oder um die hypermoderne Architektur zu bewundern und viel zu teuren Cappuccino zu trinken. Oder um von einer der wahnwitzig teuren Wohnungen zu träumen, die noch nicht verkauft waren. Er hatte gehört, dass im Museum ein Mercedes ausgestellt wurde, der anstelle des Mercedessterns einen soliden braunen Scheißhaufen auf der Motorhaube hatte. Okay, für manche war fester Stuhlgang eben ein Statussymbol. Andere brauchten die teuersten Wohnungen, das neueste Auto oder die größte Yacht, um sich gut zu fühlen. Und dann gab es solche – wie Isabelle und ihn selbst –, die alles haben wollten: Macht ohne zermürbende Verpflichtungen, Ansehen und Respekt mit ausreichender Anonymität, um sich frei bewegen zu können, eine Familie, die ihnen einen sicheren Rahmen bot und die Gene weitergab, freien Zugang zu Sex außerhalb der eigenen vier Wände, Auto und festen Stuhlgang.

»Also«, sagte Mikael Bellman. »Du denkst, dass die Öffentlichkeit ihn im Ausland vermuten wird, sollte Valentin Gjertsen jetzt eine Pause einlegen? Und nicht meint, dass wir nicht fähig sind, ihn zu fassen? Sollte uns das doch gelingen, sind wir gut, und geschieht ein weiterer Mord, ist ohnehin alles vergessen, was vorher gesagt wurde.« Er drehte sich zu ihr um.

Warum sie das große Doppelbett ins Wohnzimmer gestellt hatte, obwohl das Schlafzimmer ebenso groß war, verstand er nicht. Insbesondere, da die Nachbarn reinsehen konnten. Aber vielleicht war ja gerade das der Grund. Isabelle Skøyen war eine große Frau, ihre langen, kräftigen Beine und ihre üppigen Formen malten sich unter dem schweren goldenen Seidenlaken ab. Allein das machte ihn wieder scharf.

»Du sagst nur ein Wort, bringst damit aber die Idee vom Ausland in die Köpfe der Menschen«, sagte sie. »In der Psychologie nennt man das Verankerung. Simpel, aber effektiv. Weil die Menschen simpel sind.« Sie musterte ihn langsam von Kopf bis Fuß und lächelte breit. »Besonders Männer.«

Dann zog sie das Seidenlaken mit einem kräftigen Ruck auf den Boden.

Er sah sie an und dachte wieder daran, dass ihn der Anblick dieses Körpers unglaublich anmachte, viel mehr als die eigentliche Berührung, während es bei seiner Frau genau umgekehrt war. Dabei war Ullas Körper objektiv betrachtet schöner als Isabelles. Aber Isabelles gewaltige, fast wütende Begierde erregte ihn mehr als Ullas Zärtlichkeit und ihre stillen, in Tränen erstickten Orgasmen.

»Hol dir einen runter!«, kommandierte sie, zog die Knie an, so dass sie wie die Flügel eines Raubvogels nach oben zeigten, und legte zwei Finger auf ihr Geschlecht.

Er tat, was sie wollte. Schloss die Augen. Und hörte es auf dem Glastisch vibrieren. Verdammt, er hatte Katrine Bratt vergessen. Er griff zum Telefon und nahm das Gespräch an.

»Ja?«

Die Frauenstimme am anderen Ende sagte etwas, aber Mikael verstand sie nicht, weil im gleichen Moment das Horn einer Fähre aufheulte.

»Die Antwort lautet ja«, rief er ungeduldig. »Geh zum *Sonntagsmagazin*, ich bin im Augenblick beschäftigt, aber ich rufe dich später noch mal an, um dir ein paar Anweisungen zu geben, okay?«

»Ich bin's.«

Mikael Bellman erstarrte. »Schatz, du? Ich dachte, das wäre Katrine Bratt.«

»Wo bist du?«

»Wo? Im Büro natürlich.«

In der viel zu langen Pause, die folgte, wurde ihm bewusst, dass auch sie das Signalhorn der Fähre gehört haben musste und genau deshalb gefragt hatte. Er atmete schwer durch den Mund und starrte auf seine schlaffer werdende Erektion.

»Das Essen wird nicht vor halb sechs fertig sein«, sagte sie.

»Okay«, antwortete er. »Was ...?«

»Rindersteak«, erwiderte sie und legte auf.

Harry und Anders Wyller stiegen vor dem Jøssingveien 33 aus dem Auto. Harry zündete sich eine Zigarette an und betrachtete den roten Ziegelbau hinter der hohen Mauer. Sie waren bei Son-

nenschein und prächtigen Herbstfarben am Präsidium losgefahren, aber auf dem Weg hier hinauf waren Wolken aufgezogen, die sich zu einer zementfarbenen Decke geformt und der
Landschaft sämtliche Farben entzogen hatten.

»Das ist Ila?«, fragte Wyller.

Harry nickte und sog fest an seiner Zigarette.

»Warum hat dieser Typ eigentlich den Beinamen der Verlobte?«

»Weil er seine Vergewaltigungsopfer geschwängert und ihnen
dann unter Drohungen das Versprechen abgenommen hat, die
Kinder auszutragen.«

»Und wenn nicht?«

»Dann wollte er zurückkommen und den Kaiserschnitt persönlich durchführen.«

Harry inhalierte ein letztes Mal, drückte die Glut auf der Packung aus und steckte die Zigarette zurück. »Bringen wir es hinter uns.«

»Gemäß den Vorschriften dürfen wir ihn nicht anketten, wir beobachten ihn aber die ganze Zeit über die Überwachungskameras«, sagte der Gefängniswärter, der sie am Eingang abgeholt
und durch den langen Korridor mit den beidseitigen grauen
Stahltüren geführt hatte. »Wir haben es uns zur Regel gemacht,
ihm nicht näher als maximal einen Meter zu kommen.«

»Oh«, sagte Wyller. »Wird er gewalttätig?«

»Nein«, sagte der Wärter und steckte den Schlüssel in das
Schloss der letzten Tür. »Svein Finne hat in den zwanzig Jahren,
die er jetzt hier einsitzt, nicht einen Vermerk bekommen.«

»Aber?«

Der Gefängniswärter zuckte mit den Schultern und drehte den
Schlüssel herum. »Ich denke, Sie verstehen das gleich.«

Er öffnete die Tür, ging einen Schritt zur Seite, und Wyller und
Harry betraten die Zelle.

Der Mann auf dem Bett saß im Schatten.

»Finne«, sagte Harry.

»Hole.« Die Stimme klang, als mahlte sie Steine.

Harry zeigte auf den einzigen Stuhl, der im Raum stand. »Darf ich mich setzen?«

»Wenn du glaubst, Zeit dafür zu haben? Mir ist zu Ohren gekommen, dass du gut zu tun hast.«

Harry setzte sich, während Wyller vor der Tür stehen blieb.

»Hm. Ist er es?«

»Wer?«

»Du weißt schon, wen ich meine.«

»Ich antworte dir darauf, wenn du mir eine ehrliche Antwort auf meine Frage gibst. Hast du es vermisst?«

»Was vermisst, Finne?«

»Einen Spielkameraden auf Augenhöhe zu haben. Wie damals bei mir?«

Der Mann im Schatten beugte sich vor, so dass sein Kopf von dem Licht beleuchtet wurde, das durch das vergitterte Fenster hoch oben an der Wand fiel. Harry hörte, wie Wyllers Atem sich beschleunigte. Das Gitter warf Schattenstreifen auf das pockennarbige Gesicht mit der ledrigen rotbraunen Haut, in das sich tiefe, messerscharfe Falten schnitten, die bis auf die Knochen zu reichen schienen. Der Mann trug ein rotes Tuch um den Hals, wie ein Indianer, und ein Bart rahmte seine dicken, feuchten Lippen ein. Das Weiß der Augen, das eine braune Iris mit kleiner Pupille umgab, wirkte irgendwie vergilbt, sein Körper war aber noch immer schlank und muskulös wie bei einem Zwanzigjährigen. Harry rechnete nach. Sveins »Verlobter« Finne musste inzwischen fünfundsiebzig sein.

»Seinen Ersten vergisst man nie, nicht wahr, Hole? Mein Name wird auf deiner Liste immer ganz oben stehen. Ich habe dir die Unschuld genommen, oder?« Sein Lachen klang, als würde er mit Kies gurgeln.

»Nun«, sagte Harry und faltete die Hände. »Wenn Ehrlichkeit meinerseits damit belohnt wird, dass du es auch bist, sage ich dir gerne, dass ich es nicht vermisst habe. Und dass ich dich nie vergessen werde, Svein Finne. Oder eine derjenigen, die du misshandelt und ermordet hast. Ihr alle sucht mich regelmäßig in der Nacht heim.«

»Bei mir ist es ebenso. Meine Verlobten sind mir treu.« Finnes fleischige Lippen öffneten sich, als er grinste und sich gleichzeitig die rechte Hand vor das rechte Auge legte. Harry hörte, dass Wyller einen Schritt zurücktrat und gegen die Tür stieß. Finnes Auge starrte Wyller durch ein golfballgroßes Loch im Handrücken an.

»Hab keine Angst, mein Junge«, sagte Finne. »Wenn du vor jemandem Angst haben solltest, dann vor deinem Chef hier. Er war damals so jung, wie du es jetzt bist, und ich lag bereits auf dem Boden und konnte mich nicht mehr wehren. Trotzdem hat er seine Pistole auf meinen Handrücken gesetzt und abgedrückt. Dein Chef hat ein schwarzes Herz, Junge, vergiss das nie. Und jetzt hat er wieder Durst. Genau wie der andere dort draußen. Und dieser Durst ist wie ein Brand, deshalb heißt es ja auch Durst löschen. Solange er nicht gelöscht wird, wird er alles vernichten, was mit ihm in Kontakt kommt. Nicht wahr, Hole?«

Harry räusperte sich. »Jetzt bist du dran, Finne. Wo versteckt Valentin sich?«

»Ihr wart früher schon mal hier und habt das gefragt, und ich kann nur wiederholen, dass ich mit Valentin kaum gesprochen habe, als er hier einsaß. Außerdem ist es fast vier Jahre her, dass er hier ausgebrochen ist.«

»Seine Methoden ähneln deinen. Es gibt Leute, die behaupten, du hättest ihn angelernt.«

»Unsinn. Valentin ist fertig ausgebildet auf die Welt gekommen. Glaub mir.«

»Wo würdest du dich verstecken, wenn du an seiner Stelle wärst?«

»So nah, dass ich innerhalb deines Blickfeldes wäre, Hole. Ich wäre dieses Mal auf alles vorbereitet.«

»Er wohnt in der Stadt? Bewegt sich in der Stadt? Neue Identität? Ist er allein, oder arbeitet er mit jemandem zusammen?«

»Er macht es jetzt anders, oder? Dieses Beißen und Blutsaufen. Vielleicht ist das ja gar nicht Valentin.«

»Es ist Valentin. Also, wie kann ich ihn fassen?«

»Du fasst ihn nicht.«

»Nicht?«

»Der stirbt lieber, als noch einmal hier zu landen. Ihm waren Phantasien nie genug, er musste es tun.«

»Hört sich an, als würdest du ihn doch kennen.«

»Ich kenne das Holz, aus dem er geschnitzt ist.«

»Dasselbe wie bei dir? Hormone aus der Hölle?«

Der alte Mann zuckte mit seinen breiten Schultern. »Jeder weiß, dass die freie, moralische Wahl eine Illusion ist. Die Chemie im Hirn steuert unser Verhalten. Das ist bei dir nicht anders als bei mir, Hole. Einige Menschen erhalten Diagnosen wie ADHS oder Angststörung und werden mit Medikamenten und Trost behandelt. Andere erhalten die Diagnose ›Kriminell‹ und werden weggesperrt. Im Grunde ist das aber alles dasselbe. Eine unglückliche Zusammensetzung der Stoffe im Hirn. Ich bin ja dafür, dass wir weggesperrt werden. Verdammt, wir vergewaltigen schließlich eure Töchter.« Finne lachte trocken. »Also, holt uns von den Straßen, droht uns mit Strafe, damit wir nicht tun, wozu uns die Hirnchemie sonst zwingt. Was das Ganze so schrecklich dramatisch macht, ist eure Feigheit. Warum braucht ihr einen moralischen Vorwand, um uns einzusperren? Warum auf Grundlage einer göttlichen Gerechtigkeit, einer allgemeingültigen, ewigen Moral diese Lügengeschichten von der freien Wahl und der heiligen Strafe? Die Moral ist weder ewig noch universell, sie ist verdammt abhängig vom Zeitgeist, Hole. Vor tausend Jahren waren Männer, die es mit Männern trieben, noch ganz okay, dann wanderten sie dafür ins Gefängnis, während die Politiker jetzt gemeinsam mit ihnen auf die Straße gehen. Das alles hängt doch nur davon ab, was die Gesellschaft braucht oder nicht braucht. Die Moral ist flexibel, sie richtet sich immer nur nach dem Nutzen. Mein Problem ist, dass ich in einer Zeit und in einem Land geboren wurde, in dem es unerwünscht ist, dass ein Mann seinen Samen ungehemmt verbreitet. Nach einer Pandemie, wenn alle Arten wieder auf die Beine kommen müssen, wäre Svein ›Verlobter‹ Finne eine Stütze der Gesellschaft, die Rettung der Menschheit. Oder was meinst du, Hole?«

»Du hast den Frauen gedroht, sollten sie deine Kinder nicht austragen«, sagte Harry. »Valentin ermordet sie. Warum willst du mir da nicht helfen, ihn zu schnappen?«

»Helfe ich dir denn nicht?«

»Das ist mir alles zu allgemein und halbgar. Wenn du uns hilfst, lege ich ein gutes Wort für dich ein. Vielleicht musst du dann ja ein paar Jahre weniger sitzen.«

Harry hörte, wie Wyller mit den Sohlen über den Boden fuhr.

»Wirklich?« Finne strich sich den Bart glatt. »Obwohl du weißt, dass ich wieder zu vergewaltigen anfange, sobald ich draußen bin? Du musst diesen Valentin wirklich schnappen wollen, sonst würdest du nicht die Ehre so vieler Frauen aufs Spiel setzen. Aber wahrscheinlich kannst du nicht anders.« Er tippte sich mit dem Finger an die Schläfe. »Chemie ...«

Harry antwortete nicht.

»Egal«, sagte Finne. »Ich habe meine Strafe nächsten März abgesessen, am ersten Samstag des Monats, dein Angebot ist also nicht wirklich attraktiv, es kommt zu spät. Außerdem hatte ich vor ein paar Wochen schon meinen ersten Freigang. Und weißt du was? Ich habe mich hierher zurückgesehnt. Also nein danke. Sag mir lieber, wie es mit dir läuft, Hole. Wie ich gehört habe, bist du verheiratet? Und hast einen Hurensohn? Wohnt ihr auch sicher?«

»Hm. Ist das alles, was du sagen willst, Finne?«

»Ja, aber ich werde mit Interesse verfolgen, wie das mit euch läuft.«

»Mit mir und Valentin?«

»Mit dir und deiner Familie. Ich hoffe, du gehörst zum Empfangskomitee, wenn ich rauskomme.« Finnes Lachen wurde zu einem feuchten Husten.

Harry stand auf und machte Wyller ein Zeichen, dass er an die Tür klopfen solle. »Danke für deine kostbare Zeit, Finne.«

Finne hob die rechte Hand vor sein Gesicht und winkte. »Auf Wiedersehen, Hole. Es freut mich, dass wir ein bisschen über unsere Z-Zukunftspläne reden konnten.«

Harry sah das hämische Lachen durch das Loch in der Hand.

KAPITEL 15

Sonntagabend

Rakel saß am Küchentisch. Die Schmerzen, die sie mit Lärm und hektischer Betriebsamkeit verdrängen konnte, kamen wieder und waren nicht mehr zu ignorieren. Sie kratzte sich am Arm. Der Ausschlag war gestern noch kaum zu sehen gewesen. Als der Arzt sie gefragt hatte, ob sie regelmäßig Wasser ließ, hatte sie automatisch mit Ja geantwortet, doch jetzt, da sie dafür eine größere Aufmerksamkeit hatte, wurde ihr bewusst, dass sie in den letzten zwei Tagen kaum auf der Toilette gewesen war. Und sie bekam kaum Luft, fühlte sich schlapp, dabei war sie doch eigentlich körperlich fit.

Sie hörte das Klackern von Schlüsseln und stand auf.

Die Haustür ging auf, und Harry kam herein. Er sah blass und müde aus.

»Ich muss gleich wieder los, will mir nur kurz saubere Sachen anziehen«, sagte er, streichelte ihr über die Wange und hastete die Treppe hoch.

»Wie läuft's?«, fragte sie und sah ihn oben in ihrem Schlafzimmer verschwinden.

»Gut!«, rief er. »Wir wissen jetzt, wer es ist.«

»Ist es dann nicht an der Zeit, nach Hause zu kommen?«, fragte sie halblaut, halbherzig.

»Was?« Sie hörte Trampeln und wusste, dass er sich wie ein Kind die Hose von den Beinen trat. Oder wie ein Besoffener.

»Wenn du mit deinem großen, übermächtigen Hirn den Fall gelöst hast ...«

»Das ist es ja.« Er erschien oben in der Tür mit einem leichten Wollpulli bekleidet und stützte sich im Rahmen ab, während er sich dünne Wollsocken anzog. Sie hatte ihn schon oft damit aufgezogen, dass nur alte Männer sommers wie winters Wolle trugen. Es sei die beste Überlebensstrategie, in jeder Lebenslage alte Männer zu kopieren, schließlich hätten die den Sieg davongetragen, war seine Antwort darauf.

»Ich habe gar nichts gelöst. Er hat seine Identität selbst preisgegeben.« Harry richtete sich in der Tür auf und klopfte seine Hosentaschen ab. »Die Schlüssel«, sagte er und verschwand noch einmal im Schlafzimmer.

»Ich habe in der Ullevål-Klinik Dr. Steffens kennengelernt«, rief er. »Er hat gesagt, dass er dich *behandelt*?«

»Ach ja? Du, Liebster? Kann es sein, dass du ein paar Stunden Schlaf brauchst? Deine Schlüssel stecken hier unten in der Tür, du hast sie offen gelassen.«

»Du hast doch gesagt, du wärst nur zu einer Untersuchung da gewesen?«

»Und wo ist da der Unterschied?«

Harry kam erneut aus dem Schlafzimmer, lief die Treppe herunter und umarmte sie. »Eine Untersuchung ist was Einmaliges, eine Behandlung dauert. Nach meinem Verständnis kommt die Behandlung erst, wenn etwas gefunden wurde.«

Rakel lachte und lehnte sich an ihn. »Die Kopfschmerzen habe ich selbst entdeckt, und die brauchen eine Behandlung, Harry. Und zwar mit Kopfschmerztabletten.«

Er schob sie ein Stück von sich weg und musterte sie. »Du würdest mir doch nichts verheimlichen, oder?«

»Hast du für so einen *Unsinn* wirklich Zeit?« Rakel drehte unter Schmerzen ihren Kopf, biss ihm ins Ohr und schob ihn in Richtung Tür. »Sieh zu, dass du deinen Job erledigt kriegst, und dann kommst du nach Hause zu Mama. Sonst besorge ich mir so einen 3-D-Drucker und drucke mir einen häuslichen Mann aus. Aus weißem Plastik.«

Harry lächelte und ging zur Tür. Zog den Schlüsselbund aus dem Schloss, blieb dann aber stehen und starrte ihn an.

»Was?«, fragte Rakel.

»Er hatte die Schlüssel zu Elise Hermansens Wohnung«, sagte Harry und zog die Beifahrertür zu. »Und vermutlich auch die von Ewa Dolmen.«

»Sicher?«, fragte Wyller, löste die Handbremse und fuhr langsam aus der Einfahrt. »Wir haben alle registrierten Schlüsseldienste überprüft. Für die beiden Adressen ist nie ein Systemschlüssel nachgemacht worden.«

»Weil er den selbst gemacht hat. Aus weißem Plastik.«

»Aus weißem Plastik?«

»Mit einem ganz normalen 3-D-Drucker für fünfzehntausend Kronen, wie er auf deinem Schreibtisch steht. Er brauchte dafür lediglich ein paar Sekunden Zugang zu den Originalschlüsseln. Er kann ein Foto oder einen Wachsabdruck gemacht haben, um daraus dann ein 3-D-File zu generieren. Als Elise Hermansen nach Hause kam, war er schon in ihrer Wohnung. Sie hatte die Kette vorgelegt, weil sie glaubte, allein zu sein.«

»Und wie soll er an ihre Schlüssel gekommen sein? Keines der Häuser, in denen die Opfer lebten, hat einen Wachdienst. Da gab es überall eigene Hausmeister. Und die haben alle ein Alibi und leugnen, die Schlüssel jemals aus den Händen gegeben zu haben.«

»Ich weiß. Ich habe keine Ahnung, *wie* das abgelaufen ist, nur *dass* es so gewesen ist.«

Harry brauchte den jungen Kollegen nicht anzusehen, um zu wissen, wie skeptisch er war. Es gab Hunderte andere Erklärungen dafür, dass Elise Hermansen die Kette vorgelegt hatte. Harrys Schlussfolgerung schloss keine dieser anderen Möglichkeiten aus. Holzschuh, Harrys pokernder Freund, meinte, es sei nichts leichter zu lernen als Wahrscheinlichkeitsrechnung und wie man nach Lehrbuch seine Karten legte. Der Unterschied zwischen guten und weniger guten Spielern sei dann die Fähigkeit, seine Gegner zu lesen. Dafür müsse man unzählige Informationen verarbeiten, so als wollte man aus einem brüllenden Sturm ein Flüstern herausfiltern. Vielleicht hatte er recht. In all dem, was Harry über Valentin Gjertsen wusste, in all den Berichten, den Erfahrungen von anderen Serienmorden, bei all den Opfern, die er im Laufe der Jahre nicht hatte retten können und die ihn heimsuchten, vernahm auch er eine flüsternde Stimme. Valentin Gjertsens Stimme. Er hatte sie alle rechts überholt und war ihnen jetzt so nah, dass sie ihn nicht sahen.

Harry griff zum Telefon. Katrine antwortete beim zweiten Klingeln.

»Ich sitze in der Maske«, sagte sie.

»Ich glaube, Valentin besitzt einen 3-D-Drucker. Und der kann uns zu ihm führen.«

»Wie das?«

»Elektrogeschäfte registrieren Namen und Adressen von Kunden, wenn der Kaufbetrag eine gewisse Summe überschreitet. Und in Norwegen sind bislang nur ein paar tausend 3-D-Drucker verkauft worden. Wenn alle in der Gruppe mitmachen und alles andere ruhen lassen, woran sie gerade arbeiten, haben wir im Laufe von vierundzwanzig Stunden eine Übersicht und können sicher 95 Prozent der Käufer als Täter ausschließen. Dann sollten wir nur noch rund zwanzig Namen auf der Liste haben. Falsche Namen oder Pseudoidentitäten finden wir raus, wenn diese Leute im Einwohnermeldeamt nicht unter der angegebenen Adresse vermerkt sind. Oder wenn sie bei einem möglichen Anruf bestreiten, einen 3-D-Drucker zu besitzen. Die meisten Elektrogeschäfte haben zudem Überwachungskameras, so dass wir die Verdächtigen zum Zeitpunkt des Kaufes überprüfen können. Außerdem gibt es eigentlich keinen Grund, warum er nicht in einen Laden ganz in der Nähe seiner Wohnung gegangen sein sollte. Dann wissen wir, wo wir suchen müssen.«

»Wie bist du auf das mit dem 3-D-Drucker gekommen, Harry?«

»Ich habe mit Oleg über Drucker und Waffen gesprochen und ...«

»Alles andere ruhen lassen, Harry? Um auf etwas zu setzen, auf das du gekommen bist, als du mit Oleg geredet hast?«

»Genau.«

»Ich glaube, das ist genau eine dieser Alternativ-Spuren, denen du mit deiner Guerillatruppe folgen solltest, Harry.«

»Die besteht bis jetzt aber nur aus mir. Ich brauche deine Ressourcen.«

Harry hörte Katrines Lachen. »Wenn du nicht Harry Hole heißen würdest, hätte ich längst aufgelegt.«

»Dann ist es ja gut, dass ich so heiße. Hör mal, wir suchen jetzt seit drei Jahren nach Valentin Gjertsen. Ohne jeden Erfolg. Das ist die einzige neue Spur, die wir haben.«

»Gib mir bis nach dem Interview Zeit, um dazu etwas zu sagen. Es geht hier gleich los, und ich muss an so viele Dinge denken. Außerdem bin ich, um ehrlich zu sein, verdammt nervös.«

»Hm.«

»Einen Tip für einen Fernsehneuling?«

»Lehn dich zurück und sei entspannt, genial und witzig.«

Er konnte sie lächeln hören. »Wie du das immer im Fernsehen machst?«

»Ich war nichts davon. Und – ach ja – sei nüchtern!«

Harry steckte das Handy in die Jackentasche. Sie näherten sich dem ... Ort. Der Kreuzung Slemdalsveien, Rasmus Winderens vei in Vinderen. Als die Ampel rot wurde und sie anhielten, konnte Harry es nicht lassen. Wie er es nie lassen konnte. Er warf einen Blick auf die Haltestelle auf der anderen Seite der U-Bahn. Dort hatte er vor einem halben Leben bei einer Verfolgungsjagd die Kontrolle über den Streifenwagen verloren, war darin quer über die Gleise geflogen und an den Beton geknallt. Der Kollege auf dem Beifahrersitz war sofort tot. Wie betrunken war er gewesen? Harry hatte keinen Alkoholtest machen müssen, und in dem Bericht, der anschließend geschrieben wurde, stand, dass er auf dem Beifahrersitz und nicht auf dem Fahrersitz gesessen hatte. Alles zum Besten der Truppe.

»Hast du das gemacht, um Leben zu retten?«

»Was?«, fragte Harry.

»Im Dezernat für Gewaltverbrechen gearbeitet«, sagte Wyller. »Oder um Mörder dingfest zu machen?«

»Hm. Denkst du an das, was der Verlobte gesagt hat?«

»Nein, ich musste an deine Vorlesung denken. Ich dachte, du wärst Mordermittler gewesen, weil du den Job ganz einfach geliebt hast.«

Harry schüttelte den Kopf. »Ich habe das gemacht, weil es das Einzige ist, was ich wirklich kann, ich habe den Job gehasst.«

»Wirklich?«

Harry zuckte mit den Schultern, als die Ampel auf Grün schaltete. Sie fuhren weiter in Richtung Majorstua. Die Abenddämmerung kroch ihnen aus dem Osloer Kessel förmlich entgegen.

»Lass mich an der Kneipe da raus«, sagte Harry. »Da, wo das erste Opfer war.«

Katrine stand hinter den Kulissen und betrachtete die kleine, leere Insel im Zentrum des Scheinwerferlichts. Sie bestand aus einem mit schwarzen Dielen ausgelegten Viereck, auf dem drei Sessel und ein Tisch standen. In einem der Sessel saß der Moderator des *Sonntagsmagazins*, der sie gleich als ersten Gast ankündigen würde. Hallstein Smith würde der zweite sein. Katrine versuchte, nicht an die unzähligen Augen zu denken, oder daran, wie sehr ihr Herz hämmerte. Und auch nicht daran, dass Valentin jetzt irgendwo dort draußen war und sie ihn nicht daran hindern konnten, wieder zuzuschlagen, so genau sie auch wussten, wer der Täter war. Stattdessen dachte sie an das, was Bellman ihr mitgegeben hatte: Sie sollte überzeugend und sicher vorbringen, dass der Fall aufgeklärt sei. Dass der Täter sich allerdings noch auf freiem Fuß befinde und es möglich sei, dass er sich mittlerweile ins Ausland abgesetzt habe.

Katrine sah zu der Aufnahmeleiterin hinüber, die mit Clipboard und Headset zwischen den Kameras und der Insel stand und rief, dass es noch zehn Sekunden bis zum Beginn der Sendung waren. Dann begann der Countdown. Ganz spontan musste sie an den idiotischen kleinen Zwischenfall denken, der sich am Tag zugetragen hatte. Vielleicht weil sie müde und nervös war, vielleicht aber auch, weil ihr Hirn Zuflucht zu solchen Bagatellen suchte, wenn es sich auf etwas konzentrieren sollte, das ihm zu groß erschien und Angst machte. Sie war zu Bjørn in die Kriminaltechnik gefahren und hatte ihn gebeten, die Analyse der technischen Spuren aus dem Treppenhaus prioritär zu behandeln, damit sie im Fernsehen überzeugender auftreten konnte. Da Sonntag war, war die Kriminaltechnik ziemlich verwaist gewesen, und die wenigen, die dort waren, arbeiteten an den Vampiristenmorden. Möglicherweise waren es die leeren Räume, die Katrine so aus dem Konzept gebracht hatten. Als sie wie gewöhnlich direkt in Bjørns Büro marschiert war, hatte eine Frau dicht neben Bjørn gestanden und sich tief über seinen Stuhl gebeugt. Es musste etwas Lustiges geschehen oder gesagt worden sein, denn die Frau und Bjørn lachten. Als sie Katrine bemerkten und sich zu ihr umdrehten, hatte sie in der Frau die neue Chefin der Kriminaltechnik erkannt. Irgendeine Lien. Katrine wusste noch genau, was sie gedacht hatte, als Bjørn ihr von der Neuanstellung erzählt hatte. Die Frau sei viel zu jung und unerfahren. Eigentlich hätte Bjørn den Job kriegen müssen. Oder besser gesagt: Eigentlich hätte Bjørn ihn annehmen müssen, schließlich hatten sie ihm den Job angeboten. Aber seine Antwort war ein klassischer Bjørn Holm gewesen: Warum einen guten Kriminaltechniker ziehen lassen, um einen schlechten Chef zu bekommen? So gesehen war Frau oder Fräulein Lien bestimmt eine gute Wahl. Allerdings hatte Katrine auch noch nicht gehört, dass diese Lien sich irgendwo fachlich ausgezeichnet hätte. Katrine hatte ihr Anliegen vorgebracht, und Bjørn hatte ruhig geantwortet, dass seine Chefin für die Prioritätensetzung zuständig sei. Und Lien hatte mit aufgesetzt wohlwollendem Lächeln erwidert, dass sie mit den anderen Kriminaltechnikern schauen wolle, wann sie die Analysen fertig haben könnten. Katrine war der Kragen geplatzt. Sie hatte sich lauthals beschwert, dass »schauen wolle« nicht gut genug sei. Die Vampiristenmorde seien der wichtigste Fall, was jeder, der auch nur einen Funken Erfahrung habe, auch sehen würde. Und dass es im Fernsehen schlecht rüberkäme, wenn sie keine Antwort geben könne, weil die neue Chefin der Kriminaltechnik den Fall nicht als wichtig genug erachte.

Und Berna Lien – ja, jetzt fiel ihr auch der Vorname wieder ein, weil sie wie diese Bernadette aus *The Big Bang Theory* aussah, klein, mit Brille und viel zu großen Brüsten – hatte geantwortet: »Wenn ich Ihnen diese Priorität einräume, versprechen Sie mir dann, niemandem gegenüber zu erwähnen, dass ich die Kindesmisshandlung in Aker oder die Ehrenmorde in Stovner nicht als wichtig genug erachte?« Wie aufgesetzt ihre Stimme dabei war, hatte Katrine erst erkannt, als Lien in normalem, ernstem Ton hinzugefügt hatte: »Ich bin natürlich auch der Meinung, dass es besonders eilig ist, wenn wir so weitere Morde verhindern können, Bratt. In meinen Augen ist aber nur das ein gewichtiges Argument und nicht Ihr Fernsehauftritt. Ich sage Ihnen in zwanzig Minuten Bescheid, okay?«

Katrine hatte nur genickt und war zurück ins Präsidium gefahren, wo sie sich auf der Damentoilette eingeschlossen und die Schminke abgewischt hatte, die sie aufgetragen hatte, bevor sie in die Kriminaltechnik gefahren war.

Die Erkennungsmelodie begann, und der Moderator – der bereits mit geradem Rücken dasaß – richtete sich noch weiter auf, während er die Gesichtsmuskulatur mit wiederholtem, übertrieben breitem Lächeln, das er bei dem Thema des Abends sicher nicht brauchen würde, aufwärmte.

Katrine spürte das Handy in ihrer Hose vibrieren. Als Leiterin einer Ermittlung, bei der sie immer erreichbar sein musste, hatte

sie die Aufforderung ignoriert, das Handy während der Sendung
ganz auszuschalten. Es war eine SMS von Bjørn.

»Treffer bei einem Fingerabdruck an der Haustür von Penelope. Es ist Valentin Gjertsen. Ich gucke jetzt fern. Toi, toi, toi.«

Katrine nickte der Frau neben sich zu, die ihr ein weiteres Mal
sagte, dass sie direkt zum Moderator gehen solle, wenn sie ihren
Namen hörte. Auch auf welchem Sessel sie Platz nehmen sollte,
hörte sie jetzt zum x-ten Mal.

Toi, toi, toi. Als müsste sie auf eine Theaterbühne. Trotzdem
spürte Katrine, dass sie innerlich lächelte.

Harry blieb in der Tür der *Jealousy Bar* stehen und stellte fest, dass
das Geräusch einer lärmenden Menschenmenge ihn getrogen
hatte. Wenn nicht noch jemand in den Nischen an der Wand saß,
war er der einzige Gast in der Kneipe. Er bemerkte schließlich,
dass der Lärm aus dem Fernseher hinter dem Tresen kam, wo ein
Fußballspiel lief. Harry setzte sich auf einen Barhocker und sah
zu.

»Beşiktaş gegen Galatasaray«, sagte der Barkeeper lächelnd.

»Türkisch«, erwiderte Harry.

»Ja«, erwiderte der Barkeeper finster. »Interessiert?«

»Eigentlich nicht.«

»Auch okay. Aber das ist der reinste Wahnsinn. Wenn man Fan
der Gastmannschaft ist und die mal ein Spiel gewinnt, muss
man sehen, dass man nach dem Abpfiff nach Hause kommt,
sonst riskiert man, erschossen zu werden.«

»Hm. Geht es dabei um eine andere Religion oder um verschiedene soziale Klassen?«

Der Barkeeper hörte auf, Biergläser zu spülen, und musterte
Harry. »Es geht ums Gewinnen.«

Harry zuckte mit den Schultern. »Natürlich. Ich heiße Harry
Hole und bin ... *war* Hauptkommissar am Dezernat für Gewaltverbrechen. Sie haben mich für die Ermittlungen wieder ins Boot
geholt, es geht um ...«

»Elise Hermansen.«

»Genau. Ich habe in dem Protokoll Ihrer Aussage gelesen, dass Sie einen Gast mit Cowboystiefeln hier hatten, als Elise und ihr Date hier waren.«

»Stimmt.«

»Können Sie mir mehr über diesen Mann sagen?«

»Eigentlich nicht. Wenn ich das richtig in Erinnerung habe, kam er direkt nach Elise und setzte sich in die Nische da drüben.«

»Haben Sie ihn gesehen?«

»Ja, aber nicht lange oder gründlich genug, um ihn beschreiben zu können. Sie sehen ja, man kann die Nischen von hier aus nicht einsehen. Er hatte nichts bestellt und war dann irgendwann auch wieder weg. Das passiert häufiger, die Leute finden es hier wohl zu leer. Das ist das Problem mit Kneipen, man braucht Leute, um andere Leute anzuziehen. Ich hatte gar nicht mitbekommen, dass er gegangen war, und mir deshalb auch keine Gedanken darüber gemacht. Außerdem wurde sie ja in ihrer Wohnung ermordet, oder?«

»Ja, stimmt.«

»Sie glauben, dass er ihr nach Hause gefolgt sein kann?«

»Das ist auf jeden Fall eine Möglichkeit.« Harry betrachtete den Barkeeper genauer. »Mehmet, nicht wahr?«

»Stimmt.«

Der Kerl hatte etwas, das Harry instinktiv mochte und das ihn laut aussprechen ließ, was er dachte. »Wenn mir der Stil einer Kneipe nicht gefällt, mache ich an der Tür wieder kehrt. Und wenn ich reingehe, bestelle ich auch was. Dann sitze ich nicht einfach nur rum. Er kann ihr hierher gefolgt sein, und als er die Situation gecheckt und erkannt hat, dass sie bald wieder gehen würde, ohne den Typ mitzunehmen, ist er los, um in ihrer Wohnung auf sie zu warten.«

»Wirklich? Was für ein kranker Arsch. Das arme Mädchen. Apropos arm, da ist der Typ, den sie an dem Abend getroffen hat.« Mehmet nickte in Richtung Tür, und Harry drehte sich um. Die Galatasaray-Fans waren so laut, dass er das Eintreten des kahlen, untersetzten Mannes in Daunenweste und schwarzem Hemd nicht bemerkt hatte. Der Mann setzte sich an die Bar und nickte dem Barkeeper steif zu. »Ein großes Bier.«

»Geir Sølle?«, fragte Harry.

»Lieber nicht«, sagte der Mann und lachte hohl, ohne dass sein Gesichtsausdruck sich dabei veränderte. »Journalist?«

»Polizei. Ich will wissen, ob jemand von Ihnen diesen Mann erkennt.« Harry legte das Phantombild von Valentin Gjertsen auf den Tresen. »Seit dieses Bild erstellt worden ist, hat der Mann vermutlich umfangreiche plastische Operationen machen lassen, bemühen Sie also Ihre Phantasie.«

Mehmet und Sølle betrachteten das Bild genau. Dann schüttelten beide den Kopf.

»Ach, und übrigens, vergiss dieses Bier«, sagte Sølle. »Mir ist gerade eingefallen, dass ich nach Hause muss.«

»Wie du siehst, ist es bereits eingeschenkt«, sagte Mehmet.

»Der Hund muss raus. Gib es dem Polizisten, er sieht aus, als hätte er Durst.«

»Hm. Wenn Sie mir eine letzte Frage beantworten, Sølle. Im Protokoll der Zeugenvernehmung steht, dass Elise Hermansen Ihnen von einem Stalker erzählt hat, der sie verfolgt und bedroht hat, als sie mit anderen Männern zusammen war. Hatten Sie den Eindruck, dass das stimmte?«

»Stimmte?«

»Dass sie das nicht nur gesagt hat, um Sie auf Distanz zu halten.«

»Tja, schwer zu sagen. Sie hatte wohl ihre Methoden, um lästige Frösche loszuwerden.« Geir Sølles Versuch zu lächeln geriet zu einer Grimasse. »Wie mich.«

»Hm. Glauben Sie, dass sie viele Frösche geküsst hat?«

»Wissen Sie, Tinder kann ganz schön enttäuschend sein, aber man gibt die Hoffnung nicht auf.«

»Dieser Stalker, hatten Sie den Eindruck, dass das irgendein zufälliger Unbekannter war oder ein Mann, mit dem sie mal etwas hatte?«

»Kann ich nicht sagen.« Geir Sølle zog den Reißverschluss seiner Weste bis oben, obwohl es draußen mild war. »Ich gehe jetzt.«

Als die Tür hinter dem Mann zufiel, legte Harry einen Hunderter auf den Tresen.

»Ein Mann, mit dem sie mal etwas hatte?«, fragte der Barkeeper und gab Harry das Wechselgeld zurück. »Ich dachte, bei diesen Morden ginge es nur um das Trinken von Blut? Und um Sex.«

»Möglich«, sagte Harry. »In der Regel hat es aber was mit Eifersucht zu tun.«

»Und wenn nicht?«

»Dann geht es vielleicht um das, was Sie meinten.«

»Um Blut und Sex?«

»Ums Gewinnen.« Harry starrte in das Glas. Bier hatte ihn schon immer satt und müde gemacht. Die ersten Schlucke mochte er, danach schmeckte es immer trauriger. »Apropos gewinnen. Sieht aus, als würde Galatasaray verlieren. Haben Sie was dagegen, wenn wir umschalten und uns das Sonntagsmagazin auf NRK 1 ansehen?«

»Und wenn ich jetzt Beşiktaş-Fan wäre?«

Harry nickte in Richtung der verspiegelten Regale hinter dem Tresen. »Dann stünde da hinten hinter der Jim-Beam-Flasche kein Galatasaray-Wimpel, Mehmet.«

Der Barkeeper sah Harry an, schüttelte grinsend den Kopf und drückte auf die Fernbedienung.

»Wir können nicht mit hundertprozentiger Sicherheit sagen, dass derjenige, der gestern die Frau in Hovseter angegriffen hat, auch der Mörder von Elise Hermansen und Ewa Dolmen ist«, sagte Katrine und bemerkte, wie still es im Studio war, als würden ihr wirklich alle zuhören. »Was ich aber sagen kann, ist, dass wir physische Spuren haben und eine Zeugenaussage, die eine ganz konkrete Person mit dem gestrigen Angriff in Verbindung bringt. Und da der Verdächtige überdies ein in Zusammenhang mit anderen Taten gesuchter Sexualverbrecher ist, haben wir uns entschieden, mit seinem Namen an die Öffentlichkeit zu gehen.«

»Und das tun Sie zum ersten Mal hier bei uns im *Sonntagsmagazin?*«

»Das stimmt. Sein richtiger Name lautet Valentin Gjertsen, vermutlich nutzt er aktuell aber einen anderen Namen.«

Sie sah, dass der Moderator etwas enttäuscht darüber war, dass sie den Namen so ohne weiteres ausgeplaudert hatte. Er schien sich vorher Trommelwirbel und Fanfaren gewünscht zu haben.

»Ich habe auch ein sogenanntes Phantombild, das aber nur zeigt, wie er vor drei Jahren ausgesehen hat«, sagte sie. »Vermutlich hat er umfangreiche plastische Operationen machen lassen, trotzdem sollte das Bild ausreichen, um einen Anhaltspunkt zu geben.« Katrine hielt die Zeichnung in Richtung der kleinen Tribüne, auf der gut fünfzig Zuschauer saßen, die der Sendung, wie der Moderator betont hatte, das besondere Flair verliehen. Katrine sah die rote Lampe an der Kamera angehen und wartete, damit die Zeichnung auch die Zuschauer an den Bildschirmen erreichte. Der Moderator sah sie mit seligem Blick an.

»Wer etwas über diese Person weiß, wird gebeten, sich bei der Polizei zu melden. Wir haben ein Infotelefon eingerichtet«, sagte Katrine. »Das Phantombild, der Name und die bislang bekannten Decknamen sind samt der Nummer unseres Infotelefons auf der Website der Osloer Polizei zu finden.«

»Und es ist natürlich Eile geboten«, sagte der Moderator in Richtung Kamera. »Zweifelsohne besteht das Risiko, dass er schon heute Abend wieder zuschlägt.« Er drehte sich zu Katrine. »Möglicherweise schon jetzt, in diesem Augenblick, nicht wahr?«

Katrine sah, dass er ihre Unterstützung wollte, damit auch noch der Letzte sich vorstellen konnte, wie der Vampir ist irgendwo frisches, körperwarmes Blut trank.

»Wir wollen das nicht ausschließen«, sagte sie. Genau diese Formulierung hatte Bellman ihr eingehämmert. Wort für Wort. Und ihr erklärt, dass der Unterschied zwischen »Wir können das nicht ausschließen« und »Wir wollen das nicht ausschließen« eben darin bestand, dass man mit Letzterem den Eindruck vermittelte, genug Überblick zu haben, um eine ganze Menge ausschließen zu können, es aber trotzdem ganz bewusst nicht tat.

»Ich habe aber auch Informationen, die darauf hindeuten, dass es Valentin Gjertsen gelungen sein könnte, zwischen dem letzten Überfall und der Feststellung seiner Identität das Land zu verlassen. Es ist wahrscheinlich, dass er einen Rückzugsort außerhalb Norwegens hat. Vermutlich hat er sich dort auch aufgehalten, als hier nach ihm gefahndet wurde.«

Bellman hatte ihr diese Wortwahl nicht erklären müssen. Sie lernte schnell. »Ich habe Informationen« ließ die Leute gleich an Fahnder denken, an geheime Informanten und gründliche Polizeiarbeit. Dass sie dabei nur an leicht zugängliche Fahrpläne von Flug, Zug oder Fähre dachte, wusste niemand, aber so sagte sie wenigstens die Wahrheit. Für die Behauptung, dass er sich wahrscheinlich im Ausland aufgehalten hatte, gab es Rückendeckung von oben, solange nicht das Gegenteil bewiesen war. Außerdem konnte sie so auf höchst elegante Weise die Verantwortung dafür, dass Valentin Gjertsen in all diesen Jahren noch nicht gefasst worden war, auf das »Ausland« abwälzen.

»Und wie findet man so einen Vampiristen?«, fragte der Moderator und wandte sich dem zweiten Gast zu. »Wir haben Hallstein Smith eingeladen, Professor der Psychologie und Autor einer ganzen Reihe von Artikeln über Vampirismus. Können Sie uns darauf eine Antwort geben, Professor Smith?«

Katrine sah zu Smith, der inzwischen auf dem dritten Sessel Platz genommen hatte. Er trug eine große Brille und eine mehrfarbige Anzugjacke, die wie selbstgenäht aussah. Er bildete einen deutlichen Kontrast zu Katrines Erscheinung mit strenger, engsitzender schwarzer Lederhose, der körpernah geschnittenen schwarzen Latexjacke und den glatt nach hinten gekämmten Haaren. Sie wusste, dass sie gut aussah und Kommentare und Angebote auf ihrer Website finden würde, wenn sie diese später am Abend checkte. Aber das war ihr egal. Über ihre Kleidung hatte Bellman nichts gesagt. Sie hoffte nur, dass diese blöde Lien zusah.

»Äh«, sagte Smith und lächelte etwas verwirrt.

Katrine sah, dass der Moderator besorgt war, ob der Psychologe den Faden verloren haben könnte und er eingreifen müsste.

»Nun, zum einen bin ich kein Professor – ich arbeite noch an meiner Doktorarbeit –, werde Sie aber informieren, wenn ich bestanden habe.«

Die Zuschauer lachten.

»Zum anderen wurden die Artikel, die ich geschrieben habe, nicht in Fachzeitschriften, sondern nur in etwas zweifelhaften Magazinen veröffentlicht, die sich den eher obskuren Randphänomenen der Psychologie widmen. Eines der Magazine heißt *Psycho*, wie der gleichnamige Film. Das war, um ehrlich zu sein, der Tiefpunkt meiner akademischen Karriere.«

Erneutes Lachen.

»Aber ich *bin* Psychologe«, sagte er zum Publikum gewandt. »Mit einem überdurchschnittlichen Abschluss an der Mykolaso-meris-Universität in Vilnius. Und ich *habe* auch so ein Sofa, auf das man sich legen und für fünfzehnhundert Kronen an die Decke schauen kann, während ich so tue, als würde ich mir Notizen machen.«

Für einen Moment machte es den Anschein, als hätten sowohl das Publikum als auch der Moderator das ernste Thema vergessen. Bis Smith sie in die Wirklichkeit zurückholte:

»Aber ich weiß nicht, wie man Vampiristen fängt.«

Stille.

»Es gibt jedenfalls kein allgemeingültiges Rezept. Vampiristen sind selten, und noch seltener treten sie in Erscheinung. Lassen Sie mich erst einmal sagen, dass wir zwischen zwei Typen von Vampiristen unterscheiden müssen. Die eine Gruppe ist ziemlich ungefährlich, es handelt sich dabei um Personen, die sich von dem Mythos der Unsterblichkeit angezogen fühlen, den blutsaugenden Halbgöttern, auf die die modernen Vampirgeschichten über Dracula zurückgehen. Diese Form des Vampirismus hat klare erotische Untertöne und wurde sogar von unserem geschätzten Freud kommentiert. Diese Vampiristen nehmen aber nur selten Leben. Dann gibt es Menschen, die an klinischem Vampirismus leiden, auch als Renfield-Syndrom bekannt, und die davon besessen sind, Blut zu trinken. Die meisten Artikel darüber finden sich in rechtspsychiatrischen Publikationen, weil es sich in der Regel um äußerst brutale Verbrechen handelt. Von der etablierten Psychologie ist Vampirismus nie als Phänomen anerkannt worden, sondern wird als Sensationshascherei abgetan. Als etwas, mit dem sich nur Scharlatane beschäftigen. Man findet den Begriff nicht einmal in den Nachschlagewerken der Psychiatrie. Wir, die wir den Vampirismus erforschen, werden beschuldigt, einen Menschentyp zu erfinden, den es gar nicht gibt. In den letzten drei Tagen habe ich mir gewünscht, dass diese Behauptung stimmt. Aber dem ist leider nicht so. Es gibt zwar keine Vampire, wohl aber Vampiristen.«

»Wie wird ein Mensch zu einem Vampiristen?«

»Auch darauf gibt es keine allgemeingültige Antwort, der klassische Fall ist ein Schlüsselerlebnis in der Kindheit. Der Betreffende erlebt eine Situation, in der er selbst oder ein anderer stark blutet. Oder Blut trinkt. Und dies speichert er dann als spannungsgeladen ab. Der bekannte Vampirist und Serienmörder John George Haigh wurde zum Beispiel von seiner streng religiösen Mutter bestraft, indem sie ihn mit einer Haarbürste geschlagen hat. Er hat sich anschließend immer das Blut von der Haut geleckt. Später, in der Pubertät, wird das Blut typischerweise eine Quelle sexueller Erregung. Im Anfangsstadium experimentieren Vampiristen häufig noch mit Blut. Zuerst handelt es sich meistens um Autovampirismus, die Betreffenden verletzen sich selbst und trinken ihr eigenes Blut. Dann töten sie vielleicht eine Maus, eine Ratte oder eine Katze und trinken deren Blut. Irgendwann gehen sie dann einen Schritt weiter und trinken das Blut eines anderen Menschen. Es ist dabei die Regel, dass sie den Menschen, dessen Blut sie getrunken haben, anschließend umbringen. Damit sind sie dann im wahrsten Sinne des Wortes, entschuldigen Sie den Ausdruck, Vollblutvampiristen.«

»Und Vergewaltigung? Wie passt die ins Bild? Wir wissen ja, dass Elise Hermansen vergewaltigt wurde.«

»Ja. Auch wenn das Sexuelle nie ganz verschwindet, ist für einen erwachsenen Vampiristen doch das Erlebnis von Macht und Kontrolle wichtiger. John George Haigh zum Beispiel war nicht sonderlich interessiert an Sex. Er hat angegeben, nur an dem Blut seiner Opfer interessiert gewesen zu sein, das er übrigens aus einem Glas getrunken hat. Und ich bin mir ziemlich sicher, dass für den Vampiristen hier in Oslo auch das Blut im Vordergrund steht und nicht der sexuelle Übergriff.«

»Hauptkommissarin Bratt? Sind Sie derselben Meinung? Glauben Sie auch, dass für unseren Vampiristen das Blut wichtiger ist als der Sex?«

»Das kann und will ich nicht kommentieren.«

Katrine sah, dass der Moderator eine Entscheidung traf und sich wieder Smith zuwandte. Dort war wohl mehr zu holen.

»Herr Smith, halten sich Vampiristen für Vampire? Glauben sie, mit anderen Worten, dass sie unsterblich sind, solange sie das Sonnenlicht meiden? Dass sie andere zu Vampiren machen können und so weiter?«

»Nicht der klinische Vampirist mit Renfield-Syndrom. So gesehen ist es ein schlechter Witz, dass das Syndrom nach Renfield benannt ist, der ja Graf Draculas Diener in Bram Stokers Roman war. Es sollte Noll-Syndrom heißen. Nach dem Psychiater, der es zuerst beschrieben hat. Andererseits hat auch Noll den Vampirismus nicht ernst genommen, der Artikel, den er über das Syndrom geschrieben hat, war eher parodistisch gemeint.«

»Ist es denkbar, dass die Person diese Krankheit nicht in sich trägt, sondern eine Droge genommen hat, durch die sie derartige Lust auf Blut bekommt? Ähnlich wie bei MDPV, auch bekannt als Badesalz, das extrem gewalttätig machen kann? In Miami und New York sollen 2012 Täter sogar Teile ihrer Opfer verspeist haben.«

»Nein. Wenn Konsumenten von MDPV sich kannibalistisch verhalten, liegt eine Psychose vor, sie sind außerstande, rational zu denken oder ihr Handeln zu kontrollieren. Die Polizei hat all diese Leute ja auf frischer Tat ertappt, und keiner der Täter hat versucht, sich zu verstecken. Es gibt auch unter den Vampiristen solche, die derart von ihrem Blutdurst angetrieben werden, dass sie nicht in erster Linie daran denken, wie sie nach einer Tat ungesehen verschwinden können. In unserem Fall ist die Planung der Taten aber so perfekt, dass sie oder er nicht einmal Spuren hinterlässt. Das behauptet auf jeden Fall die Zeitung VG.«

»Sie?«

»Ich ... äh, wollte nur politisch korrekt sein. Ein Vampirist ist in der Regel ein Mann, auf jeden Fall, wenn seine Taten wie bei uns mit gewalttätigen Übergriffen gepaart sind. Weibliche Vampiristen begnügen sich in der Regel mit Autovampirismus. Oder sie suchen Gleichgesinnte, mit denen sie Blut tauschen können, oder sie holen es sich von Schlachthöfen oder Blutbanken. Ich hatte in Litauen einmal eine Patientin, die die Kanarienvögel ihrer Mutter bei lebendigem Leibe verspeist hat ...«

Katrine hörte ein Raunen durch das Publikum gehen. Jemand lachte kurz, verstummte dann aber gleich wieder.

»Meine Kollegen und ich gingen erst von einem Fall von Species Identity Disorder aus, das heißt, dass ein Patient meint, nicht in der Spezies geboren zu sein, zu der er eigentlich gehört, in diesem Fall eine Katze. Bis uns dann irgendwann klarwurde, dass wir es tatsächlich mit einem Fall von Vampirismus zu tun hatten. Leider war *Psychology Today* nicht dieser Meinung. Wenn Sie mehr über diesen Fall erfahren wollen, müssen Sie einen Blick auf meine Website werfen. Hallstein.Psykolog.com.«

»Hauptkommissarin Bratt, können wir festhalten, dass es sich um einen Serienmörder handelt?«

Katrine dachte zwei Sekunden nach, ehe sie antwortete: »Nein.«

»Aber die VG schreibt, dass Harry Hole, ein Spezialist für Serienmorde, die Ermittlungen unterstützt. Bedeutet das nicht ...?«

»Es kommt durchaus vor, dass wir uns mit Feuerwehrleuten beraten – auch wenn es nicht brennt.«

Der Einzige, der lachte, war Smith. »Gute Antwort! Psychiater und Psychologen würden verhungern, wenn sie nur Patienten hätten, die wirklich krank sind.«

Er erntete Lacher, und der Moderator lächelte Smith dankbar zu. Katrine ahnte bereits, dass Smith bessere Karten hatte, wieder eingeladen zu werden.

»Serienmörder oder nicht – was glauben Sie beide, wird der Vampirist wieder zuschlagen? Und wird er warten, bis wieder Vollmond ist?«

»Ich möchte darüber keine Spekulationen anstellen«, sagte Katrine und sah einen Anflug von Verärgerung im Blick des Moderators. Verdammt, erwartete er wirklich von ihr, dass sie die Regenbogenpresse mit neuem Material versorgte?

»Ich will auch nicht darüber spekulieren«, sagte Hallstein Smith. »Das ist auch gar nicht nötig, weil ich es weiß. Jemand, der unter Paraphilie leidet – also einer Störung der Sexualpräferenz – und nicht behandelt wird, hört nur sehr selten auf eigenen Antrieb hin auf. Und ein Vampirist nie. Ich glaube im Übrigen, dass die Tatsache, dass wir beim letzten Mordversuch Vollmond hatten, ein reiner Zufall war. Die Medien haben sich vermutlich mehr darüber gefreut als der Vampirist.«

Smiths Seitenhieb schien den Moderator nicht zu stören. Er

zog die Stirn besorgt in Falten und fragte: »Herr Smith, halten Sie es für einen Fehler, dass die Polizei nicht eher damit an die Öffentlichkeit getreten ist, dass ein Vampirist sein Unwesen treibt? Sie haben in der VG darüber geschrieben.«

»Hm.« Smith schnitt eine Grimasse und sah zu einem der Scheinwerfer. »Sie spielen auf die Frage an, was man wissen konnte, nicht wahr? Vampiristen gehören, wie gesagt, zu den äußersten Randphänomenen der Psychologie. Es ist noch nicht viel bekannt, und wir können nicht erwarten, dass die Polizei für alle Absonderlichkeiten Spezialisten hat. Deshalb nein, ich würde sagen, dass es sicher unglücklich war, von einem Fehler würde ich aber nicht sprechen.«

»Aber jetzt weiß die Polizei Bescheid. Was sollte sie jetzt also tun?«

»Auf Fachwissen in diesem Bereich zurückgreifen.«

»Eine letzte Frage: Wie vielen Vampiristen sind Sie schon begegnet?«

Smith blies die Wangen auf und ließ die Luft entweichen. »Echten?«

»Ja.«

»Zwei.«

»Wie reagieren Sie selbst auf Blut?«

»Mir wird schlecht davon.«

»Trotzdem schreiben und forschen Sie darüber?«

Smith verzog den Mund zu einem schiefen Lächeln. »Vielleicht gerade deshalb. Wir sind doch alle ein bisschen verrückt.«

»Auch Sie, Hauptkommissarin Bratt?«

Katrine zuckte zusammen, sie hatte für einen Moment vergessen, dass sie nicht fernsah, sondern selbst im Fernsehen war. »Was?«

»Ein bisschen verrückt?«

Katrine suchte nach einer Antwort. Nach etwas Witzigem, Genialem, wie Harry es ihr geraten hatte. Sie wusste, dass ihr das aber erst später einfallen würde, wenn sie wieder zu Hause war und ins Bett ging. Was hoffentlich nicht mehr so lange dauerte, denn sie spürte, dass ihr Adrenalinspiegel sank und sie immer müder wurde. »Ich ...«, begann sie, gab dann aber auf und sagte nur: »Tja, wer weiß!«

»Verrückt genug, um sich vorstellen zu können, sich einem Vampiristen auszusetzen? Keinem Mörder, wie in diesem schrecklichen Fall, sondern einem Mann, der Sie nur ein bisschen beißen will?«

Katrine war klar, dass das als Spaß gemeint war, vielleicht inspiriert von ihrem SM-Outfit.

»Ein bisschen?«, wiederholte sie und zog die schmalen, schwarz geschminkten Augenbrauen hoch. »Ja, warum nicht.«

Ohne es beabsichtigt zu haben, erntete nun auch sie Lachen.

»Frau Bratt, dann wünsche ich Ihnen viel Glück bei der weiteren Jagd nach dem Täter. Sie haben das letzte Wort, Smith. Die Frage, wie man einen Vampiristen fängt, ist noch unbeantwortet. Können Sie Bratt einen Tip geben?«

»Vampirismus ist in der Tat eine Extremform von Paraphilie. Häufig haben Vampiristen noch andere psychiatrische Diagnosen. Ich möchte deshalb alle Psychologen und Psychiater auffordern, der Polizei zu helfen. Gehen Sie Ihre Patientenlisten durch, und sehen Sie nach, ob es bei Ihnen nicht jemanden gibt, dessen Verhalten mit dem des klinischen Vampirismus übereinstimmt. Ich glaube, wir sind uns einig, dass in solchen Fällen die Schweigepflicht zweitrangig ist.«

»Und damit sage ich im Namen des *Sonntagsmagazins* ...«

Der Fernsehbildschirm hinter dem Tresen wurde schwarz.

»Scheiß Sache«, sagte Mehmet. »Aber Ihre Kollegin sieht echt scharf aus.«

»Hm, ist es hier immer so leer?«

»Nein.« Mehmet ließ seinen Blick durch den Raum schweifen. Räusperte sich. »Oder doch.«

»Mir gefällt's.«

»Wirklich? Sie haben Ihr Bier ja nicht einmal angerührt. Schauen Sie, das ist ja mausetot.«

»Gut so«, sagte der Polizist.

»Ich kann Ihnen was mit ein bisschen mehr Leben machen.« Mehmet nickte in Richtung des Galatasaray-Wimpels.

Katrine hastete über einen der labyrinthischen, leeren Flure der Fernsehanstalt, als sie hinter sich Keuchen und schwere Schritte hörte. Ohne anzuhalten, drehte sie sich halb um. Es war Hallstein Smith. Katrine bemerkte, dass er sich bewusst oder unbewusst eine Lauftechnik angeeignet hatte, die ebenso unorthodox wie seine Forschung war. Oder er hatte extreme X-Beine.

»Bratt!«, rief Smith.

Katrine blieb stehen und wartete.

»Bevor ich es vergesse, ich möchte mich bei Ihnen entschuldigen«, sagte Smith, als er schwer atmend vor ihr stand.

»Wofür denn?«

»Dass ich so viel geredet habe. Aufmerksamkeit macht mich richtig high, meine Frau sagt mir das immer wieder. Aber viel wichtiger ist diese Zeichnung ...«

»Ja?«

»Ich konnte das nicht live vor der Kamera sagen, aber ich glaube, ich hatte den als Patienten.«

»Valentin Gjertsen?«

Smith nickte. »Ich bin mir, wie gesagt, nicht sicher, das ist bestimmt zwei Jahre her, und es waren auch nur ein paar wenige Therapiesitzungen in der Praxis, die ich damals in der Stadt gemietet hatte. Die Ähnlichkeit ist gar nicht mal so groß, aber ich musste spontan an ihn denken, als Sie das mit den plastischen Operationen gesagt haben. Ich erinnere mich nämlich, dass dieser Patient eine frische Narbe unter dem Kinn hatte.«

»War er Vampirist?«

»Das weiß ich nicht. Er hat nichts davon gesagt, sonst hätte ich seinen Fall natürlich für meine Forschung aufgenommen.«

»Vielleicht ist er aus Neugier zu Ihnen gekommen. Vielleicht wusste er, dass Sie im Bereich der ... – wie hieß das noch mal? – forschen?«

»Paraphilie. Durchaus möglich. Ich bin mir, wie gesagt, ziemlich sicher, dass wir es mit einem intelligenten Vampiristen zu tun haben, der sich seines eigenen Leidens durchaus bewusst ist. Aber egal, umso bitterer ist es, dass mein Patientenarchiv gestohlen worden ist.«

»Sie erinnern sich nicht daran, wie dieser Patient sich genannt hat? Oder wo er gewohnt oder gearbeitet hat?«

Smith seufzte schwer. »Ich fürchte, mein Gedächtnis ist nicht mehr so, wie es mal war.«

Katrine nickte. »Dann hoffen wir mal, dass er auch noch bei anderen Psychologen war und dass sich einer von denen an ihn erinnert und nicht zu katholisch ist, was die Schweigepflicht angeht.«

»Ein *bisschen* Katholizismus ist nicht zu verachten.«

Katrine zog die Augenbrauen hoch. »Wie meinen Sie das denn?«

Smith kniff resigniert die Augen zusammen und schien einen Fluch hinunterzuwürgen. »Ach, nichts.«

»Jetzt kommen Sie schon, Smith!«

Der Psychologe breitete erklärend die Arme aus. »Ich habe bloß zwei und zwei zusammengezählt, Bratt. Ihre Reaktion, als der Moderator gefragt hat, ob Sie auch ein bisschen verrückt sind, kombiniert mit Ihrer Aussage über den Regen in Sandviken. Wir kommunizieren oft unbewusst, und was Sie gesagt haben, hieß doch wohl, dass Sie mal als Patientin in Sandviken waren. Und für Sie als leitende Ermittlerin ist es sicher gut, wenn sich jemand an die Schweigepflicht hält, zum Schutz derjenigen, die Hilfe gesucht haben, um nicht ein Leben lang von Dämonen heimgesucht zu werden.«

Katrine Bratt spürte, dass ihr der Mund offen stand. Vergeblich versuchte sie, ein Wort herauszubringen.

»Sie müssen nicht auf meine idiotischen Schlussfolgerungen reagieren«, sagte Smith. »Ich unterliege, auch was Sie angeht, der Schweigepflicht, nur dass das gesagt ist. Gute Nacht, Bratt.«

Katrine blieb stehen und sah Hallstein Smith hinterher, der x-beinig wie ein Eiffelturm über den Flur stapfte, bis ihr Handy klingelte.

Es war Bellman.

Er war nackt, in ein Badetuch gehüllt, und der undurchdringliche, glühend heiße Nebel brannte überall dort auf seiner Haut, wo sie aufgescheuert war. Blut tropfte auf die Holzbank unter ihm. Er schloss die Augen, spürte die Tränen kommen und stellte sich vor, wie er es machen würde. Diese verfluchten Regeln begrenzten den Genuss, begrenzten den Schmerz und bewirkten, dass er sich nicht so ausdrücken konnte, wie er es wollte. Aber es würden andere Zeiten kommen. Der Polizist hatte seine Nachricht erhalten. Er war jetzt auf der Jagd nach ihm und versuchte, Witterung aufzunehmen, aber ohne Aussicht auf Erfolg, denn er war sauber.

Er zuckte zusammen, ein Räuspern im Nebel verriet ihm, dass er nicht mehr allein war.

»Kapatiyoruz.«

»Yes«, antwortete Valentin Gjertsen mit belegter Stimme und schluckte die Tränen hinunter. Sie schlossen.

Vorsichtig berührte er sein Geschlecht. Er wusste ganz genau, wo sie war und wie er mit ihr spielen wollte. Er war bereit. Valentin sog die feuchte Luft in seine Lungen. Und dabei hielt Harry Hole sich für den Jäger.

Valentin Gjertsen stand mit einem Ruck auf und ging zur Tür.

KAPITEL 16

Sonntagnacht

Aurora stand vom Bett auf und schlich sich auf den Flur. Sie lief am Schlafzimmer von Mama und Papa und an der Treppe vorbei, die nach unten ins Wohnzimmer führte. Wieder konnte sie es nicht lassen, der dunklen, raunenden Stille dort unten zu lauschen, ehe sie ins Bad schlüpfte und das Licht einschaltete. Sie schloss die Tür, zog sich den Slip herunter und setzte sich auf die Toilette. Wartete, doch es geschah nichts. Sie hatte so dringend Wasser lassen müssen, dass sie nicht schlafen konnte, aber warum kam dann jetzt nichts? Hatte sie sich nur eingeredet, aufs Klo zu müssen, um einen Grund dafür zu haben, wach zu sein? Und hier im sicheren Licht zu sein? Sie hatte die Tür abgeschlossen. Als sie noch klein war, hatten ihre Eltern immer gesagt, dass sie das nicht tun sollte, außer sie hatten Gäste. Damit sie ihr helfen konnten, sollte irgendetwas sein.

Aurora schloss die Augen. Lauschte. Waren Gäste im Haus? Sie war von einem Geräusch aufgewacht, das wusste sie jetzt wieder. Dem Knirschen von Schuhen. Stiefeln. Langen, spitzen Stiefeln, deren Leder knirschte, als er sich näherte, bis er stehen blieb. Vor der Badezimmertür wartete. Auf sie. Aurora hatte das Gefühl, dass sie keine Luft bekam, ihr Blick ging automatisch nach unten zur Tür. Aber die Schwelle versperrte den Blick auf einen möglichen Schatten. Außerdem war es da draußen ja auch stockfinster. Bei ihrer ersten Begegnung hatte sie im Garten auf der Schaukel gesessen. Er hatte sie um ein Glas Wasser gebeten und wäre beinahe mit ins Haus gegangen, war dann aber verschwunden, als er das Auto von Mama und Papa kommen hörte. Das zweite Mal war auf dem Mädchenklo der Sporthalle bei einem Handballturnier gewesen.

Aurora lauschte. Sie wusste, dass er da war. Im Dunkeln auf der anderen Seite der Tür. Er hatte ja gesagt, dass er zurückkommen würde. Wenn sie etwas sagte. Weshalb sie nichts mehr sagte. Das war sicherer so. Sie wusste jetzt auch, warum sie nicht pinkeln konnte. Dann wüsste er ja, wo sie ist.

Sie schloss die Augen und konzentrierte sich ganz auf die Geräusche. Aber da war nichts. Sie atmete auf. Er war weg.

Aurora zog den Slip wieder hoch, schloss die Tür auf und schlüpfte nach draußen. Sie lief an der Treppe vorbei bis zum Schlafzimmer ihrer Eltern. Öffnete vorsichtig die Tür und warf einen Blick hinein. Ein Streifen Mondlicht fiel durch den Spalt zwischen den Vorhängen auf Papas Gesicht. Sie konnte nicht sehen, ob er atmete. Sein Gesicht war so weiß wie das ihrer Großmutter im Sarg. Aurora schlich sich näher ans Bett heran. Mamas Atem klang wie der blaue Blasebalg, mit dem Aurora immer die Luftmatratze in der Hütte aufblies. Sie ging bis an den Bettrand und hielt ihr Ohr so dicht, wie sie sich traute, vor den Mund ihres Vaters. Ihr Herz machte einen Freudensprung, als sie seinen warmen Atem auf der Haut spürte.

Als sie wieder im Bett lag, kam es ihr so vor, als wäre das alles nicht passiert. Als wäre es nur ein Alptraum gewesen, der vorbei war, wenn sie die Augen schloss und weiterschlief.

Rakel öffnete die Augen.

Sie hatte einen Alptraum gehabt. Aber nicht davon war sie aufgewacht. Jemand war unten zur Tür hereingekommen. Sie warf einen Blick neben sich. Harry war nicht da. Dann war er es wohl. Sie hörte seine Schritte auf der Treppe und lauschte automatisch auf das Vertraute, aber die Schritte klangen irgendwie anders. Es war auch nicht Oleg, sollte der mal wieder nach Hause gekommen sein.

Sie starrte auf die geschlossene Schlafzimmertür.

Die Schritte näherten sich.

Die Tür ging auf.

Eine große, dunkle Silhouette stand in der Türöffnung.

Mit einem Mal erinnerte Rakel sich, was sie geträumt hatte. Es war Vollmond gewesen, und er hatte sich selbst an das Bett gekettet, unter sich die zerfetzten Laken. Sich vor Schmerzen windend, hatte er an seinen Fesseln gezerrt, in den Nachthimmel geheult und schließlich sich selbst die Haut vom Leib gerissen. Darunter war sein anderes Ich zum Vorschein gekommen. Ein Werwolf mit Klauen und Reißzähnen, einem eisblauen, wahnsinnigen Blick, aus dem die Lust zu morden sprach.

»Harry?«, flüsterte sie.

»Habe ich dich geweckt?« Seine tiefe, ruhige Stimme klang wie immer.

»Ich habe von dir geträumt.«

Ohne das Licht anzumachen, trat er in das Zimmer, öffnete den Gürtel und zog sich das T-Shirt über den Kopf. »Von mir? Vergeudete Traumzeit, ich gehöre dir ja schon.«

»Wo bist du gewesen?«

»In einer Kneipe.«

Der ungewohnte Rhythmus seiner Schritte. »Hast du getrunken?«

Er schob sich neben sie ins Bett. »Ja, ich habe getrunken, und du bist früh ins Bett gegangen.«

Sie hielt die Luft an. »Was hast du getrunken, Harry? Und wie viel?«

»Zwei Tassen. Türkischen Kaffee.«

»Harry!« Sie schlug ihn mit dem Kissen.

»Tut mir leid!«, sagte er lachend. »Wusstest du, dass türkischer Kaffee nicht kochen darf? Und dass Istanbul drei große Fußballclubs hat, die sich seit hundert Jahren spinnefeind sind? Warum, haben sie vergessen. Außer dass es natürlich menschlich ist, jemanden zu hassen, der einen hasst.«

Sie drückte sich an ihn und legte den Arm um seine Brust. »All das ist ganz neu für mich, Harry.«

»Ich weiß ja, dass du es schätzt, wenn man dir immer wieder ein neues Stückchen Welt erklärt.«

»Ich weiß nicht, wie ich ohne dich klarkommen würde.«

»Du hast nicht gesagt, warum du so früh ins Bett gegangen bist.«

»Du hast nicht gefragt, du hast das bloß festgestellt.«

»Dann frage ich jetzt.«

»Ich war müde. Außerdem habe ich morgen vor der Arbeit noch einen Termin in Ullevål.«

»Davon hast du mir nichts gesagt.«

»Nein, den Termin habe ich auch erst heute bekommen. Doktor Steffens selbst hat angerufen.«

»Sicher, dass das ein Termin ist und nicht bloß ein Vorwand?«

Rakel lachte leise, drehte ihm den Rücken zu und schob sich dicht an ihn. »Sicher, dass du nicht den Eifersüchtigen spielst, nur um mir eine Freude zu machen?«

Er biss ihr vorsichtig in den Nacken. Rakel schloss die Augen und hoffte, dass die Kopfschmerzen der Lust Platz machen würden, der süßen, alle Schmerzen betäubenden Lust. Aber dem war nicht so. Und vielleicht spürte Harry das, auf jeden Fall blieb er ganz still liegen und hielt sie nur in seinen Armen. Sein Atem ging tief und gleichmäßig, trotzdem wusste sie, dass er nicht schlief. Er war ganz woanders. Er war bei seiner Geliebten.

Mona Daa war auf dem Laufband. Aufgrund ihres Hüftschadens startete sie das Lauftraining immer erst, wenn sie sich sicher war, allein zu sein. Dabei liebte sie es, nach dem harten Training noch ein paar Kilometer zu joggen und zu spüren, wie die Milchsäure sich in der Muskulatur abbaute, während sie über den im Dunkeln liegenden Frognerpark schaute. The Rubinoos, eine 70er-Jahre-Power-Pop-Band, die ein Lied zu ihrem früheren Lieblingsfilm *Die Rache der Eierköpfe* beigesteuert hatte, säuselte ihr bittersüß durch die Kopfhörer ins Ohr, bis ein Anruf hereinkam.

Sie spürte, dass sie unbewusst darauf gewartet hatte.

Dabei *wünschte* sie sich nicht, dass er wieder zuschlug. Sie wünschte sich gar nichts. Sie vermittelte nur, was passierte, redete sie sich immer wieder ein.

Auf dem Display stand »Unbekannt«. Dann kam der Anruf nicht aus der Redaktion. Sie zögerte, bei solch großen Mordfällen kamen die verrücktesten Leute auf sie zu, schließlich siegte aber doch die Neugier, und sie nahm das Gespräch an.

»Guten Abend, Mona.« Eine Männerstimme. »Ich glaube, wir sind allein.«

Mona sah sich automatisch um. Die junge Frau an der Rezeption konzentrierte sich voll und ganz auf ihr Handy. »Wie meinen Sie das?«

»Du hast das ganze Studio für dich, und ich habe den ganzen Frognerpark. Eigentlich fühlt sich das doch so an, als hätten wir ganz Oslo für uns, nicht wahr? Du mit deinen ungewöhnlich gut informierten Artikeln und ich als Hauptperson deiner Artikel.«

Mona sah auf die Uhr an ihrem Handgelenk. Ihr Puls hatte sich beschleunigt, aber nur ein bisschen. All ihre Freunde wussten, dass sie abends hier trainierte und dabei auf den Park blicken konnte. Es war nicht das erste Mal, dass jemand sie zu verarschen versuchte, und es würde sicher auch nicht das letzte Mal sein.

»Ich weiß weder, wer Sie sind, noch, was Sie wollen. Sie haben zehn Sekunden, dann lege ich auf.«

»Ich bin nicht ganz mit der Berichterstattung zufrieden, ein paar Details meiner Werke scheinen euch vollkommen egal zu sein. Ich biete dir ein Treffen an, um dir zu erzählen, was ich euch zeigen will. Und was in nächster Zukunft passieren wird.«

Ihr Puls beschleunigte sich stärker.

»Ich muss sagen, dass das verlockend klingt. Abgesehen davon, dass Sie sicher keine Lust haben, festgenommen zu werden, und ich nicht gebissen werden möchte.«

»Unten im Containerhafen Sjursøya steht ein alter, verlassener Käfig aus dem Zoo in Kristiansand. An der Tür ist kein Schloss, du könntest also ein Vorhängeschloss mitnehmen und dich einschließen, ich rede dann von außen mit dir. So kann ich dich kontrollieren, und du bist in Sicherheit. Du kannst eine Waffe mitbringen, wenn du das willst.«

»Am besten wohl eine Harpune?«

»Harpune?«

»Ja, wenn wir schon Taucher und weißer Hai spielen.«

»Du machst dich über mich lustig.«

»Würden Sie sich an meiner Stelle ernst nehmen?«

»Wenn ich du wäre, würde ich – bevor ich mich endgültig entscheide – um Details zu den Morden bitten, die nur der Täter kennen kann.«

»Dann reden Sie schon.«

»Ich habe den Smoothie-Mixer von Ewa Dolmen genutzt, um mir einen Cocktail zu mischen. Eine Bloody Ewa, wenn du so willst. Überprüf das mit deiner Polizeiquelle, ich habe anschließend nämlich nicht gespült.«

Mona dachte nach. Das Ganze war komplett verrückt. Andererseits konnte das der Coup des Jahrhunderts werden und für alle Zeit ihre journalistische Arbeit prägen.

»Okay, ich kontaktiere meine Quelle, kann ich Sie in fünf Minuten anrufen?«

Leises Lachen. »Mit billigen Tricks baut man kein Vertrauen auf, Mona. Ich rufe dich in fünf Minuten an.«

»In Ordnung.«

Es dauerte, bis Truls Berntsen das Gespräch annahm. Er hörte sich verschlafen an.

»Ich dachte, Sie würden alle arbeiten?«, fragte Mona.

»Irgendwer muss auch freihaben.«

»Ich habe nur eine Frage.«

»Es gibt Mengenrabatt, sollten es doch mehr werden.«

Als Mona auflegte, wusste sie, dass sie eine Goldgrube gefunden hatte. Oder besser, dass die Goldgrube sie gefunden hatte.

Und als der nächste Anruf von der unbekannten Nummer kam, hatte sie zwei Fragen. Wann und wo?

»Havnegata 3. Morgen Abend um acht. Und Mona?«

»Ja?«

»Sag keiner Menschenseele etwas davon, bevor das nicht vorbei ist. Vergiss nicht, dass ich dich die ganze Zeit im Blick habe.«

»Gibt es irgendeinen Grund, warum wir das nicht per Telefon machen können?«

»Ja, ich will dich dabei sehen. Und du willst mich sehen. Schlaf gut. Wenn du mit deinem Laufrad fertig bist.«

Harry lag auf dem Rücken und starrte an die Decke. Er konnte das natürlich auf die beiden Tassen überaus starken Kaffees schieben, die er bei Mehmet bekommen hatte, andererseits wusste er, dass es nicht daran lag. Er war einfach wieder an dem Punkt, an dem es unmöglich war, das Hirn abzuschalten, bis alles vorbei war. Es arbeitete ohne Unterlass, in alle Richtungen, bis der Täter gefasst war, ja manchmal noch darüber hinaus. Drei Jahre. Drei Jahre ohne ein noch so kleines Lebenszeichen. Oder eine Todesnachricht. Und mit einem Mal war Valentin Gjertsen wieder da und hatte sich gezeigt. Nicht nur von ferne mit seinem Teufelsschwanz winkend, nein, er war mit voller Absicht ins Rampenlicht getreten, wie ein von sich selbst begeisterter Schauspieler, Schriftsteller und Regisseur in einem. Hole zweifelte nicht eine Sekunde daran, dass es eine Regie *gab*. Das war nicht das Werk eines verwirrten Psychopathen. Sie hatten es nicht mit jemandem zu tun, der ihnen beiläufig, durch einen Zufall ins Netz gehen würde. Sie mussten auf seinen nächsten Zug warten und zu Gott beten, dass er einen Fehler machte. Und währenddessen nach der kleinsten Nachlässigkeit suchen, die ihm vielleicht bereits unterlaufen war. Denn jeder machte Fehler. Fast jeder.

Harry lauschte auf Rakels gleichmäßigen Atem, dann schlüpfte er unter der Decke hervor und schlich sich ins Wohnzimmer.

Es klingelte nur zweimal, dann wurde der Hörer abgenommen.

»Ich dachte, du schläfst«, sagte Harry.

»Und du rufst trotzdem an?«, fragte Ståle Aune mit schlaftrunkener Stimme.

»Du musst mir helfen, Valentin Gjertsen zu finden.«

»Mir helfen? Oder uns helfen?«

»Mir. Uns. Der Stadt. Der Menschheit, scheißegal. Er muss gestoppt werden.«

»Ich habe dir gesagt, dass meine Schicht um ist, Harry.«

»Er ist wach und irgendwo dort draußen, Ståle. Während wir hier liegen und schlafen.«

»Und das mit schlechtem Gewissen. Aber wir schlafen, Harry. Weil wir müde sind. Ich bin müde, Harry. Zu müde.«

»Ich brauche jemanden, der ihn versteht und seinen nächsten Zug vorhersehen kann, Ståle. Der vorausahnt, wo er einen Fehler machen wird. Der seinen schwachen Punkt findet.«

»Ich kann nicht ...«

»Hallstein Smith?«, fragte Harry. »Was hältst du von ihm?«

Es entstand eine Pause.

»Du hast gar nicht angerufen, um mich zu überzeugen«, sagte Ståle, und Harry hörte, dass er ein bisschen gekränkt war.

»Das ist mein Plan B«, sagte Harry. »Hallstein Smith war der Erste, der gesagt hat, dass wir es hier mit einem Vampiristen zu tun haben, der wieder zuschlagen wird. Er hat recht behalten. Valentin hat sich an die Methode gehalten, mit der er Erfolg hatte. Tinder-Dates. Und er hat auch vorhergesagt, dass Valentin das Risiko eingehen wird, Spuren zu hinterlassen. Dass es ihm egal ist, ob er entdeckt wird. Außerdem hat er schon früh den

Hinweis gegeben, dass die Polizei nach Sexualstraftätern Ausschau halten soll. Smith hat bis jetzt ziemlich oft ins Schwarze getroffen. Dass er gegen den Strom schwimmt, ist gut, damit würde er zu meiner kleinen Guerillatruppe passen. Entscheidend aber wäre, dass du ihn für einen guten Psychologen hältst.«

»Das ist er. Doch, Hallstein Smith kann eine gute Wahl sein.«

»Über eine Sache mache ich mir aber Gedanken. Dieser Spitzname, den man ihm gegeben hat ...«

»Affe?«

»Du hast gesagt, dass seine Kollegen ihn nicht wirklich ernst nehmen?«

»Mein Gott, Harry. Das ist mehr als ein halbes Leben her.«

»Erzähl.«

Ståle schien nachzudenken. Dann lachte er leise. »Ich glaube, dass sogar ich an diesem Spitznamen schuld bin. Während des Studiums hier in Oslo haben wir bemerkt, dass in unserem kleinen Safe in der Psychologiebar Geld fehlte. Unser Hauptverdächtiger war Hallstein, weil er es sich plötzlich doch leisten konnte, mit auf die Studienfahrt nach Wien zu kommen, bei der er sich wegen klammer Finanzen bereits abgemeldet hatte. Das Problem war nur, dass wir nicht beweisen konnten, dass Hallstein sich die Zahlenkombination beschafft hatte, denn nur so konnte er an das Geld gekommen sein. Deshalb habe ich eine Affenfalle gebaut.«

»Eine was?«

»Papa!« Harry hörte am anderen Ende der Leitung eine schrille Mädchenstimme. »Ist alles in Ordnung?«

Harry hörte, wie sich Ståles Hand auf das Telefon legte. »Ich wollte dich nicht wecken, Aurora. Ich spreche mit Harry.«

Dann hörte Harry die Stimme von Ståles Frau Ingrid: »Du siehst ja ganz panisch aus, mein Mädchen. Was ist denn los? Hast du einen Alptraum gehabt? Komm, ich bring dich ins Bett und deck dich zu. Oder sollen wir uns einen Tee kochen?« Schließlich waren Schritte zu hören.

»Wo waren wir?«, fragte Ståle Aune.

»Affenfalle«, erwiderte Harry.

»Genau. Hast du mal Robert Pirsigs *Zen und die Kunst ein Motorrad zu warten* gelesen?«

»Ich weiß nur, dass es darin ziemlich wenig um Motorräder geht.«

»Stimmt. In erster Linie ist das ein Buch über Philosophie, aber es geht eben auch um Psychologie und den Kampf zwischen Intellekt und Gefühlen. Wie bei einer Affenfalle. Du machst ein Loch in eine Kokosnuss, das gerade groß genug ist, damit der Affe seine Hand hineinstecken kann. Dann füllst du die Kokosnuss mit Essen, bindest sie an einen Pfahl und versteckst dich. Der Affe riecht das Futter, kommt, steckt die Hand in das Loch und kriegt das Futter zu fassen. In diesem Moment kommst du dann aus deinem Versteck raus. Der Affe will schnell weg, bemerkt dann aber, dass er die Hand nicht aus dem Loch ziehen kann, ohne das Futter loszulassen. Das Interessante ist, dass Affen eigentlich klug genug sind, um zu wissen, dass sie das Futter auch nicht kriegen, wenn sie gefangen werden, dass sie es aber trotzdem festhalten. Der Instinkt, der Hunger, die Begierde sind größer als die Vernunft. Und so wird der Affe gefangen, jedes Mal. Gemeinsam mit dem Chef unserer Bar arrangierte ich ein großes Psychologie-Quiz, zu dem wir das ganze Semester einluden. Die Bude war voll, und alle waren hochmotiviert und gespannt. Nachdem ich dann gemeinsam mit dem Barchef die Antworten durchgegangen war, gab ich bekannt, dass es an der Spitze ein Kopf-an-Kopf-Rennen zwischen Smith und einem Olavsen geben würde und dass wir mittels eines Tests ermitteln wollten, wer der zweitklügste Kopf des Studiums war. Die Idee war, die beiden angehenden Psychologen als lebendige Lügendetektoren zu testen. Ich stellte eine junge Frau als Angestellte der Bar vor und bat sie, auf einem Stuhl Platz zu nehmen. Die Aufgabe der Kandidaten bestand nun darin, möglichst viel über die Zahlenkombination des Safes herauszubekommen. Smith und Olavsen saßen direkt vor ihr, während sie nach der ersten Ziffer des Codes gefragt wurde. Ich nannte willkürlich alle Ziffern, von Null bis Neun. Dann ging es an die zweite Stelle des Codes und so weiter. Die junge Frau hatte die Aufgabe, immer wieder mit ›Nein, das ist nicht die korrekte Ziffer‹ zu antworten, während Smith und Olavsen ihre Körpersprache studierten, die Größe ihrer Pupillen, ihren Puls, die Frequenz ihrer Stimme, Schweißbildung, unfreiwillige Augenbewegungen, ja all das, was ein ambitionierter Psychologe auf jeden Fall richtig deuten will. Der Gewinner sollte derjenige sein, der die meisten Ziffern richtig gedeutet hatte. Beide saßen da und machten sich Notizen, waren hochkonzentriert, während ich die vierzig Fragen stellte. Immerhin ging es ja um den Titel des zweitbesten Psychologen der Universität.«

»Weil alle sich einig waren, dass der beste ...«

»... nicht teilnehmen konnte, weil er das Quiz arrangiert hatte, ja. Als ich fertig war, gaben die beiden mir die Zettel mit ihren Vorschlägen. Dabei zeigte es sich, dass Smith alle vier Ziffern richtig hatte. Großer Jubel im Saal! Höchst beeindruckend. Verdächtig beeindruckend, könnte man sagen. Hallstein hat natürlich eine höhere Intelligenz als ein Affe, ja, ich will nicht ausschließen, dass er sogar erkannt hatte, worum es eigentlich ging. Trotzdem konnte er diesen Sieg nicht auslassen. Er schaffte es nicht! Vielleicht weil Hallstein Smith zu diesem Zeitpunkt ein verdammt unauffälliger, abgebrannter, pickeliger junger Mann war, der bei den Damen keinen Schlag hatte – und vermutlich auch sonst nicht. Mit anderen Worten jemand, der einen solchen Sieg verzweifelter brauchte als die meisten anderen. Er war sich mit Sicherheit bewusst, dass er sich verdächtig machte, das Geld aus dem Safe genommen zu haben, andererseits konnte dieser Verdacht aber nicht *bewiesen* werden, schließlich gab es ja die Möglichkeit, dass er tatsächlich der phantastische Menschenkenner und Analyst der vielfältigen Signale des Körpers war. Nur ...«

»Hm.«

»Was?«

»Nichts.«

»Doch, red schon.«

»Das Mädchen auf dem Stuhl. Die kannte die Zahlenkombination doch gar nicht.«

Ståle amüsierte sich. »Sie arbeitete nicht mal in der Bar.«

»Woher wusstest du, dass Smith in diese Affenfalle tappen würde?«

»Weil ich eben dieser phantastische Menschenkenner bin und so weiter. Die Frage ist, was du jetzt denkst, schließlich weißt du jetzt, dass dein Kandidat eine Vergangenheit als Dieb hat.«

»Von wie viel reden wir?«

»Wenn ich das richtig im Kopf habe, waren es zweitausend Kronen.«

»Das ist nicht viel. Außerdem hast du gesagt, dass Geld im Safe fehlte. Er hatte also nicht alles genommen, richtig?«

»Damals dachten wir, er habe das so gemacht, weil er hoffte, dass es dann nicht auffiel.«

»Und später dachtest du dann, dass er genau die Summe genommen hatte, die ihm fehlte, um doch an eurer Studienfahrt teilnehmen zu können.«

»Er wurde freundlich gebeten, seinen Studienplatz freizugeben, im Gegenzug haben wir die Polizei nicht informiert. Er hat dann einen Studienplatz in Litauen bekommen.«

»Er ist also ins Exil gegangen. Nur dass er nach deinem Coup den Spitznamen Affe hatte.«

»Später ist er zurückgekommen. Hat hier in Norwegen noch ein paar Kurse absolviert und bekam sein Diplom als Psychologe anerkannt. Er hat es geschafft.«

»Du weißt, dass du dich so anhörst, als hättest du ein schlechtes Gewissen?«

»Und du hörst dich so an, als wolltest du einen Dieb einstellen.«

»Gegen Diebe mit akzeptablen Motiven habe ich eigentlich noch nie was gehabt.«

»Ha!«, platzte Ståle heraus. »Du magst ihn jetzt noch mehr. Du verstehst das mit der Affenfalle, du kannst selber ja auch nie loslassen, Harry, verlierst das Große, weil du es nicht schaffst, das Kleine aufzugeben. Du musst diesen Valentin Gjertsen einfach fassen, auch wenn du ganz genau weißt, dass dich das alles kosten kann, was dir lieb und teuer ist.«

»Keine schlechte Parallele, aber du irrst dich.«

»Tue ich das?«

»Ja.«

»Sollte das so sein, freut mich das. Aber ich muss jetzt erst mal schauen, wie es meinen beiden Frauen geht.«

»Natürlich. Sollte Smith zu unserem Team stoßen, könntest du ihm dann eine kleine Einführung geben, was von einem Psychologen erwartet wird?«

»Natürlich, das ist ja wohl das Mindeste, was ich tun kann.«

»Für das Dezernat? Oder weil du für den ›Affen‹ verantwortlich bist?«

»Gute Nacht, Harry.«

Harry ging nach oben und legte sich wieder ins Bett. Ohne sie zu berühren, schob er sich so dicht an sie heran, dass er die Wärme ihres schlafenden Körpers spüren konnte. Er schloss die Augen.

Zen und die Kunst ein Motorrad zu warten.

Nach einer Weile glitt er weg. Aus dem Bett, durch die Fenster, durch die Nacht, hinunter zu der glitzernden Stadt, deren Lichter nie erloschen. Hinein in die Straßen, die verborgenen Winkel, die Ecken mit den Mülltonnen, in die das Licht der Stadt nie vordrang. Und dort stand er. Sein Hemd war offen, und von seiner nackten Brust schrie ihm ein Gesicht entgegen, das die Haut über sich aufzureißen versuchte, um sich endlich zu befreien.

Es war ein Gesicht, das er kannte.

Gejagt und jagend, ängstlich und gierig, gehasst und voller Hass.

Harry riss die Augen auf.

Er hatte sein eigenes Gesicht gesehen.

KAPITEL 17

Montagmorgen

Katrine ließ den Blick über die blassen Gesichter der Ermittlergruppe schweifen. Einige ihrer Kollegen hatten die ganze Nacht durchgearbeitet, aber auch die anderen hatten nicht viel geschlafen. Sie waren die Liste von Valentin Gjertsens bekannten Kontaktpersonen durchgegangen. Vorwiegend Kriminelle, von denen einige einsaßen und andere, wie sich herausstellte, tot waren. Anschließend hatte Tord Gren sie über die Telefonlisten der drei Opfer informiert, die darüber Auskunft gaben, mit wem die Betreffenden in den Stunden und Tagen vor der Ermordung telefoniert hatten. Bis jetzt hatten sie keine übereinstimmenden Telefonnummern, verdächtigen Gespräche oder SMS gefunden. Nur bei Ewa Dolmen gab es etwas Auffälliges. Sie war zwei Tage vor ihrem Tod von einer unbekannten Nummer angerufen worden, hatte den Anruf aber nicht angenommen. Der Anruf war von einem Prepaid-Telefon gekommen, das sich nicht mehr orten ließ. Vermutlich ausgeschaltet oder zerstört, oder das Guthaben war komplett aufgebraucht.

Anders Wyller hatte das vorläufige Resultat der 3-D-Drucker-Verkäufe vorgelegt. Das Ergebnis war ernüchternd. Es waren einfach zu viele solcher Drucker verkauft worden. Überdies war der Anteil der nicht registrierten Käufer so hoch, dass es keinen Sinn machte, dieser Spur zu folgen.

Katrine hatte zu Harry geblickt, der über das Ergebnis nur den Kopf schüttelte, ihre Schlussfolgerung aber teilte.

Bjørn Holm hatte erklärt, dass die Kriminaltechnik sich jetzt, da sie durch die physischen Spuren vom Tatort einen konkret Tatverdächtigen hätten, darauf konzentrieren würde, Valentin Gjertsen auch mit den anderen Tatorten und Opfern in Verbindung zu bringen.

Katrine wollte gerade die Aufgaben des Tages verteilen, als Magnus Skarre die Hand hob und zu reden begann, bevor sie ihm das Wort erteilt hatte.

»Warum ist öffentlich gemacht worden, dass Valentin Gjertsen unser Tatverdächtiger ist?«

»Warum?«, wiederholte Katrine. »Natürlich um an Informationen zu seinem Aufenthaltsort zu kommen.«

»Ja, und davon werden wir jetzt Hunderte, wenn nicht Tausende bekommen, alle basierend auf der Bleistiftskizze eines Gesichts, das auch zu zwei Onkeln von mir passen könnte. Und wir müssen jedem dieser Hinweise nachgehen, denn nicht auszudenken, was passieren würde, sollte sich später herausstellen, dass bereits ein Hinweis über seinen Aufenthaltsort vorlag, als er Opfer vier und fünf totgebissen hat. Dann rollen hier ein paar Köpfe.«

Skarre sah sich nach Unterstützung um. Oder hatte er die bereits und sprach auch im Namen einiger anderer, fragte sich Katrine. »Das ist immer ein Dilemma, Skarre. Aber so haben wir uns entschieden.« Skarre nickte einer der Analystinnen zu, die den Staffelstab übernahm.

»Skarre hat recht, Katrine. Wir könnten wirklich mehr Ruhe zum Arbeiten brauchen. Wir haben die Bevölkerung schon früher um Hinweise zu Valentin Gjertsen gebeten, ohne dass uns das irgendwas gebracht hätte. Das hat uns damals nur von anderen Sachen abgelenkt, die *möglicherweise* zum Ziel hätten führen können.«

»Und noch etwas«, sagte Skarre. »Jetzt weiß er, dass wir Bescheid wissen. Außerdem haben wir ihn so vielleicht vertrieben. Er muss ja auch schon in den letzten drei Jahren ein Schlupfloch gehabt haben, in das er sich jetzt vielleicht wieder verkriecht.« Skarre verschränkte triumphierend die Arme vor der Brust.

»Wer riskiert hier was?«, fragte jemand und ließ ein schnaubendes Lachen folgen. Die Stimme kam aus dem hinteren Teil des Raumes. »Wenn hier jemand was riskiert, dann doch wohl all die Frauen, die als Lockvögel fungieren, wenn wir nicht mit unserem Wissen an die Öffentlichkeit gehen. Und wenn wir diesen Arsch nicht kriegen, ist es meiner Meinung nach okay, wenn wir ihn wenigstens wieder in sein Loch zurücktreiben.«

Skarre schüttelte lächelnd den Kopf. »Berntsen, wenn Sie ein bisschen länger hier im Dezernat sind, werden Sie schon lernen, dass Leute wie Valentin Gjertsen niemals aufhören. Der schlägt allenfalls an einem anderen Ort zu. Sie haben gehört, was die ... Chefin ...«, er sprach das Wort übertrieben langsam aus, »gestern im Fernsehen gesagt hat. Vielleicht ist Valentin bereits im Ausland. Sollten Sie wirklich glauben, dass er mit Popcorn und Strickzeug zu Hause sitzt, wird Ihnen ein bisschen mehr *Erfahrung* sicher helfen, diesen Irrtum zu erkennen.«

Truls Berntsen starrte auf seine Handflächen und murmelte etwas, das nicht bis zu Katrine vordrang.

»Wir hören Sie nicht, Berntsen!«, rief Skarre, ohne sich zu ihm umzudrehen.

»Ich hab gesagt, dass die Bilder, die Sie gestern hier von der Jacobsen unter ihren Surfbrettern gesehen haben, nicht alles gezeigt haben«, sagte Truls Berntsen mit lauter, klarer Stimme. »Sie hat noch gelebt, als ich dort eintraf. Aber sie konnte nicht reden, weil er ihr mit einer Zange die Zunge aus dem Hals gerissen und woanders reingesteckt hat. Wissen Sie, was noch alles mitkommt, wenn Sie jemandem die Zunge ausreißen, statt sie abzuschneiden, Skarre? Wie dem auch sei, wenn ich das damals richtig verstanden habe, hat sie mich angefleht, sie zu erschießen. Und wenn ich meine Waffe dabeigehabt hätte, hätte ich vermutlich ernsthaft darüber nachgedacht. Die Frage hat sich dann aber von allein geklärt, weil sie kurz darauf gestorben ist. Das nur zum Thema Erfahrung.«

In der Stille, die folgte, dachte Katrine, dass sie diesen Berntsen eines Tages vielleicht sogar noch mögen würde. Ein Gedanke, der gleich darauf von Truls Berntsens Finale ad absurdum geführt wurde.

»Und soweit ich weiß, sind wir hier für Norwegen verantwortlich, Skarre. Wenn Valentin irgendwo anders anfängt, Nigger und Asis umzubringen, ist das nicht mehr unser Problem. Auf jeden Fall ist das besser, als wenn er sich hier an norwegischen Mädchen vergreift.«

»Wir machen jetzt Schluss«, sagte Katrine und sah in die Runde. Wenigstens schienen jetzt alle wieder wach zu sein. »Wir treffen uns heute um 16 Uhr hier zur Nachmittagsbesprechung. Die Pressekonferenz ist für 18 Uhr angesetzt. Ich werde in den nächsten Stunden versuchen, für Sie alle erreichbar zu sein, fassen Sie sich also kurz und bleiben Sie sachlich, wenn Sie mir Ihre Berichte durchgeben. Und nur damit das klar ist: Es eilt. Alles. Dass er gestern nicht zugeschlagen hat, bedeutet nicht, dass er nicht heute zuschlägt. Auch Gott hat am Sonntag eine Pause eingelegt.«

Der Besprechungsraum leerte sich schnell. Katrine packte ihre Papiere zusammen, klappte den Laptop zu und wollte gerade gehen.

»Ich will Wyller und Bjørn.« Es war Harry. Er saß noch immer auf seinem Stuhl, die Hände hinter dem Kopf verschränkt, die Beine weit ausgestreckt.

»Wyller ist okay, was Bjørn angeht, musst du die Neue von der Kriminaltechnik fragen. Irgendeine Lien.«

»Ich habe mit Bjørn gesprochen, und er hat gesagt, dass er mit ihr redet.«

»Das wird er wohl«, rutschte es Katrine heraus. »Hast du mit Wyller schon gesprochen?«

»Ja, er hat sich richtiggehend gefreut.«

»Und der Letzte?«

»Hallstein Smith.«

»Wirklich?«

»Warum nicht?«

Katrine zuckte mit den Schultern. »Ein exzentrischer Nussallergiker ohne Erfahrung in Polizeiarbeit?«

Harry lehnte sich im Stuhl zurück, fuhr mit der Hand in die Hosentasche und fischte ein zerknülltes Päckchen Camel heraus. »Wenn es da im Dschungel tatsächlich ein neues Tier namens Vampirist gibt, hätte ich halt gerne den an meiner Seite, der am meisten über dieses Tier weiß. Du meinst, das mit der Nussallergie spricht gegen ihn?«

Katrine seufzte. »Ich meine nur, dass ich all diese Allergiker langsam leid bin. Anders Wyller ist allergisch gegen Latex, der kann keine Handschuhe anziehen. Und bestimmt auch keine Kondome. Stell dir das mal vor.«

»Lieber nicht«, sagte Harry, warf einen Blick in das Päckchen und schob sich eine Zigarette zwischen die Lippen. Die abgebrochene Spitze hing traurig nach unten.

»Warum steckst du deine Zigaretten nicht wie andere Leute in die Jackentasche, Harry?«

Harry zuckte mit den Schultern. »Angebrochene Zigaretten schmecken besser. Gehe ich eigentlich recht in der Annahme, dass der Heizungsraum kein reguläres Büro ist? Dann gilt da auch kein Rauchverbot, oder?«

»Tut mir leid«, sagte Hallstein Smith am Telefon. »Aber danke, dass Sie gefragt haben.«

Er legte auf, steckte sich das Handy in die Tasche und sah zu seiner Frau May hinüber, die auf der anderen Seite des Tisches saß.

»Stimmt was nicht?«, fragte sie besorgt.

»Das war die Polizei. Sie haben gefragt, ob ich bereit wäre, in einer kleinen Gruppe mitzuarbeiten, die diesen Vampiristen finden soll.«

»Und?«

»Ich muss doch bald meine Doktorarbeit abgeben. Ich hab

keine Zeit. Und ich interessiere mich auch nicht für diese Art von Menschenjagd. Es reicht mir, hier zu Hause den Habicht zu spielen.«

»Und das hast du ihnen gesagt?«

»Ja, bis auf das mit dem Habicht.«

»Und was haben sie geantwortet?«

»Er. Ein Mann. Harry.« Hallstein Smith lachte. »Er hat gesagt, dass er mich versteht und dass Polizeiarbeit ohnehin eine langweilige, detailverliebte Arbeit sei. Gar nicht so wie im Fernsehen.«

»Na, dann«, sagte May und führte sich die Teetasse an die Lippen.

»Ja«, sagte Hallstein und machte das Gleiche.

Harrys und Anders Wyllers Schritte hallten an den Wänden wider und übertönten das leise Klatschen der Wassertropfen, die von der Tunneldecke fielen.

»Wo sind wir hier?«, fragte Wyller, der den Bildschirm und die Tastatur eines älteren Computers trug.

»Unter dem Park, irgendwo zwischen dem Präsidium und dem Gefängnis«, sagte Harry. »Im Volksmund heißt dieser Tunnel Kulverten.«

»Und hier unten gibt es geheime Büros?«

»Nicht geheim, nur leer.«

»Wer will denn hier unten, *unter der Erde*, ein Büro haben?«

»Keiner, deshalb ist es ja leer.« Harry blieb vor einer Stahltür stehen, steckte den Schlüssel ins Schloss und drehte ihn herum. Dann ruckte er an der Tür.

»Zweimal abgeschlossen?«, fragte Wyller.

»Nee, nur festgerostet«, Harry stemmte einen Fuß gegen die Wand und riss die Tür mit einem Ruck auf.

Der Geruch von feuchter Wärme und klammem Mauerwerk schlug ihnen entgegen. Harry sog ihn gierig ein. Zurück im Heizungsraum.

Er schaltete das Licht ein, und die Leuchtstoffröhren an der Decke begannen nach ein paar Sekunden Bedenkzeit tatsächlich blau zu blinken. Als das Flackern wieder aufhörte, sahen sie sich in dem beinahe quadratischen Raum mit dem graublauen Linoleumboden um. Es gab keine Fenster, nur kahle graue Betonwände.

Harry sah zu Wyller und fragte sich, ob der Anblick des Arbeitsraums die spontane Freude dämpfen würde, die der junge Kommissar gezeigt hatte, als Harry ihn gebeten hatte, in seiner kleinen Guerillagruppe mitzuarbeiten. Es sah nicht so aus.

»Rock 'n' roll«, sagte Anders Wyller und grinste.

»Wir sind die Ersten, du kannst dir also einen Platz aussuchen.« Harry nickte in Richtung der drei Schreibtische. Auf einem standen eine alte Kaffeemaschine mit schmutziger Glaskanne und vier weiße Becher, auf die Namen geschrieben worden waren.

Wyller hatte den PC gerade angeschlossen und Harry die Kaffeemaschine in Gang gesetzt, als die Tür mit einem Ruck aufging.

»Oh, ist doch wärmer hier, als ich es in Erinnerung hatte«, sagte Bjørn Holm mit einem Lachen. »Das hier ist dieser Hallstein.«

Ein Mann mit großer Brille, wirren Haaren und karierter Anzugjacke kam hinter Bjørn Holm zum Vorschein.

»Smith«, sagte Harry und streckte ihm die Hand entgegen, »Ich freue mich, dass Sie sich doch noch anders entschieden haben.«

Hallstein Smith nahm Harrys Hand. »Ich habe eine Schwäche für umgekehrte Psychologie«, sagte er. »Wenn das denn Ihre Taktik war. Ansonsten sind Sie der schlechteste Telefonverkäufer, der mich jemals angerufen hat. Auf jeden Fall war es das erste Mal, dass ich einen Telefonverkäufer zurückgerufen habe, um sein Angebot doch noch anzunehmen. Und übrigens, du kannst mich duzen.«

»Es macht keinen Sinn, jemanden zu bedrängen«, sagte Harry. »Wir brauchen hier Menschen, die die richtige Motivation für diese Arbeit haben. Magst du deinen Kaffee stark?«

»Nein, eigentlich nicht ... ich nehme den so, wie ihr den trinkt.«

»Gut. Sieht aus, als wäre das hier deine Tasse.« Harry reichte Smith einen der weißen Becher.

Smith rückte seine Brille zurecht und las den Namen, der mit Edding darauf geschrieben war. »Lew Wygotski?«

»Und diese hier ist für unseren Kriminaltechniker«, sagte Harry und gab Bjørn Holm einen der anderen Becher.

»Noch immer Hank Williams«, las Bjørn Holm zufrieden. »Soll das heißen, dass die Tasse seit drei Jahren nicht gespült worden ist?«

»Wasserfester Stift«, sagte Harry. »Und das ist deine, Wyller.«

»Popeye Doyle? Wer ist das denn?«

»Der beste Polizist aller Zeiten. Schlag's nach.«

Bjørn drehte den vierten Becher in den Fingern. »Harry? Warum steht auf deinem Becher nicht Valentin Gjertsen?«

»Vermutlich vergessen«, Harry nahm die Kanne aus der Kaffeemaschine und goss ihnen allen ein.

Bjørn drehte sich zu den beiden fragenden Gesichtern um. »Der Tradition folgend haben wir jeweils unsere Helden auf den Tassen, während auf Harrys der Name des Hauptverdächtigen steht. Yin und Yang.«

»Aber das macht doch nichts«, sagte Hallstein Smith. »Und nur dass das gesagt ist: Lew Wygotski ist nicht mein Lieblingspsychologe. Er war zwar ein Pionier, aber ...«

»Du hast die Tasse von Ståle Aune«, sagte Harry und schob den letzten Stuhl in die Mitte zu den drei anderen. Sie bildeten einen Kreis. »Wir haben also freie Hand, wir sind unsere eigenen Chefs und niemandem verpflichtet. Aber wir sorgen dafür, dass Katrine Bratt informiert ist und umgekehrt. Setzt euch. Fangen wir damit an, dass jeder von euch ganz ehrlich sagt, was er von diesem Fall hält. Ihr könnt euch auf Fakten, Erfahrungen oder rein auf euer Bauchgefühl beziehen, auf ein einzelnes idiotisches Detail oder einfach auf gar nichts. Nichts, was ihr hier sagt, wird später gegen euch verwendet, und es ist auch erlaubt, vollkommen danebenzuliegen. Wer macht den Anfang?«

Die vier setzten sich.

»Ich habe hier ja eigentlich gar nichts zu sagen«, begann Hallstein Smith, »aber ich finde, dass ... dass du anfangen solltest, Harry.« Smith hatte die Hände um seinen Becher gelegt, als fröre er, obwohl der Raum dicht neben den Heizkesseln lag, die das ganze Gefängnis mit Wärme versorgten. »Vielleicht sagst du uns, warum du nicht glaubst, dass es Valentin Gjertsen ist.«

Harry sah zu Smith. Nippte an seiner Tasse. Schluckte. »Okay, dann fange ich an. Ich glaube nicht, dass es nicht Valentin Gjertsen ist. Obwohl mir dieser Gedanke tatsächlich auch schon gekommen ist. Ein Mörder begeht zwei Morde, ohne auch nur eine Spur zu hinterlassen. Das erfordert Planung und einen kühlen Kopf. Und dann überfällt er plötzlich jemanden und verteilt wie nichts Spuren und Beweise? Das ist auffällig, als legte der Betreffende es darauf an, seine Identität preiszugeben. Und das weckt dann natürlich den Verdacht, dass uns da jemand manipulieren und auf eine falsche Fährte führen will. In dem Fall wäre Valentin Gjertsen wirklich der perfekte Sündenbock.« Harry sah zu den anderen und registrierte Anders Wyllers konzentrierten Blick und seine weit aufgerissenen Augen, Bjørn Holms fast geschlossene Lider und Hallstein Smiths freundliche Offenheit, als wäre er in Anbetracht der Situation automatisch in die Rolle des Psychologen geschlüpft. »Valentin Gjertsen ist aufgrund seiner Akte ein naheliegender Täter«, fuhr Harry fort. »Außerdem weiß der Mörder, dass wir ihn nicht so leicht finden, da wir schon lange ohne Ergebnis nach ihm fahnden. Vielleicht weiß der Mörder aber auch, dass Valentin Gjertsen tot und beerdigt ist. Weil er ihn selbst ermordet und irgendwo verscharrt hat. Weil ein in aller Stille begrabener Valentin den Verdacht gegen sich nicht mit irgendeinem Alibi oder Ähnlichem entkräften kann. Die Ermittlungen würden sich weiterhin auf ihn konzentrieren, und niemand würde an mögliche andere Täter denken.«

»Die Fingerabdrücke?«, warf Bjørn Holm ein. »Das Tattoo des Dämons? Die DNA an den Handschellen?«

»Tja.« Harry trank noch einen Schluck. »Die Fingerabdrücke könnte der Täter platziert haben, indem er einen Finger von Valentins Hand abgetrennt und mit nach Hovseter genommen hat. Das Tattoo kann falsch sein, vielleicht eine abwaschbare Zeichnung. Und die Haare an den Handschellen könnten auch von Valentins Leiche stammen. Vielleicht hat er uns die Handschellen mit voller Absicht dagelassen.«

Die Stille im Heizungsraum wurde nur durch ein letztes Röcheln der Kaffeemaschine unterbrochen.

»Verrückt«, lachte Anders Wyller.

»Das findet glatt einen Platz auf der Top-10-Liste der Verschwörungstheorien meiner paranoiden Patienten«, sagte Hallstein Smith. »Ähm ... und das meine ich als Kompliment.«

»Genau deshalb sind wir hier«, sagte Harry und beugte sich auf seinem Stuhl vor. »Wir sollen über Alternativen nachdenken, Möglichkeiten berücksichtigen, die an Katrines Ermittlergruppe komplett vorbeigegangen sind. Weil die bereits eine klare Vorstellung von dem hat, was passiert ist. Und je größer eine Gruppe ist, desto schwieriger ist es, sich von den gegenwärtigen Ideen und Schlussfolgerungen zu lösen. Das ist wie mit der Religion, man glaubt automatisch, dass sich so viele Menschen nicht irren können. Aber«, Harry hob den namenlosen Becher an, »das können sie. Und das tun sie. Immer wieder.«

»Amen«, sagte Smith. »Ähm, die Doppeldeutigkeit war nicht beabsichtigt.«

»Dann lasst uns zur zweiten falschen Theorie kommen«, sagte Harry. »Wyller?«

Anders Wyller starrte in seinen Becher. Holte tief Luft. »Smith, du hast im Fernsehen beschrieben, wie ein Vampirist sich phasenweise weiterentwickelt. Bei uns in Skandinavien werden junge Menschen kontinuierlich medizinisch untersucht, derart extreme Tendenzen würden da auffallen, bevor sie überhaupt die letzte Phase erreichen könnten. Der Vampirist ist kein Norweger, er stammt aus einem anderen Land. Das ist meine Theorie.« Er hob den Blick.

»Danke«, sagte Harry. »Ich kann ergänzen, dass es in der aktuell gültigen Statistik über Serienmörder nicht einen einzigen bluttrinkenden Skandinavier gibt.«

»Der Atlas-Mord in Stockholm 1932«, sagte Smith.

»Hm. Kenne ich nicht.«

»Vermutlich weil man den Vampiristen nie gefunden und auch keinen Zusammenhang mit Serienmorden hat herstellen können.«

»Interessant. Und das Opfer war eine Frau wie hier?«

»Lilly Lindström, zweiunddreißig Jahre alt, Prostituierte. Und ich fresse den Besen, den ich zu Hause stehen habe, wenn sie die Einzige war. Später hat man den Mord auch als Vampirmord bezeichnet.«

»Details?«

Smith blinzelte zweimal, dann kniff er die Augen leicht zusammen und begann zu erzählen, als erinnerte er sich Wort für Wort an den Sachverhalt: »Es war der 30. April, Walpurgisnacht, Sankt Eriksplan 11, eine Einzimmerwohnung. Lilly hatte in ihrer Wohnung einen Mann empfangen. Zuvor war sie bei einer Freundin im Erdgeschoss gewesen und hatte um ein Kondom gebeten. Als die Polizei sich Zutritt zu Lillys Wohnung verschaffte, lag sie tot auf einer Ottomane. Es gab weder Fingerabdrücke noch andere Spuren. Der Mörder hatte aufgeräumt und sogar Lillys Kleidung ordentlich zusammengelegt. Im Waschbecken in der Küche fand die Polizei eine mit Blut verschmierte Schöpfkelle.«

Bjørn wechselte einen Blick mit Harry, dann fuhr Smith fort: »Keiner der Namen in Lillys Notizbuch, das waren alles aber auch nur Vornamen, brachte die Polizei weiter. Sie waren nie auch nur in der Nähe des Vampiristen, der da unterwegs war.«

»Aber wenn das wirklich ein Vampirist gewesen wäre, hätte der doch wohl wieder zugeschlagen?«

»Ja«, sagte Smith. »Und wer sagt, dass er das nicht getan hat? Nur dass er später noch gründlicher hinter sich aufgeräumt hat.«

»Smith hat recht«, sagte Harry. »Die Anzahl der Personen, die jedes Jahr verschwinden, ist größer als die Anzahl der registrierten Morde. Aber Wyller hat sicher auch nicht unrecht, wenn er sagt, dass ein sich entwickelnder Vampirist hier in Skandinavien frühzeitig auffallen würde.«

»Was ich im Fernsehen beschrieben habe, war die typische Entwicklung«, sagte Smith. »Es gibt aber auch Leute, die erst später den Vampirismus in sich entdecken, wie es bei manchen Menschen auch dauert, bis sie ihre wahren sexuellen Neigungen erkennen. Einer der bekanntesten Vampiristen der Geschichte, Peter Kürten, der sogenannte Vampir von Düsseldorf, war sechsundvierzig Jahre alt, als er das erste Mal Blut von einem Tier trank, einem Schwan, den er im Dezember 1929 im Hofgarten von Düsseldorf getötet hatte. Im gleichen Jahr hatte er bereits acht Menschen getötet und bis zu seiner Verhaftung im Mai 1930 weitere zwanzig in Mordabsicht attackiert.«

»Hm. Du findest es also nicht merkwürdig, dass Valentin Gjertsens ansonsten bereits beängstigende Akte keine Hinweise auf das Trinken von Blut oder Kannibalismus beinhaltet?«

»Nein.«

»Okay, was denkst du, Bjørn?«

Bjørn Holm richtete sich in seinem Stuhl auf und rieb sich die Augen. »Eigentlich dasselbe wie du, Harry.«

»Als da wäre?«

»Der Mord an Ewa Dolmen könnte eine Kopie des Mordes in Stockholm sein. Das Sofa, das Aufräumen und die Tatsache, dass er das Ding, woraus er das Blut getrunken hat, ins Waschbecken gestellt hat.«

»Hört sich das plausibel an, Smith?«, fragte Harry.

»Kopie? Das wäre dann aber neu. Ähm, sollte das paradox klingen, ist das nicht beabsichtigt. Es gab natürlich immer wieder Vampiristen, die sich als Wiedergeburt von Graf Dracula gesehen haben, aber dass ein Vampirist denkt, der wiedergeborene Atlas-Mörder zu sein, halte ich für unwahrscheinlich. Vermutlich hat es eher mit bestimmten Charaktereigenschaften zu tun, die für alle Vampiristen typisch sind.«

»Harry meint, dass unser Vampirist einen Sauberkeitswahn hat«, sagte Wyller.

»Oh«, sagte Smith. »Der Vampirist John George Haigh war vom Händewaschen besessen und lief sommers wie winters mit Handschuhen herum. Er hasste Schmutz und trank das Blut seiner Opfer nur aus frisch gespülten Gläsern.«

»Und du, Smith? Was glaubst du, wer unser Vampirist ist?«

Smith legte Mittel- und Zeigefinger auf die Lippen und bewegte sie auf und ab, so dass ein schmatzendes Geräusch entstand. Er atmete tief aus und ein.

»Ich glaube, dass es sich bei unserem Täter in Übereinstimmung mit anderen Vampiristen um einen intelligenten Mann handelt, der seit seiner Kindheit oder Jugend Tiere und vielleicht sogar Menschen gequält hat. Dass er aus einer bürgerlichen, angepassten Familie kommt, in der nur er unangepasst war. Er wird sehr bald wieder Blut brauchen, und ich glaube, dass es ihn sexuell befriedigt, Blut zu sehen und zu trinken. Er ist auf der Suche nach dem perfekten Orgasmus, den er irgendwo zwischen Vergewaltigung und Blut vermutet. Peter Kürten ... also unser Schwanmörder aus Düsseldorf, erklärte, dass die Anzahl Stiche, die er seinen Opfern jeweils versetzt hat, abhängig davon war, wie stark sie bluteten, entsprechend schnell bekam er seinen Orgasmus.«

Beklommenes Schweigen legte sich über die kleine Gruppe.

»Und wo und wie finden wir eine solche Person?«, fragte Harry.

»Vielleicht hatte Katrine gestern im Fernsehen recht«, sagte Bjørn. »Vielleicht hat Valentin sich ins Ausland abgesetzt. Vielleicht macht er ja gerade einen Ausflug zum Roten Platz.«

»Moskau?«, fragte Smith überrascht.

»Kopenhagen«, sagte Harry. »Das Multikulti-Nørrebro. Es gibt dort einen Park, den Menschenhändler regelrecht in ihrer Hand haben. Allerdings vorwiegend Import. Man setzt sich auf eine Bank oder Schaukel und hält irgendein Ticket hoch, egal ob für Flug oder Bus oder was weiß ich. Irgendwann kommt dann ein Typ und fragt dich, wohin du willst. Er fragt auch noch anderes Zeug, natürlich nichts, was ihn auffliegen lassen würde, während ein Kollege von ihm, der irgendwo anders im Park sitzt, Fotos von dir gemacht hat, ohne dass du das bemerkt hast. Die Fotos überprüft er im Internet, um sicherzugehen, dass du kein Spitzel bist. Ein wirklich diskretes, teures Reisebüro, bei dem trotzdem niemand *business* fliegt. Die billigsten Plätze sind in einem Container.«

Smith schüttelte den Kopf. »Ein Vampirist hat kein wirkliches Gefühl für das Risiko. Er denkt nicht so objektiv wie wir, ich glaube nicht, dass er sich abgesetzt hat.«

»Ich auch nicht«, sagte Harry. »Also, wo ist er? Wohnt er allein? Umgibt er sich mit anderen Menschen? Versteckt er sich in der Menge, oder lebt er an einem einsamen Ort? Hat er Freunde? Ist es möglich, dass er eine Lebensgefährtin hat?«

»Ich weiß es nicht.«

»Jeder hier versteht, dass das niemand wissen kann, Smith, Psychologe hin oder her. Ich will ja nur hören, was dir als Erstes in den Sinn kommt. Dein erster Eindruck.«

»Wir Forscher haben häufig so unsere Schwierigkeiten mit ersten Eindrücken. Aber er ist einsam. Da bin ich mir ziemlich sicher. Sehr einsam sogar. Ein Eigenbrötler.«

Es klopfte.

»Zieh fest an der Tür und komm rein!«, rief Harry.

Die Tür ging auf. »Guten Tag, verehrte Vampirjäger«, sagte Ståle Aune und schob sich, den Bauch voran, in den Raum. An der Hand ein junges Mädchen mit hochgezogenen Schultern, dem die schwarzen Haare derart ins Gesicht hingen, dass Harry sie nicht erkannte. »Ich habe zugesagt, dir einen Crashkurs in psychologischer Polizeiarbeit zu geben, Smith.«

Smiths Gesicht hellte sich auf. »Das weiß ich wirklich zu schätzen, verehrter Kollege.«

Ståle Aune wippte auf den Füßen. »Das solltest du auch. Aber ich habe nicht vor, auch nur noch ein einziges Mal in dieser Katakombe hier zu arbeiten, wir dürfen Katrines Büro nutzen.« Er legte eine Hand auf die Schulter des Mädchens. »Aurora ist mitgekommen, weil sie einen neuen Pass braucht. Könntest du das auf dem kleinen Dienstweg regeln, während Smith und ich ein wenig fachsimpeln, Harry?«

Das Mädchen strich sich die Haare zur Seite. Harry konnte erst kaum glauben, dass die blasse junge Frau mit der fettigen Haut und den roten Pickeln das kleine, süße Mädchen war, das er zuletzt vor ein paar Jahren gesehen hatte. Den Klamotten und der dicken Schminke nach zu urteilen, war sie zurzeit auf dem Gothic-Trip. Oleg würde sie vermutlich als Emo bezeichnen. In ihrem Blick lagen aber weder Trotz noch Aufruhr. Auch keine jugendliche Langeweile oder Zeichen der Freude, dass sie Harry – ihren Lieblings-Nicht-Onkel, wie sie ihn genannt hatte – endlich einmal wiedersah. Ihr Blick war leer. Oder nein, nicht leer. Da war noch etwas, das er nicht in Worte fassen konnte.

»Kurzer Dienstweg, wird gemacht! So korrupt sind wir«, sagte Harry und erntete so etwas wie ein Lächeln von Aurora. »Dann gehen wir mal nach oben zum Meldeamt.«

Die vier verließen den Heizungsraum. Harry und Aurora gingen schweigend durch den Kulverten, während Ståle Aune und Hallstein Smith, die dicht hinter ihnen waren, wild durcheinanderredeten.

»Ich hatte da mal einen Patienten – einen gewissen Paul Stavnes, der so indirekt über seine wirklichen Probleme gesprochen hat, dass ich wirklich nichts verstanden habe«, sagte Aune. »Als ich ihn durch Zufall als den gesuchten Valentin Gjertsen entlarvt habe, ist er auf mich losgegangen. Wäre Harry mir nicht zu Hilfe gekommen, hätte er mich umgebracht.«

Harry hörte Aurora tief seufzen.

»Er konnte abhauen, aber während er mich angegriffen hat, konnte ich mir ein klareres Bild von ihm machen. Er hat mir ein Messer an die Kehle gehalten und versucht, mir eine Diagnose zu entlocken. Er hat sich selbst als ›fehlerhafte Ware‹ bezeichnet. Sollte ich nicht antworten, wollte er mich ausbluten lassen. Dabei pumpte sich sein Schwanz auf.«

»Interessant. Konntest du sehen, ob er wirklich eine Erektion hatte?«

»Nein, aber spüren. So wie ich die Zacken dieses Jagdmessers gespürt habe. Ich weiß noch, dass ich damals gehofft habe, mein Doppelkinn würde mich retten.« Ståle amüsierte sich.

Harry spürte das Zittern, das durch Aurora ging, drehte sich um und sah Ståle vielsagend an.

»Oh, entschuldige, mein Mädchen«, rief Ståle aus.

»Über was habt ihr geredet?«, fragte Smith.

»Über viel«, sagte Ståle und senkte die Stimme. »Er war besessen von den Stimmen im Hintergrund von Pink Floyds *Dark Side of the Moon*.«

»Das sagt mir was! Aber … bei mir nannte er sich nicht Paul, glaube ich. Außerdem wurden meine Patientenlisten gestohlen.«

»Harry, Smith sagt …«

»Habe ich gehört.«

Sie gingen nach oben ins Erdgeschoss, wo Aune und Smith vor dem Fahrstuhl stehen blieben. Harry und Aurora gingen weiter in die Eingangshalle. Ein Zettel am Übergang zum Meldeamt informierte darüber, dass die Kamera für die Passbilder defekt sei und die Fotos im Automaten auf der Rückseite des Gebäudes gemacht werden müssten.

Harry führte Aurora zu dem einem Klohäuschen ähnlichen Kasten, zog den Vorhang zur Seite und gab ihr ein paar Münzen. Dann setzte sie sich auf die Bank.

»Ach ja«, sagte er. »Du darfst die Zähne nicht zeigen.« Dann zog er den Vorhang zu.

Aurora starrte auf ihr Spiegelbild in dem dunklen Glas vor der Kamera.

Spürte die Tränen kommen.

Am Morgen hatte sie es noch für eine gute Idee gehalten, Papa zu sagen, dass sie mit ins Präsidium wolle, um Harry zu treffen. Dass sie einen neuen Pass bräuchte, um mit der Klasse nach London fahren zu können. Von diesen Dingen hatte er nie Ahnung, darum kümmerte sich immer Mama. Sie hatte gehofft, ein paar Minuten lang mit Harry allein sein und ihm alles erzählen zu können. Aber jetzt, da sie allein waren, konnte sie es trotzdem nicht. Die Angst war wieder aufgelodert, als Papa im Tunnel über das Messer gesprochen hatte, sie hatte erneut zu zittern begonnen, und ihr waren die Knie weich geworden. Denn das Messer mit den Zacken kannte auch sie, der Mann hatte es auch an ihren Hals gehalten. Und jetzt war er zurück. Aurora schloss die Augen, um ihren eigenen verängstigten Gesichtsausdruck nicht sehen zu müssen. Er war zurück, und er würde sie alle töten, wenn sie redete. Außerdem, was sollte Reden schon nützen? Sie hatte ja keine Ahnung, wie sie ihn finden konnten. Das würde also weder Papa noch sonst jemanden retten. Aurora öffnete die Augen und sah sich in dem winzigen Raum um. Er war genau wie damals die Toilette in der Sporthalle. Ihr Blick ging automatisch nach unten und wurde am Ende des Vorhangs fündig. Stiefelspitzen. Sie warteten auf sie, wollten rein, rein ...

Aurora riss den Vorhang zur Seite und stürzte an Harry vorbei. Sie hörte ihn hinter sich ihren Namen rufen, war aber gleich darauf draußen im Tageslicht, in offenem Gelände. Sie rannte über das Gras durch den Park in Richtung Grønlandsleiret. Hörte, wie sich ihr Schluchzen mit dem Keuchen ihres Atems mischte, als bekäme sie selbst hier draußen nicht genug Luft. Aber sie hielt nicht an. Sie rannte. Wusste, dass sie rennen würde, bis sie stürzte.

»Paul, oder Valentin, hat mir damals nicht erzählt, dass er sich von Blut als solchem irgendwie angezogen fühlt«, sagte Aune, der hinter Katrines Schreibtisch Platz genommen hatte. »Und mit Blick auf seine Akte können wir wohl sagen, dass er bislang keine Hemmungen hatte, seine sexuellen Neigungen auch auszuleben. So ein Mensch entdeckt nur selten im Erwachsenenalter ganz neue sexuelle Seiten.«

»Vielleicht war die Neigung schon immer da«, sagte Smith. »Nur dass er keinen Weg gefunden hat, seine Phantasien auszuleben. Wenn es sein eigentlicher Wunsch war, Menschen bis aufs Blut zu beißen und direkt aus der Quelle zu trinken, musste er vielleicht erst diese Eisenzähne entdecken, um wirklich loszulegen.«

»Das Blut anderer Menschen, meistens seiner Gegner, zu trinken ist ein uraltes Ritual. Es geht dabei darum, ihre Kräfte und Fähigkeiten zu übernehmen, nicht wahr?«

»Richtig.«

»Wenn du ein Profil von diesem Serienmörder erstellst, Smith, rate ich dir, von einer Person auszugehen, die unbedingt die Kontrolle haben will, wie wir es von konventionelleren Triebtätern und Lustmördern kennen. Oder noch besser von einer Person, die die Kontrolle zurückerlangen will, eine Macht, die ihr irgendwann genommen wurde. Sozusagen als Wiederherstellung.«

»Danke«, sagte Smith. »Wiederherstellung. Ich bin ganz deiner Meinung. Ich werde diesen Aspekt definitiv berücksichtigen.«

»Was meint ihr mit Wiederherstellung?«, fragte Katrine, die auf dem Fensterbrett Platz genommen hatte, nachdem die beiden Psychologen ihr eine Aufenthaltserlaubnis erteilt hatten.

»Wir streben doch alle danach, die Schäden, die man uns zufügt, zu reparieren«, sagte Aune. »Oder zu rächen, was aufs Gleiche hinausläuft. Ich habe mich zum Beispiel entschlossen, der geniale Psychologe zu werden, weil ich dermaßen schlecht Fußball gespielt habe, dass niemand mich in seinem Team haben wollte. Harry war noch ein kleiner Junge, als seine Mutter starb, er hat sich entschlossen, Kommissar zu werden und im Morddezernat zu arbeiten, um diejenigen zu bestrafen, die Leben nehmen.«

Der Türrahmen knackte.

»Wenn man vom Teufel spricht«, sagte Aune.

»Tut mir leid, dass ich euch stören muss«, sagte Harry. »Aber Aurora ist plötzlich abgehauen. Ich weiß nicht, was in sie gefahren ist, aber irgendetwas muss passiert sein.«

Es sah aus, als zöge ein Tiefdruckgebiet über Ståle Aunes Gesicht. Stöhnend erhob er sich. »Ja, bei diesen Teenagern wissen wirklich nur die Götter Bescheid. Ich werde sie finden. Das war jetzt nur kurz, Smith, ruf mich an, dann nehmen wir den Faden wieder auf.«

»Was Neues?«, fragte Harry, als Aune den Raum verlassen hatte.

»Ja und nein«, sagte Katrine. »Die Rechtsmedizin hat mit hundertprozentiger Sicherheit bestätigt, dass die DNA an den Handschellen von Valentin Gjertsen stammt. Nur ein Psychologe und zwei Sexologen haben Kontakt mit uns aufgenommen und auf Smiths Aufforderung reagiert, ihre Patientenlisten durchzugehen. Die Namen, die sie nannten, konnten wir aber bereits ausschließen. Und wir haben, wie erwartet, mehrere Hundert Tips bekommen: seltsame Nachbarn, Hunde mit Bissspuren von Vampiren, Werwölfe, Kobolde und Trolle. Aber auch ein paar, die es wert sind, genauer unter die Lupe genommen zu werden. Übrigens, Rakel hat angerufen und nach dir gefragt.«

»Ja, ich habe schon gesehen, dass sie es versucht hat. Unten in unserem Bunker ist schlechter Empfang. Meinst du, man kann da was machen?«

»Ich frage Tord, ob es da irgendeine Möglichkeit gibt. Gehört das Büro dann wieder mir?«

Harry und Smith waren allein im Fahrstuhl.

»Du vermeidest Blickkontakt«, sagte Smith.

»Macht man das in Fahrstühlen nicht so?«, fragte Harry.

»Ich meinte generell.«

»Wenn es dasselbe ist, keinen Blickkontakt zu suchen oder ihn zu vermeiden, hast du vermutlich recht.«

»Und du fährst nicht gerne Aufzug.«

»Hm. Ist das so deutlich?«

»Die Körpersprache lügt nicht. Und du findest, dass ich zu viel rede.«

»Es ist dein erster Tag, vielleicht bist du noch ein bisschen nervös.«

»Nein, ich bin immer so.«

»Okay. Ich habe mich übrigens noch gar nicht dafür bedankt, dass du dich doch für uns entschieden hast.«

»Keine Ursache, es tut mir leid, dass ich anfangs so egoistisch war. Immerhin stehen Menschenleben auf dem Spiel.«

»Ich verstehe gut, dass die Doktorarbeit wichtig für dich ist.«

Smith lächelte. »Ja, du verstehst das, du bist ja auch einer von uns.«

»Einer von wem?«

»Von der sonderlichen Elite. Kennst du das Goldman-Dilemma aus den Achtzigern? Damals haben sie Hochleistungssportler gefragt, ob sie dopen würden, wenn ihnen das die Goldmedaille garantierte, auch wenn sie dafür fünf Jahre früher sterben würden. Mehr als die Hälfte hat mit Ja geantwortet. Von der übrigen Bevölkerung haben nur zwei von 250 mit Ja geantwortet. Ich weiß, dass sich das für die meisten Menschen komplett verrückt anhört, nicht aber für Leute wie dich und mich, Harry. Du würdest dein Leben opfern, um diesen Mörder zu kriegen, nicht wahr?«

Harry sah den Psychologen lange an. Hörte das Echo von Ståles Worten. *Du verstehst das mit der Affenfalle, du kannst selber ja auch nie loslassen, Harry.*

»Noch irgendwas anderes, was du wissen willst, Smith?«

»Ja, hat sie zugenommen?«

»Wer?«

»Ståles Tochter?«

»Aurora?« Harry zog die Augenbrauen hoch. »Tja. Früher war sie dünner.«

Smith nickte. »Ich fürchte, dass du mir die nächste Frage übelnehmen wirst, Harry.«

»Warten wir's ab.«

»Ist es möglich, dass Ståle Aune eine inzestuöse Beziehung zu seiner Tochter hat?«

Harry starrte Smith an. Er hatte sich für diesen Mann entschieden, weil er Leute wollte, die originell dachten, und solange Smith lieferte, war Harry bereit, das meiste zu schlucken. *Das meiste.*

Smith hob die Hände. »Ich sehe, dass ich dich wütend gemacht habe, Harry. Ich frage nur, weil sie all die klassischen Symptome zeigt.«

»Okay«, sagte Harry leise. »Du hast zwanzig Sekunden, um ganz schnell zurückzurudern. Nutze sie.«

»Ich will damit nur sagen, dass ...«

»Noch achtzehn.«

»Okay, okay. Die Selbstverletzung. Sie trug ein langärmeliges T-Shirt, das die Narben an ihren Unterarmen verdeckte, an denen sie sich die ganze Zeit gekratzt hat. Hygiene. Wenn man nah an ihr dran war, konnte man riechen, dass sie es mit der Hygiene nicht so genau nimmt. Essen. Übertriebenes Fressen oder zu starkes Abnehmen sind typisch für Opfer von Übergriffen. Mentaler Stillstand. Sie wirkte generell deprimiert, vielleicht verängstigt. Mir ist bewusst, dass Kleider und Schminke das Bild beeinflussen können, aber Körpersprache und Gesichtsausdruck lügen nicht. Intimität. Ich habe dir angesehen, dass du sie unten im Heizungsraum eigentlich in die Arme nehmen wolltest. Sie hat so getan, als hätte sie das nicht bemerkt, und hatte extra die Haare im Gesicht, als sie reingekommen ist. Ihr kennt einander gut, habt euch früher in die Arme genommen, weshalb sie das vorhergesehen hat. Opfer von Übergriffen vermeiden Intimität und Körperkontakt. Ist meine Zeit rum?«

Der Fahrstuhl blieb mit einem Ruck stehen.

Harry trat einen Schritt vor, so dass er direkt vor Smith stand und ihn deutlich überragte. Sein Finger drückte den Türknopf, damit die Türen geschlossen blieben. »Nehmen wir für einen Moment an, dass du recht hast, Smith.« Harry senkte die Stimme, bis nur noch ein Flüstern zu hören war. »Warum Ståle, es kämen doch auch andere in Frage? Sieht man mal davon ab, dass du ihm deinen Spitznamen und den Rausschmiss aus der Osloer Uni zu verdanken hast.«

Harry sah den Schmerz in Smiths Augen, als wäre er geohrfeigt worden. Smith blinzelte und schluckte. »Verdammt. Du hast wahrscheinlich recht, vielleicht bilde ich mir das alles nur ein, weil ich tief in meinem Inneren noch immer wütend bin. Das war nur so eine Ahnung, und ich habe dir ja gesagt, dass ich darin nicht gut bin.«

Harry nickte langsam. »Erfahrung hast du aber trotzdem damit, oder? Also, was hast du gesehen?«

Hallstein Smith richtete sich auf. »Ich habe einen Vater gesehen, der seine jugendliche Tochter an der Hand gehalten hat. Mein erster Gedanke war: wie süß, dass die das noch machen. Ich habe mir spontan gewünscht, dass meine Töchter das auch noch akzeptieren, wenn sie Teenager sind.«

»Aber?«

»Man kann das auch anders sehen, es könnte auch vom Vater

ausgehen, der Macht und Kontrolle über sie ausübt, indem er sie festhält.«

»Und was hat dich das denken lassen?«

»Dass sie von ihm wegrennt, sobald sie die Gelegenheit dazu bekommt. Ich habe mit Verdachtsfällen für Inzest gearbeitet, Harry, und das Weglaufen von zu Hause ist einer der Punkte, auf den wir besonders achten. Die Symptome, die ich erwähnt habe, können auch tausend andere Ursachen haben, aber wenn es nur die Spur eines Risikos gibt, dass sie zu Hause bedrängt wird, wäre es professionell nicht zu verantworten, das nicht zu erwähnen, oder? Ich weiß, dass du mit Ståles Familie befreundet bist, und genau deshalb sage ich das. Du kannst mit ihr reden.«

Harry ließ den Knopf los, die Türen öffneten sich, und Hallstein Smith schlüpfte nach draußen.

Harry blieb stehen, bis die Türen sich wieder zu schließen begannen. Er schob einen Fuß in den Spalt und folgte Smith über die Treppe nach unten in den Kulverten, als sein Handy in der Hosentasche zu vibrieren begann.

Er nahm das Gespräch an.

»Hallo, Harry.« Isabelle Skøyens maskuline, aber sinnlich gurrende Stimme war unverkennbar. »Wie ich höre, sitzt du wieder im Sattel.«

»Da bin ich mir noch nicht so sicher.«

»Wir sind doch schon mal zusammen geritten, Harry. Das war nett und hätte noch viel netter werden können.«

»Ich denke, es war so nett wie eben gerade möglich.«

»Egal, Schwamm drüber, Harry. Ich rufe an, weil ich dich um einen Gefallen bitten möchte. Unser PR-Büro arbeitet auch ein bisschen für Mikael, und du hast ja vielleicht gesehen, dass das *Dagbladet* in seiner Onlineausabe gerade einen Artikel publiziert hat, der Mikael ziemlich hart trifft.«

»Nein.«

»Sie schreiben darin, Zitat: ›Die Stadt bezahlt nun den Preis dafür, dass die Osloer Polizei unter Mikael Bellman ihren Job nicht anständig gemacht und Leute wie Valentin Gjertsen nicht hinter Gitter gebracht hat. Es ist ein Skandal und Armutszeugnis, dass Gjertsen über drei Jahre hinweg mit der Polizei Katz und Maus spielen konnte. Und jetzt, da er keine Lust mehr hat, die Maus zu sein, setzt er sein Spiel als Katze fort.‹ Was sagst du dazu?«

»Hätte besser geschrieben sein können.«

»Wir hätten nun gern, dass jemand vor die Presse tritt und erklärt, wie ungerecht diese Kritik an Mikael ist. Jemand, der an die hohe Aufklärungsrate bei schweren Gewalttaten erinnert, die unter Bellman erreicht werden konnte. Jemand, der selbst Mordfälle gelöst hat und als integer empfunden wird. Und da du inzwischen ja Dozent an der Hochschule bist, kann dir auch niemand vorwerfen, befangen zu sein. Du wärst genau der Richtige, Harry. Was sagst du?«

»Natürlich helfe ich Ihnen und Bellman gern.«

»Du machst das? Wunderbar.«

»Auf die Art, die ich am besten kann. Indem ich Valentin Gjertsen finde. Womit ich zurzeit auch alle Hände voll zu tun habe. Wenn Sie mich also entschuldigen würden, Skøyen?«

»Ich weiß, dass du hart arbeitest, Harry, aber es kann dauern, bis du ihn hast.«

»Und warum eilt es so, Mikael Bellmans Ruf aufzupolieren? Sparen wir uns die Zeit. Ich werde *niemals* vor ein Mikro treten und etwas sagen, was mir eine PR-Agentur diktiert hat. Wenn wir jetzt auflegen, können wir sagen, dass wir ein zivilisiertes Telefonat geführt haben und ich Sie am Ende nicht zum Teufel jagen musste.«

Isabelle Skøyen lachte laut. »Du hältst dich gut, Harry. Noch immer verlobt mit dieser hübschen schwarzhaarigen Juristin?«

»Nein.«

»Nicht? Dann sollten wir vielleicht mal wieder was zusammen trinken gehen.«

»Rakel und ich sind nicht verlobt, sondern verheiratet.«

»Aha. Sieh an. Aber ist das ein Hindernis?«

»Für mich schon. Für Sie vielleicht nur eine Herausforderung.«

»Verheiratete Männer sind die Besten. Die machen keinen Ärger. Nie.«

»Wie Bellman?«

»Mikael ist wirklich unglaublich süß. Und er hat den besten Mund der ganzen Stadt. Aber das Gespräch beginnt mich zu langweilen, Harry. Ich lege jetzt auf. Du hast meine Nummer.«

»Nein, habe ich nicht. Tschüss.«

»Okay, aber wenn du nicht das Hohelied auf Mikael singen willst, kann ich ihn ja vielleicht von dir grüßen und ihm sagen, dass du dich freust, diesen armseligen Perversen endlich hinter Schloss und Riegel zu bringen?«

»Sagen Sie, was Sie wollen. Einen schönen Tag noch.«

Die Verbindung war weg. Rakel. Er hatte vergessen, dass sie angerufen hatte. Er suchte ihre Nummer heraus, während er nur zum Spaß nachfühlte, ob Isabelle Skøyens Anmache in irgendeiner Weise auf ihn gewirkt hatte. Hatte sie ihn geil gemacht? Nein. Doch. Ein *bisschen* vielleicht. Aber hatte das etwas zu sagen? Nein. Und wenn, dann so wenig, dass er sich keine Gedanken darüber zu machen brauchte, ob er ein Schwein war. Was nicht hieß, dass er *kein* Schwein war. Dieses Kitzeln, dieser unwillkürliche, bruchstückhafte Gedanke an eine Situation, der durch seinen Kopf gehuscht war – ihre langen Beine mit den breiten Hüften –, reichte aber nicht, um ihn anzuklagen. Wirklich nicht. Er hatte sie abgewiesen. Auch wenn er wusste, dass seine Ablehnung Isabelle Skøyen nur anspornen würde, ihn wieder anzurufen.

»Rakel Faukes Telefon. Sie sprechen mit Doktor Steffens.«

Harry spürte ein Kribbeln im Nacken. »Hier ist Harry Hole. Ist Rakel da?«

»Nein, Hole, das ist sie nicht.«

Harry spürte, wie sich sein Hals zuzog und die Panik kam. Er konzentrierte sich auf seinen Atem.

»Wo ist sie?«

In der langen Pause, die folgte und für die es sicher einen Grund gab, gingen Harry Unmengen von Gedanken durch den Kopf. Und von all den Schlussfolgerungen, die sein Hirn ganz automatisch zog, blieb eine in seinem Kopf hängen. Das war das Ende, und der einzige Wunsch, den er wirklich gehabt hatte, dass die Tage heute und morgen eine Kopie des gestrigen waren, würde nicht in Erfüllung gehen.

»Sie liegt im Koma.«

Aus Verwirrung oder reiner, blanker Verzweiflung versuchte sein Hirn ihm zu sagen, dass Koma irgendein medizinisches Untersuchungsgerät war.

»Aber sie hat versucht, mich anzurufen. Vor weniger als einer Stunde.«

»Ja«, sagte Steffens. »Und Sie sind nicht drangegangen.«

KAPITEL 18

Montagmorgen

Sinnlos.

Harry saß auf einem harten Stuhl und versuchte sich auf das zu konzentrieren, was der Mann in dem weißen Kittel hinter dem Schreibtisch sagte. Aber die Worte ergaben ebenso wenig Sinn wie das Vogelgezwitscher, das durch das geöffnete Fenster hereinschallte. Sie waren ebenso sinnlos wie der blaue Himmel oder die Tatsache, dass die Sonne sich entschieden hatte, an diesem Tag besonders warm zu scheinen. Wärmer als in den letzten Wochen. Sinnlos wie die Schautafeln mit den grauen Organen und der signalroten Darstellung des Blutkreislaufs oder das Kreuz mit dem blutenden Jesus, das an der Wand hing.

Rakel.

Nur sie hatte in seinem Leben wirklich Bedeutung.

Keine Wissenschaft, keine Religion, keine Gerechtigkeit, keine bessere Welt, kein Genuss, kein Rausch, nicht die Abwesenheit von Schmerzen oder gar Glück. Nur diese fünf Buchstaben. R-a-k-e-l. Wenn es sie nicht gäbe, wäre da keine andere, dann wäre da gar nichts.

Und gar nichts wäre besser als das jetzt.

Wo nichts ist, kann nichts genommen werden.

Irgendwann durchbrach Harry den Schwall der Worte. »Was heißt das?«

»Das heißt«, sagte Oberarzt Dr. Steffens, »dass wir es nicht wissen. Wir wissen, dass ihre Nieren nicht so funktionieren, wie sie sollten. Als Ursache dafür kommt eine Reihe unterschiedlicher Dinge in Frage, die naheliegendsten Gründe haben wir bereits ausschließen können.«

»Und was glauben Sie?«

»Ein Syndrom«, sagte Steffens. »Das Problem ist nur, dass es Tausende davon gibt, eines obskurer als das andere.«

»Und das heißt?«

»Dass wir weitersuchen müssen. Bis dahin haben wir sie in ein künstliches Koma versetzt, weil sie Atemprobleme hatte.«

»Wie lange ...?«

»Bis auf weiteres. Wir müssen nicht nur herausfinden, was Ihrer Frau fehlt, sondern auch, wie wir sie behandeln können. Erst wenn wir sicher sind, dass sie wieder aus eigener Kraft atmen kann, können wir sie aus dem Koma holen.«

»Wird sie ... wird sie ...?«

»Ja?«

»Kann sie sterben, während sie im Koma liegt?«

»Das wissen wir nicht.«

»Doch, das wissen Sie.«

Steffens legte die Fingerkuppen aneinander. Wartete, um das Tempo des Gesprächs zu verlangsamen.

»Es ist möglich«, sagte er schließlich. »Wir sterben alle irgendwann, das Herz kann jederzeit stehenbleiben, das ist eine Frage der Wahrscheinlichkeit.«

Harry wusste, dass die Wut, die in ihm hochkochte, im Grunde nichts mit dem Arzt oder den Selbstverständlichkeiten zu tun hatte, die dieser von sich gab. Er hatte bei diversen Mordfällen mit Angehörigen zu tun gehabt und wusste, dass die Frustration sich ein Ziel suchte und dass die Tatsache, dass es ein solches Ziel nicht gab, die Wut nur noch größer machte. Er atmete tief ein. »Und von welcher Wahrscheinlichkeit sprechen wir hier?«

Steffens breitete die Arme aus. »Wie gesagt, wissen wir nicht, was das Nierenversagen verursacht hat.«

»Weil Sie das nicht wissen, reden wir ja über Wahrscheinlichkeiten«, sagte Harry und hielt inne. Schluckte. Dämpfte seine Stimme. »Also sagen Sie mir, wie das höchstwahrscheinlich ausgeht – basierend auf dem wenigen, das Sie wissen.«

»Das Nierenversagen ist nicht der eigentliche Fehler, sondern nur ein Symptom. Es kann eine Blutkrankheit oder eine Vergiftung sein. Im Moment ist ja Pilzsaison, aber Ihre Frau hat gesagt, dass Sie in der letzten Zeit keine Pilze gegessen haben. Und dass Sie dasselbe gegessen haben. Fühlen Sie sich irgendwie schlecht, Herr Hole?«

»Ja.«

»Sie ... okay, verstehe. Womit wir es hier vermutlich zu tun haben, diese Symptome ... das ist ernst.«

»Über oder unter fünfzig Prozent, Steffens?«

»Ich kann nicht ...«

»Steffens«, fiel Harry ihm ins Wort. »Ich weiß, dass das bloße Raterei ist, aber bitte sagen Sie mir irgendwas.«

Der Arzt musterte Harry lange, bis er einen Entschluss zu fassen schien.

»So, wie es jetzt aussieht, also basierend auf den Ergebnissen der Proben, glaube ich, dass die Chancen, sie zu verlieren, bei etwas über fünfzig Prozent liegen. Nicht deutlich über fünfzig, aber etwas. Ich konfrontiere Angehörige nicht gern mit diesen Wahrscheinlichkeiten, weil die meisten ihnen zu viel Gewicht beimessen. Stirbt ein Patient bei einer Operation, bei der wir das Risiko mit nur fünfundzwanzig Prozent angegeben haben, werden wir von den Hinterbliebenen oft beschuldigt, sie hinters Licht geführt zu haben.«

»Fünfundvierzig Prozent? Fünfundvierzig Prozent, dass sie überlebt?«

»Im Augenblick. Ihr Zustand verschlechtert sich, die Prognosen werden schlechter werden, wenn wir die Ursache nicht in einem oder zwei Tagen finden.«

»Danke.« Harry stand auf. Ihm wurde schwarz vor Augen. Und automatisch kam der Gedanke, die Hoffnung, dass es für immer schwarz blieb. Ein schneller, schmerzfreier Abgang, idiotisch und banal und trotzdem auch nicht sinnloser als all das andere.

»Es wäre gut zu wissen, wie und ob wir Sie erreichen können, sollte ...«

»Ich werde dafür sorgen, rund um die Uhr erreichbar zu sein«, sagte Harry. »Ich gehe dann zurück zu ihr, oder gibt es noch etwas, das ich wissen muss?«

»Ich werde Sie begleiten, Hole.«

Sie gingen zu Zimmer 301. Der lange Gang vor ihnen verschwand irgendwo im gleißenden Licht. Die Strahlen der niedrigstehenden Herbstsonne schienen direkt durch das Flurfenster zu fallen. Krankenschwestern in gespenstisch weißen Kitteln kamen ihnen entgegen, und die wenigen Patienten, die auf dem Flur waren, trugen Morgenmäntel und schlurften wie lebende Tote langsam ins Licht. Gestern hatten Rakel und er sich noch in dem großen Bett mit der etwas zu weichen Matratze in den Armen gelegen, und jetzt war sie hier, im Lande Koma, zwischen Gespenstern und Geistern. Er musste Oleg anrufen. Aber wie sollte er ihm das sagen? Er brauchte einen Drink. Harry wusste nicht, woher dieser Gedanke kam, aber er war so klar und deutlich, als hätte ihn jemand laut gerufen oder ihm direkt ins Ohr geflüstert. Was er wusste, war, dass er diesen Gedanken niederzwingen musste, ersticken, schnell.

»Warum haben Sie auch Penelope Rasch behandelt?«, fragte er laut. »Sie liegt doch gar nicht auf dieser Station?«

»Weil sie eine Bluttransfusion brauchte«, sagte Steffens. »Ich bin Hämatologe und Bankchef und manchmal übernehme ich auch Dienste in der Notaufnahme.«

»Bankchef?«

Steffens blickte Harry an und verstand vielleicht, dass dessen Hirn Abwechslung brauchte, eine Pause von all dem, worin er so plötzlich gelandet war.

»Die hiesige Filiale der Blutbank. Das heißt, eigentlich bin ich

Bademeister, wir haben uns nämlich im alten Rheumatikerbad im Keller dieses Gebäudes eingerichtet. Unter uns nennen wir das deshalb nur Blutbad. Sagen Sie nicht, Hämatologen hätten keinen Sinn für Humor.«

»Hm. Das meinten Sie also, als Sie gesagt haben, Sie seien An- und Verkäufer von Blut.«

»Entschuldigung?«

»Sie haben das gesagt, als Sie mir erklärt haben, warum Sie aus den Tatortfotos entnehmen konnten, wie viel Blut Penelope Rasch im Treppenhaus verloren hat. Augenmaß.«

»Ihre Erinnerung ist gut.«

»Wie geht es ihr?«

»Ach, rein physisch entwickelt sie sich gut. Aber sie wird die Hilfe eines Psychologen brauchen. Einem Vampir zu begegnen ...«

»Vampirist.«

»... das ist bestimmt eine Warnung.«

»Warnung?«

»Ja. Im Alten Testament wird das Auftauchen vorhergesagt und der Vampir beschrieben.«

»Das Auftauchen eines Vampiristen?«

Steffens lächelte dünn. »In den Sprüchen 30,14. ›Eine Art, die *Schwerter für Zähne hat und Messer für Backenzähne und verzehrt die Elenden im Lande und die Armen unter den Leuten*‹. Da wären wir.«

Steffens hielt ihm die Tür auf, und Harry ging hinein. In die Nacht. Auf der anderen Seite der geschlossenen Gardine schien die Sonne, aber drinnen kam das einzige Licht von einer grün schimmernden Linie, die in Ausschlägen über einen schwarzen Bildschirm lief. Harry senkte den Blick und musterte ihr Gesicht. Sie sah so friedlich aus. Aber auch weit entfernt, schwebend in einem dunklen Universum, in dem er sie nicht erreichen konnte. Er setzte sich auf den Stuhl neben dem Bett und wartete, bis er die Tür hinter Steffens ins Schloss fallen hörte. Dann nahm er ihre Hand und drückte sein Gesicht in die Decke.

»Geh nicht noch weiter weg, Liebes«, flüsterte er. »Nicht noch weiter weg!«

Truls Berntsen hatte die Stellwände im Großraumbüro des Präsidiums so verschoben, dass die Box, die er sich mit Anders Wyller teilte, von niemandem eingesehen werden konnte. Deshalb ärgerte es ihn, dass der Einzige, der Einblick hatte, nämlich Wyller, so verdammt neugierig war. Besonders darauf, mit wem Truls telefonierte. Im Augenblick war der Schnüffler aber in einem Tattoo- und Piercingladen. Sie hatten einen Tip bekommen, dass dort Vampirartikel importiert würden, unter anderem gebissähnliche Preziosen mit Reißzähnen aus Metall. Truls hatte sich vorgenommen, die willkommene Pause in vollen Zügen auszunutzen. Er hatte die letzte Folge der zweiten Staffel von The Shield heruntergeladen und die Lautstärke so eingestellt, dass nur er etwas hören konnte. Deshalb war es ihm gar nicht recht, dass sein Handy blinkte, wie ein Vibrator zu brummen begann und die ersten Töne von Britney Spears' »I'm Not a Girl« erklangen. Warum er dieses Lied so mochte, konnte er gar nicht sagen. Die zweite Textzeile, dass sie noch keine Frau sei, weckte vage Vorstellungen von einem minderjährigen Mädchen, Truls hoffte aber, dass ihn nicht das bewogen hatte, ausgerechnet diese Melodie als Klingelton zu wählen. Aber war es wirklich pervers, dass er sich bei dem Gedanken an Britney Spears in Schuluniform einen runtergeholt hatte? Und wenn schon, dann war er eben pervers. Viel mehr beunruhigte ihn, dass ihm die Nummer auf dem Display irgendwie bekannt vorkam. Das Finanzamt. Oder die Abteilung für interne Ermittlungen? Ein alter, zweifelhafter Kontakt, für den er mal Beweismaterial hatte verschwinden lassen? Jemand, dem er Geld oder einen Gefallen schuldete? Auf jeden Fall war es nicht Mona Daas Nummer. Vielleicht einfach ein Kollege, der ihn anrief, was dann wiederum bedeuten würde, dass er irgendeine Aufgabe bekam, die er dann erledigen musste. Von wem der Anruf auch kam, dachte Truls, es brachte ihm keine Vorteile ein, ihn anzunehmen. Er legte das Telefon in eine Schublade und konzentrierte sich auf Vic Mackey und dessen Kollegen vom Strike-Team. Er liebte Vic, The Shield war wirklich die einzige Polizeiserie, in der sie verstanden hatten, wie echte Polizisten dachten. Plötzlich, aus heiterem Himmel, wusste er, woher er die Nummer kannte. Er riss die Schublade auf und nahm das Telefon. »Kommissar Berntsen.«

Zwei Sekunden lang blieb es am anderen Ende still, so dass er fürchtete, sie könnte bereits wieder aufgelegt haben. Aber dann war ihre Stimme da, sanft und liebkosend, direkt an seinem Ohr.

»Hallo, Truls, hier ist Ulla.«

»Ulla ...?«

»Ulla Bellman.«

»Ulla, dass du mich anrufst.« Truls hoffte, dass er einigermaßen überzeugend klang. »Was kann ich für dich tun?«

Sie lachte leise. »Tja, was kannst du für mich tun? Ich habe dich heute in der Eingangshalle des Präsidiums gesehen, und da ist mir erst richtig klargeworden, wie lange wir schon nicht mehr miteinander geredet haben. Du weißt schon, so wie früher.«

Wir haben nie richtig miteinander geredet, dachte Truls.

»Sollen wir uns mal treffen?«

»Ja, gerne, warum nicht.« Truls versuchte, sein grunzendes Lachen zu ersticken.

»Schön. Was hältst du von Dienstag, da hat Mama die Kinder. Sollen wir irgendwo etwas trinken oder essen gehen?«

Truls traute seinen Ohren nicht. Ulla wollte ihn treffen. Wollte sie ihn wieder über Mikael ausfragen? Nein, sie musste wissen, dass er ihn nicht mehr so oft sah. Und außerdem: ein Glas trinken oder essen gehen? »Gerne. Hast du an was Bestimmtes gedacht?«

»Nur, dass es schön wäre, wenn wir uns mal wieder sehen würden. Ich habe nicht mehr zu so vielen von früher Kontakt.«

»Na dann«, sagte Truls. »Und wo?«

Ulla lachte. »Ich war seit Jahren nicht mehr aus. Ich weiß gar nicht, was es in Manglerud noch gibt. Du wohnst doch noch da, oder?«

»Schon, ja. Das *Olsens* unten in Bryn gibt es noch.«

»Wirklich? Na, dann lass uns doch dort treffen. Um acht?«

Truls nickte stumm, bis er sich besann und ein leises »Ja« murmelte.

»Und, Truls?«

»Ja?«

»Sag Mikael nichts von unserer Verabredung, okay?«

Truls hustete. »Nicht?«

»Nein. Dann sehen wir uns am Dienstag.«

Nachdem sie aufgelegt hatte, starrte er noch lange auf das Telefon. War das wirklich passiert oder nur ein Echo der Tagträume, die er als Jugendlicher gehabt hatte? Truls war so glücklich, dass seine Brust zu platzen drohte. Und dann kam die Panik. Bestimmt würde wieder alles komplett schiefgehen. Wie immer.

Es war schiefgegangen.

Hatte natürlich nicht so bleiben können, wie es war. Es war eine Frage der Zeit gewesen, wann er aus dem Paradies vertrieben werden würde.

»Ein Bier«, sagte er und sah zu der jungen, sommersprossigen Frau auf, die an seinen Tisch gekommen war.

Sie war ungeschminkt, hatte die Haare zu einem einfachen Pferdeschwanz zusammengebunden und die Ärmel der weißen Bluse hochgekrempelt, als wollte sie irgendwo mit anpacken. Sie notierte die Bestellung auf einem Block, als erwartete sie eine längere Liste. Harry schloss daraus, dass sie neu war, immerhin endeten im *Schrøder* neun von zehn Bestellungen exakt da, wo seine geendet hatte.

In den ersten Wochen würde sie den Job hassen. Die derben Witze der männlichen Gäste und die schlecht versteckte Eifersucht der versoffensten Frauen. Kaum Trinkgeld, keine Musik, zu der man sich bewegen konnte, keine Flirts mit hübschen Jungs. Dafür aber reichlich streitsüchtige alte Alkoholiker, die sie abends, wenn sie dichtmachten, rausschmeißen musste. Sie würde sich fragen, ob das alles das bisschen Geld wert war, das sie sich hier zu ihrem Studienkredit dazuverdienen konnte, um sich das zentral gelegene WG-Zimmer leisten zu können. Harry wusste aber auch, dass sich das nach und nach verändern würde, wenn sie den ersten Monat erst hinter sich gebracht hatte. Irgendwann würde sie beginnen, über den ziemlich absurden Humor der Gäste zu lachen, und es ihnen mit gleicher Münze heimzahlen. Wenn die weiblichen Gäste erkannt hatten, dass ihnen von der Neuen keine Gefahr drohte, würden sie sich ihr anvertrauen. Und dann würde sie auch Trinkgeld kriegen. Nicht viel, aber dafür ehrliches Geld, von ganzem Herzen gegeben, immer wieder verbunden mit aufmunternden, liebevollen Worten. Und sie würde einen Namen bekommen. Möglicherweise einen unerfreulich passenden, aber dieser Spitzname wäre wie ein Adelstitel in dieser unadeligen Gesellschaft. Klein Kari, Lenin, Rückspiegel, Bärin. Bei ihr würde es sicher etwas mit Sommersprossen und roten Haaren werden. Und während die Menschen in den WGs ein- und auszogen, Liebschaften kamen und gingen, würden diese Leute zu ihrer Familie werden. Eine herzensgute, spröde, nervenaufreibende, verlorene Familie.

Die junge Frau blickte von ihrem Block auf. »Ist das alles?«

»Ja«, erwiderte Harry mit einem Lächeln.

Sie hastete in Richtung Tresen, als stoppte jemand die Zeit. Und wer weiß, vielleicht stand Nina an der Bar und machte genau das.

Anders Wyller hatte eine SMS geschickt. Er wartete am *Tattoos & Piercing* in der Storgata auf ihn. Harry begann zu tippen, dass er sich allein darum kümmern müsse, als er hörte, wie jemand an seinem Tisch Platz nahm.

»Hallo, Nina«, sagte er, ohne den Blick zu heben.

»Hallo, Harry, Scheißtag?«

»Ja.« Er tippte das altmodische Smiley mit Doppelpunkt und Klammer.

»Und jetzt bist du hergekommen, um ihn noch beschissener zu machen?«

Harry antwortete nicht.

»Weißt du, was ich glaube, Harry?«

»Was glaubst du, Nina?« Sein Finger suchte nach Senden. »Ich habe gerade ein Bier bei Sommersprossen-Fia bestellt.«

»Belassen wir es vorläufig bei Marte. Und das Bier habe ich abbestellt. Der Teufel auf deiner rechten Schulter mag ja ein Bier wollen, aber der Engel auf deiner linken hat dich an einen Ort geführt, an dem dir kein Alkohol serviert wird und an dem es eine Nina gibt, von der du weißt, dass sie dir statt des Bieres einen Kaffee bringt, ein bisschen mit dir redet und dich dann nach Hause zu Rakel schickt.«

»Sie ist nicht zu Hause, Nina.«

»Ach, deshalb. Hat Harry Hole es wieder einmal geschafft, alles kaputtzumachen? Das könnt ihr Männer echt gut.«

»Rakel ist krank. Und ich brauche ein Bier, bevor ich Oleg anrufe.« Harry starrte auf sein Handy. Suchte immer noch nach Senden, als er Ninas weiche, warme Hand auf seiner spürte.

»Am Ende geht es in der Regel gut aus, Harry.«

Er sah sie an. »Nein, das tut es nicht. Oder kennst du irgendjemanden, der überlebt hat?«

Sie lachte. »›Am Ende‹ liegt irgendwo zwischen dem, was dich jetzt belastet, und dem Tag, an dem uns nichts mehr belastet, Harry.«

Harry sah noch einmal auf sein Telefon. Dann tippte er stattdessen Olegs Namen und rief ihn an.

Nina stand auf und ging weg.

Oleg antwortete nach dem ersten Klingeln. »Gut, dass du anrufst. Wir haben gerade Kolloquium und diskutieren Paragraph 20 des Polizeigesetzes. Es stimmt doch, dass man den so deuten muss, dass ein Polizist auf jeden Fall einem Kollegen mit höherem Dienstgrad unterstellt ist und die Befehle, die dieser ihm gibt, befolgen muss, auch wenn sie nicht im gleichen Dezernat oder sogar in unterschiedlichen Polizeibezirken Dienst tun, oder? Der Dienstgrad ist entscheidend in einer schwierigen Situation, oder nicht? Komm schon, sag, dass ich recht habe! Ich habe nämlich mit den anderen beiden Idioten hier gewettet. Um ein Bier.« Harry hörte das Gelächter der Studienfreunde im Hintergrund.

Harry schloss die Augen. Es stimmte, es gab etwas, worauf er hoffen konnte, worauf er sich freuen konnte: die Zeit, wenn einem all die Last von den Schultern gefallen war und einen nichts mehr belastete.

»Schlechte Nachrichten, Oleg. Mama ist im Krankenhaus. Im Ullevål.«

»Ich nehme den Fisch«, sagte Mona zum Kellner. »Aber lassen Sie Kartoffeln, Sauce und Gemüse weg.«

»Dann bleibt aber nur der Fisch«, sagte der Kellner.

»Genau«, erwiderte Mona, gab ihm die Speisekarte zurück und ließ ihren Blick über die anderen Mittagsgäste in dem gerade erst eröffneten, aber schon gutbesuchten Restaurant schweifen. Sie hatten mit Glück noch den letzten Zweiertisch bekommen.

»Nur Fisch?«, fragte Nora, die einen Caesarsalat ohne Dressing bestellt hatte, wobei Mona ganz genau wusste, dass die Freundin am Ende kapitulieren und sich zum Kaffee einen Nachtisch bestellen würde.

»Ich muss definieren«, sagte Mona.

»Definieren?«

»Ich muss das Unterhautfett wegkriegen, damit die Muskeln sichtbarer werden. In drei Wochen sind die nationalen Meisterschaften.«

»Bodybuilding? Du willst wirklich teilnehmen?«

Mona lachte. »Mit der Hüfte meinst du? Ich setze darauf, dass ich mit Beinen und Oberkörper genug punkten kann. Und natürlich mit meinem einnehmenden Wesen.«

»Du wirkst nervös.«

»Natürlich.«

»Der Wettkampf ist erst in drei Wochen, und du bist nie nervös. Was ist los? Hat das mit den Vampiristenmorden zu tun? Apropos, danke für den Tip, Smith war wunderbar. Und Bratt hat auf ihre Weise auch Terrain gemacht. Sie sah jedenfalls gut aus. Isabelle Skøyen, diese Ex-Senatorin, hat uns übrigens angerufen und gefragt, ob wir uns nicht auch Mikael Bellman als Gast vorstellen könnten.«

»Damit er auf die Kritik reagieren kann, dass Valentin Gjertsen nie gefasst wurde? Vielen Dank. Sie hat uns auch schon angerufen, wir sollen darüber schreiben. Die Frau weiß wirklich, was sie will.«

»Ihr wolltet nicht? Mein Gott, alles, was mit diesem Vampiristen zu tun hat, schafft doch Schlagzeilen.«

»*Ich* wollte nicht. Meine Kollegen waren da anderer Meinung.« Mona tippte auf ihr iPad und reichte es Nora, die laut von der VG-Homepage vorlas:

»Die frühere Senatorin Isabelle Skøyen weist die Kritik an der Osloer Polizei zurück und betont, dass der Polizeipräsident alles im Griff habe: ›Mikael Bellman und seine Polizeieinheiten haben den Vampiristenmörder bereits identifiziert und sind nun mit einem Großaufgebot auf der Suche nach ihm. Unter anderem hat der Polizeipräsident den berühmten Ermittler Harry Hole ins Team geholt, der nur allzu gerne bereit war, seinem früheren Vorgesetzten zu helfen, und sich darauf freut, diesen armseligen Perversen hinter Schloss und Riegel zu bringen.‹«

Nora gab das iPad zurück. »Ziemlich verrückt, muss ich schon sagen. Was hältst du eigentlich von diesem Hole? Würdest du ihn von der Bettkante stoßen?«

»Definitiv. Du etwa nicht?«

»Ich weiß nicht.« Nora starrte vor sich hin. »Nicht stoßen. Vielleicht nur ein bisschen stupsen. So nach dem Motto ›Jetzt geh doch bitte und fass mich bloß nicht da oder da und ganz bestimmt nicht da an‹.« Nora kicherte.

»Mein Gott«, sagte Mona und schüttelte den Kopf. »Frauen wie du erhöhen eindeutig die Zahl der Missverständnis-Vergewaltigungen.«

»Missverständnis-Vergewaltigung? Gibt es das Wort? Macht das Sinn?«

»Und ob! Mich hat jedenfalls noch nie jemand missverstanden.«

»Was mich daran erinnert, dass ich endlich herausgefunden habe, warum du Old Spice benutzt.«

»Hast du nicht«, sagte Mona genervt.

»Doch! Du willst dich damit vor Vergewaltigern schützen. Oder? Rasierwasser, das nach Testosteron riecht, vertreibt die so sicher wie Pfefferspray. Aber hast du bedacht, dass das auch alle anderen in die Flucht schlägt?«

»Ich gebe es auf«, sagte Mona mit einem Seufzen.

»Ja! Gib auf und sag es endlich!«

»Das ist wegen meinem Vater.«

»Aha?«

»Der hat immer Old Spice benutzt.«

»Stimmt, ihr wart euch *so* nah. Du vermisst ihn, du Arme.«

»Ich benutze es als Erinnerung an das Wichtigste, das ich von ihm gelernt habe.«

Nora zwinkerte ihr zu. »Sich zu rasieren?«

Mona lachte kurz und nahm ihr Glas. »Niemals aufzugeben, *niemals*.«

Nora legte den Kopf schief und sah ihre Freundin ernst an. »Du bist nervös, Mona. Was ist los? Und warum wolltest du nicht mit dieser Skøyen reden? Die Vampiristengeschichte ist doch deine Story.«

»Weil ich einen dickeren Fisch an der Angel habe.« Mona nahm die Hände vom Tisch, als der Kellner erschien.

»Das will ich auch wirklich hoffen«, sagte Nora und sah auf das mickrige Filet, das der Kellner ihrer Freundin servierte.

Mona stocherte mit der Gabel darin herum. »Und ich bin nervös, weil ich vermutlich überwacht werde.«

»Was sagst du da?«

»Ja, was sage ich? Nichts, weil ich dir nichts sagen kann, Nora. Dir nicht und auch sonst niemandem. Das ist Teil der Abmachung, und es ist durchaus möglich, dass wir abgehört werden.«

»Abgehört? Wir? Du machst Witze! Und ich habe gesagt, dass Hole ...« Nora schlug sich die Hand vor den Mund.

Mona lächelte. »Das wird sicher nicht gegen dich verwendet. Es ist durchaus möglich, dass ich kurz vor dem Scoop der Kriminaljournalistik bin. Aller Zeiten.«

»Erzähl!«

Mona schüttelte entschieden den Kopf. »Was ich erzählen kann, ist, dass ich eine Pistole habe.« Sie tippte auf ihre Handtasche.

»Du machst mir Angst, Mona! Und was, wenn sie hören, dass du eine Pistole hast?«

»Ich will ja, dass sie das hören! Dann kapieren sie vielleicht, dass sie nicht auf dumme Gedanken kommen sollten.«

Nora stöhnte resigniert auf. »Und warum musst du das allein machen, wenn es so gefährlich ist?«

»Weil es dann in die Geschichte eingeht, liebe Nora.« Mona grinste breit und hob ihr Wasserglas an. »Wenn es läuft, wie es laufen soll, zahle ich das nächste Essen. Und Meisterschaft hin oder her, dann trinken wir Champagner.«

»Ja!«

»Tut mir leid, dass ich so spät bin«, sagte Harry und schloss die Tür des *Tattoos & Piercing* hinter sich.

»Wir gehen gerade das Sortiment durch«, sagte Anders Wyller lächelnd. Er stand hinter dem Verkaufstisch und blätterte gemeinsam mit einem o-beinigen Mann mit VIF-Cap, schwarzem

Hüsker-Dü-T-Shirt und einem Bart, der schon voll ausgebildet war, als alle Hipster gleichzeitig aufgehört hatten, sich zu rasieren.

»Lasst euch nicht stören«, sagte Harry und blieb an der Tür stehen.

»Wie gesagt«, sagte der Bärtige und zeigte in den Katalog. »Die da sind auch nur zum Schmuck und können nicht wirklich in den Mund eingesetzt werden. Die Zähne sind auch nicht spitz, sieht man mal von den Reißzähnen ab.«

»Und was ist mit denen da?«, fragte Anders Wyller.

Harry sah sich um. Es war niemand sonst im Laden, und für andere Kunden wäre auch kaum noch Platz. Jeder Quadratmeter, um nicht zu sagen Kubikmeter, wurde genutzt. Mitten im Raum stand die Tätowierbank, von der Decke hingen T-Shirts herunter, und an den Wänden standen Regale und Ständer mit Piercingschmuck, Totenschädeln und Zeichentrickfiguren aus verchromtem Metall. Die wenigen freien Stellen an den Wänden waren mit Zeichnungen und Fotos von Tattoos beklebt. Auf einem der Fotos erkannte Harry eine russische Gefängnistätowierung, eine Makarow-Pistole, für Eingeweihte ein sicheres Zeichen, dass der Träger einen Polizisten ermordet hatte. Die wenig präzisen Stiche konnten bedeuten, dass das Tattoo auf herkömmliche Weise gestochen worden war, mit einer Gitarrensaite, befestigt an einem Rasierer, und als Farbe die Asche verbrannter Schuhsohle und Urin verwendet worden war.

»Sind das alles Ihre Tattoos?«, fragte Harry.

»Keins davon«, antwortete der Mann. »Die Bilder stammen von überall. Aber cool, oder?«

»Wir sind gleich fertig«, sagte Anders.

»Nehmt euch die Zeit, die …« Harry hielt abrupt inne.

»Tut mir leid, dass ich Ihnen nicht helfen konnte«, sagte der Bärtige zu Wyller. »Was Sie mir da beschrieben haben, finden Sie vielleicht eher in einem Laden für Sex-Fetischisten.«

»Danke, aber das haben wir auch schon überprüft.«

»Na, dann. Aber sagen Sie Bescheid, wenn wir Ihnen irgendwie anders ...«

»Das da.«

Die beiden drehten sich zu dem großgewachsenen Polizisten
um, der den Zeigefinger auf eine Tattoozeichnung hoch oben an
der Wand gerichtet hatte. »Wo haben Sie das her?«

Sie gingen zu ihm.

»Aus der Haftanstalt Ila«, sagte der Bärtige. »Das ist eine der
Zeichnungen, die Rico Herrem gemacht hat, ein Tätowierer, der
da eingesessen hat. Er ist in Pattaya, Thailand, gestorben, kurz
nachdem er seine zwei- oder dreijährige Haftstrafe abgesessen
hatte, Milzbrand.«

»Haben Sie dieses Motiv jemandem gestochen?«, fragte Harry
und spürte, wie der schreiende Mund des Dämons sie in den
Bann zog.

»Nee, nie. Es hat auch keiner danach gefragt, wer will schon
mit so etwas herumlaufen?«

»Niemand?«

»Nicht dass ich wüsste. Aber jetzt, wo Sie das sagen, hier hat
mal jemand gearbeitet, der dieses Tattoo schon einmal gesehen
haben will. Er hat das als Cin bezeichnet. Ich erinnere mich
daran, weil Cin und seytan die einzigen türkischen Wörter sind,
die ich noch kenne. Cin bedeutet Dämon.«

»Hat er gesagt, wo er das gesehen hat?«

»Nein, und er ist zurück in die Türkei gezogen. Ich habe aber
noch seine Telefonnummer, sollte das wichtig sein.«

Harry und Wyller warteten, bis der Mann mit einem handgeschriebenen Zettel aus dem Hinterzimmer zurückkam.

»Der spricht allerdings kaum Englisch.«

»Wie ...?«

»Zeichensprache, mein Dönertürkisch und sein Kebabnorwe-
gisch. Das hat er inzwischen aber sicher vergessen. Ich empfehle
einen Dolmetscher.«

»Nochmals danke«, sagte Harry. »Und ich fürchte, wir müssen

diese Zeichnung mitnehmen.« Er drehte sich um und wollte nach einem Stuhl Ausschau halten, um so weit nach oben zu kommen, bemerkte dann aber, dass Wyller ihm schon einen hingestellt hatte.

Harry sah für einen Augenblick seinen jungen, lächelnden Kollegen an. Dann kletterte er auf den Stuhl.

»Was machen wir jetzt?«, fragte Wyller, als sie draußen auf der Storgata standen und die Straßenbahn an ihnen vorbeiratterte.

Harry steckte die Zeichnung in die Innentasche seiner Jacke und sah zu dem Blaukreuzler-Signet hinauf, das an der Hauswand über ihnen prangte.

»Wir gehen in eine Bar.«

Er ging über den Krankenhausflur. Den Blumenstrauß hielt er vor sich in die Höhe, so dass sein Gesicht wenigstens teilweise verdeckt war. Aber keiner, der ihm entgegenkam, weder Besucher noch Personal, bemerkte ihn. Ruhepuls. Er hatte Ruhepuls. Mit dreizehn war er von einer Gardinenleiter gefallen, als er über den Zaun hinweg die Nachbarsfrau beobachten wollte. Er schlug mit dem Kopf auf der betonierten Terrasse auf und verlor das Bewusstsein. Als er wieder zu sich kam, lag seine Mutter mit dem Ohr an seiner Brust über ihm, so dass er ihren Duft riechen konnte, ihr Lavendelparfüm. Sie hielt ihn für tot, da sie weder sein Herz schlagen hörte noch seinen Puls finden konnte. Ob das, was er in diesem Moment in ihrer Stimme wahrnahm, Erleichterung oder Enttäuschung war, wusste er nicht. Auf jeden Fall hatte sie ihn zu einem jungen Arzt gebracht, auch der hatte nur mit größter Mühe seinen Puls finden können. Bei dieser Untersuchung war festgestellt worden, dass sein Herz ungewöhnlich langsam schlug. Dabei führten Gehirnerschütterungen eigentlich zu einem erhöhten Puls. Man hatte ihn in ein Krankenhaus eingewiesen, wo er eine Woche in einem weißen Bett gelegen und blendend weiße Träume gehabt hatte. Überbelichtete Bilder, etwa so, wie man in Filmen das Leben nach dem

Tod darstellte. Engelsweiß. Nichts in einem Krankenhaus bereitet dich auf das Schwarz vor, das draußen wartet.

Das Schwarz, das jetzt die Frau erwartete, die in dem Zimmer lag, dessen Nummer sie ihm bereitwillig gegeben hatten.

Das Schwarz, das den Polizisten mit dem besonderen Blick erwartete, wenn er erfuhr, was passiert war.

Das Schwarz, das uns alle erwartete.

Harry starrte auf die Flaschen, die vor dem Spiegel auf dem Barregal standen. Der goldene Inhalt funkelte warm in dem reflektierenden Licht der Lampen. Rakel schlief. Fünfundvierzig Prozent. Die Überlebenschancen und der Alkoholgehalt stimmten in etwa überein. Schlafen. Er könnte gemeinsam mit ihr dort sein, wo sie jetzt war. Er hob den Blick. Sah Mehmet, dessen Lippen unverständliche Worte formten. Harry hatte irgendwo gelesen, dass die türkische Grammatik die drittschwerste der Welt sein sollte.

»*Sagolun*«, sagte Mehmet und gab Harry das Handy zurück. »Er hat gesagt, dass er den *Cin* auf der Brust eines Mannes in einem türkischen Bad in Sagene gesehen hat. Es soll *Cagcloglu Hamam* heißen. Er will ihn dort sogar ein paarmal gesehen haben, das letzte Mal vor knapp einem Jahr, bevor er zurück in die Türkei gegangen ist. Der Mann soll die meiste Zeit einen Bademantel getragen haben, sogar im Bad. Nur im *Hararet* soll er den abgelegt haben.«

»Im was?«

»Im Dampfbad. Wenn da die Tür aufgeht, entweicht ein wenig Dampf, hat er gesagt, und da hat er ihn für ein paar Sekunden gesehen. Er meinte, dass man so ein Tattoo nie vergisst, es hätte ausgesehen, als würde dieser *seytan* im wahrsten Sinne des Wortes versuchen, aus der Haut zu fahren.«

»Hm. Haben Sie mit ihm über irgendwelche besonderen Merkmale gesprochen?«

»Ja, ich habe gefragt, aber er hat die Narben unter dem Kinn, von denen Sie gesprochen haben, nicht gesehen. Und auch sonst nichts.«

Harry nickte nachdenklich, während Mehmet die Kaffeekanne holte, um ihnen nachzuschenken.

»Überwachen wir das Bad?«, fragte Wyller, der neben Harry auf einem Barhocker saß.

Harry schüttelte den Kopf. »Wir wissen nicht, ob und wann er wieder auftaucht, und selbst wenn, haben wir keine Ahnung, wie Valentin aussieht. Er ist viel zu klug, um sein Tattoo jetzt zu zeigen.«

Mehmet kam zurück und füllte die Tassen vor ihnen auf dem Tresen.

»Danke für die Hilfe, Mehmet«, sagte Harry. »Es hätte uns sicher einen Tag gekostet, einen vereidigten türkischen Dolmetscher zu finden.«

Mehmet zuckte mit den Schultern. »Bei so was muss man doch helfen. Außerdem war Elise vor ihrer Ermordung hier bei mir.«

»Hm.« Harry starrte in seine Tasse. »Anders?«

»Ja?« Anders Wyller klang froh, vielleicht weil es das erste Mal war, das Harry ihn beim Vornamen genannt hatte.

»Holst du schon mal den Wagen und fährst vor?«

»Ja, aber, der steht doch nur ...«

»Ich komme dann raus.«

Als Wyller durch die Tür war, trank Harry einen Schluck von dem Kaffee. »Es geht mich ja nichts an, Mehmet, aber Sie stecken in Schwierigkeiten, oder?«

»Schwierigkeiten?«

»Sie haben eine blitzsaubere Akte, das habe ich überprüft. Aber das trifft nicht auf den Typen zu, der hier war und sofort wieder gegangen ist, als wir gekommen sind. Er hat mich zwar nicht gegrüßt, aber Danial Banks und ich sind alte Bekannte. Hat er Sie am Wickel?«

»Wie meinen Sie das?«

»Ich meine, dass Sie hier eine neue Kneipe aufgemacht haben, laut Steuerbescheid, aber kein Vermögen besitzen. Banks hat sich darauf spezialisiert, Leuten wie Ihnen Geld zu leihen.«

»Leuten wie mir?«

»Die bei keiner Bank Geld kriegen würden. Was er macht, ist gegen das Gesetz, das wissen Sie? Wucherzinsen sind laut Strafgesetzbuch verboten. Sie können ihn anzeigen, dann kommen Sie da raus. Lassen Sie mich Ihnen helfen.«

Mehmet starrte den Polizisten mit den blauen Augen an. Dann nickte er. »Sie haben recht, Harry ...«

»Gut.«

»... das geht Sie nichts an. Hört sich an, als würde Ihr Kollege bereits warten.«

Er schloss die Tür des Krankenzimmers hinter sich. Die Jalousien waren heruntergelassen worden, und nur wenig Licht drang in den Raum. Er legte den Blumenstrauß auf das Nachtschränkchen, das am Kopfende des Bettes stand. Sah auf die schlafende Frau. Sie sah einsam aus.

Er zog die Gardinen vor. Setzte sich auf den Stuhl neben dem Bett, zog eine Spritze aus der Jackentasche und entfernte die Schutzkappe. Nahm ihren Arm. Betrachtete die Haut. Echte Haut. Er liebte echte Haut. Am liebsten hätte er sie geküsst, wusste aber, dass er sich beherrschen und an den Plan halten musste. Der Plan. Dann stach er ihr die Nadel der Spritze in den Arm. Spürte, wie sie widerstandslos in die Haut eindrang.

»So«, flüsterte er leise. »Jetzt nehme ich dich ihm weg. Jetzt gehörst du mir. Nur mir.«

Er drückte den Kolben durch und sah, wie der dunkle Inhalt in ihrem Arm verschwand. Sie mit Schwärze erfüllte. Und Schlaf.

»Präsidium?«, fragte Wyller.

Harry sah auf die Uhr. Zwei. In einer Stunde hatte er sich mit Oleg am Krankenhaus verabredet.

»Ullevål-Krankenhaus«, sagte er.

»Fühlst du dich schlecht?«

»Nein.«

Wyller wartete, dann legte er den Gang ein und fuhr los.

Harry sah aus dem Fenster und fragte sich, warum er niemandem etwas gesagt hatte. Katrine musste er einweihen, schon aus rein praktischen Gründen. Und darüber hinaus? Nein, warum?

»Ich habe gestern Father John Misty heruntergeladen«, sagte Wyller.

»Warum?«

»Weil du mir das empfohlen hast.«

»Habe ich? Dann muss es gut sein.«

Sie schwiegen, bis sie auf dem Ullevålsveien waren und hinter der Sankt-Olav-Domkirche in Richtung Nordahl Bruns gate im Verkehr steckenblieben.

»Halt mal da vorn an der Bushaltestelle«, sagte Harry. »Da ist jemand, den ich kenne.«

Wyller bremste und fuhr in die Haltebucht. Vor dem Wartehäuschen stand eine Gruppe Jugendlicher, wahrscheinlich war gerade Schulschluss. Die Kathedralschule, ja, auf die ging sie. Sie stand etwas abseits der laut redenden Gruppe, die Haare im Gesicht. Ohne eigentlichen Plan, was er sagen sollte, ließ Harry das Fenster herunter.

»Aurora!«

Ein Zucken ging durch den Körper des langbeinigen Mädchens, und wie eine verschreckte Antilope rannte es los. Harry blieb perplex sitzen und sah ihr im Seitenspiegel nach, während sie in Richtung Domkirche über den Ullevålsveien verschwand.

»Hast du immer diese Wirkung auf junge Mädchen?«, fragte Wyller.

Sie rennt gegen die Fahrtrichtung des Autos, dachte Harry, und das ohne nachzudenken. Sie muss sich vorher schon Gedanken darüber gemacht haben. Wenn du vor jemandem in einem

Auto weglaufen musst, immer gegen die Fahrtrichtung. Warum oder was das zu bedeuten hatte, wusste er nicht. Vielleicht bloß irgendeine Teenagerangst. Oder eine *Phase*, wie Ståle es genannt hatte.

Etwas weiter den Ullevålsveien entlang wurde der Verkehr wieder flüssiger.

»Ich warte im Auto«, sagte Anders, als sie auf dem Krankenhausgelände vor dem Eingang von Gebäude 3 hielten.

»Das kann aber eine Weile dauern«, sagte Harry. »Willst du nicht lieber in den Warteraum gehen?«

Er schüttelte den Kopf. »Keine guten Krankenhauserinnerungen.«

»Hm. Deine Mutter?«

»Wie bist du draufgekommen?«

Harry zuckte mit den Schultern. »Es musste jemand sein, der dir sehr nahestand. Ich habe meine Mutter auch in einem Krankenhaus verloren, als ich klein war.«

»War das bei dir auch die Schuld des Arztes?«

Harry schüttelte den Kopf. »Nein, ihr war nicht mehr zu helfen. Deshalb habe ich mir die Schuld gegeben.«

Wyller verzog den Mund zu einem traurigen Lächeln. »Bei meiner Mutter war es einer dieser selbsternannten Götter in Weiß. Deshalb setze ich da keinen Fuß mehr rein.«

Auf dem Weg ins Krankenhaus bemerkte Harry einen Mann, der ihm mit einem Blumenstrauß vor dem Gesicht entgegenkam. Seltsam, dachte Harry, eigentlich geht man mit Blumen doch eher ins Krankenhaus hinein.

Oleg wartete auf einer der Sitzgruppen der Station. Sie umarmten sich im Beisein von Patienten und Besuchern um sie herum, die Gespräche führten oder irgendwelche alten Magazine durchblätterten. Oleg fehlten nur noch ein paar Zentimeter, dann war er so groß wie Harry, der immer wieder vergaß, dass der Junge inzwischen ein ausgewachsener Mann war und er ihre Wette längst gewonnen hatte.

»Haben sie noch was gesagt?«, fragte Oleg. »Was es ist oder ob diese Scheiße gefährlich ist?«

»Nein«, sagte Harry. »Nein, aber mach dir keine Sorgen. Sie wissen schon, was sie tun. Sie ist ganz bewusst in ein künstliches Koma *versetzt* worden. Die haben alles unter Kontrolle. Okay?«

Oleg öffnete den Mund. Schloss ihn wieder und nickte. Und Harry sah es. Oleg hatte längst verstanden, dass Harry ihn schonen wollte und nicht die Wahrheit gesagt hatte. Und er hatte es zugelassen.

Ein Pfleger kam und sagte, dass sie jetzt zu ihr reingehen dürften.

Harry ging vor.

Die Jalousien waren heruntergelassen.

Er trat ans Bett. Sah ihr blasses Gesicht. Sie sah aus, als wäre sie weit weg.

Viel zu weit weg.

»A...atmet sie?«

Es war Oleg. Er war dicht hinter Harry getreten, wie er es immer als Kind getan hatte, wenn ihnen einer der großen Hunde oben am Holmenkollen entgegengekommen war.

»Ja«, sagte Harry und nickte in Richtung der blinkenden Maschinen.

Sie setzten sich rechts und links neben ihr Bett. Und starrten, wann immer sie meinten, dass der andere es nicht sah, auf die grüne, immer wieder ausschlagende Linie auf dem Monitor.

Katrine ließ den Blick über die unzähligen Hände schweifen.

Die Pressekonferenz dauerte jetzt schon knappe fünfzehn Minuten, und die Ungeduld im Saal war deutlich spürbar. Katrine fragte sich, ob es die Anwesenden am meisten aufbrachte, dass die Polizei keine Neuigkeiten über die Jagd nach Valentin Gjertsen hatte oder dass es keine Neuigkeiten von Valentin Gjertsens Jagd nach neuen Opfern gab. Seit seiner letzten Tat waren sechsundvierzig Stunden vergangen.

»Ich fürchte, ich kann Ihnen auf diese Frage nur wieder dieselbe Antwort geben«, sagte sie. »Wenn es keine anderen Fragen gibt ...«

»Wie reagieren Sie darauf, dass Sie es jetzt mit drei und nicht mehr mit zwei Morden zu tun haben?«

Die Frage war von einem Journalisten ganz hinten im Saal gekommen.

Katrine konnte sehen, wie sich Unruhe unter den Anwesenden breitmachte. Sie schaute zu Bjørn Holm, der in der ersten Reihe saß, erntete aber nur ein Schulterzucken, schließlich beugte sie sich zum Mikrofon vor.

»Es ist möglich, dass einige von Ihnen Informationen haben, von denen wir noch keine Kenntnis besitzen, darauf muss ich also zu einem späteren Zeitpunkt zurückkommen.«

Eine andere Stimme: »Wir haben eine Nachricht aus dem Krankenhaus erhalten, Penelope Rasch ist tot.«

Katrine hoffte, dass ihr Gesicht nicht zur Gänze die Verwirrung zeigte, die sie fühlte. Penelope Rasch war doch außer Lebensgefahr gewesen.

»Wenn das so ist, beenden wir die Pressekonferenz jetzt und kommen darauf zurück, wenn wir mehr wissen.« Katrine packte ihre Papiere zusammen, verließ rasch das Podium und verschwand durch die Seitentür. »Wenn wir mehr wissen *als ihr*«, schimpfte sie leise vor sich hin.

Wütend stampfte sie über den Korridor. Was zum Henker war passiert? War während der Behandlung etwas schiefgelaufen? Sie konnte nur hoffen, dass es eine medizinische Erklärung gab, unvorhergesehene Komplikationen, eine plötzliche Verschlechterung oder einen Kunstfehler. An die Alternative, dass Valentin sein Versprechen gehalten und zurückgekommen war, wollte sie einfach nicht denken. Die Zimmernummer von Penelope war geheim, nur ihre nächsten Angehörigen hatten die bekommen.

Bjørn schloss zu ihr auf. »Ich habe gerade mit dem Krankenhaus gesprochen. Sie sagen, es handele sich um eine Vergiftung, die sie bisher noch nicht bemerkt hätten, gegen die sie aber wohl auch nichts hätten tun können.«

»Vergiftung? Von dem Biss, oder ist das im Krankenhaus passiert?«

»Das ist noch unklar, morgen wissen sie mehr.«

Was für ein verfluchtes Chaos. Katrine hasste Chaos. Und wo war Harry? Verdammte Scheiße!

»Vorsichtig, sonst trittst du noch ein Loch in den Boden«, sagte Bjørn leise.

Harry hatte Oleg gesagt, dass die Ärzte noch nichts wussten. Dass sie keine Ahnung hatten, wie es weitergehen würde. Danach hatten sie über praktische Dinge gesprochen, die jetzt zu regeln waren, auch wenn das nicht viel war. Und sie hatten geschwiegen, lange wortlos beieinandergesessen.

Harry sah auf die Uhr. Sieben.

»Du solltest nach Hause gehen«, sagte er. »Iss was und geh schlafen. Du musst ja morgen in die Schule.«

»Nur wenn ich weiß, dass du hier bist«, sagte Oleg. »Wir dürfen sie nicht allein lassen.«

»Ich bleibe hier, bis ich rausgeschmissen werde, was bald der Fall sein wird.«

»Aber bis dahin bleibst du? Und gehst nicht arbeiten?«

»Arbeiten?«

»Du bleibst hier und kümmerst dich nicht ... um den Fall?«

»Natürlich nicht.«

»Ich weiß, wie du bist, wenn du an einem Mordfall sitzt.«

»Weißt du das?«

»An ein bisschen was kann ich mich erinnern. Und Mama hat mir auch das eine oder andere erzählt.«

Harry seufzte. »Ich bleibe hier. Ich verspreche es. Ehrenwort. Die Welt dreht sich auch ohne mich weiter, aber ...« Er hielt inne, und die Fortsetzung blieb zwischen ihnen in der Luft hängen ... *nicht ohne sie.*

Harry holte tief Luft. »Wie geht es dir?«

Oleg zuckte mit den Schultern. »Ich habe Angst. Und es tut weh.«

»Ich weiß. Geh jetzt und komm morgen nach der Schule wieder. Ich bin morgens hier.«

»Harry?«

»Ja?«

»Wird es morgen besser?«

Harry sah ihn an. Der Junge mit den braunen Augen und den schwarzen Haaren hatte nicht einen Tropfen Blut von ihm im Körper, trotzdem hatte er das Gefühl, in einen Spiegel zu blicken. »Was glaubst du?«

Oleg schüttelte den Kopf, und Harry sah, dass er mit den Tränen kämpfte.

»Tja«, sagte Harry. »Ich habe so wie du am Bett meiner Mutter gesessen, als sie krank war. Stunde um Stunde, Tag um Tag. Ich war damals noch ein kleiner Junge, aber das Ganze hat mich innerlich aufgefressen.«

Oleg wischte sich die Augen mit dem Handrücken ab und schniefte. »Würdest du dir wünschen, es nicht getan zu haben?«

Harry schüttelte den Kopf. »Nein, das ist ja das Komische. Wir haben nicht mehr viel geredet, sie war zu schwach. Lag einfach da, ein blasses Lächeln auf den Lippen, und verschwand immer mehr, wie die Farben auf einem Bild, das in der Sonne liegt. Es ist meine schlimmste, aber auch meine beste Erinnerung aus der Kindheit. Verstehst du das?«

Oleg nickte langsam. »Ich glaube schon.«

Sie nahmen sich zum Abschied in den Arm.

»Papa ...«, flüsterte Oleg, und Harry spürte eine warme Träne an seinem Hals.

Er selbst konnte nicht weinen. Wollte nicht weinen. Fünfundvierzig Prozent, fünfundvierzig gute Prozent.

»Ich bin hier, mein Junge«, sagte Harry. Ruhige Stimme. Bedrücktes Herz. Er fühlte sich stark. Er konnte das schaffen.

KAPITEL 19

Montagabend

Mona Daa hatte sich extra Joggingschuhe angezogen, trotzdem hallten ihre Schritte zwischen den Containern wider. Sie hatte ihr kleines Elektroauto am Tor geparkt und war ohne Zögern auf das dunkle, verlassene Containergelände gegangen, das heute eine Art Friedhof des ehemals so belebten Hafens darstellte. Die aneinandergereihten Container waren die Grabsteine der toten oder vergessenen Waren. Irgendwann einmal bestellt von mittlerweile bankrotten Empfängern, verschifft von Absendern, die es nicht mehr gab oder die ihre Waren nicht zurücknehmen konnten, so dass die Güter in ewigem Transit hier auf Sjursøya gestrandet waren und nun einen grellen Kontrast zu all der Erneuerung und Verschönerung des gleich nebenan liegenden Bjørvika-Areals bildeten, wo ein Prachtbau neben dem anderen in die Höhe gezogen wurde. Die Krone bildete das eisklotzartige Opernhaus. Mona war überzeugt, dass es als Monument des Ölzeitalters überdauern würde, wie ein Tadsch Mahal der Sozialdemokratie.

Mona nutzte die mitgebrachte Taschenlampe, um sich zu orientieren. Buchstaben und Zahlen auf dem Asphalt wiesen ihr den Weg. Sie trug schwarze Tights und eine schwarze Trainingsjacke. In der einen Tasche hatte sie Pfefferspray und ein Vorhängeschloss, in der anderen die Pistole, eine 9-mm-Walther, die sie sich von ihrem Vater, ohne dass er es wusste, ausgeborgt hatte. Er hatte nach dem Medizinstudium als Sanitätsleutnant gearbeitet, seine Waffe aber nie zurückgegeben. Unter dem dünnen

Stoff der Jacke und dem Brustgurt mit dem Pulsmesser schlug ihr Herz immer schneller.

H23 lag zwischen zwei Reihen von dreifach übereinandergestapelten Containern. Es war wirklich ein Käfig, in dem ein großes Tier transportiert worden sein musste. Ein Elefant oder eine Giraffe, vielleicht auch ein Flusspferd. Die eine Schmalseite des Käfigs konnte komplett geöffnet werden, war jetzt aber mit einem verrosteten Vorhängeschloss verriegelt. In der Mitte der längeren Seite war eine kleinere, unverschlossene Tür, vermutlich für die Tierpfleger, wenn sie Futter brachten oder den Käfig reinigten.

Die Scharniere kreischten, als sie die Tür an den Gitterstäben aufzog und sich ein letztes Mal umsah. Vermutlich war er bereits hier und überzeugte sich, irgendwo in den Schatten zwischen den Containern versteckt, dass sie wie vereinbart allein kam.

Zweifel oder Zögern war jetzt fehl am Platz, sie machte es so, als müsste sie während eines Wettkampfs schwere Gewichte heben. Sagte sich, dass die Entscheidung längst gefallen war, sie nicht mehr darüber nachzudenken brauchte und einfach zur Tat schreiten musste. Sie ging hinein, nahm das mitgebrachte Vorhängeschloss aus der Tasche und verriegelte damit die Tür. Den Schlüssel steckte sie sich in die Tasche.

Der Käfig roch nach Urin, ob von Tieren oder Menschen, wusste sie nicht. In der Mitte des Käfigs hob sie den Blick.

Er konnte von links oder rechts kommen. Oder war er auf einen der gestapelten Container geklettert und redete von oben mit ihr? Sie schaltete das Mikro ihres Handys ein und legte es auf den stinkenden Stahlboden. Dann schob sie den linken Ärmel hoch und warf einen Blick auf ihre Uhr. 19.59. Auch den rechten Ärmel schob sie hoch. Ihr Puls lag bei 128.

»Hallo, Katrine, ich bin's.«

»Gut, dass du anrufst, Harry. Ich hab dich zu erreichen versucht, hast du meine Nachrichten nicht bekommen? Wo bist du?«

»Zu Hause.«

»Penelope Rasch ist tot.«

»Komplikationen. Ich habe es in der Onlineausabe der VG gelesen.«

»Und?«

»Ich musste mir in den letzten Stunden über ein paar andere Dinge Gedanken machen.«

»Ach ja? Und was?«

»Rakel ist im Krankenhaus. Ullevål.«

»Oh. Was Ernstes?«

»Ja.«

»Mein Gott, Harry. Ernst, etwa in ...?«

»Wir wissen es nicht. Ich bin vorläufig raus bei den Ermittlungen. Ich bleibe bis auf weiteres im Krankenhaus.«

Pause.

»Katrine?«

»Ja? Ja, natürlich. Tut mir leid, das ist alles nur ein bisschen viel auf einmal. Trotzdem, ich habe vollstes Verständnis für dich. Ich bin ganz auf deiner Seite. Aber Harry, Mensch, Scheiße, hast du jemanden, mit dem du darüber reden kannst? Willst du, dass ich komme ...?«

»Danke, Katrine, aber konzentriere dich auf diesen Kerl. Ich werde die Gruppe auflösen, du musst also mit dem zurechtkommen, was du hast. Arbeite mit Smith zusammen. Er hat zwar noch kürzere soziale Antennen als ich, aber er hat keine Angst und ist in der Lage, sich gedanklich auf unbekanntes Terrain zu wagen. Und Anders Wyller ist interessant. Gib ihm etwas mehr Verantwortung und schau, wie er sich macht.«

»Daran hatte ich auch schon gedacht, Harry. Ruf an, wenn etwas ist, egal, was.«

»Mach ich.«

Harry legte auf und erhob sich. Ging zur Kaffeemaschine und hörte, wie seine Füße über den Boden schlurften. Er hatte noch nie geschlurft, nie, dachte er, als er mit der Kanne in der Hand dastand und sich in der leeren Küche umsah. Er wusste nicht mehr, wo er die Kaffeetasse hingestellt hatte, stellte die Kanne wieder ab, setzte sich an den Küchentisch und wählte Bellmans Nummer. Der Anrufbeantworter meldete sich. Egal, dachte er, viel zu sagen gab es ja eh nicht.

»Hier ist Hole. Meine Frau ist krank, ich steige aus. Endgültig.«

Er blieb sitzen und sah aus dem Fenster auf die Lichter der Stadt.

Dachte an den tonnenschweren Wasserbüffel, an dessen Kehle ein Löwe hing. Seine Wunden bluteten, er hatte aber noch viel Blut, und wenn es ihm gelang, den Löwen abzuschütteln, konnte er ihn mit seinen Hufen tottrampeln oder mit den Hörnern aufspießen. Aber es eilte, die Luftröhre wurde immer enger, und er brauchte Luft. Außerdem waren weitere Löwen auf dem Weg, das Rudel hatte das Blut gewittert.

Er sah die Lichter und dachte, dass sie ihm nie weiter entfernt vorgekommen waren.

Der Verlobungsring. Valentin hatte ihr einen Ring gegeben und war zurückgekommen. Genau wie der Verlobte. Verdammt. Er verdrängte den Gedanken. Es war an der Zeit, den Kopf auszuschalten. Ausschalten, zusperren und nach Hause gehen.

So, ja.

Um 20.14 Uhr hörte Mona Daa ein Geräusch aus dem Dunkeln, das immer undurchdringlicher wurde, seit sie in den Käfig getreten war. Sie sah eine Bewegung. Etwas kam auf sie zu. Sie war die wenigen Fragen, die sie vorbereitet hatte, wieder und wieder durchgegangen und hatte sich gefragt, ob sie mehr Angst davor hatte, dass er kam oder dass er nicht kam. Jetzt wusste sie die Antwort. Sie spürte das Herz bis zum Hals schlagen und umklammerte die Pistole in ihrer Jackentasche. Im Keller ihrer Eltern hatte sie aus sechs Metern Abstand ein paar Probeschüsse auf den alten Regenmantel an der Wand abgegeben und getroffen.

Es kam aus dem Dunkeln und bewegte sich ins Licht der Scheinwerfer des Frachtschiffs, das wenige Hundert Meter entfernt bei den Betonsilos vor Anker lag.

Es war ein Hund.

Er lief um den Käfig herum und sah zu ihr hinein.

Wahrscheinlich ein herrenloses Tier. Er war dünn, trug kein Halsband, und sein Fell war so ungepflegt, dass er kaum woanders leben konnte als hier draußen auf dem Containerfriedhof. Als kleines Mädchen mit Katzenallergie hatte sie sich immer einen solchen Hund gewünscht. Hatte davon geträumt, dass er ihr eines Tages einfach nach Hause nachlief und ihr nie wieder von der Seite wich.

Mona begegnete dem kurzsichtigen Blick des Hundes, glaubte zu verstehen, was das Tier dachte – *ein Mensch im Käfig* –, und sein stilles Lachen hören zu können.

Nachdem der Hund sie eine Weile betrachtet hatte, stellte er sich parallel zum Seitengitter, hob das Hinterbein und pinkelte auf den Stahlboden.

Dann lief er weiter und verschwand im Dunkeln.

Ohne die Ohren gespitzt oder Witterung aufgenommen zu haben.

In diesem Moment war Mona klargeworden, dass niemand kommen würde.

Sie sah auf ihre Pulsuhr. 119. Sinkend.

Er war nicht hier. Aber wo war er dann?

Harry sah etwas im Dunkeln.

Vor dem Haus, außerhalb der Lichtkegel von Fenstern und Treppenlampe. Es war der Umriss einer Person, die mit hängenden Armen regungslos dastand und zum Küchenfenster emporblickte, hinter dem Harry saß.

Er senkte den Kopf und starrte auf seine Kaffeetasse, als hätte er die Gestalt da draußen nicht gesehen. Seine Dienstwaffe lag oben im ersten Stock.

Sollte er hinaufgehen und sie holen?

Andererseits, wenn es wirklich der Gejagte war, der sich dem Jäger näherte, wollte er ihn nicht vertreiben.

Harry stand auf, streckte sich und wusste, dass er in der hellerleuchteten Küche gut zu sehen war. Er ging ins Wohnzimmer, dessen Fenster auf derselben Seite lagen, und nahm ein Buch. Dann machte er zwei schnelle Schritte zur Seite, schlüpfte durch die Tür in den Flur, nahm die Heckenschere, die Rakel neben ihre Stiefel gestellt hatte, riss die Haustür auf und stürmte nach draußen.

Die Gestalt rührte sich noch immer nicht. Harry blieb stehen.

Kniff die Augen zusammen.

»Aurora?«

Harry kramte im Küchenschrank herum. »Kardamom, Zimt, Kamille. Rakel hat verdammt viele Teesorten. Ich trinke eigentlich nur Kaffee und weiß wirklich nicht, was ich dir empfehlen kann.«

»Zimt klingt gut«, sagte Aurora.

»Hier«, sagte Harry und reichte ihr die Packung.

Sie nahm einen Teebeutel heraus, und Harry beobachtete, wie sie den Beutel in das dampfende Wasser tauchte.

»Du bist im Präsidium einfach abgehauen«, sagte er

»Ja«, erwiderte sie nur und wickelte den Beutel um einen Teelöffel.

»Und an der Bushaltestelle auch.«

Sie antwortete nicht, ihre Haare hingen ihr wieder ins Gesicht.

Er setzte sich und trank einen Schluck Kaffee. Gab ihr die Zeit, die sie brauchte. Befüllte die Stille nicht mit Worten, die Antworten verlangten.

»Ich hab nicht gesehen, dass du das warst«, sagte sie schließlich. »Das heißt, doch, ich hab's gesehen, aber da hatte ich schon

Angst, und es dauert manchmal eine ganze Weile, bis mein Hirn meinen Körper davon überzeugt hat, dass alles gut ist. Da war mein Körper schon eine ganze Strecke gelaufen.«

»Hm, hast du Angst vor etwas?«

Sie nickte. »Es geht um Papa.«

Harry bereitete sich innerlich vor, er wollte nicht weiter, wollte diesen Raum nicht betreten. Aber es führte kein Weg daran vorbei.

»Was hat er getan?«

Tränen stiegen ihr in die Augen. »Er hat mich vergewaltigt und gesagt, dass ich das niemals jemandem sagen darf. Denn dann würde er sterben ...«

Die Übelkeit kam so plötzlich, dass Harry für einen Moment die Luft wegblieb. Magensäure stieg ihm den Hals hoch.

»Papa hat gesagt, dass er dann stirbt ...?«, fragte Harry.

»Nein, nein!« Der plötzliche, wütende Protest hallte zwischen den Küchenwänden wider. »Der Mann, der mich vergewaltigt hat, hat gesagt, dass er Papa umbringt, sollte ich mit jemandem darüber reden. Er hat gesagt, dass er das schon mal fast getan hätte und dass ihm beim nächsten Mal niemand mehr in die Quere kommt.«

Harry blinzelte. Versuchte die seltsame Mischung aus Erleichterung und Schock zu verdauen. »Du bist vergewaltigt worden?«, fragte er bewusst ruhig.

Sie nickte, begann zu schluchzen und wischte sich die Tränen weg. »Auf dem Mädchenklo beim Handballturnier. An dem Tag, an dem ihr geheiratet habt. Rakel und du. Er hat das getan und ist dann einfach gegangen.«

Harry fühlte sich wie im freien Fall.

»Kann ich den hier irgendwo wegwerfen?« Der Teebeutel baumelte tropfend über der Tasse.

Harry streckte ihr die Hand hin.

Aurora sah ihn unsicher an, dann ließ sie den Teebeutel fallen. Harry ballte eine Faust, spürte das heiße Wasser auf seiner Haut brennen und zwischen den Fingern heraussickern. »Hat er dich verletzt?«

Sie schüttelte den Kopf. »Er hat mich festgehalten, und ich habe blaue Flecken bekommen. Mama habe ich gesagt, die kämen vom Spiel.«

»Willst du damit sagen, dass du das alles bis jetzt geheim gehalten hast?«

Sie nickte.

Harry wäre am liebsten aufgestanden und um den Tisch herumgegangen, um sie in die Arme zu nehmen. Doch er musste an das denken, was Smith über Nähe und Intimität gesagt hatte.

»Warum kommst du jetzt und erzählst mir das?«

»Weil er andere Menschen tötet. Ich habe die Zeichnung in der Zeitung gesehen. Das ist er. Der Mann mit den komischen Augen. Du musst mir helfen, Onkel Harry. Du musst mir helfen, auf Papa aufzupassen.«

Harry nickte. Er atmete durch den geöffneten Mund.

Aurora legte den Kopf besorgt schief. »Onkel Harry?«

»Ja?«

»Weinst du?«

Im Mundwinkel spürte Harry den salzigen Geschmack der ersten Träne. Verdammt!

»Tut mir leid«, sagte er mit belegter Stimme. »Wie war der Tee?«

Er hob den Kopf, begegnete ihrem Blick, der sich vollkommen verändert hatte. Als hätte sich etwas geöffnet. Als sähe sie zum ersten Mal seit langem wieder durch ihre schönen Augen *nach draußen* und nicht nach innen, wie bei ihren letzten Begegnungen.

Aurora stieß an die Teetasse, als sie aufstand und um den Tisch herumging. Sie beugte sich über Harry und nahm ihn in die Arme. »Alles wird gut«, sagte sie. »Alles wird gut.«

Marte Ruud ging zu dem Gast, der gerade durch die Tür des leeren Schrøder gekommen war.

»Tut mir leid, aber wir schließen in zehn Minuten. Der Zapf-hahn ist schon abgedreht.«

»Geben Sie mir einen Kaffee«, sagte er mit einem Lächeln. »Ich trinke den auch schnell.«

Sie ging zurück zum Tresen. Der Koch war schon vor einer Stunde gegangen, ebenso Nina. Montagabends war so spät nur noch eine Bedienung im Laden, aber trotz der Ruhe war sie ange-spannt. Sie war zum ersten Mal allein. Nina wollte später, nach Kneipenschluss, noch einmal zurückkommen, um ihr bei der Abrechnung zu helfen.

Schnell kochte sie etwas Wasser im Wasserkocher und goss einen löslichen Kaffee auf, den sie dem Mann brachte.

»Darf ich Sie etwas fragen«, sagte er und blickte auf die damp-fende Tasse. »Da jetzt nur Sie und ich hier sind.«

»Klar«, sagte Marte, obwohl sie eigentlich nein meinte und nur wollte, dass er seinen Kaffee austrank und ging, damit sie end-lich schließen und auf Nina warten konnte. Sie wollte nach Hause. Am nächsten Tag hatte sie schon um Viertel nach acht die erste Vorlesung.

»Ist das hier nicht die Kneipe, in die immer dieser bekannte Kommissar geht? Harry Hole?«

Marte nickte. Sie hatte nichts über den Mann gehört, bis er plötzlich da gewesen war. Ein großer Kerl mit einer hässlichen Narbe im Gesicht. Erst danach hatte Nina lange über ihn gespro-chen.

»Wo sitzt der denn immer?«

»Angeblich da«, sagte Marte und zeigte auf den Ecktisch am Fenster. »Aber er kommt nicht mehr so oft wie früher.«

»Nein, wenn er diesen *armseligen Perversen*, wie er ihn genannt hat, hinter Schloss und Riegel bringen will, hat er sicher anderes zu tun. Aber sein Stammlokal ist es deshalb ja noch immer, oder?«

Marte nickte lächelnd, obwohl sie alles andere als sicher war, den Mann richtig verstanden zu haben.

»Wie heißen Sie?«

Marte zögerte, die Richtung, die das Gespräch nahm, gefiel ihr nicht. »Wir schließen in sechs Minuten, wenn Sie Ihren Kaffee also noch trinken wollen, sollten Sie ...«

»Wissen Sie, woher Sie Ihre Sommersprossen haben, Marte?«

Sie erstarrte, und ihr wurde kalt. Woher kannte er ihren Namen?

»Wissen Sie, als Sie klein waren und noch keine Sommersprossen hatten, sind Sie mal in der Nacht aufgewacht. Sie hatten *kabuslar*, Alpträume, und sind voller Angst ins Schlafzimmer Ihrer Mutter gelaufen, um getröstet zu werden. Damit sie Ihnen sagt, dass es keine Monster und Gespenster gibt. Aber auf der Brust Ihrer Mutter kauerte ein nackter blauschwarzer Gnom mit spitzen Ohren, dem das Blut aus den Mundwinkeln lief. Und als Sie wie versteinert stehen blieben und ihn anstarrten, blies er die Wangen auf, prustete all das Blut, das er im Mund hatte, in Ihre Richtung. Ihr Gesicht und Ihre Brust waren von kleinen Tröpfchen übersät. Und dieses Blut, Marte, ging einfach nicht mehr weg, wie sehr Sie sich auch gewaschen und es wegzuschrubben versucht haben.« Der Mann blies in seine Tasse. »Jetzt wissen Sie, wie Sie diese Sommersprossen bekommen haben, nicht aber, *warum*. Die Antwort auf Letzteres ist ebenso einfach wie unbefriedigend, Marte. Sie waren zur falschen Zeit am falschen Ort. Die Welt ist einfach nicht sonderlich gerecht.« Er führte die Tasse an die Lippen, riss den Mund auf und schüttete den noch dampfend heißen Kaffee in seinen Mund. Vor Entsetzen blieb ihr die Luft weg. Sie sah den Tropfennebel nicht, bis die heiße Flüssigkeit sie mitten ins Gesicht traf.

Wie geblendet, voller Angst, wandte sie sich um und rutschte auf dem Kaffee aus. Sie knallte mit den Knien auf den Boden, rappelte sich aber wieder hoch und stürmte, sich den Kaffee aus den Augen reibend, in Richtung Ausgang. Dabei warf sie einen Stuhl um, um ihm den Weg zu versperren. Ihre Finger legten sich um die Türklinke, drückten sie nach unten, aber die Tür rührte sich nicht, wie sehr sie auch daran zerrte. Er musste abgeschlossen haben. Knirschende Schritte drangen ihr ans Ohr, als sie Daumen und Zeigefinger um das kleine Drehschloss legte. Weiter kam sie nicht, denn seine Hände packten von hinten ihren Gürtel und zerrten sie zurück. Marte fiel auf alle viere. Sie versuchte zu schreien, brachte aber nur ein leises Wimmern heraus. Schritte. Er stand jetzt vor ihr. Sie blieb auf allen vieren, wollte den Blick nicht heben, wollte ihn nicht sehen. Als kleines Mädchen hatte sie nie Alpträume von einem blauschwarzen Gnom gehabt, sondern von einem Mann mit Hundekopf. Und in diesem Moment wusste sie, dass sie genau das sehen würde, wenn sie jetzt den Kopf hob. Deshalb starrte sie nach unten auf die Spitzen der Cowboystiefel.

KAPITEL 20

Nacht auf Dienstag

»Ja?«

»Harry?«

»Ja.«

»Ich war mir nicht sicher, ob das wirklich deine Nummer ist. Hier ist Nina. Aus dem Schrøder. Ich weiß, dass es halb zwei ist, und es tut mir leid, dass ich dich wecke.«

»Ich habe nicht geschlafen, Nina.«

»Ich habe schon die Polizei angerufen, aber die ... ja, sie waren hier und sind wieder gegangen.«

»Immer mit der Ruhe, Nina. Was ist denn passiert?«

»Es geht um Marte, die Neue, die du kennengelernt hast, als du das letzte Mal hier warst.«

Harry dachte an die hochgekrempelten Ärmel und ihren Diensteifer.

»Ja?«

»Sie ist verschwunden. Ich bin kurz vor Mitternacht zurückgekommen, um ihr mit der Kasse zu helfen, aber da war niemand hier. Die Tür war nicht zugeschlossen. Aber Marte ist ordentlich, und wir hatten eine Abmachung. Die ist nicht einfach gegangen, ohne abzuschließen. Sie geht auch nicht ans Telefon, und ihr Freund sagt, dass sie nicht nach Hause gekommen ist. Die Polizei überprüft gerade die Ambulanzen und Krankenhäuser, nichts. Und diese Polizistin hat gesagt, dass immer wieder Menschen auf seltsame Weise verschwinden und dann doch ein paar Stunden später mit einer plausiblen Erklärung wieder auftauchen. Sie haben gesagt, dass ich noch mal anrufen soll, wenn Marte im Laufe der nächsten zwölf Stunden nicht aufgetaucht ist.«

»Hm. Es stimmt, was sie sagen, Nina. Das ist die übliche Vorgehensweise.«

»Ja, aber ... hallo?«

»Ich bin dran, Nina.«

»Als ich aufgeräumt habe und abschließen wollte, habe ich gesehen, dass jemand etwas auf eine Tischdecke geschrieben hat. Wie es aussieht mit einem Lippenstift. Genau das Rot, das Marte trägt.«

»Und? Was steht da?«

»Nichts.«

»Nichts?«

»Nein. Nur so ein Haken. Wie ein V. Auf deinem Platz.«

Drei Uhr nachts.

Ein anschwellendes Brüllen entwich seiner Kehle und hallte zwischen den kahlen Kellerwänden wider. Harry starrte an die Stahlstange, die sich beängstigend auf ihn herabzusenken und ihn zu zerquetschen drohte. Mit zitternden Armen drückte er sie von sich weg und ließ sie mit letzter Kraft auf die Halterung krachen, so dass die Gewichte klirrend aneinanderstießen. Er blieb auf der Bank liegen und rang nach Atem. Schloss die Augen. Er hatte Oleg versprochen, bei Rakel zu sein. Aber er musste weg. Musste ihn fassen. Für Marte. Für Aurora.

Nein.

Es war zu spät. Zu spät für Aurora. Zu spät für Marte. Dann musste er es für diejenigen tun, die noch keine Opfer waren und die er noch vor Valentin retten konnte.

Denn er machte das doch für sie, oder?

Harry packte noch einmal die Stange und spürte das Gewicht.

Etwas, wozu du zu gebrauchen bist.

Sein Großvater hatte gesagt, dass man nur das brauchte, wozu man zu gebrauchen war. Als die Großmutter Harrys Vater zur Welt bringen sollte, verlor sie so viel Blut, dass die Hebamme den Doktor rief. Großvater sagte man, dass er nichts tun könne, um zu helfen. Als er ihre Schreie nicht mehr ertrug, ging er nach draußen, spannte das alte Pferd an und begann zu pflügen. Er trieb das Tier mit der Peitsche an und schrie so laut, dass seine Schreie die Schreie aus dem Haus übertönten. Und als der treue schwarze Gaul zu schwanken begann, spannte er sich selbst vor den Pflug. Als es im Haus still wurde und der Doktor aus dem Haus kam und sagte, dass Mutter und Kind überleben würden, war Großvater auf die Knie gefallen, hatte die Erde geküsst und dem Gott gedankt, an den er nicht glaubte.

In derselben Nacht war der alte Gaul in seiner Box zusammengebrochen und gestorben.

Jetzt war es Rakel, die im Bett lag. Still. Und er, der eine Entscheidung fällen musste.

Etwas, wozu du zu gebrauchen bist.

Harry nahm die Stange vom Stativ und ließ sie auf seine Brust sinken. Holte tief Luft. Spannte die Muskeln. Und brüllte.

TEIL II

KAPITEL 21

Dienstagmorgen

Es war 7.30 Uhr. Feiner Regen lag in der Luft, als Mehmet die Straße überqueren wollte und den Mann vor der *Jealousy Bar* bemerkte. Er hatte die Hände an die Scheibe gelegt und versuchte hineinzuschauen. Zuerst dachte Mehmet, dass Danial Banks etwas vor der Zeit die nächste Rate einfordern wollte, doch als er näher kam, sah er, dass der Mann blond und etwas größer als Banks war. Er nahm an, dass es einer der alten Alkis war, der zurückwollte und hoffte, dass die Kneipe wie früher um sieben Uhr morgens öffnete.

Doch als der Mann sich wieder zur Straße umdrehte und an der Zigarette zog, die zwischen seinen Lippen steckte, sah Mehmet, dass es der Polizist war.

»Guten Morgen«, sagte Mehmet und nahm die Schlüssel heraus. »Durst?«

»Das auch. Aber ich komme mit einem Angebot.«

»Was für ein Angebot?«

»Eins von denen, die man ablehnen kann.«

»Klingt interessant«, sagte Mehmet, ließ den Polizisten herein und schloss die Tür hinter ihnen wieder ab. Dann schaltete er das Licht über dem Tresen ein.

»Im Grunde ist das eine schöne Kneipe«, sagte Harry, legte die Ellenbogen auf den Tresen und sog die Luft ein.

»Wollen Sie sie kaufen?«, fragte Mehmet trocken und goss Wasser in den türkischen Kaffeekessel.

»Ja«, sagte Harry.

Mehmet lachte. »Dann machen Sie mir ein Angebot.«

»Vierhundertfünfunddreißigtausend.«

Mehmet zog die Stirn in Falten. »Wo haben Sie den Betrag her?«

»Von Danial Banks. Ich habe ihn heute früh getroffen.«

»Heute früh? Es ist doch erst ...«

»Ich bin früh aufgestanden. Und er auch. Das heißt, ich musste ihn wecken und aus dem Bett zerren.«

Mehmet starrte in die blutunterlaufenen Augen des Polizisten.

»Bildlich gesprochen«, sagte Harry. »Ich weiß, wo er wohnt, habe geklingelt und ihm ein Angebot gemacht.«

»Was für ein Angebot?«

»Eins von der anderen Sorte. Das man nicht ablehnen kann.«

»Das heißt?«

»Ich habe Ihre Schulden für die Jealousy Bar gekauft und Banks im Gegenzug versichert, ihm nicht das Dezernat für Wirtschaftskriminalität auf den Hals zu hetzen, obwohl er mit seinen Wucherzinsen gegen Paragraph 295 verstoßen hat.«

»Sie machen Witze!«

Harry zuckte mit den Schultern. »Möglich, dass ich übertreibe, und auch möglich, dass er hätte ablehnen können. Schließlich hätte er mich darauf hinweisen können, dass Paragraph 295 vor ein paar Jahren abgeschafft worden ist. Aber wo würde das hinführen, wenn die Kriminellen sich mit den Gesetzen besser auskennen als die Polizei? Egal, Schwamm drüber, Ihre Schulden waren ihm aber wohl auch nicht wichtig genug, um all den Ärger auf sich zu nehmen, den ich ihm in Aussicht gestellt habe. Dieses Dokument hier«, der Polizist legte eine handschriftliche Notiz auf den Tisch, »bestätigt, dass Danial Banks ausbezahlt wurde und ich, Harry Hole, nun der stolze Besitzer eines Schuldscheins über vierhundertfünfunddreißigtausend Kronen bin. Ausgestellt von Mehmet Kalak, der als Sicherheit die Jealousy Bar samt Pachtvertrag ausweist.«

Mehmet las die wenigen Zeilen und schüttelte den Kopf. »Verrückt. Und Sie hatten fast eine halbe Million auf der hohen Kante, die Sie Banks einfach so geben konnten?«

»Ich habe eine Zeitlang als Geldeintreiber in Hongkong gearbeitet. Das war ... gut bezahlt. Ich bin da zu ein bisschen Kapital gekommen. Banks hat einen Scheck und einen Kontoauszug gekriegt.«

Mehmet lachte. »Dann treiben Sie jetzt die Wucherzinsen ein?«

»Nicht, wenn Sie mein Angebot annehmen.«

»Und das wäre?«

»Dass wir die Schulden umwandeln.«

»Sie übernehmen die Bar?«

»Ich kaufe mich ein. Wir sind Partner, und Sie können mich ausbezahlen, wenn Sie das wollen.«

»Und als Gegenleistung mache ich ... was?«

»In ein türkisches Bad gehen, während ein Kumpel von mir die Kneipe führt.«

»Was?«

»Sie sollen im Cagaloglu Hamam schwitzen, bis die Haut schrumpelt, und darauf warten, dass Valentin Gjertsen auftaucht.«

»Ich? Und warum ausgerechnet ich?«

»Weil nach Penelope Raschs Tod Sie und ein fünfzehnjähriges Mädchen die Einzigen sind, die wissen, wie Valentin Gjertsen heute aussieht.«

»Weiß ich das ...?«

»Sie werden ihn erkennen.«

»Wieso glauben Sie das?«

»Ich habe den Bericht gelesen. Sie haben in etwa gesagt: Ich habe ihn nicht lange genug angesehen, um ihn genau beschreiben zu können.«

»Eben.«

»Ich hatte früher eine Kollegin, die jedes Gesicht, das sie mal gesehen hatte, wiedererkennen konnte. Sie hat mir erklärt, dass die Fähigkeit, Gesichter zu unterscheiden und unter Millionen von anderen Gesichtern zu erkennen, von einem Ort im Gehirn ausgeht, der *Gyrus fusiformis* heißt, und dass der Mensch ohne diese Fähigkeit als Spezies nie überlebt hätte. Können Sie den letzten Gast beschreiben, der gestern hier war?«

»Äh ... nein.«

»Trotzdem würden Sie ihn im Bruchteil einer Sekunde wiedererkennen, wenn er jetzt reinkäme.«

»Wahrscheinlich.«

»Und genau darauf setze ich.«

»Sie setzen vierhundertfünfunddreißigtausend Kronen aus Ihrem eigenen Besitz darauf? Und wenn ich ihn nicht wiedererkenne?«

Harry schob die Unterlippe vor. »Dann gehört mir wenigstens eine Kneipe.«

Um 7.45 Uhr öffnete Mona Daa die Eingangstür der VG-Redaktion und walzte hinein. Es war eine Scheißnacht gewesen. Obwohl sie vom Containerhafen direkt ins Gain gefahren war, um dort bis zum Umfallen zu trainieren, hatte sie anschließend nicht schlafen können. Irgendwann hatte sie sich entschlossen, den Redakteur einzuweihen, ohne dabei aber ins Detail zu gehen. Sie wollte ihn fragen, ob eine Quelle auch dann noch Schutz genoss, wenn sie den Journalisten komplett verarscht hatte. Mit anderen Worten: Konnte sie damit jetzt zur Polizei gehen, oder war es klüger zu warten, bis er noch einmal Kontakt aufnahm? Es war ja nicht auszuschließen, dass es einen guten Grund für sein Fernbleiben gab.

»Du siehst müde aus, Daa«, rief der Redaktionschef. »Warst du gestern auf einer Party?«

»I wish«, sagte Mona leise, warf die Sporttasche neben ihren Schreibtisch und schaltete den PC ein.

»Oder die etwas experimentellere Variante?«

»I wish«, wiederholte Mona laut, hob den Kopf und sah einige der anderen in der offenen Redaktion amüsiert und neugierig die Köpfe heben.

»Was?«, rief sie.

»Nur ein Strip oder auch Tiersex?«, kam es leise von irgendwoher, bevor ein paar junge Frauen laut losprusteten.

»Check deine E-Mails. Ein paar von uns haben Kopien gekriegt.«

Mona wurde kalt. Sie ahnte bereits das Schlimmste, als sie die Hände auf die Tastatur legte.

Die Mail kam von der Polizei.

Kein Text, nur ein einzelnes Bild. Aufgenommen mit einer hochsensiblen Kamera, da sie keinen Blitz gesehen hatte. Und vermutlich mit Tele. Im Vordergrund war der Hund zu erkennen, der in den Käfig gepisst hatte, dahinter sie selbst, wie sie angespannt ins Dunkel starrte wie ein wildes Tier.

Sie war verarscht worden. Es war nicht der Vampirist gewesen, der sie angerufen hatte.

Smith, Wyller, Holm und Harry kamen um 8.15 Uhr im Heizungsraum zusammen.

»Wir haben eine Vermisstenmeldung, die mit dem Vampiristen in Zusammenhang stehen könnte«, sagte Harry. »Marte Ruud, vierundzwanzig Jahre, ist gestern kurz vor Mitternacht aus dem Restaurant *Schrøder* verschwunden. Katrine informiert auch die Ermittlergruppe.«

»Die Spurensicherung ist bereits vor Ort«, sagte Bjørn Holm. »Sie haben aber bisher nichts gefunden, abgesehen von dem, das du schon erwähnt hast.«

»Und was ist das?«, fragte Wyller.

»Ein mit Lippenstift geschriebenes V auf einer Tischdecke. Der Winkel zwischen den Strichen ist der gleiche wie bei Ewa Dolmen.« Bjørn wurde von einer Steel-Gitarre unterbrochen, die Harry sofort Don Helms in »Your Cheatin' Heart« von Hank Williams zuordnen konnte.

»Ah, wir haben Netz«, sagte Bjørn Holm und nahm das Handy aus der Tasche. »Holm. Was? Ich höre nichts. Moment.«

Bjørn verschwand durch die Tür in den Kulverten.

»Es sieht so aus, als hätte diese Entführung mit mir zu tun«, sagte Harry. »Das Schrøder ist mein Stammlokal, und die Decke lag auf meinem Tisch.«

»Nicht gut«, sagte Smith und schüttelte den Kopf. »Er hat die Kontrolle verloren.«

»Ist es nicht gut, wenn er die Kontrolle verliert?«, fragte Wyller. »Heißt das nicht, dass er unvorsichtig wird?«

»Dieser Aspekt mag eine gute Nachricht sein«, sagte Smith. »Aber jetzt, da er das Gefühl hat, alle Fäden in der Hand zu halten, darf niemand ihm diese Macht nehmen. Es ist richtig, dass er es auf dich abgesehen hat, Harry. Und wisst ihr, warum das so ist?«

»Wegen dem VG-Artikel«, sagte Wyller.

»Du hast ihn darin als armseligen Perversen bezeichnet, den du ... was stand da?«

»Den du hinter Schloss und Riegel bringen willst«, antwortete Wyller.

»Du hast ihn ›armselig‹ genannt und drohst ihm damit, ihm die Macht und die Kontrolle zu entziehen.«

»Isabelle Skøyen hat ihn so genannt, nicht ich, aber das hat vermutlich nichts zu sagen«, erwiderte Harry und strich sich über den Nacken. »Glaubst du, dass er das Mädchen benutzen wird, um an mich heranzukommen, Smith?«

Smith schüttelte den Kopf. »Die Frau ist tot. Er will keine Konfrontation, er will nur dir und allen anderen zeigen, wer hier die Macht hat. Dass er in dein Stammlokal gehen und sich eine der Deinen holen kann.«

Harry erstarrte. »Eine der Meinen?«

Smith antwortete nicht.

Bjørn Holm platzte wieder in den Raum. »Der Anruf war von der Ulleval-Klinik. Unmittelbar vor Penelope Raschs Tod hat sich ein Mann an der Rezeption als jemand ausgewiesen, den

Penelope als Angehörigen genannt hatte. Ein gewisser Roar Wiik, ihr Ex-Verlobter.«

»Das ist der, der den Verlobungsring gekauft hat, den Valentin aus ihrer Wohnung gestohlen hat«, sagte Harry.

»Sie haben diesen Wiik jetzt angerufen und gefragt, ob ihm an Penelope irgendetwas aufgefallen sei«, sagte Bjørn Holm. »Aber Roar Wiik gibt an, gar nicht im Krankenhaus gewesen zu sein.«

Es wurde still im Heizungsraum.

»Nicht der Verlobte«, sagte Smith. »Aber dann ...«

Die Räder von Harrys Bürostuhl kreischten, als dieser leer und mit rasendem Tempo in Richtung Wand fuhr.

Harry selbst war bereits an der Tür. »Wyller, komm!«

Harry rannte.

Der Krankenhausflur erstreckte sich schier endlos vor ihm und schien immer länger zu werden, je schneller er lief. Wie ein sich ausdehnendes Universum, das weder Licht noch Gedanken durchdringen konnten.

Gerade noch konnte er einem Mann ausweichen, der mit seinem Infusionsständer aus einem der Zimmer kam.

Eine der Deinen.

Valentin hatte Aurora genommen, weil sie Ståle Aunes Tochter war.

Marte Ruud, weil sie in seiner Stammkneipe arbeitete.

Penelope Rasch, um ihnen zu zeigen, dass er es konnte.

Eine der Deinen.

301.

Harry steckte die Hand in die Tasche, und seine Finger umklammerten den Schaft der Pistole. Eine Glock 17, die bald anderthalb Jahre unangetastet und weggesperrt in einem Schrank im ersten Stock gelegen hatte. Heute Morgen hatte er sie mitgenommen. Nicht weil er glaubte, sie benutzen zu müssen, sondern weil er sich zum ersten Mal seit drei Jahren nicht sicher gewesen war, dass er sie *nicht* brauchen würde.

Er drückte die Tür mit der linken Hand auf und zog die Waffe.

Der Raum war leer. Vollkommen leer.

Rakel war weg. Das Bett war weg.

Harry schnappte nach Luft.

Ging an die Stelle, an der das Bett gestanden hatte.

»Tut mir leid, Sie kommen zu spät«, sagte eine Stimme hinter ihm. Harry wirbelte herum. Oberarzt Steffens stand in der Tür. Die Hände in den Taschen seines weißen Kittels. Er zog eine Augenbraue hoch, als er die Waffe sah.

»Wo ist sie?«, fauchte Harry.

»Das sage ich Ihnen, wenn Sie die da wegtun.«

Harry ließ die Pistole sinken.

»Untersuchungen«, sagte Steffens.

»Ist sie ... ist sie okay?«

»Ihr Zustand ist unverändert. Stabil instabil. Aber sie wird den Tag überleben, wenn Sie sich darum Sorgen machen. Was ist der Grund für diese ... Dramatik?«

»Sie muss bewacht werden.«

»Im Augenblick wird sie von fünf Leuten unseres medizinischen Personals bewacht.«

»Wir werden einen Polizisten vor ihrer Tür postieren. Irgendwelche Einwände?«

»Nein, aber das geht mich auch nichts an. Fürchten Sie, dass der Mörder hierherkommt?«

»Ja.«

»Weil sie die Frau von jemandem ist, der ihn jagt? Die Zimmernummer erfahren nur Angehörige.«

»Das hat denjenigen, der sich für den Verlobten von Penelope Rasch ausgegeben hat, auch nicht aufgehalten.«

»Wieso?«

»Ich bleibe hier, bis der Polizist da ist.«

»In diesem Fall möchten Sie vielleicht eine Tasse Kaffee?«

»Sie brauchen nicht ...«

»Nein, aber Sie brauchen das. Einen Augenblick, wir haben

hier im Schwesternzimmer wirklich faszinierend schlechten Kaffee.«

Steffens verließ das Zimmer, und Harry sah sich um. Die Stühle, auf denen Oleg und er gesessen hatten, standen noch so da, wie sie sie verlassen hatten, rechts und links der freien Fläche, auf der das Bett gestanden hatte. Harry nahm auf einem der beiden Platz und starrte auf das graue Linoleum. Spürte den Puls sinken, hatte aber trotzdem das Gefühl, dass nicht genug Sauerstoff im Raum war. Ein Sonnenstrahl fiel durch die Gardine auf ein blondes Haar auf dem Boden zwischen den Stühlen. Er hob es auf. Konnte Valentin trotzdem im Zimmer gewesen sein? Hatte er sie gesucht, war aber zu spät gekommen? Harry schluckte. Es gab keinen Grund für solche Gedanken, sie war in Sicherheit.

Steffens kam herein und reichte Harry einen Pappbecher. Er nahm einen Schluck von seinem eigenen und setzte sich auf den anderen Stuhl, so dass sich die beiden Männer mit einem guten Meter Abstand gegenübersaßen.

»Ihr Sohn war hier«, sagte Steffens.

»Oleg? Er sollte doch erst nach der Schule kommen?«

»Er hat nach Ihnen gefragt. Er war ziemlich aufgebracht, dass Sie seine Mutter allein gelassen hatten.«

Harry nickte und nahm einen Schluck Kaffee.

»Sie sind in dem Alter gerne wütend und irre moralisch«, sagte Steffens. »Die Väter kriegen dann die Schuld für alles, was schiefgeht, und wer auch immer einmal ihr großes Vorbild war, wird dann plötzlich zum Abbild dessen, was sie ganz sicher nicht wollen.«

»Reden Sie aus eigener Erfahrung?«

»Natürlich, das tun wir immer.« Steffens' Lächeln verschwand ebenso schnell, wie es gekommen war.

»Hm. Darf ich Ihnen eine persönliche Frage stellen, Steffens?«

»Aber sicher.«

»Landen Sie im Plusbereich?«

»Entschuldigung?«

»Ist die Freude über die Leben, die Sie retten konnten, größer als die Verzweiflung über die, die Sie verloren haben, aber hätten retten *können*?«

Steffens begegnete Harrys Blick. Vielleicht war es die Situation, die Harry die Frage stellen ließ – zwei Männer, die sich in einem abgedunkelten Raum gegenübersaßen. Wie zwei Schiffe, die in der Nacht aneinander vorbeifuhren. Steffens nahm die Brille ab und fuhr sich mit der Hand über das Gesicht, als wollte er die Müdigkeit wegwischen. Dann schüttelte er den Kopf. »Nein.«

»Aber Sie tun es trotzdem?«

»Es ist eine Berufung.«

»Ja, ich habe das Kruzifix in Ihrem Zimmer gesehen. Sie glauben an Berufung.«

»Ich glaube, dass Sie das auch tun, Hole. Ich habe Sie gesehen. Vielleicht ist es nicht Gott, der Sie berufen hat, aber den Ruf spüren Sie trotzdem.«

Harry starrte in seinen Becher. Steffens hatte mit dem faszinierend schlecht wirklich recht. »Heißt das, dass Sie Ihre Arbeit nicht mögen?«

»Ich hasse meine Arbeit«, sagte der Oberarzt mit einem Lächeln. »Hätte ich wählen können, wäre ich Konzertpianist geworden.«

»Hm. Sind Sie denn ein guter Pianist?«

»Es ist ein Fluch, wenn man für das, was man liebt, nicht gut genug ist, wohl aber für das, was man hasst, nicht wahr?«

Harry nickte. »Ja, es ist ein Fluch. Wir tun das, wozu wir zu gebrauchen sind.«

»Und es ist eine Lüge, dass derjenige, der seiner Berufung folgt, belohnt wird.«

»Manchmal ist die Arbeit vielleicht die Belohnung.«

»Nur für Konzertpianisten, die Musik lieben, oder für Henker, die Blut brauchen.« Steffens zeigte auf das Namensschild auf seinem Arztkittel. »Ich bin geboren und aufgewachsen als Mormone in Salt Lake City, benannt nach John Doyle Lee, einem gottesfürchtigen, friedliebenden Mann, der 1857 von den Ältesten in der Gemeinde den Befehl erhielt, eine Gruppe ungläubiger Immigranten zu massakrieren, die sich auf ihrem Terrain breitgemacht hatten. In seinem Tagebuch hat er die Seelenqualen festgehalten: dass es ein schrecklicher Ruf sei, den das Schicksal ihm zugedacht habe, dass er ihn aber trotzdem akzeptieren müsse.«

»Das Massaker in Mountain Meadows.«

»Sieh mal an. Sie kennen sich in der Geschichte aus.«

»Ich habe mich beim FBI intensiv mit Serienmorden beschäftigt, und wir sind dabei so ziemlich alle Massenmorde durchgegangen. Ich muss aber gestehen, dass ich nicht mehr weiß, wie es Ihrem Namensvetter ergangen ist.«

Steffens sah auf die Uhr. »Eine Belohnung wurde ihm hoffentlich im Himmel zuteil, auf Erden wurde John Doyle Lee von allen verraten, sogar von unserem geistigen Führer Brigham Young. Er wurde zum Tode verurteilt. Mein Vater war aber wohl der Meinung, dass es durchaus vorbildlich ist, auf die Anerkennung der Mitmenschen zu verzichten und stattdessen seinem Ruf zu folgen, auch wenn man ihn hasst.«

»Vielleicht hasste John Doyle Lee ihn nicht so sehr wie er vorgab.«

»Wie meinen Sie das?«

Harry zuckte mit den Schultern. »Ein Alkoholiker hasst und verflucht den Alkohol, weil er sein Leben zerstört. Dabei ist er gleichzeitig sein Leben.«

»Interessante Allegorie.« Steffens stand auf, trat ans Fenster und zog die Gardine auf. »Und was ist mit Ihnen, Hole? Ist der Ruf noch immer Ihr Leben? Und wird er es zerstören?«

Harry hielt sich die Hand über die Augen und versuchte, Steffens zu sehen, aber all das plötzlich eindringende Licht blendete ihn. »Sind Sie noch immer Mormone?«

»Und bearbeiten Sie noch immer den Fall?«

»Sieht so aus.«

»Wir können nichts anderes, oder? Ich muss arbeiten, Harry.«

Als Steffens gegangen war, rief Harry Gunnar Hagen an.

»Hallo, Chef, ich brauche im Krankenhaus Ullevål einen Polizeiposten«, sagte er. »Sofort.«

Wyller stand da, wo er stehen sollte, hinter der Motorhaube des Wagens, der quer vor dem Eingang geparkt war.

»Ich habe einen Polizisten kommen sehen«, sagte er. »Alles in Ordnung?«

»Wir platzieren eine Wache vor ihrer Tür«, sagte Harry und nahm auf dem Beifahrersitz Platz.

Wyller steckte die Dienstwaffe ins Holster und setzte sich hinters Steuer. »Und Valentin?«

»Das wissen die Götter.«

Harry nahm das Haar aus der Jackentasche. »Vermutlich nur Paranoia, aber sag der Rechtsmedizin, dass sie davon eine Expressanalyse machen sollen, um auszuschließen, dass es eine Übereinstimmung mit einem der Tatorte gibt. Okay?«

Sie fuhren langsam zurück, wie in einer rückwärts laufenden Zeitlupe der rasanten Fahrt zwanzig Minuten zuvor.

»Haben Mormonen eigentlich ein Kreuz?«, fragte Harry.

»Nein«, sagte Wyller. »Ihrer Meinung nach symbolisiert das Kreuz den Tod, für sie ist das ein heidnisches Symbol. Sie glauben an die Auferstehung.«

»Hm, dann ist ein Mormone mit einem Kreuz an der Wand so etwas wie …«

»Wie ein Muslim mit einer Zeichnung von Mohammed.«

»Genau.« Harry drehte die Musik, die im Radio lief, lauter. The White Stripes. »Blue Orchid«. Gitarre und Schlagzeug. Nackt. Pur.

Er drehte sie noch lauter, ohne zu wissen, was er zu übertönen versuchte.

Hallstein Smith drehte Däumchen. Er war allein im Heizungs-raum und konnte ohne die anderen nicht viel machen. Er hatte ein Kurzprofil des Vampiristen verfasst, im Internet gesurft und alles gelesen, was seit dem ersten Mord über diesen Fall ge-schrieben worden war. Er fragte sich gerade, ob er die Zeit nut-zen sollte, um an seiner Doktorarbeit weiterzumachen, als sein Telefon klingelte.

»Hallo?«

»Smith?«, sagte eine weibliche Stimme. »Hier ist Mona Daa, von der VG.«

»Oh.«

»Sie klingen überrascht.«

»Ja, ich dachte, wir hätten hier unten schlechten Empfang.«

»Apropos Empfang, können Sie bestätigen, dass der Vampirist aller Wahrscheinlichkeit nach mit dem Verschwinden einer An-gestellten des Schrøders in der letzten Nacht zu tun hat?«

»Bestätigen? Ich?«

»Ja, Sie arbeiten doch jetzt für die Polizei, oder?«

»Schon, das stimmt, aber ich bin nicht in der Position, irgend-etwas zu sagen.«

»Weil Sie es nicht wissen oder nicht dürfen?«

»Vermutlich beides. Wenn, dann kann ich mich nur sehr allge-mein als Experte für Vampirismus äußern.«

»Gut! Denn ich habe vor, einen Podcast ...«

»Einen was?«

»Die VG hat einen eigenen Radiosender.«

»Ach so.«

»Darf ich Sie hierher zu uns einladen, um über den Vampiris-ten zu reden? Ganz allgemein, natürlich.«

Hallstein Smith dachte nach. »Dafür müsste ich erst die Ge-nehmigung der Ermittlungsleitung einholen.«

»Gut, dann freue ich mich darauf, wieder von Ihnen zu hören. Und noch etwas anderes, Smith. Ich gehe davon aus, dass Sie mit dem Artikel, den ich über Sie geschrieben habe, zufrieden wa-

331

ren? Indirekt sind Sie dadurch ja ins Zentrum des Geschehens gerückt.«

»Ja, doch.«

»Könnten Sie mir dafür als Gegenleistung sagen, wer bei Ihnen im Haus mich gestern Abend in den Containerhafen gelockt hat?«

»Wohin gelockt?«

»Ach, egal, einen schönen Tag noch.«

Hallstein Smith blieb sitzen und starrte auf sein Telefon. Containerhafen? Wovon redete diese Frau?

Truls Berntsen ließ den Blick über den Bildschirm mit Fotos von Megan Fox schweifen. Es war wirklich beängstigend, wie sehr sie abgenommen hatte. Waren es nur die Fotos oder die Gewissheit, dass auch sie mittlerweile über dreißig war und dass die Geburt eines Kindes auch an einem Frauenkörper, der noch 2007 in *Transformers* das Sinnbild des Perfekten gewesen war, nicht spurlos vorbeiging? Oder war das alles der Tatsache geschuldet, dass er selbst in den letzten zwei Jahren acht Kilo Fett abgenommen, dieses durch vier Kilo Muskeln ersetzt und mit neun Frauen geschlafen hatte? Hatte sich der entfernte Traum von Megan Fox dadurch noch etwas weiter entfernt? Wie ein Lichtjahr weniger als zwei ist. Oder war es bloß der Gedanke, dass er in zehn Stunden mit Ulla Bellman zusammensitzen sollte, der einzigen Frau, die er noch mehr begehrte als Megan Fox?

Er hörte ein Räuspern und hob den Blick.

Katrine stützte sich mit verschränkten Armen auf die seitliche Trennwand seiner Box.

Nachdem Wyller in diesen lächerlichen Boyclub im Heizungsraum umgezogen war, hatte Truls jetzt alle verfügbaren Staffeln von *The Shield* gesehen, und er hoffte, dass Katrine Bratt nicht irgendetwas im Schilde führte, was ihn aus seiner Arbeitsruhe brachte.

»Bellman will mit Ihnen reden«, sagte sie.

»Okay.« Truls schaltete den PC aus, stand auf und ging so dicht an Katrine Bratt vorbei, dass er ihr Parfüm hätte riechen müssen, wenn sie denn eins benutzen würde. Seiner Meinung nach durften Frauen durchaus ein bisschen Parfüm verwenden. Sie sollten sich damit nicht einnebeln – von den Lösungsmitteln konnte man ja auch krank werden –, aber eben doch genug nehmen, damit die Phantasie in Gang kam, wie sie denn wohl *eigentlich* riechen würden.

Während er auf den Fahrstuhl wartete, fragte er sich, was Mikael von ihm wollte. Aber sein Hirn war wie leergeblasen.

Erst als er im Büro des Polizeipräsidenten stand, wusste er, dass er aufgeflogen war. Er sah Mikael am Fenster stehen und hörte ihn ohne jede Einleitung sagen: »Du hast mich hintergangen, Truls. Ist diese Hure zu dir gekommen, oder bist du zu ihr gegangen?«

Es fühlte sich an, als leerte jemand einen Eimer Eiswasser über ihm aus. Was war geschehen? War Ulla eingeknickt? Hatte sie ihm alles gebeichtet, oder hatte Mikael sie unter Druck gesetzt? Was sollte er jetzt nur sagen?

Er räusperte sich. »Sie ist zu mir gekommen, Mikael. Sie wollte das so.«

»Natürlich wollte sie das so, diese Huren nehmen, was sie kriegen können. Aber dass sie das von dir bekommen hat, meinem engsten Vertrauten! Nach allem, was wir gemeinsam durchgemacht haben.«

Truls konnte kaum glauben, dass Mikael so über seine Frau redete, über die Mutter seiner Kinder.

»Ich dachte, dass ich zu einem Gespräch kaum nein sagen könnte, es wird nicht wieder vorkommen.«

»Aber es ist noch mehr passiert, oder?«

»Nein, es ist nichts passiert.«

»Nichts? Kapierst du denn nicht, dass du dem Mörder auf diese Weise mitgeteilt hast, was wir wissen und nicht wissen? Wie viel hat sie dir bezahlt?«

Truls kniff die Augen zusammen. »Bezahlt?« Es dämmerte ihm.

»Ich gehe doch mal davon aus, dass Mona Daa die Tips nicht umsonst bekommen hat? Antworte, und vergiss nicht, dass ich dich kenne, Truls.«

Truls Berntsen grinste. Er war vom Haken. Und wiederholte: »Es ist überhaupt nichts passiert.«

Truls beobachtete, wie die Pigmentflecken in Mikaels Gesicht abwechselnd rot aufleuchteten und wieder verblassten, als pulsierte das Blut dicht unter der Haut. Die Flecken waren mit den Jahren größer geworden, wie bei einer Schlange, die sich häutete.

»Lass hören, was ihr zu wissen glaubt«, sagte Truls und nahm, ohne zu fragen, Platz.

Mikael sah ihn verblüfft an. Dann ließ auch er sich auf seinen Stuhl fallen. Vielleicht hatte er in Truls' Blick gesehen, dass er keine Angst hatte. Und dass er Mikael mit in den Abgrund reißen würde, sollte man ihn fallenlassen. Bis ganz nach unten.

»Ich weiß«, begann Mikael, »dass Katrine Bratt heute Morgen zu nachtschlafender Zeit in meinem Büro aufgetaucht ist, um mir mitzuteilen, dass sie einen Kollegen auf dich angesetzt hat, weil ich sie gebeten hatte, ein extra Auge auf dich zu werfen. Du standest schon da unter Verdacht, das Leck zu sein.«

»Welcher Kollege?«

»Das hat sie nicht gesagt, und ich habe auch nicht gefragt.«

Natürlich nicht, dachte Truls. Solltest du in Bedrängnis geraten, wäre es sicher besser, nichts zu wissen. Truls war vielleicht nicht der Klügste von allen, aber er war auch nicht so dumm, wie die Leute um ihn herum dachten. Und er hatte mit der Zeit verstanden, wie Mikael und die anderen da oben dachten.

»Der Kollege von Bratt war proaktiv«, sagte Mikael. »Er hat festgestellt, dass du in der letzten Woche mindestens zweimal Telefonkontakt mit Mona Daa hattest.«

Toller Kollege, dachte Truls, wenn der seine Anrufe überprüfte und dafür sogar Kontakt mit den Telefonanbietern aufgenommen hatte. Bestimmt Anders Wyller. Truls war nicht dumm, nein.

»Um definitiv zu beweisen, dass du Mona Daas Quelle bist, hat er sie angerufen. Er hat sich als Vampirist ausgegeben und sie zu ihrer eigenen Absicherung gebeten, ihre Quelle anzurufen, um ein Detail zu überprüfen, das nur der Täter und die Polizei wissen konnten.«

»Der Smoothie-Mixer.«

»Dann gestehst du das?«

»Dass Mona Daa mich angerufen hat? Ja.«

»Gut, denn der Kollege hat Katrine Bratt heute Nacht geweckt und ihr gesagt, dass er eine Telefonliste in der Hand hält, die beweist, dass Mona Daa dich direkt nach seinem Bluff angerufen hat. Da wirst du kaum noch den Kopf aus der Schlinge ziehen können, Truls.«

Truls zuckte mit den Schultern. »Habe ich gar nicht vor. Mona Daa hat mich angerufen und nach einem Smoothie-Mixer gefragt, was ich natürlich nicht kommentiert habe. Ich habe sie an die Ermittlungsleitung verwiesen. Das Gespräch war nach zehn oder zwanzig Sekunden vorbei, das sollte aber auch aus der Telefonliste hervorgehen. Vielleicht hatte Mona Daa ja Lunte gerochen und gemerkt, dass da jemand ihre Quelle entlarven wollte. Weshalb sie dann statt dieser Quelle mich angerufen hat.«

»Laut dem Kollegen ist sie aber zur verabredeten Zeit am Treffpunkt im Containerhafen aufgetaucht, um den Vampiristen zu treffen, der Kollege hat sogar Fotos davon gemacht. Jemand muss das mit dem Smoothie-Mixer also bestätigt haben.«

»Vielleicht hat Mona Daa erst das mit dem Treffpunkt abgesprochen und ist hinterher zu ihrer Quelle gefahren, um sich das alles von Angesicht zu Angesicht bestätigen zu lassen. Polizisten wie Journalisten wissen, wie leicht es ist, sich solche Telefonlisten zu beschaffen. Überprüf die Liste. Mona Daa hat mich angerufen, aber ich habe nie sie angerufen. Dass sie in ihrer Hartnäckigkeit ein paar Minuten braucht, bis sie erkennt, wo nichts zu holen ist, und es trotzdem immer wieder probiert, ist ihr Problem. Ich habe tagsüber ja auch viel Zeit.«

Truls lehnte sich im Stuhl zurück. Er faltete die Hände und sah zu Mikael, der langsam nickend über Truls' Worte nachdachte und sich fragte, welche Löcher er übersehen haben konnte. Ein kaum sichtbares Lächeln und eine gewisse Wärme in den braunen Augen deuteten an, dass er zu einem Ergebnis gekommen war. Mit etwas Glück war es tatsächlich möglich, Truls noch einmal vom Haken zu kriegen.

»Okay«, sagte Mikael. »Sollte sich wirklich herausstellen, dass nicht du die Quelle bist, wer ist es dann?«

Truls schürzte die Lippen, wie es ihn sein französisches megafettes Onlinedate gelehrt hatte, wenn sie beim Abschied die immer wieder komplizierte Frage »Wann sehen wir uns wieder?« stellte.

»Tja. Keiner will bei so einem Fall ja dabei gesehen werden, wie er zu oft mit einer Journalistin wie Daa redet. Der Einzige, den ich dabei gesehen habe, war Kommissar Wyller. Und wenn ich mich recht erinnere, hat er ihr eine Telefonnummer gegeben, unter der sie ihn anrufen kann. Und sie hat ihm gesagt, dass er sie in diesem Gain-Fitnessstudio finden kann.«

Mikael Bellman sah Truls an. Er lächelte leicht verblüfft, wie jemand, der nach Jahren entdeckt, dass sein Partner singen kann, adelig ist oder eine Universitätsausbildung hat.

»Du willst damit also sagen, dass das Leck vermutlich jemand ist, der hier noch neu ist.« Bellman legte Mittel- und Zeigefinger nachdenklich ans Kinn. »Eine plausible Annahme, da das Leck ja erst kürzlich entstanden ist und so gesehen – wie sage ich das? – nicht für die Kultur steht, die wir hier bei der Osloer Polizei in den letzten Jahren gepflegt haben. Aber wer das ist oder nicht ist, werden wir niemals erfahren, da die Journalistin verpflichtet ist, ihre Quelle zu schützen.«

Truls lachte schnaubend. »Gut, Mikael.«

Mikael nickte. Beugte sich vor und packte, noch bevor Truls reagieren konnte, ihn am Jackenkragen.

»Also, wie viel hat die Hure dir bezahlt, Beavis?«

KAPITEL 22

Dienstagnachmittag

Mehmet schlug den Bademantel enger um sich. Er starrte auf das Display seines Telefons und tat so, als achtete er nicht darauf, wer in die Umkleide kam. Die Eintrittskarte für das Cagaloglu Hamam war zeitlich unbegrenzt. Aber trotzdem riskierte er, unangenehm aufzufallen, wenn er stundenlang in der Umkleide sitzen blieb und andere nackte Männer musterte, weshalb er in regelmäßigen Abständen in die verschiedenen Bäder, Saunen und Dampfbäder ging. Auch aus rein praktischen Gründen war das sinnvoll, denn die Räume waren durch Türen miteinander verbunden, so dass er das Risiko einging, Gäste zu verpassen, wenn er nicht hin und her ging. Außerdem wurde ihm sonst auch kalt. Mehmet sah auf die Uhr. Vier. Der türkische Tätowierer hatte geglaubt, sich daran zu erinnern, den Mann mit dem Dämonentattoo am frühen Nachmittag gesehen zu haben, und Serienmörder sollten ja einer gewissen Routine folgen.

Harry Hole hielt Mehmet für den perfekten Spion. Zum einen weil er einer der beiden war, die überhaupt in der Lage waren, das Gesicht von Valentin Gjertsen zu erkennen, zum anderen weil er als Türke in einem Bad, das hauptsächlich von Landsleuten aufgesucht wurde, nicht auffiel. Und drittens, weil Valentin laut Harry jeden Polizisten sofort erkannt hätte.

Im Morddezernat sollte es einen Maulwurf geben, der Infos an die VG weitergab, und es war ja nicht ausgeschlossen, dass er auch noch andere mit Informationen versorgte. Harry und Mehmet waren deshalb zu dem Schluss gekommen, niemanden über die Idee in Kenntnis zu setzen. Harry hatte Mehmet aber versprochen, im Laufe von nur fünfzehn Minuten mit bewaffneter Verstärkung vor Ort zu sein, sollte er Alarm schlagen.

Und Harry hatte ihm versichert, dass Øystein Eikeland die perfekte Vertretung für die *Jealousy Bar* sei. Dabei hatte der Typ in seiner Flowerpower-Jeans wie eine alte Vogelscheuche ausgesehen, als er zur Tür hereingekommen war. Mehmet hatte ihn gefragt, ob er schon einmal in einer Kneipe gestanden hätte, aber Eikeland hatte sich nur eine Selbstgedrehte zwischen die Lippen gesteckt und geseufzt: »Jahrelang, Junge. Gestanden, gekniet und gelegen, nur immer auf der anderen Seite des Tresens.«

Eikeland war Harrys Vertrauter, Mehmet musste also darauf bauen, dass es irgendwie funktionierte. Maximal eine Woche, hatte Harry gesagt. Dann könne er wieder zurück in seine Kneipe, die jetzt also nicht mehr nur ihm gehörte. Harry hatte sich sogar verbeugt, als er ihm den Schlüssel samt Plastikanhänger mit dem Logo der Kneipe, einem gebrochenen Herzen, überreicht hatte. Danach hatte er mit ihm über die Musik diskutieren wollen und gemeint, dass es auch jenseits der dreißig Leute gäbe, die nichts gegen neue Musik hätten, und selbst bei Menschen, die im Bad-Company-Sumpf feststeckten, nicht alle Hoffnung vergebens sei. Allein der Gedanke an diese Diskussion ist die Woche Langeweile wert, dachte Mehmet, während er die Onlineausabe der VG durchscrollte, obwohl er die Schlagzeilen jetzt sicher bereits zehnmal gelesen hatte. Dann fielen seine Augen auf eine neue.

Bekannte historische Vampiristen. Während er auf das Display starrte und darauf wartete, dass der Text geladen wurde, geschah etwas Merkwürdiges. Er hob den Blick und sah die Tür zum Bad langsam zugehen. Dann ließ er seinen Blick durch den Raum schweifen. Die drei anderen Männer in der Umkleide waren vorher auch schon dort gewesen. Jemand musste hereingekommen und direkt durch den Raum gelaufen sein. Mehmet legte das Handy in seinen Umkleideschrank, schloss ab, stand auf und folgte der Person.

Die Kessel im Raum nebenan brummten leise. Harry sah auf die Uhr. Fünf nach vier. Er schob den Stuhl zurück, faltete die Hände hinter dem Kopf und lehnte sich an die Wand. Smith, Bjørn und Wyller sahen ihn an.

»Es sind jetzt sechzehn Stunden vergangen, seit Marte Ruud verschwunden ist«, sagte Harry. »Irgendetwas Neues?«

»Haare«, sagte Bjørn Holm. »Die Spurensicherung hat am Eingang des Schrøders Haare gefunden, die möglicherweise mit Valentin Gjertsens Haaren an den Handschellen übereinstimmen. Sie werden gerade abgeglichen. Haare deuten auf einen Kampf hin und darauf, dass er dieses Mal nicht hinter sich aufgeräumt hat. Das würde dann wiederum auch erklären, warum am Tatort kein Blut ist. Vielleicht war sie noch am Leben, als er mit ihr von dort verschwunden ist.«

»Gut«, sagte Smith. »Es gibt also eine Möglichkeit, dass sie noch lebt und er sie irgendwo wie eine Kuh gefangen hält.«

»Kuh?«, fragte Wyller.

Es wurde still im Heizungsraum. Harry schnitt eine Grimasse. »Du meinst, dass er sie … melkt?«

»Der Körper braucht einen Tag, um ein Prozent seiner roten Blutkörperchen zu reproduzieren«, sagte Smith. »Bestenfalls stillt das seinen Blutdurst für eine Weile. Schlimmstenfalls heißt es nur, dass er sich noch stärker darauf konzentriert, Macht und Kontrolle zu gewinnen. Und dass seine Wut sich noch stärker gegen die richtet, die ihn gedemütigt haben. Also gegen dich und die Deinen, Harry.«

»Meine Frau steht rund um die Uhr unter Polizeischutz, und ich habe meinem Sohn eine Nachricht hinterlassen, dass er wachsam sein soll.«

»Dann ist es möglich, dass er auch Männer attackiert?«, fragte Wyller.

»Absolut«, erwiderte Smith.

Harry spürte es in seiner Hosentasche vibrieren. Er nahm das Telefon. »Ja?«

»Hier ist Øystein, wie macht man einen Daiquiri? Ich habe hier einen schwierigen Kunden, und Mehmet geht nicht ans Telefon.«

»Woher soll ich das denn wissen? Weiß der Kunde das denn nicht?«

»Nein.«

»Das ist irgendwas mit Rum und Limone. Google, schon mal was davon gehört?«

»Ich bin kein Idiot, Harry, das ist im Internet, oder?«

»Probier es mal aus, du wirst es mögen. Ich lege jetzt auf.« Harry wandte sich an die anderen. »Sorry. Sonst noch was?«

»Die Zeugenvernehmungen rund um das Schrøder«, sagte Wyller. »Niemand hat etwas gesehen oder gehört. Merkwürdig in einer derart stark befahrenen Straße.«

»Montags gegen Mitternacht ist es da ziemlich leer«, sagte Harry. »Aber es sollte trotzdem kaum möglich sein, eine Person, bewusstlos oder nicht, durch das Viertel zu schleppen, ohne bemerkt zu werden. Er muss ein Auto draußen vor der Tür gehabt haben.«

»Auf Valentin Gjertsen sind keine Autos angemeldet, und in seinem Namen wurde gestern auch nichts angemietet«, sagte Wyller.

Harry drehte sich zu ihm.

Wyller sah ihn fragend an. »Ich weiß, dass die Wahrscheinlichkeit, dass er seinen eigenen Namen genutzt hat, gegen null geht, habe es sicherheitshalber aber trotzdem überprüft. Ist das nicht ...?«

»Doch, das ist vollkommen in Ordnung«, sagte Harry. »Schick das Phantombild zu den Autoverleihern. Neben dem Schrøder ist ein Deli di Luca, der rund um die Uhr aufhat.«

»Ich war bei der Morgenbesprechung der Ermittlergruppe, die

haben bereits die Überwachungskamera des Ladens überprüft«, sagte Bjørn. »Nada.«

»Okay, sonst noch etwas, das ich wissen sollte?«

»In den USA arbeiten Kollegen daran, Zugang zu den Facebook-IP-Adressen der Opfer zu bekommen. Sie versuchen es jetzt mit einer *subpoena* statt mit einem offiziellen Gerichtsbeschluss«, sagte Wyller. »Damit würden wir zwar nicht an die Inhalte kommen, hätten aber alle Adressen von Sendern und Empfängern. Wenn es klappt, dauert das statt Monaten nur Wochen.«

Mehmet stand vor der Tür des Dampfbades, die langsam ins Schloss gefallen war, als er aus der Umkleide ins Bad getreten war. Dort hatte auch der andere den Mann mit der Tätowierung gesehen. Mehmet wusste, wie unwahrscheinlich es war, dass Valentin Gjertsen bereits am ersten Tag hier auftauchte. Außer er kam mehrmals in der Woche. Warum also zögern?

Mehmet schluckte.

Dann zog er die Tür auf und trat ein. Dichter Dampf wirbelte auf und zerriss zu einer Art Korridor, durch den Mehmet für einen Augenblick das Gesicht des Mannes sah, der in der zweiten Bankreihe ihm gegenüber saß. Ihre Blicke begegneten sich. Dann schlossen die Dampfwände sich wieder, und das Gesicht verschwand.

Mehmet hatte genug gesehen.

Das war der Mann, der an jenem Abend in seine Kneipe gekommen war.

Sollte er gleich wieder nach draußen gehen oder sich hinsetzen? Der Mann hatte bestimmt gesehen, wie Mehmet ihn angestarrt hatte, und schöpfte möglicherweise Verdacht, wenn er jetzt sofort wieder ging.

Mehmet blieb an der Tür stehen, hatte aber mehr und mehr das Gefühl, als würde der Dampf, den er einatmete, ihm die Luft abschnüren. Irgendwann konnte er nicht mehr. Er musste raus. Vorsichtig drückte er die Tür auf, schlüpfte nach draußen und lief mit kurzen, vorsichtigen Schritten über die glatten Fliesen, bis er schließlich wieder in der Umkleide war. Fluchend versuchte er, sich an den Code des Vorhängeschlosses zu erinnern. Vier Ziffern. 1683. Der Kampf um Wien. Das Jahr, in dem das Osmanische Reich die wichtigste Macht der Welt war, auf jeden Fall des Teils der Welt, der es wert war, beherrscht zu werden. Nach diesem Jahr konnte das Imperium sich nicht weiter vergrößern, und der Abstieg begann. Niederlage folgte auf Niederlage. Hatte er diese Zahlen ausgewählt, weil sie in gewisser Weise seine eigene Geschichte erzählten, wie es war, alles zu haben und alles wieder zu verlieren? Endlich bekam er den Schrank auf, nahm das Telefon heraus, tippte die Nummer und hielt es ans Ohr. Starrte auf die Tür zum Bad, die sich langsam schloss, und wartete beinahe darauf, dass der Mann in die Umkleide gestürmt kam und ihn angriff.

»Ja?«

»Er ist hier!«, flüsterte Mehmet.

»Sicher?«

»Ja, im Dampfbad.«

»Behalt ihn im Blick, wir sind in fünfzehn Minuten da.«

»Du hast was?«, fragte Bjørn Holm und ließ die Kupplung kommen, als die Ampel an der Hausmanns gate auf Grün schaltete.

»Ich habe einen zivilen Freiwilligen angeheuert, um das türkische Bad in Sagene zu überwachen«, sagte Harry und betrachtete über den Seitenspiegel Bjørn Holms legendären Volvo Amazon, Baujahr 1970, ursprünglich einmal weiß, später dann schwarz lackiert, mit einem karierten Rallyestreifen über Dach und Kofferraum. Die Wagen hinter ihnen verschwanden in einer schwarzen Abgaswolke.

»Ohne uns zu fragen?« Bjørn drückte auf die Hupe und fuhr rechts an einem Audi vorbei.

»Weil das nicht ganz nach Vorschrift ist, habe ich euch nicht in die Sache hineinziehen wollen.«

»Wenn du den Maridalsveien nimmst, hast du weniger Ampeln«, sagte Wyller von der Rückbank aus.

Bjørn schaltete runter und bog nach rechts ab. Harry spürte den Druck der alten Dreipunktgurte, die Volvo als erste Automarke serienmäßig eingebaut hatte. Damals noch ohne einen Aufrollmechanismus, so dass man sich darin kaum bewegen konnte.

»Wie geht's, Smith?«, rief Harry durch den Motorlärm und sah in den Rückspiegel. Normalerweise nahm er Fachleute wie ihn nicht zu derart gefährlichen Einsätzen mit. In diesem Fall hatte er sich im letzten Moment doch anders entschieden, weil er nicht ausschließen konnte, dass es zu einer Geiselnahme kam oder sie das Gebäude würden umzingeln müssen. Dann konnten sie die Fähigkeiten des Psychologen gut brauchen, um Valentin Gjertsen richtig zu lesen. Wie er Aurora gelesen hatte. Und Harry.

»Ein bisschen schlecht ist mir schon, aber nur vom Fahren«, sagte Smith mit einem etwas blassen Lächeln. »Was ist das für ein Geruch?«

»Alte Kupplung, Heizung und Adrenalin«, sagte Bjørn.

»Hört mal«, sagte Harry. »Wir sind in zwei Minuten da, ich fasse noch mal kurz zusammen: Smith, du bleibst im Auto. Wyller und ich gehen durch den Haupteingang rein. Bjørn bewacht die Hintertür. Du weißt noch, wo die ist?«

»Klar«, sagte Bjørn. »Und dein Mann ist noch immer online?«

Harry nickte und hielt sich das Telefon ans Ohr. Sie fuhren vor einem älteren Backsteinbau vor. Harry hatte sich den Gebäudeplan angesehen und alles überprüft. Es handelte sich um eine alte Fabrik, die jetzt eine Druckerei beherbergte, ein paar Büros, ein Plattenstudio und das türkische Bad, das neben dem Haupteingang nur einen Hinterausgang besaß.

»Waffen geladen und entsichert?«, fragte Harry und atmete aus, als er den straffen Gurt gelöst hatte. »Wir brauchen ihn lebend. Aber wenn das nicht geht ...« Er sah zu den opaken Fenstern neben dem Eingang, während er Bjørn leise aufsagen hörte: »Polizei, Warnschuss und dann ... schießen. Polizei, Warnschuss und dann ...«

»Los!«, sagte Harry.

Sie stiegen aus, gingen über den Bürgersteig und trennten sich vor dem Eingang.

Harry und Wyller liefen die drei Treppenstufen hoch und öffneten die schwere Tür. Innen roch es nach Salmiakseife und Druckerschwärze. Zwei der Türen trugen glänzende Messingschilder mit verzierten Buchstaben. Kleine, ambitionierte Anwaltskanzleien, die es sich noch nicht leisten konnten, Büros im Zentrum zu mieten. An der dritten Tür hing ein bescheidenes Schild, auf dem mit kleinen Buchstaben »Cagaloglu Hamam« stand. Man hatte den Eindruck, dass dieses Bad nur etwas für Eingeweihte war und bleiben sollte.

Harry öffnete die Tür und trat ein.

Er kam in einen Flur, an dessen Wänden die Farbe abblätterte. Ein breitschultriger Mann mit dunklen Bartstoppeln und Trainingsanzug saß an einem einfachen Tresen und las in einem Magazin. Hätte Harry es nicht besser gewusst, hätte er geglaubt, in einem Boxclub zu sein.

»Polizei«, sagte Wyller und hielt dem Mann seinen Ausweis vor die Nase. »Bleiben Sie still sitzen und schlagen Sie keinen Alarm. Das alles ist in zwei Minuten vorbei.«

Harry ging weiter über den Flur und sah zwei Türen. An der einen stand »Umkleide«, an der anderen »Hamam«. Er nahm die Tür zum Bad und hörte Wyller dicht hinter sich.

Drei kleinere Becken lagen hintereinander in einem schmalen, rechteckigen Raum. Rechter Hand befanden sich kleine Nischen mit Massagetischen. Linker Hand zwei Glastüren und eine einfache Holztür, die direkt in die Umkleide führte. Aus dem vordersten Becken sahen zwei Männer zu ihnen auf und musterten sie. Mehmet saß auf einem Hocker an der Wand und tat so, als schaute er etwas auf seinem Handy nach. Er kam rasch auf sie zu und zeigte auf eine der Glastüren, an der ein beschlagenes Plastikschild mit der Aufschrift »Hararet« hing.

»Ist er allein?«, fragte Harry leise, während er und Wyller ihre Glock 17 zückten. Im Becken hinter sich hörte er hektische Schwimmbewegungen.

»Auf jeden Fall ist da keiner raus- oder reingegangen, seit ich angerufen habe«, flüsterte Mehmet.

Harry stellte sich an die Tür und versuchte hineinzusehen, aber da war nur undurchdringliches Weiß.

Er gab Wyller ein Zeichen, die Tür im Auge zu behalten. Dann holte er tief Luft, trat einen Schritt vor, blieb dann aber noch einmal stehen. Seine Schuhsohlen quietschten. Er durfte Valentins Misstrauen nicht dadurch wecken, dass er den Raum in Schuhen betrat. Harry zog mit der freien Hand Schuhe und Strümpfe aus, öffnete die Tür und ging hinein. Der Dampf wirbelte wie ein Brautschleier um ihn herum. Rakel. Harry hatte keine Ahnung, woher der Gedanke kam, er konnte ihn aber verdrängen. Im selben Moment sah er eine einzelne Person vor sich auf der Holzbank sitzen. Vorsichtig schloss er die Tür und war mit einem Mal wieder vollständig vom Dampf umgeben. Stille. Harry hielt den Atem an und lauschte dem anderen. Hatte sein Gegenüber erkennen können, dass er den Raum bekleidet und mit einer Pistole in der Hand betreten hatte? Hatte er Angst? Fürchtete er sich, wie Aurora sich gefürchtet hatte, als sie die Spitzen der Cowboystiefel vor der Toilettentür gesehen hatte?

Harry hob die Pistole an und ging langsam auf die Stelle zu, an der er die Gestalt gesehen hatte. Als er die Konturen eines sitzenden Mannes zu erkennen glaubte, drückte er den Abzug bis zum Druckpunkt durch.

»Polizei!«, sagte er mit heiserer Stimme. »Keine Bewegung, sonst schieße ich!« Ein neuer Gedanke wirbelte in diesem Moment durch sein Hirn. Eigentlich hätte er in dieser Situation »Sonst schießen wir« sagen müssen. Einfache Psychologie, um den Eindruck zu vermitteln, dass sie mehrere waren, so dass der

Gesuchte gleich aufgab. Warum habe ich »ich« gesagt? Und jetzt, da das Hirn dieser ersten Frage nachging, ließ es auch all die anderen zu: Warum bin ich selbst hier und nicht das Delta-Team, das für derartige Einsätze extra ausgebildet ist? Warum habe ich Mehmet klammheimlich hier platziert und keinen der anderen informiert, bevor er angerufen hat?

Harry spürte den Druck des Abzugs am Zeigefinger. So leicht.

Zwei Männer in einem Raum, in dem niemand sonst sie sehen konnte.

Wer wollte widerlegen, dass Valentin Harry angegriffen hatte, so dass dieser zwangsläufig zur Waffe greifen musste, immerhin hatte Valentin bereits mehrere Menschen mit den bloßen Händen und einem Eisengebiss getötet.

»Vurma!«, sagte die Gestalt vor ihm und streckte die Arme in die Höhe.

Harry beugte sich vor.

Der magere Mann war nackt. Die Augen vor Schreck geweitet und die Brust mit grauen Haaren bedeckt. Nur mit grauen Haaren.

KAPITEL 23

Dienstag, später Nachmittag

»Was? Verdammt!«, rief Katrine Bratt und schleuderte ihm den Lappen entgegen, den sie vom Schreibtisch genommen hatte. Er klatschte dicht über Harry, der sich auf dem Stuhl geduckt hatte, an die Wand. »Als hätten wir nicht schon genug Ärger, aber du musst dich ja auch noch der letzten Polizeivorschrift widersetzen, die wir hier im Land haben. Von den Gesetzen ganz zu schweigen. Was hast du dir eigentlich dabei *gedacht*?«

Rakel, dachte Harry und kippte den Stuhl nach hinten, so dass die Lehne gegen die Wand stieß. Ich habe an Rakel gedacht. Und an Aurora.

»Was?«

»Ich dachte, dass wir vielleicht ein Menschenleben retten könnten, wenn wir diese Abkürzung nehmen und Valentin Gjertsen dadurch einen Tag früher kriegen.«

»Vergiss es, Harry! Du weißt doch ganz genau, dass das so nicht funktioniert. Wenn jeder so denken und handeln würde ...«

»Du hast recht, ich weiß. Ich weiß aber auch, dass Valentin Gjertsen uns wirklich nur um ein Haar entwischt ist. Er hat Mehmet gesehen, ihn aus der Kneipe wiedererkannt, Lunte gerochen und sich durch die Hintertür rausgeschlichen, während Mehmet in der Umkleide war, um mich anzurufen. Und ich weiß, dass du mir längst verziehen und mich in höchsten Tönen für mein proaktives Vorgehen gelobt hättest, wäre es tatsächlich Valentin Gjertsen gewesen, der da im Dampfbad saß. Genau dafür habt ihr die Abteilung im Heizungsraum doch eingesetzt.«

»Arschloch!«, fauchte Katrine, und Harry sah, dass sie sich auf ihrem Schreibtisch nach etwas anderem umsah, das sie ihm an den Kopf werfen konnte. Zu seinem Glück kamen weder die Stiftebox noch der Stapel gerichtlicher Schreiben aus den USA, die Facebook-Freigabe betreffend, in Frage. »Ich habe dir keine Lizenz gegeben, damit du uns alle wie Cowboys aussehen lässt. Euer Anschlag auf das türkische Bad ist wirklich auf jeder Titelseite. *Bewaffnet im Dampfbad, Zivilisten in der Schusslinie, Nackter Neunzigjähriger mit Waffe bedroht.* Und *keine* Festnahme! Das ist einfach …«, sie hob die Hände und sah zur Decke, als wollte sie das Urteil höheren Mächten überlassen, »stümperhaft.«

»Bin ich gekündigt?«

»*Willst* du gekündigt werden?«

Harry sah Rakel vor sich. Schlafend, mit zuckenden Augenlidern, als sendete sie Morsesignale aus dem Lande Koma. »Ja«, sagte er. Und sah Aurora vor sich, Unruhe und Schmerz in den Augen, der Schaden, den sie genommen hatte, war nie wiedergutzumachen. »Und nein, willst du mir kündigen?«

Katrine stand stöhnend auf und trat ans Fenster. »Ja, ich will kündigen, aber nicht dir.«

»Hm.«

»Hm«, äffte sie ihn nach.

»Willst du mehr dazu sagen?«

»Ich will Truls Berntsen kündigen.«

»Versteht sich von selbst.«

»Ja, aber nicht, weil er unerträglich und faul ist. Er ist das Leck, er hat die Infos an die VG weitergegeben.«

»Und wie hast du das herausgefunden?«

»Anders Wyller hat ihm eine Falle gestellt. Er ist dafür ein bisschen weit gegangen, ich glaube, dass er mit Mona Daa noch irgendeine Rechnung offen hatte. Aber egal, sie wird uns keinen Ärger machen. Wenn sie wirklich einen Beamten für Informationen bezahlt und dadurch riskiert hat, dass er wegen Korruption angeklagt wird.«

»Und warum hast du Berntsen dann nicht längst gekündigt?«

»Rate mal!«, sagte sie und ging zurück zu ihrem Schreibtisch.

»Mikael Bellman?«

Katrine warf einen Bleistift, dieses Mal nicht in Harrys Richtung, sondern auf die geschlossene Tür. »Dieser Arsch ist da reingekommen, hat sich auf den Stuhl gesetzt, auf dem du jetzt sitzt, und gesagt, dass Berntsen ihn von seiner Unschuld überzeugt hat. Und dann hat er angedeutet, dass Wyller selbst die undichte Stelle sein könnte und die Schuld nur deshalb auf Berntsen geschoben hat. Dass wir das aber nicht weiterverfolgen, sondern uns auf die Jagd nach Valentin konzentrieren sollten, solange wir nichts beweisen könnten. Was sagst du dazu?«

»Nun. Vielleicht hat Bellman recht, vielleicht ist es richtig, mit dem Waschen schmutziger Wäsche zu warten, bis dieses Blutbad vorbei ist.«

Katrine schnitt eine Grimasse. »Bist du da selbst draufgekommen?«

Harry nahm das Zigarettenpäckchen aus der Hosentasche. »Apropos undichte Stelle. In den Zeitungen steht, dass ich in diesem Bad war, und das ist okay, ich wurde ja auch erkannt. Aber Mehmets Rolle in der ganzen Sache kennen nur wir im Heizungsraum und du. Zu seiner eigenen Sicherheit möchte ich, dass das so bleibt.«

Katrine nickte. »Ich habe das bereits mit Bellman besprochen, und er war einverstanden. Er meinte, wir könnten nur verlieren, wenn herauskäme, dass wir Zivilpersonen für die Polizeiarbeit einspannen. Und dass das alles dann wie eine Verzweiflungstat aussähe. Mehmets Rolle soll auf keinen Fall zur Sprache kommen, nicht einmal in der Ermittlergruppe, meiner Meinung nach, auch wenn Truls Berntsen nicht mehr daran teilnimmt.«

»Nicht?«

Katrine zog einen Mundwinkel hoch. »Er hat ein eigenes Büro bekommen, in dem er Berichte archivieren soll, die *nichts* mit den Vampiristenmorden zu tun haben.«

»Dann hast du ihn ja doch rausgeschmissen«, sagte Harry und steckte sich eine Zigarette zwischen die Lippen. Das Telefon vibrierte an seinem Bein. Er holte es hervor. Es war eine SMS von Oberarzt Steffens.

Die Tests sind fertig, Rakel ist zurück in 301.

»Ich muss los.«

»Bist du noch dabei, Harry?«

»Lass mich darüber nachdenken.«

Vor dem Präsidium fand Harry das Feuerzeug, das durch ein Loch ins Futter seiner Jackentasche gerutscht war, und zündete die Zigarette an. Betrachtete die Menschen, die auf dem Bürgersteig an ihm vorbeigingen. Sie wirkten so entspannt, so unbesorgt. Das Ganze hatte etwas zutiefst Beunruhigendes. Wo war er? Wo zum Henker war Valentin?

»Hallo«, sagte Harry, als er den Raum 301 betrat.

Oleg saß neben Rakels Bett und sah wortlos von dem Buch auf, das er las.

Harry setzte sich. »Irgendetwas Neues?«

Oleg blätterte in seinem Buch.

»Hör mal«, sagte Harry, zog sich die Jacke aus und hängte sie über die Lehne seines Stuhls. »Ich weiß, dass du denkst, dass mir meine Arbeit wichtiger ist als Rakel. Dass ich deshalb weg war. Obwohl es andere gibt, die Mordfälle lösen können, sie aber nur dich und mich hat.«

»Stimmt das etwa nicht?«, fragte Oleg, ohne von seinem Buch aufzublicken.

»Im Moment braucht sie mich nicht, Oleg. Ich kann hier drinnen niemanden retten, während ich da draußen in der Tat Leben retten kann.«

Oleg klappte das Buch zu und sah zu Harry hinüber. »Gut zu hören, dass es Philanthropie ist, die dich antreibt. Man könnte sonst leicht glauben, dass es etwas ganz anderes ist.«

»Etwas anderes?«

Oleg ließ das Buch in seine Tasche fallen. »Ehrgeiz. Du weißt schon, so eine Harry-Hole-ist-zurück-und-rettet-die-Welt-Scheiße.«

»Glaubst du wirklich, dass es darum geht?«

Oleg zuckte mit den Schultern. »Vermutlich geht es darum, was du denkst. Dass du dich selbst von diesem Bullshit überzeugst.«

»Siehst du mich wirklich so? Als Bullshiter?«

Oleg stand auf. »Weißt du, warum ich immer so wie du werden wollte? Nicht weil du so gut bist. Sondern weil es einfach keinen anderen gab. Du warst der einzige Mann im Haus. Aber jetzt, da ich dich besser kenne, wird mir klar, dass ich alles tun sollte, um nicht so wie du zu werden, Harry. Deinstallation initiiert.«

»Oleg ...«

Aber er war bereits durch die Tür verschwunden.

Verdammt. Verdammte Scheiße.

Harry spürte das Telefon in seiner Tasche vibrieren und schaltete es aus, ohne einen Blick auf das Display zu werfen. Stattdessen lauschte er der Maschine. Sie kam ihm lauter vor, jeder Ausschlag der grünen Linie wurde etwas verzögert von einem Piepsen begleitet.

Wie ein Timer.

Ein Countdown für sie.

Ein Countdown für jemanden da draußen.

Vielleicht wartete Valentin jetzt irgendwo auf jemanden und sah auf die Uhr.

Harrys Finger umklammerten das Telefon und ließen es wieder los.

Er legte seine breite Hand auf Rakels schmale, sah in dem schwachen Licht, das schräg in den Raum fiel, wie die dicken blauen Adern auf seinem Handrücken Schatten warfen, und versuchte, die Piepser nicht zu zählen. Bei achthundertundsechs konnte er nicht mehr still sitzen bleiben, er stand auf und wanderte in dem Raum auf und ab. Schließlich ging er nach draußen auf den Flur und suchte den diensthabenden Arzt auf, der aber nicht ins Detail gehen wollte und nur sagte, dass Rakels Zustand stabil sei und sie überlegt hätten, sie wieder aus dem Koma zu holen.

»Hört sich nach guten Neuigkeiten an«, sagte Harry.

Der Arzt zögerte. »Wir haben das nur überlegt«, sagte er. »Es gibt auch Argumente dagegen. Reden Sie mit Steffens, wenn er kommt, er hat heute Nachtschicht.«

Harry aß etwas in der Kantine, bevor er zurück in Raum 301 ging. Der Polizist auf dem Stuhl vor der Tür nickte ihm zu.

Drinnen war es dunkel geworden. Harry schaltete die Lampe auf dem Nachttisch ein. Er schnippte eine Zigarette aus der Packung und betrachtete Rakels Augenlider. Ihre Lippen waren trocken. Er versuchte, sich an ihre erste Begegnung zu erinnern. Er hatte vor ihrem Haus gestanden, und sie war wie eine Ballerina auf ihn zugekommen. Aber stimmte das alles auch, nach so vielen Jahren? Der erste Blick, die ersten Worte. Der erste Kuss. Vielleicht war es unausweichlich, dass man so etwas mit der Zeit umschrieb, nach und nach, bis es zu einer Geschichte wurde, die Logik hatte, Schwerkraft und Sinn, und bezeugte, dass sie die ganze Zeit auf dem Weg hierher gewesen waren. Zu einer Geschichte, die sie sich gegenseitig erzählten, wie ein Stammesritual, bis sie wirklich daran glaubten. Wenn sie jetzt verschwand, wenn die Geschichte von Rakel und Harry hier zu Ende ging, an was sollte er dann glauben?

Er zündete sich die Zigarette an.

Inhalierte tief, atmete den Rauch aus und sah, wie er nach oben in Richtung Rauchmelder stieg und sich langsam auflöste.

Verschwinden. Alarm, dachte er.

Die Hand glitt in die Tasche, und die Finger legten sich um das kalte, ausgeschaltete Telefon.

Verdammt. Verdammte Scheiße.

Berufen, hatte Steffens gesagt. Ist es das, wenn man einen Job annimmt, den man hasst, weil man weiß, dass man gerade für diesen Job der Beste ist? *Etwas, wozu man zu gebrauchen ist.* Wie ein Rudeltier, das sich opfert. Oder stimmte es, was Oleg gesagt hatte. War es persönlicher Ehrgeiz? Sehnte er sich danach, da draußen zu sein und zu glänzen, während die, die er liebte, hier verging? Nun, er hatte nie ein besonderes Verantwortungsgefühl der Gesellschaft gegenüber empfunden, und die Anerkennung der Kollegen oder der Öffentlichkeit waren ihm egal. Aber was blieb dann übrig?

Valentin. Und die Jagd.

Zwei kurze Klopfer waren zu hören, und die Tür ging auf. Bjørn Holm schlich in den Raum und setzte sich auf den Stuhl auf der anderen Seite des Bettes.

»Rauchen in einem Krankenhaus«, sagte er. »Bis zu sechs Jahre Zuchthaus, glaube ich.«

»Zwei Jahre«, sagte Harry und reichte Bjørn die Zigarette. »Tu mir den Gefallen, mach dich mitschuldig.«

Bjørn nickte in Richtung Rakel. »Hast du keine Angst, dass sie Lungenkrebs kriegen könnte?«

»Rakel liebt das Passivrauchen. Sie betont immer, wie toll sie es findet, dass das umsonst ist und mein Körper die schlimmsten Schadstoffe schon aufgenommen hat, bevor ich ausatme. Ich bin so eine Mischung aus Sparstrumpf und Filter.«

Bjørn nahm einen Zug. »Deine Mobilbox sagt, dass dein Handy ausgeschaltet ist, deshalb bin ich davon ausgegangen, dass du hier bist.«

»Hm. Für einen Techniker hattest du schon immer gute deduktive Fähigkeiten.«

»Danke. Wie geht's?«

»Sie diskutieren, sie wieder aus dem Koma zu holen. Ich habe mich entschieden, darin ein gutes Zeichen zu sehen. Irgendwas Eiliges?«

»Keiner von den Gästen der Sauna, die wir vernommen haben, hat Valentin auf dem Phantombild erkannt. Der Typ am Eingang hat ausgesagt, dass zu dieser Zeit ein reges Kommen und Gehen herrscht. Er kannte aber unseren Mann und meinte, er käme für gewöhnlich mit Mantel und tief in die Augen gezogener Baseballkappe. Unter dem Mantel soll er immer schon einen Bademantel getragen haben. Außerdem soll er grundsätzlich bar bezahlt haben.«

»Damit es keine elektronischen Spuren gibt. Bademantel drunter? So minimiert er das Risiko, dass jemand das Tattoo sieht, wenn er sich umzieht. Wie ist er vom Bad nach Hause gekommen?«

»Wenn er ein Auto hat, muss er die Schlüssel in der Tasche seines Bademantels gehabt haben. Oder eventuell Geld für ein Busticket. In der Kleidung, die in der Umkleide lag, war absolut nichts, nicht mal ein paar Flusen. Wir finden sicher DNA, die Klamotten rochen aber nach Waschmittel. Ich glaube, sogar der Mantel war in der Waschmaschine.«

»Passt zu der manischen Reinlichkeit, die uns an den Tatorten aufgefallen ist. Dass er Schlüssel und Geld mit ins Dampfbad nimmt, deutet darauf hin, dass er auf einen plötzlichen Rückzug vorbereitet war.«

»Stimmt. Auf den Straßen in Sagene hat niemand einen Typ im Bademantel gesehen, den Bus hat er also wohl nicht genommen.«

»Sein Wagen stand direkt an der Hintertür. Es ist kein Zufall, dass er seit drei Jahren auf freiem Fuß ist. Er ist gut.« Harry rieb sich den Nacken. »Tja, wir haben ihn vertrieben. Was nun?«

»Wir checken die Überwachungskameras der Geschäfte und der Tankstelle in der Nähe des Platzes. Suchen nach einer Baseballcap und einem Bademantel unter einem Mantel. Morgen früh werde ich den Mantel übrigens aufschneiden. Im Futter der Tasche ist ein kleines Loch, mit etwas Glück hat sich da irgendwas ins Innenfutter verirrt.«

»Er wird die Überwachungskameras gemieden haben.«

»Glaubst du?«

»Ja, wenn wir ihn auf einer sehen, dann nur, weil er gesehen werden will.«

»Vermutlich hast du recht.« Bjørn Holm knöpfte seinen Parka auf. Seine blasse Stirn glänzte vor Schweiß.

Harry blies den Zigarettenrauch in Richtung Rakel. »Was ist, Bjørn?«

»Wie meinst du das?«

»Du musstest nicht herkommen, um mir das zu erzählen.«

Bjørn antwortete nicht. Harry wartete. Die Maschine piepste und piepste.

»Es geht um Katrine«, sagte Bjørn. »Ich verstehe da was nicht. Ich habe auf der Anrufliste meines Telefons gesehen, dass sie mich gestern Nacht angerufen hat, aber als ich sie zurückgerufen habe, meinte sie nur, das sei sicher so ein Hosentaschenanruf gewesen.«

»Und?«

»Um drei Uhr nachts? Sie schläft ja nicht auf ihrem Telefon.«

»Und warum hast du sie das nicht gefragt?«

»Weil ich sie nicht bedrängen will. Sie braucht Zeit. Raum. Sie ist ein bisschen wie du.« Bjørn nahm Harry die Zigarette ab.

»Ich?«

»Ein Eigenbrötler.«

Harry nahm ihm die Zigarette weg, als Bjørn gerade einen Zug nehmen wollte.

»Das stimmt doch«, protestierte Bjørn.

»Was willst du?«

»Ich werde verrückt, wenn ich noch länger rumlaufe und keine Ahnung habe, wie es weitergeht. Deshalb dachte ich ...«

Bjørn kratzte wütend seinen Bart. »Du und Katrine, ihr seid doch so was wie Vertraute. Könntest du ...?«

»Checken, wie deine Aktien stehen?«

»So in etwa. Ich muss sie zurückhaben, Harry.«

Harry drückte die Zigarette am Stuhlbein aus und sah zu Rakel. »Natürlich. Ich rede mit Katrine.«

»Aber ohne, dass sie ...«

»Kapiert, dass das von dir kommt?«

»Danke«, sagte Bjørn. »Du bist ein guter Freund, Harry.«

»Ich?« Harry steckte die Kippe zurück in die Packung. »Ich bin ein Eigenbrötler.«

Als Bjørn gegangen war, schloss Harry die Augen. Lauschte der Maschine. Dem Countdown.

KAPITEL 24

Dienstagabend

Er hieß Olsen und war der Wirt des *Olsens*, dabei hatte der Laden schon vor über zwanzig Jahren, als er ihn übernommen hatte, so geheißen. Für einige ein unwahrscheinlicher Zufall, aber wie unwahrscheinlich war es wirklich, wenn ständig unwahrscheinliche Dinge passieren, jeden Tag, jede Sekunde? Denn dass irgendjemand den Lottojackpot knackte, war wohl das einzige vollkommen Sichere, auch wenn der Gewinner selbst es für mehr als unwahrscheinlich, ja für ein Wunder hielt. Olsen glaubte deshalb nicht an Wunder, musste aber einräumen, dass das, was gerade passiert war, zu den Grenzfällen zählte. Denn Ulla Swart war zur Tür hereingekommen und hatte sich zu Truls Berntsen an den Tisch gesetzt, der dort schon zwanzig Minuten wartete. Olsen zweifelte keine Sekunde daran, dass es sich um ein Rendezvous handelte. Seit mehr als zwanzig Jahren stand er jetzt hinter dem Tresen und sah nervöse Männer von einem Bein aufs andere treten oder mit den Fingern auf die Tischplatte trommeln, während sie auf ihre Traumfrauen warteten. Ulla Swart war in jüngeren Jahren das hübscheste Mädchen von ganz Manglerud gewesen, während Truls Berntsen von all den Idioten, die am Manglerud Center herumgelungert und im *Olsens* verkehrten, der größte Verlierer gewesen war. Truls, oder Beavis, war der Schatten von Mikael Bellman gewesen, der die Beliebtheitsliste auch nicht gerade angeführt hatte. Aber Mikael hatte wenigstens gut ausgesehen und war redegewandt gewesen, so dass es ihm gelungen war, den hippen Hockeyjungs und den Motorradfreaks das Mädchen vor der Nase wegzuschnappen, auf das alle scharf gewesen waren. Inzwischen war er sogar Polizeipräsident, irgendetwas musste an diesem Mikael also wohl dran sein. Aber Truls Berntsen? Einmal Verlierer, immer Verlierer. Und deshalb grenzte das, was sich gerade in seinem Laden abspielte, an ein Wunder.

Olsen trat an den Tisch, nahm die Bestellung auf und bekam mit, worüber bei diesem unwahrscheinlichen Rendezvous geredet wurde.

»Ich war ein bisschen zu früh hier«, sagte Truls und warf einen Blick auf sein fast leeres Bierglas.

»Nein, nein, ich bin zu spät«, sagte Ulla, stellte die Handtasche ab und knöpfte sich den Mantel auf. »Ich wäre fast nicht gekommen.«

»Oh?« Truls nahm schnell einen kleinen Schluck aus seinem Glas, damit sie nicht sah, wie sehr seine Hände zitterten.

»Ja, weißt du, Truls ... das ist nicht so einfach.« Sie warf ihm ein kurzes Lächeln zu und bemerkte Olsen, der lautlos hinter sie getreten war.

»Ich warte noch ein bisschen, danke«, sagte sie, und er verschwand.

Warten?, dachte Truls. Warum warten? Damit sie abhauen konnte, wenn sie es sich doch noch anders überlegte oder er ihre Erwartungen nicht erfüllte? Aber welche Erwartungen hatte sie? Sie waren hier doch zusammen groß geworden.

Ulla sah sich um. »Mein Gott, letztes Mal war ich beim Klassentreffen hier, vor zehn Jahren! Erinnerst du dich?«

»Nein«, sagte Truls. »Ich war nicht da.«

Sie senkte den Blick und fingerte am Ärmel ihres Pullovers herum.

»Der Fall, an dem ihr arbeitet ... das ist eine echt unangenehme Sache. Schade, dass ihr ihn heute nicht gekriegt habt. Mikael hat mir erzählt, was passiert ist.«

»Tja«, sagte Truls. Mikael. Musste sie ihn als Erstes aus dem Hut zaubern und wie einen Schild zwischen sie stellen? War sie nur nervös, oder wusste sie nicht, was sie wollte? »Und? Was hat er dir erzählt?«

»Dass Harry Hole den Barkeeper eingespannt hat, der den Mörder vor dem ersten Mord gesehen hat. Mikael war total wütend.«

»Den Barkeeper der *Jealousy Bar*?«

»Ich glaube schon.«

»Eingespannt? Und für was?«

»Um in ein türkisches Bad zu gehen und dort Ausschau nach dem Mörder zu halten. Wusstest du das nicht?«

»Ich habe mich heute ... auf ein paar andere Fälle konzentriert.«

»Ist ja auch egal. Schön, dich zu sehen. Ich kann zwar nicht lange bleiben, aber ...«

»Lange genug, um noch ein Bier zu trinken?«

Er sah ihr Zögern. Verdammt.

»Wegen der Kinder?«, fragte er.

»Was?«

»Ist eins krank?«

Truls sah Ullas Verwirrung, dann ergriff sie aber doch den Rettungsring, den er ihr darbot. Ihnen beiden.

»Unser Kleinster kränkelt etwas.« Sie schien zu frösteln und sich in ihrem Pullover verkriechen zu wollen, als sie sich im Lokal umsah. Es waren nur vier Tische besetzt, und Truls tippte, dass sie keinen der anderen Gäste kannte, sie sah anschließend auf jeden Fall etwas entspannter aus. »Du, Truls?«

»Ja?«

»Darf ich dich etwas Seltsames fragen?«

»Klar.«

»Was willst du?«

»Wollen?« Er trank noch einen Schluck, um sich ein kurzes Time-out zu gönnen. »Jetzt, meinst du?«

»Ich meine, was wünschst du dir. Was wünschen wir uns?«

Ich wünsche mir, dir die Kleider vom Leib zu reißen, dich zu ficken und zu hören, wie du nach mehr jammerst, dachte Truls. Und anschließend wünsche ich mir, dass du an den Kühlschrank gehst, mir ein kaltes Bier holst, dich in meine Armbeuge legst und sagst, dass du mir zuliebe alle verlassen wirst. Die Kinder, Mikael, das verfluchte Haus, dessen Veranda ich betoniert habe, alles. Um mit mir, Truls Berntsen, zusammen sein zu können. Denn jetzt, nach diesem Augenblick hier, ist es mir unmöglich, mit jemand anders als mit dir zusammen zu sein. Mit dir, dir und nochmals dir. Und dann wünsche ich mir, dass wir es noch einmal machen.

»Wir wünschen uns doch, geschätzt zu werden, nicht wahr?«

Truls schluckte. »Klar.«

»Geschätzt zu werden von dem, den wir lieben. Die anderen sind nicht so wichtig, oder?«

Truls spürte, dass sein Gesicht sich zu einer Grimasse verzog, von der er nicht einmal selbst wusste, was sie aussagte.

Ulla beugte sich vor und senkte die Stimme. »Und manchmal, wenn wir das Gefühl haben, nicht geschätzt zu werden, wenn jemand auf uns herumtrampelt, haben wir das Bedürfnis zurückzutreten, nicht wahr?«

»Ja«, sagte Truls und nickte. »Dann haben wir das Bedürfnis zurückzutreten.«

»Dieses Bedürfnis verschwindet aber, sobald wir merken, dass wir doch geschätzt werden. Und weißt du was? Heute Abend hat Mikael gesagt, dass er mich liebt. In einem Nebensatz und nicht direkt, aber ...« Sie biss sich auf ihre sinnliche, pralle Unterlippe, auf die Truls starrte, seit er sechzehn war. »Mehr braucht es nicht, Truls. Ist das nicht seltsam?«

»Sehr seltsam«, sagte Truls und bohrte den Blick in sein leeres Bierglas. Er fragte sich, wie er es ausdrücken sollte. Wie er sagen konnte, was er sagen wollte. Dass es manchmal nichts zu bedeuten hatte – nicht den geringsten Scheiß –, wenn jemand sagte, dass er einen liebt. Besonders dann nicht, wenn diese Worte von einem derart schwanzgesteuerten Arsch wie Mikael Bellman kamen.

»Ich glaube, ich sollte meinen Kleinen jetzt wirklich nicht länger warten lassen.«

Truls hob den Blick und sah Ulla mit tiefbesorgter Miene auf ihre Uhr schauen. »Natürlich nicht«, sagte er.

»Ich hoffe wirklich, dass wir beim nächsten Mal mehr Zeit haben.«

Truls schluckte die Frage nach dem Wann herunter. Er stand auf und versuchte, sie nicht zu lang festzuhalten, als sie ihn umarmte. Als die Tür hinter ihr zufiel, ließ er sich auf die Bank sacken und spürte die Wut in sich aufsteigen. Die schwere, zähe, schmerzhafte, angenehme Wut.

»Noch ein Bier?« Wieder hatte Olsen sich lautlos genähert.

»Ja. Oder nein. Ich muss mal telefonieren. Tut's das da drüben noch?« Er nickte in Richtung der Kabine mit der Glastür, in der Mikael während der Abiparty, bei der alle so besoffen waren, dass niemand mehr bemerkte, was unter Brusthöhe vor sich ging, Stine Michaelsen im Stehen fickte, während Ulla am Tresen stand und für alle Bier holte.

»Na klar.«

Truls ging hinein und suchte auf seinem Handy eine Nummer heraus.

Drückte die glänzenden Tasten des alten Münztelefons.

Wartete. Er hatte ein enges Hemd angezogen, um zu betonen, dass er einen breiteren Brustkorb, größere Oberarmmuskeln und eine schmalere Taille bekommen hatte. Dass er nicht mehr so war, wie Ulla ihn in Erinnerung hatte. Aber sie hatte ihn kaum angesehen. Truls blies sich auf und spürte, dass seine Schultern die Wände der Kabine berührten, die tatsächlich noch enger war als das verfluchte Büro, in das sie ihn heute verfrachtet hatten.

Bellman. Bratt. Wyller. Hole. Sollten sie doch alle zum Teufel gehen.

»Mona Daa.«

»Berntsen. Was bezahlen Sie für die Wahrheit über die Aktion heute im türkischen Bad?«

»Haben Sie einen Aufmacher?«

»Klar. *Osloer Polizei riskiert Leben eines unschuldigen Barkeepers, um Valentin zu schnappen.*«

»Wir werden uns schon einig werden.«

Er wischte den beschlagenen Badezimmerspiegel ab und starrte sich an.

»Wer bist du?«, flüsterte er. »Wer bist du?«

Dann schloss er die Augen und öffnete sie wieder.

»Ich bin Alexander Dreyer. Du kannst mich Alex nennen.«

Aus dem Wohnzimmer hinter sich hörte er ein überdrehtes Lachen, dann das Geräusch einer Maschine oder eines Helikopters, gefolgt von angsterfüllten Schreien, die den Übergang von »Speak to Me« zu »Breathe« markierten. Es waren genau diese Schreie, die er reproduzieren wollte, aber keine von ihnen hatte genau so schreien wollen.

Endlich war der Spiegel wieder klar und sauber, so dass er das Tattoo sehen konnte. So viele, vor allem Frauen, hatten ihn gefragt, warum er sich ausgerechnet einen Dämon in die Brust hatte stechen lassen. Als hätte er das entschieden. Sie wussten nichts. Hatten keine Ahnung, wer er war.

»Wer bist du, Alex? Ich? Ich bin Sachbearbeiter bei Storebrand. Ich will aber nicht über das Unternehmen reden, sprechen wir lieber über dich. Was machst du denn, Tone? Willst du für mich schreien, wenn ich dir die Brustwarzen abschneide und sie aufesse?«

Er ging aus dem Bad ins Wohnzimmer und warf einen Blick auf das Bild, das neben dem weißen Schlüssel auf dem Schreibtisch lag. Tone. Sie war seit zwei Jahren bei Tinder und wohnte in der Professor Dahls gate. Arbeitete in einer Gärtnerei. Sonderlich schön war sie nicht. Etwas zu dick. Er hätte sie Leber etwas schlanker. Marte war schlank. Marte mochte er. Die Sommersprossen standen ihr.

Aber Tone? Er fuhr mit der Hand über den rotbraunen Schaft des Revolvers.

Die Pläne hatten sich nicht geändert, obwohl er heute um ein Haar aufgeflogen wäre. Er hatte den Mann nicht erkannt, der ins Dampfbad gekommen war, es war aber nicht zu übersehen gewesen, dass dieser Mann ihn erkannt hatte. Mit weit aufgerissenen Augen war er wie paralysiert in dem lichten Dampf an der Tür stehen geblieben und dann gleich wieder nach draußen getreten. Trotzdem hatte die Luft nach seiner Angst gerochen.

Der Wagen hatte wie üblich am Rand der wenig befahrenen Straße gestanden, die man über die Hintertür erreichte. Er wäre niemals regelmäßig in ein Bad gegangen, das keinen solchen Fluchtweg hatte. Oder das nicht so sauber war. Und die Schlüssel hatte er immer in der Tasche des Bademantels.

Er fragte sich, ob er Tone mit dem Revolver erschießen sollte, nachdem er sie gebissen hatte. Nur um Verwirrung zu stiften. Außerdem war er gespannt auf die Schlagzeilen. Andererseits wäre das ein Verstoß gegen die Regeln. Und der andere war wegen der Sache mit der Bedienung schon jetzt wütend.

Er drückte den Revolver gegen seinen Bauch, um den kalten Stahl zu spüren, dann legte er ihn wieder weg. Wie nah war dieser Polizist ihm gekommen? In der VG stand, dass die Polizei auf irgendeinen Gerichtsbeschluss aus den USA wartete, um Facebook zwingen zu können, die Adressen freizugeben. Von diesen Sachen verstand er nichts, er machte sich darüber aber auch keine Sorgen. Weder Alexander Dreyer noch Valentin Gjertsen kümmerte das. Seine Mutter hatte immer gesagt, dass sie ihn nach Valentino benannt habe, dem größten Lover der frühen Filmgeschichte. Da musste sie sich also an die eigene Nase fassen, dass er seinem Namen alle Ehre machte. Anfangs war er kaum ein Risiko eingegangen. Denn wenn man ein Mädchen vergewaltigte, bevor man selbst strafmündig und die Glückliche nicht minderjährig war, sollte sie klug genug sein, um zu wissen, dass sie selbst eine Anklage wegen Unzucht mit Minderjährigen riskierte, sollte das Gericht zu dem Schluss kommen, dass es keine Vergewaltigung, sondern freiwilliger Sex war. War man erst strafmündig, war das Risiko für eine Anklage deutlich höher. Außer man vergewaltigte diejenige, die für den Namen Valentino verantwortlich war. Wobei Vergewaltigung ... als sie begonnen hatte, sich einzuschließen, und er ihr erklärt hatte, dass es entweder sie oder die Nachbarstochter, die Lehrerin, die Tante oder zufällige Opfer auf der Straße treffen würde, hatte sie die Tür wieder geöffnet. Die Psychologen, denen er das erzählt hatte, waren allesamt nicht bereit gewesen, ihm zu glauben ... bis sie ihm dann doch irgendwann geglaubt hatten, alle.

Pink Floyd begannen jetzt »On the Run«. Nerviges Schlagzeug, pulsierende Synthesizer, ein Geräusch von laufenden Füßen. Flucht. Vor der Polizei? Vor Harry Holes Handschellen? *Armseliger Perverser?*

Er nahm das Glas mit der Limonade vom Tisch. Trank einen Schluck, starrte hinein und schleuderte es an die Wand. Das Glas zersplitterte, und die gelbe Flüssigkeit rann an der weißen Tapete hinunter. Er hörte Fluchen aus der Nachbarwohnung.

Dann ging er ins Schlafzimmer. Überprüfte die Fußfesseln und die Handschellen am Bettgitter. Warf einen Blick auf die Frau mit den Sommersprossen, die in seinem Bett schlief. Mit gleichmäßigem Atem. Die Drogen wirkten, wie sie sollten. Ob sie träumte? Von dem blauschwarzen Gnom? Oder tat nur er das? Einer der Psychologen hatte gesagt, dass der immer wiederkehrende Alptraum eine halbverdrängte Kindheitserinnerung war und er seinen Vater auf seiner Mutter hatte sitzen sehen. Natürlich war das Schwachsinn, er hatte seinen Vater nie gesehen, laut Aussage seiner Mutter hatte er sie einmal vergewaltigt und war dann verschwunden. Ein bisschen wie die Jungfrau Maria und der Heilige Geist. Und so war er selbst zum Erlöser geworden. Warum nicht? Er würde zurückkommen und richten.

Er streichelte Marte über die Wange. Es war lange her, dass eine echte, lebendige Frau in seinem Bett gelegen hatte. Und er zog Harrys Holes Bedienung seiner toten japanischen Freundin definitiv vor. Es war wirklich schade, dass er sie gehen lassen musste. Dass er nicht dem Willen des Dämons gehorchen konnte, sondern auf den anderen hören musste, die Stimme der Vernunft. Und diese Stimme hatte voller Zorn klare Anweisungen gegeben. Ein Wald an einer verlassenen Straße im Nordosten der Stadt.

Er ging zurück ins Wohnzimmer und setzte sich in einen Sessel. Das glatte Leder drückte sich wohlig gegen die nackte Haut, die nach der glühend heißen Dusche noch immer kribbelte. Er schaltete das neue Telefon mit der neuen Sim-Karte ein. Die Tinder-App lag gleich neben der VG-App. Er tippte zuerst auf das VG-Zeichen. Das Warten machte einen Teil der Spannung aus. War er noch immer die Top-Schlagzeile? Er konnte die B-Promis gut verstehen, die alles Erdenkliche taten, um in die Schlagzeilen zu kommen. Eine Sängerin, die Essen mit einem Clown von Fernsehkoch zubereitete, weil sie – wie sie bestimmt selbst glaubte – nicht in Vergessenheit geraten durfte.

Harry Hole starrte ihn mürrisch an.

Barkeeper von Elise Hermansen von der Polizei eingespannt.

Er tippte auf *Beitrag lesen* und scrollte nach unten.

Einer Quelle zufolge wurde der Barkeeper in das Dampfbad geschickt, um für die Polizei zu spionieren ...

Der Typ im türkischen Bad. Ein Mann der Polizei. Harry Holes Mann.

... weil er der Einzige im Umfeld der Polizei ist, der Valentin Gjertsen mit Sicherheit identifizieren kann.

Mit einem Schmatzen löste sich die Haut vom Leder, als er aufstand. Er ging zurück ins Bad.

Starrte in den Spiegel. Wer bist du? Wer? Du bist der Einzige. Der Einzige, der das Gesicht gesehen hat und kennt, das ich jetzt sehe.

Es wurde weder der Name von dem Typen genannt noch ein Foto gezeigt. Und er hatte den Barkeeper nicht angesehen, als er an jenem Abend in die *Jealousy Bar* gekommen war. Weil Blickkontakt etwas ist, an das die Menschen sich erinnern. Aber jetzt hatten sie Blickkontakt gehabt. Und er erinnerte sich. Dann fuhr er mit dem Finger über das Gesicht des Dämons. Er wollte raus, musste raus.

Im Wohnzimmer kam »On the Run« zum Ende, das Lachen eines verrückten alten Mannes mündete in die gewaltige, langgezogene Explosion eines herabstürzenden Flugzeugs.

Valentin Gjertsen schloss die Augen und sah die Flammen vor sich.

»Worin besteht das Risiko, sie zu wecken?«, fragte Harry und starrte auf den Gekreuzigten über Dr. Steffens' Kopf.

»Auf diese Frage gibt es viele richtige Antworten«, sagte Steffens. »Und eine ehrliche.«

»Und die wäre?«

»Dass wir es nicht wissen.«

»Wie Sie nicht wissen, was ihr fehlt?«

»Ja.«

»Hm. Was wissen Sie eigentlich?«

»Allgemein betrachtet, wissen wir eine ganze Menge. Aber wenn die Menschen wüssten, wie viel wir *nicht* wissen, hätten sie Angst, Harry. Eine unnötige Angst. Also versuchen wir, diesen Teil nicht so intensiv zu kommunizieren.«

»Wirklich?«

»Wir sagen immer, dass wir in der Reparaturbranche sind, in erster Linie sind wir aber wohl in der Trostbranche.«

»Und warum erzählen Sie mir das, Steffens, statt mich zu trösten?«

»Weil ich mir sicher bin, dass Sie längst wissen, dass Wahrheit eine Illusion ist. Als Mordermittler verkaufen auch Sie etwas anderes, als Sie vorgeben. Sie geben den Menschen das Gefühl, dass der Gerechtigkeit Genüge getan wird, dass Ordnung und Sicherheit herrschen. Aber es gibt keine vollkommene, keine objektive Wahrheit, wie es auch keine wahrhafte Gerechtigkeit gibt.«

»Hat sie Schmerzen?«

»Nein.«

Harry nickte. »Darf ich hier rauchen?«

»Im Arztzimmer eines öffentlichen Krankenhauses?«

»Kein schlechter Ort, wenn Rauchen wirklich so gefährlich ist, wie Sie es sagen.«

Steffens lächelte. »Ein Pfleger hat mir gesagt, dass die Putzfrauen Asche unter dem Bett von Zimmer 301 gefunden haben. Ich würde es vorziehen, wenn Sie draußen rauchen. Wie nimmt Ihr Sohn das Ganze eigentlich auf?«

Harry zuckte mit den Schultern. »Mit Trauer, Angst und Wut.«

»Ich habe ihn eben kommen sehen. Oleg, nicht wahr? Ist er im Zimmer geblieben? Wollte er nicht mit herkommen?«

»Er wollte nicht mit mir herkommen. Oder mit mir reden. Seiner Meinung nach lasse ich sie im Stich, wenn ich an den Ermittlungen teilnehme, während sie hier liegt.«

Steffens nickte. »Die Jugend ist einfach schon immer beneidenswert selbstsicher gewesen, wenn es darum geht, moralisch zu urteilen. In einem Punkt hat er aber vielleicht recht, vermehrte Polizeiaktivität ist nicht immer der effektivste Weg, um kriminelle Elemente zu bekämpfen.«

»Ach?«

»Wissen Sie, was die Kriminalität in den USA in den neunziger Jahren vermindert hat?«

Harry schüttelte den Kopf, legte die Hände auf die Armlehnen und sah zur Tür.

»Betrachten Sie das als Pause von all dem, worüber Sie sich das Hirn zermartern«, sagte Steffens. »Raten Sie.«

»Raten«, sagte Harry. »Es ist doch allgemein bekannt, dass die Kriminalität durch Bürgermeister Giulianis Nulltoleranz und vermehrte Polizeipräsenz gesunken ist.«

»Und eben das stimmt nicht. Die Kriminalität ging nämlich nicht nur in New York zurück, sondern in den ganzen USA. Es lag an den liberaleren Abtreibungsgesetzen, die in den siebziger Jahren erlassen wurden.« Steffens lehnte sich in seinem Stuhl zurück und machte eine kurze Pause, damit Harry selbst denken konnte, bevor er sein Fazit zog. »Alleinstehende, leichtfertige junge Frauen, die Sex mit mehr oder minder zufälligen Partnern haben, die am nächsten Morgen wieder verschwinden oder spätestens dann, wenn sie realisieren, dass die Frauen schwanger sind. Aus diesen Schwangerschaften sind über die Jahrhunderte hinweg Kriminelle wie am Fließband hervorgegangen. Kinder ohne Vater, ohne Grenzen und ohne Mütter, die es sich leisten können, ihnen eine Ausbildung zu finanzieren, oder das moralische Rückgrat haben, sie auf Gottes Weg zu geleiten. Diese Frauen hätten nur zu gerne ihre eigenen Föten umgebracht, wenn sie sich damit nicht strafbar gemacht hätten. Und dann, in den Siebzigern, durften sie plötzlich tun, was sie wollten. Die Auswirkungen dieses Massenmordes, der als Folge der liberalen Abtreibungsgesetze begann, wurden für die USA fünfzehn bis zwanzig Jahre später offenbar.«

»Hm. Und was sagt der Mormone dazu? Oder sind Sie das nicht mehr?«

Steffens legte lächelnd die Fingerkuppen aneinander. »Ich stütze die Kirche in vielem, Hole, aber nicht in ihrem Kampf gegen die Abtreibung, da unterstütze ich die Heiden. In den neunziger Jahren konnten normale Menschen wieder ohne Furcht vor Raubüberfällen, Vergewaltigung oder Mord über amerikanische Straßen gehen. Weil derjenige, der sie ermordet hätte, bereits aus seiner Mutter geschabt worden war, Hole. Aber ich stütze die Heiden nicht in ihrem Bestreben nach *selbstbestimmter Abtreibung*. Ob ein Fötus zwanzig Jahre später ein Segen oder ein Fluch für die Gesellschaft ist, sollte von der Gesellschaft entschieden werden und nicht von einer leichtfertigen Frau, die sich auf der Suche nach einem Sexpartner nachts auf den Straßen herumtreibt.«

Harry sah auf die Uhr. »Sie schlagen also *staatlich regulierte* Abtreibung vor?«

»Kein angenehmer Job, ich weiß. Wer das tut, muss sich schon dazu ... berufen fühlen.«

»Sie machen Witze, oder?«

Steffens hielt Harrys Blick ein paar Sekunden stand. Dann lächelte er. »Natürlich. Ich glaube voll und ganz an die Unantastbarkeit des Individuums.«

Harry stand auf. »Ich gehe davon aus, dass ich informiert werde, sollten Sie sie aus dem Koma holen? Es ist bestimmt gut, wenn sie ein bekanntes Gesicht sieht, wenn sie aufwacht, oder?«

»Auch das ist eine Frage der Einschätzung, Harry. Sagen Sie Oleg, dass er bei mir vorbeikommen kann, wenn er etwas wissen will.«

Harry trat vor das Krankenhaus. Er fror in der Kälte, nahm zwei schnelle Züge von seiner Zigarette, stellte fest, dass sie nicht schmeckte, drückte sie aus und hastete wieder hinein.

»Wie geht's Ihnen, Antonsen?«, fragte er den Polizisten, der vor Zimmer 301 Wache hielt.

»Danke«, sagte Antonsen und sah zu ihm auf. »In der VG ist ein Bild von Ihnen.«

»Ach ja?«

»Wollen Sie es sehen?« Antonsen nahm sein Handy.

»Nur wenn ich extrem gut aussehe.«

Antonsen grinste. »Dann wollen Sie es wahrscheinlich nicht sehen. Aber ich muss sagen, dass Sie da im Dezernat echt zur Sache gehen. Waffengewalt gegen einen Neunzigjährigen und ein Barkeeper als Spion?«

Harry erstarrte, die Hand auf der Klinke. »Wiederholen Sie das Letzte noch mal.«

Antonsen hielt sich das Handy vor die Nase und kniff die Augen zusammen. Er schien weitsichtig zu sein. »Barkee–«, begann er, als Harry ihm auch schon das Handy aus der Hand nahm.

Harrys Blick scannte das Display. »Verdammte Scheiße! Haben Sie ein Auto, Antonsen?«

»Nein, ich fahre Rad. Oslo ist ja nicht so groß, außerdem kann man sich so fit ...«

Harry warf Antonsen das Handy in den Schoß und riss die Tür zu Zimmer 301 auf. Oleg hob den Blick. Als er sah, dass es Harry war, schaute er wieder auf sein Buch.

»Oleg. Du hast ein Auto, du musst mich nach Grünerløkka fahren. Jetzt!«

Oleg schnaubte, ohne aufzusehen. »Als ob.«

»Das war keine Frage, sondern ein Befehl. Komm!«

»Befehl?« Olegs Gesicht verzog sich zu einer wütenden Grimasse. »Du bist nicht mal mein Vater. Wofür ich dankbar bin.«

»Du hattest recht. Es ist wirklich so, dass der Dienstgrad entscheidend ist. Me, Hauptkommissar, you, Polizeianwärter. Also hör auf mit dem Gejammer und setz deinen Arsch in Bewegung!«

Oleg glotzte ihn mit offenem Mund an.

Harry drehte sich um und stürmte über den Flur voraus.

Mehmet Kalak ließ Coldplay und U2 liegen und probierte stattdessen aus, wie Ian Hunter auf seine Kundschaft wirkte.

»All the Young Dudes« dröhnte aus den Lautsprechern.

»Und?«, fragte Mehmet.

»Nicht schlecht, aber die Version von David Bowie ist besser«, sagte die Kundschaft. Genauer gesagt, Øystein Eikeland, der sich auf die andere Seite des Tresens gesetzt hatte, nachdem sein Job beendet war. Da sie die Kneipe ganz für sich hatten, schob Mehmet den Lautstärkeregler hoch.

»Daran ändert sich auch nichts, wenn du den so laut singen lässt!«, rief Øystein und hob seinen Daiquiri an.

Es war sein fünfter. Da er sie selbst gemixt hatte und als Eignungsprüfung für seine Ausbildung zum Barkeeper verstand, betrachtete er die Unkosten als Werbekosten, die steuerlich absetzbar waren. Berücksichtigte man dann noch, dass er zum

Selbstkostenpreis trank, die Werbekosten aber in voller Höhe absetzbar waren, machte Mehmet durch ihn eigentlich Gewinn.

»Ich sollte Schluss machen, dabei müsste ich im Grunde noch einen mixen, damit ich auch die Miete zahlen kann«, nuschelte er.

»Du bist als Gast besser«, sagte Mehmet. »Was nicht heißt, dass du hinterm Tresen als Barkeeper nichts getaugt hast. Du bist einfach nur der beste Gast, den ich ...«

»Danke, lieber Mehmet, ich ...«

»... muss jetzt nach Hause gehen.«

»Soll ich?«

»Ja, sollst du.« Um zu unterstreichen, dass er es wirklich so meinte, schaltete Mehmet die Musik aus.

Øystein drehte den Kopf und öffnete den Mund, als hoffte er, dass das, was er auf dem Herzen hatte, von ganz allein über seine Lippen kam. Aber es kam nichts. Er versuchte es noch einmal, schloss den Mund wieder und nickte nur. Schließlich knöpfte er sich die Taxijacke zu, rutschte vom Barhocker und ging auf unsicheren Beinen zur Tür.

»Kein Trinkgeld?«, rief Mehmet ihm lachend nach.

»Trinkgeld is nicht abzugsfä..., abgezugsfä..., ach, vergiss es.«

Mehmet nahm Øysteins Glas und wusch es mit ein wenig Spülmittel unter dem Wasserhahn aus. Für die paar Gäste, die am Abend in der Kneipe gewesen waren, lohnte es sich nicht, die Spülmaschine anzuschmeißen.

Das Telefon, das auf dem Tresen lag, leuchtete auf. Es war Harry. Während er sich die Hände abtrocknete, um das Handy zu nehmen, wurde ihm bewusst, dass mit der Zeit etwas nicht stimmen konnte. Der Zeit, bis die Tür hinter Øystein ins Schloss gefallen war. Die Sekunden waren länger als sonst gewesen. Jemand musste die Tür für einen Moment festgehalten haben. Er hob den Blick.

»Ruhiger Abend?«, fragte der Mann, der vor dem Tresen stand.

Mehmet versuchte, Luft zu holen, um eine Antwort geben zu

können, aber es gelang ihm nicht. »Ruhig ist gut«, sagte Valentin Gjertsen. Der Mann aus dem Dampfbad.

Mehmet streckte stumm seine Hand nach dem Telefor. aus.

»Wenn Sie so gut wären, das Handy nicht in die Hand zu nehmen, tue ich Ihnen auch einen Gefallen.«

Mehmet hätte das Angebot sicher nicht angenommen, wäre da nicht der große Revolver auf ihn gerichtet gewesen.

»Danke, Sie werden es nicht bereuen.« Der Mann drehte sich um. »Schade, dass Sie keine Gäste haben. Für Sie, meine ich. Mir passt das ganz gut, so habe ich Ihre volle Aufmerksamkeit. Na ja, wahrscheinlich hätte ich die auch sonst, Sie sind doch sicher gespannt, was ich will. Ob ich gekommen bin, um etwas zu trinken oder Sie umzubringen. Nicht wahr?«

Mehmet nickte langsam.

»Letzteres wäre ja ein naheliegender Gedanke, da Sie die einzige lebende Person sind, die mich identifizieren kann. Das ist wirklich so, wussten Sie das? Obwohl der plastische Chirurg, der ... na ja, genug davon. Egal, da Sie das Telefonat nicht angenommen haben und Sie mich der Polizei eigentlich ja nur aus Bürgerpflicht gemeldet haben, will ich Ihnen den versprochenen Gefallen auch tun. Können Sie mir folgen?«

Mehmet nickte wieder und versuchte, den unausweichlichen Gedanken, dass er sterben musste, zu verdrängen. Sein Hirn suchte krampfhaft nach anderen Möglichkeiten, kam aber immer wieder zu demselben Schluss. Er musste sterben. Wie eine Antwort auf seine Gedanken, hörte er plötzlich ein lautes Klopfen am Fenster neben der Eingangstür. Mehmet sah an Valentin vorbei. Ein paar Hände und ein bekanntes Gesicht drückten sich ans Glas, um in die Kneipe zu schauen. Komm rein, verdammt, komm rein!

»Sie rühren sich nicht vom Fleck«, sagte Valentin leise, ohne sich umzudrehen. Sein Körper verdeckte den Revolver für die Person am Fenster.

Warum zum Henker kam er nicht rein?

Die Antwort kam in der nächsten Sekunde, als es laut an der Tür klopfte.

Valentin hatte abgeschlossen.

Das Gesicht war gleich darauf wieder am Fenster, und Mehmet sah den Mann mit den Armen rudern, um Aufmerksamkeit zu erregen. Vermutlich hatte er sie noch nicht gesehen.

»Sie rühren sich nicht vom Fleck, geben ihm aber ein Zeichen, dass geschlossen ist«, sagte Valentin. In seiner Stimme war nicht einmal ein Anflug von Stress zu hören.

Mehmet stand einfach nur mit hängenden Armen da.

»Jetzt, sonst sterben Sie.«

»Das tue ich so doch auch.«

»Das können Sie nicht mit hundertprozentiger Sicherheit wissen. Aber wenn Sie nicht tun, was ich sage, verspreche ich Ihnen, Sie zu töten. Und dann auch noch die Person da draußen. Sehen Sie mich an. Ich halte meine Versprechen.«

Mehmet sah zu Valentin, schluckte und beugte sich etwas zur Seite, so dass sein Oberkörper ins Licht ragte. Als der Mann vor dem Fenster ihn sah, schüttelte Mehmet den Kopf.

Nach ein paar Sekunden kam von draußen irgendein vages Zeichen, dann war Geir Sølle weg.

Valentin beobachtete alles im Spiegel.

»So«, sagte er. »Wo waren wir? Ja, bei der guten und der schlechten Nachricht. Die schlechte ist, dass der naheliegende Gedanke, dass ich gekommen bin, um Ihnen das Leben zu nehmen, so naheliegend ist, dass er ... tatsächlich der Wahrheit entspricht. Das ist – mit anderen Worten – an die hundert Prozent sicher. Ich werde Sie töten.« Valentin sah Mehmet voller Bedauern an, ehe er zu lachen begann. »Sie machen das längste Gesicht, das ich je gesehen habe! Ich kann das ja nachvollziehen, aber vergessen Sie nicht die gute Nachricht. Den Gefallen. Ich lasse Ihnen nämlich die Wahl, wie Sie sterben wollen. Folgende Alternativen stehen zur Auswahl, okay? Sind Sie bei der Sache? Gut. Also, ich kann Ihnen entweder in den Kopf schießen oder dieses Röhrchen in den Hals stechen.« Valentin hielt etwas hoch, das wie ein metallener, am Ende messerscharf zugeschnittener Strohhalm aussah.

Mehmet starrte Valentin nur an. Das Ganze war so absurd, dass er sich zu fragen begann, ob das alles nur ein Traum war, aus dem er bald aufwachen würde. Oder war das der Traum des Mannes vor ihm? Doch dann streckte dieser Valentin ihm das Röhrchen entgegen, und Mehmet wich automatisch einen Schritt zurück und hatte plötzlich das Waschbecken im Rücken.

Valentin schmatzte mit den Lippen. »Also nicht das Röhrchen?«

Das Licht brach sich auf dem Metall des Röhrchens, Mehmet nickte vorsichtig. Stiche waren immer seine größte Angst gewesen. Etwas durch die Haut in den Körper gestochen zu bekommen. Als Junge war er sogar einmal von zu Hause weggelaufen und hatte sich im Wald versteckt, als er geimpft werden sollte.

»Abgemacht ist abgemacht, also nicht das Röhrchen.« Valentin legte es auf den Tresen und nahm ein paar schwarze, antik aussehende Handschellen aus seiner Tasche, ohne dass sich der Lauf der Waffe auch nur einen Millimeter von Mehmet entfernte. »Legen Sie die Kette um die Stange am Spiegelregal, ketten Sie Ihre Handgelenke an und legen Sie den Kopf ins Waschbecken.«

»Ich ...«

Mehmet sah den Schlag nicht kommen. Er registrierte lediglich das Knacken in seinem Schädel, die plötzliche Dunkelheit und dass er etwas ganz anderes sah, als er die Augen wieder öffnete. Er musste mit dem Revolver niedergeschlagen worden sein, dachte er, und was er jetzt an seiner Schläfe spürte, konnte nur die Mündung der Waffe sein.

»Das Röhrchen«, flüsterte eine Stimme an seinem Ohr. »Ihre Entscheidung.«

Mehmet nahm die merkwürdigen, schweren Handschellen, legte die Kette um die Metallstange vor dem Regal und kettete

seine Handgelenke an. Etwas Warmes lief ihm über den Nasen-
rücken und die Oberlippe, und er schmeckte den süßen metallischen Geschmack von Blut.

»Lecker?«, fragte Valentin mit heller Stimme.

Mehmet sah nach oben und begegnete Valentins Blick im Spiegel.

»Ich mag das ja selber eigentlich gar nicht«, sagte Valentin lächelnd. »Das schmeckt doch nur nach Eisen und Prügel. Ja, Eisen
und Prügel. Eigenes Blut, das geht ja noch, aber das anderer? Da
schmeckt man sogar, was die gegessen haben. Apropos gegessen,
sen, hat der zum Tode Verurteilte einen letzten Wunsch? Ich
frage nicht, weil ich dir noch was kochen will, bloß aus Neugier.«

Mehmet blinzelte. Ein letzter Wunsch? Die Worte wollten
nicht bis zu ihm vordringen, und trotzdem folgten die Gedanken der Frage wie im Traum. Er wünschte sich, dass die *Jealousy
Bar* eines Tages Oslos coolste Kneipe war, dass Beşiktaş Meister
wurde und er zu »Ready for Love« von Paul Rodgers beerdigt
wurde. Sonst noch was? Er strengte sich wirklich an, es kam ihm
aber nichts mehr in den Sinn. Stattdessen spürte er, dass sich in
seinem Inneren ein falsches Lachen aufbaute.

Harry sah eine Gestalt aus der *Jealousy Bar* hasten, als er sich
näherte. Licht fiel noch durch das große Fenster auf den Bürgersteig, Musik war jedoch keine mehr zu hören. Er trat ans Fenster
und sah hinein. Erblickte den Rücken einer Person hinter dem
Tresen, konnte aber nicht erkennen, ob es Mehmet war. Ansonsten schien die Kneipe leer zu sein. Harry ging zur Tür und
drückte die Klinke vorsichtig hinunter. Geschlossen. Eigentlich
sollte doch bis Mitternacht geöffnet sein.

Harry nahm den Schlüsselbund mit dem gebrochenen Plastikherzen und steckte den Schlüssel vorsichtig ins Schloss. Zog
seine Glock 17 mit der rechten Hand, während er mit der linken
den Schlüssel herumdrehte und die Tür öffnete. Mit gezückter
Waffe trat er ein und schob die Tür leise mit dem Fuß zu. Trotz-

dem drangen von der Straße Geräusche herein, so dass die Gestalt hinter dem Tresen sich aufrichtete und in den Spiegel sah.

»Polizei«, sagte Harry. »Keine Bewegung!«

»Harry Hole.« Die Gestalt trug eine Schirmmütze, so dass Harry keine Gesichtszüge erkennen konnte. Aber er brauchte kein Gesicht, denn obwohl es mehr als drei Jahre her war, dass er die helle Stimme gehört hatte, kam es ihm wie gestern vor.

»Valentin Gjertsen«, sagte Harry und hörte das Zittern in seiner eigenen Stimme.

»Endlich treffen wir uns wieder, Harry. Ich habe an dich gedacht. Hast du auch an mich gedacht?«

»Wo ist Mehmet?«

»Du bist guter Dinge, du *hast* an mich gedacht.« Das hohe Lachen. »Warum? Wegen all meiner Verdienste? Oder wegen der Opfer, wie ihr das nennt? Nein, warte. Nein, eher wegen *deiner* Verdienste. Schließlich bin ich der, den du nie gekriegt hast, nicht wahr?«

Harry antwortete nicht. Er blieb an der Tür stehen.

»Es ist nicht auszuhalten, nicht wahr? Gut! Und deshalb bist du so gut, Harry. Du bist so wie ich, du hältst es nicht aus.«

»Ich bin nicht wie *Sie*, Valentin.« Harry lockerte die Finger, legte sie erneut um den Schaft der Waffe und fragte sich, was ihn abhielt, näher zu treten.

»Nicht? Rücksicht auf andere Menschen hält dich nicht ab, zu tun, was du tun willst, oder? Du hast *the eyes on the prize*, Harry. Guck dich doch mal an. Du willst nur deine Trophäen, koste es, was es wolle. Die Leben der anderen, dein Leben, wenn du ehrlich bist, ist das alles für dich doch nur zweitrangig. Du und ich, wir sollten uns mal zusammensetzen und uns besser kennenlernen. Denn es gibt nicht so viele wie uns.«

»Halten Sie Ihren Mund, Valentin! Nehmen Sie die Hände hoch, damit ich Sie sehen kann, und sagen Sie mir, wo Mehmet ist.«

»Wenn Mehmet der Name deines Spions ist, dann muss ich

mich bewegen, um ihn dir zeigen zu können. Dann wird auch die Situation klarer, in der wir uns hier befinden.«

Valentin Gjertsen trat einen Schritt zur Seite. Mehmet hing mit den Armen an der Metallstange des Regals. Sein Kopf war nach unten ins Waschbecken gebeugt, so dass die langen schwarzen Locken sein Gesicht verdeckten. Valentin hielt einen Revolver mit langem Lauf an Mehmets Hinterkopf.

»Bleib stehen, wo du bist, Harry. Wir haben hier, wie du siehst, eine ziemlich ausgeglichene Balance des Schreckens. Von da, wo du stehst, sind es bis hier vielleicht acht oder zehn Meter? Die Chancen, dass dein erster Schuss mich gleich außer Gefecht setzt, so dass ich Mehmet nicht mehr töten kann, sind ziemlich gering, oder was meinst du? Erschieße ich Mehmet zuerst, kannst du bestimmt zweimal auf mich schießen, bevor ich die Waffe auf dich richten kann. Dann stehen die Chancen für mich ziemlich schlecht. Wir haben es mit anderen Worten mit einer Lose-lose-Situation zu tun, die Frage lautet also, ob du bereit bist, deinen Spion zu opfern, um mich zu bekommen? Oder wir retten ihn, und du fängst mich später? Was meinst du?«

Harry zielte über das Korn seiner Waffe auf Valentin. Er hatte recht. Es war zu dunkel und die Distanz zu groß, um ihn sicher mit einem Kopfschuss zu treffen.

»Ich deute dein Schweigen als Einverständnis, Harry. Und da ich in der Ferne auch schon Martinshörner zu hören glaube, gehe ich davon aus, dass wir wenig Zeit haben.«

Harry hatte sie gebeten, ohne Sirenen zu kommen, aber dann wären sie länger unterwegs gewesen.

»Wenn du deine Pistole weglegst, Harry, verschwinde ich.«

Harry schüttelte den Kopf. »Du bist hier, weil er dein Gesicht gesehen hat, du wirst also erst ihn und dann mich erschießen, weil sonst auch ich dein Gesicht sehe.«

»Dann mach in den nächsten fünf Sekunden einen Vorschlag, sonst erschieße ich ihn und setze darauf, dass dein erster Schuss danebengeht, bevor ich dich treffe.«

»Behalten wir die Balance des Schreckens bei«, sagte Harry. »Aber rüsten wir ab.«

»Du willst doch nur Zeit gewinnen, denk dran, der Countdown läuft. Vier, drei ...«

»Wir drehen unsere Waffen gleichzeitig um und halten sie mit der rechten Hand am Lauf, so dass Schaft und Abzug zu sehen sind.«

»Zwei ...«

»Sie gehen an der Wand entlang zum Ausgang, während ich auf der anderen Seite des Raumes an den Nischen entlang in Richtung Tresen gehe.«

»Eins ...«

»Der Abstand zwischen uns wird so in etwa gleich groß bleiben, und keiner von uns kann schießen, ohne dass der andere reagieren kann.«

Es war still in der Bar. Die Sirenen kamen deutlich vernehmbar immer näher. Und wenn Oleg das tat, um was er ihn gebeten hatte, Korrektur, was er ihm *befohlen* hatte, saß er weiterhin zwei Straßen entfernt im Auto und rührte sich nicht vom Fleck.

Das Licht wurde schlagartig dunkler, und Harry wurde klar, dass Valentin den Dimmer hinter der Bar betätigt hatte. Als er sich zum ersten Mal zu Harry umdrehte, war es so dunkel, dass Harry das Gesicht unter der Schirmmütze erneut nicht erkennen konnte.

»Wir drehen die Revolver bei drei«, sagte Valentin und streckte die Hände nach vorne aus.

»Eins, zwei ... drei.«

Harry nahm den Schaft mit der linken Hand, legte die Finger der rechten um den Lauf und hob die Waffe in die Höhe. Sah Valentin dasselbe tun. Der charakteristische rotbraune Schaft der Ruger Redhawk sah wie eine kleine Flagge aus, die er am Nationalfeiertag schwenkte.

»Siehst du«, sagte Valentin. »So was schaffen nur zwei Männer, die sich wirklich verstehen. Ich mag dich, Harry. Ich mag dich *wirklich*. Und jetzt gehen wir los ...«

Valentin ging an der Wand entlang, während Harry in Richtung der Nischen ging. Es war so still, dass Harry das Knirschen von Valentins Stiefeln hörte, als sie sich langsam mit größtmöglichem Abstand aneinander vorbeischoben. Wie zwei Gladiatoren, die genau wussten, dass der erste Ausfall den Tod bedeutete, mindestens für einen von ihnen. Harry erkannte, dass er den Tresen erreicht hatte, als er das tiefe Brummen des Kühlschranks hörte, das gleichmäßige Tropfen des Wasserhahns und das insektenartige Surren des Verstärkers. Er tastete sich im Dunkel weiter, ohne die Gestalt aus den Augen zu lassen, die sich jetzt vor den Fenstern abzeichnete. Als er hinter dem Tresen war, hörte er wieder die Geräusche der Straße, die durch die sich langsam öffnende Tür hereindrangen, gefolgt von sich rasch entfernenden Schritten.

Er nahm das Handy aus der Tasche und legte es ans Ohr.

»Hast du gehört?«

»Ja, alles«, antwortete Oleg. »Ich sage den Streifenwagen Bescheid, Beschreibung?«

»Kurze schwarze Jacke, dunkle Hose, Schirmmütze ohne Logo, aber die hat er bestimmt längst weggeworfen. Das Gesicht habe ich nicht gesehen. Er ist Richtung Thorvald Meyers gate gelaufen, also ...«

»Dahin, wo am meisten los ist. Ich geb's durch.«

Harry steckte das Handy in die Tasche und legte Mehmet die Hand auf die Schulter. Keine Reaktion.

»Mehmet ...?«

Mit einem Mal waren da weder der Kühlschrank noch der Verstärker zu hören, nur das gleichmäßige Tropfen. Dann schaltete er das Licht ein. Legte die Hand in Mehmets Locken und hob seinen Kopf vorsichtig aus dem Waschbecken. Das Gesicht war blass. Zu blass.

Etwas ragte aus seinem Hals.

Es sah aus wie ein Strohhalm aus Metall.

Aus der Spitze tropfte es rot in das Waschbecken, dessen Ablauf von all dem Blut bereits verstopft war.

KAPITEL 25

Dienstagnacht

Katrine Bratt sprang aus dem Auto, lief zu der Absperrung vor der *Jealousy Bar* und bemerkte den Mann, der rauchend an einem der Streifenwagen lehnte. Das Blaulicht fiel in regelmäßigen Abständen auf das gleichermaßen abschreckende wie anziehende Gesicht. Ein Schauer lief Katrine über den Rücken, als sie zu ihm ging.

»Es ist kalt«, sagte sie.

»Der Winter naht«, sagte Harry und blies den Zigarettenrauch nach oben, so dass er im Blaulicht leuchtete.

»Das ist Emilia.«

»Hm, die hatte ich ganz vergessen.«

»Morgen soll die hier in Oslo sein.«

»Hm.«

Katrine musterte ihn. Sie hatte gedacht, bereits alle nur erdenklichen Varianten von Harry Hole gesehen zu haben. Aber diese kannte sie nicht. So leer, so kaputt, so resigniert. Am liebsten hätte sie ihm die Wange gestreichelt und ihre Arme um ihn gelegt. Doch sie konnte nicht. Und dafür gab es so viele Gründe.

»Was ist drinnen passiert?«

»Valentin hatte eine Ruger Redhawk und hat mich glauben lassen, dass ich um ein Menschenleben verhandele. Aber Mehmet war bereits tot, als ich zur Tür hereinkam. Er hat ihm ein Metallrohr in die Halsschlagader gestochen und ihn ausbluten lassen wie einen scheiß Fisch. Nur weil er ... weil ich ...« Harry begann

382

zu blinzeln und sprach nicht weiter, scheinbar, um einen Tabak-
faden von der Zunge zu nehmen.

Katrine wusste nicht, was sie sagen sollte, und sagte nichts.
Stattdessen fiel ihr Blick auf den wohlbekannten schwarzla-
ckierten Volvo Amazon mit dem Rallyestreifen, der auf der anderen Straßenseite parkte. Bjørn stieg aus. Katrine spürte, wie sich
ihr Herz zusammenzog, als diese Lien auf der Beifahrerseite
ausstieg. Was machte Bjørns Chefin hier? An einem Tatort? Hatte
Bjørn ihr ein romantisches Stelldichein an einem Mordschau-
platz mit all seinen Sehenswürdigkeiten versprochen? Zum Teufel! Bjørn hatte sie bemerkt. Sie kamen auf sie zu.

»Ich gehe rein, wir reden später«, sagte sie, schlüpfte unter der
Absperrung hindurch und ging schnell zur Tür unter dem Schild
mit dem gebrochenen Plastikherzen.

»Da bist du«, sagte Bjørn. »Ich habe dich heute Abend zu erreichen versucht.«

»Ich war«, Harry nahm einen Zug von seiner Zigarette, »ein
bisschen beschäftigt.«

»Das ist Berna Lien, die neue Chefin der Kriminaltechnik.
Berna, Harry Hole.«

»Ich habe schon viel von Ihnen gehört«, sagte die Frau mit
einem Lächeln.

»Und ich von Ihnen nichts«, sagte Harry. »Sind Sie gut?«

Sie sah sichtlich verunsichert zu Bjørn. »Gut?«

»Valentin Gjertsen ist gut«, sagte Harry. »Und ich bin nicht gut
genug und hoffe deshalb, dass andere auf unserer Seite besser
sind, sonst geht dieses Blutbad immer weiter.«

»Ich habe vielleicht etwas«, sagte Bjørn.

»Lass hören.«

»Deshalb habe ich dich zu erreichen versucht. Der Mantel von
Valentin. Beim Aufschneiden habe ich wirklich ein paar Dinge
im Futter gefunden. Eine Zehn-Øre-Münze und zwei Zettel. Da
der Mantel in der Waschmaschine gewaschen wurde, war darauf

keine Druckerschwärze mehr zu erkennen, einer der Zettel war aber gefaltet, und darauf war noch was zu lesen. Nicht viel, aber es war zu erkennen, dass es sich um eine Quittung von einem bestimmten DNB-Bankautomaten in der Oslo City am Hauptbahnhof handelt. Das würde dazu passen, dass er nie die Kreditkarte benutzt, sondern immer alles bar bezahlt. Leider können wir weder die Kontonummer noch die Bankleitzahl oder die Uhrzeit erkennen, aber Teile des Datums sind lesbar.«

»Viel?«

»Genug, um zu wissen, dass es dieses Jahr war, im August, außerdem haben wir Teile der letzten Ziffer für den Tag. Dabei kann es sich nur um eine Eins handeln.«

»Also 1, 11, 21, oder 31?«

»Vier mögliche Tage ... Ich habe eine Frau bei Nokas erreicht, die sich um die Bankautomaten der DNB-Bank kümmert. Sie hat mir erklärt, dass die Daten der Überwachungskameras drei Monate gespeichert werden, diese Aufnahmen existieren also noch. Die Automaten am Hauptbahnhof gehören zu den meistbenutzten in ganz Norwegen. Offiziell wegen all der Läden ringsherum.«

»Aber?«

»Heute akzeptiert doch jeder Karten. Außer ...?«

»Hm, die Drogendealer am Bahnhof und entlang des Flusses.«

»An den beliebtesten Automaten sind das mehr als zweihundert Transaktionen pro Tag«, sagte Bjørn.

»Vier Tage, also insgesamt knapp tausend«, sagte Berna Lien, die ganz bei der Sache war. Harry trat die qualmende Zigarette aus.

»Morgen früh bekommen wir die Filme, und mit effektivem Spulen und ein paar Pausen können wir pro Minute bestimmt zwei verschiedene Gesichter überprüfen. Das macht dann sieben, acht Stunden, vielleicht weniger. Wenn wir Valentin identifizieren können, müssen wir nur noch den Zeitpunkt auf dem Film mit der dazu registrierten Auszahlung abgleichen.«

»Und schwupps, haben wir Valentin Gjertsens neue Identität«, unterbrach sie Berna Lien, die stolz auf ihre Abteilung zu sein schien. »Was meinen Sie, Hole?«

»Ich meine, Frau Lien, dass es schade ist, dass derjenige, der Valentin hätte identifizieren können, da drinnen liegt, mit dem Kopf im Waschbecken und ohne Puls.« Harry knöpfte seinen Mantel zu. »Aber danke fürs Kommen.«

Berna Lien sah beleidigt von Harry zu Bjørn, der sich räusperte. »Ich dachte, du hättest Valentin direkt gegenübergestanden?«

Harry schüttelte den Kopf. »Habe ich, aber sein neues Gesicht habe ich nicht gesehen.«

Bjørn nickte langsam, ohne Harry aus den Augen zu lassen. »Verstehe. Schade. Sehr schade.«

»Hm.« Harry senkte den Kopf und starrte auf die ausgetretene Kippe vor seiner Schuhspitze.

»Tja, dann gehen wir mal rein und sehen uns die Sache an.«

»Viel Spaß.«

Er folgte ihnen mit dem Blick. Die Pressefotografen waren bereits da, und auch die ersten Reporter trafen langsam ein. Vielleicht wussten sie etwas, vielleicht auch nicht, vielleicht fehlte ihnen der Mut, auf jeden Fall ließen sie Harry in Frieden.

Acht Stunden.

Acht Stunden von morgen früh an.

Vielleicht hatte Valentin dann schon die nächste umgebracht.

Verdammte Scheiße!

»Bjørn!«, rief Harry, als sein Kollege gerade die Hand auf die Klinke der *Jealousy Bar* legte.

»Harry?«, sagte Ståle Aune, der in der Türöffnung stand, »Bjørn?«

»Tut mir leid, dass wir so spät noch klingeln«, sagte Harry. »Können wir kurz reinkommen?«

»Natürlich.« Aune hielt die Tür auf, und Harry und Bjørn traten ein. Eine kleine Frau, schlanker als ihr Mann, aber mit ebenso grauen Haaren, kam mit schnellen, energischen Schritten auf sie zu. »Harry!«, sang sie. »Ich habe dich schon an der Stimme erkannt. Es ist wirklich viel zu lange her, dass du hier warst. Wie geht es Rakel, weißt du mehr?«

Harry schüttelte den Kopf und ließ sich von Ingrid schmatzend auf die Wangen küssen. »Kaffee? Oder ist es dafür zu spät? Grüner Tee?«

Bjørn und Harry antworteten mit Ja und Nein, und Ingrid verschwand in der Küche.

Sie gingen ins Wohnzimmer und nahmen in den tiefen Sesseln Platz. An den Wänden standen Regale mit unzähligen Büchern. Aune hatte wirklich alles, von Reisebüchern über alte Atlanten bis hin zu Lyrik, Comics und hochwissenschaftlicher Fachliteratur. Das meiste aber waren Romane.

»Siehst du, ich lese das Buch, das ich von dir bekommen habe«, sagte Ståle, hob das dünne Buch an, das aufgeschlagen auf dem Tisch neben dem Sessel lag, und zeigte es Bjørn. »Édouard Levé. *Selbstmord.* Das habe ich von Harry zum Sechzigsten bekommen. Er fand wohl, dass es an der Zeit ist.«

Bjørn und Harry lächelten. Offensichtlich gezwungen, denn Ståle runzelte die Stirn. »Stimmt was nicht, Jungs?«

Harry räusperte sich. »Valentin hat heute Abend jemanden umgebracht.«

»Das schmerzt mich zu hören«, sagte Ståle und schüttelte den Kopf.

»Und wir haben keinen Grund zur Annahme, dass er damit aufhören will.«

»Nein, das habt ihr wohl nicht«, stellte der Psychologe fest.

»Deshalb sind wir jetzt hier, und das ist nicht einfach für mich, Ståle.«

Ståle Aune seufzte. »Hallstein Smith funktioniert nicht, und ihr wollt, dass ich übernehme?«

»Nein, wir brauchen ...« Harry hielt inne, als Ingrid hereinkam und das Tablett zwischen den schweigenden Männern auf dem Couchtisch abstellte.

»Klingt nach Schweigepflicht«, sagte sie. »Wir reden ein andermal, Harry. Grüß Oleg von mir und sag, dass wir an Rakel denken.«

»Wir brauchen jemanden, der Valentin Gjertsen identifizieren kann«, sagte Harry, als sie gegangen war. »Und die letzte lebende Person, von der wir wissen, dass sie ihn gesehen hat ...«

Harry machte die Kunstpause nicht, um die Spannung zu erhöhen, sondern damit Ståle die Sekunde bekam, die das Hirn braucht, um seine blitzschnellen, nahezu unbewussten und trotzdem unangenehm präzisen Schlussfolgerungen zu ziehen. Wobei es eigentlich egal war. Wie bei einem Boxer, der weiß, dass er getroffen wird, und für den Bruchteil einer Sekunde die Chance bekommt, sein Gewicht *etwas* nach hinten zu verlagern, um nicht auch noch in den Schlag zu fallen.

»... ist Aurora.«

In der Stille, die folgte, hörte Harry das Rascheln der Seiten, als Ståle das aufgeschlagene Buch aus den Händen rutschte.

»Was sagst du da, Harry?«

»Am Tag von Rakels und meiner Hochzeit, bei der ihr ja wart, hat Valentin Aurora bei dem Handballturnier, an dem sie teilgenommen hat, aufgesucht.«

Ståle blinzelte ratlos. »Sie ... hat ...«

Harry wartete, damit die Neuigkeit verarbeitet werden konnte.

»Hat er sie angefasst? Ihr etwas angetan?«

Harry hielt Ståles Blick stand, antwortete aber nicht, wartete. Er sah ihn die Informationen zusammensetzen. Sah ihn die letzten drei Jahre in neuem Licht sehen. Ein Licht, das alle Fragen beantwortete.

»Ja«, flüsterte Ståle und schnitt eine schmerzerfüllte Grimasse. Er nahm die Brille ab. »Ja, natürlich hat er das. Wie blind ich gewesen bin.« Er starrte in die Luft. »Und wie habt ihr davon erfahren?«

»Aurora war gestern bei mir und hat mir alles erzählt«, sagte Harry.

Ståle Aunes Blick glitt wie in Zeitlupe zurück zu Harry. »Du ... weißt das seit gestern und hast mir nichts gesagt?«

»Das musste ich ihr versprechen.«

Ståle Aunes Stimme wurde lauter und wieder leiser. »Ein fünfzehnjähriges Mädchen, das einen solchen Übergriff erlebt hat, braucht alle nur erdenkliche Hilfe, Harry. Das weißt du ganz genau und behältst es trotzdem für dich?«

»Ja.«

»Aber in Gottes Namen, warum, Harry?«

»Weil Valentin ihr damit gedroht hat, dich zu töten, sollte sie dir sagen, was passiert ist.«

»Mich?« Ein Schluchzen kam über Ståles Lippen. »*Mich?* Das spielt doch keine Rolle! Ich bin ein alter Mann mit einem schlechten Herzen, Harry. Sie ist ein junges Mädchen und hat noch ihr ganzes Leben vor sich!«

»Es spielt eine Rolle, du bist derjenige, den sie auf dieser Welt am meisten liebt, und ich habe es ihr versprochen!«

Ståle Aune setzte die Brille wieder auf und richtete zitternd seinen Zeigefinger auf Harry. »Ja, du hast es versprochen! Und dieses Versprechen so lange gehalten, wie es für dich nichts zu bedeuten hatte! Aber jetzt, da dir klarwird, dass du sie brauchst, um noch einen Harry-Hole-Fall zu lösen, hat dieses Versprechen keine Bedeutung mehr für dich.«

Harry protestierte nicht.

»Raus, Harry! Du bist nicht länger ein Freund des Hauses und hier nicht mehr gern gesehen!«

»Es eilt, Ståle.«

»Raus, auf der Stelle!« Ståle Aune war aufgestanden.

»Wir brauchen sie.«

»Ich rufe die Polizei! Die *anständige* Polizei.«

Harry hob den Blick, wusste, dass es nichts nützte, dass sie warten, den Dingen Zeit geben mussten und nur darauf hoffen konnten, dass Ståle Aune bis zum nächsten Tag das große Ganze sah.

Er nickte. Drückte sich aus dem Sessel hoch.

Harry sah das blasse, reglose Gesicht von Ingrid in der Türöffnung, als er an der Küche vorbeiging.

Er band sich im Flur die Schuhe und wollte gerade gehen, als er eine dünne Stimme hörte.

»Harry?«

Er drehte sich um und erkannte erst nicht, woher die Stimme kam. Dann kam sie aus dem Dunkel der Treppe langsam nach unten ins Licht. Sie trug einen viel zu großen, gestreiften Pyjama. Vielleicht von ihrem Vater, dachte Harry.

»Tut mir leid«, sagte Harry. »Ich musste das tun.«

»Ich weiß«, sagte Aurora. »Im Internet steht, dass der Tote Mehmet heißt. Und ich habe euch gehört.«

Ståle kam sofort angerannt, er ruderte wild mit den Armen, Tränen quollen ihm aus den Augen. »Aurora! Du darfst nicht ...!«

Ihm versagte die Stimme.

»Papa«, sagte Aurora und setzte sich ruhig auf eine Treppenstufe über ihnen. »Ich will helfen.«

KAPITEL 26

Dienstagnacht

Mona Daa stand am Monolithen und sah Truls Berntsen durch die Dunkelheit auf sich zukommen.

Als sie vereinbart hatten, sich im Frognerpark zu treffen, hatte sie ein paar weniger bekannte Skulpturen vorgeschlagen, da der Monolith sogar nachts die Menschen anzog. Aber nach drei »Was?« war ihr klargeworden, dass Truls Berntsen nur den Monolithen kannte.

Sie zog ihn zur Westseite der Skulptur herüber, weg von den beiden Paaren, die die Aussicht über die Dächer und Kirchtürme im Osten genossen, und reichte ihm den Umschlag mit dem Geld, den er in die Tasche seiner langen Armani-Jacke steckte, die bei ihm aus irgendeinem Grund nicht wie eine Armani-Jacke aussah.

»Neuigkeiten?«, fragte sie.

»Es wird keine weiteren Tips geben«, sagte Truls und sah sich um.

»Nicht?«

Er sah sie an, als wollte er sich versichern, dass sie das nicht als Scherz aufgefasst hatte. »Verdammt, äh, der Mann wurde umgebracht.«

»Dann sollten Sie das nächste Mal vielleicht etwas weniger ... tödliche Tips geben.«

Truls Berntsen lachte schnaubend. »Ihr seid echt noch schlimmer als ich ... alles Pack.«

»Ach? Sie haben uns sogar den Namen von Mehmet gegeben,

wir aber haben weder den noch ein Bild von ihm veröffentlicht.«

Truls schüttelte den Kopf. »Hören Sie sich eigentlich selbst, Daa? Wir haben Valentin gerade direkt zu einem Mann geführt, der wirklich nur zwei kleine Fehler gemacht hat. Er hat eine Kneipe betrieben, in der Valentins Opfer war, und hat sich bereit erklärt, der Polizei zu helfen.«

»Wenigstens sagen Sie wir. Heißt das, dass Sie ein schlechtes Gewissen haben?«

»Sie halten mich wohl für einen Psychopathen! Es ist doch hoffentlich klar, dass ich das scheiße finde!«

»Das mit dem Psychopathen kommentiere ich mal nicht, aber ich stimme Ihnen zu, dass das schlecht gelaufen ist. Heißt das, dass Sie mir nicht mehr als Quelle zur Verfügung stehen?«

»Wenn das so wäre, bedeutet das dann, dass Sie mich nicht mehr schützen?«

»Daran ändert sich nichts«, sagte Mona Daa.

»Gut, Sie haben wenigstens auch ein Gewissen.«

»Na ja«, sagte Mona. »Vermutlich sorgen wir uns weniger um unsere Quellen als darum, was unsere Kollegen sagen, wenn wir eine Quelle auffliegen lassen. Was sagen denn Ihre Kollegen?«

»Nichts. Sie haben rausgekriegt, dass ich die Quelle bin, und mich isoliert. Ich darf nicht mehr an den Besprechungen teilnehmen und bekomme keine Informationen mehr.«

»Also dann sind Sie für mich wirklich nicht mehr interessant, Truls.«

Truls schnaubte. »Sie sind zynisch, aber wenigstens ehrlich.«

»Danke, ich gebe mir Mühe.«

»Okay, vielleicht habe ich doch noch einen letzten Tip für Sie. Aber dabei geht es um etwas ganz anderes.«

»Reden Sie schon.«

»Polizeipräsident Bellman hat ein Verhältnis mit einer ziemlich bekannten Frau.«

»Für solche Tips zahlen wir nicht, Berntsen.«

»Okay, dann gebe ich Ihnen den gratis. Aber schreiben Sie darüber.«

»Die Redakteure haben für solche Seitensprünge nichts übrig, aber wenn Sie Beweise haben und persönlich dafür einstehen, kann ich die vielleicht überzeugen. Dann werden Sie aber mit vollem Namen zitiert.«

»Mit Namen? Das wäre Selbstmord, das ist Ihnen doch wohl klar, oder? Ich kann Ihnen einen Tip geben, wo sie sich treffen, damit Sie einen Paparazzi dahin schicken können.«

Mona Daa lachte. »Sorry, aber so funktioniert das nicht.«

»Nicht?«

»Mag ja sein, dass die Presse im Ausland sich für untreue Ehemänner interessiert, aber nicht hier bei uns im kleinen Norwegen.«

»Warum nicht?«

»Die offizielle Erklärung lautet vermutlich, dass wir uns dafür zu schade sind.«

»Aber?«

Mona zuckte fröstelnd mit den Schultern. »Da es in der Praxis keine Grenzen gibt, wo wir uns zu schade sind, lautet meine persönliche Theorie eher, dass das nur wieder ein Beweis dafür ist, dass wir alle unsere Leichen im Keller haben und deshalb lieber die Klappe halten.«

»Was?«

»Verheiratete Redakteure sind nicht weniger untreu als andere Leute. Zerreißen wir uns das Maul über die Untreue anderer, riskieren wir in einer so kleinen Gesellschaft wie der unsrigen, dass es uns mit gleicher Münze heimgezahlt wird. Wir können über solche Sachen schreiben, wenn sie im großen Ausland passieren oder wenn einer unserer Promis sich dazu irgendwie geäußert hat. Aber investigativer Journalismus über Untreue bei Führungspersönlichkeiten?« Mona Daa schüttelte den Kopf.

Truls schnaubte verächtlich. »Dann gibt es keine Möglichkeit, das an die Öffentlichkeit zu bringen?«

»Wollen Sie, dass das veröffentlicht wird, um zu zeigen, dass Bellman als Polizeipräsident ungeeignet ist?«

»Was? Nein, darum geht es nicht.«

Mona nickte und warf einen Blick auf den Monolithen. An dieser Skulptur strebte wirklich alles nach oben. »Sie müssen diesen Mann von Grund auf hassen.«

Truls antwortete nicht. Er sah nur ein bisschen verwirrt aus, als hätte er nie darüber nachgedacht. Mona fragte sich, was hinter dem vernarbten, wenig attraktiven Gesicht mit Unterbiss und stechenden Augen vor sich ging. Der Mann tat ihr fast ein bisschen leid. Aber auch nur fast.

»Ich gehe jetzt, Berntsen. Bis dann.«

»Sehen wir uns denn wieder?«

»Vielleicht nicht.«

Als Mona ein Stück entfernt war, drehte sie sich um und sah Truls Berntsen im Licht einer der Laternen oben am Monolithen stehen. Er hatte die Hände in den Taschen vergraben und stand gebeugt da, als hielte er nach etwas Ausschau. Er sah unglaublich einsam aus, wie die Statuen, die ihn umgaben.

Harry starrte an die Decke. Seine Dämonen waren nicht gekommen. Vielleicht würden sie ihn in dieser Nacht nicht heimsuchen. Man konnte nie wissen. Aber sie hatten ein neues Mitglied bekommen. Wie Mehmet wohl aussah, wenn er kam? Harry schob diese Gedanken weg und lauschte der Stille. Es war wirklich leise hier oben am Holmenkollen, das musste man der Nachbarschaft lassen. Zu leise. Er hatte es lieber, wenn man draußen vor den Fenstern die Stadt hörte. Wie bei einer Nacht im Dschungel, voller Geräusche, die bezeugen, was ringsherum los ist. Die Stille enthielt zu wenig Information. Aber das war nicht das Problem. Das Problem war der leere Platz neben ihm im Bett.

Wenn er nachzählte, waren die Nächte, die er mit jemandem

geteilt hatte, klar in der Unterzahl. Weshalb fühlte er sich dann so allein, er hatte doch immer die Einsamkeit gesucht und nie jemand anders gebraucht?

Er drehte sich auf die Seite und versuchte, die Augen zu schließen.

Er brauchte niemanden sonst, keine *andere*, er brauchte nur sie.

Es knirschte. Holzwände. Oder eine Diele. Vielleicht kam der Sturm früher. Oder die Dämonen später.

Harry drehte sich auf die andere Seite und schloss die Augen wieder.

Es knirschte direkt vor der Schlafzimmertür.

Er stand auf, ging die wenigen Schritte und öffnete die Tür.

Es war Mehmet. »Ich habe ihn gesehen, Harry.« Wo die Augen sein sollten, waren zwei schwarze Löcher, die fauchend Rauch spuckten.

Harry schrak aus dem Schlaf.

Wie eine Katze schnurrte das Telefon neben ihm auf dem Nachtschränkchen. Er nahm es.

»Hm?«

»Hier ist Dr. Steffens.«

Harry spürte einen plötzlichen Schmerz in der Brust.

»Es geht um Rakel.«

Natürlich ging es um Rakel. Dabei wusste Harry, dass Steffens ihm nur ein paar Sekunden geben wollte, damit er sich auf das vorbereiten konnte, was jetzt kommen musste.

»Wir kriegen sie nicht aus dem Koma.«

»Was?«

»Sie wacht nicht auf.«

»Sie ... wird sie ...?«

»Wir wissen es nicht, Harry. Ich weiß, dass Sie eine Unmenge Fragen haben, aber die haben wir auch. Ich kann Ihnen wirklich nichts sagen, nur dass wir unser Bestes geben.«

Harry biss sich auf die Innenseiten der Wangen, um sicher zu sein, dass es sich nicht um die Uraufführung eines neuen Alptraums handelte. »Okay, okay, kann ich sie sehen?«

»Im Augenblick nicht. Sie liegt zur Überwachung auf der Intensivstation. Ich rufe Sie an, sobald ich mehr weiß. Aber das kann dauern, vermutlich wird Rakel noch eine ganze Weile im Koma bleiben. Also halten Sie nicht die Luft an. Okay?«

Harry wurde bewusst, dass Steffens recht hatte: Er atmete nicht.

Harry legte auf und starrte auf das Telefon. *Sie wacht nicht auf.* Natürlich nicht, sie will nicht, wer will denn schon aufwachen? Er stand auf und ging nach unten. Knallte die Schranktüren in der Küche zu. Nichts. Leer. Geleert. Dann rief er sich ein Taxi und ging nach oben, um sich anzuziehen.

Er sah das blaue Schild, las den Namen und bremste. Nahm den Abzweig und schaltete den Motor aus. Sah sich um. Wald und Weg. Der Ort erinnerte ihn an die nichtssagenden, monotonen Straßen in Finnland, auf denen man irgendwann das Gefühl bekam, durch eine Wüste aus Wald zu fahren. Wo die Bäume wie eine schweigende Wand auf jeder Seite der Straße standen und Leichen ebenso leicht zu verstecken waren, als würde man sie im Meer versenken. Er wartete, bis ein Wagen vorbeigefahren war. Warf einen Blick in den Rückspiegel. Keine Lichter, weder vor noch hinter ihm. Dann machte er die Tür auf, trat auf die schmale Landstraße, ging um das Auto herum und öffnete den Kofferraum. Sie war so blass, dass sogar die Sommersprossen verblichen waren. Die Augen über dem Knebel groß, angsterfüllt und schwarz. Er hob sie aus dem Kofferraum und half ihr auf die Beine, hielt sie fest, damit sie nicht umfiel. Dann nahm er sie an den Handschellen und führte sie über die Straße und den Graben in den Wald hinein. Schaltete die Taschenlampe ein. Sie zitterte so stark, dass die Handschellen rasselten.

»Immer mit der Ruhe, ich tue dir ja nichts, meine Liebe«, sagte er. Und meinte das wirklich so. Er wollte ihr nicht weh tun. Nicht mehr. Und vielleicht wusste sie das ja, vielleicht hatte sie erkannt, dass er sie liebte, und zitterte nur, weil sie in der Unterwäsche und dem Negligé seiner japanischen Freundin fror.

Als sie in das Unterholz traten, war es, wie in ein Haus zu kommen. Es senkte sich eine ganz andere Stille über sie, und mit einem Mal waren auch andere Geräusche zu hören. Leisere, aber deutlichere, nicht identifizierbare Laute. Ein Knacken, ein Seufzen, ein Schrei. Der Waldboden war weich, ein Teppich aus Nadeln, der unter ihren lautlosen Schritten nachgab. Wie in einem Traum von einem Brautpaar auf dem Weg in die Kirche.

Als er bis hundert gezählt hatte, blieb er stehen, sah sich im Licht der Taschenlampe um und fand, wonach er suchte. Ein verkohlter, großer Baum, den ein Blitz gespalten hatte.

Er zog sie bis dahin hinter sich her. Sie leistete keinen Widerstand, als er die Handschellen öffnete, ihre Arme um den Baumstamm legte und sie ankettete. Wie ein Lamm, dachte er, als er sie, die Arme um den Stamm geschlungen, auf den Knien vor dem Baum sitzen sah. Ein Opferlamm. Denn er war nicht der Bräutigam, er war der Vater, der sein Kind zum Altar führte.

Er streichelte ihr ein letztes Mal über die Wange und drehte sich um, um zurückzugehen, als zwischen den Bäumen eine Stimme ertönte.

»Sie ist am Leben, Valentin?«

Er blieb stehen, und das Licht seiner Taschenlampe zuckte wie automatisch in Richtung des Geräuschs.

»Weg mit der Lampe«, sagte die Stimme im Dunkel.

Valentin tat, was die Stimme verlangte. »Sie wollte leben.«

»Und der Barkeeper wollte das nicht?«

»Er konnte mich identifizieren, das Risiko wollte ich nicht eingehen.«

Valentin lauschte, hörte aber nur das leise Zischen von Marte, wenn sie durch die Nase einatmete.

»Ich räume nur dieses eine Mal hinter dir auf«, sagte die

Stimme. »Hast du den Revolver mitgebracht, den du bekommen hast?«

»Ja«, sagte Valentin. Kam ihm die Stimme des anderen nicht irgendwie bekannt vor?

»Leg ihn neben sie und geh. Du kriegst ihn bald zurück.«

Ein Gedanke schoss durch Valentins Kopf. Er könnte den Revolver ziehen und den anderen erschießen. Die Vernunft töten, alle Spuren verwischen, die zu ihm führten, und die Dämonen wieder an die Macht lassen. Das Gegenargument lautete, dass Valentin die Vernunft noch brauchen konnte.

»Wann und wie?«, rief Valentin. »Den Umkleideschrank im Bad können wir nicht mehr nutzen.«

»Morgen. Ich sage dir Bescheid. Da du jetzt ohnehin meine Stimme gehört hast, kann ich dich auch anrufen.«

Valentin nahm den Revolver aus dem Holster, legte ihn vor Marte auf den Boden und warf einen letzten Blick auf sie. Dann ging er.

Als er sich in den Wagen setzte, schlug er zweimal hart mit der Stirn auf das Lenkrad, bevor er den Motor anließ. Er setzte den Blinker, obwohl kein anderes Auto zu sehen war, und fuhr ruhig davon.

»Halten Sie hier an«, sagte Harry zu dem Taxifahrer und streckte den Arm aus.

»Es ist drei Uhr nachts, Mann, die Kneipe ist längst dicht, das sieht man doch!«

»Es ist meine.«

Harry bezahlte und stieg aus. Wo noch vor wenigen Stunden hektische Betriebsamkeit geherrscht hatte, war es jetzt wie ausgestorben. Die Spurensicherung war fertig, die Tür war aber noch versiegelt. Auf dem Klebestreifen war der Reichslöwe zu erkennen, dazu der Text »Polizeisiegel, Entfernen gemäß Paragraph 343 Strafgesetzbuch verboten«.

Harry steckte den Schlüssel ins Schloss und drehte ihn herum.

Das Siegel brach mit einem Ächzen auf, als er die Tür öffnete und die Kneipe betrat.

Die Lampen unter dem Spiegelregal brannten noch. Harry kniff ein Auge zu und richtete seinen Finger auf das Flaschenregal. Neun Meter. Was wäre passiert, hätte er abgedrückt? Wie wäre die Geschichte dann ausgegangen? Schwer zu sagen. Sie war so, wie sie war. Daran war nichts zu ändern. Man konnte nur versuchen, sie zu vergessen, klar.

Seine Finger fanden die Jim-Beam-Flasche, die inzwischen in einem Halter mit Dosierer steckte. In der von unten kommenden Puffbeleuchtung funkelte der Inhalt in der Flasche wie Gold. Harry ging hinter den Tresen, nahm ein Glas und hielt es unter den Dosierer. Füllte es bis zum Rand. Warum sich selbst betrügen?

Er spürte, wie die Muskeln sich in seinem ganzen Körper anspannten. Musste er jetzt schon *vor* dem ersten Schluck kotzen? Aber es gelang ihm, Mageninhalt und Alkohol bis zum dritten Schluck bei sich zu behalten. Als er sich über das Waschbecken beugte und der gelbgrüne Auswurf auf das Metall klatschte, sah er, dass der Boden noch voller angetrocknetem Blut war.

KAPITEL 27

Mittwochmorgen

Es war fünf vor acht, und im Heizungsraum gurgelte die Kaffeemaschine an diesem Morgen schon zum zweiten Mal.

»Wo bleibt eigentlich Harry?«, fragte Wyller und sah noch einmal auf die Uhr.

»Keine Ahnung«, erwiderte Bjørn Holm. »Wir sollten ohne ihn anfangen.«

Smith und Wyller nickten.

»Okay«, sagte Bjørn. »In diesem Moment sitzt Aurora Aune in der Nokaszentrale und sieht sich gemeinsam mit ihrem Vater, einer Mitarbeiterin der Bank und einem Spezialisten für Überwachungsvideos vom Raubdezernat die Aufnahmen der Kamera des Geldautomaten an. Läuft alles nach Plan, sind sie mit den Mitschnitten aus den vier Tagen in maximal acht Stunden durch. Vorausgesetzt, dass die Quittung, die wir gefunden haben, tatsächlich von einer Abhebung stammt, die Valentin selbst gemacht hat, sollten wir also, bei durchschnittlichem Glück, in etwa vier Stunden seine neue Identität haben. Spätestens heute Abend.«

»Das ist ja phantastisch!«, platzte Smith heraus. »Äh ... ist das wirklich sicher?«

»Schon, aber freuen wir uns nicht zu früh«, sagte Bjørn. »Anders, du hast mit Katrine gesprochen?«

»Ja, und wir haben die Vollmacht, das Delta-Team zu nutzen. Die sind einsatzbereit.«

»Das sind die mit den automatischen Waffen und Gasmasken und ... ähm, so weiter?«

»Langsam kennst du dich richtig gut aus, Smith«, sagte Bjørn lächelnd und sah Wyller wieder auf die Uhr schauen. »Machst du dir Sorgen, Anders?«

»Vielleicht sollten wir Harry mal anrufen?«

»Tu das.«

Es war neun, und Katrine hatte gerade die Ermittlergruppe aus dem Besprechungsraum entlassen. Sie sammelte ihre Papiere ein, als sie den Mann bemerkte, der in der Tür stand.

»Nun, Smith?«, sagte sie. »Ein spannender Tag, oder? Was macht ihr unten?«

»Wir versuchen, Harry zu erreichen.«

»Ist er nicht aufgetaucht?«

»Und ans Telefon geht er auch nicht.«

»Er ist bestimmt im Krankenhaus, die Handys müssen da ja ausgeschaltet sein. Angeblich beeinflussen sie die Maschinen und technischen Geräte, aber das ist bestimmt genauso ein Blödsinn wie, dass eingeschaltete Handys an Bord die Navigationssysteme von Flugzeugen beeinträchtigen.«

Sie bemerkte, dass Smith nicht zuhörte, sondern an ihr vorbeistarrte.

Sie drehte sich um und sah, dass das Foto von dem angeschlossenen Computer noch immer auf die Leinwand projiziert wurde. Es war eine Aufnahme aus der *Jealousy Bar*.

»Ich weiß«, sagte sie. »Nicht schön.«

Wie ein Schlafwandler schüttelte Smith den Kopf, ohne den Blick von der Leinwand abzuwenden.

»Sind Sie okay, Smith?«

»Nein«, sagte er langsam. »Ich bin nicht okay. Ich kann kein Blut sehen und keine Gewalt, und ich weiß wirklich nicht, ob ich noch mehr Leid aushalte. Diese Person ... dieser Valentin Gjertsen, er ... ich bin Psychologe, und er ist ein Fall, zu dem ich mich professionell zu verhalten versuche – ich fürchte nur, ich hasse ihn.«

»Keiner von uns ist so professionell, Smith. Ich würde mich von ein bisschen Hass nicht aus der Bahn werfen lassen. Fühlt es sich nicht gut an, jemanden hassen zu können, wie Harry das immer sagt?«

»Sagt Harry das?«

»Ja. Oder die Raga Rockers. Oder ... wollten Sie irgendwas Bestimmtes?«

»Ich habe mit Mona Daa von der VG gesprochen.«

»Da haben wir noch jemanden, auf den sich unser Hass richten kann. Was wollte sie?«

»Ich habe sie angerufen.«

Katrine ließ ihre Papiere fallen.

»Ich habe ihr meine Bedingungen für ein Interview über Valentin Gjertsen erklärt«, sagte Smith. »Dass ich mich nur ganz allgemein über ihn äußern und die Ermittlungen mit keinem Wort erwähnen werde. Es soll ein sogenannter Podcast werden, ein Radioprogramm, das ...«

»Ich weiß, was ein Podcast ist, Smith.«

»Egal, so können sie mich auf jeden Fall nicht falsch zitieren. Was ich sage, ist das, was gesendet wird. Ist das für Sie in Ordnung?«

Katrine dachte nach. »Meine erste Frage ist, warum?«

»Weil die Menschen Angst haben. Meine Frau hat Angst, meine Kinder haben Angst, die Nachbarn und die anderen Eltern an der Schule. Und deshalb ist es als wissenschaftlicher Experte auf diesem Gebiet meine Aufgabe, ihnen diese Angst ein bisschen zu nehmen.«

»Ist die Angst denn nicht berechtigt?«

»Lesen Sie keine Zeitung, Katrine? Im Laufe der letzten Woche sind hier in der Stadt Alarmsysteme und Zusatzschlösser komplett ausverkauft worden.«

»Jeder hat Angst vor dem, was er nicht versteht.«

»Es ist nicht nur das. Sie haben Angst, weil sie dachten, es mit einer Person zu tun zu haben, die ich anfänglich als einen reinen

Vampiristen beschrieben habe. Ein krankes, verwirrtes Individuum, dessen Angriffe auf eine grundlegende Persönlichkeitsstörung und Paraphilien zurückzuführen sind. Aber dieses Monster ist ein kalter, zynischer und berechnender Krieger, der zu äußerst rationalen Überlegungen fähig ist und sich zurückzieht, wenn dies nötig ist. Wie in dem türkischen Bad. Und der angreift, wenn er kann, wie ... wie auf dem Bild da.« Smith schloss die Augen und sah weg. »Ich gebe gerne zu, dass ich selber auch Angst habe. Letzte Nacht habe ich die ganze Zeit wach gelegen und darüber nachgegrübelt, wie diese Morde von ein und derselben Person begangen werden konnten. Wie das überhaupt möglich ist! Wie ich mich derart geirrt haben kann? Ich verstehe das nicht. Aber ich muss das verstehen, niemand hat bessere Voraussetzungen dazu als ich, ich bin der Einzige, der ihnen dieses Monster erklären und zeigen kann. Denn wenn die Menschen das Monster gesehen haben, können sie besser mit ihrer Angst umgehen, sie verstehen. Dann spüren sie, dass sie vernünftigen Verhaltensmaßregeln folgen können, und das gibt ihnen Sicherheit.«

Katrine stemmte die Hände in die Hüften. »Ich bin mir noch nicht ganz sicher, ob ich das alles richtig verstanden habe. Sie verstehen selbst nicht, was Valentin Gjertsen ist, wollen ihn den Leuten da draußen aber erklären, damit sie mit ihrer Angst leben können?«

»Ja.«

»Lügen, um sie zu beruhigen?«

»Ich denke, ich kann es schaffen, mich mehr auf das Zweite zu konzentrieren. Habe ich Ihren Segen?«

Katrine biss sich auf die Unterlippe. »Sie haben schon recht, als Wissenschaftler haben Sie eine Art Informationspflicht, und es ist sicher gut, wenn die Menschen ein wenig beruhigt werden. Solange Sie nicht auf die Ermittlungen eingehen.«

»Natürlich nicht.«

»Wir können kein weiteres Leck brauchen. Ich bin die Einzige in diesem Dezernat, die weiß, was Aurora in diesem Moment tut. Nicht einmal der Polizeipräsident ist informiert.«

»Ehrenwort.«

»Ist er das? Aurora, ist er das?«

»Papa, du nervst.«

»Aune, vielleicht sollten Sie und ich uns einen Moment nach draußen setzen, damit die beiden in Ruhe weitermachen können.«

»In Ruhe? Das ist meine Tochter, Kommissar Wyller, und sie will ...«

»Tu, was er sagt, Papa. Mir geht es gut.«

»Ja? Sicher?«

»Ganz sicher.« Aurora wandte sich der Frau von der Bank und dem Mann vom Raubdezernat zu. »Das ist er nicht, spulen Sie vor.«

Ståle Aune stand auf, vielleicht war es die schnelle Bewegung, die ihn schwindelig werden ließ, vielleicht auch die Tatsache, dass er die ganze Nacht nicht geschlafen hatte. Und gegessen hatte er auch nichts. Außerdem starrten sie jetzt schon seit drei Stunden auf diesen Bildschirm.

»Wenn Sie sich hier aufs Sofa setzen, schaue ich mal, ob ich irgendwo einen Kaffee für uns auftreiben kann«, sagte Wyller.

Ståle Aune nickte nur.

Wyller ging, und Ståle blieb sitzen und beobachtete seine Tochter, die hinter der Glaswand Zeichen gab, wenn die Aufnahme vorgespult, angehalten und wieder zurückgespult werden sollte. Er hatte sie schon lange nicht mehr so engagiert gesehen. Sehr lange. Vielleicht waren seine Reaktion und seine Sorge übertrieben. Möglicherweise war das Schlimmste überstanden, vielleicht war sie auf ihre Weise darüber hinweggekommen, während er und Ingrid glücklich unwissend gewesen waren.

Sein kleines Mädchen hatte ihm im Stile eines Psychologiedozenten, der einem Studierenden im ersten Semester etwas klarzumachen versucht, erklärt, was es heißt, wenn man jemandem das Versprechen zu schweigen abnimmt. Und dass sie Harry dieses Versprechen abgenommen und er es erst gebrochen hatte, als ihm bewusst geworden war, dass er dadurch Menschenleben retten konnte. Auch Ståle würde mit seiner Schweigepflicht nicht anders umgehen. Aurora hatte überlebt. Ståle hatte in der letzten Zeit immer wieder über den Tod nachdenken müssen. Nicht über seinen Tod, sondern über die Tatsache, dass auch seine Tochter eines Tages sterben würde. Warum war dieser Gedanke so unerträglich für ihn? Und würde er das anders sehen, wenn er und Ingrid irgendwann Großeltern waren? Die menschliche Psyche war den biologischen Mechanismen ebenso unterworfen wie die Physis, und der Drang, seine Gene weiterzugeben, war vermutlich eine Voraussetzung für das Überleben einer Art. Er hatte Harry vor langer Zeit einmal gefragt, ob er sich nicht ein Kind wünschte, das auch biologisch sein eigenes war, aber Harrys Antwort war mehr als deutlich gewesen. Er habe kein Gen für das Glück, wohl aber eins für Alkoholismus, und das verdiene niemand. Es war möglich, dass er seine Meinung mittlerweile geändert hatte. In den letzten Jahren war auf jeden Fall deutlich geworden, dass auch Harry Glück empfinden konnte. Ståle griff zu seinem Handy. Er wollte ihn anrufen und ihm sagen, dass er ein guter Mann war, ein guter Freund, Vater und Ehemann. Okay, es hörte sich an wie ein Zitat aus einer Todesanzeige, aber das musste er verkraften. Und dass er sich irrte, wenn er glaubte, sein zwanghafter Drang, Mörder zu jagen, sei vergleichbar mit seinem Alkoholismus. Was ihn antrieb, war keine Flucht, sondern der Instinkt des Rudeltieres, auch wenn der Individualist Harry Hole das niemals eingestehen würde. Es war der *gute* Instinkt, voller Moral und Verantwortung für die Gemeinschaft. Harry würde sicher nur lachen, aber das wollte Ståle seinem Freund sagen, wenn er denn irgendwann an sein verfluchtes Handy ging.

Ståle sah, wie Aurora sich aufrichtete, die Muskeln anspannte. War das ...? Doch dann entspannte sie sich wieder und gab mit der Hand das Zeichen weiterzumachen.

Ståle legte das Handy noch einmal ans Ohr. Jetzt geh schon ran!

»Erfolg im Beruf, Sport und in der Familie? Ja, mag sein.« Er ließ den Blick in die Runde schweifen. »In erster Linie bin ich aber ein einfacher Junge aus Manglerud.«

Er hatte sich vorher Sorgen gemacht, dass die einstudierten Klischees leer klingen würden, aber Isabelle hatte recht: Man musste sich nur ein bisschen anstrengen, dann konnte man auch die peinlichsten Banalitäten überzeugend präsentieren.

»Herr Bellman, wir sind froh, dass Sie Zeit für dieses Gespräch gefunden haben.« Der Parteisekretär führte sich die Serviette an den Mund, um zu signalisieren, dass der Lunch beendet war, und nickte den anderen Funktionären zu. »Der Entscheidungsprozess läuft, und wir sind, wie gesagt, sehr froh darüber, dass Sie sich vorstellen könnten, diese Aufgabe zu übernehmen, sollte Ihnen ein Angebot gemacht werden.«

Bellman nickte.

»Mit wir«, mischte Isabelle Skøyen sich ein, »ist auch das Büro des Ministerpräsidenten gemeint, nicht wahr?«

»Wir hätten dieses Treffen nicht vereinbart, wenn das Büro des Ministerpräsidenten nicht grundsätzlich positiv eingestellt wäre«, sagte der Parteisekretär.

Sie hatten Mikael anfänglich gebeten, für dieses Gespräch in den Regierungssitz zu kommen, doch nach einer Beratung mit Isabelle hatte Mikael seinerseits vorgeschlagen, sie auf neutralen Grund einzuladen. Zu einem Lunch auf Kosten des Polizeipräsidenten.

Der Parteisekretär sah auf die Uhr. Eine Omega Seamaster, bemerkte Bellman. Unpraktisch schwer. Außerdem machte diese Uhr einen zum Opfer von Raubüberfällen in jeder Dritte-Welt-

Stadt, und sie blieb stehen, wenn man sie länger als einen Tag nicht trug. Dann musste man sie erst wieder umständlich aufziehen und neu stellen, und wenn man dann vergaß, die Krone richtig zuzuschrauben, und in seinen Pool sprang, war die Uhr kaputt. Die notwendige Reparatur kostete dann ebenso viel wie vier andere Qualitätsuhren. Kurz gesagt: Er musste eine solche Uhr haben.

»Wir haben, wie Sie ja bereits wissen, mehrere Kandidaten. Das Amt des Justizministers ist eine wichtige Position innerhalb der Regierung, und ich will Ihnen nicht vorenthalten, dass jemand, der nicht aus den Reihen der Politik kommt, es vielleicht etwas schwerer hat.«

Mikael taktete seinen Auftritt so, dass er seinen Stuhl exakt zeitgleich mit dem Parteisekretär zurückschob, aber als Erster die Hand ausstreckte, um sich zu verabschieden. Er war verdammt noch mal der Polizeipräsident, und von ihnen beiden war er es, der dringend zu seinem verantwortungsvollen Job zurückmusste. Nicht dieser graue Bürokrat mit teurer Uhr.

Nachdem die Funktionäre der Regierungspartei das Restaurant verlassen hatten, nahmen Mikael und Isabelle noch einmal Platz. Sie hatten ein Separee in einem der neuen Restaurants mitten in dem gerade fertiggewordenen Wohnkomplex an der Spitze von Sørenga gemietet. Hinter ihnen lag der Ekebergåsen, und vor ihnen die Oper und das neuerrichtete Seebad. Kleine, spitze Wellen überzogen den Fjord, und weit draußen steckten Segel wie weiße Kommata in der Wasserfläche. Der aktuelle Wetterbericht sagte, dass der Sturm Oslo kurz vor Mitternacht treffen sollte.

»Ist doch gutgegangen, oder?«, fragte Mikael und goss ihnen den Rest des exklusiven Mineralwassers in die Gläser.

»Wenn das Büro des Ministerpräsidenten nicht grundsätzlich positiv eingestellt wäre«, äffte Isabelle den Parteisekretär nach und verzog den Mund.

»Stimmt mit der Äußerung was nicht?«

»Ja. Und zwar dieses *grundsätzlich*, das war neu. Und dass sie immer nur vom Büro des Ministerpräsidenten gesprochen haben und nicht mehr vom Ministerpräsidenten persönlich, sagt mir, dass sie sich zurückziehen.«

»Und warum sollten sie das?«

»Du hast dasselbe gehört wie ich. Ein Lunch, bei dem sie dich hauptsächlich über den Vampiristen ausfragen und wissen wollen, wie schnell der Fall deiner Meinung nach gelöst werden wird.«

»Komm schon, Isabelle, *jeder* in der Stadt redet darüber!«

»Sie fragen danach, weil deine Aktien damit steigen oder fallen, Mikael.«

»Aber ...«

»Sie brauchen weder dich noch deine Kompetenz oder dein Talent, das Ministerium zu führen, das hast du doch wohl kapiert?«

»Jetzt übertreibst du, aber ja, das ...«

»Sie wollen deine Augenklappe, deinen Heldenstatus, deine Popularität, deinen Erfolg. Das macht dich aus, und genau das ist es, was der aktuellen Regierung im Moment fehlt. Fällt das weg, bist du für sie wertlos. Und ehrlich gesagt«, sie schob das Glas zur Seite und stand auf, »für mich auch.«

Mikael lächelte sie ungläubig an. »Was?«

Sie nahm ihre kurze Pelzjacke vom Garderobenständer.

»Ich ertrage keine Verlierer, Mikael, das weißt du ganz genau. Ich bin an die Presse gegangen und habe dich dafür gelobt, dass du Harry Hole aus der Mottenkiste geholt hast. Bis jetzt hat er einen nackten Neunzigjährigen verhaftet und dafür gesorgt, dass ein unschuldiger Barkeeper ermordet wurde. Das lässt nicht nur dich wie einen Verlierer aussehen, Mikael, sondern mich auch. Und das gefällt mir ganz und gar nicht, und deshalb bin ich weg.«

Mikael Bellman lachte. »Hast du deine Tage, oder was?«

»Meistens hast du das besser im Blick.«

»Ist ja okay«, sagte Mikael. »Bis bald.«

»Ich glaube, du hast *weg* nicht richtig verstanden.«

»Isabelle ...«

»Leb wohl. Mir hat gefallen, was du über Erfolg in der Familie gesagt hast. Konzentrier dich darauf.«

Mikael blieb sitzen und starrte die Tür an, die sich langsam hinter ihr schloss.

Er bat den Kellner, der den Kopf hereinstreckte, um die Rechnung und ließ seinen Blick noch einmal über den Fjord schweifen. Es hieß, dass diejenigen, die diese Häuser direkt am Wasser geplant hatten, nicht an den Klimawandel und den steigenden Meeresspiegel gedacht hätten. Er selbst hatte daran gedacht, als er gemeinsam mit Ulla ihre Villa oben in Høyenhall gebaut hatte. Dort waren sie sicher, das Meer konnte ihnen nichts anhaben, kein Angreifer das Haus ungesehen erreichen, und ein einfacher Sturm pustete ihnen dort auch nicht das Dach über dem Kopf weg. Dafür brauchte es verdammt noch mal mehr. Er trank einen Schluck Wasser. Schnitt eine Grimasse und starrte auf sein Glas. Voss-Wasser. Warum zahlten die Leute nur Unsummen für ein Wasser, das auch nicht besser schmeckte als das, was aus dem Wasserhahn kam? Sie fanden es nicht leckerer, nein, glaubten aber, dass andere es leckerer fanden, und mussten folglich Voss-Wasser bestellen, wenn sie mit ihrer viel zu langweiligen Trophäenfrau und der viel zu schweren Omega Seamaster am Handgelenk ausgingen. Sehnte er sich deshalb hin und wieder zurück nach Manglerud? Ins *Olsens*, wo er sich samstagabends besoffen über den Tresen beugen und sich ein Gratisbier zapfen konnte, wenn Olsen die Augen woanders hatte. Oder er einen letzten engen Tanz mit Ulla tanzen konnte, neidisch beäugt von den Helden von Manglerud Star und den coolen Kawasaki-750er-Jungs, bevor er und Ulla allein in die Nacht verschwanden, über den Plogveien zur Eishalle und zum Østensjøvannet, wo er dann zu den Sternen zeigen und ihr erklären würde, wie sie dorthin gelangen konnten.

Hatten sie es geschafft? Vielleicht. Aber irgendwie fühlte es sich wie früher an, wenn er mit Vater in den Bergen war und müde und erschöpft glaubte, dass sie endlich den Gipfel erreicht hatten, nur um oben zu erkennen, dass hinter dem Gipfel noch ein höherer Gipfel wartete.

Mikael Bellman schloss die Augen.

Es war genau wie jetzt. Er war müde. Konnte er innehalten, bleiben, wo er war? Sich hinlegen, den Wind spüren, die Heide, den sonnenwarmen Stein auf der Haut? Sagen, dass er nicht mehr weiterwollte? Plötzlich kam ihm in den Sinn, Ulla anzurufen und ihr genau das zu sagen. *Wir bleiben hier.*

Als Antwort auf seine seltsame Eingebung begann das Handy in seiner Jackentasche zu vibrieren. Natürlich, das *konnte* nur Ulla sein. Er nahm das Gespräch an.

»Ja?«

»Hier ist Katrine Bratt.«

»Ah, ja?«

»Ich wollte nur mitteilen, dass wir herausgefunden haben, unter welchem Namen Valentin Gjertsen sich versteckt.«

»Was?«

»Er hat im August Geld in der Oslo City abgehoben, und vor sechs Minuten ist es uns gelungen, ihn über die Bilder der Überwachungskamera zu identifizieren. Die Karte, die er benutzt hat, ist auf einen Alexander Dreyer ausgestellt, geboren 1972.«

»Und?«

»Und dieser Alexander Dreyer ist 2010 bei einem Autounfall ums Leben gekommen.«

»Und die Adresse? Haben wir eine Adresse?«

»Die haben wir. Delta ist verständigt. Sie sind auf dem Weg.«

»Sonst noch etwas?«

»Noch nicht. Gehe ich recht in der Annahme, dass du fortlaufend informiert werden willst?«

»Ja, fortlaufend.«

Er legte auf.

»Entschuldigung.« Es war der Kellner.

Bellman warf einen Blick auf die Rechnung, tippte einen viel höheren Betrag als ausgewiesen in das Kartenlesegerät und drückte auf »o.k.«. Dann stand er auf und stürmte nach draußen. Wenn er Valentin Gjertsen fasste, öffnete ihm das alle Türen.

Die Müdigkeit war wie weggeblasen.

John D. Steffens schaltete das Licht ein. Die Leuchtstoffröhren blinkten ein paar Sekunden, bis sie sich brummend stabilisierten und kaltes Licht in den Raum fiel.

Oleg blinzelte und hielt überrascht den Atem an. »Ist das alles Blut?« Seine Stimme hallte in dem kahlen Raum wider.

Steffens lächelte, während die Stahltür hinter ihm ins Schloss fiel. »Willkommen im Blutbad.«

Oleg lief ein Schauer über den Rücken. Es war kalt, und das bläuliche Licht, das von den weißen Fliesen reflektiert wurde, verstärkte den Eindruck, im Inneren eines Kühlschranks zu sein.

»Wie ... wie viel ist das?«, fragte Oleg und folgte Steffens zwischen den Gängen mit den roten Plastiksäcken, die in vier Reihen übereinander an Metallständern hingen.

»Genug, um ein paar Tage zurechtzukommen, sollte Oslo von den Lakotas angegriffen werden«, sagte Steffens und kletterte über eine schmale Treppe ins Becken hinunter.

»Lakota?«

»Besser bekannt als Sioux«, sagte Steffens, legte die Hand um einen der Blutbeutel und drückte ihn zusammen. Oleg sah, wie das Blut an dieser Stelle heller wirkte. »Es ist ein Mythos, dass die Indianer, auf die der weiße Mann gestoßen ist, blutrünstig waren. Abgesehen vom Stamm der Lakota.«

»Ach ja?«, fragte Oleg. »Und wie ist es bei den Weißen? Ist der Blutdurst unter den Völkern nicht gleichmäßig verteilt?«

»Ich weiß, dass das heute in der Schule so gelehrt wird«, sagte Steffens. »Dass keiner besser, keiner schlechter ist. Aber glauben Sie mir, die Lakota waren besonders. Besser und schlechter. Sie waren die besten Krieger. Wenn die Appachen von den Cheyenne oder den Schwarzfußindianern angegriffen wurden, ließen sie ihre Krieger ausruhen und schickten Kinder und Alte, um die Angreifer zu besiegen. Aber wenn die Lakota kamen, schickten sie gar keinen. Dann begannen sie gleich, ihr Todeslied zu singen und auf einen raschen Tod zu hoffen. So weit die Legende.«

»Folter?«

»Besonders bei Kriegsgefangenen. Die haben sie nach und nach mit glühender Kohle verbrannt.« Steffens ging weiter in einen Bereich, in dem die Beutel dichter hingen und es dunkler war. »Und wenn die Gefangenen nicht mehr konnten, gönnten sie ihnen eine Pause, damit sie aßen und tranken, um die Marter noch ein oder zwei Tage verlängern zu können. Mitunter haben sie ihnen sogar Fleischstücke serviert, die sie ihren Opfern zuvor aus dem Körper geschnitten hatten.«

»Ist das wahr?«

»Tja, vermutlich ebenso wahr wie alle anderen historischen Dokumente auch. Ein Lakotakrieger mit dem Namen *Mond hinter dem Himmel* war berüchtigt dafür, das Blut aller Feinde zu trinken, die er getötet hatte. Was nicht stimmen kann, denn er soll unglaublich viele Menschen getötet haben, und wenn er das Blut all dieser Leute getrunken hätte, wäre er daran zugrunde gegangen. In großen Mengen ist Blut für uns nämlich giftig.«

»Wirklich?«

»Wegen des Eisengehalts. Man nimmt dann mehr auf, als man ausspülen kann. Aber dass er das Blut wenigstens einiger seiner Opfer getrunken hat, weiß ich.« Steffens blieb bei einem Blutbeutel stehen. »1871 wurde mein Ururgroßvater tot in dem Lakotalager gefunden, das von *Mond hinter dem Himmel* angeführt wurde. Ohne einen Tropfen Blut im Körper. Er war als Missionar in dieses Lager gegangen. Im Tagebuch meiner Großmutter steht, dass meine Ururgroßmutter nach dem Massaker an den

Lakota 1890 am Wounded Knee dem Herrn gedankt hat. Apropos Mütter ...«

»Ja?«

»Dieses Blut gehört Ihrer Mutter. Das heißt, jetzt gehört es mir.«

»Ich dachte, sie *bekäme* Blut?«

»Ihre Mutter hat einen sehr seltenen Bluttypus, Oleg.«

»Wirklich? Ich dachte, ihre Blutgruppe wäre ganz normal.«

»Oh, bei Blut geht es um so viel mehr als nur um die Blutgruppe, Oleg. Zum Glück hat sie Blutgruppe A, so dass ich eine gute Auswahl habe, was ich ihr geben kann.« Er machte eine weitläufige Geste mit der Hand. »Einfaches Blut, das ihr Körper dann in die goldenen Tropfen verwandelt, aus denen Rakel Faukes Blut besteht. Apropos Fauke, ich habe Sie nicht mit nach hier unten genommen, damit Sie mal etwas anderes machen, als am Krankenbett zu sitzen. Ich wollte Sie fragen, ob ich eine Blutprobe von Ihnen nehmen darf, um zu sehen, ob Sie das gleiche Blut produzieren wie Ihre Mutter.«

»Ich?« Oleg dachte nach. »Tja, wenn das jemandem helfen kann, warum nicht?«

»Es kann mir helfen, glauben Sie mir. Sind Sie bereit?«

»Jetzt? Sofort?«

Oleg sah den Blick des Oberarztes. Zögerte, wusste aber nicht, warum.

»Okay«, sagte er. »Mein Blut gehört Ihnen.«

»Gut.« Steffens steckte die Hand in die Tasche seines weißen Kittels und wandte sich Oleg zu, als eine lustige Melodie aus der anderen Tasche seines Kittels ertönte. In die Stirn des Arztes grub sich eine tiefe Falte.

»Ich dachte, hier unten wäre kein Empfang«, murmelte er verärgert und nahm das Handy aus der Tasche. Oleg bemerkte, wie das Licht des Displays sich auf Steffens' Brillengläsern spiegelte.

»Oh, der Anruf scheint aus dem Präsidium zu kommen.« Der Arzt legte das Handy ans Ohr. »Oberarzt John Doyle Steffens.«

Oleg hörte das leise Summen der anderen Stimme.

»Nein, Hauptkommissarin Bratt, ich habe Harry Hole heute noch nicht gesehen, und er war auch nicht hier, da bin ich mir ziemlich sicher. Es gibt aber auch noch andere Orte, wo man sein Telefon ausschalten muss. Vielleicht sitzt er ja in einem Flugzeug?« Steffens sah zu Oleg, der mit den Schultern zuckte. »Wir haben ihn gefunden? Ja, das habe ich verstanden, ich werde ihm das ausrichten, sollte er auftauchen. Darf ich fragen, wen Sie gefunden haben? Danke, ja, ich weiß, was Schweigepflicht ist. Ich dachte nur, es wäre für Hole ganz gut, wenn ich nicht in Rätseln sprechen müsste. Aber wenn Sie meinen, dass er versteht, um wen es sich handelt. Okay, dann richte ich ihm das genau so aus, wir haben ihn gefunden. Einen schönen Tag noch. Wiederhören, Frau Bratt.«

Steffens steckte das Telefon zurück in seine Tasche und bemerkte, dass Oleg seinen Ärmel hochgekrempelt hatte. Er griff den Arm des jungen Mannes und führte ihn mit schnellen Schritten zurück zu der Treppe, die aus dem Becken führte. »Danke, aber ich habe gerade auf dem Display gesehen, dass es schon viel später ist, als ich gedacht habe. Ein Patient wartet auf mich. Ihr Blut müssen wir dann ein andermal untersuchen, Fauke.«

Sivert Falkeid, der Leiter des Sondereinsatzkommandos Delta, saß hinten im Geländewagen und gab die letzten Befehle, während sie über den Trondheimsveien nach oben fuhren. Es waren acht Mann im Auto. Genauer gesagt, sieben Männer und eine Frau, die aber nicht zum Sondereinsatzkommando gehörte. Delta war zwar prinzipiell offen für beide Geschlechter, doch unter den hundert Bewerbern des laufenden Jahres war nicht eine Frau gewesen. Seit die Truppe bestand, hatte es nur fünf Bewerbungen von Frauen gegeben – die letzte Ende des letzten Jahrtausends –, von denen es jedoch keine durch das Nadelöhr geschafft hatte. Aber was hieß das schon, die Frau, die Falkeid gegenübersaß, wirkte durchtrainiert und zäh. Vielleicht hätte sie eine Chance gehabt?

»Wir wissen also nicht, ob dieser Dreyer zu Hause ist?«, fragte Sivert Falkeid.

»Nur dass das noch einmal gesagt ist, es geht um Valentin Gjertsen, den Vampiristen.«

»Ich mach doch nur Witze, Bratt«, sagte Falkeid und grinste breit. »Hat er ein Handy, über das wir ihn anpeilen können?«

»Möglich, dass er eins hat, aber keines, das auf Dreyer oder Gjertsen registriert ist. Ist das ein Problem?«

Sivert Falkeid warf ihr einen Blick zu. Sie hatten den Bauplan des Hauses über das städtische Bauamt erhalten, es schien unkompliziert zu sein. Fünfundvierzig Quadratmeter in der ersten Etage. Keine Hintertür oder Kellertreppe, die direkt von der Wohnung zugänglich war. Nach Plan sollten vier Mann zur Eingangstür und zwei auf die Wiese hinter dem Haus, sollte er über den Balkon zu fliehen versuchen.

»Kein Problem«, sagte er.

»Gut«, erwiderte sie. »Gehen wir leise rein?«

Er lächelte, ihr Bergener Dialekt gefiel ihm. »Was schlagen Sie vor? Sollen wir ein Loch in die Balkontür schneiden, höflich die Schuhe abputzen und dann leise reingehen?«

»Nein, aber gibt es wirklich einen Grund, Schockgranaten oder so etwas einzusetzen? Sie müssen doch nur einen Mann festnehmen, der unbewaffnet ist und keine Ahnung hat, dass wir kommen. Außerdem gibt es für leises, unspektakuläres Auftreten bessere Stilnoten.«

»Das mag ja sein«, sagte Falkeid, warf einen Blick auf das Navi und dann auf die Straße vor ihnen. »Aber wenn wir ihn überraschen, ist das Risiko, dass einem von uns oder ihm selbst etwas passiert, deutlich geringer. In neun von zehn Fällen sind die Betroffenen von dem Knall und dem Licht einer solchen Granate paralysiert, für wie hart sie sich auch halten. Ich glaube, wir haben durch diese Taktik einigen Leuten, die wir festnehmen sollten, das Leben gerettet. Und vielleicht auch einigen von uns. Außerdem haben wir diese Granaten nun einmal und sollten sie auch noch vor dem Verfallsdatum benutzen. Ganz zu schweigen davon, dass meine Jungs mal wieder ein bisschen Rock 'n' Roll brauchen, in der letzten Zeit hatten wir zu viele Balladen.«

»Sie machen Witze, oder? Seid ihr wirklich solche Machos?«

Falkeid grinste und zuckte mit den Schultern.

»Wissen Sie was?« Bratt hatte sich vorgebeugt, ihre roten Lippen befeuchtet und die Stimme gesenkt. »Irgendwie gefällt mir das.«

Falkeid lachte. Er war glücklich verheiratet, doch wäre er das nicht, hätte er gegen ein Essen mit Katrine Bratt nichts einzuwenden gehabt. Er mochte ihre dunklen, gefährlichen Augen und ihr Bergener »R«, es erinnerte ihn immer irgendwie an das Knurren von Raubtieren.

»Noch eine Minute«, sagte er laut, und die sieben Männer klappten in einer beinahe synchronen Bewegung ihre Visiere herunter.

»Stimmt es, dass er eine Ruger Redhawk hat?«

»Die hat Harry Hole in dieser Kneipe gesehen, ja.«

»Ihr habt das gehört, Jungs.«

Sie nickten. Laut Information des Herstellers konnte das Plastik der neuen Visiere eine 9-mm-Kugel aufhalten, nicht aber die Geschosse einer großkalibrigen Redhawk. Falkeid schien das egal zu sein, falsche Sicherheit war eh trügerisch.

»Was, wenn er Widerstand leistet?«, fragte Bratt.

Falkeid räusperte sich. »Dann erschießen wir ihn.«

»Muss das sein?«

»Es wird im Nachhinein sicher den ein oder anderen klugen Kommentar dazu geben. Wir ziehen es aber vor, schon im Vorfeld klug zu sein und Leute zu erschießen, die auf uns schießen wollen. Die Lizenz dafür ist einer der Pluspunkte unseres Jobs. Sieht so aus, als wären wir da.«

Er stand am Fenster, bemerkte die beiden Fettflecke auf der Scheibe und ließ seinen Blick über die Stadt schweifen. Er sah niemanden, aber es waren Sirenen zu hören. Kein Grund zur Beunruhigung. Sirenen hörte man ja ständig. Menschen verbrannten, rutschten auf Badezimmerfliesen aus oder folterten ihre Lebensgefährten, und dann waren eben Sirenen zu hören. Nerviges, penetrantes Geheule, das ständig erforderte, dass man auf die Seite ging und Platz machte.

Auf der anderen Seite der Wand hatte jemand Sex. Mitten am Tag. Da wurde jemand betrogen. Ehepartner, Arbeitgeber, vermutlich beides.

Die Sirenen bohrten sich immer wieder durch die Stimmen aus dem Radio. Männer mit Uniformen, Autorität und Vorfahrt, aber ohne Sinn und Verstand. Sie wussten bloß, dass sie es eilig hatten und dass etwas Schreckliches passieren würde, wenn sie nicht rechtzeitig kamen.

Bombenalarm. *Das* war eine Sirene, die wirklich Bedeutung hatte. Die Musik des Jüngsten Gerichts. Ein verheißungsvoller Klang, bei dem sich alle Haare aufstellten. Erst recht, wenn man auf die Uhr sah und merkte, dass es *nicht* zwölf Uhr mittags war und der Alarm folglich kein Test sein konnte. Er selbst hätte Oslo exakt um zwölf Uhr angegriffen, dann würde niemand in die Bunker laufen, alle würden einfach dastehen und verwundert an den Himmel glotzen, um das seltsame Schauspiel zu beobachten. Oder in irgendeinem Hotelzimmer eine Nummer schieben, mit schlechtem Gewissen, dabei spürten sie ganz genau, dass sie nichts hätten anders machen können. Denn das können wir nicht, wir tun, was wir tun müssen, weil wir die sind, die wir sind. Die Vorstellung, uns allein mit unserem Willen dazu zwingen zu können, anders zu handeln, als wir aus uns heraus handeln würden, ist falsch. Ein Missverständnis. Es ist genau andersherum, unsere Willenskraft vermag nur, unserer Natur zu folgen, auch wenn die Umstände es uns schwer machen. Eine Frau vergewaltigen, ihren Widerstand brechen oder umgehen, vor der Polizei und der Rache fliehen und sich Tag und Nacht verstecken: All diese Mühsal nimmt man auf sich, nur um mit dieser einen Frau zu schlafen.

Die Sirenen waren jetzt weiter entfernt. Die Liebenden nicht mehr zu hören.

Er versuchte sich zu erinnern, wie der Katastrophenalarm geklungen hatte, bei dem man auf Eilmeldungen im Radio achten sollte. Gab es den überhaupt noch? Als er klein gewesen war, hatte es eigentlich nur einen Radiosender gegeben, doch welchen musste man heute hören, um mitzubekommen, was so ungeheuer wichtig war, nicht aber wichtig genug, um die Menschen direkt in die Bunker zu schicken? Oder gab es einen Notfallplan, bei dem sie auf alle Sender zugreifen und mit einer Stimme verkünden konnten, dass es ... ja was ... zu spät war? Viel zu spät? Dass die Bunker geschlossen waren, die dich ohnehin nicht hätten retten können, da nichts dich retten konnte.

Dann konnte man nur noch die, die man liebte, um sich versammeln, Abschied nehmen und sterben. Er hatte gelernt, dass viele Menschen ihre Leben darauf ausrichteten, nicht allein zu sterben. Den wenigsten gelang das, aber welche Opfer waren sie bereit, in Kauf zu nehmen. All das nur, um nicht über die Klinge springen zu müssen, ohne von jemandem an der Hand gehalten zu werden? Nun. Er hatte ihre Hände gehalten. Wie viele waren es gewesen? Zwanzig? Dreißig? Trotzdem hatten sie nicht weniger entsetzt oder einsam ausgesehen. Nicht einmal diejenigen, die er geliebt hatte. Dass sie es nicht gelernt hatten, seine Liebe zu erwidern, war verständlich, aber trotzdem waren sie von Liebe umgeben gewesen. Er dachte an Marte Ruud. Er hätte sie besser behandeln sollen, hätte sich nicht gehenlassen dürfen. Hoffentlich hatte sie einen schnellen, schmerzfreien Tod gehabt.

Er hörte die Dusche auf der anderen Seite der Wand und stellte das Radio in seinem Telefon lauter.

»... wenn Vampiristen in Teilen der Fachliteratur als intelligent, aber frei von Anzeichen für mentale Leiden oder soziale

Störungen beschrieben werden, erweckt das den Eindruck, als hätten wir es mit starken, gefährlichen Feinden zu tun. Das ist in unserem Fall nicht ganz richtig. Valentin Gjertsen entspricht eher dem sogenannten Sacramento-Vampir, also dem Vampiristen Richard Chase. Bei beiden finden wir schon in der Jugend mentale Störungen, Bettnässen, Brandstiftung, Impotenz. Beide hatten die Diagnose Paranoia und Schizophrenie. Chase ist den üblichen Weg gegangen, er hat Tierblut getrunken, sich Hühnerblut injiziert und ist davon krank geworden, während Valentin als Junge mehr davon besessen war, Katzen zu quälen. Auf dem Hof seines Großvaters hielt er junge Katzen in der Scheune versteckt, die er gequält hat, ohne dass ein Erwachsener das je mitbekommen hätte. Sowohl Valentin Gjertsen als auch Chase waren vollkommen besessen, nachdem sie das erste Mal als Vampiristen getötet hatten. Chase ermordete seine sieben Opfer im Laufe von nur wenigen Wochen. Und genau wie Gjertsen hat er die meisten Opfer in ihren eigenen Wohnungen ermordet. Er ist im Dezember 1977 durch Sacramento gelaufen und hat nach nicht verschlossenen Türen gesucht. Fand er eine, hat er das als Einladung verstanden, einzutreten, wie er später bei seiner Vernehmung ausgesagt hat. Eines seiner Opfer, Teresa Wallin, war im dritten Monat schwanger. Als Chase sie allein in ihrer Wohnung vorfand, schoss er dreimal auf sie, vergewaltigte die Leiche und stieß dabei mit einem Schlachtermesser auf sie ein, um ihr Blut zu trinken. Kommt Ihnen das irgendwie bekannt vor?«

Durchaus, dachte er. Aber was du nicht zu sagen wagst, ist, dass Richard Trenton Chase der Frau auch diverse Organe entnommen, ihr eine Brustwarze abgeschnitten und dann im Hinterhof Hundekot gesucht hat, den er ihr in den Mund gesteckt hat. Einmal hat er sogar den Penis eines Opfers als Strohhalm benutzt, um damit das Blut anderer Opfer zu trinken.

»Das sind aber noch nicht alle Übereinstimmungen. Genau wie Chase ist Valentin Gjertsen jetzt bald am Ende seines Wegs angekommen. Ich glaube eigentlich nicht, dass es weitere Opfer geben wird.«

»Was lässt Sie da so sicher sein, Smith? Sie arbeiten mit der Polizei zusammen, gibt es konkrete Spuren?«

»Was mich so sicher macht, hat nichts mit den Ermittlungen zu tun, auf die ich selbstverständlich nicht eingehen kann, weder direkt noch indirekt.«

»Warum also?«

Er hörte, wie Smith tief einatmete, und erinnerte sich, wie der unauffällige Psychologe sich bei ihren Sitzungen Notizen gemacht und interessiert nach seiner Kindheit gefragt hatte. Dem Bettnässen, seinen frühen sexuellen Erfahrungen, dem Wald, den er angezündet hatte. Ganz besonders hatte es ihm aber das Katzenangeln angetan, wie er es genannt hatte. Valentin hatte die alte Angel des Großvaters genommen, die Schnur über einen Balken geworfen, den Haken in das Kinn einer jungen Katze gestochen, um dann zuzusehen, wie die Katze in der Luft hing und sich verzweifelt zu befreien versuchte.

»Weil Valentin Gjertsen in keinerlei Weise besonders ist, außer vielleicht besonders böse. Er ist nicht strohdumm, aber auch nicht sonderlich intelligent. Und er hat nichts bewirkt. Etwas aufzubauen erfordert Kreativität, eine Vision. Etwas zu zerstören hingegen bedarf keiner Fähigkeiten, nur Blindheit. Was Gjertsen in den letzten Tagen davor bewahrt hat, gefasst zu werden, waren keine besonderen Tugenden, sondern schieres Glück. Solange er noch frei herumläuft, ist Valentin Gjertsen natürlich ein gefährlicher Mann, vor dem man sich hüten muss wie vor Hunden mit Schaum vor dem Maul. Aber ein Hund mit Tollwut wird sterben, und all seiner Bosheit zum Trotz ist Valentin Gjertsen nur – um die Worte Harry Holes zu zitieren – ein armseliger Perverser, der derart außer Kontrolle ist, dass er bald einen großen Fehler begehen wird.«

»Sie wollen die Menschen in Oslo also beruhigen ...«

Er hörte ein Geräusch und schaltete den Podcast aus. Lauschte.

Direkt vor der Eingangstür schlichen Füße über den Boden. Jemand konzentrierte sich auf etwas.

Vier Männer in schwarzen Delta-Uniformen standen an der Wohnungstür von Alexander Dreyer. Katrine Bratt wartete etwas entfernt auf dem Flur, beobachtete aber alles.

Einer der Männer hielt einen anderthalb Meter langen Rammbock in Form einer Pringles-Packung mit zwei Griffen.

Die vier Männer waren hinter ihren Visierhelmen nicht mehr auseinanderzuhalten. Sie ging aber davon aus, dass der Mann, der jetzt drei behandschuhte Finger in die Höhe streckte, Sivert Falkeid war.

In der Stille des Countdowns hörte sie die Musik aus der Nachbarwohnung. Pink Floyd? Sie hasste Pink Floyd. Obwohl hassen vielleicht das falsche Wort war, sie hatte nur ein tiefes Misstrauen Leuten gegenüber, die Pink Floyd liebten. Bjørn hatte gesagt, dass er nur einen einzigen Pink-Floyd-Song mochte. Und dann hatte er ein Album aus einer Zeit hervorgeholt, als sie noch klein gewesen waren, und auf dem war so etwas wie ein haariges Ohr zu erkennen. Was dann kam, war ein geradliniger Blues, unterlegt mit dem Heulen eines Hundes. Wie in einer TV-Show, wenn dem Produzenten die Ideen ausgegangen waren. Bjørn hatte nur gemeint, dass er jedem Song mit anständigem Bottleneck-Spiel volle Amnestie gewähre, und dass die Tatsache, dass doppelte Basstrommeln ebenso fehlten wie geröhrte Vokale oder die Huldigung schwarzer Mächte und von Würmern zerfressener Leichen – wie Katrine es liebte –, ein weiterer Pluspunkt sei. Sie vermisste Bjørn. Und ja, in dem Moment, in dem Falkeid den letzten Finger einzog, die Faust ballte und der Rammbock auf die Tür des Mannes zuraste, der im Laufe der letzten sieben Tage mindestens vier, wahrscheinlich aber fünf Menschen umgebracht hatte, dachte sie an den Mann, den sie verlassen hatte.

Es knallte, als das Schloss und die Tür aufbrachen. Der dritte

Mann warf eine Flashbanggranate in die Wohnung, und Katrine hielt sich die Ohren zu. Als die Granate drinnen aufblendete, gefolgt von zwei weiteren ohrenbetäubenden Krachern, sah Katrine nur noch die Silhouette der Delta-Kollegen. Drei der Männer verschwanden mit automatischen MP5-Waffen an der Schulter in der Wohnung, während der vierte draußen stehen blieb und die Tür sicherte.

Sie nahm die Hände von den Ohren.

Die Flashbanggranate hatte Pink Floyd nicht gestoppt.

»Sicher!«, hörte sie Falkeids Stimme.

Der Polizist vor der Tür drehte sich zu Katrine um und nickte ihr zu.

Sie holte tief Luft und ging zur Tür.

Betrat die Wohnung. Es lag noch etwas Rauch von der Granate in der Luft, ansonsten war seltsam wenig zu riechen.

Der Flur. Das Wohnzimmer. Die Küche. Alles sah so normal aus. Als wohnte hier ein vollkommen durchschnittlicher, reinlicher Mensch, der Essen kochte, Kaffee trank, fernsah und Musik hörte. Von der Decke hingen keine Fleischerhaken herab, an der Tapete waren keine Blutspritzer, und die Wände waren auch nicht mit Zeitungsartikeln über die Morde oder mit Fotos der Opfer tapeziert.

Unwillkürlich kam ihr der Gedanke, dass Aurora sich geirrt haben musste.

Sie sah durch die offene Tür ins Bad. Es war leer, kein Duschvorhang, keine Toilettenartikel, abgesehen von einem Gegenstand, der auf der Ablage unter dem Spiegel lag. Sie trat ein. Es war kein Toilettenartikel. Braunrot rostiges Metall mit Resten schwarzer Farbe. Die zusammengeklappten Zähne des Eisengebisses bildeten ein Zickzackmuster.

»Bratt!«

»Ja?« Katrine ging ins Wohnzimmer.

»Hier drinnen.« Falkeids Stimme kam aus dem Schlafzimmer. Sie klang ruhig, kontrolliert. Als wäre etwas vorbei. Katrine stieg über die Türschwelle und vermied es, die Tür zu berühren, als wüsste sie bereits sicher, dass sie an einem Tatort war. Die Schranktüren standen offen, und die Delta-Männer hatten ihre automatischen Waffen auf den nackten Körper gerichtet, der auf der Bettdecke lag und mit toten Augen nach oben starrte. Katrine konnte den Geruch, den sie wahrnahm, nicht gleich deuten und beugte sich vor. Lavendel.

Katrine nahm ihr Handy und wählte die Nummer. Er meldete sich sofort.

»Habt ihr ihn?« Bjørn Holm klang kurzatmig.

»Nein«, sagte sie. »Aber hier liegt der Körper einer Frau.«

»Tot?«

»Jedenfalls nicht lebendig.«

»Verdammt! Marte Ruud? Warte ... nee, Moment ... was meinst du mit nicht lebendig?«

»Nicht tot, aber auch nicht lebendig.«

»Was?«

»Eine Sexpuppe.«

»Eine ... was?«

»So eine Puppe, die man ficken kann. Sieht teuer aus, made in Japan. Sehr lebensecht, ich habe die wirklich erst für einen Menschen gehalten. Wie dem auch sei, Alexander Dreyer ist Valentin Gjertsen, das Eisengebiss ist hier. Wir müssen hier noch warten und sehen, ob er auftaucht. Habt ihr was von Harry gehört?«

»Nein.«

Katrines Blick fiel auf einen Kleiderbügel und eine Unterhose, die vor dem Schrank auf dem Boden lagen. »Mir gefällt das nicht, Bjørn, er war auch nicht im Krankenhaus.«

»Das gefällt keinem. Sollen wir eine Fahndung rausgeben?«

»Nach Harry? Wofür sollte das denn gut sein?«

»Du hast recht. Pass auf, dass du nicht so viel rumläufst, in der Wohnung könnten Spuren von Marte Ruud sein.«

»Okay, ich denke aber, dass er alle Spuren beseitigt hat. Was die Wohnung angeht, hat Harry recht. Valentin ist extrem reinlich.« Noch einmal fiel ihr Blick auf den Kleiderbügel und die Unterhose. »Das heißt ...«

»Ja?«, fragte Bjørn nach einer Pause.

»Verdammt!«, sagte Katrine.

»Was ist?«

»Er hat in aller Eile ein paar Sachen in eine Tasche oder einen Koffer geworfen und seine Toilettensachen aus dem Bad mitgenommen. Valentin wusste, dass wir kommen ...«

Valentin öffnete. Und sah, wessen Füße er direkt vor seiner Tür gehört hatte. Das Zimmermädchen beugte sich mit der Schlüsselkarte in der Hand zu seiner Tür vor.

»Oh, sorry«, sagte sie mit einem Lächeln. »I didn't know the room was occupied ...«

»I'll take those«, sagte er und nahm ihr die Handtücher aus den Händen. »And could you please clean again?«

»Sorry?«

»I'm not happy with the cleaning. There are fingermarks on the window glass. Please clean the room again in, let's say, one hour?«

Ihr verblüfftes Gesicht verschwand, als er die Tür schloss.

Er legte die Handtücher auf den Tisch, setzte sich auf den Sessel und öffnete seinen Koffer.

Die Sirenen waren verstummt. Vielleicht waren sie jetzt in seiner Wohnung, Luftlinie waren es nur ein paar Kilometer bis Sinsen.

Es war weniger als eine halbe Stunde her, dass der andere angerufen und ihn gewarnt hatte, dass die Polizei seinen Aufenthaltsort und den Namen kannte, den er nutzte. Er müsse verschwinden. Valentin hatte nur die wichtigsten Sachen gepackt und das Auto stehenlassen, da es auf seinen Decknamen angemeldet war.

Er nahm die Mappe aus der Tasche und schlug sie auf. Ließ den Blick über die Bilder schweifen, die Adressen. Zum ersten Mal seit langem wurde ihm bewusst, dass er keine Ahnung hatte, was er tun sollte.

In ihm hallte die Stimme des Psychologen nach.

»... *nur ein armseliger Perverser, der derart außer Kontrolle ist, dass er bald einen großen Fehler begehen wird.*«

Valentin Gjertsen stand auf und zog sich aus. Nahm die Handtücher und ging ins Bad. Drehte das warme Wasser in der Dusche auf. Stand vor dem Spiegel, wartete, bis das Wasser kochend heiß war und der Spiegel beschlug. Betrachtete sein Tattoo. Hörte, wie das Telefon zu klingeln begann, und wusste, dass er das war. Die Vernunft. Die Rettung. Mit neuen Instruktionen und Befehlen. Sollte er es einfach klingeln lassen? War es an der Zeit, sich abzunabeln, den Lebensfaden abzuschneiden? An der Zeit, sich ganz zu befreien?

Er füllte die Lungen. Und schrie.

KAPITEL 28

Mittwochnachmittag

»Sexpuppen sind nichts Neues«, sagte Smith und warf einen
Blick auf die Frau aus Plastik und Silikon, die auf dem Bett lag.
»Als die Niederländer die sieben Weltmeere beherrschten, hat-
ten die Seeleute die lederne Nachbildung einer Vagina dabei.
Diese Dinger waren so verbreitet, dass die Chinesen sie als *dutch
wife* bezeichnet haben.«

»Wirklich?«, fragte Katrine und betrachtete die weißgekleideten Engel der Spurensicherung, die das Schlafzimmer absuch-
ten. »Haben die Englisch gesprochen?«

Smith lachte. »Erwischt. Die Artikel in den Fachzeitschriften
sind auf Englisch. In Japan gibt es Bordelle nur mit Sexpuppen.
Die teuersten sind mit Heizelementen ausgestattet, die sie immer auf Körpertemperatur halten, einem Skelett, damit Arme
und Beine nur in natürliche Positionen geschoben werden können, und sie haben eine automatische Schmierung ...«

»Danke, ich denke, das reicht«, sagte Katrine.

»Natürlich, tut mir leid.«

»Hat Bjørn gesagt, warum er im Heizungsraum geblieben ist?«

Smith schüttelte den Kopf.

»Er und Lien mussten noch etwas erledigen«, sagte Wyller.

»Berna Lien? Etwas erledigen?«

»Er hat nur gesagt, dass er die Wohnung auch anderen überlassen könne, schließlich sei das ja kein mutmaßlicher Tatort.«

»Erledigen«, murmelte Katrine, während sie, gefolgt von Wyller und Smith, aus dem Schlafzimmer ging. Dann aus der Wohnung und nach unten auf den Parkplatz. Sie gingen zu dem blauen Honda, dessen Kofferraum von zwei Kriminaltechnikern untersucht wurde. Die Autoschlüssel hatten sie in der Wohnung gefunden, und es war ihnen bestätigt worden, dass der Wagen auf Alexander Dreyer angemeldet war. Der Himmel war stahlgrau, und hinter der großen, hohen Wiese auf der anderen Straßenseite zerrte der Wind an den Bäumen. Laut letztem Wetterbericht war Emilia nur noch wenige Stunden entfernt.

»Klug von ihm, den Wagen stehenzulassen«, sagte Wyller.

»Richtig«, sagte Katrine.

»Wie meint ihr das?«, fragte Smith.

»Mautstationen, Parkhäuser, Kameras«, sagte Wyller. »Es gibt Programme, die in nur wenigen Sekunden eine Autonummer auf Videoaufzeichnungen erkennen.«

»Brave new world«, warf Katrine ein.

»*O brave new world, that has such people in it*«, sagte Smith.

Katrine drehte sich zu dem Psychologen um. »Haben Sie eine Idee, wohin jemand wie Valentin flüchten würde?«

»Nein.«

»Nein wie ›keine Ahnung‹?«

Smith schob sich die Brille etwas höher auf die Nase. »Nein im Sinne von ›Ich kann mir nicht vorstellen, dass er flieht‹.«

»Warum nicht?«

»Weil er wütend ist.«

Katrine lief ein Schauer über den Rücken. »Sie haben ihn in Ihrem Podcast mit Daa nicht gerade weniger wütend gemacht, sollte er den gehört haben.«

»Nein«, seufzte Smith. »Ich bin vielleicht zu weit gegangen. Und das zum wiederholten Male. Zum Glück haben wir gute Schlösser und Überwachungskameras, seit bei uns im Stall eingebrochen wurde. Aber vielleicht …«

»Vielleicht was?«

»Vielleicht würden wir uns sicherer fühlen, wenn ich eine Waffe hätte. Eine Pistole oder so.«

»Laut Vorschriften dürfen wir Ihnen ohne Lizenz und Kurs keine Polizeiwaffe überlassen.«

»Notbewaffnung«, sagte Wyller.

Katrine sah ihn nachdenklich an. Die Kriterien für eine Notbewaffnung waren möglicherweise tatsächlich erfüllt, vielleicht aber auch nicht. Andererseits sah sie die Schlagzeilen in den Zeitungen geradezu vor sich, sollte Smith erschossen werden und dann an die Öffentlichkeit geraten, dass er um Notbewaffnung gebeten hatte, ohne dass diesem Wunsch nachgekommen worden wäre. »Helfen Sie Smith dabei, dass er eine Waffe erhält?«

»Ja.«

»Okay. Skarre wird Züge, Schiffe, Flugzeuge, Hotels und Pensionen überprüfen. Hoffen wir, dass Valentin nicht noch Papiere für andere Identitäten als Alexander Dreyer hat.« Katrine sah hoch zum Himmel. Sie hatte mal einen Lover gehabt, der Gleitschirm flog und ihr erzählt hatte, dass es am Boden windstill sein konnte, während nur wenige Hundert Meter oberhalb die Luftmassen so schnell in Bewegung waren, dass sie jedem Autobahnraser Konkurrenz machten. Dreyer. Dutch wife. Erledigen? Pistole. Wütend.

»Und Harry war nicht zu Hause?«, fragte sie.

Wyller schüttelte den Kopf. »Ich habe geklingelt, bin um das Haus herumgegangen und habe in jedes Fenster geschaut.«

»Dann wird es Zeit, mit Oleg zu reden«, sagte sie. »Er hat sicher die Schlüssel.«

»Ich kümmere mich sofort darum.«

Sie seufzte. »Wenn ihr Harry nicht bei sich zu Hause findet, müssen wir Telenor bitten, sein Telefon zu orten.«

Einer der weißgekleideten Kriminaltechniker kam zu ihr.

»Im Kofferraum ist Blut«, sagte er.

»Viel?«

»Ja, und das hier.« Er hielt einen Beweisbeutel aus durchsichtigem Plastik in die Höhe, in dem eine weiße Bluse steckte. Zerrissen. Blutig. Mit Rüschen. Genau so eine Bluse sollte Marte Ruud nach Aussage der Gäste am Abend ihres Verschwindens getragen haben.

KAPITEL 29

Mittwochabend

Harry öffnete die Augen und starrte ins Dunkel.

Wo war er? Was war geschehen? Wie lange war er weg gewesen? Sein Kopf fühlte sich an, als wäre er mit einer Eisenstange bearbeitet worden. Monoton hämmerte sein Herzschlag gegen sein Trommelfell. Das Einzige, woran er sich erinnern konnte, war, dass er eingesperrt war. Und soweit er das beurteilen konnte, auf kalten Fliesen lag. Kalt wie in einem Kühlschrank. Unter ihm war etwas Nasses, Zähes. Er hob die Hand und starrte sie an. War das Blut?

Dann wurde Harry ganz langsam bewusst, dass es nicht sein Herzschlag war, der gegen das Trommelfell wummerte.

Es war eine Bassgitarre.

Kaiser Chiefs? Wahrscheinlich. Auf jeden Fall eine dieser gehypten englischen Bands, die er eigentlich vergessen hatte. Sie waren nicht schlecht, ihnen fehlte aber das Besondere, weshalb sie in der großen Suppe mit all den Sachen gelandet waren, die er vor mehr als einem und weniger als zwei Jahrzehnten gehört hatte und die sich in seiner Erinnerung nicht wirklich festsetzen wollten. Während er sich an jeden Ton und jede Textzeile der bescheuertsten Achtziger-Songs erinnerte, war die Zeit danach beinahe wie ausgelöscht. Genau wie die Zeit von gestern bis jetzt. Nichts. Nur dieser hartnäckige Bass. Oder der Herzschlag. Oder hämmerte wer an die Tür?

Harry schloss die Augen, roch an seiner Hand und hoffte, dass es weder Blut noch Kotze oder Pisse war.

Der Bass begann unrhythmisch zu werden.

Es war die Tür.

»Wir haben geschlossen!«, brüllte Harry und bereute es gleich, weil sein Schädel zu platzen drohte.

Das Lied ging zu Ende, und The Smiths übernahmen. Er musste sein Telefon mit der Anlage gekoppelt haben, als er Bad Company leid geworden war. »There Is a Light That Never Goes Out.« Und wenn schon. Aber das Hämmern an der Tür ging weiter. Harry presste sich die Hände auf die Ohren. Als das Lied zu Ende ging und nur noch die Streicher spielten, hörte er eine Stimme seinen Namen rufen. Und da kaum jemand mitbekommen hatte, dass der neue Inhaber der *Jealousy Bar* jetzt Harry hieß, und er die Stimme kannte, streckte er eine Hand nach oben, bekam den Rand des Tresens zu fassen und zog sich hoch. Erst nur bis auf die Knie. Dann in eine etwas gebeugte Haltung, die aber schon etwas mit Stehen zu tun haben musste, weil seine Schuhsohlen sich jetzt in die Pampe auf dem Boden drückten. Er sah die beiden leeren Jim-Beam-Flaschen, die offen auf dem Tresen lagen, und ihm wurde klar, dass er versucht hatte, sich mit seinem eigenen Bourbon zu marinieren.

Das Gesicht vor dem Fenster schien allein zu sein. Er fuhr sich mit dem gestreckten Zeigefinger über den Hals, um zu signalisieren, dass er geschlossen hatte, bekam als Antwort aber nur einen gestreckten Mittelfinger. Das Hämmern ging jetzt an der Scheibe weiter und schnitt sich so unmittelbar in die weichen Teile seines Gehirns, dass Harry beschloss, die Tür zu öffnen. Er ließ den Tresen los, machte einen ersten Schritt und fiel hin. War es denn möglich, dass beide Füße eingeschlafen waren? Er rappelte sich wieder hoch und schaffte es mit Hilfe von Stühlen und Tischen bis zur Tür.

»Mein Gott!«, stöhnte Katrine, als er öffnete. »Du bist voll!«

»Möglich«, sagte Harry. »Wünschte mir aber, voller zu sein.«

»Wir suchen dich überall, du verfluchter Idiot! Warst du die ganze Zeit hier?«

»Ich weiß nicht, was du mit ganzer Zeit meinst, aber auf dem Tresen liegen zwei leere Flaschen. Wollen wir hoffen, dass ich mir Zeit genommen habe, die zu genießen.«

»Wir haben tausendmal angerufen!«

»Hm, vielleicht habe ich das Telefon im Flugmodus. Coole Playlist, hör mal! Die wütende Tante da ist Martha Wainwright. ›Bloody Mother Fucking Asshole‹, erinnert dich das an jemanden?«

»Verdammt, Harry, was denkst du dir eigentlich?«

»Denken ... ich bin ... im Flugmodus ... siehst du doch.«

Sie packte ihn am Kragen seiner Jacke. »Da draußen werden Menschen ermordet, Harry! Und du stehst hier ... und versuchst, witzig zu sein?«

»Ich versuche jeden verdammten Tag, witzig zu sein, Katrine. Und weißt du was, das macht niemanden gesünder oder kränker. Und es scheint auch keinen Einfluss auf die Mordstatistik zu haben.«

»Harry, Harry ...«

Er schwankte, und ihm wurde bewusst, dass sie ihre Hände wohl nur an seinen Kragen gelegt hatte, um ihn auf den Beinen zu halten.

»Wir haben ihn verloren, Harry. Wir brauchen dich.«

»Okay. Aber lass mich erst kurz einen Drink nehmen.«

»Harry!«

»Du, deine Stimme ist ... verdammt laut!«

»Wir gehen jetzt. Mein Wagen steht draußen.«

»In meiner Bar ist Happy Hour, und ich bin gerade nicht in der Lage zu arbeiten, Katrine.«

»Du sollst auch nicht arbeiten, du sollst nach Hause und wieder nüchtern werden. Oleg wartet auf dich.«

»Oleg?«

»Wir haben ihn gebeten, euer Haus oben am Holmenkollen aufzuschließen. Er hatte eine solche Angst vor dem, was er dort finden könnte, dass er Bjørn gebeten hat vorzugehen.«

Harry schloss die Augen. Verdammt. Verdammte Scheiße. »Ich kann nicht, Katrine.«

»Du kannst was nicht?«

»Ruf Oleg an und sag ihm, dass ich okay bin. Und dass er lieber zu seiner Mutter gehen soll.«

»Er war wirklich ziemlich eindeutig. Er will warten, bis du kommst, Harry!«

»Ich will nicht, dass er mich so sieht. Und du kannst mich so auch nicht brauchen. Und darüber diskutiere ich nicht.« Er legte die Hand an die Tür. »Geh jetzt!«

»Gehen? Und dich hierlassen?«

»Ich komme schon klar. Von jetzt ab nur noch Wasser. Und Coldplay.«

Katrine schüttelte den Kopf. »Du kommst mit heim.«

»Ich gehe nicht nach Hause.«

»Nicht zu dir.«

KAPITEL 30

Mittwochnacht

Eine Stunde vor Mitternacht war das *Olsens* voller Mittvierziger. Aus den Lautsprechern dröhnte Gerry Rafferty über die verschwitzten Glatzen.

»Echter Achtziger-Sound!«, rief Liz. »Prost!«

»Ich glaube, das ist noch aus den Siebzigern«, sagte Ulla.

»Mag ja sein, aber nach Manglerud ist das erst in den Achtzigern gekommen.«

Sie lachten. Ulla registrierte, dass Liz über einen Mann den Kopf schüttelte, der mit fragendem Blick an ihrem Tisch vorbeiging.

»Das ist schon das zweite Mal in dieser Woche, dass ich hier bin«, sagte Ulla.

»Aha? Und war es beim letzten Mal auch so lustig?«

Ulla schüttelte den Kopf. »Nichts ist lustiger, als mit dir auszugehen. Die Zeiten ändern sich, aber du bist immer noch die Alte.«

»Ja«, sagte Liz, legte den Kopf schief und musterte ihre Freundin. »Du nicht.«

»Echt? Habe ich abgenommen?«

»Nein, und eigentlich ist das ein bisschen irritierend. Aber du lächelst nicht mehr.«

»Ich lächle nicht mehr?«

»Du lächelst, aber nicht *wirklich*. Nicht wie Ulla aus Manglerud.«

Ulla schüttelte langsam den Kopf. »Wir sind umgezogen.«

»Ja klar, du hast jetzt Mann und Kinder und ein eigenes Haus. Aber das ist ein schlechter Tausch für ein *Lächeln*, Ulla. Was ist passiert?«

»Tja, was ist passiert?« Sie lächelte Liz an und trank einen Schluck. Sah sich um. Das Durchschnittsalter war etwa das ihre, aber sie sah keine bekannten Gesichter. Manglerud war gewachsen, es waren neue Leute zugezogen, andere verschwunden, und einige waren sicher auch gestorben oder hockten nur noch zu Hause. Tot *und* verschwunden.

»Soll ich's sagen, oder wäre das unverschämt?«, fragte Liz.

»Nur zu.«

Rafferty war mit seinem Text am Ende, und Liz musste schreien, um das nachfolgende Saxophon zu übertönen. »Mikael Bellman aus Manglerud hat dir dein Lächeln genommen.«

»Das ist *schon* ziemlich unverschämt, Liz.«

»Ja, aber es stimmt, oder?«

Ulla hob ihr Weinglas an. »Ja, das stimmt wohl.«

»Ist er untreu?«

»Liz!«

»Das ist doch wohl kein Geheimnis ...«

»Was ist kein Geheimnis?«

»Dass Mikael ein Schürzenjäger ist. Komm schon, Ulla. So naiv bist du nicht!«

Ulla seufzte. »Vielleicht nicht. Aber was soll ich machen?«

»Das Gleiche wie ich«, sagte Liz, nahm die Weißweinflasche aus dem Kühler und schenkte ihnen beiden nach. »Zahl es ihm mit gleicher Münze heim. Prost!«

Ulla spürte, dass sie langsam genug hatte und besser Wasser trinken sollte. »Ich habe es versucht, aber ich kann das nicht.«

»Dann versuch es noch einmal!«

»Und wofür soll das gut sein?«

»Das verstehst du erst, wenn du es getan hast. Nichts ist heilsamer für ein kaputtes Liebesleben zu Hause als ein extrem schlechter One-Night-Stand.«

Ulla lachte. »Es ist nicht der Sex, Liz.«

»Was dann?«

»Ich bin ... ich bin ... eifersüchtig.«

»Ulla Swart eifersüchtig? Es ist nicht möglich, so schön und eifersüchtig zu sein!«

»Doch, ich bin verdammt eifersüchtig«, protestierte Ulla. »Und das tut so verflucht weh! Ich will ihm das heimzahlen.«

»Und das musst du auch, Schwester! Fick ihn da, wo's ihm weh tut ... ich meine ...« Sie prusteten vor Lachen den Wein durch die Gegend.

»Liz, du bist ja betrunken.«

»Betrunken und glücklich, Frau Polizeipräsidentin. Während du betrunken und unglücklich bist. Ruf ihn an!«

»Mikael anrufen? Jetzt?«

»Nicht Mikael, du Dummerchen! Den Glücklichen, der dich verführen darf.«

»Was? Nein, Liz!«

»Doch, ruf ihn an! Jetzt!« Liz zeigte auf die Telefonkabine hinten an der Wand. »Ruf ihn von da an, damit er alles hört! Ja, der Ort wäre genau passend.«

»Passend?«, fragte Ulla lachend und sah auf ihre Uhr. Sie musste bald gehen. »Warum?«

»Warum? Mein Gott, Ulla! Weil dein Mikael da drin damals diese Stine Mikaelsen gevögelt hat.«

»Was ist das?«, fragte Harry. Der Raum um ihn herum schwamm.

»Kamillentee!«, sagte Katrine.

»Die Musik«, brummte Harry in einem geborgten, kratzenden Wollpulli. Seine eigene Kleidung hing zum Trocknen im Bad, und noch durch die geschlossene Tür roch er den süßlichen Alkohol. Der Geruchssinn funktionierte also, warum wollten seine Augen dann nicht?

»Beach House. Hast du die noch nie gehört?«

»Weiß nicht«, sagte Harry. »Und genau das ist das Problem.

Ich beginne Sachen zu vergessen.« Unter sich spürte er den groben Stoff der Tagesdecke, die über dem fast zwei Meter breiten, niedrigen Bett lag, das neben dem Schreibtisch, einem Stuhl und dem guten alten Hifi-Regal mit der einzelnen Kerze das einzige Möbelstück in der Wohnung war. Harry nahm an, dass sowohl der Pullover als auch die Anlage Bjørn Holm gehörten. Die Musik schien sich irgendwie durch den Raum zu bewegen. Harry hatte das schon einige wenige Male erlebt, wenn er an einer Alkoholvergiftung vorbeigeschrappt und wieder auf dem Weg an die Oberfläche war. Dass es Momente gab, in denen er sich fühlte wie frisch betrunken – das gute Gefühl –, und dass er auf dem Weg nach oben an all den Orten vorbeikam, die er auf dem Weg nach unten schon einmal besucht hatte.

»Das ist wohl so«, sagte Katrine. »Am Anfang haben wir alles, und dann verlieren wir, Stück für Stück. Stärke. Jugend. Zukunft. Die Menschen, die wir lieben ...«

Harry versuchte sich zu erinnern, um was Bjørn ihn gebeten hatte, kriegte es aber nicht hin. Rakel. Oleg. Und als er die Tränen kommen spürte, wurden diese von einer unbändigen Wut verdrängt. Verdammt, natürlich verlieren wir all die, die wir festzuhalten versuchen. Das Schicksal verachtet uns, macht uns klein und jämmerlich. Wenn wir über die weinen, die wir verlieren, tun wir das nicht aus Mitgefühl, denn schließlich wissen wir, dass sie so endlich all ihre Schmerzen los sind. Wir weinen aus Selbstmitleid.

»Wo bist du, Harry?«

Er spürte ihre Hand auf seiner Stirn, als eine Windböe plötzlich gegen ein Fenster krachte. Draußen auf der Straße gab es einen Knall, irgendetwas war umgekippt. Er kam.

»Ich bin hier«, sagte er.

Der Raum schwamm. Er spürte nicht nur die Wärme ihrer Hand, sondern ihren ganzen Körper, der dicht neben ihm lag.

»Ich will als Erster sterben«, sagte er.

»Was?«

»Ich will sie nicht verlieren. Sie sollen mich verlieren. Sollen das einmal zu spüren bekommen.«

Ihr Lachen war weich und warm. »Du klaust mir meine Sätze, Harry.«

»Tue ich das?«

»Als ich in der Klinik war ...«

»Ja?« Harry schloss die Augen, als ihre Hand sich unter seinen Nacken schob und ihre Finger dumpfe Stöße in sein Hirn schickten.

»Sie haben die Diagnose ständig geändert. Manisch-depressiv, Borderline, bipolar. Aber ein Wort stand in allen Berichten. Suizidal.«

»Hm.«

»Aber das geht vorbei.«

»Ja«, sagte Harry. »Und kommt wieder. Nicht wahr?«

Sie lachte. »Nichts ist für immer, das Leben ist per Definition vorübergehend und in ständiger Veränderung. Das macht es so schmerzhaft, aber auch so lebendig.«

»*This too shall pass.*«

»Wollen wir es hoffen. Weißt du was, Harry? Du und ich, wir sind uns ziemlich ähnlich. Wir sind für die Einsamkeit geschaffen. Sie zieht uns magisch an.«

»Weil wir uns von denen trennen, die wir lieben, meinst du?«

»Tun wir das?«

»Ich weiß es nicht. Ich weiß nur, dass ich, wenn ich mich auf dieses hauchdünne Eis namens Glück begebe, eine solche Angst kriege, dass ich mir fast wünsche, es wäre alles schon vorbei und ich läge im Wasser.«

»Und deshalb fliehen wir vor denen, die wir lieben«, sagte Katrine. »Flüchten uns in Alkohol. Arbeit. Zufälligen Sex.«

Etwas, wozu wir zu gebrauchen sind, dachte Harry. Während sie verbluten.

»Wir können sie nicht retten«, sagte sie als Antwort auf seine

Gedanken. »Und sie können uns nicht retten. Das können nur wir selbst.«

Harry spürte, wie die Matratze nachgab, und wusste, dass sie sich in seine Richtung gedreht hatte. Ihr warmer Atem strich über seine Wange.

»Du hattest sie in deinem Leben, Harry. Die große Liebe. Ihr beide hattet das. Und ich weiß nicht, auf wen von euch beiden ich eifersüchtiger war.«

Was war es nur, das ihn so empfindsam machte? Hatte er irgendwas genommen? Acid oder Ecstasy? Und wo hatte er das dann herbekommen? Er hatte keine Ahnung, der letzte Tag war ein einziges schwarzes Loch.

»Es heißt, man soll nicht im Voraus trauern«, sagte sie. »Aber wenn man weiß, dass vor einem nur noch Trauer liegt, ist die Vorbereitung der einzige Airbag, den man hat. Und die beste Vorbereitung ist es dann ja sicher, so zu leben, als wäre jeder Tag der letzte. Oder?«

Beach House. Er erinnerte sich mit einem Mal an den Song »Wishes«. Das war doch schon etwas. Und er erinnerte sich an Rakels blasses Gesicht auf dem weißen Kopfkissen. Im Licht und gleichsam doch im Dunkel, außer Fokus, nah und weit entfernt. Ein Gesicht, das sich im dunklen Wasser von unten gegen das Eis drückte. Und er erinnerte sich an Valentins Worte: *Du bist so wie ich, Harry, du hältst es nicht aus.*

»Was würdest du tun, Harry? Wenn du wüsstest, dass du bald sterben musst?«

»Ich weiß es nicht.«

»Würdest du ...?«

»Ich weiß es nicht, habe ich gesagt.«

»Was weißt du nicht?«, flüsterte sie.

»Ob ich mit dir schlafen würde.«

In der Stille, die folgte, hörte er ein metallisches Klappern. Der Wind peitschte etwas über die Straße.

»Merkst du«, flüsterte sie. »Wir sterben.«

Harry hörte zu atmen auf. Ja, dachte er. Ich sterbe. Und spürte, dass auch sie zu atmen aufgehört hatte.

Hallstein Smith hörte den Wind in der Dachrinne pfeifen und spürte den Luftzug, der durch die Wand kam. Sie hatten sie so gut es ging isoliert, aber es war und blieb die Wand eines Stalls. Emilia. Er hatte gelesen, dass alle Orkane Mädchennamen bekommen hatten, seit im letzten Krieg ein Roman erschienen war, der von einem Sturm namens Maria handelte. Dass das in den Siebzigern dann aber aus Gründen der Gleichberechtigung geändert worden war, so dass diese zerstörerischen Naturkatastrophen nun auch Jungennamen trugen. Er starrte auf das lächelnde Gesicht über dem Skype-Symbol auf dem großen Bildschirm. Die Stimme war den Lippenbewegungen etwas voraus. »I think I have what I need, thank you so much for being with us, Mister Smith. At what for you must be very late, no? Here in L.A. it's nearly three p.m., and in Sweden?«

»Norway. Almost midnight.« Hallstein Smith lächelte. »No problem, I'm only glad the press finally realized vampirism is for real and are seeking information about it.«

Sie beendeten das Gespräch, und Smith öffnete noch einmal seinen Mail-Posteingang.

Dreizehn E-Mails waren noch ungelesen, aus dem Betreff und dem Absender ging aber hervor, dass es sich um Anfragen für Interviews oder Vorträge handelte. Auch die E-Mail von *Psychology Today* hatte er noch nicht geöffnet. Weil er wusste, dass es nicht eilte. Er wollte sich das noch ein wenig aufsparen. Die Vorfreude genießen.

Er sah auf die Uhr. Die Kinder hatte er um halb neun ins Bett gebracht und dann noch wie gewöhnlich einen Tee getrunken. Sie hatten in der Küche gesessen, den Tag Revue passieren lassen und Freud und Leid miteinander geteilt. In den letzten Tagen hatte er ihr natürlich mehr zu erzählen gehabt als umgekehrt, er hatte aber darauf geachtet, dass auch die kleinen, dafür aber nicht weniger wichtigen Dinge des Hauses so viel Platz bekamen wie seine. Denn es stimmte, was er sagte: »Ich rede zu viel, und über diesen elenden Vampiristen liest du ja schon genug in der Zeitung.« Er sah aus dem Fenster, erahnte, wo das Wohnhaus stand, in dem jetzt alle schliefen, die er liebte. Die Wand knackte. Der Mond verschwand immer wieder hinter den dicken, dunklen Wolken, die schneller und schneller über den Himmel zogen. Die kahlen Zweige der toten Eiche draußen auf dem Acker schlugen hin und her, als wollten sie ihn warnen, dass Zerstörung und noch mehr Tod im Anmarsch waren.

Er öffnete eine E-Mail mit der Einladung, auf einem Psychologie-Kongress in Lyon eine Keynote zu halten. Derselbe Kongress hatte noch im Jahr davor seinen Antrag auf Redezeit abgelehnt. In Gedanken formulierte er eine Antwort. Er wollte sich bedanken, zum Ausdruck bringen, welche Ehre die Einladung für ihn sei, dann jedoch mit der Begründung ablehnen, dass er wichtigeren Kongressen Priorität geben und dieses Mal leider absagen müsse. Sie könnten aber gerne zu einer anderen Gelegenheit noch einmal anfragen. Er amüsierte sich, schüttelte dann aber über sich selbst den Kopf. Es gab keinen Grund, hochmütig zu werden, das plötzliche Interesse an Vampirismus würde schwinden, sobald die Angriffe aufhörten. Er nahm die Einladung an, wohl wissend, dass er höhere Forderungen stellen konnte, was die Reise, die Unterbringung und das Honorar anging, brachte es jedoch nicht übers Herz. Er hatte, was er brauchte, und wollte nur, dass sie ihm zuhörten und ihn auf der Reise durch das Labyrinth der menschlichen Psyche begleiteten. Und dass sie seine Arbeit anerkannten und *verstanden* und gemeinsam mit ihm dafür sorgten, dass das Leben der Menschen besser wurde. Mehr nicht. Er sah auf die Uhr. Drei Minuten vor zwölf. Und hörte ein Geräusch. Natürlich konnte das der Wind gewesen sein. Er klickte auf das Icon der Überwachungskameras auf dem Bildschirm. Das erste Bild war von der Kamera über dem Tor zum Grundstück. Es war auf.

Truls räumte auf.

Sie hatte angerufen. Ulla hatte angerufen.

Er stellte das Geschirr in die Spülmaschine und wusch zwei Weingläser ab. Er hatte noch immer die Flasche, die er für den Fall der Fälle gekauft hatte, bevor er ins *Olsens* gegangen war. Dann faltete er die leeren Pizzakartons zusammen und versuchte, sie in den Mülleimer zu stopfen, aber der Sack darin riss. Ärgerlich verstaute er sie daraufhin hinten im Schrank unter der Spüle. Musik. Was mochte sie? Er versuchte sich zu erinnern, und ein Lied kam ihm in den Sinn. Aber was war das noch mal? Etwas mit einer Barrikade? Duran Duran? Auf jeden Fall etwas, das wie a-ha geklungen hatte. Doch, die erste a-ha-Platte hatte er. Kerzen. Verdammt. Er hatte schon öfter Frauen bei sich zu Hause gehabt, aber da war es nicht so auf die Stimmung angekommen.

Das *Olsens* war gleich in der Nähe. Auch wenn draußen ein Sturm im Anmarsch war, sollte es kein Problem sein, an einem Mittwochabend ein Taxi zu kriegen. Sie konnte jeden Augenblick da sein, also nicht mehr duschen, sondern einfach Schwanz und Achselhöhlen waschen. Oder Achselhöhlen und dann den Schwanz. In der Reihenfolge. Mann, war er aufgeregt. Er hatte sich auf einen ruhigen Abend eingestellt, vielleicht auf eine Begegnung mit Megan Fox, wie sie früher gewesen war, aber dann hatte Ulla angerufen und gefragt, ob sie ihn nicht noch kurz besuchen dürfe. Was sie damit wohl meinte? Würde sie wieder wie beim letzten Mal Reißaus nehmen? T-Shirt. Das aus Thailand mit der Aufschrift »Same same but different«. Aber vielleicht verstand sie den Humor ja nicht. Oder sie dachte bei Thailand an irgendwelche Geschlechtskrankheiten. Oder sollte er das Armani-Shirt von MBK aus Bangkok anziehen? Nein, in dem synthetischen Stoff würde er nur schwitzen, und damit wäre klar, dass es eine billige Kopie war. Truls zog ein weißes T-Shirt unbekannter Herkunft an und hastete ins Bad. Sah, dass auch das Klo noch geputzt werden musste. Aber erst das Wichtigste ...

Truls stand, den Schwanz in der Hand, am Waschbecken, als es zu klingeln begann.

Katrine starrte auf das brummende Telefon.

Es war bald Mitternacht, der Wind hatte in den letzten Minuten noch einmal zugelegt und kam nun in heftigen Böen, es heulte, knackte und schepperte draußen. Harry schlief trotzdem wie ein Stein.

Sie nahm das Gespräch an.

»Hier ist Hallstein Smith.« Er flüsterte aufgeregt.

»Ja, ich habe Ihre Nummer erkannt. Was ist denn los?«

»Er ist hier?«

»Was?«

»Ich glaube, es ist Valentin.«

»Was sagen Sie da?«

»Jemand hat das Tor geöffnet, und ich ... mein Gott, ich höre jemanden kommen. Was soll ich machen?«

»Tun Sie nichts ... versuchen Sie ... können Sie sich verstecken?«

»Nein. Ich sehe über die Kamera jemanden auf dem Weg zum Eingang des Stalls. Mein Gott, er ist es.« Smith hörte sich an, als wäre er den Tränen nahe. »Was mache ich jetzt?«

»Verdammt, lassen Sie mich nachdenken«, stöhnte Katrine.

Jemand nahm ihr das Telefon aus der Hand.

»Smith? Harry hier, ich bin bei dir. Hast du die Tür zu deinem Büro abgeschlossen? Okay, dann tu das jetzt und schalte das Licht aus. Still und ruhig.«

Hallstein Smith starrte auf seinen Bildschirm. »Okay, ich habe abgeschlossen und das Licht ausgemacht.«

»Siehst du ihn?«

»Nein. Doch, jetzt sehe ich ihn.« Hallstein sah einen Mann am Eingang des Stalls. Er trat auf die Waage, taumelte etwas, fand die Balance wieder und ging an den Boxen vorbei direkt auf die

Kamera zu. Als er unter einer der Lampen hindurchging, wurde sein Gesicht hell erleuchtet.

»Verdammt, er ist es wirklich, Harry. Es ist Valentin.«

»Immer mit der Ruhe.«

»Aber ... das Tor ist sonst abgeschlossen, er muss einen Schlüssel haben, Harry. Vielleicht auch für die Bürotür.«

»Möglich, hast du da drinnen ein Fenster?«

»Ja, aber das ist zu eng und zu weit oben.«

»Etwas Schweres, womit du zuschlagen kannst?«

»Nein, aber ... ich habe diese Pistole.«

»Du hast eine Pistole?«

»Ja, hier in der Schublade. Die habe ich aber noch nicht ausprobiert.«

»Atme, Smith. Wie sieht die aus?«

»Äh, schwarz. Im Präsidium haben sie gesagt, das sei irgendeine Glock.«

»Glock 17. Ist das Magazin drin?«

»Ja, und die Waffe soll auch geladen sein. Aber ich sehe keine Sicherung.«

»Ist okay, die ist im Abzug, du musst also nur den Abzug fest drücken, um zu schießen.«

Smith hielt sich den Hörer dicht vor den Mund und flüsterte, so leise er konnte. »Ich höre Schlüssel im Schloss.«

»Wie weit ist es bis zur Tür?«

»Zwei Meter.«

»Du stehst auf und nimmst die Pistole in beide Hände. Denk dran, dass du im Dunkel stehst und er das Licht hinter sich hat. Er sieht dich nicht richtig. Wenn er unbewaffnet ist, rufst du ›Polizei‹ und ›Auf die Knie‹. Siehst du eine Waffe, schießt du dreimal. Drei Mal, verstanden?«

»Ja.«

Die Tür vor Smith ging auf.

Und da stand er, eine dunkle Silhouette vor dem hellerleuchteten Stall. Hallstein Smith schnappte nach der Luft, die aus dem

Raum gesaugt zu werden schien, als der Mann vor ihm die Hand hob. Valentin Gjertsen.

Katrine zuckte zusammen. Obwohl Harry sich den Hörer aufs Ohr presste, war der Knall durch das Telefon zu hören gewesen.

»Smith?«, rief Harry. »Smith, bist du da?«

Keine Antwort.

»Smith!«

»Valentin hat ihn erschossen«, stöhnte Katrine.

»Nein«, sagte Harry.

»Nein? Du hast gesagt, dass er dreimal schießen soll, außerdem antwortet er nicht!«

»Das war eine Glock, keine Ruger.«

»Aber wie ...?« Katrine hielt inne, als sie durch das Telefon eine Stimme hörte. Sie sah Harrys hochkonzentriertes Gesicht und versuchte vergeblich zu erkennen, wem er zuhörte. War das Smiths Stimme oder die helle Stimme, die sie von alten Aufnahmen kannte und von der sie Alpträume bekommen hatte? Sagte der andere Harry jetzt, was er als Nächstes vorhatte?

»Okay«, sagte Harry. »Hast du seinen Revolver aufgehoben? Gut, leg ihn in die Schublade und setz dich an eine Stelle, von der aus du ihn gut siehst. Wenn er in der Tür liegt, lass ihn da liegen. Bewegt er sich? Macht er Geräusche? Nein. Nein, keine Erste Hilfe. Wenn er verletzt ist, wartet er vielleicht nur darauf, dass du näher kommst. Und wenn er tot ist, ist es sowieso zu spät. Befindet er sich irgendwo dazwischen, hat er Pech, weil du sitzen bleibst und aufpasst. Hast du das verstanden, Smith? Gut. Wir sind in einer halben Stunde da. Ich rufe aus dem Auto wieder an. Lass ihn nicht aus den Augen. Und ruf deine Frau an und sag ihr, dass sie im Haus bleiben soll und wir auf dem Weg sind.«

Katrine nahm ihm das Telefon ab, sah Harry aus dem Bett rutschen und im Bad verschwinden. Sie glaubte, ihn etwas rufen zu hören, merkte dann aber, dass er sich übergab.

Truls' Handflächen waren so verschwitzt, dass er die feuchte Wärme durch den Stoff seiner Hose spürte.

Ulla war betrunken. Trotzdem saß sie stocksteif auf dem Rand des Sofas und umklammerte die Bierflasche, die er ihr gegeben hatte, als wollte sie sich damit verteidigen.

»Schon erstaunlich, dass ich das erste Mal bei dir zu Hause bin«, sagte sie etwas nuschelnd. »Und dabei kennen wir uns ... wie lange?«

»Seit wir fünfzehn sind«, sagte Truls, der in seinem momentanen Zustand nicht kopfrechnen konnte.

Sie lächelte vor sich hin und nickte, das heißt, ihr Kopf kippte nur nach vorn.

Truls räusperte sich. »Ein ganz schöner Sturm da draußen. Diese Emilia ...«

»Truls?«

»Ja.«

»Hast du Lust, mit mir zu schlafen?«

Er schluckte.

Sie kicherte, ohne den Blick zu heben. »Truls, ich hoffe, dein Zögern heißt nicht ...«

»Natürlich will ich«, sagte Truls.

»Gut«, sagte sie. »Gut.« Hob den Kopf und sah ihn mit schwimmenden Augen an. »Gut.« Ihr Kopf schien auf dem schlanken Hals nicht richtig festzusitzen. Als wäre er mit etwas Schwerem überladen. Schwermut? Schwere Gedanken. Aber daran durfte er jetzt nicht denken. Dies war seine Chance. Die Eröffnung, von der er geträumt, an die er aber nie zu glauben gewagt hatte: Er durfte mit Ulla Swart schlafen.

»Hast du ein Schlafzimmer, wo wir das machen können?«

Er sah sie an. Nickte. Sie lächelte, sah aber nicht froh aus. Zum Henker damit. Froh kann deine Großmutter aussehen, Ulla Swart war geil, und nur das zählte jetzt. Truls wollte die Hand ausstrecken und ihr über die Wange streicheln, aber sie gehorchte ihm nicht.

»Stimmt was nicht, Truls?«

»Nicht stimmen? Nein, nein, alles in Ordnung.«

»Du siehst so ...«

Er wartete. Aber mehr kam nicht.

»So ...?«, wiederholte er.

»Verloren aus.« Statt seiner Hand war es ihre, die ihm über die Wange streichelte. »Armer, armer Truls.«

Er hätte ihre Hand um ein Haar weggeschlagen, dabei berührte sie ihn nach so vielen Jahren zum ersten Mal, ohne Verachtung oder Abscheu. Was zum Teufel war nur mit ihm los? Die Frau wollte gefickt werden, einfach und gut, und das würde er doch wohl schaffen, er hatte doch noch nie Probleme damit gehabt, einen hochzubekommen. Er musste sie jetzt nur von diesem Sofa ins Schlafzimmer lotsen, die Klamotten ausziehen und den Pariser holen. Sie sollte schreien, stöhnen, sich unter ihm winden, und er würde erst aufhören, wenn sie ...

»Weinst du, Truls?«

Weinen? Wie voll war sie denn? Sah sie Gespenster?

Dann nahm er wahr, wie sie die Hand zurücknahm und sich auf den Mund drückte.

»Das sind echte, salzige Tränen«, sagte sie. »Bist du traurig? Wegen was?«

Jetzt spürte auch Truls, wie etwas Warmes ihm über die Wangen lief. Auch seine Nase begann zu tropfen, und der Kloß in seinem Hals wurde immer größer und drohte ihn zu ersticken.

»Ist das wegen mir?«, fragte sie.

Truls schüttelte den Kopf, außerstande zu reden.

»Wegen ... Mikael?«

Die Frage war so idiotisch, dass er fast wütend wurde. Natürlich war das nicht wegen Mikael. Warum sollte er ausgerechnet an Mikael denken? An den Arsch, der eigentlich sein bester Freund sein sollte, seit ihrer Jugend, aber nichts anderes getan hatte, als ihn auszunutzen und bei jeder Gelegenheit bloßzustellen, um sich dann wieder hinter ihm zu verstecken, wenn ihnen

Prügel drohten. Und später, als sie beide bei der Polizei waren, hatte er Truls Fucking Beavis genötigt, die Drecksarbeit zu übernehmen. Damit Mikael Bellman die Ziele erreichte, die er erreichen wollte. Warum sollte Truls hier sitzen und über eine Freundschaft weinen, die nur eine Zweckgemeinschaft zweier Außenseiter war, von denen einer erfolgreich und der andere ein ausgesprochener Verlierer geworden war? Nein, das war wirklich kein Grund. Aber warum begann der Verlierer dann wie ein Kind zu weinen, wenn er endlich die Chance hatte, ein bisschen was aufzuholen und die Frau des anderen zu vögeln? Jetzt sah Truls auch die Tränen in Ullas Augen. Ulla Swart. Truls Berntsen. Mikael Bellman. Es hatte immer nur sie drei gegeben. Der Rest von Manglerud konnte vor die Hunde gehen. Denn sie hatten niemanden sonst, nur sich.

Sie nahm ein Taschentuch aus ihrer Tasche und tupfte sich vorsichtig die Augen ab. »Soll ich gehen?«, schniefte sie.

»Ich ...« Truls erkannte seine eigene Stimme kaum wieder. »Ich weiß ... ich habe keine Ahnung, Ulla.«

»Ich auch nicht«, lachte sie, sah auf die abgewischte Schminke auf ihrem Taschentuch und legte es zurück in die Tasche. »Vergib mir, Truls. Das war eine schlechte Idee. Ich werde jetzt gehen.«

Er nickte. »Ein andermal«, sagte er. »In einem anderen Leben.«

»Bingo«, sagte sie und stand auf.

Truls blieb im Flur stehen, nachdem die Tür hinter ihr ins Schloss gefallen war, und lauschte dem immer leiser werdenden Echo ihrer Schritte im Treppenhaus. Bis er hörte, dass unten die Tür geöffnet wurde, geschlossen, und sie weg war, ganz weg.

Er fühlte ... ja, was fühlte er? Erleichterung. Aber auch eine beinahe unerträgliche Verzweiflung, die sich wie ein physischer Schmerz in seiner Brust und seinem Bauch ausbreitete, so dass er für einen Moment an die Waffe dachte, die er im Schlafzimmerschrank aufbewahrte. Er könnte hier und jetzt Schluss machen. Dann sank er auf die Knie, stützte die Stirn auf die Fußmatte … und begann zu lachen. Ein Schnauben, das nicht mehr aufhören wollte, sondern immer lauter und lauter wurde. Verdammt, war das Leben herrlich!

Hallstein Smiths Herz hämmerte noch immer wie wild.

Er tat, was Harry gesagt hatte, und richtete seinen Blick und die Waffe auf den regungslos auf der Türschwelle liegenden Mann. Er spürte die Übelkeit kommen, als er sah, wie die Blutlache auf dem Boden sich langsam in seine Richtung ausbreitete. Er durfte sich jetzt nicht übergeben, durfte nicht die Konzentration verlieren. Harry hatte gesagt, dass er dreimal schießen sollte. Sollte er noch zwei Kugeln auf ihn abfeuern? Nein, der Mann war tot.

Mit zitternden Fingern wählte er Mays Nummer. Sie antwortete sofort.

»Hallstein?«

»Ich dachte, du schläfst.«

»Ich sitze mit den Kindern im Bett. Sie können wegen des Sturms nicht schlafen.«

»Ach ja. Du, gleich wird die Polizei hier sein. Mit Blaulicht und vielleicht auch Sirenen, aber ihr müsst keine Angst haben.«

»Angst, wovor?«, fragte sie mit zitternder Stimme. »Was ist passiert, Hallstein? Wir haben einen Knall gehört. War das der Wind oder etwas anderes?«

»May, du musst jetzt ganz ruhig bleiben. Es ist alles in Ordnung.«

»Ich höre doch, dass nicht alles in Ordnung ist. Hallstein! Die Kinder sitzen hier und weinen!«

»Ich … komme rüber und erkläre es euch.«

Katrine steuerte den Wagen über die schmale Straße, die kreuz und quer durch Wald und Felder führte.

Harry legte das Handy in seine Tasche. »Smith ist ins Haus gegangen, um sich um seine Familie zu kümmern.«

»Verständlich«, sagte Katrine.

Harry antwortete nicht.

Der Wind war noch stärker geworden. Im Wald musste sie auf abgebrochene Äste und anderes, das herumlag, aufpassen, und im freien Gelände drohten die Böen sie immer wieder von der Straße zu drücken.

Harrys Telefon klingelte erneut, als sie durch das geöffnete Tor auf Smiths Hof fuhren.

»Wir sind jetzt angekommen«, sagte Harry. »Sperrt das Gelände ab, wenn ihr da seid, aber fasst nichts an, bevor nicht die Spurensicherung da ist.«

Katrine hielt vor den Stallungen und sprang aus dem Wagen.

»Zeig mir den Weg«, sagte Harry und folgte ihr in das Gebäude.

Sie hörte Harry hinter sich fluchen, als sie nach rechts in Richtung Büro eilte.

»Sorry, ich habe vergessen, dir von der Waage zu erzählen«, sagte Katrine.

»Das ist es nicht«, sagte Harry. »Da ist Blut am Boden.«

Katrine blieb vor der offenen Bürotür stehen und starrte auf die Blutlache am Boden. Scheiße. Sie war leer.

»Pass auf Smith auf«, sagte Harry hinter ihr.

»Was ...?«

Sie drehte sich um und sah Harry gerade noch nach links aus der Stalltür verschwinden.

Eine Windböe packte Harry, als er die Taschenlampe des Handys einschaltete und damit auf den Boden leuchtete. Dann fand er das Gleichgewicht wieder. Die Blutflecken waren auf dem hellen Kies gut zu erkennen, und das ausfransende Ende der Tropfen verriet ihm, in welche Richtung Valentin geflohen war. Den Wind im Rücken. In Richtung Wohnhaus.

Nicht ...

Harry zückte seine Glock. Er hatte sich nicht die Zeit genommen, um zu überprüfen, ob Valentins Revolver noch in der Schublade in Smiths Büro lag, andererseits musste er so oder so davon ausgehen, dass Valentin bewaffnet war.

Mit einem Mal waren die Blutspritzer weg.

Harry schwenkte sein Telefon hin und her und atmete erleichtert auf, als er sah, dass die Spuren vom Weg abzweigten und nicht mehr in Richtung Haus, sondern über das trockene gelbe Gras in Richtung Feld führten. Auch hier war das Blut gut zu erkennen. Der Sturm musste jetzt seine volle Stärke erreicht haben, und Harry spürte die ersten Regentropfen wie Projektile auf seine Haut schlagen. Sollte es richtig zu regnen beginnen, wären die Spuren innerhalb von Sekunden weg.

Valentin schloss die Augen, riss den Mund auf und hielt sein Gesicht in den Wind. Als könnte dieser neues Leben in ihn hauchen. Leben. Warum bekam alles immer erst wirklich einen Sinn, wenn man im Begriff war, es zu verlieren? Sie. Die Freiheit. Und jetzt das Leben, das langsam aus ihm heraussickerte. Er spürte das Blut in seine Schuhe laufen und dort kalt werden. Er hasste Blut. Der andere liebte es. Der, mit dem er den Pakt eingegangen war. Der Blutmann. Wann hatte er kapiert, dass dieser Mann der eigentliche Teufel war? Und dass er, Valentin Gjertsen, ihm seine Seele verkauft und sie verloren hatte? Er hob das Gesicht zum Himmel und lachte. Der Sturm war da. Der Dämon befreit.

Harry lief mit der Glock in der einen und dem Handy in der anderen Hand weiter.

Über die freie Fläche. Bergab mit Rückenwind, Valentin war verletzt und hatte den einfachsten Weg gewählt, um schnell Distanz zwischen sich und seine Verfolger zu bringen. Harry dröhnte der Kopf bei jedem Schritt, und auch der Magen wollte nicht mitspielen, aber er schluckte und würgte alles wieder herunter. Dachte an einen Waldweg. An einen Typ in neuen Under-Armour-Klamotten vor sich und rannte.

Als er sich dem Waldrand näherte, wurde er langsamer. Wenn er jetzt die Richtung ändern wollte, müsste er sich regelrecht gegen den Wind lehnen. Hinter den ersten Bäumen lag ein niedriger, verfallener Schuppen mit Wellblechdach. Ein Materiallager oder ein Unterstand für Tiere.

Harry richtete den Lichtschein auf den Schuppen. Er hörte nur den Sturm und sah nur die Dunkelheit. Er roch kein Blut – das schaffte er auch nicht einmal an einem warmen Tag mit Wind aus der richtigen Richtung –, *wusste* aber trotzdem, dass Valentin hier war. Wie er immer wieder etwas *wusste* und sich irrte.

Er leuchtete noch einmal auf den Boden. Die Blutspritzer lagen dichter beieinander, auch Valentin war an dieser Stelle langsamer geworden. Vielleicht um kurz nachzudenken, vielleicht aber auch, weil er erschöpft war und anhalten *musste*. Die Fährte, die bislang geradlinig verlaufen war, bog ab und führte zur linken Seite des Schuppens. Harry irrte sich nicht.

Er beschleunigte noch einmal seine Schritte und lief Richtung Waldrand auf die rechte Seite des Schuppens. Erst als er mehrere Reihen von Bäumen hinter sich hatte, blieb er stehen, schaltete das Licht seines Handys aus, hob die Glock und ging in einem Bogen um den Schuppen herum, um sich von der anderen Seite zu nähern. Die letzten Meter robbte er auf dem Boden weiter.

Er hatte den Wind jetzt im Gesicht, so dass das Risiko, dass Valentin ihn hörte, sehr gering war. Dafür trug der Wind ihm zwischen den Böen immer wieder Laute zu. Weit entfernt war das Heulen von Polizeisirenen zu hören.

Harry duckte sich gerade hinter einen umgestürzten Baum, als plötzlich ein Blitz vom Himmel zuckte und sich dicht am Schuppen eine Silhouette abzeichnete. Valentin. Er hockte, mit dem Rücken zu ihm, nur fünf oder sechs Meter entfernt.

Harry richtete die Waffe auf den Mann.

»Valentin!«

Der Ruf wurde teilweise übertönt von dem nun einsetzenden

heranrollenden Donner, trotzdem war zu erkennen, wie die Gestalt vor ihm erstarrte.

»Ich habe meine Pistole auf Sie gerichtet, Valentin. Legen Sie Ihre Waffe weg!«

Plötzlich schien der Wind abzuflauen. Harry hörte ein anderes Geräusch. Ein helles Lachen.

»Harry, bist du wieder zum Spielen gekommen?«

»Man gibt nicht auf, solange man eine Chance hat. Legen Sie die Waffe weg!«

»Du hast mich überlistet. Woher hast du gewusst, dass ich außerhalb des Schuppens bin und nicht drinnen?«

»Weil ich Sie inzwischen kenne, Valentin. Sie dachten, ich würde zuerst an dem logischsten aller Orte suchen, weshalb Sie sich nach draußen gehockt haben, um sich noch eine letzte Seele einzuverleiben.«

»Meinen Weg zu Ende gehen«, sagte Valentin und hustete. Spuckte etwas aus. »Wir sind Zwillingsseelen, unsere Seelen müssen an denselben Ort, Harry.«

»Legen Sie die Waffe weg, sonst schieße ich.«

»Ich denke oft an meine Mutter, Harry, du auch?«

Harry sah Valentins Hinterkopf im Dunkeln vor und zurück schwanken, und plötzlich badete alles erneut in dem hellen Licht eines Blitzes. Der nächste Regentropfen. Dieses Mal schwer und rund, nicht vom Wind zerfetzt. Sie waren im Auge des Sturms.

»Ich denke an sie, weil sie der einzige Mensch war, den ich noch mehr gehasst habe als mich selbst, Harry. Ich versuche, mehr kaputtzumachen, als sie kaputtgemacht hat, aber ich weiß nicht, ob das möglich ist. Sie hat mich zerstört.«

»Und mehr ist nicht möglich? Wo ist Marte Ruud?«

»Nein, mehr geht nicht. Denn ich bin einzigartig, Harry. Du und ich, wir sind nicht wie die anderen. Wir sind einzigartig.«

»Tut mir leid, Sie zu enttäuschen, Valentin, aber ich bin nicht einzigartig. Wo ist sie?«

»Zwei schlechte Neuigkeiten, Harry. Erstens: Das rothaarige

Mädchen können Sie vergessen. Zweitens: Doch, du bist einzigartig.« Neues Lachen. »Ein blöder Gedanke, oder? Du flüchtest dich in die Normalität, in die Durchschnittlichkeit der Masse und glaubst daran, dort so etwas wie Zugehörigkeit zu finden, dein wahres Ich. Aber dein wahres Ich sitzt hier, Harry, und fragt sich, ob es töten soll oder nicht. Und du nutzt diese Mädchen, Aurora, Marte, um deinen so wohligen Hass immer wieder neu anzufachen. Denn jetzt ist es deine Entscheidung, ob jemand leben oder sterben soll, und genau das genießt du. Du genießt es, Gott zu sein. Und hast davon geträumt, ich zu sein. Hast darauf gewartet, dass du auch einmal der Vampir sein darfst. Du spürst den Durst, das kannst du ruhig zugeben, Harry. Und eines Tages wirst auch du einen Schluck nehmen.«

»Ich bin nicht wie Sie«, sagte Harry und schluckte. Hörte sein Herz im Kopf hämmern. Spürte wieder den Wind. Und den nächsten zerfetzten Tropfen auf der Hand, die die Waffe hielt. Das war's. Gleich waren sie wieder raus aus dem ruhigen Auge.

»Du bist wie ich«, sagte Valentin. »Und deshalb bist auch du überlistet worden. Du und ich, wir halten uns für schlau, aber letzten Endes werden wir alle überlistet, Harry.«

»Nicht …«

Valentin wirbelte herum, und Harry sah einen langen Lauf, der sich auf ihn richtete, bevor er den Abzug seiner Glock drückte. Einmal, zweimal. Wieder ließ ein Blitz den Wald taghell werden, und Harry sah Valentins Körper, der im Licht für einen Moment erstarrt war. Die Augen hervorgequollen, der Mund offen, die Brust rot von Blut. In der rechten Hand hielt er einen Stock, mit dem er auf Harry zeigte. Dann sackte er zusammen.

Harry stand auf und ging zu Valentin. Auf den Fersen hockend, den Oberkörper an einen Baum gelehnt, starrte er vor sich in die Luft. Er war tot.

Harry richtete die Waffe auf Valentins Brust und drückte ab. Der Donner übertönte den Schuss.

Drei Schüsse.

Nicht weil das Sinn machte, sondern weil die Musik nun mal so war, die Geschichte, es mussten drei sein.

Etwas näherte sich, ein Rauschen und Gepolter wie von donnernden Hufen, etwas, das die Luft vor sich herschob und die Bäume in die Knie zwang.

Dann kam der Regen.

KAPITEL 31

Mittwochnacht

Harry saß an Smiths Küchentisch mit einer Tasse Tee in den Händen und einem Handtuch über den Schultern. Regenwasser tropfte aus seiner Kleidung auf den Boden. Draußen heulte noch immer der Wind, und das Wasser klatschte derart gegen die Scheibe, dass die Polizeiwagen mit den kreisenden Blaulichtern draußen auf dem Hof wie verkrüppelte Ufos aussahen. Trotzdem hatte man irgendwie den Eindruck, als hätten die Wassermassen die Luft abgebremst. Mond. Es roch nach Mond.

Harry bemerkte, dass Hallstein Smith, der ihm gegenübersaß, noch immer unter Schock stand. Seine Pupillen waren geweitet, der Blick apathisch.

»Und du bist dir ganz sicher ...«

»Ja, Hallstein, er ist tot«, sagte Harry. »Aber es ist nicht sicher, dass ich noch am Leben wäre, hättest du nicht seinen Revolver mitgenommen, als du gegangen bist.«

»Ich weiß wirklich nicht, warum ich das getan habe, ich habe ihn ja für tot gehalten«, flüsterte Smith mit metallener Roboterstimme und starrte auf den Tisch, auf dem der große Revolver mit dem rotbraunen Schaft und die Pistole lagen, mit der er Valentin angeschossen hatte. »Ich dachte, ich hätte ihn mitten in die Brust getroffen.«

»Das hast du auch«, sagte Harry.

Mond. Die Astronauten hatten darüber gesprochen. Der Mond sollte nach verbranntem Pulver riechen, und dieser Geruch kam zum einen von der Pistole, die in Harrys Jacke steckte, zum ande-

455

ren von der Glock, die auf dem Tisch lag. Harry nahm Valentins rotbraunen Revolver und roch an der Mündung. Auch da war das Pulver zu riechen, nur nicht so stark. Katrine kam in die Küche. Aus ihren schwarzen Haaren tropfte Wasser. »Die Spurensicherung ist jetzt bei Valentin.«

Sie sah auf den Revolver.

»Aus der Waffe ist geschossen worden«, sagte Harry.

»Nein, das stimmt nicht«, flüsterte Smith und schüttelte mechanisch den Kopf. »Er hat damit nur auf mich gezielt.«

»Nicht jetzt«, sagte Harry und sah zu Katrine. »Man riecht das Pulver noch Tage danach.«

»Marte Ruud?«, sagte Katrine. »Glaubst du ...?«

»Ich habe zuerst geschossen.« Smith hob den Kopf und sah sie mit glasigen Augen an. »Ich habe auf Valentin geschossen, und jetzt ist er tot.«

Harry beugte sich vor und legte dem Psychologen die Hand auf die Schulter. »Und deshalb bist du am Leben, Hallstein.«

Smith nickte langsam.

Harry gab Katrine mit den Augen zu verstehen, dass sie sich um Hallstein kümmern sollte. Dann stand er auf. »Ich gehe in den Stall.«

»Aber nur dahin«, sagte Katrine. »Die werden mit dir reden wollen.«

Harry nickte. Der interne Ermittlungsdienst.

»Er wusste es«, flüsterte Smith. »Er wusste, wo er mich findet.«

Obwohl Harry nur vom Haus zu den Stallungen ging, war seine Kleidung erneut durchnässt, als er in Smiths Büro stand. Er setzte sich an den Schreibtisch und ließ den Blick durch den Raum schweifen, bis seine Augen an der Zeichnung hängenblieben. Das Wesen mit den Fledermausflügeln wirkte eher einsam als bedrohlich. Vielleicht kam ihm das Bild deshalb so bekannt vor. Harry schloss die Augen.

Er brauchte einen Drink, verdrängte den Gedanken und schlug die Augen wieder auf. Das Foto auf dem Bildschirm vor ihm war zweigeteilt, eines für jede Überwachungskamera. Er nahm die Maus, führte den Cursor zur Uhr und spulte zurück bis drei Minuten vor Mitternacht. Etwa da hatte Hallstein Smith angerufen. Nach ungefähr zwanzig Sekunden kam eine Gestalt vor dem Tor des Grundstücks zum Vorschein. Valentin. Er kam von links. Da war die große Straße. Bus? Taxi? Er hielt einen weißen Schlüssel in der Hand, schloss auf und schlüpfte hinein. Das Tor ging langsam wieder zu, fiel aber nicht ins Schloss. Fünfzehn bis zwanzig Sekunden später sah Harry Valentin auf dem Foto mit dem Stalleingang und der Waage. Valentin hätte auf der Waage beinahe das Gleichgewicht verloren. Der Zeiger an der Wand gab an, dass die Bestie, die so viele Menschen getötet hatte, einige davon mit den bloßen Händen, nur vierundsiebzig Kilo wog, zweiundzwanzig weniger als Harry. Dann kam Valentin auf die Kamera zu, es sah aus, als starrte er direkt in die Linse, ohne sie zu sehen. Bevor er aus dem Bild verschwand, sah Harry, wie er die Hand tief in die Tasche seiner Jacke steckte. Dann waren nur noch der leere Stall, der Zeiger der Waage und der oberste Teil von Valentins Schatten zu sehen. Harry rekonstruierte die Sekunden. Er erinnerte sich an jedes Wort des Telefonats mit Hallstein Smith. Der Rest des Tages und die Stunden bei Katrine waren vollkommen weg, diese Sekunden aber waren wie in Stein gemeißelt. So war es immer gewesen. Wenn er trank, wurde sein privates Hirn mit Teflon abgedichtet, während sein Polizistenhirn weiterhin alles aufsaugte, als *wollte* der eine Teil vergessen, der andere hingegen sich zwanghaft an alles erinnern. Die Kollegen von der internen Ermittlung müssten ein dickes Vernehmungsprotokoll schreiben, wollten sie alle Details festhalten, an die er sich erinnerte.

Harry sah den Rand der Tür ins Bild ragen, als Valentin öffnete, den Arm hob, und zu Boden ging.

Harry ließ das Video schneller laufen.

Dann schaute er sich an, wie Hallstein durch den Stall nach draußen eilte.

Eine Minute später schleppte Valentin sich in dieselbe Richtung. Harry ließ die Bilder wieder langsamer laufen. Valentin lehnte sich an die Boxen an einer Seite des Stalls. Er sah aus, als würde er jeden Moment zusammenbrechen. Aber er kam weiter, Meter für Meter. Blieb schwankend auf der Waage stehen. Der Zeiger zeigte anderthalb Kilo weniger als bei seinem Kommen. Harry warf einen Blick auf die Blutlache auf dem Boden hinter dem PC, bevor er beobachtete, wie Valentin mit dem Mechanismus der Stalltür kämpfte. Fast glaubte Harry, Valentins Überlebenswillen spüren zu können. Oder war es nur die Furcht, gefasst zu werden? In diesem Moment wurde Harry bewusst, dass die Filmsequenz, die er gerade verfolgte, sicher einmal an die Öffentlichkeit geraten und ein YouTube-Hit werden würde.

Bjørn Holms blasses Gesicht tauchte in der Tür auf. »Hier hat das also alles angefangen.« Er trat ein, und Harry war sogleich wieder fasziniert davon, wie der ansonsten motorisch so wenig elegante Kriminaltechniker sich an einem Tatort in einen Balletttänzer verwandelte. Bjørn ging neben der Blutlache in die Hocke.

»Wir bringen ihn jetzt weg.«

»Hm.«

»Vier Schusswunden, Harry. Wie viele davon sind von ...?«

»Drei«, sagte Harry. »Hallstein hat nur einmal geschossen.«

Bjørn Holm schnitt eine Grimasse. »Er hat auf einen bewaffneten Mann geschossen, Harry. Was willst du der internen Ermittlung zu deinen Schüssen sagen?«

Harry zuckte mit den Schultern. »Die Wahrheit, was sonst? Dass es dunkel war, und Valentin einen Stock in der Hand hielt, um mir weiszumachen, er hätte eine Waffe. Bjørn, er wusste, dass er am Ende war und *wollte*, dass ich ihn erschieße.«

»Trotzdem. Drei Schüsse in die Brust eines unbewaffneten Mannes ...«

Harry nickte.

Bjørn holte tief Luft, sah sich über die Schulter um und fügte leise hinzu: »Okay, es war dunkel, Regen und Sturm. Und dann da draußen im Wald. Wenn ich jetzt noch mal da rausgehe, finde ich in dem Matsch, in dem Valentin gelegen hat, vielleicht ja doch noch eine Pistole.«

Die zwei sahen sich an, während der Wind die Wände knacken ließ.

Harry starrte auf Bjørn Holms gerötete Wangen und wusste, welche Überwindung ihn das kosten musste. Dass er mehr anbot, als er geben konnte, und aufs Spiel setzte, was ihnen beiden heilig war. Die Moral. Den Seelenfrieden.

»Danke«, sagte Harry. »Danke, mein Freund, aber das muss ich ablehnen.«

Bjørn Holm blinzelte zweimal. Schluckte. Atmete lang und zitternd aus und lachte kurz und unpassend, erleichtert.

»Ich sollte wieder zurückgehen«, sagte er und stand auf.

»Tu das«, sagte Harry.

Bjørn Holm stand zögernd vor ihm, als wollte er noch etwas sagen oder einen Schritt vortreten und ihn in die Arme nehmen. Harry konzentrierte sich wieder auf den PC. »Bis später, Bjørn.«

Auf dem Bildschirm verfolgte er den gebeugten Rücken des Kriminaltechnikers auf dem Weg nach draußen.

Harry schlug mit der Faust auf die Tastatur. Einen Drink. Verdammt, verdammte Scheiße! Nur einen Drink!

Dann fiel sein Blick auf den Fledermausmann.

Was hatte Hallstein gesagt? Er *wusste es. Er wusste, wo er mich findet.*

KAPITEL 32

Mittwochnacht

Mikael Bellman stand mit verschränkten Armen da und fragte sich, ob im Polizeibezirk Oslo jemals eine Pressekonferenz um zwei Uhr nachts abgehalten worden war. Er lehnte links des Podiums an der Wand und ließ seinen Blick über die Anwesenden schweifen. Ein paar Redakteure, die Nachtdienst in den Zeitungen hatten, ein paar wenige Chefs vom Dienst, eine Handvoll Journalisten von den Nachrichtendesks und ein paar Reporter, die eigentlich über die Verwüstungen durch Emilia berichten sollten oder von ihren Vorgesetzten für die Pressekonferenz aus den Betten geklingelt worden waren und entsprechend verschlafen nach vorne starrten. Mona Daa war in Trainingsklamotten und Regenjacke gekommen und sah hellwach aus.

Oben auf dem Podium saßen Dezernatsleiter Gunnar Hagen und Katrine Bratt, die im Detail über die Aktion in Valentin Gjertsens Wohnung in Sinsen und das nachfolgende Drama auf Hallstein Smiths Hof berichtete. Blitzlichter leuchteten auf, und Bellman wusste, dass die eine oder andere Kamera auch auf ihn gerichtet wurde, auch wenn er nicht oben auf dem Podium saß. Er versuchte deshalb, die Miene aufzusetzen, die Isabelle ihm empfohlen hatte, als er sie auf dem Weg hierher angerufen hatte. Ernst, aber mit der inneren Zufriedenheit eines Siegers. »Doch vergiss nicht, dass Menschen gestorben sind«, hatte Isabelle gesagt. »Also kein Grinsen und keine allzu offensichtliche Freude. Stell dir vor, du wärst Admiral Eisenhower am D-Day, du trägst die Verantwortung für den Sieg, aber auch für die Tragödie.«

Bellman unterdrückte ein Gähnen. Ulla hatte ihn geweckt, als sie besoffen von ihrem Frauenabend zurückgekommen war. Er konnte sich nicht daran erinnern, sie seit ihrer Jugend jemals betrunken gesehen zu haben. Apropos betrunken. Harry Hole stand neben ihm, und wüsste Bellman es nicht besser, würde er sagen, dass auch der frühere Hauptkommissar betrunken war. Er sah müder aus als die meisten Journalisten, und seine nassen Klamotten rochen nach Schnaps.

Ein schneidender Rogaland-Dialekt war zu hören. »Ich verstehe, dass Sie den Namen des Polizisten, der auf den Täter geschossen und ihn getötet hat, nicht preisgeben wollen, aber Sie müssen doch in der Lage sein, uns zu sagen, ob Valentin Gjertsen bewaffnet war oder zurückgeschossen hat?«

»Wie gesagt, möchten wir mit den Details warten, bis wir ganz im Bilde sind«, sagte Katrine und zeigte auf Mona Daa, die eine Hand gehoben hatte.

»Vielleicht können und wollen Sie uns mehr über Hallstein Smiths Rolle bei dem Ganzen sagen?«

»Ja«, sagte Katrine. »Da kennen wir alle Details, da der Tathergang aufgezeichnet wurde und wir mit Smith währenddessen telefoniert haben.«

»Das sagten Sie bereits, aber mit wem hat er telefoniert?«

»Mit mir«, sie räusperte sich. »Und mit Harry Hole.«

Mona Daa legte den Kopf schief. »Dann waren Sie und Harry Hole im Präsidium, als das passiert ist?«

Mikael Bellman sah Katrines hilfesuchenden Blick zu Gunnar Hagen, aber der Dezernatsleiter schien nicht zu verstehen, was sie wollte. Und Bellman auch nicht.

»Wir können, was die Arbeitsmethoden der Polizei angeht, gerade bei diesem Fall nicht zu sehr ins Detail gehen«, sagte Hagen. »Zum einen, weil das Beweismaterial sehr sensibel ist, und zum anderen auch, weil wir nicht zu viel im Hinblick auf die Taktik bei zukünftigen Fällen offenbaren wollen.«

Mona Daa und die anderen im Saal schienen sich damit zufriedenzugeben, dabei sah Bellman Hagen deutlich an, dass dieser keine Ahnung hatte, was er da deckte.

»Es ist spät, und wir haben diese Nacht alle noch viel zu tun«, sagte Hagen und sah auf die Uhr. »Morgen Mittag um zwölf Uhr wird es die nächste Pressekonferenz geben, hoffentlich haben wir dann mehr für Sie. Bis dahin wünsche ich Ihnen eine gute Nacht, sicher können wir alle jetzt wieder ein bisschen besser schlafen.«

Das Blitzlichtfeuer wurde stärker, als Hagen und Bratt aufstanden. Auch hagelte es weitere Fragen. Einige der Fotografen richteten ihre Linsen auf Bellman, und als die ersten Journalisten, die bereits aufgestanden waren, zwischen Bellman und die Kameras gerieten, trat er einen Schritt vor, damit die Fotografen freies Schussfeld hatten.

»Warte noch ein bisschen, Harry«, sagte Bellman, ohne zur Seite zu blicken oder seine Eisenhower-Mimik zu ändern. Als das Geblitze stoppte, drehte er sich zu Harry Hole um, der mit verschränkten Armen dastand.

»Ich werde dich nicht der Meute zum Fraß vorwerfen«, sagte Bellman. »Du hast deinen Job gemacht und einen lebensgefährlichen Serienmörder erschossen.« Er legte Harry eine Hand auf die Schulter. »Wir kümmern uns doch um unsere eigene Brut, nicht wahr?«

Der großgewachsene Polizist sah vielsagend auf seine Schulter, und Bellman nahm die Hand weg. »Genieß den Sieg, Bellman, ich muss morgen früh zum Verhör, also gute Nacht«, sagte er mit heisererer Stimme als gewöhnlich.

Bellman sah Harry nach, der Richtung Tür ging. Breitbeinig und mit federnden Knien wie ein Matrose bei rauher See.

Bellman hatte sich bereits mit Isabelle besprochen, und sie waren übereingekommen, dass der Erfolg nur dann keinen fahlen Beigeschmack hatte, wenn die internen Ermittlungen ergaben, dass Harry Holes Verhalten nicht oder allenfalls minimal zu kritisieren war. Wie sie den Beamten der internen Ermittlung zu dieser Erkenntnis verhelfen konnten, wussten sie allerdings noch nicht. Direkt bestechlich waren die nicht. Jeder einigermaßen normal denkende Mensch war aber natürlich vernünftigen Argumenten zugänglich. Und die Erfahrung der letzten Jahre habe gezeigt, meinte Isabelle, dass Presse und Bevölkerung es stillschweigend akzeptierten, wenn Serienmörder am Ende ihrer Laufbahn von der Polizei erschossen würden. Außerdem entspräche es dem Gerechtigkeitsempfinden der einfachen Leute, wenn die Gesellschaft solche Probleme effektiv und rasch löste und nicht auch noch schwindelerregende Summen für ein langwieriges Gerichtsverfahren aufgebracht werden mussten.

Bellman hielt nach Katrine Bratt Ausschau. Er wusste, dass sie beide zusammen ein gutes Fotomotiv wären. Aber sie war bereits gegangen.

»Gunnar!«, rief er so laut, dass sich ein paar der Fotografen umdrehten. Der Dezernatsleiter, der schon in der Tür stand, kam noch einmal zurück.

»Mach ein ernstes Gesicht«, flüsterte Bellman und reichte ihm die Hand. »Gratuliere«, fügte er dann laut hinzu.

Harry stand unter einer der Straßenlaternen in der Borggata und versuchte, sich in Emilias letzten Böen eine Zigarette anzuzünden. Er fror so sehr, dass seine Zähne klapperten und die Zigarette zwischen seinen Lippen auf und ab wippte.

Die Journalisten strömten immer noch aus dem Präsidium. Vielleicht lag es daran, dass sie so müde waren wie er, auf jeden Fall diskutierten sie nicht wild miteinander, sondern quollen wie eine stumme, zähfließende Masse aus dem Gebäude und verteilten sich den Hang hinunter zum Grønlandsleiret. Möglich war aber auch, dass sie wie er die ungeheure Leere spürten, die immer dann kam, wenn man das Ziel erreichte, am Ende des Weges ankam und erst dort erkannte, dass es keinen weiteren Weg mehr gab. Keinen Acker, den man pflügen konnte. Nur die Frau, die noch immer mit Arzt und Hebamme im Haus war, ohne dass man selbst irgendetwas tun konnte. Für etwas zu gebrauchen war.

»Worauf wartest du?«

Harry drehte sich um. Es war Bjørn.

»Auf Katrine«, sagte Harry. »Sie hat gesagt, dass sie mich nach Hause fährt. Sie holt gerade den Wagen aus der Garage. Wenn du mitfahren willst ...«

Bjørn schüttelte den Kopf. »Hast du mit Katrine gesprochen? Über das, worüber wir geredet haben?«

Harry nickte und unternahm einen neuerlichen Versuch, die Zigarette anzuzünden.

»Ist das ein Ja?«, fragte Bjørn.

»Nein«, sagte Harry. »Ich habe nicht gefragt, welche Chancen du hast.«

»Hast du nicht?«

Harry schloss die Augen für einen Moment. Vielleicht hatte er doch. Er konnte sich aber weder daran noch an ihre Antwort erinnern.

»Ich dachte nur, wenn ihr beide so spät noch irgendwo außerhalb des Präsidiums zusammen seid, könntet ihr ja auch über andere Dinge als den Job reden.«

Harry schirmte die Zigarette und das klickende Feuerzeug mit der anderen Hand ab und musterte Bjørn. Seine hellblauen, kindlichen Augen quollen noch etwas mehr hervor als sonst.

»Ich erinnere mich nur noch an die Jobdinge, Bjørn.«

Bjørn Holm sah zu Boden und trat mit den Füßen auf der Stelle. Als wollte er seinen Kreislauf wieder in Gang bringen. Als käme er nicht vom Fleck.

»Ich sag dir Bescheid, Bjørn.«

Bjørn Holm nickte, ohne den Blick zu heben, drehte sich um und ging.

Harry folgte ihm mit den Augen. Er hatte das Gefühl, dass Bjørn etwas gesehen hatte, etwas wusste, was er, Harry, selbst nicht wusste. Da! Endlich Feuer.

Ein Auto hielt vor ihm.

Harry seufzte, warf die Zigarette auf den Boden, öffnete die Tür und stieg ein.

»Worüber habt ihr gesprochen?«, wollte Katrine wissen, warf einen Blick in Richtung Bjørn und fuhr dann über den nächtlich verwaisten Grønlandsleiret davon.

»Hatten wir Sex?«, fragte Harry.

»Was?«

»Ich habe keinen blassen Schimmer, was gestern Abend passiert ist. Wir haben doch nicht miteinander geschlafen?‹

Katrine antwortete nicht, sondern konzentrierte sich darauf, an der roten Ampel exakt auf dem weißen Streifen zu halten. Harry wartete.

Es wurde grün.

»Nein«, sagte Katrine, gab Gas und ließ die Kupplung kommen. »Wir hatten keinen Sex.«

»Gut«, sagte Harry und atmete leise pfeifend aus.

»Du warst zu betrunken.«

»Was?«

»Du warst zu voll. Du bist vorher eingeschlafen.«

Harry schloss die Augen. »Verdammt.«

»Habe ich auch gedacht.«

»Nicht deshalb. Rakel liegt im Koma, und ich ...«

»Du tust, was du tun kannst, um ihr zur Seite zu stehen. Vergiss es, Harry. Es sind schon schlimmere Dinge passiert.«

Im Radio meldete eine trockene Stimme, dass Valentin Gjertsen, der sogenannte Vampirist, gegen Mitternacht erschossen worden sei. Und dass Oslo seinen ersten Tropensturm erlebt und überstanden habe. Katrine und Harry fuhren schweigend durch Majorstua und Vinderen in Richtung Holmenkollen.

»Was denkst du eigentlich über Bjørn?«, fragte Harry. »Siehst du eine Möglichkeit ... ich meine, hat er noch eine Chance?«

»Hat er dich gebeten, das zu fragen?«, unterbrach Katrine ihn.

Harry antwortete nicht.

»Ich dachte, er hätte was mit dieser Lien.«

»Keine Ahnung, die kenne ich nicht. Aber okay. Du kannst mich hier rauslassen.«

»Soll ich dich nicht bis zum Haus hochfahren?«

»Du weckst nur Oleg. So, ja. Gute Nacht.« Harry öffnete die Tür, blieb aber sitzen.

»Ja?«

»Hm. Nichts.« Er stieg aus.

Harry sah die Rücklichter im Dunkeln verschwinden und ging über den Kies zum Haus hoch.

Es lag still und groß vor ihm und wirkte noch dunkler als die Nacht. Ausgeschaltet. Ohne Atem.

Er schloss die Tür auf und lauschte.

Sah Olegs Schuhe, hörte aber nichts.

Im Waschkeller zog er sich aus und legte die Wäsche in den Korb. Ging nach oben ins Schlafzimmer und suchte sich saubere. Er wusste, dass er kein Auge zumachen würde, ging in die Küche, kochte Kaffee und starrte aus dem Fenster.

Er dachte nach. Verdrängte die Gedanken, goss sich Kaffee ein und wusste, dass er ihn nicht trinken würde. Sollte er in die *Jealousy Bar*? Aber noch mehr Alkohol würde er auch nicht schaffen. Nicht jetzt. Vielleicht später.

Und plötzlich waren die Gedanken wieder da.

Nur zwei.

Simpel und hartnäckig.

Der eine lautete: Wenn Rakel nicht überlebt, folgst du ihr. Dann gehst du denselben Weg.

Der andere: Wenn sie überlebt, verlässt du sie. Sie verdient etwas Besseres und muss die Beziehung dann nicht selber beenden.

Und ein dritter.

Harry legte das Gesicht in die Hände und überlegte, ob er sich wünschte, dass sie überlebte, oder nicht.

Verdammt, verdammte Scheiße!

Und ein vierter.

Was Valentin im Wald gesagt hatte.

Aber letzten Endes werden wir alle überlistet, Harry.

Hatte er damit gemeint, dass Harry ihn überlistet hatte? Oder meinte er jemand anderen? Hatte jemand anders Valentin überlistet?

Deshalb bist auch du überlistet worden.

Das hatte er gesagt, bevor er Harry überlistet und glauben gemacht hatte, er wäre bewaffnet. Aber meinte er das wirklich so, ging es nicht um etwas ganz anderes?

Harry zuckte zusammen, als er eine Hand auf seiner Schulter spürte.

Drehte sich um und hob den Blick.

Oleg stand hinter ihm.

»Ich habe dich nicht kommen gehört«, versuchte Harry zu sagen, aber seine Stimme gehorchte nicht richtig.

»Du hast geschlafen.«

»Geschlafen?« Harry schob sich etwas vom Tisch weg. »Nein, nein, ich habe hier nur gesessen und nach ...«

»Du hast geschlafen, Papa«, unterbrach Oleg ihn lächelnd.

Harry blinzelte eine Träne weg. Sah sich um. Streckte die Hand aus und legte die Finger um die Kaffeetasse. Sie war kalt. »Hm. Verdammt!«

»Ich habe nachgedacht«, sagte Oleg, zog den Stuhl neben Harry vom Tisch weg und setzte sich.

Harry versuchte, trotz trockener Kehle, zu schlucken.

»Und du hast recht.«

»Habe ich?« Harry trank einen Schluck kalten Kaffee, um den Geschmack von Galle herunterzuspülen.

»Ja. Deine Verantwortung geht über die Verantwortung für deine Nächsten hinaus. Du musst auch für die da sein, die dir nicht so nahe sind. Ich habe nicht das Recht, von dir zu verlangen, dass du die alle im Stich lässt. Dass solche Mordfälle für dich auch wie Drogen sind, ändert daran gar nichts.«

»Hm, und zu der Erkenntnis bist du ganz allein gekommen?«

»Ja, und nein, Helga hat mir auf die Sprünge geholfen.« Oleg sah auf seine Hände. »Sie ist besser als ich darin, etwas aus einem anderen Blickwinkel zu betrachten. Und ... ich hab das nicht so gemeint, als ich gesagt habe, dass ich nicht so wie du werden will.«

Harry legte Oleg die Hand auf die Schulter und sah, dass er das Elvis-Costello-Shirt trug, das er von Harry geerbt hatte und in dem er immer schlief. »Mein Junge?«

»Ja?«

»Versprich mir, dass du nicht so wirst wie ich. Das ist das Einzige, worum ich dich bitte.«

Oleg nickte. »Da ist noch etwas«, sagte er.

»Ja?«

»Steffens hat angerufen. Wegen Mama.«

Harry hatte ein Gefühl, als legte eine eiserne Klaue sich um sein Herz, er hörte auf zu atmen.

»Sie ist aufgewacht.«

KAPITEL 33

Donnerstagmorgen

»Ja?«

»Spreche ich mit Anders Wyller?«

»Ja.«

»Guten Morgen, ich rufe aus der Rechtsmedizin an.«

»Guten Morgen.«

»Es geht um das Haar, das Sie uns zur Analyse geschickt haben.«

»Ja?«

»Haben Sie den Ausdruck bekommen, den ich Ihnen geschickt habe?«

»Ja.«

»Die Analyse ist noch nicht vollständig abgeschlossen, aber wie Sie sehen, gibt es eine Verbindung zwischen der DNA in dem Haar und einem DNA-Profil, das wir in Zusammenhang mit dem Vampiristenfall registriert haben. Genauer gesagt, dem Profil 201.«

»Ja, das habe ich gesehen.«

»Ich weiß ja nicht, wer 201 ist, aber Valentin Gjertsen ist das nicht. Da ich nichts von Ihnen gehört habe, wollte ich mich vergewissern, dass Sie die Ergebnisse auch erhalten haben. Ich gehe doch davon aus, dass wir die Analyse fortsetzen sollen? Schließlich ist das ja ein Teilerfolg.«

»Nein, danke.«

»Nein? Wirklich?«

»Der Fall ist gelöst, und Sie haben in der Rechtsmedizin doch sicher andere Sachen zu tun. Ist der Ausdruck eigentlich noch an jemand anders als mich geschickt worden?«

»Nein, ich glaube nicht, es hat niemand darum gebeten. Sollen wir ...?«

»Nein, nein, nicht nötig. Sie können den Fall abschließen. Danke für Ihre Hilfe!«

TEIL III

KAPITEL 34

Samstag

Masa Kanagawa holte das rotglühende Stück Eisen mit der Schmiedezange aus dem Ofen und legte es auf den Amboss. Dann begann er, mit kleinen Hämmern darauf einzuschlagen. Die Hämmer hatten jene traditionelle japanische Form, bei der der Kopf wie bei einem Galgen etwas weiter vorragte. Masa hatte die kleine Schmiede von seinem Vater übernommen, der sie wiederum von seinem Großvater hatte, aber wie alle Schmieden in Wakayama hatte er den Betrieb nur mit Mühe vor dem Konkurs retten können. Die Stahlindustrie, über Jahrzehnte das ökonomische Rückgrat der Stadt, war nach China abgewandert, so dass Masa auf Nischenprodukte hatte ausweichen müssen. Wie das *katana*, ein besonders in den USA populäres Samuraischwert, das er auf Direktbestellung für Privatkunden in der ganzen Welt produzierte. In Japan brauchten Schwertschmiede laut Gesetz eine Lizenz, die man erst nach fünf Jahren Ausbildung erhielt, und auch mit Lizenz durften nur zwei Langschwerter pro Monat hergestellt werden, die dann bei den Behörden registriert werden mussten. Masa war nur ein einfacher Schmied ohne Lizenz, der gute Schwerter für einen Bruchteil dessen herstellte, was lizenzierte Schwerter kosteten. Natürlich war das illegal und durfte nicht bekannt werden. Für was seine Kunden die Schwerter brauchten, wusste Masa nicht und wollte es auch nicht wissen. Er hoffte aber, dass sie damit lediglich trainierten oder ihre Waffensammlungen schmückten. Er konnte seiner Familie mit dieser Arbeit gerade so das Auskommen sichern und tat deshalb alles, um die kleine Schmiede am Leben zu erhalten. Seinem Sohn hatte er klipp und klar gesagt, dass er sich einen anderen Beruf suchen und am besten studieren solle, die Arbeit als Schmied sei zu hart und der Lohn zu gering. Der Sohn hatte den Rat seines Vaters befolgt, aber die Universität kostete Geld, so dass Masa alle nur erdenklichen Aufträge angenommen hatte. So auch die Kopie der Eisenzähne aus der Heian-Periode. Der Auftrag war jetzt schon zum zweiten Mal von einem Kunden aus Norwegen gekommen. Das erste Mal hatte Masa diese Zähne vor einem halben Jahr hergestellt. Masa hatte keinen Kundennamen, nur eine Postfachadresse. Aber das war in Ordnung, der Kunde hatte im Voraus bezahlt. Masa hatte einen hohen Preis verlangt. Zum einen, weil es kompliziert war, die Zähne anhand der Zeichnung zu schmieden, die der Kunde ihm geschickt hatte, zum anderen, weil er bei dieser Arbeit wirklich kein gutes Gefühl hatte. Dabei wusste Masa eigentlich nicht, warum es ihm so widerstrebte, die Zähne zu schmieden, andererseits lief ihm jedes Mal ein Schauer über den Rücken, wenn er sie betrachtete. Und wenn er über die Melody Road 370 zurückfuhr – die singende Straße, in die sie ganz spezielle Rillen eingelassen hatten, die eine Melodie erzeugten, wenn die Räder darüber rollten –, hörte er nicht mehr wie früher die schöne, beruhigende Chormusik, sondern eine Warnung, ein tiefes Grummeln, das lauter und lauter wurde und in einem Schrei gipfelte. Wie von einem Dämon.

Harry wachte auf. Er zündete sich eine Zigarette an und fühlte in sich hinein. Was für ein Aufwachen war das gewesen? Sicher kein Job-Aufwachen. Es war Samstag, die Vorlesungen nach den Winterferien begannen erst am Montag, und in die Bar musste er auch nicht, heute war Øystein an der Reihe.

Es war auch kein Alleine-Aufwachen. Rakel lag neben ihm. In den ersten Wochen nach ihrer Entlassung aus dem Krankenhaus hatte er sie wie jetzt beim Schlafen beobachtet und immer gefürchtet, sie könnte nicht aufwachen, dass das rätselhafte »Etwas«, das die Ärzte nicht hatten finden können, zurückkam.

»Die Menschen ertragen keine Zweifel«, hatte Steffens gesagt. »Sie klammern sich daran, dass solche wie Sie und ich immer ganz genau Bescheid wissen. Dass der Angeklagte schuldig und die Diagnose richtig ist. Wenn wir sagen, dass wir Zweifel haben, gilt das als Eingeständnis der eigenen Unzulänglichkeit und nicht als Beweis für die Komplexität der Fragestellung oder die Grenzen des Fachs. Die Wahrheit ist aber, dass wir nie wissen werden, was Rakel gefehlt hat. Es gab eine gewisse Häufung von Mastzellen, weshalb ich erst an Mastozytose gedacht habe, an sich schon eine seltene Blutkrankheit. Aber das können wir mittlerweile ausschließen, so dass wir jetzt von einer Vergiftung ausgehen. Sollte dem so sein, brauchen Sie sich keine Sorgen zu machen, dass sich das alles wiederholen wird. Vermutlich genau wie bei dieser Mordserie, nicht wahr?«

»Nur dass wir *wissen*, wer diese Frauen umgebracht hat.«

»Stimmt. Schlechte Analogie.«

Je länger die Entlassung aus dem Krankenhaus zurücklag, desto mehr Zeit verstrich auch zwischen den Gedanken, die darum kreisten, dass Rakel einen Rückfall erleiden könnte.

Oder dass der Vampirist wieder zugeschlagen hatte, wenn das Telefon klingelte.

Ein Angst-Aufwachen war es also auch nicht.

Nach Valentin Gjertsens Tod war es noch ein paarmal vorgekommen. Erstaunlicherweise nicht während der Vernehmungen durch die internen Ermittler, bei denen recht schnell klargeworden war, dass Harry nicht dafür angeklagt werden konnte, dass er in dieser unübersichtlichen Situation auf einen gefährlichen Mörder geschossen hatte, der noch dazu diese Reaktion provoziert hatte. Erst danach hatten Valentin und Marte Ruud begonnen, ihn in seinen Träumen heimzusuchen. Und nicht er, sondern sie hatte ihm dabei ins Ohr geflüstert. *Und deshalb bist auch du überlistet worden.*

Immer wieder hatte er sich selbst zu überzeugen versucht, dass er nicht mehr in der Verantwortung stand, sie zu finden. Und nachdem aus den Wochen Monate geworden waren, waren auch ihre Besuche seltener geworden. Der alltägliche Rhythmus zu Hause und an der Polizeihochschule hatte ihm geholfen, und natürlich die Tatsache, dass er keinen Alkohol mehr angerührt hatte.

Er war jetzt endlich dort, wo er sein wollte. Denn es war die fünfte Art. Das Zufriedenheits-Aufwachen. Ein weiterer Tag, der wie die Kopie des vorangegangenen werden würde. Mit exakt dosiertem Serotonin-Level.

Harry schlich sich so leise wie möglich aus dem Bett, zog sich eine Hose an, ging nach unten, legte Rakels Lieblingskapsel in die Espressomaschine, schaltete sie ein und trat nach draußen auf die Treppe. Der Schnee brannte angenehm unter seinen Fußsohlen, während er die Winterluft einsog. Die in Weiß gekleidete Stadt lag noch im Dunkel, aber im Osten errötete schüchtern ein neuer Tag.

Er zog Schuhe und Daunenjacke an und stakste durch den Schnee zum Briefkasten.

Die *Aftenposten* titelte, dass die Zukunft rosiger sei, als die täglichen Nachrichten dies erwarten ließen. Und dass, obwohl Mord, Krieg und Grausamkeiten medial immer präsent waren, ein gerade veröffentlichter wissenschaftlicher Bericht zu dem Ergebnis gekommen war, dass der Anteil der Menschen, die von anderen getötet wurden, einen historischen Tiefpunkt erreicht hatte, Tendenz weiterhin sinkend. Ja, dass Mord eines Tages vielleicht ausgerottet sein würde. Mikael Bellman, der laut *Aftenposten* in der kommenden Woche offiziell als Justizminister vereidigt werden sollte, hatte gesagt, dass es sicher nicht falsch sei, sich hohe Ziele zu setzen, dass sein persönliches Ziel aber nicht die perfekte Gesellschaft, sondern eine *bessere* Gesellschaft war. Harry musste lächeln. Isabelle Skøyen war eine gute Souffleuse. Harrys

Blick sprang noch einmal nach oben zu dem Satz, dass Mord eines Tages ausgerottet sein könnte. Warum erzeugte diese gewagte Behauptung wieder die Unruhe, die er – seiner Zufriedenheit zum Trotz – schon den ganzen letzten Monat gespürt hatte, vielleicht sogar länger? Mord. Er hatte es zu seiner Lebensaufgabe gemacht, Mörder zu bekämpfen. Aber was, wenn ihm dies gelang? Was, wenn alle erledigt waren? Wäre dann nicht auch er, Harry, erledigt? Und hatte er nicht ein kleines bisschen von sich mit Valentin begraben? Hatte er sich deshalb an einem der letzten Tage plötzlich an Valentin Gjertsens Grab wiedergefunden? Oder gab es dafür andere Gründe? Steffens' Äußerung über unsere Unfähigkeit, Zweifel zu ertragen? Nagten die fehlenden Antworten an ihm? Verdammt, Rakel war gesund, Valentin weg – es war an der Zeit loszulassen.

Der Schnee knirschte.

»Winterferien gut verlebt, Harry?«

»Wir haben überlebt, Frau Syvertsen. Noch nicht genug vom Skilaufen?«

»Gute Bedingungen sind gute Bedingungen«, sagte sie, das Gewicht auf das Standbein verlagernd. Ihr Skianzug saß wie angegossen. Sie hielt ihre sicher heliumleichten Langlaufski in der Hand, als wären es Essstäbchen.

»Sie haben nicht Lust auf eine schnelle Tour, Harry? Die anderen schlafen noch, wir könnten zum Tryvann hochsprinten.« Sie lächelte, das Licht der Laterne fiel auf ihre Lippen, auf denen irgendeine Creme gegen die Kälte glänzte. »Die Bedingungen sind wirklich ... gut. Ein Dahingleiten.«

»Ich habe keine Ski«, erwiderte Harry mit einem Lächeln.

Sie lachte. »Sie sind Norweger und haben keine Ski?«

»Landesverrat, ich weiß.« Harry warf einen Blick auf die Zeitung. Auf das Datum: 4. März.

»Sie hatten, wenn ich mich richtig erinnere, auch keinen Weihnachtsbaum.«

»Nicht wahr? Man sollte uns anzeigen.«

»Wissen Sie was, Harry. Manchmal beneide ich Sie.«

Harry hob den Blick.

»Ihnen sind Konventionen egal, Sie brechen einfach alle Regeln. Manchmal wünschte ich mir, ebenso frivol wie Sie zu sein.«

Harry lachte. »So wie Sie vorbereitet sind, wird das bei Ihnen ganz hervorragend gleiten.«

»Was?«

»Viel Spaß.« Harry berührte mit der zusammengefalteten Zeitung zum Gruß die Stirn und ging zurück ins Haus.

Er betrachtete das Foto von Mikael Bellman, dem Einäugigen. Vielleicht war sein Blick so fest, weil er wirklich davon überzeugt war, die Wahrheit zu kennen. Wie ein Priester. Ein Blick, der Menschen bekehrte.

Harry blieb auf dem Flur stehen und betrachtete sich selbst im Spiegel.

Die Wahrheit ist, dass wir es nie sicher wissen werden.

Auch du wirst am Ende überlistet.

Sah man ihn? Sah man den Zweifel?

Rakel saß am Küchentisch und hatte ihnen beiden Kaffee eingeschenkt.

»Schon auf?«, sagte er und küsste sie auf den Kopf. Ihre Haare rochen schwach nach Vanille und Schlaf-Rakel, seinem Lieblingsduft.

»Steffens hat gerade angerufen«, sagte sie und drückte seine Hand.

»Was wollte er denn so früh?«

»Er hat sich nur erkundigt, wie es mir geht. Er hat Oleg gebeten, noch einmal vorbeizukommen. Wegen der Blutprobe, die er ihm vor Weihnachten abgenommen hat. Es besteht aber kein Grund zur Sorge, er will nur überprüfen, ob er eventuell eine genetische Verbindung finden kann, die dieses ›Etwas‹ erklärt.«

Das »Etwas«. Sie, Oleg und er hatten sich in der ersten Zeit nach Rakels Rückkehr aus dem Krankenhaus, öfter in den Arm genommen. Hatten mehr miteinander geredet. Weniger geplant. Waren häufiger einfach nur zusammen gewesen. Dann hatte sich die Aufregung wieder gelegt, und alles war wie früher. Eis. Und trotzdem schien da unter ihm noch immer etwas zu brodeln.

»Kein Grund zur Sorge«, sagte Harry mehr zu sich selbst als zu ihr. »Es hat dich aber trotzdem beunruhigt, oder?«

Sie zuckte mit den Schultern. »Hast du noch mal über die Bar nachgedacht?«

Harry setzte sich und trank einen Schluck von seinem Pulverkaffee. »Als ich gestern da war, dachte ich, dass ich ganz klar verkaufen muss. Ich habe keine Ahnung, wie man eine Kneipe führt, und ich fühle mich auch nicht gerade berufen, jungen Leuten ungutes Zeugs auszuschenken.«

»Aber ...«

Harry zog den Reißverschluss der Daunenjacke auf. »Øystein liebt die Arbeit da. Und er hält sich auf Abstand zu dem Zeugs, das er ausschenkt, das weiß ich. Freier Zugang macht wach und achtsam. Und außerdem läuft der Laden.«

»Kein Wunder, wenn die Bar mit zwei Vampiristenmorden, einer Fast-Schießerei und Harry Hole hinter dem Tresen werben kann.«

»Hm. Nein, ich glaube eher, dass Olegs Idee mit dem Musikthema die Leute anzieht. Heute Abend ist Frauenabend. Nur Top-Ladys über fünfzig: Lucinda Williams, Emmylou Harris, Patti Smith, Chrissie Hynde ...«

»Vor meiner Zeit, Liebster.«

»Morgen gibt's Jazz aus den Sechzigern. Das Merkwürdige ist, dass da dieselben Leute auftauchen wie beim Punkabend. Und einmal in der Woche läuft Mehmet zu Ehren Paul Rodgers. Øystein meint, wir sollten ein Musikquiz veranstalten. Und ...«

»Harry?«

»Ja?«

»Du hörst dich gerade an, als wolltest du die *Jealousy Bar* behalten.«

»Tue ich das?« Harry kratzte sich am Kopf. »Verdammt, ich habe dafür so etwas von keine Zeit. Außerdem, zwei Chaoten wie Øystein und ich.«

Rakel lachte.

»Außer ...«, sagte Harry.

»Außer was ...?«

Harry antwortete nicht, lächelte nur.

»Nein, nein, vergiss *das* ganz schnell«, sagte Rakel. »Ich habe schon genug zu tun, ohne dass ich ...«

»Nur einen Tag in der Woche. Freitags hast du doch sowieso frei. Das bisschen Buchhaltung und der Papierkram. Du kriegst auch einen Sack Aktien und wirst Vorstandsvorsitzender.«

»*Vorstandsvorsitzende.*«

»Deal.«

Sie schlug seine Hand lachend aus. »Nein.«

»Denk noch mal darüber nach.«

»Okay, ich denk darüber nach, bevor ich nein sage. Gehen wir noch mal ins Bett?«

»Müde?«

»Nicht wirklich.« Sie sah ihn über den Rand ihrer Tasse hinweg durch halbgeschlossene Lider an. »Ich könnte mir einen Sack von dem vorstellen, was Frau Syvertsen nicht kriegt.«

»Hm. Du spionierst mir nach. Nun, nach Ihnen, Frau Vorstandsvorsitzende.«

Harry warf noch einen letzten Blick auf die Titelseite der Zeitung. 4. März. Das Entlassungsdatum. Er ging hinter ihr her zur Treppe. Am Spiegel vorbei, ohne einen Blick hineinzuwerfen.

Svein »Verlobter« Finne betrat den Vår-Frelsers-Friedhof. Es war früh am Morgen, niemand zu sehen. Vor gerade einmal einer Stunde hatte er das Gefängnis Ila als freier Mann verlassen und war gleich hierhergekommen. Vor dem weißen Schnee hoben sich die kleinen schwarzen Grabsteine wie Punkte auf einem Blatt Papier ab.

Mit vorsichtigen, kleinen Schritten schob er sich über den vereisten Weg. Er war inzwischen ein alter Mann, und seit Jahren nicht mehr über Schnee und Eis gelaufen. Vor einem auffällig kleinen Grabstein mit schlichten weißen Buchstaben unter einem Kreuz blieb er stehen.

Valentin Gjertsen.

Keine Worte der Erinnerung. Natürlich. Wer wollte sich an ihn erinnern. Keine Blumen.

Svein Finne nahm die Feder, die er in der Manteltasche hatte, kniete sich hin und steckte sie vor dem Grabstein in den Schnee. Die Cherokee-Indianer legten ihren Toten eine Adlerfeder in den Sarg. Er war Valentin aus dem Weg gegangen, als sie beide in Ila einsaßen. Nicht aus dem gleichen Grund wie die anderen Mithäftlinge, die vor Valentin richtiggehend Angst gehabt hatten. Sondern weil Svein Finne nicht wollte, dass der junge Mann ihn erkannte. Denn das hätte er getan, früher oder später. Ein Blick hatte Svein genügt, als Valentin nach Ila kam. Der Junge hatte die schmalen Schultern und die hohe Stimme seiner Mutter, an die er sich aus der Zeit, als sie miteinander verlobt waren, gut erinnerte. Sie war eine von denen, die eine Abtreibung versucht hatten, als Svein einmal unaufmerksam gewesen war, weshalb er sich Zutritt zu ihrer Wohnung verschafft und auf seinen Nachwuchs aufgepasst hatte. Jede Nacht hatte sie zitternd und weinend neben ihm gelegen, bis sie ihren Sohn zu Hause in einem wunderbaren Blutbad zur Welt gebracht und er die Nabelschnur mit seinem eigenen Messer durchtrennt hatte. Sein dreizehntes Kind, sein siebter Sohn. Nicht als Svein den Namen des neuen Insassen gehört, sondern als er erfahren hatte, wofür dieser Valentin Gjertsen verurteilt worden war, waren alle Zweifel gewichen.

Svein Finne stand wieder auf.

Die Toten waren tot.

Und die Lebenden würden ihnen bald folgen.

Er holte tief Luft. Ein Mann hatte Kontakt zu ihm aufgenommen und den Durst in ihm geweckt, von dem er gedacht hatte, dass er mit den Jahren abgeklungen sei.

Svein Finne sah in den Himmel. Bald ging die Sonne auf. Die Stadt würde erwachen, sich die Augen reiben und die Alpträume von dem Mörder abschütteln, der im Herbst hier gewütet hatte. Die Leute würden lächeln, weil die Sonne schien, glücklich unwissend im Hinblick auf das, was kommen und den Herbst im Nachhinein als zartes Präludium erscheinen lassen würde. Wie der Vater, so der Sohn. Wie der Sohn, so der Vater.

Der Polizist. Harry Hole. Er war irgendwo da draußen.

Svein Finne drehte sich um und ging los. Mit längeren, schnelleren, sichereren Schritten.

Es gab so viel zu tun.

Truls Berntsen saß in der sechsten Etage und beobachtete, wie das Morgenrot langsam den Ekebergåsen zu erklimmen versuchte. Im Dezember hatte Katrine Bratt ihn aus seiner Hundehütte geholt und ihm ein Büro mit Fenster gegeben. Was nett von ihr war. Trotzdem musste er noch immer Berichte und sämtliches anfallendes Material über abgeschlossene und kalte Fälle archivieren. Der Grund für sein frühes Erscheinen bei minus zwölf Grad war vermutlich, dass es im Büro wärmer als bei ihm zu Hause war. Oder dass er zurzeit so schlecht schlief.

In den letzten Monaten hatte er hauptsächlich verspätet eingegangene Tips oder überflüssige Zeugenaussagen im Vampiristenfall archiviert. Einige behaupteten sogar, Valentin Gjertsen erst kürzlich gesehen zu haben, vermutlich waren das dieselben Leute, die noch immer davon überzeugt waren, dass Elvis lebte. Sinnlos, die DNA-Tests bewiesen zweifelsfrei, dass Harry Hole wirklich Valentin Gjertsen erschossen hatte. Für manche Menschen waren Fakten einfach nur ein Ärgernis, das ihren fixen Ideen im Weg stand.

Ihren fixen Ideen im Weg stand. Truls Berntsen wusste nicht, warum dieser Satz sich derart bei ihm festgesetzt hatte. Er hatte ihn nur gedacht, nicht einmal laut ausgesprochen.

Er nahm den nächsten Umschlag, der wie alle bereits geöffnet und von irgendeiner ihm vorgeschalteten Instanz gelesen worden war. Er trug das Logo von Facebook, einen Stempel für Express-Zustellung und die Vermerke »Vampiristenfall« mit Fallnummer und dass er archiviert werden sollte. Darunter standen der Name des Sachbearbeiters Magnus Skarre und dessen Unterschrift.

Truls Berntsen nahm alle Papiere aus dem Umschlag heraus. Zuoberst lag ein auf Englisch verfasster Brief. Truls verstand nicht jedes Wort, erfasste aber, dass es um einen Gerichtsbeschluss zur Freigabe bestimmter Daten ging. Dem Brief beigefügt waren die Ausdrucke der Facebook-Konten aller Mordopfer im Vampiristenfall plus der noch immer vermissten Marte Ruud. Er blätterte durch die Seiten, bemerkte, dass einige Blätter aneinanderhingen, woraus er schloss, dass Skarre nicht alles durchgegangen war. Aber okay, der Fall war aufgeklärt, und der Täter würde nie auf irgendeiner Anklagebank sitzen. Andererseits hätte Truls diesem blöden Aufschneider Skarre gerne an den Karren gepisst. Er überprüfte die Namen, mit denen die Opfer Kontakt hatten. Suchte voller Eifer nach einer Facebook-Nachricht von oder an Valentin Gjertsen oder Alexander Dreyer, mit der er Skarre etwas anhängen konnte. Sein Blick fuhr über die Seiten, verharrte immer wieder bei Absender und Empfänger. Als er mit allem durch war, seufzte er tief. Kein Fehler. Die einzigen Namen, die er neben denen der Opfer erkannte, waren einige derer, die Wyller verhört hatte, weil sie mit den Opfern telefoniert hatten. Es war ja nur natürlich, dass Leute, die telefonisch in Kontakt standen, wie Ewa Dolmen und dieser Lenny Hell, auch Facebook-Freunde waren.

Truls steckte die Dokumente zurück in den Umschlag, stand auf und trat an den Archivschrank. Zog an der obersten Schublade. Und ließ sie los. Er mochte den Mechanismus, dieses Gleiten, wie ein Güterzug auf gerader Strecke. Bis er die Schublade mit der Hand stoppte und auf den Umschlag starrte.

Dolmen. Nicht Hermansen.

Er durchsuchte die Schublade, bis er auf die Mappe mit den Vernehmungen der Zeugen stieß, die sie durch die Telefonlisten gefunden hatten, und nahm sie mitsamt dem Facebook-Umschlag mit zu seinem Schreibtisch. Er blätterte die Ausdrucke durch, bis er auf den Namen Lenny Hell stieß. Truls erinnerte sich an diesen Namen, weil er ihn mit Lemmy verband, dabei hatte der Typ am Telefon eher gequält und ängstlich geklungen. Seine Stimme hatte gezittert, wie bei vielen, wenn sie mit der Polizei sprachen, so unschuldig sie auch waren. Lenny Hell hatte also via Facebook mit Ewa Dolmen, dem zweiten Opfer, kommuniziert.

Truls öffnete die Mappe mit den Vernehmungen und fand seinen Bericht über das kurze Gespräch mit Hell. Und dem Besitzer des Åneby Pizza & Grill. Ergänzt durch eine Notiz, die er noch gar nicht gesehen hatte, in der Wyller mitteilte, dass die örtliche Polizeidienststelle im Nittedal für Lenny und den Pizzeriabesitzer, der bestätigt hatte, dass Lenny zum Zeitpunkt des Mordes an Elise Hermansen in der Pizzeria gewesen war, die Hand ins Feuer legte.

Elise Hermansen. Opfer Nummer eins.

Sie hatten Lenny vernommen, weil er Elise Hermansen mehrmals angerufen hatte. Und via Facebook hatte er auch Kontakt zu Ewa Dolmen gehabt. *Da.* Das war Magnus Skarres Fehler. Und vielleicht auch Lenny Hells. Wenn es sich nicht um einen Zufall handelte. Single-Männer und -Frauen desselben Alters, die in der gleichen Gegend eines dünnbesiedelten Landes auf der Suche nach jemandem waren. Es gab unwahrscheinlichere Zufälle. Außerdem war der Fall gelöst, warum sollte er sich also neue Fragen stellen. *Warum?* Andererseits ... Die Zeitungen schrieben noch immer über den Vampiristen, und in den USA hatte Valentin Gjertsen einen fragwürdigen, kleinen Fanclub, der sich bereits für die Buch- und Filmrechte an seiner Geschichte interessierte. Der Fall war nicht mehr auf den Titelseiten, konnte dort aber schnell wieder landen. Truls Berntsen griff zum Hörer. Fand Mona Daas Nummer. Starrte darauf. Dann stand er auf, nahm seine Jacke und ging zum Fahrstuhl.

Mona Daa kniff die Augen zusammen und zog die Arme nach vorne. Butterflies mit leichten Gewichten. Sie stellte sich vor, dass sie Flügel ausbreitete und mit gestreckten Armen über den Frognerpark flog, über Oslo. Dass sie alles sehen konnte. Absolut alles.

Und es ihnen zeigte.

Sie hatte einen Dokumentarfilm über ihren Lieblingsfotografen, Don McCullin, gesehen, der als humanitärer Kriegsreporter die schlimmsten Seiten der Menschheit zeigte, damit die Leute endlich nachdachten. Es ginge ihm dabei nicht darum, zu schockieren oder wohligen Schrecken in die Wohnzimmer der Leute zu tragen. Über sich selbst konnte sie das so nicht sagen. Ihr war aufgefallen, dass in diesem hymnischen Film ein Wort nie vorgekommen war. Ehrgeiz. McCullin war der Beste, er musste Tausende von Bewunderern haben. Junge Kollegen, die wie er werden wollten, inspiriert von dem Mythos, wie er mit den Soldaten bei der Tet-Offensive in Hué geblieben war. Von den Anekdoten aus Beirut, Biafra, Kongo, Zypern. McCullin erfuhr größte Anerkennung und unglaubliche Aufmerksamkeit, und trotzdem wurde in dem Film kein Wort darüber verloren, ob einen nicht diese Publicity dazu brachte, sich den härtesten Prüfungen auszusetzen und Risiken einzugehen, die man sich sonst nicht einmal vorstellen konnte. Und dass man dabei – möglicherweise – die gleichen Verbrechen beging, die man dokumentierte, nur um das perfekte Bild zu bekommen, die bahnbrechende Reportage.

Mona hatte sich bereit erklärt, in einen Käfig zu gehen und auf den Vampiristen zu warten. Ohne der Polizei etwas davon zu sagen, aber um eventuell so Menschenleben zu retten. Sie hätte Alarm schlagen können, auch wenn sie sich beobachtet gefühlt hätte. Sie hätte Nora diskret einen Zettel zuschieben können. Stattdessen hatte sie so getan, als müsste sie das Spiel des Vampiristen mitspielen. Genau wie Nora in ihrer sexuellen Phantasie, sich von Harry Hole quasi vergewaltigen zu lassen. Und sie hatte das ganz bewusst getan. Wegen der Anerkennung, des Ruhms und der Bewunderung durch die jungen Kollegen, wenn sie auf dem Podium stand, die Dankesrede für den Journalistenpreis hielt und demütig vorbrachte, dass sie einfach nur Glück gehabt habe und im Grunde nur ein hart arbeitendes, einfaches Mädchen aus einer kleinen Stadt im Norden sei. Bevor sie danach dann etwas weniger demütig von ihrer Jugend erzählte, von Mobbing, Rache und Ehrgeiz. Ja, sie wollte laut über Ehrgeiz sprechen, endlich ohne Angst die Wahrheit sagen. Dass sie fliegen wollte. Fliegen.

»Sie brauchen ein bisschen mehr Widerstand.«

Mit einem Mal war die Bewegung viel schwerer geworden. Sie öffnete die Augen und sah zwei Hände, die die Gewichte leicht nach unten drückten. Jemand stand direkt hinter ihr, so dass sie in dem großen Spiegel, der vor ihr hing, wie eine Art vierarmiger Ganesha aussah.

»Kommen Sie schon, noch zwei«, flüsterte die Stimme ihr ins Ohr. Sie erkannte sie wieder. Es war die Stimme des Polizisten. Jetzt hob er den Kopf, und sie sah ihn im Spiegel vor sich. Er lächelte, blaue Augen, blonde Haare. Weiße Zähne. Anders Wyller.

»Was machen Sie hier?«, fragte sie, vergaß die Arme nach vorne zu ziehen, spürte aber trotzdem, dass sie flog.

»Was machst du hier?«, fragte Øystein Eikeland und stellte das Bier vor den Gast, der am Tresen saß.

»Was?«

»Nicht Sie, der da«, sagte Øystein und zeigte mit dem Daumen hinter sich auf den großen Mann mit den kurzgeschnittenen Haaren, der gerade hinter den Tresen getreten war und Wasser in die *Cezve* füllte.

»Ich bin den Pulverkaffee leid«, sagte Harry.

»Und ich will nicht freihaben«, sagte Øystein. »Ich liebe diese Bar, ich will hier nie mehr weg. Hörst du, was da läuft?«

Harry hielt inne und lauschte der schnellen, swingenden Musik. »Nein, erst wenn jemand singt.«

»Das wird nicht passieren, und das ist ja gerade das Gute daran«, sagte Øystein. »Das ist Taylor Swift, 1989.«

Harry nickte. Er erinnerte sich, dass Swift oder ihre Plattengesellschaft das Album nicht komplett, sondern nur in einer Version ohne Gesang auf Spotify veröffentlicht hatte.

»Waren wir uns nicht einig, dass heute nur Frauen über fünfzig singen sollen?«, fragte Harry.

»Hörst du nicht, was ich sage?«, fragte Øystein. »Sie *singt* ja nicht.«

Harry schluckte seinen Kommentar herunter und sagte: »Die Leute kommen aber früh heute.«

»Wegen der Alligatorwurst«, sagte Øystein und zeigte auf die langen Räucherwürste, die über dem Tresen hingen. »In der ersten Woche fanden das alle nur verrückt, jetzt kommen immer wieder dieselben Leute und wollen mehr. Vielleicht sollten wir die Bar in Alligator-Joe umtaufen. Oder in Everglades, oder ...«

»Jealousy ist gut.«

»Okay, okay, ich wollte nur mit der Zeit gehen. Nicht dass uns jemand die Idee klaut.«

»Dann finden wir was Neues.«

Harry stellte die türkische Kaffeekanne auf die Kochplatte und drehte sich gerade um, als eine bekannte Gestalt durch die Tür trat.

Harry verschränkte die Arme vor der Brust, während der Neuankömmling sich noch den Schnee von den Schuhen trat und seinen Blick durch die Kneipe schweifen ließ.

»Stimmt was nicht?«, fragte Øystein.

»Doch, schon, denke ich«, sagte Harry. »Pass auf, dass der Kaffee nicht kocht.«

»Du wieder mit dieser türkischen Plörre.«

Harry ging um den Tresen herum zu dem Mann, der in dem warmen Raum seinen Mantel geöffnet hatte.

»Hole«, sagte er.

»Berntsen«, sagte Harry.

»Ich habe etwas für Sie.«

»Warum?«

Truls Berntsen lachte schnaubend. »Wollen Sie nicht wissen, *was?*«

»Nur wenn ich mit der Antwort auf meine Frage zufrieden bin.«

Harry sah, wie Berntsen sich an einem gleichgültigen Grinsen versuchte, es gelang ihm aber nicht. Stattdessen schluckte er. Dass die Narben in seinem Gesicht so rot wurden, konnte natürlich mit der Kälte draußen zu tun haben.

»Sie sind ein Idiot, Hole, aber Sie haben mir mal das Leben gerettet.«

»Nicht dass ich das noch bereue. Reden Sie.«

Berntsen zog eine Mappe aus der Innentasche seines Mantels. »Lemmy ... ich meine Lenny Hell. Er hatte Kontakt zu Elise Hermansen und Ewa Dolmen.«

»Ja, und?« Harry starrte auf die gelbe, von einer Schnur zusammengehaltene Mappe, die Berntsen ihm entgegenstreckte. »Warum gehen Sie damit nicht zu Bratt?«

»Weil die – im Gegensatz zu Ihnen – Rücksicht auf ihre Karriere nehmen und erst zu Mikael Bellman gehen muss.«

»Ja, und?«

»Mikael wird demnächst als Justizminister vereidigt. Er kann jetzt keine Probleme brauchen.«

Harry musterte Truls Berntsen. Er hatte längst begriffen, dass Berntsen nicht so dumm war, wie er wirkte. »Sie meinen, dass er den Fall nicht wieder aufrollen wird.«

Berntsen zuckte mit den Schultern. »Der Vampiristenfall hätte Mikael fast zu Fall gebracht, ist dann doch einer seiner größten Erfolge geworden. Er will diesen Eindruck ganz bestimmt nicht zerstören.«

»Hm. Sie geben mir diese Unterlagen, weil Sie Sorge haben, dass die sonst in irgendeiner Schublade des Polizeipräsidenten verstauben?«

»Ich habe Angst, dass sie geschreddert werden, Hole.«

»Okay, aber das beantwortet noch nicht meine erste Frage. Warum?«

»Haben Sie nicht gehört? Geschreddert.«

»Warum kümmert Sie das, Berntsen? Und jetzt keinen Bullshit, ich weiß, wer und was Sie sind.«

Truls grunzte.

Harry wartete.

Truls sah ihn an, wich Harrys Blick aus und stampfte mit den Füßen auf den Boden, als hätte er noch immer Schnee an den Schuhen.

»Ich weiß es nicht«, sagte er schließlich. »Und das stimmt, ich weiß es wirklich nicht. Ich dachte, dass es nicht schlecht wäre, wenn Magnus Skarre mal eins vor den Latz kriegt, weil er die Verbindung zwischen Telefon- und Facebook-Daten nicht gesehen hat, aber inzwischen glaube ich, das ist es nicht. Vielleicht. Ja. Ich glaube ... ich will einfach, dass ... ach, scheiße.« Er hustete. »Aber wenn Sie die Sachen nicht haben wollen, lege ich sie einfach in den Archivschrank. Sollen sie da doch verrotten. Ist mir egal.«

Harry wischte über die beschlagene Scheibe und sah Truls Berntsen nach, der in dem scharfen Winterlicht mit gesenktem Kopf über die Straße ging. Irrte er sich, oder waren bei Truls Berntsen gerade Symptome einer Krankheit zu sehen gewesen, von der gute Polizisten gemeinhin heimgesucht wurden?

»Was hast du da?«, fragte Øystein, als Harry wieder hinter den Tresen trat.

»Polizeiporno«, sagte Harry und legte die gelbe Mappe auf den Tresen. »Ausdrucke und Vernehmungsprotokolle.«

»Vampiristenfall? Ist der nicht gelöst?«

»Doch, schon, es gibt aber noch ein paar lose Fäden. Formales. Hörst du nicht, dass der Kaffee kocht?«

»Hörst du nicht, dass Taylor Swift *nicht* singt?«

Harry öffnete den Mund, um etwas zu sagen, hörte stattdessen aber nur sein eigenes Lachen. Er liebte diesen Kerl. Diese Bar. Dann goss er ihnen beiden den verunglückten Kochkaffee ein und trommelte auf der Mappe den Rhythmus von »Welcome to Some Pork«. Seine Augen glitten über die Seiten, und er dachte, dass Rakel bestimmt ja sagte, wenn er sich mucksmäuschenstill verhielt und ihr genug Zeit gab.

Sein Blick verharrte. Und das Eis unter ihm schien zu knacken.

Sein Herz begann schneller zu schlagen. *Auch du wirst am Ende überlistet, Harry.*

»Was ist?«, fragte Øystein.

»Was soll sein?«

»Du siehst aus, als hättest du … tja …«

»Gespenster gesehen?«, fragte Harry und las noch einmal, was er schon gelesen hatte. Nur um ganz sicher zu sein.

»Nein«, sagte Øystein.

»Nein?«

»Nein, du siehst eher so aus, als wärst du … aufgewacht.«

Harry hob den Blick von der Mappe und sah zu Øystein. Spürte, dass er … vollkommen ruhig war.

»Hier ist sechzig«, warnte Harry. »Und es ist glatt.«

Oleg ging etwas vom Gaspedal. »Warum fährst du eigentlich nicht selbst, du hast doch Auto und Führerschein?«

»Weil ihr besser fahrt, du und Rakel«, sagte Harry und blinzelte in das gleißende Sonnenlicht, das von den schneebedeckten Hügeln ringsherum reflektierte. Ein Schild verkündete, dass es bis Åneby noch vier Kilometer waren.

»Hätte dann nicht Mama fahren können?«

»Ich dachte, es wäre ganz interessant für dich, mal so eine kleine Polizeiwache von innen zu sehen. Vielleicht musst du irgendwann mal in so was arbeiten.«

Oleg bremste hinter einem Traktor, dessen Hinterräder den Schnee aufwirbelten, scharf ab. Die Schneeketten sangen auf der Straße. »Ich will ins Morddezernat und nicht in so ein Kaff.«

»Oslo ist auch ein Dorf, und wir sind nur eine halbe Stunde entfernt.«

»Ich habe mich für den FBI-Kurs in Chicago beworben.«

Harry lächelte. »Wenn du solche Ambitionen hast, sollten dich ein paar Jahre auf einer kleinen Wache nicht abschrecken. Da vorne musst du links abbiegen.«

»Jimmy«, stellte der rundliche, nette Mann sich vor, der vor der Nittedaler Wache stand, die sich Wand an Wand mit dem Arbeitsamt in einem modernen Neubau befand. Die frische Bräune ließ Harry vermuten, dass Jimmy gerade erst aus den Ferien in Gran Canaria zurück war, wobei die Tatsache, dass er spontan an die Kanaren dachte, mit seinem Vorurteil über Leute aus Nittedal mit einem Y im Namen zu tun hatte.

Harry schüttelte die Hand des Mannes. »Danke, dass Sie sich an einem Samstag Zeit für uns genommen haben, Jimmy. Das ist Oleg, Studierender an der Polizeihochschule.«

»Sieht aus wie ein zukünftiger Kollege«, sagte Jimmy und maß den 190 Zentimeter großen jungen Mann mit dem Blick. »Es ist mir eine Ehre, dass Harry Hole persönlich hier zu uns rauskommt. Ich fürchte nur, dass Sie Ihre Zeit vergeuden.«

»Ja?«

»Sie haben am Telefon gesagt, dass Sie Lenny Hell nicht erreichen konnten, deshalb habe ich ein paar Nachforschungen angestellt. Wie es aussieht, ist er direkt nach der Vernehmung nach Thailand gereist.«

»Wie es aussieht?«

»Ja, er hat die Nachbarn und seine Kunden informiert, dass er eine Weile weg sein wird. Er hat jetzt angeblich eine thailändische Nummer, aber keiner, mit dem ich gesprochen habe, konnte mir die geben. Es weiß auch niemand, wo genau er sich aufhält.«

»Hört sich nach Eigenbrötler an.«

»Das können Sie mit Fug und Recht sagen.«

»Familie?«

»Single. Einzelkind. Er ist nie zu Hause ausgezogen, und seit die Eltern tot sind, wohnt er allein im Schweinestall.«

»Schweinestall?«

»So heißt das Haus bei uns. Die Familie Hell hat über Generationen Schweine gezüchtet und verdammt gut damit verdient. Vor hundert Jahren haben sie sich dann da oben ein ziemlich untypisches dreistöckiges Haus gebaut. Die Leute fanden das wohl ein bisschen großtuerisch und haben das Haus dann Schweinestall getauft. Und das ist so geblieben.« Der Polizist amüsierte sich. »Tja, einmal Bauer, immer Bauer.«

»Hm. Was, glauben Sie, macht Lenny Hell so lange in Thailand?«

»Tja, was machen Leute wie Lenny in Thailand?«

»Ich kenne Lenny nicht«, sagte Harry.

»Er ist ein netter Kerl«, sagte der Polizist. »Kluger Informatiker. Arbeitet von zu Hause aus. Manchmal rufen wir ihn an, wenn wir hier kleinere Computerprobleme haben. Nichts Besonderes. Geordnete Verhältnisse, würde ich sagen. Aber mit den Frauen hat er immer so seine Probleme gehabt.«

»Was soll das heißen?«

Jimmy schaute auf die Atemwolken in der Luft. »Es ist verdammt kalt hier draußen, sollen wir nicht reingehen und einen Kaffee trinken?«

»Ich könnte mir vorstellen, dass Lenny auf der Suche nach einer Thaifrau ist«, sagte Jimmy, während er ihnen Filterkaffee in die weißen Becher des Arbeitsamts goss. Er selbst benutzte eine Tasse mit Lillestrøm-SK-Logo. »Der Konkurrenz hier war er einfach unterlegen.«

»Wieso?«

»Lenny ist, wie gesagt, so ein einsamer Wolf, am liebsten ist er für sich, er redet nicht viel, und die Frauen fliegen nicht gerade auf ihn, um es mal so zu sagen. Außerdem wird er unheimlich schnell eifersüchtig. Aber eigentlich kann er keiner Fliege was zuleide tun, geschweige denn einer Frau, soweit ich weiß. Einmal ist da allerdings doch was gewesen, eine Frau hat uns angerufen und gesagt, dass Lenny sich nach dem Treffen zu große Hoffnungen gemacht habe.«

»Stalking?«

»So heißt das heute wohl, ja. Lenny hatte ihr, allem Anschein nach, eine Unmenge an SMS und Blumen geschickt, obwohl sie ihm klar zu verstehen gegeben hatte, dass sie sich nicht mehr für ihn interessierte. Er soll ihr auch nach der Arbeit an ihrer Wohnung aufgelauert haben. Sie hat ihm dann noch mal gesagt, dass sie ihn nicht mehr sehen wolle, und danach war wohl auch Schluss. Sie war dann aber irgendwann der Meinung, dass in ihrer Wohnung etwas verändert war, als sie von der Arbeit nach Hause kam. Weshalb sie uns angerufen hat.«

»Sie hat geglaubt, dass er in ihrer Wohnung war?«

»Ich habe daraufhin mit Lenny gesprochen, aber er hat alles abgestritten. Danach haben wir nichts mehr davon gehört.«

»Hat Lenny einen 3-D-Drucker?«

»Einen was?«

»Eine Maschine, mit der man Schlüssel kopieren kann.«

»Keine Ahnung, aber er ist, wie gesagt, Informatiker.«

»Wie eifersüchtig ist er?«, fragte Oleg, und die zwei anderen wandten sich ihm zu.

»Auf einer Skala von eins bis zehn?«, fragte Jimmy. Harry konnte nicht sagen, ob das ironisch gemeint war.

»Ich frage mich nur, ob das morbide Eifersucht sein könnte«, fügte Oleg hinzu und sah unsicher zu Harry.

»Wovon redet der Junge, Hole?« Jimmy nahm laut hörbar einen Schluck aus seiner kanarienvogelgelben Tasse. »Will er wissen, ob Lenny jemanden getötet haben kann?«

»Nun, wie ich schon am Telefon gesagt habe, sind wir nur dabei, die letzten losen Fäden im Vampiristenfall zusammenzuführen. Und Lenny hat mit zweien der Opfer geredet.«

»Die dieser Valentin getötet hat«, sagte Jimmy. »Oder gibt es da irgendwelche Zweifel?«

»Keine Zweifel«, sagte Harry. »Ich wollte mit Lenny nur über diese Gespräche reden. Nur sehen, ob dabei noch etwas Neues herauskommt. Etwas, das wir noch nicht wissen. Auf der Karte habe ich gesehen, dass sein Haus ganz nah liegt, deshalb dachte ich, wir könnten mal hochfahren und mal schauen. Das wär dann alles.«

Der Polizist liebkoste das Symbol auf seiner Tasse. »In der Zeitung stand, dass Sie Dozent an der Hochschule sind. Kein Ermittler.«

»Ich bin wie Lenny Freelancer.«

Jimmy verschränkte die Arme vor der Brust, so dass der linke Ärmel etwas nach oben rutschte und das verblasste Tattoo eines Frauenkörpers zum Vorschein kam. »Okay, Hole. Wie Sie sich vorstellen können, passiert hier bei uns nicht so viel, wofür ich dankbar bin. Als Sie angerufen haben, habe ich nicht nur ein paar Telefonate gemacht, sondern bin auch zu Lenny gefahren. Das heißt, ich bin so weit gefahren, wie es ging. Der Schweinestall liegt am Ende eines Waldwegs, und nach dem letzten Nachbarn sind es bis dort noch anderthalb Kilometer. Auf diesem Wegstück liegt der Schnee gut einen halben Meter hoch. Genauso hoch wie rechts und links des Weges. Es gibt auch weder Reifen- noch Fußspuren. Nur Elch und Fuchs. Allenfalls noch ein Wolf. Verstehen Sie? Da war seit Wochen niemand, Hole. Wenn Sie Lenny sprechen wollen, müssen Sie ein Flugticket nach Thailand kaufen. Pattaya ist wohl ein beliebtes Ziel, wenn man eine Thaifrau sucht, habe ich gehört.«

»Schneescooter?«, fragte Harry.

»Was?«

»Wenn ich morgen mit einem Durchsuchungsbeschluss zurückkomme, können Sie uns dann einen Schneescooter zur Verfügung stellen?«

Harry sah, dass es mit der guten Laune des Polizisten vorbei war. Der Mann hatte angenommen, dass er den Kollegen aus Oslo bei einem netten Kaffeeplausch von der Effektivität dörflicher Polizeiarbeit überzeugen könnte. Stattdessen zweifelten sie seine Schlussfolgerungen an und verlangten von ihm, ein Spezialfahrzeug zur Verfügung zu stellen, als wäre er irgendein Materialverwalter.

»Für anderthalb Kilometer braucht man keinen Scooter«, sagte Jimmy und zog die sonnenverbrannte Nase hoch, auf der die Haut sich zu schälen begann. »Nehmen Sie Ski, Hole.«

»Ich habe keine Ski. Scooter und jemand, der ihn fahren kann.«

Die Stille, die folgte, dauerte eine gefühlte Ewigkeit.

»Ich habe gesehen, dass der junge Mann gefahren ist.« Jimmy legte den Kopf schief. »Haben Sie keinen Führerschein, Hole?«

»Doch, aber ich habe einmal einen Kollegen totgefahren.« Harry nahm seine Tasse und leerte sie. »Und möchte vermeiden, dass das noch einmal passiert. Danke für den Kaffee, und bis morgen dann.«

»Was war das denn?«, fragte Oleg, als sie mit gesetztem Blinker darauf warteten, auf die Hauptstraße abbiegen zu können. »Da kommt der extra samstags in die Wache, um uns zu helfen, und du fährst ihm so an den Karren?«

»Habe ich das?«

»Ja!«

»Hm. Blink mal in die andere Richtung.«

»Nach Oslo geht's nach rechts.«

»Und laut Navi ist das Åneby Pizza & Grill nur zwei Minuten nach links.«

Der Inhaber des Åneby Pizza & Grill, der sich als Tommy vorgestellt hatte, wischte die Hände an seiner Schürze ab und warf einen Blick auf das Foto, das Harry ihm hinhielt.

»Kann sein, ich erinnere mich aber nicht mehr so genau daran, wie der Mann an Lennys Tisch aussah, ich weiß nur noch, dass Lenny an dem Abend, an dem die Frau in Oslo ermordet wurde, hier war und dass noch jemand bei ihm war. Lenny ist ein Einzelgänger, er ist immer allein und nur selten hier. Nur deshalb habe ich mich gleich daran erinnert, als Sie im Herbst angerufen haben.«

»Der Mann auf dem Bild hieß Alexander oder Valentin. Haben Sie gehört, dass Lenny im Gespräch mal diesen Namen erwähnt hat?«

»Ich kann mich überhaupt nicht daran erinnern, sie reden gehört zu haben, und ich war an dem Abend allein hier, meine Frau stand in der Küche.«

»Wann sind sie gegangen?«

»Tja, sie haben sich eine Knut Spezial XXL mit Peperoni und Schinken geteilt.«

»An das erinnern Sie sich?«

Tommy klopfte sich grinsend mit dem Zeigefinger an die Stirn. »Bestellen Sie jetzt eine Pizza, und kommen Sie in drei Monaten wieder, und fragen Sie mich, welche das war. Ich gebe Ihnen denselben Rabatt, den die Polizeiwache hier im Ort auch kriegt. Alle Pizzateige sind übrigens Low-Carb und mit Nüssen.«

»Klingt verlockend, aber mein Junge sitzt draußen im Auto. Danke für die Hilfe.«

Oleg fuhr in die früh hereinbrechende Dämmerung.

Beide waren in Gedanken versunken.

Harry rechnete nach. Valentin konnte gut eine Pizza mit Lenny geteilt haben und dann noch nach Oslo gefahren sein, um Elise Hermansen zu töten.

Ein entgegenkommender Lastwagen raste so schnell an ihnen vorbei, dass der ganze Wagen wackelte.

Oleg räusperte sich. »Wie willst du dir diesen Durchsuchungsbeschluss beschaffen?«

»Hm?«

»Ich meine, du arbeitest nicht mehr im Dezernat, und was du hast, reicht auch nicht für einen Beschluss.«

»Nicht?«

»Nicht, wenn ich das, was in den Lehrbüchern steht, richtig verstanden habe.«

»Lass hören«, sagte Harry lächelnd.

Oleg wurde etwas langsamer. »Es liegen eindeutige Beweise vor, dass Valentin eine Reihe von Frauen umgebracht hat. Lenny Hell hat zufällig zwei davon getroffen. Das allein gibt der Polizei noch nicht das Recht, in Lenny Hells Haus einzubrechen, während er in Thailand ist.«

»Einverstanden, auf dieser Grundlage werden wir keinen Durchsuchungsbeschluss bekommen. Also fahren wir nach Grini.«

»Grini?«

»Ich dachte, ich könnte mich noch mal mit Hallstein Smith unterhalten.«

»Helga und ich wollten heute Abend kochen.«

»Über morbide Eifersucht. Kochen, sagst du? Verstehe. Ich schaffe es schon, alleine nach Grini zu kommen.«

»Grini liegt doch fast auf der Strecke, also in Ordnung.«

»Fahr und koch mit Helga, bei Smith kann das dauern.«

»Zu spät, jetzt habe ich gesagt, dass ich mitkomme.« Oleg beschleunigte, überholte einen Traktor und schaltete das Fernlicht ein.

Schweigend fuhren sie ein ganzes Stück weiter.

»Sechzig«, sagte Harry und tippte etwas in sein Telefon.

»Und glatt«, sagte Oleg und nahm den Fuß für einen Moment vom Gaspedal.

»Wyller?«, sagte Harry. »Harry Hole hier. Ich hoffe, du sitzt zu Hause und langweilst dich, schließlich ist Samstagabend. Oh? Dann musst du dieser netten Frau erklären – wer auch immer sie ist –, dass du einem abgehalfterten, aber sagenumwobenen Polizisten helfen musst, ein paar Sachen zu überprüfen.«

»Morbide Eifersucht«, sagte Hallstein Smith und sah seine beiden Besucher voller Begeisterung an. »Ein höchst interessantes Thema. Aber seid ihr wirklich den weiten Weg gekommen, um mit mir darüber zu reden? Ist das nicht eher Ståle Aunes Fachgebiet?«

Oleg nickte, er schien ganz seiner Meinung zu sein.

»Ich wollte mit dir sprechen, weil du Zweifel hast«, sagte Harry.

»Zweifel?«

»Du hast so was gesagt. An dem Abend, als Valentin hierhergekommen ist. Ich glaube, du hast gesagt, *er wusste es*.«

»Was wusste?«

»Das hast du nicht gesagt.«

»Ich stand unter Schock, ich habe da bestimmt eine ganze Menge gesagt.«

»Nein, ausnahmsweise hast du mal ziemlich wenig gesagt.«

»Hast du das gehört, May?« Hallstein sah lachend zu seiner kleinen Frau hinüber und schenkte ihnen Tee ein.

Sie nickte lächelnd, nahm die Kanne und eine Tasse und verschwand im Wohnzimmer.

»Ich habe *er wusste es* gesagt, und du hast das so gedeutet, als hätte ich Zweifel?«, fragte Smith.

»Hört sich für mich so an, als wäre da etwas unklar«, sagte Harry. »Dass du dich gewundert hast, dass Valentin etwas wusste. Irre ich mich?«

»Ich weiß nicht, Harry. Zu meinem Unterbewusstsein kannst du vielleicht ebenso gut was sagen wie ich, vielleicht sogar mehr. Warum fragst du?«

»Weil da ein Mann aufgetaucht ist. Das heißt, er hatte es sehr eilig, sich nach Thailand abzusetzen. Ich habe Wyller gebeten, das zu überprüfen, aber der Betreffende steht für den entsprechenden Zeitraum auf keiner der Passagierlisten. Und in den letzten drei Monaten scheint er seine Kreditkarte nicht benutzt zu haben. Weder in Thailand noch sonst wo. Und nicht weniger interessant ist, dass Wyller seinen Namen auf der Liste derjenigen gefunden hat, die im letzten Jahr einen 3-D-Drucker gekauft haben.«

Smith sah Harry lange an. Dann drehte er sich um und starrte aus dem Küchenfenster. Der Schnee lag wie eine weiche, glitzernde Daunendecke über den dunklen Feldern. »Valentin wusste, wo mein Büro ist. Das meinte ich mit *er wusste es*.«

»Deine Adresse, meinst du?«

»Nein, ich meine die Tatsache, dass er direkt in den Stall gegangen ist. Er wusste nicht nur, dass dort mein Büro ist, sondern auch, dass ich da in der Regel noch sehr spät am Abend sitze.«

»Vielleicht hat er das Licht hinter dem Fenster gesehen?«

»Vom Tor aus sieht man das Fenster nicht. Kommt mal mit, ich zeige euch was.«

Sie gingen in den Stall und betraten Smiths Büro, dort schaltete er den Computer ein.

»Ich habe hier alle Videoaufzeichnungen, ich muss nur das richtige Datum finden«, sagte Smith und tippte etwas in die Tastatur.

»Coole Zeichnung«, sagte Oleg und nickte in Richtung des Fledermausmanns an der Wand. »Gruselig.«

»Alfred Kubin«, sagte Smith. »Eines seiner Vampirbilder. Mein Vater hatte ein Buch mit Kubin-Bildern, in dem ich zu Hause geblättert habe, während die anderen Jugendlichen im Kino irgendwelche Horrorfilme geschaut haben. May duldet keine Kubin-Bilder im Haus. Sie behauptet, davon Alpträume zu bekommen. Apropos Alpträume, hier ist die Aufnahme von Valentin.«

Smith streckte den Arm aus, und Harry und Oleg beugten sich über seine Schultern.

»Hier kommt er in den Stall. Seht ihr, er zögert nicht, er weiß genau, wo er hinwill. Wie kann das sein? Die wenigen Therapiesitzungen, die ich mit Valentin hatte, waren nicht hier, sondern in einer gemieteten Praxis in der Stadt.«

»Du meinst, dass ihn jemand instruiert hat?«

»Ich meine, dass ihn jemand instruiert haben könnte. Das war von Anfang an das Seltsame an dieser Sache. Vampiristen haben ganz einfach nicht die Fähigkeit, alles so gut zu planen, wie es bei diesen Morden den Anschein hatte.«

»Hm. Wir haben zu Hause bei Valentin keinen 3-D-Drucker gefunden. Ein anderer könnte also die Schlüssel für ihn gedruckt haben. Eine Person, die vorher schon mal Schlüsselkopien für sich selbst erstellt hat und in Wohnungen von Frauen eingestiegen ist, die ihn absurviert und stattdessen andere Männer getroffen haben.«

»Größere Männer«, sagte Smith.

»Eifersucht«, sagte Harry. »Morbide Eifersucht. Aber bei einem Mann, der keiner Fliege was zuleide tun kann? So jemand bräuchte dann einen *Stellvertreter*. Jemanden, der das kann, was er selbst nicht kann.«

»Einen Mörder«, sagte Smith und nickte langsam.

»Jemanden, der Spaß am Töten hat. Valentin Gjertsen. Wir haben also einen, der alles vorbereitet, und einen, der die Tat ausführt. Agent und Artist.«

»Mein Gott«, sagte Smith und fuhr sich mit der Handfläche über die Wangen. »Dann macht meine Doktorarbeit langsam wirklich Sinn.«

»Inwiefern?«

»Ich war in Lyon und habe da einen Vortrag über die Vampiristenmorde gehalten. Meine Kollegen waren von meiner Pionierarbeit begeistert, aber ich habe immer wieder darauf hingewiesen, dass sie nicht perfekt und keinesfalls bahnbrechend ist. Die Morde stimmen nämlich nicht mit dem Profil überein, das ich für den Vampiristen erstellt habe.«

»Und das wäre wie?«

»Ein Vampirist ist eine Person mit schizophrenen, paranoiden Zügen, die in ihrem unbändigen Blutrausch Menschen in ihrem Umfeld tötet, also Menschen, an die sie einfach herankommt. So jemand wäre nicht in der Lage, Morde zu begehen, die viel Vorbereitung, Planung und Geduld erfordern. Die Morde, die unser Vampirist begangen hat, deuten eher auf einen Ingenieur als Tätertyp hin.«

»Ein Hirn«, sagte Harry. »Ein Stratege, der auf Valentin zugegangen ist, der selbst nichts mehr tun konnte, ohne gleich von der Polizei gefasst zu werden. Dieser Jemand bietet Valentin die Schlüssel zu Wohnungen allein lebender Frauen an. Fotos, Informationen, Bewegungsmuster und Routinen, alles, was Valentin braucht, um sie sich holen zu können, ohne dabei selbst in den Vordergrund zu treten. Wie kann er so ein Angebot ablehnen?«

»Eine perfekte Symbiose«, sagte Smith.

Oleg räusperte sich.

»Ja?«, sagte Harry.

»Die Polizei fahndet seit Jahren ergebnislos nach Valentin. Wie hat Lenny ihn gefunden?«

»Gute Frage«, sagte Harry. »Im Gefängnis haben sie sich nicht kennengelernt, Lenny Hells Akte ist blitzsauber.«

»Was hast du da gesagt?«, fragte Smith.

»Blitzsauber.«

»Nein, der Name.«

»Lenny Hell«, wiederholte Harry. »Was ist damit?«

Hallstein Smith antwortete nicht. Er starrte Harry nur mit offenem Mund an.

»Oh Scheiße«, sagte Harry leise.

»Wieso Scheiße?«, fragte Oleg.

»Patienten«, sagte Harry. »Derselbe Psychologe. Valentin Gjertsen und Lenny Hell haben sich im Wartezimmer kennengelernt. Richtig, Hallstein? Komm schon, das Risiko, dass noch weitere Morde geschehen könnten, enthebt dich deiner Schweigepflicht.«

»Ja, es stimmt. Lenny Hell war vor einiger Zeit mein Patient. Und er war hier bei mir, er kannte meine Gewohnheit, bis spät in die Nacht im Stall zu arbeiten. Valentin und er können sich aber nicht hier getroffen haben. Valentins Therapiesitzungen waren alle in der Stadt.«

Harry schob sich auf dem Stuhl vor. »Aber ist es möglich, dass Lenny Hell wegen seiner morbiden Eifersucht mit Valentin Gjertsen zusammengearbeitet hat, damit dieser die Frauen umbringt, die Lenny in die Wüste geschickt haben?«

Hallstein Smith legte nachdenklich zwei Finger an sein Kinn und nickte.

Harry lehnte sich im Stuhl zurück. Sah auf den Bildschirm. Er zeigte ein Standbild, auf dem zu sehen war, wie der angeschossene Valentin die Stallungen verließ. Der Zeiger der Waage, der bei seinem Kommen 74,7 Kilo angezeigt hatte, gab jetzt 73,2 Kilo an. Auf dem Boden des Büros müssten anderthalb Liter Blut sein. Einfache Mathematik, die Aufgabe war gelöst. Valentin Gjertsen und Lenny Hell. Das Ergebnis lautete zwei.

»Dann muss der Fall ja wieder aufgerollt werden«, sagte Oleg.

»Kommt nicht in Frage«, sagte Gunnar Hagen und sah auf die Uhr.

»Und warum nicht?«, fragte Harry und signalisierte Nina, dass er die Rechnung wollte.

Der Leiter des Dezernats für Gewaltverbrechen seufzte. »Weil der Fall geklärt ist, Harry, und weil mir das, was du gerade erzählt hast, ein bisschen zu sehr nach Verschwörungstheorie klingt. Zufälle, wie etwa die Tatsache, dass Lenny Hell Kontakt zu zwei Opfern hatte oder dass Valentin sich angeblich in diesem Stall auskannte. Das sind so Sachen, aus denen Journalisten sich zusammenbrauen, dass Kennedy von der CIA erschossen wurde und der wahre Paul McCartney längst tot ist. Der Vampiristenfall ist in der Öffentlichkeit immer noch sehr präsent, und wir machen uns zu Clowns, wenn wir den Fall auf Basis derart unsicherer Indizien jetzt wieder aufrollen.«

»Ist es wirklich das, was dir Sorgen macht, Chef? Du willst dich nicht zum Clown machen?«

Gunnar Hagen lächelte. »Bei deinem ›Chef‹ habe ich mich schon immer wie ein Clown gefühlt. Weil im Grunde doch alle wussten, dass du hier der Chef warst. Aber das war okay, ich konnte damit leben, du hattest das Recht, uns herumzuscheuchen, weil das ja auch zu Ergebnissen geführt hat. Aber dieser Fall ist abgeschlossen. Ein für alle Mal.«

»Mikael Bellman ist der wahre Grund, oder?«, sagte Harry. »Er will nicht riskieren, dass sein Image noch Schaden nimmt, bevor er zum Justizminister vereidigt wird.«

Hagen zuckte mit den Schultern. »Danke, dass du mich noch so spät an einem Samstagabend auf einen Kaffee eingeladen hast, Harry. Wie geht es bei euch zu Hause?«

»Gut«, sagte Harry. »Rakel ist wieder richtig fit. Und Oleg kocht gerade zusammen mit seiner Freundin. Und wie ist es bei euch?«

»Auch alles in Ordnung. Katrine und Bjørn haben sich ein Haus gekauft. Aber das weißt du ja bestimmt schon.«

»Nein, das wusste ich nicht.«

»Es lief ja eine Zeitlang nicht so gut, aber jetzt sind sie allem Anschein nach doch wieder ein Herz und eine Seele. Katrine ist schwanger.«

»Wirklich?«

»Ja, der Termin ist im Juni. Die Welt dreht sich weiter.«

»Für einige von uns«, sagte Harry, reichte Nina einen Zweihunderter, worauf sie ihm sofort das Wechselgeld rausgab. »Für andere nicht. Hier im *Schrøder* steht sie still.«

»Das sehe ich«, sagte Gunnar Hagen. »Ich dachte, Bargeld würde gar nicht mehr angenommen.«

»Das meinte ich nicht. Danke, Nina.«

Hagen wartete, bis die Bedienung gegangen war. »Wolltest du mich deshalb hier treffen? Um mich daran zu erinnern? Glaubst du, ich hätte das vergessen?«

»Nein, das glaube ich nicht«, sagte Harry. »Aber bis wir nicht wissen, was mit Marte Ruud passiert ist, ist dieser Fall nicht gelöst. Nicht für ihre Familie, nicht für die, die hier arbeiten, nicht für mich. Und für dich auch nicht, das sage ich dir. Und auch wenn Mikael Bellman diesen Fall noch so tief vergraben hat, ich grabe ihn wieder aus.«

»Harry ...«

»Ich brauche doch nur einen Durchsuchungsbeschluss und eine Genehmigung von dir, dieser einen Sache nachzugehen, danach höre ich auf, versprochen. Nur dieser eine Gefallen, Gunnar. Wenn das erledigt ist, bin ich raus.«

Hagen zog eine seiner buschigen Augenbrauen hoch. »*Gunnar?*«

Harry zuckte mit den Schultern. »Eigentlich bist du ja auch gar nicht mehr mein Chef. Also, was sagst du?«

»Das wäre ein klarer Verstoß gegen die Anweisungen des Polizeipräsidenten.«

»Du kannst Bellman doch auch nicht leiden, er ist ja bald auch nicht mehr dein Chef. Komm schon, du warst doch immer ein Befürworter guter, gründlicher Polizeiarbeit, Gunnar.«

»Du weißt, dass du dich wie ein Arschkriecher anhörst, Harry?«

»Also?«

Hagen seufzte tief. »Ich verspreche nichts, aber ich denke drüber nach. Okay?« Der Dezernatsleiter knöpfte seinen Mantel zu und stand auf. »Ich erinnere mich an einen Rat, der mir gegeben wurde, als ich als Ermittler anfing, Harry. Wenn du überleben willst, musst du lernen loszulassen.«

»Sicher ein guter Rat«, sagte Harry, führte die Kaffeetasse an die Lippen und sah zu Hagen auf. »Wenn man denn der Meinung ist, dass Überleben so verdammt wichtig ist.«

KAPITEL 35

Sonntagvormittag

»Da sind sie«, sagte Harry zu Hallstein Smith, der bremste und vor den beiden Männern mit dem Wagen zum Stehen kam, die mit verschränkten Armen mitten auf dem Waldweg warteten.

Sie stiegen aus.

»Brr«, sagte Smith und steckte die Hände in die Taschen seiner mehrfarbigen Anzugjacke. »Du hast recht, ich hätte mehr anziehen sollen.«

»Nimm die hier«, sagte Harry und nahm die Strickmütze mit dem aufgestickten St.-Pauli-Totenkopf ab.

»Danke«, sagte Smith und zog sie tief über beide Ohren.

»Guten Tag, Hole«, sagte der Dorfpolizist. Hinter ihm, auf dem unbefahrbaren Waldweg, standen zwei Schneescooter.

»Guten Tag«, sagte Harry und nahm die Sonnenbrille ab. Das Licht, das der Schnee reflektierte, brannte in den Augen. »Und danke, dass Sie das so kurzfristig organisieren konnten. Das hier ist Hallstein Smith.«

»Sie müssen uns nicht dafür danken, dass wir unseren Job machen«, sagte der Polizist und nickte in Richtung des anderen Mannes, der wie er einen blau-weißen Overall trug. Harry musste unwillkürlich an etwas groß geratene Matschanzüge von Kindergartenkindern denken. »Artur, nimmst du den Typ in der Anzugjacke?«, fragte Jimmy.

Harry sah zu, wie der Scooter mit Smith über den Waldweg verschwand. Es hörte sich an, als würde in der kalten, klaren Luft eine Motorsäge aufheulen.

Jimmy stieg über den langen Scootersitz und räusperte sich, bevor er den Startknopf drückte. »Und Sie gestatten, dass der Dorfpolizist Sie fährt?«

Harry schob sich die Sonnenbrille wieder auf die Nase und nahm hinter ihm Platz. Das Telefonat am letzten Abend war denkbar kurz gewesen.

»Jimmy.«

»Harry Hole hier. Ich habe, was ich brauche, können Sie uns morgen früh zwei Scooter zur Verfügung stellen und das Haus zeigen?«

»Oha.«

»Wir sind zu zweit.«

»Wie haben Sie denn in so kurzer Zeit ...?«

»Passt es um halb zwölf?«

Pause.

»Okay.«

Der Schneescooter folgte der Spur des ersten. Unter ihnen blinkte das Sonnenlicht auf den Scheiben der wenigen Häuser und dem Kirchturm im Tal. Die Temperaturen sanken abrupt, als sie in einen dichten Wald kamen, der die Sonne aussperrte. Und noch weiter, als sie die Geländesenke mit dem vereisten Fluss erreichten.

Die Fahrt dauerte nur drei oder vier Minuten, trotzdem fror Harry so sehr, dass seine Zähne aufeinanderschlugen, als sie neben Smith und dem anderen Beamten vor einem überwucherten, vereisten schmiedeeisernen Tor anhielten.

»Da wären wir. Willkommen im Schweinestall«, sagte der Dorfpolizist.

Dreißig Meter hinter dem Tor lag eine große, ein wenig verfallene dreigeschossige Villa, die an allen Seiten von hohen Fichten umgeben war. Sollte die Holzverkleidung jemals mit Farbe gestrichen worden sein, war diese seit langem abgeblättert, geblieben war eine silbergraue Patina. Anstelle von Gardinen hingen eine Art Decken oder grobes Leinen in den Fenstern.

»Ein ziemlich finsterer Ort«, sagte Harry.

»Drei Etagen *gothic style*«, sagte Smith. »Passt ganz und gar nicht in die Gegend.«

»Die Hell-Familie hat in vielerlei Hinsicht nicht in die Gegend gepasst«, sagte der Dorfpolizist. »Sie waren aber immer gesetzestreu.«

»Hm, darf ich Sie bitten, etwas Werkzeug mitzunehmen?«

»Artur, nimmst du das Brecheisen mit? Kommt, bringen wir es hinter uns.«

Harry versank bis zur Mitte des Oberschenkels im Schnee, als er vom Scooter stieg, sich einen Weg zum Tor bahnte und darüberkletterte. Die drei anderen folgten ihm.

Sie gingen die überdachte Veranda an der Vorderseite des Hauses entlang. Die Südlage ließ vermuten, dass das Haus im Sommer vielleicht doch ein bisschen Sonne abbekam. Warum sollte man sonst eine Veranda haben? Nur um sich von den Mücken aussaugen zu lassen? Harry trat an die Tür und versuchte, durch das matte Glas etwas zu sehen, bevor er den rostroten, altmodischen Klingelknopf drückte.

Aus dem Inneren war ein surrender Ton zu hören.

Die drei anderen schlossen zu Harry auf, und Harry klingelte ein weiteres Mal.

»Wäre er zu Hause, würde er in der Tür stehen und auf uns warten«, sagte der Dorfpolizist. »Diese Scooter hört man zwei Kilometer weit, und der Weg führt ja nur hierher.«

Harry klingelte noch einmal.

»Lenny Hell hört die in Thailand nicht«, sagte der Polizist. »Meine Familie wartet, wir wollen eine Skitour machen. Also los, Artur, schlag das Glas ein.«

Der Beamte schwang das Brecheisen, und mit einem trockenen Klirren zerbarst das Fenster neben der Tür. Dann zog der Mann einen Handschuh aus, schob den Arm durch das Loch und tastete einen Moment lang mit konzentrierter Miene die Tür ab, bis Harry hörte, dass sich das Schloss öffnete.

»Bitte«, sagte Jimmy, öffnete die Tür und wies mit der Hand den Weg.

Harry trat ein.

Sein erster Eindruck war, dass das Haus unbewohnt wirkte. Und in gewisser Weise antiquiert, was ihn an die Häuser von Berühmtheiten denken ließ, die zu Museen umgestaltet worden waren. Es erinnerte ihn daran, dass er mit vierzehn mit seinen Eltern und seiner Schwester Søs in Moskau gewesen war, wo sie das Haus von Fjodor Dostojewski besucht hatten. Es war das seelenloseste Haus, in dem Harry jemals gewesen war. Vielleicht hatte ihn *Schuld und Sühne*, das er drei Jahre später gelesen hatte, deshalb so schockiert.

Harry ging durch den Flur in das große, offene Wohnzimmer und drückte den Lichtschalter an der Wand. Nichts geschah. Das Tageslicht, das durch den groben Stoff fiel, reichte aber aus, um seinen Atem in der kalten Luft vor sich zu sehen, die wenigen altmodischen Möbel, die planlos im Raum verteilt standen, als wäre der dazugehörige Tisch in einem ungünstig verlaufenen Erbstreit entfernt worden. Er sah imposante Ölgemälde, die vermutlich wegen der wechselnden Temperaturen schief an den Wänden hingen, und er sah, dass Lenny Hell nicht in Thailand war.

Seelenlos.

Lenny Hell – oder jemand, der der Person auf dem Foto ähnelte, das Harry von Lenny Hell gesehen hatte – saß in einem Ohrensessel. Die Haltung erinnerte Harry an seinen Großvater, der immer so geschlafen hatte, wenn er betrunken genug war. Nur mit dem Unterschied, dass Hells rechter Fuß ein bisschen angehoben war und sein rechter Unterarm ein paar Zentimeter über der Lehne des Sessels schwebte. Der Leichnam schien etwas zur Seite gekippt zu sein, nachdem die Leichenstarre eingetreten war. Und das musste eine ganze Weile zurückliegen. Vermutlich fünf Monate.

Der Kopf ließ Harry unwillkürlich an ein Osterei denken. Zerbrechlich, leer, ausgeweidet. Die Haut war so sehr geschrumpft, dass der Mund offen stand und das trockene graue Zahnfleisch rund um die Zähne zu sehen war. In der Stirn war ein schwarzes Loch, ohne Blut, da Lenny Hell seinen Kopf nach hinten gebeugt hatte und steif an die Decke starrte.

Als Harry um den Sessel herumging, sah er, dass etwas den hohen Sesselrücken durchschlagen hatte. Am Boden rechts neben dem Sessel lag ein schwarzer Metallgegenstand in Form einer Taschenlampe. Harry erkannte ihn wieder. Als Harry zehn Jahre alt gewesen war, hatte sein Großvater gemeint, er wäre alt genug, um zu sehen, wo die Rippchen herkamen, die sie an Weihnachten aßen. Er hatte ihn mit hinter den Stall genommen, ein seltsames Ding an Heidruns Stirn gehalten und irgendeinen Knopf gedrückt. Nach einem scharfen Knall war ein Zucken durch die dicke Sau gegangen, dann war sie irgendwie überrascht zu Boden gesackt. Anschließend hatten sie sie ausbluten lassen. Am besten erinnerte Harry sich an den Geruch des Pulvers und an das Zittern von Heidruns Beinen, das noch eine ganze Weile angehalten hatte. Laut Großvater war das nur die Mechanik des Körpers, er hatte gesagt, Heidrun sei längst tot. Trotzdem hatte Harry noch lange danach Alpträume von den zuckenden Schweinefüßen gehabt.

Die Bodendielen hinter Harry knirschten, und er hörte jemanden immer schneller und schwerer atmen.

»Lenny Hell?«, fragte Harry, ohne sich umzudrehen.

Der Dorfpolizist musste sich zweimal räuspern, erst dann brachte er das »Ja« heraus.

»Kommen Sie nicht näher«, sagte Harry, hockte sich hin und sah sich im Raum um.

Aber er spürte nichts. Dieser Tatort war still. Vielleicht weil er zu alt war, oder weil es kein Tatort war, sondern ein Raum, in dem der Mann, der hier wohnte, beschlossen hatte, nicht mehr leben zu wollen.

Harry holte das Handy hervor und rief Bjørn Holm an.

»Ich habe hier eine Leiche in Åneby im Nittedal. Ein Mann namens Artur wird dich anrufen und dir erklären, wo er euch trifft.«

Harry legte auf, ging in die Küche und drückte den Schalter, aber auch in diesem Raum tat es das Licht nicht. Die Küche war aufgeräumt, nur in der Spüle stand ein Teller mit etwas Angetrocknetem, das von einer Pilzschicht bedeckt war. Vor dem Kühlschrank war eine Eislache.

Harry ging in den Flur.

»Schauen Sie mal, ob Sie irgendwo einen Sicherungskasten finden«, sagte er zu Artur.

»Vielleicht ist der Strom abgestellt worden«, sagte der Dorfpolizist.

»Die Klingel hat's getan«, sagte Harry und ging die Treppe hoch, die im Flur in einem Bogen nach oben führte.

Im ersten Stock waren drei Schlafzimmer. Alle waren sorgsam aufgeräumt, nur in einem war die Bettdecke zur Seite geschlagen worden, über einem Stuhl hing Kleidung.

Weiter oben im zweiten Stock war ein Raum, der offensichtlich als Büro genutzt worden war. In den Regalen und vor dem Fenster standen Bücher und Ordner, und auf einem länglichen Tisch thronte ein Computer mit drei großen Bildschirmen. Harry drehte sich um. Neben der Tür stand ein etwa siebzig mal siebzig Zentimeter großer Kasten aus Metall und Glas, in dessen Mitte ein weißer Plastikschlüssel lag. Ein 3-D-Drucker.

Weit entfernt war eine Glocke zu hören. Harry trat ans Fenster und erblickte die Kirche. Vermutlich war der Sonntagsgottesdienst gerade zu Ende. Hells Haus war höher als breit, wie ein Turm mitten im Wald, als hätten die Erbauer einen Ort gewollt, von dem aus man sehen konnte, ohne selbst gesehen zu werden. Sein Blick fiel auf das Notizbuch, das vor ihm auf dem Schreibtisch lag. Auf den handgeschriebenen Namen auf dem Deckel. Er schlug es auf und las die erste Seite. Dann hob er den Blick, entdeckte die vielen identischen Notizbücher im Regal und ging zurück zur Treppe.

»Smith!«

»Ja?«

»Komm mal hoch!«

Als der Psychologe dreißig Sekunden später über die Türschwelle trat, ging er nicht zum Schreibtisch, an dem Harry durch das Notizbuch blätterte, sondern blieb in der Tür stehen und sah sich verblüfft um.

»Kennst du die?«, fragte Harry.

»Ja.« Smith trat ans Regal und zog eines der Notizbücher heraus. »Das sind meine. Das sind meine Unterlagen. Die, die gestohlen wurden.«

»Dann wohl auch das hier, oder?«, fragte Harry und hielt das Buch hoch, so dass Smith lesen konnte, was auf dem Umschlag stand.

»Alexander Dreyer. Das ist meine Handschrift, ja.«

»Ich verstehe nicht alle Fachbegriffe, wohl aber, dass Dreyer besessen von The Dark Side of the Moon war. Und von Frauen. Und Blut. Du schreibst hier, dass er im Begriff ist, Vampirist zu werden, und du dir, sollte das so weitergehen, überlegen musst, die Schweigepflicht zu brechen und dich deswegen bei der Polizei zu melden.«

»Dreyer ist dann, wie gesagt, nicht weiter zu mir gekommen.«

Harry hörte, dass irgendwo eine Tür aufgerissen wurde, und schaute aus dem Fenster. Artur streckte den Kopf über das Geländer der Veranda und übergab sich in den Schnee.

»Wo haben die den Sicherungskasten gesucht?«

»Im Keller«, sagte Smith.

»Warte hier!«

Er ging nach unten. Im Flur brannte Licht, die Tür zum Keller war offen. Geduckt ging er über die enge, dunkle Treppe nach unten. Schlug sich die Stirn an und spürte dort die Haut aufplatzen. Die Schelle einer Wasserleitung. Im Keller angekommen, brannte vor einem Verschlag eine einzelne Glühbirne. Jimmy stand mit hängenden Armen da und starrte hinein.

Harry ging zu ihm. Oben im Wohnzimmer hatte die Kälte alle Gerüche geschluckt, obwohl der Leichnam Spuren von Verwesung gezeigt hatte. Hier unten war es deutlich feuchter, und obwohl es auch hier kühl war, wurde es niemals so kalt wie im Erdgeschoss. Als Harry sich näherte, bemerkte er, dass das, was er für Gestank von verfaulten, alten Kartoffeln gehalten hatte, von einer weiteren Leiche kommen musste.

»Jimmy«, sagte er leise. Der Polizist zuckte zusammen und drehte sich um. Seine Augen waren weit geöffnet, und er hatte eine Platzwunde auf der Stirn. Harry stutzte erst, verstand dann aber, dass die Wunde von derselben Wasserleitung stammen musste, an der auch er sich den Kopf aufgeschlagen hatte.

Der Polizist trat zur Seite, und Harry warf einen Blick in den Verschlag.

Darin war ein Käfig. Drei mal zwei Meter. Eisengitter und ein offenes Vorhängeschloss. Vermutlich, um darin irgendein Tier gefangen zu halten. Jetzt hielt der Käfig niemanden gefangen. Weil außer einer leeren Hülle nichts mehr da war. Seelenlos. Harry verstand trotzdem, warum der junge Beamte so heftig reagiert hatte.

Obwohl die Verwesung schon deutlich fortgeschritten war, hatten sich weder Mäuse noch Ratten an der nackten Frau vergriffen, die an einem Seil vom oberen Gitter herabhing. Und weil der Leichnam so intakt war, erkannte Harry im Detail, was mit ihr gemacht worden war. Mit einem Messer. Vor allem mit einem Messer. Harry hatte schon viele Tote gesehen. Er war abgehärtet, war es inzwischen gewohnt, Verstümmelungen zu sehen, die von Gewalt und Kampf herrührten, von einer tödlichen Verletzung oder rituellem Wahn. Aber das alles hatte ihn nicht auf das vorbereitet, was hier passiert war. Diese Tat war so zielgerichtet, so fokussiert darauf, physische Schmerzen zuzufügen und sich dabei an der verzweifelten Angst zu laben, wenn das Opfer erkannte, was als Nächstes passieren würde. Die sexuelle Gier und kreative Befriedigung des Mörders. Und der Schock, die verzweifelte Hilflosigkeit und die Not desjenigen, der die Verstümmelte fand. Hatte der Täter erreicht, was er hier erreichen wollte?

Jimmy begann hinter Harry zu husten.

»Nicht hier«, sagte Harry. »Gehen Sie nach draußen.«

Er hörte die schlurfenden Schritte des Polizisten hinter sich, während er die Tür des Käfigs öffnete und eintrat. Die junge Frau, die dort hing, war mager. Ihre Haut war weiß wie der Schnee draußen, mit kleinen roten Fleckchen. Kein Blut. Sommersprossen. Und ein großes Loch im Bauch, von einer Kugel.

Harry zweifelte daran, dass sie ihrem Leiden selbst ein Ende gemacht und sich erhängt hatte. Die Todesursache könnte natürlich die Schusswunde im Bauch sein, andererseits könnte der Schuss auch aus Frustration über ihren Tod abgefeuert worden sein. Weil sie nicht mehr funktionierte, wie Kinder ein kaputtgegangenes Spielzeug zertrümmerten.

Harry schob der Toten die roten Haare aus dem Gesicht. Es gab keine Zweifel. Das Gesicht des Mädchens war ausdruckslos. Zum Glück. Wenn ihr Geist ihn irgendwann in naher Zukunft in der Nacht heimsuchte, war es Harry lieber, das Gesicht drückte nichts aus.

»W...wer ist das?«

Harry drehte sich um. Hallstein Smith trug noch immer die St.-Pauli-Mütze, als fröre er. Harry glaubte aber nicht, dass er vor Kälte zitterte.

»Das ist Marte Ruud.«

KAPITEL 36

Sonntagabend

Harry hatte den Kopf auf die Hände gestützt und lauschte den schweren Schritten und den Stimmen in der Etage über ihm. Sie waren im Wohnzimmer. In der Küche. Im Flur. Sperrten ab, stellten kleine Fähnchen auf, machten Fotos.

Dann zwang er sich, den Kopf zu heben und die Augen noch einmal zu öffnen.

Er hatte dem Dorfpolizisten erklärt, dass sie Marte Ruud nicht abschneiden durften, bis die Spurensicherung vor Ort war. Natürlich konnte man sich einreden, dass sie bereits in Valentins Kofferraum verblutet war, genug Blut hatten sie dort gefunden. Aber die Matratze, die auf der linken Seite des Käfigs lag, erzählte eine andere Geschichte. Sie war schwarz und getränkt von dem, was menschliche Körper absonderten. Und über der Matratze hingen Handschellen.

Auf der Kellertreppe waren jetzt Schritte zu hören. Eine bekannte Stimme fluchte laut, und dann tauchte Bjørn Holm mit einer blutenden Wunde auf der Stirn auf. Er trat neben Harry, warf einen Blick in den Käfig und dann auf Harry. »Jetzt verstehe ich, warum die beiden Polizisten identische Kratzer auf der Stirn haben. Du hast den auch. Warum hat es eigentlich keiner von euch für nötig erachtet, mir das zu sagen?« Er drehte sich um und rief in Richtung Treppe: »Passt auf die Wasserleitung ...!«

»Autsch!«, ertönte eine tiefe Stimme.

»Wie kann man eine Kellertreppe nur so anlegen, dass man sich unweigerlich den Kopf ...?«

»Du willst sie nicht ansehen«, sagte Harry leise.

»Was?«

»Ich auch nicht, Bjørn. Ich bin jetzt schon seit einer Stunde hier, aber es wird, verdammt noch mal, nicht leichter!«

»Und warum sitzt du dann noch hier?«

Harry stand auf. »Sie war so lange allein. Ich dachte ...«

Harry merkte, dass ihm die Stimme wegbrach. Er ging schnell zur Treppe und nickte dem Kollegen von der Spurensicherung zu, der sich die Stirn rieb.

Der Dorfpolizist stand oben im Flur und telefonierte.

»Smith?«, fragte Harry.

Jimmy zeigte nach oben.

Hallstein Smith saß vor dem Computer und las in dem Notizbuch mit Alexander Dreyers Namen, als Harry zur Tür hereinkam.

Er hob den Blick. »Das da unten, Harry, das ist Alexander Dreyers Werk.«

»Nennen wir ihn lieber Valentin. Bist du dir sicher?«

»Das steht alles hier in meinen Notizen. Er hat mir seine Phantasien, eine Frau zu foltern und zu ermorden, genau beschrieben. Als wäre das ein Kunstwerk, das er plante.«

»Aber das reichte nicht, um zur Polizei zu gehen?«

»Ich habe darüber nachgedacht, aber wenn wir der Polizei all die grotesken Verbrechen melden würden, die unsere Patienten in ihrer Phantasie begehen, würden wir – und die Polizei – kaum noch etwas anderes tun, als uns um sie zu kümmern.« Smith stützte den Kopf auf die Hände. »Wenn ich an all die Menschenleben denke, die ich hätte retten können ...«

»Quäl dich nicht, Hallstein, es ist absolut nicht sicher, dass die Polizei irgendetwas unternommen hätte. Und noch etwas: Da Lenny Hell deine Unterlagen gestohlen hat, ist es durchaus möglich, dass er Valentins Phantasien kopiert hat.«

»Das ist nicht ausgeschlossen. Nicht wahrscheinlich, wenn du mich fragst, aber auch nicht unmöglich.« Smith kratzte sich am

Kopf. »Ich verstehe aber noch immer nicht, wie Hell wissen konnte, dass er in meinen Unterlagen den Mörder findet, den er braucht.«

»Du bist mitunter ganz schön redselig, weißt du.«

»Was?«

»Denk doch mal nach, Smith. Ist es nicht möglich, dass du in dem Gespräch mit Lenny Hell über morbide Eifersucht erwähnt hast, dass auch noch andere deiner Patienten Mordphantasien haben?«

»Das habe ich ganz sicher getan, ich versuche meinen Patienten immer klarzumachen, dass sie mit ihren Gedanken nicht allein sind. Ganz einfach, um sie zu beruhigen und das alles ein bisschen normaler wirken zu ...« Smith hielt inne und legte die Hand vor den Mund. »Mein Gott, du denkst, dass ich ... dass meine große Klappe daran schuld ist?«

Harry schüttelte den Kopf. »Es gibt Hunderte von Möglichkeiten, uns selbst die Schuld zu geben, Hallstein. Während meiner Arbeit als Ermittler sind bestimmt ein Dutzend Menschen ermordet worden, weil ich die Serienmörder nicht so schnell gefasst habe, wie das nötig gewesen wäre. Will man überleben, muss man irgendwann lernen loszulassen.«

»Du hast recht.« Smith lachte mechanisch. »Aber so etwas sollte der Psychologe sagen, nicht der Polizist.«

»Fahr nach Hause zu deiner Familie, iss ein ordentliches Sonntagsessen und vergiss das alles für eine Weile. Tord kommt gleich und nimmt sich den Computer vor. Mal sehen, was er findet.«

»Okay.« Smith stand auf, nahm die Wollmütze ab und reichte sie Harry.

»Behalte sie«, sagte Harry. »Und sollte jemand fragen, erinnerst du dich ja daran, weshalb wir heute hier rausgefahren sind, nicht wahr?«

»Na klar«, sagte Smith und setzte die Mütze wieder auf. Harry dachte, dass es irgendwie paradox und komisch, dann aber auch wieder wie eine böse Prophezeiung wirkte, wenn der St.-Pauli-Totenkopf direkt über dem freundlichen Gesicht des Psychologen schwebte.

»Ohne Durchsuchungsbeschluss, Harry!« Gunnar Hagen brüllte so laut, dass Harry den Arm mit dem Handy ausstreckte und Tord, der an Hells Computer saß, den Kopf hob.

»Du bist ohne Durchsuchungsbeschluss in das Haus eingedrungen? Ich hatte doch wohl klipp und klar nein gesagt!«

»Ich bin da nicht rein, Chef.« Harry sah aus dem Fenster in Richtung Tal. Es wurde langsam dunkel, und die ersten Lichter gingen an. »Das war der Polizist hier aus dem Ort, ich habe nur geklingelt.«

»Ich habe mit ihm gesprochen, und er hat gesagt, dass er absolut davon überzeugt gewesen sei, du hättest einen Durchsuchungsbeschluss.«

»Ich habe nur gesagt, dass ich alles habe, was ich brauche. Und das hatte ich.«

»Und das wäre?«

»Hallstein Smith war Lenny Hells Psychologe. Er hat das volle Recht, seinen Patienten zu besuchen, wenn er sich Sorgen um ihn macht. In Anbetracht von Hells Verbindung zu zwei Toten meinte Smith, wirklich allen Grund dafür zu haben. Er hat mich gebeten, in meiner Funktion als Polizist mitzukommen, sollte Lenny Hell gewalttätig werden.«

»Und Smith wird das natürlich bestätigen.«

Harry hörte, dass Gunnar Hagen das Kunststück gelang, im gleichen Atemzug zu lachen und vor Wut zu schnauben. »Du hast den Dorfpolizisten da oben ganz schön getäuscht, Harry. Und du weißt doch, dass mögliche Beweisstücke vor Gericht keine Gültigkeit haben, sollten sie herausfinden ...«

»Gunnar, jetzt hör doch mit dem Geschimpfe auf.«

Eine kurze Pause entstand. »Was hast du gesagt?«

»Ich habe dich freundlich gebeten, den Mund zu halten«, sagte

Harry. »Zum einen gibt es da nichts herauszufinden, wir sind nun mal drin, zum anderen soll ja niemand angeklagt werden. Sie sind alle tot, Gunnar. Wir haben heute hier herausgefunden, was mit Marte Ruud passiert ist. Und dass Valentin Gjertsen nicht allein war. Du und Bellman, ihr werdet dadurch keine Probleme kriegen, eher im Gegenteil.«

»Es ist mir vollkommen egal, was ...«

»Ist es nicht, ich sehe den Text der Pressemeldung schon vor mir. *Die Polizei war unermüdlich im Einsatz, Marte Ruud zu finden, und dieses Engagement wurde nun belohnt. Wir sind der Meinung, dass Martes Familie und ganz Norwegen es verdient haben, die Wahrheit zu erfahren.* Notiert? Lenny Hell tut dem Erfolg des Polizeipräsidenten im Fall Valentin keinen Abbruch, Chef. Das ist ein Extrapunkt. Also entspann dich und iss dein Steak weiter.« Harry ließ das Handy in seine Hosentasche gleiten und fuhr sich mit der Hand über das Gesicht. »Was hast du, Tord?«

Der IT-Experte hob den Blick. »E-Mail-Korrespondenz, die bestätigt, was du sagst. Lenny Hell nimmt mit Alexander Dreyer Kontakt auf und sagt ihm, dass er seine Adresse aus Smiths Patientenkartei hat, die er gestohlen hat. Hell kommt dann direkt zur Sache und schlägt ihm eine Zusammenarbeit vor.«

»Kommt das Wort *Mord* vor?«

»Ja.«

»Gut, mach weiter.«

»Es dauert ein paar Tage, bis Dreyer, also Valentin antwortet. Er schreibt, dass er sich erst versichern musste, dass die Datei tatsächlich gestohlen worden und die Mail keine Falle der Polizei war. Dass er jetzt aber offen für Vorschläge sei.«

Harry sah über Tords Schulter. Ein Schauer lief ihm über den Rücken, als er las:

Mein Freund, ich bin offen für hübsche Vorschläge.

Tord scrollte weiter und fuhr fort: »Lenny Hell schreibt, dass sie nur über E-Mail Kontakt haben werden und dass Valentin unter keinen Umständen versuchen soll herauszufinden, wer er ist.

Er bittet Valentin, einen Ort vorzuschlagen, an dem er die Schlüssel zu den Wohnungen der Frauen und eventuelle weitere Instruktionen deponieren kann, ohne dass sie sich begegnen. Valentin nennt daraufhin die Umkleide im Cagaloglu Hamam ...«

»Das türkische Bad.«

»Vier Tage vor dem Mord an Elise Hermansen schreibt Hell, dass der Schlüssel für die Wohnung und weitere Instruktionen in einem Umkleideschrank liegen, verschlossen mit einem kleinen Vorhängeschloss mit einem blauen Punkt. Die Nummer des Schlosses lautet 0999.«

»Hm. Hell hat Valentin also richtiggehend ferngesteuert. Was steht da sonst noch?«

»Bei Ewa Dolmen und Penelope Rasch ist es ähnlich. Es gibt aber keine Instruktionen, um Marte Ruud zu töten. Im Gegenteil. Schauen wir mal ... Hier. An dem Tag, nachdem Marte Ruud verschwunden ist, schreibt Hell: *Ich weiß, dass du das Mädchen aus Harry Holes Stammkneipe entführt hast, Alexander. Das gehört nicht zu unserem Plan. Ich nehme an, dass du sie noch immer bei dir hast. Das Mädchen wird die Polizei zu dir führen, Alexander. Wir müssen schnell handeln. Nimm das Mädchen mit, ich kümmere mich dann darum, dass sie verschwindet. Fahr zu der Stelle mit folgenden Koordinaten: 60.148083, 10.777245. Das ist ein Straßenabschnitt, auf dem nachts so gut wie kein Verkehr ist. Sei heute Nacht um ein Uhr dort. Du stoppst an dem Schild Hadeland 1 km. Gehst im rechten Winkel genau hundert Meter in den Wald, legst sie an einem großen, verbrannten Baum ab und verschwindest wieder.«*

Harry warf einen Blick auf den Bildschirm und tippte die Koordinaten bei Google Maps in sein Telefon ein. »Das ist ein paar Kilometer von hier entfernt. Sonst noch was?«

»Nein, das ist die letzte Mail.«

»Wirklich?«

»Ich habe auf diesem PC erst einmal nichts gefunden. Vielleicht haben sie telefonisch Kontakt gehabt.«

»Sag Bescheid, wenn du was findest.«

»Will do.«

Harry ging nach unten ins Erdgeschoss.

Bjørn Holm stand im Flur und redete mit einem der Kriminaltechniker.

»Ein kleines Detail«, sagte Harry. »Nimm DNA-Proben von dieser Wasserleitung. Haut und Blut. Das ist das reinste Gästebuch.«

»Okay.«

Harry ging zur Tür. Blieb stehen und drehte sich wieder um.

»Übrigens, mein Glückwunsch. Hagen hat es mir gestern erzählt.«

Bjørn sah ihn fragend an. Harry deutete mit der Hand eine Kugel vor dem Bauch an.

»Ach das.« Bjørn lächelte. »Danke.«

Harry ging nach draußen und sog die Luft ein, als das Dunkel und die Winterkälte ihn umgaben. Es war wie eine Reinigung. Er lief auf die dunkle Wand der Nadelbäume zu. Sie hatten zwei Schneescooter zur Verfügung gestellt, eine Art Pendelverkehr bis dort, wo der Weg wieder geräumt war. Harry ging davon aus, dass er schon jemanden finden würde, der ihn fuhr. Aber im Moment war niemand da. Er fand die feste Spur der Scooter, stellte fest, dass er darin nicht einsank, und ging los. Das Haus war hinter ihm im Dunkeln verschwunden, als ein Laut ihn abrupt innehalten ließ. Er lauschte.

Kirchenglocken. Jetzt?

Er hatte keine Ahnung, ob sie läuteten, weil jemand gestorben oder geboren war, aber das Geräusch selbst jagte ihm einen Schauer über den Rücken. Im gleichen Moment sah er vor sich im Dunkeln ein paar gelbe Augen, die sich bewegten. Tieraugen. Hyänenaugen. Und ein immer lauter werdendes Knurren. Es kam schnell näher.

Harry hob die Hände vor das Gesicht, aber die Scheinwerfer des Schneescooters, der vor ihm gehalten hatte, blendeten ihn trotzdem.

»Wohin wollen Sie?«, fragte eine Stimme hinter dem Licht.

Harry nahm das Telefon, schaltete es ein und reichte es dem Scooterfahrer. »Dahin.«

60.148083, 10.777245

Auf beiden Seiten der schmalen Landstraße war Wald. Keine Autos. Ein blaues Schild.

Harry fand den Baum exakt hundert Meter im rechten Winkel von der Straße entfernt.

Er stapfte durch den Schnee, bis er an dem zersplitterten, verkohlten Stamm stand. Der Schnee lag hier nicht ganz so hoch. Als er in die Hocke ging, sah er die helle Stelle auf dem von den Scheinwerfern des Scooters beleuchteten Stamm. Abriebspuren von einem Tau oder einer Kette. Was heißen musste, dass Marte Ruud zu diesem Zeitpunkt noch gelebt hatte.

»Sie waren hier«, sagte er und sah sich um. »Valentin und Lenny, sie waren beide hier. Ob sie sich dabei begegnet sind?«

Die Bäume starrten ihn stumm wie widerspenstige Zeugen an.

Harry ging zurück zu dem Scooter und setzte sich hinter den Beamten.

»Nehmen Sie die Leute von der Spurensicherung mit hier raus. Vielleicht ist hier noch irgendwas zu finden.«

Der Beamte drehte sich etwas um. »Wohin wollen Sie jetzt?«

»In die Stadt, mit all den schlechten Neuigkeiten.«

»Sie wissen, dass die Angehörigen von Marte Ruud bereits informiert sind?«

»Hm. Aber nicht die Angehörigen im Schrøder.«

Aus dem Wald war der Schrei eines Vogels zu hören. Es klang wie eine verspätete Warnung.

KAPITEL 37

Mittwochnachmittag

Harry schob die turmhohen Stapel der schriftlichen Prüfungen zur Seite, um die beiden jungen Männer besser sehen zu können, die vor seinem Schreibtisch Platz genommen hatten.

»Ich habe eure Antworten im Fall des *Fünften Zeichens* gelesen«, sagte er. »Kompliment dafür, dass ihr in eurer Freizeit eine Aufgabe löst, die ich dem Abschlussjahrgang gestellt habe ...«

»Aber?«, fragte Oleg.

»Kein Aber.«

»Unsere Lösungen sind besser als die der anderen, nicht wahr?« Jesus hatte die Hände hinter seinen langen schwarzen Zopf gelegt.

»Nein«, sagte Harry.

»Nicht? Und wer war besser?«

»Die Gruppe um Ann Grimset, glaube ich.«

»Was?«, fragte Oleg. »Die hatten doch noch nicht mal einen klaren Hauptverdächtigen.«

»Stimmt, sie sind wirklich zu dem Ergebnis gekommen, *keinen* Hauptverdächtigen zu haben. Und basierend auf den Informationen, die sie bekommen haben, war diese Schussfolgerung richtig. Ihr habt die richtige Person ins Visier genommen, aber nur, weil ihr euch nicht zurückhalten konntet und über Google recherchiert habt, wer vor zwölf Jahren tatsächlich der Schuldige gewesen ist. Deshalb hakt es bei euch beim Fazit. Ihr habt einige falsche Schlüsse gezogen, um zur richtigen Antwort zu kommen.«

»Dann hast du eine Aufgabe gestellt, für die es keine richtige Lösung gibt?«, fragte Oleg.

»Nicht auf Basis der gegebenen Informationen«, sagte Harry. »Ein Vorgeschmack auf die Zukunft, wenn ihr wirklich Ermittler werden wollt.«

»Und was macht man dann?«

»Neue Informationen suchen«, sagte Harry, »oder man kombiniert das, was man bereits hat, auf neue Weise. Häufig ist die Lösung eines Falls schon in dem Material verborgen, das man hat.«

»Und wie war das dann bei dem Vampiristenfall?«, fragte Jesus.

»Ein paar neue Informationen. Und etwas, das wir schon hatten.«

»Hast du gesehen, was heute in der VG stand?«, fragte Oleg. »Dass Lenny Hell Valentin Gjertsen verleitet hat, die Frauen zu töten, wegen denen Hell eifersüchtig war. Genau wie in *Othello*.«

»Hm. Ich meine mich zu erinnern, dass du gesagt hast, dass das Mordmotiv in *Othello* nicht in erster Linie Eifersucht, sondern Ehrgeiz war.«

»Dann halt das Othello-Syndrom. Den Artikel hat übrigens nicht Mona Daa geschrieben. Merkwürdig, ich habe schon lange nichts mehr von ihr gelesen.«

»Wer ist Mona Daa?«, fragte Jesus.

»Die einzige Kriminaljournalistin, die wirklich einen Überblick hat«, sagte Oleg. »Eine seltsame Frau aus dem Norden. Trainiert mitten in der Nacht und benutzt Old Spice. Aber Harry, jetzt erzähl schon!«

Harry musterte die beiden hochkonzentrierten Gesichter vor sich und versuchte, sich zu erinnern, ob er selbst als Polizeischüler auch einmal so motiviert gewesen war. Vermutlich nicht. Er hatte die meiste Zeit einen Kater gehabt und es nicht abwarten können, sich wieder volllaufen zu lassen. Diese beiden waren besser. Er räusperte sich. »Okay. Aber dann ist das hier eine Vorlesung, und ich erinnere euch daran, dass ihr als Polizeischüler der Schweigepflicht unterliegt. Verstanden?«

Die beiden nickten und beugten sich noch weiter vor.

Harry lehnte sich im Stuhl zurück. Spürte das Verlangen nach Nikotin und wusste, dass die Zigarette auf der Treppe gut schmecken würde.

»Wir sind Hells PC durchgegangen und haben darin wirklich alles gefunden«, sagte er. »Ablaufpläne, Tagebucheinträge, Informationen über die Opfer, über Valentin Gjertsen alias Alexander Dreyer und Hallstein Smith. Und über mich ...«

»Über Sie?«, fragte Jesus.

»Lass ihn weiterreden«, sagte Oleg.

»Hell hat sich selbst eine Anleitung geschrieben, wie er die Schlüssel dieser Frauen kopieren kann. Er hatte herausgefunden, dass acht von zehn Frauen bei einem Tinder-Date ihre Tasche am Tisch liegen lassen, wenn sie auf die Toilette gehen, und dass die Schlüssel in der Regel in der kleinen Seitentasche mit dem Reißverschluss aufbewahrt werden. Dass es durchschnittlich fünfzehn Sekunden dauert, einen beidseitigen Wachsabdruck von drei Schlüsseln zu machen, und dass es schneller geht, die Schlüssel zu fotografieren. Er war sich aber auch darüber im Klaren, dass bestimmte Schlüsseltypen anhand von Fotos nicht in ein genaues 3-D-Profil zu übertragen waren, so dass mit dem 3-D-Drucker keine Kopien möglich waren.«

»Wollen Sie damit sagen, dass er schon beim ersten Date wusste, dass er eifersüchtig sein würde?«, fragte Jesus.

»In manchen Fällen vermutlich schon«, sagte Harry. »Er hat geschrieben, dass es keinen Grund gab, sich nicht den Zugang zu ihren Wohnungen zu sichern, wenn das so einfach war.«

»Creepy«, flüsterte Jesus.

»Was hat ihn dazu gebracht, Valentin auszuwählen, und wie hat er ihn gefunden?«, fragte Oleg.

»Alles, was er brauchte, stand in den Patientenakten, die er bei Smith gestohlen hat. In diesen Unterlagen war vermerkt, dass

Alexander Dreyer ein Mann mit derart lebhaften vampiristischen Mordphantasien war, dass Smith erwogen hatte, ihn zu melden. Dagegen sprach allerdings, dass Dreyer einen hohen Grad an Selbstbeherrschung zeigte und ein ziemlich geordnetes Leben führte. Ich nehme an, dass die Kombination aus Mordlust und Selbstbeherrschung ihn für Hell zum perfekten Kandidaten gemacht hat.«

»Aber was hatte Hell Valentin Gjertsen anzubieten?«, fragte Jesus. »Geld?«

»Blut«, sagte Harry. »Junges, warmes Blut von weiblichen Opfern, die in keinerlei Zusammenhang mit Dreyer standen.«

»Morde ohne offensichtliche Motive und ohne dass Mörder und Opfer zuvor jemals in Kontakt standen, sind am schwersten aufzuklären«, sagte Oleg, während Jesus zustimmend nickte. Harry wurde bewusst, dass das Zitat aus einer seiner Vorlesungen stammte.

»Hm. Für Valentin war es das Wichtigste, seinen Decknamen Alexander Dreyer komplett aus der Sache herauszuhalten. Neben seinem neuen Gesicht hatte es ihm dieser Name ermöglicht, wieder unter die Leute zu gehen, ohne entlarvt zu werden. Dass kommuniziert wurde, dass Valentin Gjertsen hinter den Morden stand, machte ihm keine großen Sorgen. Am Ende konnte er ja nicht mal der Verlockung widerstehen, uns vorzuführen, wer hinter den Taten steht.«

»Uns?«, fragte Oleg. »Oder dir?«

Harry zuckte mit den Schultern. »Egal. Es hat uns dem Mann, nach dem wir schon all diese Jahre fahnden, ja kein bisschen näher gebracht. Er konnte Hells Regie uneingeschränkt folgen und weitermorden. Und das ohne Risiko, denn mit Hells Schlüsselkopien kam Valentin ja in die Wohnungen der Opfer.«

»Eine perfekte Symbiose«, sagte Oleg.

»Wie Hyäne und Geier«, flüsterte Jesus. »Der Geier zeigt der Hyäne den Weg, indem er über dem verletzten Tier kreist, und die Hyäne bringt es dann um. Fressen für beide.«

»Valentin tötet also Elise Hermansen, Ewa Dolmen und Penelope Rasch«, sagte Oleg. »Aber was ist mit Marte Ruud? Kannte Lenny Hell auch sie?«

»Nein, das war Valentins eigenes Werk. Und diese Tat war gegen mich gerichtet. Er hatte in der Zeitung gelesen, dass ich ihn als armseligen Perversen bezeichnet habe, und hat sich deshalb jemanden gesucht, der mir nahestand.«

»Nur, weil Sie ihn als Perversen bezeichnet haben?« Jesus verzog das Gesicht.

»Narzissten werden gerne geliebt«, sagte Harry. »Oder gehasst. Dann bestätigt und festigt die Furcht der anderen ihr Selbstbild. Was sie als kränkend empfinden, ist übersehen oder verachtet zu werden.«

»Dasselbe ist dann doch noch mal bei diesem Podcast mit Smith passiert«, sagte Oleg. »Valentin hat rotgesehen und ist direkt zum Hof gefahren, um ihn zu töten. Glaubst du, dass Valentin da eine akute Psychose hatte? Ich meine, er hat sich so lange beherrscht, und seine ersten Morde waren kalte, durchgeplante Aktionen. Aber Smith und Marte Ruud scheinen eher spontane *Reaktionen* zu sein.«

»Vielleicht«, sagte Harry. »Es ist aber auch möglich, dass er inzwischen das Selbstvertrauen hatte, das Serienmörder oft entwickeln, wenn ihre ersten Morde problemlos verlaufen sind. Manche glauben dann, sie könnten über Wasser laufen.«

»Aber warum hat Lenny Hell sich umgebracht?«, fragte Jesus.

»Tja«, sagte Harry. »Irgendwelche Vorschläge?«

»Ist das nicht offensichtlich?«, fragte Oleg. »Lenny hat Morde an Frauen geplant, die ihn gedemütigt und es deshalb verdient hatten, aber plötzlich hatte er auch das Blut von Marte Ruud und Mehmet Kalak an den Händen. Zwei Unschuldige, die nichts mit alldem zu tun hatten. Sein Gewissen hat sich gemeldet, und er konnte nicht mehr mit dem leben, was er angerichtet hatte.«

»Nee«, sagte Jesus. »Lenny hat von Anfang an vorgehabt, sich umzubringen, wenn das alles vorüber war. Es ging um diese drei Frauen, die er töten wollte. Elise, Ewa und Penelope.«

»Ich bezweifle das«, sagte Harry. »Hell hatte noch weitere Frauennamen in seinen Aufzeichnungen, samt den dazugehörigen Schlüsseln.«

»Okay, und was, wenn er sich nicht selbst das Leben genommen hat?«, fragte Oleg. »Was, wenn Valentin ihn getötet hat? Sie könnten sich über die Morde an Mehmet und Marte gestritten haben. Für Lenny waren das ja unschuldige Opfer. Vielleicht wollte Lenny sich stellen, und Valentin hat das herausbekommen.«

»Oder Valentin war Lenny ganz einfach leid«, sagte Jesus. »Es kommt durchaus vor, dass eine Hyäne sich mal einen Geier schnappt, wenn diese ihm zu nahe kommen.«

»Auf dem Kugelschussapparat sind nur Lennys Fingerabdrücke«, sagte Harry. »Natürlich ist es möglich, dass Valentin Lenny umgebracht und diese Tat dann wie einen Selbstmord hat aussehen lassen. Aber warum sollte er sich diese Mühe machen? Die Polizei hatte ja schon genug andere Morde, um ihn lebenslänglich wegzusperren. Und wenn Valentin es darauf angelegt hätte, all seine Spuren zu verwischen, hätte er Marte Ruuds Leiche nicht im Keller gelassen. Ganz zu schweigen von dem PC und den Dokumenten oben im zweiten Stock, die ja beweisen, dass er mit Hell zusammengearbeitet hat.«

»Okay«, sagte Jesus. »Was den ersten Vorschlag angeht, bin ich der gleichen Meinung wie Oleg. Lenny Hell hat eingesehen, was er ausgelöst hat, und wollte damit nicht länger leben.«

»Das, was man als Erstes sagt, sollte man immer ernst nehmen«, sagte Harry. »In der Regel basiert das auf mehr Informationen, als einem bewusst ist. Und das Einfache ist häufig sowieso richtig.«

»Es gibt da aber eine Sache, die ich nicht verstehe«, sagte Oleg. »Lenny und Valentin wollten nicht zusammen gesehen werden, in Ordnung. Aber warum so komplizierte Übergaben? Hätten sie sich nicht einfach bei einem der beiden zu Hause treffen können?«

Harry schüttelte den Kopf. »Für Lenny war es wichtig, seine Identität vor Valentin verborgen zu halten. Das Risiko, dass Valentin irgendwann gefasst werden würde, war ja nicht gerade gering.«

Jesus nickte. »Und er hatte Angst davor, dass Valentin die Polizei dann zu ihm führen würde, um seine Strafe zu mindern.«

»Und Valentin wollte Lenny definitiv nicht verraten, wo er wohnte«, sagte Harry. »Das ist der Grund dafür, warum Valentin so lange nicht entdeckt wurde. Mit so etwas war er wirklich pedantisch.«

»Dann ist der Fall aufgeklärt, und es gibt keine offenen Fragen mehr?«, fragte Oleg. »Hell hat sich das Leben genommen, und Valentin hat Marte Ruud gekidnappt. Aber habt ihr auch Beweise dafür, dass er es war, der Marte Ruud umgebracht hat?«

»Das Dezernat ist sich da ziemlich sicher«, sagte Harry.

»Weil?«

»Weil sie im Schrøder Valentins DNA gefunden haben, weil im Kofferraum seines Wagens Martes Blut war und sie die Kugel gefunden haben, mit der ihr in den Bauch geschossen wurde. Sie steckte in der Wand in Hells Keller. Der Winkel, mit dem die Kugel da eingedrungen ist, zeigt, dass Marte Ruud erschossen wurde, bevor man sie aufgehängt hat. Die Kugel stammt aus derselben Ruger Redhawk, die Valentin bei sich hatte, als er Smith erschießen wollte.«

»Nur dass du nicht dieser Meinung bist«, sagte Oleg.

Harry zog eine Augenbraue hoch. »Nicht?«

»Wenn du sagst, dass das Dezernat sich ziemlich sicher ist, heißt das, dass du etwas anderes denkst.«

»Hm.«

»Also, was denkst du?«, fragte Oleg.

Harry fuhr sich mit der Hand über das Gesicht. »Ich finde, dass es nicht so wichtig ist, wer ihr den Gnadenstoß versetzt hat.

Denn in diesem Fall kann man das wirklich so bezeichnen. Gnade. Die Matratze im Käfig war voller DNA. Blut, Schweiß, Samen, Erbrochenes. Manches davon von ihr, anderes von Lenny Hell.«

»Jesus«, sagte Jesus. »Sie meinen, dass Hell sie missbraucht hat?«

»Ja, wenn es nicht sogar mehrere waren.«

»Noch mehr als Valentin und Hell?«

»Über der Kellertreppe ist eine Wasserleitung. Man stößt sich zwangsläufig den Kopf daran, wenn man nicht weiß, dass sie da ist. Ich habe deshalb Bjørn Holm, den leitenden Kriminaltechniker, gebeten, mir eine Liste aller zu schicken, die dort ihre DNA hinterlassen haben. Die ganz alten Sachen sind nicht mehr nachweisbar, er hat aber trotzdem das Profil von sieben Personen gefunden. Wir haben wie immer DNA-Proben von allen genommen, die am Tatort gearbeitet haben und haben Übereinstimmungen mit dem Dorfpolizisten, seinem Assistenten, Bjørn, Smith und mir und noch einem weiteren Mitarbeiter von der Spurensicherung, den wir nicht rechtzeitig warnen konnten. Das siebte Profil aber konnten wir nicht identifizieren.«

»Es stammte weder von Valentin Gjertsen noch von Lenny Hell?«

»Nein, wir wissen nur, dass es ein Mann ist, der mit Lenny Hell nicht verwandt ist.«

»Vielleicht einfach nur jemand, der dort unten etwas zu tun hatte«, sagte Oleg. »Ein Elektriker, Klempner oder was weiß ich.«

»Möglich«, sagte Harry. Sein Blick fiel auf die Zeitung *Dagbladet*, die aufgeschlagen vor ihm lag. Er hatte eben erst das Interview mit Bellman gelesen, der kurz vor der Vereidigung zum Justizminister stand. Er las noch einmal den fettgedruckten Text: *Es freut mich besonders, dass dank der hartnäckigen, unerbittlichen Suche der Polizei auch Marte Ruud gefunden werden konnte. Die Angehörigen haben das ebenso verdient wie die Polizei. Diese Tatsache*

529

macht es mir leichter, jetzt aus meinem Amt als Polizeipräsident zu scheiden.

»Ich muss jetzt los, Jungs.«

Die drei verließen das Chateau Neuf, wie die Polizeihochschule in Polizistenkreisen genannt wurde, gemeinsam, und erst als sie sich davor trennen wollten, kam Harry die Einladung in den Sinn. »Hallstein ist mit seiner Vampirdoktorarbeit fertig. Am Freitag hat er seine Disputation. Wir sind eingeladen.«

»Was ist denn eine Disputation?«

»Ein mündliches Examen vor feierlich gekleideten Verwandten und Freunden«, sagte Jesus. »Besser, sich dabei nicht zu blamieren.«

»Mama und ich werden gehen«, sagte Harry. »Ich weiß nicht, ob du Zeit oder Lust hast. Ståle ist übrigens einer von denen, die Fragen stellen.«

»Oha«, sagte Oleg. »Wann ist diese Prüfung denn genau? Ich habe am Morgen noch einen Termin in der Ullevål-Klinik.«

Harry zog die Stirn in Falten. »Warum?«

»Nur eine Blutprobe, die Steffens entnehmen will. Er erforscht eine seltene Blutkrankheit namens Systemische Mastozytose. Sollte Mama die gehabt haben, hat ihr Blut sich selbst repariert.«

»Mastozytose?«

»Als Ursache gilt ein Genfehler, die sogenannte c-KIT-Mutation, die ist aber nicht erblich. Steffens hofft allerdings, dass der Stoff im Blut, der die Krankheit möglicherweise heilen kann, erblich ist. Deshalb will er mein Blut mit dem von Mama vergleichen.«

»Hm, das ist also die genetische Verbindung, von der deine Mutter gesprochen hat.«

»Steffens sagt, dass er noch immer von einer einfachen Vergiftung ausgeht und dass diese Untersuchung jetzt nicht mehr ist als ein Schuss ins Blaue. Dass die meisten großen Entdeckungen aber nicht gemacht worden wären, wenn nicht irgendwer einen Schuss ins Blaue abgefeuert hätte.«

»Da kann er recht haben. Die Disputation ist um zwei Uhr. Anschließend gibt es noch einen Empfang, auf den ihr gehen könnt. Ich werde den aber wohl auslassen.«

»Bestimmt«, sagte Oleg lächelnd und drehte sich zu Jesus. »Harry mag keine Menschen, weißt du.«

»Ich mag Menschen«, sagte Harry. »Ich mag es nur nicht, mit ihnen zusammen zu sein. Besonders dann nicht, wenn so viele auf einem Haufen sind.« Er sah wieder auf die Uhr. »Apropos.«

»Sorry, ich bin spät, hatte noch eine Privatvorlesung«, sagte Harry und schob sich hinter den Tresen.

Øystein stöhnte, während er zwei frisch gezapfte Bier auf den Tresen knallte, so dass der Schaum überlief. »Harry, wir brauchen hier mehr Leute.«

Harry blinzelte in die Menschenmenge, die sich in der Kneipe drängelte. »Ich finde, es sind jetzt schon zu viele.«

»Ich meine auf dieser Seite des Tresens, du Brot.«

»Das Brot hustet dir gleich was. Kennst du irgendwen mit einem guten Musikgeschmack?«

»Holzschuh.«

»Der ja kein Autist ist.«

»Nein.« Øystein zapfte das nächste Bier und signalisierte Harry, dass er sich um die Kasse kümmern solle.

»Okay, lass uns darüber nachdenken. Hallstein war hier?« Harry zeigte auf die St.-Pauli-Mütze, die auf einem großen Bierglas neben dem Galatasaray-Wimpel prangte.

»Ja, er hat sich noch mal dafür bedankt, dass er die ausleihen durfte. Er hatte ein paar ausländische Journalisten dabei, die den Ort sehen wollten, an dem das alles losgegangen ist. Angeblich hat er übermorgen irgend so eine Doktorsache.«

»Disputation.« Harry gab einem Kunden die Kreditkarte zurück und bedankte sich.

»Ja. Da ist übrigens so ein Typ zu denen gegangen, den Smith dann als Kollegen aus dem Morddezernat vorgestellt hat.«

»Oh«, sagte Harry und nahm die nächste Bestellung von einem Typ mit Hipsterbart und Cage-the-Elephant-T-Shirt entgegen. »Wie sah er aus?«

»Zähne«, sagte Øystein und zeigte auf seine eigene Reihe brauner Stummel.

»Doch nicht Truls Berntsen, oder?«

»Keine Ahnung, wie der geheißen hat, aber ich habe ihn hier schon ein paarmal gesehen. Er sitzt immer da hinten in der Nische und kommt allein.«

»Bestimmt Truls Berntsen.«

»Die Frauen scharen sich immer um ihn.«

»Nicht Truls Berntsen.«

»Und trotzdem geht er allein nach Hause. Komischer Kauz.«

»Weil er keine Frau mit nach Hause nimmt?«

»Würdest du jemandem vertrauen, der so einen Gratis-Fick ablehnt?«

Der Hipsterbart zog eine Augenbraue hoch. Harry zuckte mit den Schultern, reichte ihm das Bier, ging zum Spiegelregal und setzte sich die St.-Pauli-Mütze auf. Er wollte sich gerade wieder umdrehen, als er mitten in der Bewegung erstarrte. Er sah sich selbst im Spiegel. Den Totenkopf tief in der Stirn.

»Harry?«

»Hm.«

»Kannst du hier helfen? Zwei Mojitos mit Sprite Light.«

Harry nickte langsam. Dann nahm er die Mütze ab und ging um den Tresen herum zum Ausgang.

»Harry!«

»Ruf Holzschuh an!«

»Ja?«

»Tut mir leid, dass ich so spät noch anrufe, ich habe nicht wirklich damit gerechnet, noch jemanden zu erreichen.«

»Wir haben auch geschlossen, aber so ist das halt, wenn man irgendwo mit systematischer Unterbesetzung arbeitet. Sie rufen über eine interne Nummer an, die nur der Polizei zur Verfügung steht.«

»Ja, ich bin Harry Hole, Hauptkommissar am ...«

»Ich habe schon von dir gehört, Harry. Ich bin's, Paula, und Hauptkommissar bist du schon lange nicht mehr.«

»Ach, du bist's, Paula. Nun, ich sitze noch immer an diesem Vampiristenfall. Kannst du noch einmal die Treffer überprüfen, die wir an dieser Wasserleitung hatten?«

»Ich habe da zwar nicht mitgearbeitet, aber ich kann nachschauen. Du bist dir aber hoffentlich im Klaren darüber, dass ich außer Valentin Gjertsen keine Namen habe. Die anderen DNA-Profile des Vampiristenfalls sind nur mit Nummern ausgewiesen.«

»Das ist schon in Ordnung. Ich hab eine Liste mit den Namen und Nummern aller Tatorte vor mir, also leg los.«

Harry hakte ab, während Paula ihm die DNA-Profile durchgab, die sie gefunden hatten. Dorfpolizist, dessen Assistent, Hole, Smith, Holm und einer seiner Kriminaltechniker. Und dann noch die siebte Person.

»Bei der letzten gibt es noch immer keinen Treffer?«, fragte Harry.

»Nein.«

»Was ist mit dem Rest des Hauses von Hell, ist da DNA-Material von Valentin gefunden worden?«

»Lass mal sehen ... nein, sieht nicht so aus.«

»Weder auf der Matratze noch auf der Leiche? Keine Verbindung, nichts ...«

»Nope.«

»Okay, Paula, danke.«

»Apropos Verbindung, konntest du eigentlich herausfinden, was das mit diesem Haar auf sich hatte?«

»Was für ein Haar?«

»Diese Sache im Herbst. Kommissar Wyller war mit einem Haar bei mir, das er analysieren lassen wollte. Er meinte wohl, wir würden der Sache Priorität einräumen, weil er deinen Namen genannt hat.«

»Und das habt ihr doch wohl ...«

»Natürlich, Harry, du weißt doch, dass alle Frauen hier oben eine Schwäche für dich haben.«

»Sagt man so etwas nicht zu sehr alten Männern?«

Paula lachte. »So ist das halt, wenn man heiratet, Harry. Selbsterwählte Kastration.«

»Hm. Ich hatte das Haar auf dem Boden im Ullevål-Krankenhaus gefunden, im Zimmer, wo meine Frau gelegen hat. Da war ich wohl ein wenig paranoid.«

»Na dann. Ich gehe mal davon aus, dass es nicht wichtig war, da Wyller mich später gebeten hat, die Sache zu vergessen. Hattest du Angst, deine Frau könnte einen Lover haben?«

»Im Grunde, nein. Aber jetzt, wo du das sagst.«

»Ihr Männer seid so naiv.«

»Das sichert uns das Überleben.«

»Als ob ihr das tun würdet. Wir sind dabei, den Planeten zu übernehmen, ist dir das noch nicht aufgefallen?«

»Doch, und die Tatsache, dass ihr mitten in der Nacht arbeitet, ist auch irgendwie bedenklich. Ziemlich bedenklich. Gute Nacht, Paula!«

»Nacht!«

»Ach, Paula, was vergessen.«

»Ja?«

»Wie hat Wyller das gemeint? Was solltest du vergessen?«

»Die Verbindung.«

»Zwischen was?«

»Dem Haar und den DNA-Profilen des Vampiristenfalls.«

»Und um wen geht es?«

»Das weiß ich doch nicht. Wir haben, wie gesagt, nur Nummern. Wir wissen nicht einmal, ob die Nummern zu Verdächtigen oder zu Polizisten gehören, die an den Tatorten gearbeitet haben.«

Harry sagte eine ganze Weile nichts. »Hast du die Nummer?«, fragte er schließlich.

»Guten Abend«, sagte der ältere Rettungssanitäter, als er in den Pausenraum der Notaufnahme kam.

»Guten Abend, Hansen«, erwiderte die einzige andere Person im Raum und goss Kaffee in einen Becher.

»Ihr Polizeifreund hat gerade angerufen.«

Oberarzt John Doyle Steffens drehte sich um und zog eine Augenbraue hoch.

»Habe ich Freunde bei der Polizei?«

»Er hat auf jeden Fall von Ihnen gesprochen. Ein Harry Hole.«

»Was wollte er?«

»Er hat uns ein Bild von einer Blutlache geschickt und uns gebeten, eine Einschätzung zu geben, wie viel Blut das ist. Er meinte, Sie hätten das schon einmal anhand eines Tatortfotos gemacht, und dass wir, die wir ja regelmäßig an Unfallorte kämen, darin trainiert seien. Da musste ich ihn aber enttäuschen.«

»Interessant«, sagte Steffens und nahm ein Haar von seiner Schulter. Er sah in dem zunehmenden Haarausfall keine Alterungserscheinung, sondern die Bestätigung, dass er in Saft und Kraft stand und abwarf, was er nicht brauchte. »Warum hat er mich nicht direkt gefragt?«

»Er hat sicher nicht damit gerechnet, dass ein Oberarzt mitten in der Nacht arbeitet. Und es schien eilig zu sein.«

»So, so. Hat er gesagt, was er damit will?«

»Was mit seiner Arbeit, hat er gesagt.«

»Haben Sie das Bild?«

»Hier.« Der Sanitäter nahm sein Handy und zeigte dem Oberarzt die MMS.

Steffens warf einen raschen Blick auf das Display. Es zeigte eine Blutlache auf einem Fußboden. Neben der Lache lag ein Lineal.

»Anderthalb Liter«, sagte Steffens. »Ziemlich genau sogar. Sie können ihn anrufen und ihm das sagen.« Er nippte an seinem Kaffee. »Ein Dozent, der mitten in der Nacht arbeitet, was ist nur aus dieser Welt geworden.«

Der Sanitäter amüsierte sich. »Dasselbe könnte man wohl von Ihnen sagen, Steffens.«

»Was?«, fragte der Oberarzt und überließ dem anderen den Platz an der Kaffeekanne.

»Jede zweite Nacht, Steffens. Was machen Sie hier eigentlich?«

»Patienten aufnehmen, die schwer verletzt sind.«

»Das weiß ich, aber warum? Sie haben einen festen Job als Oberarzt in der Hämatologie und machen trotzdem diese Extraschichten hier in der Notaufnahme. Das ist ziemlich ungewöhnlich.«

»Wer will schon etwas Gewöhnliches? Man ist doch am liebsten da, wo man zu etwas zu gebrauchen ist, oder?«

»Dann haben Sie keine Familie, die Sie auch mal zu Hause haben möchte?«

»Nein, aber ich habe Kollegen, deren Familien froh sind, wenn sie *nicht* zu Hause sind.«

»Haha. Sie tragen aber doch einen Ehering.«

»Und Sie haben Blut am Ärmel, Hansen. Haben Sie jemanden mitgebracht, der blutet?«

»Ja. Sind Sie geschieden?«

»Witwer.« Steffens trank noch einen Schluck Kaffee. »Ist der Patient eine Frau, ein Mann, jung oder alt?«

»Eine Frau in den Dreißigern, warum?«

»Nur so. Wo ist sie jetzt?«

»Ja?«, flüsterte Bjørn Holm.

»Hier ist Harry. Warst du schon im Bett?«

»Es ist zwei Uhr nachts, was glaubst du denn?«

»Es waren rund anderthalb Liter Blut von Valentin auf dem Boden in Smiths Büro.«

»Ja, und?«

»Einfache Mathematik, er war zu schwer.«

Harry hörte, wie das Bett knarzte, dann die Bettwäsche raschelte, bevor Bjørn sich flüsternd wieder meldete: »Von was redest du eigentlich?«

»Du siehst das auf der Waage, wenn Valentin wieder geht. Er wiegt nur anderthalb Kilo weniger als bei seinem Kommen.«

»Anderthalb Liter Blut wiegen anderthalb Kilo, Harry.«

»Das weiß ich. Und uns fehlen Beweise. Wenn wir die haben, erkläre ich dir alles. Und das darfst du niemandem sagen, verstanden? Nicht mal der Person, die neben dir im Bett liegt.«

»Sie schläft.«

»Das höre ich.«

Bjørn lachte trocken. »Sie schnarcht für zwei.«

»Können wir uns morgen früh um acht im Heizungsraum treffen?«

»Ja, wird schon gehen. Kommen Smith und Wyller auch?«

»Smith treffen wir bei seiner Disputation am Freitag.«

»Und Wyller?«

»Nur du und ich, Bjørn, und ich will, dass du Hells PC und Valentins Revolver mitbringst.«

KAPITEL 38

Donnerstagmorgen

»Du bist aber früh dran, Bjørn«, sagte der ältere Beamte in der Asservatenkammer.

»Guten Morgen, Jens, ich brauche noch mal ein paar Sachen aus dem Vampiristenfall.«

»Tja, der ist ja plötzlich wieder in aller Munde. Vom Dezernat für Gewaltverbrechen war gestern auch schon wer hier und hat was geholt. Ich meine, die Box steht im G-Regal. Aber schauen wir mal, was diese Höllenmaschine sagt ...« Er tippte auf der Tastatur herum, als wären die Tasten glühend heiß, und ließ seinen Blick über den Bildschirm gleiten. »Also ... das Mistding hat sich wieder aufgehängt ...« Er sah Bjørn mit einem ebenso resignierten wie hilfesuchenden Blick an. »Bjørn, das war doch wirklich besser, als wir einfach in einem Ordner nachschlagen konnten, oder? Da haben wir noch gefunden, was ...«

»Wer vom Dezernat war hier?«, fragte Bjørn Holm und versuchte, seine Ungeduld nicht zu zeigen.

»Wie heißt der noch mal? Der mit den Zähnen.«

»Truls Berntsen?«

»Nein, nein, der mit den *schönen* Zähnen. Der Neue.«

»Anders Wyller«, sagte Bjørn.

»Hm«, sagte Harry und lehnte sich auf seinem Stuhl im Heizungsraum zurück. »Er hat die Redhawk von Valentin geholt?«

»Und die Eisenzähne und die Handschellen.«

»Und Jens wusste nicht, was Wyller damit wollte?«

»Nein, er hatte keine Ahnung. Ich habe versucht, Wyller anzurufen, aber man hat mir gesagt, er hätte heute frei, weshalb ich versucht habe, ihn über sein Handy zu erreichen.«

»Und?«

»Er geht nicht dran. Vermutlich schläft er, ich kann es nachher ja noch mal versuchen.«

»Nein«, sagte Harry.

»Nicht?«

Harry schloss die Augen. »Am Ende werden wir alle überlistet«, flüsterte er.

»Was?«

»Ach nichts. Komm, wir fahren zu Wyller und wecken ihn. Rufst du im Dezernat an und fragst nach seiner Adresse?«

Eine halbe Minute später legte Bjørn den Hörer auf und nannte betont deutlich die Adresse.

»Du machst Witze«, sagte Harry.

Bjørn Holm bog mit seinem Volvo Amazon in die stille Straße ein und rollte langsam an verschneiten Autos vorbei, die sich unter dem Schnee zu verstecken schienen.

»Hier ist es«, sagte Harry, beugte sich vor und sah an dem dreistöckigen Gebäude hoch. An der hellblauen Fassade prangte ein Graffito.

»Sofies gate 5«, sagte Bjørn. »Nicht gerade Holmenkollen ...«

»Ein anderes Leben«, sagte Harry. »Warte hier!«

Harry stieg aus, ging die zwei Stufen zur Haustür hoch und ließ seinen Blick über die Klingelknöpfe schweifen. Ein Teil der alten Namen war nicht mehr da. Wyllers Name stand weiter unten, als seiner seinerzeit gestanden hatte. Er klingelte. Wartete. Klingelte noch einmal. Nichts. Er wollte gerade ein drittes Mal klingeln, als die Tür aufging und eine junge Frau nach draußen hastete. Harry hielt die Tür fest, bevor sie ins Schloss fallen konnte, und ging ins Haus.

Der Geruch, der ihm im Treppenhaus entgegenschlug, war

noch so wie früher. Küchendünste aus Norwegen und Pakistan, vermischt mit dem süßlichen Gestank der alten Sennheim, die im Erdgeschoss wohnte. Harry lauschte der Stille. Dann schlich er die Treppe hoch und vermied automatisch die sechste Stufe, von der er wusste, dass sie knirschte.

Vor der Tür im ersten Stock blieb er stehen.

Hinter dem matten Türglas war kein Licht zu erkennen.

Harry klopfte an. Wartete. Betrachtete das Schloss. Wusste, dass es kein Hexenwerk war, es aufzubrechen. Eine steife Plastikkarte und ein kräftiger Druck. Bei dem Gedanken schlug sein Herz schneller. Die Scheibe vor ihm beschlug. Hatte auch Valentin eine zittrige Anspannung verspürt, wenn er bei seinen Opfern eingebrochen war?

Harry klopfte noch einmal an. Wartete. Gab es auf und war schon im Gehen begriffen, als er hinter der Tür Schritte hörte. Er drehte sich um und sah einen Schatten hinter dem Glas. Die Tür ging auf.

Anders Wyller trug eine Jeans, war ansonsten aber nackt und unrasiert. Trotzdem sah er nicht so aus, als wäre er gerade erst aufgewacht. Im Gegenteil, seine Pupillen waren schwarz, geweitet und die Stirn voller Schweiß. An seiner Schulter bemerkte Harry etwas Rotes, das wie eine Verletzung aussah. Auf jeden Fall war da Blut.

»Harry«, sagte Wyller. »Was machst du denn hier?« Seine Stimme klang anders als sonst. Das Helle, Jugendliche war weg. »Und wie bist du ins Haus gekommen?«

Harry räusperte sich. »Wir brauchen die Seriennummer von Valentins Revolver. Ich habe geklingelt.«

»Und?«

»Du hast nicht aufgemacht. Ich dachte, dass du vielleicht schläfst, und bin ins Haus gegangen. Ich habe früher mal hier in diesem Haus gewohnt. In der Etage über dir. Ich weiß deshalb, wie leise die Klingel ist.«

»Ja«, sagte Wyller, streckte sich und gähnte.

»Also«, sagte Harry. »Hast du sie?«

»Wen?«

»Die Redhawk. Den Revolver?«

»Ach den, ja. Die Seriennummer? Warte einen Moment.«

Wyller lehnte die Tür an, und Harry sah ihn durch das Glas im Flur verschwinden. Da alle Wohnungen im Haus denselben Schnitt hatten, wusste er, dass Wyller in Richtung Schlafzimmer ging. Dann kam er dort wieder raus, verschwand aber noch einmal im Wohnzimmer.

Harry drückte die Tür auf. Trat ein. Roch so etwas wie Parfüm und sah, dass die Tür zum Schlafzimmer zu war. Vermutlich hatte Wyller sie gerade geschlossen. Harry hielt automatisch im Flur nach Kleidung oder Schuhen Ausschau, die ihm irgendetwas sagen konnten, aber es war nichts zu sehen. Lauschend warf er einen Blick in Richtung Schlafzimmer, bevor er lautlos mit drei schnellen Schritten im Wohnzimmer war. Anders Wyller hatte ihn nicht gehört. Er drehte Harry den Rücken zu, kniete vor dem Wohnzimmertisch und notierte etwas auf einem Block. Vor ihm lag der große Revolver mit dem rotbraunen Schaft, daneben stand ein Teller mit einem Stück Pizza. Peperoni. Die Handschellen und die Eisenzähne waren nirgends zu sehen.

In einer Ecke des Raums stand ein leerer Käfig. Wie ihn Leute für Kaninchen nutzten. Oder Moment. Harry erinnerte sich, dass Wyller etwas von einer Katze gesagt hatte, als Skarre ihn wegen des Lecks angemacht hatte. Aber wo war die Katze? Und hielt man Katzen im Käfig? Harrys Blick wanderte weiter zur Schmalseite des Raumes, an der ein Regal mit Lehrbüchern von der Polizeihochschule stand. Er erkannte Bjerknes' und Hoff Johansens Buch über Ermittlungsmethoden, aber auch ein paar Bücher, die nicht prüfungsrelevant waren, wie Ressler, Burgess und Douglas, *Sexual Homicide – Patterns and Motives*, ein Buch über Serienmorde, über das Harry erst kürzlich in einer Vorlesung gesprochen hatte, weil es Informationen über das gerade erst vom

FBI entwickelte Vicap-Programm enthielt. Harry ließ seinen Blick weiter über das Regal schweifen. Ein Familienbild, zwei Erwachsene und Anders Wyller als Junge, darunter: *Haematology at a Glance*. Atul B. Mehta, A. Victor Hoffbrand. Und *Grundlagen der Hämatologie* von John D. Steffens. Ein junger Mann, der sich für Blutkrankheiten interessierte. Warum nicht? Harry trat näher und warf einen Blick auf das Familienfoto. Der Junge sah glücklich aus. Die Eltern weniger.

»Warum hast du dir Valentins Sachen aus der Asservatenkammer geholt?«, fragte Harry und sah Wyllers Rücken erstarren. »Katrine Bratt hat dich nicht darum gebeten. Eigentlich nimmt man kein Beweismaterial mit nach Hause. Auch nicht bei gelösten Fällen.«

Wyller drehte sich um, und Harry sah, dass sein Blick automatisch nach rechts in Richtung Schlafzimmer zuckte.

»Ich bin Ermittler im Dezernat für Gewaltverbrechen und du Dozent an der Polizeihochschule, Harry. Streng genommen sollte ich also dich fragen, was du mit der Seriennummer willst.«

Harry musterte Wyller. Realisierte, dass er keine Antwort bekommen würde. »Die Seriennummer wurde nie analysiert. Über den früheren Besitzer wissen wir nichts. Und das war ja mal eindeutig nicht Valentin, er hatte nämlich gar keinen Waffenschein.«

»Ist das so wichtig?«

»Findest du nicht?«

Wyller zuckte mit den nackten Schultern. »Mit dem Revolver ist, soweit wir wissen, niemand erschossen worden, nicht einmal Marte Ruud. Die Obduktion hat ja ergeben, dass sie schon tot war, als auf sie geschossen wurde. Wir haben die ballistischen Daten von dem Revolver, und die sind noch bei keiner Straftat aufgetaucht, die wir in der Datenbank haben. Ehrlich, ich finde es nicht wesentlich, die Seriennummer zu überprüfen, nicht solange es andere, wichtigere Dinge gibt, die untersucht werden sollten.«

»Nun«, sagte Harry. »Dann kann ja vielleicht der Dozent mal schauen, wohin das mit der Seriennummer führt.«

»Nur zu«, sagte Wyller, riss den Zettel vom Block und reichte ihn Harry.

»Danke«, sagte Harry und starrte auf das Blut auf Wyllers Schulter.

Wyller begleitete ihn zur Tür, und als Harry sich auf dem Treppenabsatz noch einmal umdrehte, sah er, dass Wyller sich wie ein Türsteher unbewusst breitmachte.

»Nur aus Neugier«, sagte Harry. »Der Käfig im Wohnzimmer. Was hast du da drin?«

Wyller blinzelte ein paarmal. »Nichts«, sagte er und schloss leise die Tür.

»War er da?«, fragte Bjørn und fuhr wieder auf die Straße.

»Ja«, sagte Harry. »Und hier ist die Seriennummer. Die Ruger ist eine amerikanische Waffe. Versuch mal, über das ATF was rauszukriegen.«

»Du glaubst doch wohl nicht wirklich, dass du die Herkunft dieses Revolvers ermitteln kannst?«

»Warum nicht?«

»Weil die Amerikaner ziemlich nachlässig bei der Registrierung von Schusswaffen sind. Und in den USA sind mehr als dreihundert Millionen Waffen im Umlauf. Also mehr, als es da Menschen gibt.«

»Erschreckend.«

»Was wirklich erschreckend ist«, sagte Bjørn Holm und tippte das Gaspedal kurz an, so dass sie kontrolliert auf die Pilestredet rutschten, »ist, dass auch diejenigen, die nicht kriminell sind und angeblich nur Waffen haben, um sich verteidigen zu können, damit ständig die falschen Leute umbringen. In der *Los Angeles Times* stand, dass 2012 in den USA mehr Menschen durch Schießunfälle umgekommen sind als durch gezielte Schüsse aus Notwehr. Und fast vierzig Mal so viele haben sich selbst erschossen. Und keine dieser Zahlen taucht in der Mordstatistik auf.«

»Du liest die *Los Angeles Times*?«

»Ich habe früher häufiger die Musik-Artikel von Robert Hilburn gelesen, als er noch da war. Hast du seine Johnny-Cash-Biographie gelesen?«

»Nee. Hilburn? Ist das nicht der, der über die Sex-Pistols-Tournee in den USA geschrieben hat?«

»Genau.«

Sie hielten bei Rot vor dem Blitz, dem früheren Aushängeschild der norwegischen Punkbewegung. Auch heute war dort hin und wieder noch ein Irokesenschnitt zu sehen. Bjørn Holm grinste Harry breit an. Er war glücklich. Glücklich, Vater zu werden, glücklich, dass der Vampiristenfall erledigt war, und glücklich, in einem Auto zu sitzen, das nach den Siebzigern roch, und über Musik zu reden, die fast genauso alt war.

»Wäre toll, wenn du es schaffen könntest, mir bis um zwölf eine Antwort zu geben, Bjørn.«

»Wenn ich mich nicht irre, sitzt das ATF in Washington, D.C. Da ist es jetzt mitten in der Nacht.«

»Sie haben ein Büro bei Europol in Den Haag, soweit ich weiß. Versuch es da.«

»Okay. Hat Wyller eigentlich gesagt, warum er sich die Sachen besorgt hat?«

Harry starrte auf die Ampel. »Nein. Hast du den PC von Lenny Hell?«

»Tord hat ihn, er sollte jetzt im Heizungsraum sein.«

»Gut.« Voller Ungeduld versuchte Harry, das Rot in Grün zu starren.

»Harry?«

»Ja?«

»Ist dir schon mal der Gedanke gekommen, dass es eigentlich so aussah, als hätte Valentin seine Wohnung in aller Eile verlassen, möglicherweise unmittelbar, bevor Katrine und das Delta-

Team zugeschlagen haben? Als wäre er im letzten Moment gewarnt worden?«

»Nein«, log Harry.

Es wurde grün.

Tord wies Harry langsam und gründlich in alles ein, während im Hintergrund die Kaffeemaschine gurgelte und prustete.

»Hier sind die E-Mails von Lenny Hell an Valentin. Aus der Zeit vor den Morden an Elise, Ewa und Penelope.«

Die E-Mails waren kurz. Nur die Namen der Opfer, Adresse und das für den Mord vorgesehene Datum. Und alle Mails endeten gleich. *Instruktionen und Schlüssel liegen am vereinbarten Ort. Instruktionen nach dem Lesen verbrennen.*

»Das sagt nicht viel«, sagte Tord. »Aber genug.«

»Hm.«

»Was?«

»Warum soll er die Instruktionen verbrennen?«

»Liegt das nicht auf der Hand? Vermutlich stand etwas darin, was Unbefugte zu Lenny führen könnte.«

»Aber die E-Mails auf seinem Computer hat er nicht gelöscht. Hat er sich diese Mühe nicht gemacht, weil er wusste, dass IT-Spezialisten wie du die ohnehin wieder rekonstruieren können?«

Tord schüttelte den Kopf. »Das ist heutzutage gar nicht mehr so einfach. Nicht wenn sowohl Absender als auch Empfänger die E-Mails richtig löschen.«

»Lenny wusste, wie man E-Mails richtig löscht. Warum hat er es dann nicht getan?«

Tord zuckte mit seinen breiten Schultern. »Weil er wusste, dass das Spiel ohnehin aus ist, wenn wir seinen PC haben?«

Harry nickte langsam. »Vielleicht wusste Lenny von Anfang an, dass der Krieg, den er von seinem Bunker aus führte, eines Tages verloren sein würde. Und dass es dann an der Zeit für die Kugel im Kopf war.«

»Vielleicht.« Tord sah auf die Uhr. »Sonst noch etwas?«

»Weißt du, was Stilometrie ist?«

»Ja, wenn man einen bestimmten Schreibstil erkennt. Als nach dem Enron-Skandal mehrere Hunderttausend E-Mails im Netz veröffentlicht wurden, haben Forscher unter anderem versucht, mittels Analyse des Schreibstils etwas über die betrügerischen Absichten der Mailverfasser herauszufinden. Sie hatten dabei eine ziemlich hohe Trefferquote.«

Als Tord gegangen war, rief Harry in der Kriminalredaktion der VG an.

»Harry Hole hier. Kann ich mit Mona Daa sprechen?«

»Long time, Harry.« Harry erkannte die Stimme eines der älteren Kriminalreporter. »Ich würde dich sehr gerne verbinden, aber Mona Daa ist seit ein paar Tagen verschwunden.«

»Verschwunden?«

»Wir haben eine SMS gekriegt, dass sie ein paar Tage freinimmt und ihr Telefon abschaltet. Bestimmt vernünftig, das Mädchen hat sich im letzten Jahr echt den Arsch aufgerissen. Der Redakteur war trotzdem ziemlich angefressen, dass sie nicht erst gefragt, sondern einfach ein paar Zeilen geschickt hat. Tja, die Jugend von heute, oder was meinst du, Hole? Kann ich dir vielleicht weiterhelfen?«

»Nein, danke«, sagte Harry und legte auf. Einen Moment lang starrte er auf sein Handy, dann ließ er es in die Hosentasche gleiten.

Um Viertel nach elf hatte Bjørn Holm den Namen desjenigen, der die Ruger Redhawk nach Norwegen importiert hatte. Es war ein Seemann aus Farsund. Um halb zwölf telefonierte Harry mit der Tochter des Mannes, die sich gut an die Redhawk erinnern konnte, weil sie die mehr als ein Kilo schwere Waffe als kleines Mädchen einmal auf den großen Zeh ihres Vaters hatte fallen lassen. Sie hatte aber keine Ahnung, was aus der Waffe geworden war.

»Als Rentner ist Papa nach Oslo gezogen, um näher bei uns Kindern zu sein. Aber in seinen letzten Jahren war er krank und hat ziemlich seltsame Dinge gemacht. Unter anderem hat er alles Mögliche verschenkt. Das haben wir aber erst gemerkt, als wir das Erbe aufgeteilt haben. Ich habe den Revolver nie wiedergesehen. Es kann also sein, dass er auch den weggegeben hat.«

»Sie wissen aber nicht, an wen?«

»Nein.«

»Sie haben gesagt, dass er krank war? Ich nehme an, dass er an dieser Krankheit dann auch gestorben ist?«

»Nein, gestorben ist er an einer Lungenentzündung. Zum Glück ging das relativ schnell und ohne Schmerzen.«

»Tja. Können Sie mir sagen, um was für eine andere Krankheit es sich gehandelt hat? Und wer sein Arzt war?«

»Das war genau der Punkt. Wir wussten natürlich, dass er nicht ganz gesund war, aber Papa hat sich selbst immer noch als den großen, starken Seemann gesehen. Er fand es vermutlich so peinlich, was er hatte und zu wem er gegangen ist, dass er das vor uns geheim gehalten hat. Ich habe das alles erst auf seiner Beerdigung von einem seiner alten Freunde erfahren, dem er sich anvertraut hatte.«

»Wusste der Betreffende, bei wem Ihr Vater in Behandlung war?«

»Nein, Papa hat ihm nur den Namen der Krankheit genannt, keine Details.«

»Und die hieß?«

Harry notierte sich das Wort. Starrte auf die Buchstaben. Eines der wenigen Wörter des Medizinerlateins, die aus dem Griechischen stammen.

»Danke«, sagte er.

KAPITEL 39

Donnerstagnacht

»Ich bin mir sicher«, sagte Harry im Dunkel des Schlafzimmers.

»Motiv?«, fragte Rakel und schmiegte sich an ihn.

»*Othello*. Oleg hatte recht. Es geht nicht um Eifersucht. Nicht in erster Linie. Es geht um Ehrgeiz.«

»Redest du noch immer von *Othello*? Und bist du dir wirklich sicher, dass wir das Fenster nicht zumachen sollten, es kann heute Nacht richtig kalt werden. Bis minus fünfzehn.«

»Nein.«

»Du bist dir nicht sicher, ob es richtig ist, das Fenster zu schließen, wohl aber, dass du weißt, wer der Architekt hinter den Vampiristenmorden ist?«

»Ja.«

»Und dir fehlt nur noch die kleine Bagatelle namens Beweis?«

»Exakt.« Harry zog sie an sich. »Und deshalb brauche ich ein Geständnis.«

»Dann bitte doch Katrine Bratt, ihn vorzuladen.«

»Ich habe doch gesagt, dass Bellman niemanden mehr an den Fall heranlässt.«

»Und was machst du dann?«

Harry starrte an die Decke und spürte die Wärme ihres Körpers. Würde das reichen, oder sollten sie das Fenster schließen?

»Ich verhöre ihn selbst. Ohne dass er weiß, dass es sich um ein Verhör handelt.«

»Darf ich dich als Juristin daran erinnern, dass ein inoffizielles Geständnis nur dir gegenüber wertlos ist?«

»Dann müssen wir dafür sorgen, dass nicht nur ich das zu hören bekomme.«

Ståle Aune drehte sich im Bett um und griff zum Telefon. Als er sah, von wem der Anruf kam, nahm er ihn entgegen. »Ja?«

»Ich dachte, du schläfst.« Harrys rauhe Stimme.

»Und du hast trotzdem angerufen?«

»Du musst mir helfen.«

»Noch immer dir und nicht euch?«

»Noch immer der Menschheit. Erinnerst du dich daran, dass wir über *Zen und die Kunst ein Motorrad zu warten* gesprochen haben?«

»Ja.«

»Ich brauche deine Hilfe bei einer Affenfalle auf Hallsteins Disputation.«

»Ach ja? Und wer ist daran beteiligt? Du, ich, Hallstein und wer noch?«

Ståle Aune hörte Harry tief Luft holen.

»Ein Arzt.«

»Und das ist eine Person, die du mit dem Fall in Verbindung bringen kannst?«

»In gewisser Weise.«

Ståle spürte, wie sich die Haare auf seinem Arm aufrichteten. »Und das heißt?«

»Das heißt, dass ich in Rakels Krankenzimmer ein Haar gefunden habe, das ich in einem Anfall von Paranoia habe analysieren lassen. Es zeigte sich, dass das Haar an diesem Ort durchaus eine Daseinsberechtigung hatte, es stammte nämlich von dem behandelnden Arzt. Aber dann hat sich gezeigt, dass sein DNA-Profil ihn auch in Verbindung zu den Tatorten der Vampiristenmorde bringt.«

»Was?«

»Und dass es eine Verbindung zwischen diesem Arzt und einem jungen Kommissar gibt, der die ganze Zeit bei allem dabei war.«

»Was sagst du da? Du hast *Beweise* dafür, dass der Arzt und der Kommissar etwas mit den Morden zu tun haben?«

»Nein«, seufzte Harry.

»Nein? Das musst du mir erklären.«

Als Ståle zwanzig Minuten später auflegte, lauschte er der Stille in seinem Haus. Dem Frieden. Alle schliefen. Alle außer ihm, und daran würde sich für den Rest der Nacht auch nichts mehr ändern.

KAPITEL 40

Freitagvormittag

Wenche Syvertsen ließ den Blick über den Frognerpark schweifen, während sie auf dem Stepper lief. Eine Freundin hatte ihr davon abgeraten, sie meinte, dass man davon einen dickeren Po bekäme. Offensichtlich hatte sie nicht verstanden, dass Wenche sich gerade das wünschte. Etwas mehr Po. Im Internet hatte sie gelesen, dass Training nur zu mehr Muskeln führte, nicht aber zu runderen, schöneren Formen. Helfen würde da nur Östrogen, mehr Essen – oder ganz einfach ein Implantat. Letzteres hatte Wenche kategorisch ausgeschlossen, ihr Prinzip war ein durch und durch natürlicher Körper, weshalb sie sich nie – nie – unters Messer gelegt hatte. Abgesehen natürlich von der Brustkorrektur, aber die zählte nicht. Und sie war ihren Prinzipien treu. Deshalb war sie Herrn Syvertsen, trotz all der Angebote, die sie gerade in einem Studio wie diesem bekam, auch nie untreu gewesen. Jüngere Männer meinten häufig, dass sie so etwas wie eine Cougar auf der Jagd sei. Dabei hatte Wenche immer Männer vorgezogen, die etwas reifer als sie waren. Nicht so alt wie der Mann mit der faltigen, wettergegerbten Haut, der neben ihr auf dem Fahrrad saß, aber durchaus so jemand wie ihr Nachbar, Harry Hole. Männer, die ihr intellektuell und an Lebenserfahrung unterlegen waren, turnten sie regelrecht ab. Sie brauchte Männer, die sie stimulierten und unterhielten, geistig wie finanziell. So einfach war das, und es gab keinen Grund, diese Tatsache zu leugnen. Was Letzteres anging, war Herr Syvertsen eine gute Partie. Und Harry war, wie es schien, nicht verfügbar.

Außerdem waren da ja auch noch ihre Prinzipien. Ganz zu schweigen von der Tatsache, dass Herr Syvertsen bei den wenigen Malen, die sie ihm doch untreu gewesen war, unangemessen eifersüchtig reagiert und ihr gedroht hatte, ihr ihre Privilegien zu nehmen. Das war aber, bevor sie ihre Prinzipien aufgestellt hatte, ihm nicht untreu zu sein.

»Warum ist eine so hübsche Frau wie Sie nicht verheiratet?«

Die Worte klangen, als kämen sie aus dem Mahlwerk einer Steinmühle. Wenche wandte sich dem alten Mann auf dem Fahrrad zu. Er lächelte sie an. Das Gesicht war schmal und von tiefen Furchen durchzogen, die Lippen trocken und das Haar fettig und kräftig. Er war schlank und hatte breite Schultern. Wie Mick Jagger. Sah man mal von dem roten Stirnband und dem Seehundbart ab.

Wenche hob lächelnd ihre ringlose linke Hand. »Verheiratet, aber ich nehme den Ring ab, wenn ich trainiere.«

»Schade«, sagte der Alte mit einem Lächeln. »Denn ich bin nicht verheiratet und würde mich auf der Stelle mit dir v-verloben.«

Er hob seine rechte Hand, und Wenche zuckte zusammen. Für einen Augenblick dachte sie, falsch gesehen zu haben. War da wirklich ein großes Loch mitten in der Handfläche?

»Oleg Fauke ist hier«, kam es durch die Sprechanlage.

»Schicken Sie ihn rein«, sagte John D. Steffens, schob den Stuhl vom Schreibtisch weg und sah durch das Fenster auf das Laborgebäude, in dem die Abteilung für Transfusionsmedizin untergebracht war. Er hatte den jungen Fauke bereits aus dem kleinen japanischen Wagen steigen sehen, der mit laufendem Motor unten auf dem Parkplatz stand. Ein anderer Mann schien hinter dem Steuer zu sitzen. Wahrscheinlich hatte er die Heizung voll aufgedreht, denn der Tag war knackig kalt und sonnig. Für viele war es unverständlich, dass ein sonniger Tag im Juli Wärme versprach, im Januar hingegen eisige Kälte. Aber wer setzte sich auch schon mit den Grundlagen der Physik auseinander, mit Meteorologie und dem Beschaffensein der Welt? Es ärgerte Steffens aber nicht mehr, dass die Menschen die Kälte für etwas Greifbares hielten und nicht verstanden, dass sie bloß die Abwesenheit von Wärme war. Die Kälte war das natürlich Dominierende. Die Wärme die Ausnahme. Wie Mord und Grausamkeit natürlich und logisch waren, Barmherzigkeit hingegen eine Anomalie, das Resultat komplizierter Regeln des menschlichen Zusammenlebens, um das Fortbestehen der Art zu sichern. Dabei hatte nicht die Barmherzigkeit den Menschen das Überleben gesichert, sondern die außerordentliche Fähigkeit, anderen Arten gegenüber grausam zu sein. So führte das Wachstum der Bevölkerung dazu, dass der Mensch nicht mehr nur auf die Jagd ging, sondern auch Fleisch *produzierte*. Allein das Wort Fleischproduktion, allein die Idee! Menschen hielten Tiere in Gefangenschaft, nahmen ihnen all ihre Freude und Entwicklungsmöglichkeiten, entfremdeten sie der Natur, damit sie unfreiwillig Milch und extra zartes Fleisch lieferten, nahmen ihnen ihre Kinder, kaum dass sie auf der Welt waren, hörten die verzweifelten Schreie der Muttertiere, nur um sie dann gleich wieder zu schwängern. Einige Menschen gingen auf die Barrikaden, weil gewisse Tierarten gegessen wurden, Hunde, Wale, Delphine, Katzen. Aber dann war auch schon Schluss mit der Barmherzigkeit, die wesentlich intelligenteren Schweine etwa durften gedemütigt und gefressen werden. Die Menschheit machte das nun schon so lange, dass niemand mehr über die ausgeklügelte Grausamkeit nachdachte, die die moderne Nahrungsmittelproduktion voraussetzte. Gehirnwäsche!

Steffens starrte auf die Tür, die sich gleich öffnen sollte. Fragte sich, ob die Menschen jemals verstehen würden, dass ihre angeblich von Gott gegebene und ewig währende Moral ebenso antrainiert und flexibel war wie ihre Schönheitsideale, ihre Feindbilder und ihre Modetrends. Vermutlich nicht. Da war es wirklich nicht verwunderlich, dass die Menschheit radikale

Forschungsprojekte, die ihr Denken hinterfragten, weder verstand noch akzeptierte. Dass sie nicht verstehen wollte, dass diese Projekte ebenso logisch und notwendig wie grausam waren.

Die Tür ging auf.

»Guten Tag, Oleg. Bitte, nehmen Sie Platz.«

»Danke.« Der junge Mann setzte sich. »Darf ich Sie, bevor Sie diese Blutprobe nehmen, als Gegenleistung um einen Gefallen bitten?«

»Gegenleistung?« Steffens zog sich die weißen Latexhandschuhe an. »Sie wissen, dass meine Forschung Ihnen nützen kann, der Familie Ihrer Mutter und Ihnen und Ihren Nachkommen?«

»Und ich weiß, dass diese Forschung für Sie wichtiger ist als für mich ein etwas längeres Leben.«

Steffens musste lächeln. »Kluge Worte für einen so jungen Mann.«

»Ich frage für meinen Vater, ob Sie zwei Stunden Ihrer Zeit aufwenden könnten, um sich fachlich qualifiziert während der Disputation eines Freundes zu äußern. Harry würde das sehr zu schätzen wissen.«

»Disputation? Natürlich. Es wäre mir eine Ehre.«

»Das Problem ist«, sagte Oleg und räusperte sich, »dass diese Disputation eigentlich jetzt gleich beginnt, wir müssten also los, sobald Sie mir Blut abgenommen haben.«

»Jetzt?« Steffens warf einen Blick auf seinen Terminkalender, der offen vor ihm lag. »Ich fürchte, ich habe gleich noch einen Termin, um ...«

»Er würde das *wirklich* sehr zu schätzen wissen«, sagte Oleg.

Steffens musterte den jungen Mann und rieb sich nachdenklich das Kinn. »Sie wollen also Ihr Blut gegen meine Zeit tauschen?«

»So in der Art, ja«, sagte Oleg.

Steffens lehnte sich im Stuhl nach hinten und legte die Hände vor dem Mund zusammen. »Sagen Sie mir eins, Oleg. Wie kommt es, dass Sie eine so enge Verbindung zu Harry Hole haben? Er ist ja nicht einmal Ihr biologischer Vater.«

»Tja.«

»Antworten Sie mir darauf, und geben Sie mir Ihr Blut, dann fahre ich mit zu dieser Disputation.«

Oleg dachte nach. »Spontan würde ich sagen, weil er ehrlich ist. Dass ich, auch wenn er wirklich nicht der beste Vater der Welt ist, auf das vertrauen kann, was er sagt. Aber ich glaube, das ist nicht das Wichtigste.«

»Was dann?«

»Dass wir die gleichen Bands hassen.«

»Dass Sie was?«

»Musik. Wir mögen nicht das Gleiche, aber wir hassen dasselbe.«

Oleg zog seine Daunenjacke aus und krempelte den Ärmel seines Hemdes hoch.

»Bereit?«

KAPITEL 41

Freitagvormittag

Rakel sah zu Harry auf, als sie Arm in Arm über den Universitätsplatz zum Domus Academica gingen, einem der drei Gebäude der Universität in der Osloer Innenstadt. Sie hatte ihn überredet, die Lederschuhe anzuziehen, die sie ihm in London gekauft hatte, obwohl sie seiner Meinung nach bei dem eisigen Untergrund zu glatt waren.

»Du solltest öfter einen Anzug tragen«, sagte sie.

»Und die Kommune öfter streuen«, konterte Harry und tat so, als würde er wieder ausrutschen.

Sie hielt ihn lachend fest. Spürte die Pappe der gelben Mappe, die er sich unter das Sakko gesteckt hatte. »Ist das da nicht Bjørns Auto, da darf er aber nun wirklich nicht parken, oder?«

Sie gingen an dem schwarzen Amazon vorbei, der unmittelbar vor der Treppe auf dem Platz stand.

»Polizeischild hinter der Windschutzscheibe«, sagte Harry. »Klarer Fall von Amtsanmaßung.«

»Das ist bestimmt wegen Katrine«, sagte Rakel lächelnd. »Er hat Angst, sie könnte fallen.«

Der Vorraum des alten Festsaals war von Stimmengewirr erfüllt. Rakel hielt nach bekannten Gesichtern Ausschau, aber bei den meisten schien es sich um Wissenschaftler oder Smiths Familie zu handeln. In einer Ecke des Raums entdeckte sie dann aber doch jemanden, den sie kannte. Truls Berntsen. Er schien nicht zu wissen, dass man bei einer Disputation einen Anzug trug. Rakel bahnte sich und Harry einen Weg zu Bjørn und Katrine.

»Gratuliere, ihr zwei!«, sagte Rakel und nahm beide in den Arm.

»Danke!«, antwortete Katrine strahlend und strich sich über den runden Bauch.

»Wann ist es so weit?«

»Im Juni.«

»Juni«, wiederholte Rakel und sah das Zucken in Katrines Lächeln.

Rakel beugte sich vor, legte Katrine die Hand auf den Arm und flüsterte: »Denk nicht dran, das geht alles gut.«

Rakel sah, wie Katrine sie beinahe schockiert anstarrte.

»PDA«, fuhr Rakel fort. »Eine phantastische Erfindung. Die Schmerzen sind … schwupps, weg.«

Katrine blinzelte zweimal. Dann lachte sie laut.

»Ich war noch nie vorher bei einer Disputation. Ich wusste nicht, dass das so feierlich ist, bis ich gesehen habe, dass Bjørn seinen besten Schlips anzieht. Was passiert hier eigentlich?«

»Oh, das ist im Grunde ganz einfach«, sagte Rakel. »Wir gehen in den Saal und stehen auf, wenn die Prüfer und der Doktorand hereinkommen. Smith ist sicher selbst total gespannt, obwohl er gestern oder heut früh schon eine Probevorlesung gehalten hat. Am meisten fürchtet er bestimmt, von Ståle Aune in die Mangel genommen zu werden, aber dafür gibt es heute wohl keinen Grund.«

»Nicht?«, fragte Bjørn Holm. »Aune hat aber gesagt, dass er nicht an Vampirismus glaubt.«

»Ståle glaubt an seriöse Forschung«, sagte Rakel. »Die Prüfer sollen kritisch zum Kern der Doktorarbeit vordringen, sie müssen aber innerhalb des Rahmens und der Prämisse der Arbeit bleiben und dürfen keinen eigenen Ideen folgen.«

»Oha, hast du dir das alles angelesen?«, fragte Katrine, als Rakel Luft holte. Rakel nickte lächelnd und fuhr fort: »Die Prüfer haben jeweils fünfundvierzig Minuten, dazwischen ist für kurze Fragen aus dem Publikum Raum. Man nennt das ex auditorio, es kommt aber selten vor, dass jemand etwas fragt. Danach folgt dann das Disputationsessen, das der Doktorand zahlt und zu dem wir nicht eingeladen sind. Harry findet das sehr schade.«

Katrine wandte sich an Harry. »Stimmt das?«

Harry zuckte mit den Schultern. »So ein bisschen Fleisch mit Sauce, begleitet von langen Reden diverser Verwandter über Leute, die man eigentlich nicht kennt, da stehen wir doch alle drauf.«

In die wartende Menge kam Bewegung, und ein paar Blitzlichter leuchteten auf.

»Der angehende Herr Justizminister«, sagte Katrine.

Es war beinahe so, als teilte sich das Wasser vor Mikael und Ulla Bellman, die Arm in Arm durch den Raum schritten. Ulla Bellmans Lächeln wirkte aufgesetzt. Rakel hatte sie eigentlich noch nie richtig lächeln sehen. Vielleicht war sie einfach nicht der Typ dafür. Oder sie war eines dieser hübschen, schüchternen Mädchen gewesen, die früh gelernt hatten, dass übertriebenes Lächeln nur zu noch mehr unerwünschter Aufmerksamkeit führte, während kühle Distanziertheit ihnen das Leben leichter machte. Was sie jetzt wohl über ein Leben an der Seite eines Ministers dachte?

Mikael Bellman blieb stehen, als eine Frage gerufen und ihm ein Mikrofon unter die Nase gehalten wurde.

»Oh, I'm here just to celebrate one of the men who contributed to us solving the Vampyrist case«, sagte er. »Doctor Smith is the one you should be talking to today, not me.« Aber Bellman gehorchte und posierte freiwillig, als die Fotografen ihre Wünsche äußerten.

»Puh, internationale Presse«, sagte Bjørn.

»Vampirismus ist hot«, sagte Katrine und ließ den Blick über die Menge schweifen. »Alle Kriminaljournalisten sind hier.«

»Abgesehen von Mona Daa«, sagte Harry, während er die Menge scannte.

»Und die Heizungsraum-Guerilla, außer Anders Wyller. Wisst ihr, wo er steckt?«

Die anderen schüttelten den Kopf.

»Er hat mich heute früh angerufen«, sagte Katrine. »Und um ein Vier-Augen-Gespräch gebeten.«

»Über was?«, fragte Bjørn.

»Das wissen die Götter, aber guckt mal, da kommt er ja.«

Anders Wyller war gerade zu der wartenden Menge gestoßen und nahm sich den Schal ab. Sein roter Kopf deutete darauf hin, dass er sich beeilt haben musste. Im gleichen Moment öffneten sich die Türen des Saals.

»So, dann suchen wir uns mal einen Platz«, sagte Katrine und eilte zur Tür. »Aus dem Weg, Leute, lasst eine Schwangere durch.«

»Sie ist so süß!«, flüsterte Rakel, hakte sich bei Harry ein und lehnte sich an ihn. »Ich habe mich immer gefragt, ob da nicht mal was zwischen euch war.«

»Was?«

»Irgendwas. Als wir nicht zusammen waren, zum Beispiel.«

»Leider nein«, sagte Harry düster.

»Leider nein? Wie leider nein?«

»Wie dass ich schon manchmal denke, dass ich unsere Pausen besser hätte nützen können.«

»Ich mache keine Witze, Harry.«

»Ich auch nicht.«

Hallstein Smith hatte die Tür zu dem ehrwürdigen Saal einen Spaltbreit geöffnet und warf verstohlen einen Blick hinein.

Auf den Kronleuchter, der über den Menschen hing, die die Reihen füllten. Einige mussten sich sogar oben auf der Galerie mit Stehplätzen zufriedengeben. Früher hatte hier einmal das Parlament getagt, und jetzt sollte er – der kleine Hallstein – am Rednerpult stehen, seine Forschung verteidigen und zum Doktor ernannt werden! Er sah zu May hinüber, die in der ersten Reihe saß. Auch sie war nervös – und platzte beinahe vor Stolz.

Dann ging sein Blick zu den ausländischen Kollegen, die extra angereist waren, obgleich er sie gewarnt hatte, dass die Disputation auf Norwegisch sein würde. Zu den Journalisten, zu Bellman, der gemeinsam mit seiner Frau ganz vorn saß. Zu Harry, Bjørn und Katrine, seinen neuen Freunden bei der Polizei, die auch für seine Arbeit, die zu weiten Teilen auf dem Fall Valentin Gjertsen aufbaute, eine wichtige Rolle gespielt hatten. Das Bild von Valentin hatte sich durch die Erkenntnisse der letzten Tage dramatisch geändert, seine Schlussfolgerungen über die Persönlichkeit eines Vampiristen waren dadurch aber nur noch schlüssiger geworden. Hallstein hatte ja selbst immer darauf hingewiesen, dass Vampiristen primär im Affekt handelten, von Lust und Impulsen gesteuert wurden. Die Entlarvung von Lenny Hell als eigentlichem Hirn hinter den wohlorganisierten Morden war somit exakt zur rechten Zeit gekommen.

»Dann fangen wir an«, sagte der Dekan in seiner Rolle als Vorsitzender der Prüfungskommission und fegte sich ein Staubkorn vom Talar.

Hallstein holte tief Luft, trat ein, und der Saal erhob sich.

Smith und die beiden Prüfer setzten sich, während der Vorsitzende ans Rednerpult trat und über den Ablauf der Prüfung informierte. Dann gab er Hallstein das Wort.

Der erste Prüfer, Ståle Aune, beugte sich vor und wünschte ihm flüsternd Glück.

Hallstein trat ans Rednerpult, drehte sich um und sah in den Saal. Spürte die Stille, die eintrat. Die Probevorlesung am Morgen war gut verlaufen. Gut? Geradezu phantastisch! Es war ihm nicht entgangen, wie die Prüfungskommission gestrahlt hatte, sogar Ståle Aune hatte an den entscheidenden Stellen seines Vortrags anerkennend genickt.

Jetzt sollte eine kürzere Variante seiner Vorlesung folgen, maximal zwanzig Minuten. Hallstein begann zu sprechen, bekam rasch dasselbe Gefühl wie am Morgen und sah kaum noch auf das Manuskript, das vor ihm lag. Seine Gedanken wurden zu

Worten, und mit einem Mal war es so, als sähe er als Zuschauer, wie ihm das Publikum an den Lippen hing. Alle konzentrierten sich auf ihn, auf Hallstein Smith, den Professor für Vampirismus. Natürlich gab es so etwas nicht, aber das würde er ändern, mit dem heutigen Tag. Er näherte sich dem Schluss. »Während meiner kurzen Zeit in der Ermittlergruppe von Harry Hole habe ich ein paar Sachen gelernt. Eine davon war, dass eine der zentralen Fragen bei Mordfällen das ›Warum‹ ist. Dass es aber nicht hilft, diese Frage zu beantworten, wenn man nicht auch eine Antwort auf das ›Wie‹ hat.« Hallstein trat zu dem Tisch neben dem Rednerpult, auf dem drei Gegenstände lagen, die von einem Seidentuch bedeckt waren. Er nahm einen Zipfel des Tuchs und wartete. Ein bisschen Theater musste sein.

»Die Antwort auf das ›Wie‹ ist hier«, proklamierte er und zog das Tuch weg.

Ein Raunen ging durch die Gruppe der Anwesenden, als sie den großen Revolver sahen, die grotesk massiven Handschellen und die schwarzen Eisenzähne.

Er zeigte auf den Revolver. »Ein Werkzeug, um zu bedrohen und zu bezwingen.«

Auf die Handschellen. »Eines, um zu kontrollieren, zu sichern, gefangen zu halten.«

Die Eisenzähne. »Und eines, um an die Quelle zu gelangen, um an das Blut zu kommen und das Ritual auszuführen.«

Er hob den Blick. »Mein Dank geht an Ermittler Anders Wyller, der mir diese Objekte ausgeliehen hat, damit ich zeigen kann, was ich meine. Sie beantworten nicht nur die drei ›Wie‹, sondern auch das ›Warum‹. Aber wie kann ein ›Wie‹ ein ›Warum‹ beantworten?«

Vereinzeltes, verkrampftes Auflachen aus dem Saal.

»All diese Gegenstände sind alt. Unnötig alt, möchte man vielleicht sagen. Der Vampirist hat sich die Mühe gemacht, sich Gegenstände oder Kopien von Gegenständen aus bestimmten Epochen zu besorgen. Dieser Punkt unterstreicht, was ich in meiner

Arbeit über die Wichtigkeit des Rituals geschrieben habe. Das Trinken von Blut reicht zurück in eine Zeit, in der es noch viele Götter gab, die angebetet und befriedigt werden mussten. Die dafür gängige Währung war Blut.«

Er zeigte auf den Revolver. »Diese Spur führt in das Amerika von vor zweihundert Jahren, als es Indianerstämme gab, die das Blut ihrer Feinde tranken, um deren Kräfte in sich aufzunehmen.« Er zeigte auf die Handschellen. »Eine Verbindung ins Mittelalter, als Hexen und Zauberer gefangen, beschworen und rituell verbrannt wurden.« Er zeigte auf die Zähne. »Und eine Verbindung in die Antike, als Opferlämmer und der Aderlass von Menschen weit verbreitet waren, um die Götter zu besänftigen. Wie ich mit meinen heutigen Antworten hoffe«, er deutete auf den Vorsitzenden und die Prüfer, »diese Götter besänftigen zu können.«

Dieses Mal klang das Lachen aufrichtiger.

»Danke.«

Der Applaus war, soweit Hallstein das beurteilen konnte, frenetisch.

Ståle Aune erhob sich, rückte seine gepunktete Fliege zurecht, streckte seinen Bauch weit nach vorne und marschierte ans Rednerpult.

»Verehrter Doktorand, Ihre Doktorarbeit basiert auf Fallstudien, und ich frage mich, wie Sie zu Ihren Schlussfolgerungen gelangen konnten, wenn Ihr Hauptfall – Valentin Gjertsen – diese Schlussfolgerungen doch gar nicht zuließ. Bis Lenny Hells Rolle bekannt wurde.«

Hallstein Smith räusperte sich. »In der Psychologie gibt es mehr Raum für Interpretationen als in den meisten anderen Wissenschaften. Und es war natürlich verlockend, Valentin Gjertsens Verhalten innerhalb des Rahmens zu beschreiben, den ich als typisch für Vampiristen dargelegt habe. Aber als Wissenschaftler muss ich ehrlich sein. Bis noch vor wenigen Tagen passte Valentin Gjertsen nicht wirklich zu meiner Theorie. Und auch wenn in der Psychologie nie alles nach Lehrbuch verlaufen wird, muss ich an dieser Stelle eingestehen, dass mich das zutiefst frustriert hat. Es ist natürlich schwierig, sich über die Tragödie Lenny Hell zu freuen. Aber sie bestätigt die in meiner Abhandlung aufgestellten Theorien und ermöglicht damit ein klareres Bild und ein präziseres Verständnis von Vampiristen, was uns hoffentlich hilft, zukünftige Tragödien zu verhindern, denn es muss darum gehen, Vampiristen bereits frühzeitig aufzuhalten.« Hallstein räusperte sich. »Ich danke der Prüfungskommission, die nur meine ursprüngliche Abhandlung hätte bewerten müssen, mir aber die Gelegenheit gab, die Änderungen einzuarbeiten, die infolge der Entlarvung von Hell notwendig waren. Auch dadurch ist letzten Endes alles vollkommen schlüssig geworden ...«

Als der Dekan diskret signalisierte, dass die Zeit des ersten Prüfers zu Ende ging, hatte Hallstein das Gefühl, dass gerade erst fünf Minuten vergangen waren und nicht fünfundvierzig. Alles lief wie am Schnürchen.

Schließlich trat der Dekan selbst ans Rednerpult und kündigte die Pause an, in der jetzt Fragen ex auditorio angemeldet werden konnten. Hallstein konnte es kaum abwarten, ihnen allen seine phantastische Arbeit zu erklären, die in all ihrem Grauen letztendlich ja doch vom Schönsten und Größten handelte, das es gab: dem Geist des Menschen.

Hallstein nutzte die Pause, um sich in der Eingangshalle unter die Leute zu mischen und alle zu begrüßen, die nicht zum Essen eingeladen waren. Er sah Harry Hole mit einer dunkelhaarigen Frau zusammenstehen und ging zu ihnen.

»Harry!«, sagte er und drückte die Hand des Polizisten. Sie war hart und kalt wie Marmor. »Und das muss Rakel sein?«

»So ist es«, sagte Harry.

Hallstein nahm ihre Hand und bemerkte, dass Harry auf die Uhr und dann zum Eingang sah.

»Warten wir noch auf jemanden?«

»Ja«, sagte Harry. »Und da sind sie auch schon.«

Hallstein sah zwei Personen hereinkommen. Ein großgewachsener, dunkel wirkender junger Mann und ein Mann, vermutlich in den Fünfzigern, mit blonden Haaren und einer kleinen, rahmenlosen Brille mit rechteckigen Gläsern. Es schien ihm, als ähnelte der junge Mann Rakel, aber auch der andere kam ihm vage bekannt vor.

»Wo habe ich den Mann mit der Brille schon mal gesehen?«, fragte Hallstein.

»Das weiß ich nicht, aber das ist der Hämatologe Dr. John D. Steffens.«

»Und was macht der hier?«

Hallstein sah Harry tief einatmen. »Er ist hier, um einen Schlussstrich unter die Geschichte zu ziehen. Er weiß es nur noch nicht.«

Im selben Augenblick läutete der Dekan eine Glocke und bat mit lauter Stimme, dass bitte alle wieder ihre Plätze einnehmen sollten.

John D. Steffens schob sich, gefolgt von Oleg Fauke, zwischen zwei Bankreihen hindurch und ließ seinen Blick auf der Suche nach Harry Hole über die Anwesenden gleiten. Sein Herz blieb für eine Sekunde stehen, als er den jungen blonden Mann in der hintersten Reihe erblickte. Als Anders Steffens sah, weiteten seine Augen sich vor Entsetzen. Steffens drehte sich zu Oleg um. Er wollte sagen, dass er einen Termin vollkommen vergessen habe und nun doch gehen müsse.

»Ich weiß«, kam Oleg ihm zuvor und machte keine Anstalten, ihn durchzulassen. Steffens wurde in diesem Moment bewusst, dass der Junge fast so groß wie sein Stiefvater, Hole, war. »Jetzt lassen wir das seinen Gang gehen, Steffens.«

Der junge Mann legte seine Hand auf Steffens' Schulter, und der Arzt hatte irgendwie das Gefühl, als würde er mit aller

Macht in einen Sitz gedrückt. Steffens setzte sich und spürte, wie sein Puls sich langsam beruhigte. Würde. Ja, Würde. Oleg Fauke wusste Bescheid. Was nur bedeuten konnte, dass auch Harry Hole Bescheid wusste und dass die beiden ihm ganz bewusst keine Möglichkeit zum Rückzug gelassen hatten. Aus Anders' Reaktion war klar zu entnehmen gewesen, dass auch er nichts davon gewusst hatte. Sie waren überlistet worden. Ausgetrickst, um beide hier zu sein. Aber was jetzt?

Katrine Bratt setzte sich zwischen Harry und Bjørn, als der Dekan ans Rednerpult trat und den zweiten Teil eröffnete.

»Der Doktorand hat Fragen ex auditorio erhalten, wenn ich Sie bitten dürfte, Harry Hole.«

Katrine sah erstaunt zu Harry, der sich erhob. »Danke.«

Sie nahm die überraschten Blicke der anderen wahr. Einige lächelten, als erwarteten sie einen Spaß. Auch Hallstein Smith schien sich zu amüsieren, als er das Rednerpult übernahm.

»Herzlichen Glückwunsch«, sagte Harry. »Du bist kurz vor deinem großen Ziel, und ich möchte dir für deinen Beitrag zum Vampiristenfall danken.«

»Ich bin es, der zu Dank verpflichtet ist«, sagte Smith mit leichter Verbeugung.

»Ja, vielleicht«, sagte Harry. »Denn wir haben ja den Puppenspieler gefunden, der Valentin gesteuert hat. Worauf, wie Ståle ja bereits erwähnt hat, deine ganze Doktorarbeit beruht. In dem Punkt hast du also Glück gehabt.«

»Das habe ich, ja.«

»Es gibt aber ein paar andere Fragen, auf die wir alle, wie ich glaube, Antworten möchten.«

»Ich werde mein Bestes tun, Harry.«

»Ich erinnere mich an die Aufnahme von Valentin, als er bei dir in den Stall ging. Er wusste genau, wohin er musste, nur von der Waage hinter der Tür hatte er keine Ahnung. Er hat das Gebäude ohne jedes Zögern betreten, war sich sicher, festen Boden unter den Füßen zu haben. Und hätte um ein Haar das Gleichgewicht verloren. Warum war das so?«

»Wir setzen manche Sache als gegeben voraus«, sagte Smith. »In der Psychologie sprechen wir in diesem Zusammenhang vom Rationalisieren, das heißt, wir vereinfachen. Ohne Rationalisierung wäre unsere Welt kaum zu handhaben, unser Hirn wäre überlastet von all den möglichen Unsicherheiten, die wir berücksichtigen müssen.«

»Deshalb gehen wir auch im Dunkeln eine Kellertreppe hinunter, ohne uns Sorgen zu machen oder zu fürchten, wir könnten uns den Kopf an einer Wasserleitung stoßen.«

»Genau.«

»Und wenn es uns doch einmal passiert ist, erinnern wir uns – auf jeden Fall die meisten von uns – beim nächsten Mal daran. Deshalb ist Katrine Bratt schon beim zweiten Mal, als sie bei dir im Stall war, mit aller Vorsicht auf die Waage getreten. Und deshalb ist es auch nicht seltsam, dass wir auch von dir Haut und Blut an der Wasserleitung in Hells Keller gefunden haben, nicht aber von Lenny Hell. Er hatte schon als Kind gelernt, wo er den Kopf einziehen musste. Sonst hätten wir Hells DNA gefunden, denn solche Spuren sind noch Jahre später nachweisbar, wenn sie erst einmal an einer solchen Wasserleitung sind.«

»Das mag stimmen, Harry.«

»Ich komme noch darauf zurück, reden wir zuerst darüber, was *wirklich* seltsam ist.«

Katrine richtete sich auf. Sie wusste noch immer nicht, was das sollte, aber sie kannte Harry und bemerkte das kaum hörbare, niederfrequente Brummen in seiner Stimme.

»Als Valentin Gjertsen gegen Mitternacht den Stall betritt, wiegt er 74,7 Kilo«, sagte Harry. »Als er ihn wieder verlässt, zeigt die Waage auf der Videoaufnahme 73,2 Kilo an, also exakt anderthalb Kilo weniger.« Harry breitete die Arme aus. »Auf der Hand lag natürlich die Erklärung, dass dieser Gewichtsunterschied durch den Blutverlust in deinem Büro zu erklären ist.«

Katrine hörte das diskrete, aber ungeduldige Räuspern des Dekans.

»Aber dann ist mir eine Sache in den Sinn gekommen«, sagte Harry. »Wir hatten ja den Revolver vergessen! Den Valentin mitgebracht hatte und der jetzt in deinem Büro lag. Eine Ruger Redhawk wiegt rund 1,2 Kilo. Damit die Rechenaufgabe aufgeht, hatte Valentin also nur 0,3 Liter Blut verloren ...«

»Hole«, sagte der Dekan. »Wenn das eine Frage an den Doktoranden werden soll ...«

»Zuerst eine Frage an einen Experten für Blut«, sagte Harry und wandte sich dem Saal zu. »Oberarzt John Steffens. Sie sind Hämatologe und waren zufällig zugegen, als Penelope Rasch ins Krankenhaus eingeliefert wurde ...«

John D. Steffens spürte, wie ihm der Schweiß ausbrach, als alle Blicke sich auf ihn richteten. Genau wie damals, als er im Zeugenstand gesessen und erklärt hatte, wie seine Frau gestorben war. Wie ihr die Messerstiche zugefügt worden waren, bis sie buchstäblich in seinen Armen verblutet war. All die Blicke, damals wie heute. Anders' Blick, damals wie heute.

Er schluckte.

»Ja, das stimmt.«

»Sie haben damals bewiesen, dass Sie einen sehr guten Blick für Blutmengen haben. Basierend auf einem Tatortfoto haben Sie den Blutverlust bei ihr auf relativ genau anderthalb Liter geschätzt.«

»Ja.«

Harry nahm ein Bild aus der Jackentasche und hielt es hoch. »Und basierend auf diesem Foto, das in Hallstein Smiths Büro aufgenommen worden ist und das ein Sanitäter Ihnen gezeigt hat, haben Sie auch hier den Blutverlust auf anderthalb Liter geschätzt, also anderthalb Kilo, richtig?«

Steffens schluckte. Er spürte Anders' Blick in seinem Rücken. »Das stimmt. Plus/minus zwei Deziliter.«

»Nur zur Sicherheit, ist es möglich, nach einem derartigen Blutverlust noch einmal aufzustehen und zu fliehen?«

»Das ist individuell sehr unterschiedlich, aber wenn man die entsprechende Physis und einen starken Willen hat, ja.«

»Und damit komme ich zu meiner einfachen Frage«, sagte Harry.

Steffens spürte, wie der Schweiß ihm über die Stirn lief.

Harry wandte sich wieder dem Rednerpult zu.

»Wie geht das an, Smith?«

Katrine hielt die Luft an. Die Stille war jetzt fast mit den Händen zu greifen.

»Da muss ich passen, Harry, das weiß ich nicht«, sagte Smith. »Ich hoffe nur, dass meine Prüfung damit nicht gelaufen ist. Zu meiner Verteidigung möchte ich jedoch anfügen, dass die Frage nicht den Kern meiner Arbeit betrifft.« Er lächelte, erntete dieses Mal aber kein Lachen. »Eher betrifft sie die Arbeit der Polizei. Vielleicht kannst du die Frage also selbst beantworten, Harry?«

»Tja«, sagte Harry und holte tief Luft.

Nein, dachte Katrine.

»Valentin Gjertsen hatte gar keinen Revolver dabei, als er kam. Der befand sich nämlich bereits in deinem Büro.«

»Was?« Smiths Lachen hallte wie ein einsamer Vogelschrei durch den Saal. »Wie soll der denn da hingekommen sein?«

»Du hast ihn mit dahin genommen«, sagte Harry.

»Ich? Ich habe doch nichts mit einem Revolver zu tun.«

»Es war dein Revolver, Smith.«

»Meiner? Ich habe niemals einen Revolver besessen. Das kannst du im Waffenregister überprüfen.«

»Wo der Revolver registriert ist auf einen Seemann aus Farsund, den du wegen Schizophrenie behandelt hast.«

»Seemann? Was redest du da, Harry? Du hast doch selbst gesagt, dass Valentin dich mit diesem Revolver bedroht hat. In der Bar, in der er Mehmet Kalak getötet hat.«

»Du hast ihn danach zurückbekommen.«

Im Saal breitete sich eine zunehmende Unruhe aus, es wurde gemurmelt, und die Anwesenden rutschten auf ihren Stühlen hin und her.

Der Dekan stand auf und hob die Arme, um die Leute zur Ruhe zu mahnen. In seinem Talar sah er aus wie ein Hahn, der die Flügel ausbreitete. »Entschuldigen Sie, Herr Hole, aber das ist eine Disputation hier. Wenn Sie Fragen zu einem Polizeifall haben, möchte ich Sie bitten, den üblichen Weg zu gehen und diese nicht hier in der Universität zu stellen.«

»Herr Dekan, verehrte Prüfer«, sagte Harry. »Ist es für die Bewertung dieser Doktorarbeit nicht von grundlegender Bedeutung, ob die Arbeit auf einer missverstandenen Fallstudie basiert? Sind es nicht gerade solche Fragen, die bei einer Disputation geklärt werden müssen?«

»Herr Hole«, begann der Dekan mit donnernder Stimme.

»... hat recht«, sagte Ståle Aune in der ersten Reihe. »Verehrter Vorsitzender, als Mitglied der Prüfungskommission interessiert es mich sehr, was Hole den Doktoranden fragen will.«

Der Dekan starrte Aune an. Dann Harry. Und zum Schluss Smith. Schließlich nahm er wieder Platz.

»Nun«, sagte Harry. »Dann möchte ich den Doktoranden fragen, ob er Lenny Hell in dessen Haus als Geisel gehalten hat und ob er es war und nicht Hell, der Valentin Gjertsen ferngesteuert hat?«

Ein beinahe lautloses Raunen ging durch den Raum, gefolgt von einer Stille, die so drückend war, als wäre keine Luft mehr im Raum.

Smith schüttelte ungläubig den Kopf. »Das ist ein Witz, oder? Harry? Das habt ihr euch im Heizungsraum ausgedacht, um diese Disputation besonders spannend zu machen, oder?«

»Ich schlage vor, dass du uns eine Antwort auf diese Frage gibst, Hallstein.«

Vielleicht ließ der Gebrauch des Vornamens Smith erkennen,

dass Harry es ernst meinte. Katrine glaubte jedenfalls erkennen zu können, dass Smith irgendetwas klarwurde.

»Harry«, sagte er leise. »Ich war vor diesem Sonntag, an dem du mich dorthin mitgenommen hast, *nie* in Hells Haus.«

»Doch, das warst du«, sagte Harry. »Du hast zwar daran gedacht, all die Stellen abzuwischen, an denen du Fingerabdrücke oder DNA-Material hättest hinterlassen können. Aber einen Ort hast du vergessen. Die Wasserleitung.«

»Die Wasserleitung? Wir haben an diesem verfluchten Sonntag doch alle unsere DNA an dieser Wasserleitung hinterlassen, Harry!«

»Du nicht.«

»Doch, ich auch! Frag Bjørn Holm, er sitzt neben dir.«

»Bjørn kann bestätigen, dass deine DNA an der Wasserleitung war, nicht aber, dass du sie an diesem Sonntag dort hinterlassen hast. Denn am Sonntag bist du nach unten in den Keller gekommen, als ich schon dort war. Lautlos, ich habe dich nicht kommen gehört, erinnerst du dich? Lautlos, weil du dir deinen Kopf eben nicht angeschlagen hast. Du hast dich geduckt. Weil dein Hirn sich erinnert hat.«

»Das ist lächerlich, Harry. Ich habe mir am Sonntag den Kopf gestoßen, ich habe dabei nur kein Geräusch gemacht.«

»Vielleicht weil du die hier getragen hast. Sie hat dich geschützt.« Harry zog eine schwarze Mütze aus der Tasche und setzte sie sich auf. Vorne war ein weißer Totenkopf zu erkennen, und Katrine las den Schriftzug St. Pauli. »Also, wie kann man DNA hinterlassen, also Blut, Haut oder Haare, wenn man die hier tief in die Stirn gezogen hat?«

Hallstein Smith blinzelte mehrmals.

»Der Doktorand antwortet nicht«, sagte Harry. »Lassen Sie mich für ihn antworten. Hallstein Smith hat sich den Kopf gestoßen, als er zum ersten Mal in diesem Keller war, aber das ist lange her, das war noch bevor der angebliche Vampirist begonnen hatte, sein Unwesen zu treiben.«

Wieder wurde es still, nur Hallstein Smiths leise glucksendes Lachen war zu hören.

»Bevor ich dazu etwas sage«, begann Smith, »sollten wir, denke ich, dem früheren Hauptkommissar Harry Hole für seine phantasievolle Geschichte applaudieren.«

Smith begann zu klatschen, und einige wenige fielen ein, bevor das Klatschen wieder erstarb.

»Damit das aber mehr als nur eine Geschichte ist, braucht es dasselbe wie bei einer Doktorarbeit«, sagte Smith. »Beweise! Und die hast du nicht, Harry. Deine ganze Schlussfolgerung beruht auf zwei höchst zweifelhaften Annahmen. Dass eine sehr alte Waage in einem Stall genau das richtige Gewicht anzeigt, auch wenn jemand nur für ein paar Sekunden draufsteht. Eine Waage, von der ich dir versichern kann, dass sie immer wieder verrücktspielt. Und zweitens, dass ich aufgrund einer Mütze an jenem Sonntag keine DNA an der Wasserleitung hinterlassen haben kann. Eine Mütze, die ich abgenommen habe, bevor ich in den Keller gegangen bin, bevor ich mir den Kopf gestoßen habe, um sie unten dann wieder aufzusetzen, weil es dort kälter war als oben. Dass ich jetzt keinen Kratzer mehr auf der Stirn habe, liegt bloß daran, dass ich gutes Heilfleisch habe. Meine Frau kann bestätigen, dass ich eine Wunde an der Stirn hatte, als ich nach Hause gekommen bin.«

Katrine sah, wie die Frau mit dem selbstgenähten erdfarbenen Kleid ihren Mann mit schwarzen, ausdruckslosen Augen anstarrte, als stünde sie unter Schock.

»Nicht wahr, May?«

Der Mund der Frau öffnete und schloss sich. Dann nickte sie langsam.

»Sehen Sie, Harry?« Smith legte den Kopf schief und sah Harry mit besorgtem, mitleidigem Blick an. »Siehst du, wie einfach es ist, deine Theorie auseinanderzunehmen?«

»Nun«, sagte Harry. »Ich respektiere die Loyalität deiner Frau, aber ich fürchte, der DNA-Beweis ist nicht zu widerlegen. Die

Analyse des Rechtsmedizinischen Instituts hat nicht nur nachgewiesen, dass es sich um deine DNA gehandelt hat, sondern auch, dass diese mehr als zwei Monate alt ist. Sie kann also unmöglich an diesem Sonntag dort hingekommen sein.«

Katrine zuckte auf ihrem Stuhl zusammen und sah zu Bjørn. Er erwiderte ihren Blick und schüttelte kaum sichtbar den Kopf.

»Deshalb, Smith, ist es keine bloße Theorie, dass du irgendwann im Herbst in Hells Keller gewesen bist. Es ist eine Tatsache. Wie es auch eine Tatsache ist, dass die Ruger in deinem Besitz war und sich in deinem Büro befunden hat, als du den unbewaffneten Valentin Gjertsen angeschossen hast. Dazu kommt dann noch diese Stilometrie-Analyse.«

Katrine starrte auf die verknitterte gelbe Mappe, die Harry aus dem Sakko gezogen hatte. »Es gibt ein Computerprogramm für Stilometrie, das Wortwahl, Satzbau, Textstruktur und Zeichensetzung analysieren kann, um den Verfasser eines Textes zu identifizieren. So lässt sich zum Beispiel nachweisen, welche Stücke tatsächlich von Shakespeare stammen und welche nicht. Die Trefferquote für den richtigen Verfasser liegt allerdings nur bei über achtzig Prozent. Also nicht hoch genug, um als Beweis zu dienen. Aber die Quote, um bestimmte andere Schreiber *auszuschließen*, zum Beispiel Shakespeare, liegt bei neunundneunzig Komma neun Prozent. Unser IT-Experte Tord Gren hat mit dem Programm die E-Mails, die an Valentin geschickt wurden, mit denen verglichen, die Lenny Hell an andere geschickt hat. Insgesamt an die tausend E-Mails. Die Schlussfolgerung lautet«, Harry reichte Katrine die Mappe, »dass Lenny Hell die Instruktionen, die Valentin Gjertsen per Mail erhalten hat, nicht verfasst haben kann.«

Smith starrte Harry an. Seine zur Seite gekämmten Haare waren ihm in die verschwitzte Stirn gerutscht. »Das können wir dann bei der anstehenden Polizeivernehmung besprechen«, sagte Harry. »Hier und heute haben wir es ja mit einer Disputation zu tun. Du hast noch immer die Möglichkeit, der Prüfungskommission eine Erklärung zu liefern, damit du den Doktortitel erhältst. Das stimmt doch so, Aune?«

Ståle Aune räusperte sich. »Das ist richtig. Die Wissenschaft ist blind für die Moral der jeweiligen Zeit, und es wäre nicht die erste Doktorarbeit, die mittels moralisch zweifelhafter oder geradezu ungesetzlicher Winkelzüge fertiggestellt wurde. Was wir in der Prüfungskommission wissen müssen, bevor wir die Arbeit möglicherweise anerkennen, ist, ob Valentin nun von jemandem angeleitet wurde oder nicht. Sollte das nicht der Fall sein, bezweifle ich, dass wir die Arbeit anerkennen können.«

»Danke«, sagte Harry. »Also, was sagst du, Smith? Willst du der Kommission das noch erklären, bevor wir dich verhaften?«

Hallstein Smith starrte Harry an. Nur sein Keuchen war zu hören, als hielten alle anderen die Luft an. Ein einzelnes Blitzlicht leuchtete auf.

Der Vorsitzende wandte sich mit hektischen roten Flecken im Gesicht an Ståle:

»Mein Gott, Aune, was geht hier eigentlich vor?«

»Wissen Sie, was eine Affenfalle ist?«, fragte Ståle Aune, lehnte sich zurück und verschränkte die Arme vor der Brust.

Hallstein Smiths Kopf ruckte hoch, als hätte man ihm einen Stromstoß verpasst. Er hob seinen Arm, zeigte an die Decke und rief lachend: »Was habe ich schon zu verlieren, Harry?«

Harry antwortete nicht.

»Die Antwort lautet: ja. Valentin wurde gesteuert. Von mir. Natürlich habe ich diese Briefe geschrieben. Für die Wissenschaft ist es aber nicht wichtig, wer hinter Valentin stand und ihn gesteuert hat, sondern lediglich, dass Valentin ein echter Vampirist war, wie aus meiner Forschung hervorgeht. Nichts von dem, was du hier sagst, macht meine Ergebnisse zunichte. Dass ich alles vorbereitet und quasi Laborbedingungen geschaffen habe, entspricht dem Vorgehen vieler Wissenschaftler. Nicht wahr?«

573

Er ließ den Blick über die Anwesenden schweifen. »Letzten Endes war es ja nicht meine Entscheidung, was er getan hat, sondern seine eigene. Und sechs Menschenleben sind kein zu hoher Preis für eine Arbeit«, Smith klopfte mit dem Zeigefinger auf seine gebundene Doktorarbeit, »durch die der Menschheit in Zukunft viel Leid und manch ein Mord erspart bleiben wird. Hier drinnen sind die Gefahrenmerkmale und Profile beschrieben. Es war Valentin Gjertsen, der das Blut der Opfer getrunken und sie getötet hat, nicht ich. Ich habe nur die Möglichkeit dazu geschaffen. Hat man das Glück, auf einen wahren Vampiristen zu stoßen, ist man verpflichtet, das auch zu nutzen. Eine kurzsichtige Moral darf kein Hemmnis sein. Man muss das große Ganze sehen, zum Besten der Menschheit. Fragen Sie Oppenheimer, fragen Sie Mao, fragen Sie Tausende von krebskranken Laborratten.«

»Dann hast du Lenny Hell und Marte Ruud uns zuliebe getötet?«, fragte Harry.

»Ja, ja! Das waren Opfer im Namen der Wissenschaft!«

»Wie du dich selbst und deine eigene Menschlichkeit geopfert hast? Aus *Menschlichkeit*?«

»Genau, genau!«

»Diese Menschen sind also nicht gestorben, damit du, Hallstein Smith, dich daran aufgeilen konntest? Sondern damit der Affe endlich auf dem Thron sitzt und sein Name in den Geschichtsbüchern steht. Das ist es doch, was dich in Wahrheit die ganze Zeit über angetrieben hat, oder?«

»Ich habe euch gezeigt, was ein Vampirist ist und wozu er in der Lage ist! Verdiene ich dafür nicht den Dank der Menschen?«

»Nun«, sagte Harry. »Du hast uns in erster Linie gezeigt, wozu ein gedemütigter Mann in der Lage ist.«

Hallstein Smiths Kopf ruckte wieder hoch. Sein Mund öffnete und schloss sich. Es kamen aber keine Worte mehr.

»Wir haben genug gehört.« Der Dekan erhob sich. »Diese Disputation ist beendet, und ich bitte möglicherweise anwesende Polizisten, die Verhaftung ...«

Hallstein Smith bewegte sich überraschend schnell. Mit zwei Schritten war er unten am Tisch, schnappte sich den Revolver, lief zur ersten Reihe und legte den Lauf an den Kopf des nächsten Zuhörers.

»Aufstehen!«, fauchte er. »Und alle anderen bleiben sitzen!«

Katrine sah, wie eine blonde Frau sich erhob. Smith drehte sie um, so dass sie wie ein Schild vor ihm stand. Es war Ulla Bellman. In stummer Verzweiflung starrte sie mit offenem Mund auf einen Mann, der in der ersten Reihe saß. Katrine sah nur den Hinterkopf von Mikael Bellman und wusste nicht, was sein Gesicht ausdrückte, aber er rührte sich nicht. Ein Schluchzen war zu hören. Es kam von May Smith. Ihr Körper war etwas zur Seite gekippt.

»Lass sie los!«

Katrine drehte sich um. Die grunzende Stimme war von ganz hinten gekommen. Es war Truls Berntsen. Er war aufgestanden und kam langsam die Treppe herunter.

»Stopp, Berntsen!«, rief Smith. »Sonst erschieße ich erst die Frau und dann Sie!«

Aber Truls Berntsen blieb nicht stehen. Im Profil war sein Unterbiss noch deutlicher als sonst zu erkennen, aber auch die neuen Muskeln zeichneten sich deutlich unter dem Pullover ab. Er hatte das Ende der Treppe erreicht und ging direkt auf Smith und Ulla Bellman zu.

»Noch einen Schritt ...«

»Erschießen Sie mich zuerst, Smith, sonst schaffen Sie es nicht mehr.«

»Wie Sie wollen.«

Berntsen schnaubte. »Sie naiver Zivilist, Sie wagen es doch nicht ...«

Katrine spürte einen Druck in den Ohren, als säße sie in einem Flugzeug, das plötzlich an Höhe verlor. Und verstand erst im

Augenblick danach, dass der Knall aus dem großen Revolver gekommen war.

Truls Berntsen war mit rundem Rücken, etwas nach vorn gezogenen Schultern, stehen geblieben und schwankte. Der Mund geöffnet und die Augen hervortretend. Katrine sah das Loch auf Brusthöhe im Pullover und wartete, und dann kam das Blut. Truls schien all seine Kraft zusammenzunehmen, um sich auf den Beinen zu halten, den Blick fest auf Ulla Bellman geheftet. Dann kippte er nach hinten.

Irgendwo im Saal war der Schrei einer Frau zu hören.

»Keiner rührt sich vom Fleck«, rief Smith und ging rückwärts in Richtung Ausgang, wobei er Ulla Bellman noch immer vor sich hielt. »Wir bleiben draußen bei angelehnter Tür noch eine Minute stehen. Wenn ich sehe, dass einer von Ihnen aufsteht, erschieße ich sie.«

Natürlich war das ein Bluff. Aber trotzdem würde niemand es wagen, das auszutesten.

»Die Schlüssel für den Amazon«, flüsterte Harry, der noch immer stand. Er streckte Bjørn die Hand hin, der nach einer Sekunde reagierte und ihm die Schlüssel gab.

»Hallstein!«, rief Harry und machte einen Schritt aus seiner Stuhlreihe. »Ihr Auto steht auf dem Gästeparkplatz der Universität und wird dort gerade von der Spurensicherung untersucht. Ich habe die Schlüssel zu einem Wagen, der direkt hier draußen vor der Treppe steht, und ich bin sicher eine bessere Geisel für Sie.«

»Warum?«, fragte Smith und ging weiter rückwärts.

»Weil ich mich ruhig verhalten werde und weil Sie ein Gewissen haben.«

Smith blieb stehen und starrte Harry ein paar Sekunden nachdenklich an.

»Geh da rüber, und leg dir die Handschellen an«, sagte er und nickte in Richtung Tisch.

Harry trat vor, ging an Truls vorbei, der regungslos am Boden lag, und stellte sich mit dem Rücken zum Saal und zu Smith an den Tisch.

»So, dass ich dich sehen kann!«, rief Smith.

Harry drehte sich zu ihm um und hob die Hände, so dass Smith sehen konnte, dass die Nachbildung der alten Handschellen tatsächlich geschlossen war.

»Komm her!«

Harry ging zu ihm.

Smith schob Ulla Bellman zur Seite und richtete den Revolver auf Harry.

»Eine Minute!«

Katrine sah, wie Smith mit der freien Hand Harrys Schulter packte, ihn herumdrehte und durch die Tür schob, die er einen Spaltbreit offen stehen ließ.

Ulla Bellman starrte auf die halbgeöffnete Tür, dann drehte sie sich um und sah zu ihrem Mann, der sie zu sich winkte. Und Ulla Bellman ging los. Mit kurzen, unsicheren Schritten, als liefe sie über dünnes Eis. Neben Truls Berntsen ging sie auf die Knie und legte ihren Kopf auf seinen blutigen Pullover. Der eine schmerzerfüllte Schluchzer, der über Ulla Bellmans Lippen kam, war lauter als der Knall des Revolvers.

Harry spürte den Lauf des Revolvers im Rücken, als er vor Smith herging. Verdammte Scheiße! Er hatte tags zuvor alles bis ins Detail geplant und alle nur erdenklichen Szenarien durchdacht, aber das, was jetzt geschehen war, hatte er nie für möglich gehalten.

Harry öffnete die Eingangstür mit dem Fuß, und die kalte Märzluft schlug ihm ins Gesicht. Der vollkommen leere Universitätsplatz badete vor ihnen in der Sonne. Der schwarze Lack von Bjørns Volvo Amazon glänzte.

»Los!«

Harry ging die Treppe hinunter auf den Platz. Als er unten war, rutschten ihm die Füße weg, und er stürzte seitlich zu Boden, ohne sich abstützen zu können. Ein stechender Schmerz schoss ihm durch Arm und Rücken, als er auf dem Eis aufschlug.

»Hoch mit dir!«, fauchte Smith, packte die Kette der Handschellen und zog ihn auf die Beine.

Harry nutzte den Schwung, den Smith ihm gab, er wusste, dass sich kaum eine bessere Chance bieten würde. Er schoss mit dem Kopf nach vorne und traf Smith, der zwei Schritte nach hinten taumelte und auf den Rücken fiel. Harry wollte sich auf Smith stürzen, aber der umklammerte mit beiden Händen den Revolver, der direkt auf Harry zeigte.

»Komm schon, Harry. Das Spielchen kenne ich, so habe ich in der Schule in jeder zweiten Pause gelegen. Versuch's doch!«

Harry starrte in die Mündung des Revolvers. Smiths Nase hatte einen Knick, und da, wo die Haut aufgeplatzt war, war ein weißer Knochen zu erkennen. Ein dünner Streifen Blut rann ihm über den Nasenflügel.

»Ich weiß, was du denkst, Harry«, sagte Smith und lachte. »Er hat Valentin nicht einmal aus zweieinhalb Metern richtig getroffen. Also, versuch's doch. Oder du schließt das Auto auf.«

Harrys Hirn ratterte, ging die Optionen durch. Dann drehte er sich um, öffnete langsam die Fahrertür und hörte, wie Smith hinter ihm wieder auf die Beine kam. Harry setzte sich und steckte langsam den Schlüssel ins Zündschloss.

»Ich fahre!«, sagte Smith. »Rutsch rüber!«

Harry tat, was von ihm verlangt wurde, und schob sich langsam und umständlich über den Schaltknüppel auf den Beifahrersitz.

»Und jetzt hebst du die Beine über die Handschellen.«

Harry sah ihn an.

»Ich will beim Fahren nicht plötzlich die Handschellen um den Hals haben«, sagte Smith und hob den Revolver an. »Dein Problem, wenn du beim Yoga geschwänzt hast. Außerdem sehe ich, dass du Zeit schinden willst. Du hast fünf Sekunden. Von jetzt ab. Vier ...«

Harry lehnte sich so weit nach hinten, wie der steil stehende Sitz es zuließ, streckte die zusammengeketteten Arme vor und zog die Knie an.

»Drei, zwei ...«

Mit Mühe gelang es Harry, die frisch geputzten Schuhe über die Kette der Handschellen zu heben.

Smith setzte sich in den Wagen, beugte sich über Harry, zog den altmodischen Gurt über dessen Brust und ließ ihn einrasten. Dann zog er den Gurt so fest, dass Harry regelrecht an der Lehne fixiert war. Er nahm das Handy aus Harrys Jackentasche, legte sich selbst den Gurt an und schaltete den Motor ein. Dann gab er etwas Gas, schaltete in den Rückwärtsgang, ließ die Kupplung kommen und setzte in einem Bogen zurück. Zuletzt kurbelte er die Scheibe herunter und warf erst Harrys und dann sein eigenes Handy nach draußen.

Sie fuhren auf die Karl Johans gate und bogen nach rechts ab, auf das Schloss zu. Die Ampel schaltete auf Grün, und sie fuhren nach links, dann über einen Kreisverkehr und eine weitere Ampel vorbei am Konzerthaus in Richtung Aker Brygge. Der Verkehr lief flüssig. Viel zu flüssig, dachte Harry. Je weiter Smith und er kamen, bevor Katrine Streifenwagen und Helikopter alarmieren konnte, umso größer war das Gebiet, in dem sie sein konnten, und umso mehr Straßensperren mussten letztendlich errichtet werden.

Smith sah über den Fjord. »Oslo ist an solchen Tagen am schönsten, nicht wahr?«

Smiths Stimme klang nasal und wurde von einem dünnen Pfeifen begleitet, das wahrscheinlich von der gebrochenen Nase herrührte.

»Ein stiller Reisebegleiter«, sagte Smith. »Aber vermutlich hast du für heute wirklich genug geredet.«

Harry hatte seinen Blick auf die Autobahn vor ihnen gerichtet, Katrine konnte sie über die Handys nicht anpeilen, aber solange Smith auf den Hauptstraßen blieb, bestand Hoffnung, dass sie schnell gefunden wurden. Von einem Helikopter aus wäre das Auto mit dem Rallyestreifen leicht von den anderen zu unterscheiden.

»Er ist zu mir gekommen, nannte sich Alexander Dreyer und wollte mit mir über Pink Floyd reden und über die Stimmen, die er hörte«, sagte Smith und schüttelte den Kopf. »Wie du weißt, verstehe ich mich auf das Lesen von Menschen, weshalb ich gleich erkannt habe, dass das kein normaler Mensch war, sondern ein selten extremer Psychopath. Anschließend habe ich das, was er über seine sexuellen Phantasien erzählt hat, mit Aussagen von Kollegen verglichen, die mit Sittlichkeitsverbrechern arbeiten, und schnell erkannt, mit wem ich es da zu tun hatte. Und was sein Dilemma war. Er hungerte danach, seinen Jagdinstinkten zu folgen, aber ein einziger kleiner Fehler, ein noch so kleiner Ausrutscher, ein vager Verdacht, der die Aufmerksamkeit der Polizei auf Alexander Dreyer lenkte, würden ihn entlarven. Kannst du mir folgen, Harry?« Smith warf ihm einen raschen Blick zu. »Wenn er also wieder auf Jagd gehen wollte, musste dies in der Gewissheit geschehen, dass er sicher war. Er war perfekt, ein Mann ohne Alternativen. Ich musste ihm nur ein Halsband anlegen und den Käfig öffnen. Er würde fressen – und trinken –, was ihm vorgesetzt wurde. Aber ich konnte diese Angebote natürlich nicht selbst machen, ich brauchte einen fiktiven Puppenspieler, einen Blitzableiter, zu dem die Spuren führten, sollte Valentin geschnappt werden und ein Geständnis ablegen. Jemanden, der ohnehin irgendwann auffallen würde, so dass alles zusammenpasste und die Theorien meiner Doktorarbeit über den impulsiven, kindlich chaotischen Vampiristen stimmten. Lenny Hell war ein Eremit, der abgelegen wohnte und nie Besuch bekam. Bis eines Tages ganz überraschend sein Psychologe vor der Tür stand. Ein Psychologe, der etwas auf dem Kopf hatte, das ihn wie einen Habicht aussehen ließ, und der einen großen rotbraunen Revolver in der Hand hielt. Kra, kra, kra!« Smith lachte laut. »Du hättest Lennys Gesicht sehen sollen, als er kapierte, dass er gefangen und mein Sklave war! Zuerst habe ich ihn gezwungen, mein Patientenarchiv, das ich mitgebracht hatte, in sein Büro zu tragen. Dann haben wir einen Käfig, in dem meine Familie Schweine transportierte, in seinen Keller getragen. Als ich da nach unten gegangen bin, habe ich mir vermutlich den Kopf an dieser Scheißleitung gestoßen. Wir haben eine Matratze in den Käfig gelegt, auf der Lenny sitzen und liegen konnte, und dann habe ich ihn mit den Handschellen festgekettet. Und da blieb er dann. Eigentlich brauchte ich Lenny nicht mehr, nachdem ich die Details über die Frauen kannte, die er gestalkt hatte, ich die Schlüsselkopien zu ihren Wohnungen und sein Passwort hatte, so dass ich die E-Mails an Valentin von Lennys Computer schicken konnte. Trotzdem musste ich mit dem Arrangieren seines Selbstmordes noch warten. Sollte Valentin gefasst werden oder sterben und die Polizei die Verbindung zu Hell ermitteln, mussten sie ja eine frische Leiche finden, damit der zeitliche Ablauf auch stimmte. Damit die Polizei nicht zu früh auf Hell kam, musste ich außerdem dafür sorgen, dass er für den ersten Mord ein wasserdichtes Alibi hatte. Ich wusste ja, dass sein Alibi überprüft werden würde, da er mit Elise Hermansen in Telefonkontakt gestanden hatte. Also nahm ich Lenny mit in die Pizzeria im Dorf und präsentierte ihn so der Öffentlichkeit. Der Mord an Elise Hermansen sollte zeitgleich stattfinden, ich hatte Valentin alle entsprechenden Instruktionen dafür gegeben. Ich war dabei so konzentriert darauf, die Waffe unter dem Tisch auf Lenny zu richten, dass ich nicht früh genug bemerkte, dass im Pizzateig Nüsse waren.« Erneutes Lachen. »Anschließend hatte er viel Zeit allein in seinem Käfig. Ich musste lachen, als ihr Lenny Hells Sperma auf der Matratze gefunden und daraus geschlussfolgert habt, dass er Marte Ruud dort missbraucht hat.«

Sie fuhren an Bygdøy vorbei in Richtung Snarøya. Harry zählte automatisch die Sekunden. Vor zehn Minuten waren sie am Universitätsplatz losgefahren. Er sah nach oben zum wolkenlosen blauen Himmel.

»Denn Marte Ruud wurde nie missbraucht. Ich habe sie sofort erschossen, nachdem ich sie aus dem Wald in den Keller bugsiert hatte. Valentin hatte sie bereits zerstört, mein Schuss war reine Barmherzigkeit, eine Erlösung.« Smith drehte sich zu Harry. »Ich hoffe, du verstehst das, Harry? Harry? Findest du, dass ich zu viel rede?«

Smith seufzte. »Du wärst gut als Psychologe, Harry. Patienten lieben stille Psychologen, sie glauben, dass sie dann umso gründlicher analysiert werden. Professionelles Schweigen kommt immer gut. Aber, ach zum Teufel damit ...«

Sie näherten sich Høvikodden, und der Oslofjord tauchte wieder zu ihrer Linken auf. Harry rechnete damit, dass die Polizei in Höhe von Asker, wo sie in zehn Minuten sein würden, eine Straßensperre errichtet hatte.

»Kannst du dir vorstellen, was für ein Geschenk es für mich war, als du mich gefragt hast, ob ich eure Ermittlungen unterstützen könnte? Ich war so überrascht, dass ich anfangs sogar abgelehnt habe. Bis mit klarwurde, dass ich dann ja alle Informationen hätte und Valentin warnen könnte, solltet ihr ihm zu nahe kommen und ihn an weiteren Taten hindern. *Mein* Vampirist konnte berühmter werden als Kürten, Haigh und Chase, ja, er könnte der Meister aller sein. Aber dann war ich trotzdem nicht über alles informiert. Ich wusste zum Beispiel nicht, dass das türkische Bad überwacht wurde, bis wir im Auto auf dem Weg dorthin waren. Und ich begann, die Kontrolle über Valentin zu verlieren. Er hat den Barkeeper getötet und Marte Ruud entführt. Zum Glück bekam ich rechtzeitig mit, dass ihr über den Bankautomaten seinen Decknamen Alexander Dreyer ermitteln konntet, so dass ich ihn warnen und er rechtzeitig aus der Wohnung fliehen konnte. Zu diesem Zeitpunkt wusste Valentin, dass ich, sein früherer Psychologe, der Mann war, der alle Fäden in der Hand hielt. Aber egal. Mit wem er im Boot saß, war ihm gleich. Dann bemerkte ich, dass das Netz immer enger gezogen wurde und es an der Zeit für das große Finale war, das ich schon eine ganze Weile geplant hatte. Er hatte seine Wohnung verlassen und war auf meinen Rat für den Übergang ins Plaza Hotel gezogen. Ich habe ihm dort dann einen Umschlag zukommen lassen mit Schlüsselkopien zu unserem Hoftor, dem Stall und meinem Büro und ihn instruiert, sich dort gegen Mitternacht, wenn alle im Bett waren, zu verstecken.

Ich kann natürlich nicht ausschließen, dass er gewisse Vorahnungen hatte, aber welche Alternativen hatte er, nachdem sein Deckname aufgeflogen war? Er musste ganz einfach darauf setzen, dass er mir vertrauen konnte. Und was das Arrangement angeht, musst du mir doch wohl ein Lob aussprechen, Harry! Dass ich dich und Katrine angerufen habe und so neben den Aufnahmen der Überwachungskameras auch noch Zeugen am Telefon hatte, war doch wohl genial. Was dann passiert ist, kann man natürlich als kaltblütige Liquidierung bezeichnen. Dass ich ganz bewusst die Geschichte von dem mutigen Forscher konstruiert habe, der den Serienmörder mit seinen Äußerungen in Rage gebracht und ihn schließlich in Notwehr erschossen hat. Natürlich war das auch der Grund dafür, dass ausländische Presseleute zu meiner Disputation gekommen sind und ganze vierzehn internationale Verlage die Rechte erworben haben, um meine Doktorarbeit zu publizieren. Zu guter Letzt ist das alles aber Forschung, Harry, Wissenschaft. Fortschritt. Es ist durchaus möglich, dass der Weg zur Hölle mit guten Vorsätzen gepflastert ist, aber der Weg in eine leuchtende, menschliche Zukunft fordert auch Opfer.«

Oleg drehte den Zündschlüssel.

»Die Notaufnahme im Ullevål!«, rief der junge blonde Beamte vom Rücksitz. Neben ihm lag Truls Berntsen, den Kopf auf seinem Schoß. Beide waren über und über mit Berntsens Blut besudelt. »Vollgas, und drück auf die Hupe!«

Oleg wollte gerade die Kupplung kommen lassen, als eine der hinteren Türen aufgerissen wurde.

»Nein!«, rief der Beamte wutschnaubend.

»Mach Platz, Anders!« Es war Steffens. Er zwang den jungen Beamten, auf der anderen Seite einzusteigen.

»Halte seine Beine hoch!«, kommandierte Steffens, der jetzt Berntsens Kopf hielt. »Damit er Blut ...«

»... ins Herz und ins Gehirn kriegt«, sagte Anders.

Oleg ließ die Kupplung kommen, und sie schleuderten kontrolliert vom Parkplatz auf die Straße, wo sie sich zwischen eine klingelnde Straßenbahn und ein hupendes Taxi schoben.

»Wie sieht es aus, Anders?«

»Check das doch selbst!«, fauchte Anders. »Bewusstlos, schwacher Puls, aber er atmet. Die Schusswunde ist, wie du siehst, im rechten Hemithorax.«

»Die ist nicht das Problem«, sagte Steffens. »Die Austrittswunde ist viel schlimmer. Hilf mir, ihn umzudrehen.« Oleg warf einen Blick in den Rückspiegel. Sah, wie sie Truls Berntsen auf die Seite drehten und sein Hemd aufrissen. Dann konzentrierte er sich wieder auf die Straße, drückte die Hupe, um an einem Lastwagen vorbeizukommen, und beschleunigte und fuhr bei Rot über eine Ampel.

»Oh, verdammt!«, stöhnte Anders.

»Ja, das Loch ist schrecklich groß«, sagte Steffens. »Die Kugel scheint ein Stück der Rippe nach außen zu drücken. Er wird uns verbluten, bevor wir im Krankenhaus sind, wenn wir nicht ...«

»Wenn wir was nicht?«

Oleg hörte Steffens tief durchatmen. »Wenn wir nicht einen besseren Job machen, als ich es bei deiner Mutter getan habe. Leg die Handballen auf beide Seiten der Wunde – so – und drücke sie fest zusammen. Schließ die Wunde, so gut es geht. Mehr können wir nicht tun.«

»Meine Hände rutschen weg.«

»Reiß was von seinem Hemdstoff ab und leg das unter deine Hände, das erhöht die Reibung.«

Oleg hörte Anders schwer atmen. Noch einmal warf er einen Blick in den Rückspiegel und sah, dass Steffens einen Finger auf

Berntsens Brust gelegt hatte und mit einem anderen darauf klopfte.

»Ich perkutiere, aber ich sitze hier zu eingeengt, um ihn abzuhören«, sagte Steffens. »Kannst du ...?«

Anders beugte sich vor, ohne die Wunde loszulassen, und legte sein Ohr auf Berntsens Brust.

»Dumpf«, sagte er. »Keine Luft. Glaubst du ...?«

»Ja, ich befürchte einen Hämothorax«, sagte Steffens. »Die Lunge füllt sich mit Blut und wird gleich kollabieren. Oleg ...«

»Hab's gehört«, sagte Oleg und drückte das Gaspedal durch.

Katrine stand mitten auf dem Universitätsplatz, drückte sich das Handy ans Ohr und sah nach oben zum leeren, wolkenlosen Himmel. Der Polizeihelikopter, den sie bei Heli in Gardermoen angefordert hatte, war noch nicht zu sehen. Sie hatte die Kollegen beauftragt, auf dem Weg nach Oslo den Verkehr auf der E6 in Richtung Norden zu überprüfen.

»Nein, wir haben keine Handys, die wir anpeilen könnten«, rief sie über die lauten Sirenen hinweg, die aus verschiedenen Richtungen in der Stadt zu hören waren. »Keine registrierten Mautpassagen, nichts. Wir errichten Sperren auf der E6 und der E18 in Richtung Süden. Ich sage Bescheid, sobald wir etwas haben.«

»Okay«, antwortete Falkeid am anderen Ende. »Wir sind on standby.«

Katrine beendete das Gespräch, aber ihr Handy klingelte gleich wieder.

»Asker-Polizei auf der E18. Wir haben einen Lastwagen gestoppt und platzieren ihn unmittelbar an der Abfahrt Asker quer auf der Straße, so dass wir den Verkehr über den Kreisverkehr umleiten können. Ein schwarzer 70er-Amazon mit Rallyestreifen, richtig?«

»Ja.«

»Reden wir da wirklich von dem schlechtestmöglichen Fluchtwagen überhaupt?«

»Hoffen wie es mal. Halten Sie mich auf dem Laufenden.«

Bjørn kam angejoggt. »Oleg und der Oberarzt fahren Berntsen ins Ullevål«, schnaufte er. »Wyller ist auch mit.«

»Wie stehen die Chancen, dass er überlebt?«

»Ich kenne mich nur mit Leichen aus.«

»Okay, sah Berntsen aus wie eine?«

Bjørn Holm zuckte mit den Schultern. »Er hat noch immer geblutet, und das heißt doch wohl, dass er noch nicht ganz leer ist.«

»Und Rakel?«

»Sie sitzt noch drinnen im Saal und kümmert sich um Bellmans Frau, die ist ziemlich fertig. Bellman selbst musste weg, um die Operation von einem Ort aus zu steuern, von wo er den Überblick hat. Das hat er jedenfalls so gesagt.«

»Überblick?«, schnaubte Katrine. »Einzig *von hier* kann man den Überblick haben!«

»Ich weiß, aber versuch mal, ruhig zu bleiben, meine Kugel. Wir wollen doch nicht, dass der Kleine gestresst wird, oder?«

»Mein Gott, Bjørn.« Sie umklammerte ihr Telefon. »Warum konntest du mir nicht einfach sagen, was Harry vorhatte?«

»Weil ich es nicht wusste.«

»Du wusstest das nicht? Du musst doch etwas gewusst haben, wenn er die Spurensicherung auf Smiths Auto angesetzt hat.«

»Hat er nicht, das war ein Bluff. Genau wie das mit der Datierung von DNA-Material. Die Behauptung, dass wir festgestellt hätten, Smiths DNA-Material sei mehr als zwei Monate alt, war komplett aus der Luft gegriffen.«

Katrine starrte Bjørn an. Steckte die Hand in die Tasche und zog die gelbe Papiermappe heraus, die Harry ihr gegeben hatte. Öffnete sie. Drei Blätter. Alle leer.

»Bluff«, sagte Bjørn. »Um mittels Stilometrie-Programm ein sicheres Ergebnis zu bekommen, müssen die Texte mindestens fünftausend Zeichen haben. Die kurzen E-Mails, die an Valentin geschickt wurden, sagen nichts über den Verfasser aus.«

»Harry hatte nichts«, flüsterte Katrine.

»Gar nichts«, erwiderte Bjørn. »Er hatte es einzig und allein auf das Geständnis abgesehen.«

»Zum Teufel mit ihm!« Katrine drückte sich das Handy gegen die Stirn. Ob sie diese damit kühlen oder wärmen wollte, wusste sie selbst nicht. »Aber warum hat er nichts gesagt? Wir hätten draußen bewaffnete Polizeikräfte aufstellen können.«

»Weil er nichts sagen konnte.«

Die Antwort kam von Ståle Aune, der zu ihnen getreten war.

»Warum nicht?«

»Ganz einfach«, sagte Ståle. »Wenn er jemanden von der Polizei über seinen Plan informiert und die Polizei nicht eingegriffen hätte, wäre das, was da drinnen passiert ist, de facto ein Polizeiverhör gewesen. Ein nicht regelkonformes Verhör, da dem Verdächtigen seine Rechte nicht vorgelesen wurden, außerdem hat der Befrager ihn ja nun wirklich zu manipulieren versucht. Dann wäre nichts von dem, was Smith heute gesagt hat, vor Gericht verwendbar. Aber so ...«

Katrine Bratt blinzelte. Dann nickte sie langsam. »Wie es aussieht, hat der Dozent und Privatmann Harry Hole an einer Disputation teilgenommen, bei der Smith freiwillig und vor Zeugen gesprochen hat. Warst du an der Sache beteiligt, Ståle?«

Ståle Aune nickte. »Harry hat mich gestern angerufen. Er hat mir von den Indizien erzählt, die gegen Hallstein Smith sprechen, und gesagt, dass er keine Beweise hat. Und dann hat er mich in den Plan eingeweiht, die Disputation zu nutzen, um Smith mit Hilfe einer Affenfalle zu stellen. Mit Steffens als Experten.«

»Und du hast geantwortet?«

»Dass Hallstein ›Affe‹ Smith schon einmal in eine solche Falle getappt ist und diesen Fehler sicher nicht noch mal machen wird.«

»Aber?«

»Harry hat meine eigenen Worte gegen mich verwendet und auf Aunes Postulat verwiesen.«

»Menschen sind notorisch«, sagte Bjørn. »Sie begehen immer wieder die gleichen Fehler.«

»Genau«, Aune nickte, »und Smith soll im Aufzug des Präsidiums zu Harry gesagt haben, dass er den Doktortitel gegen ein langes Leben tauschen würde.«

»Und natürlich ist dieser Idiot dann in die Affenfalle getappt«, stöhnte Katrine.

»Er ist seinem Spitznamen voll und ganz gerecht geworden, ja.«

»Nicht Smith, ich rede von Harry.«

Aune nickte. »Ich gehe in den Saal, Frau Bellman braucht Hilfe.«

»Ich komme mit und sichere den Tatort«, sagte Bjørn.

»Tatort?«, fragte Katrine.

»Berntsen.«

»Ach ja, stimmt.« Als die Männer weg waren, legte Katrine den Kopf in den Nacken und starrte wieder zum Himmel hoch. Wo blieb nur dieser Helikopter? »Zum Teufel!«, murmelte sie. »Zum Teufel mit dir, Harry!«

»Ist es denn seine Schuld?«

Katrine drehte sich um.

Mona Daa stand vor ihr. »Ich will nicht stören«, sagte sie. »Ich habe eigentlich frei, aber als ich das im Netz gelesen habe, musste ich einfach kommen. Wenn die VG irgendwas für Sie rausbringen soll, oder wenn Sie Smith über uns eine Nachricht zukommen lassen wollen ...«

»Danke, Daa, dann melde ich mich.«

»Okay.« Mona Daa drehte sich um und watschelte in ihrem Pinguingang los.

»Ich war eigentlich verwundert darüber, dass Sie nicht bei der Disputation waren«, sagte Katrine.

Mona Daa blieb stehen.

»Immerhin haben Sie als Hauptreporterin der VG von Tag eins an über den Vampiristenfall berichtet«, sagte Katrine.

»Dann hat Anders noch nicht mit Ihnen gesprochen?«

Katrine merkte auf, als sie hörte, dass Mona Daa Anders Wyller wie selbstverständlich beim Vornamen nannte. »Mit mir gesprochen?«

»Ja. Anders und ich, wir ...«

»Sie machen Witze«, sagte Katrine.

Mona Daa lachte. »Nein. Ich verstehe ja, dass das professionell betrachtet ein paar Probleme mit sich bringt, aber nein, Witze mache ich nicht.«

»Und wann ...«

»Eigentlich gerade erst. Wir haben beide in den letzten Tagen freigenommen und die Zeit gemeinsam in Klausur verbracht – in Anders' kleiner Wohnung –, um zu sehen, ob wir wirklich zueinanderpassen. Wir dachten, das wäre gut zu wissen, bevor wir darüber reden.«

»Dann wusste niemand davon?«

»Nicht, bis Harry uns bei seinem überraschenden Besuch beinahe auf frischer Tat ertappt hätte. Anders meinte, Harry hätte alles herausbekommen. Und ich weiß, dass er mich bei der VG zu erreichen versucht hat. Vermutlich wollte er wissen, ob er mit seinem Verdacht richtiglag.«

»Im Hinblick auf Verdächtigungen ist er ausgewiesenermaßen gut«, sagte Katrine und hielt weiter am Himmel nach dem Helikopter Ausschau.

»Ich weiß.«

Harry lauschte dem hohen Pfeifen, das Smith bei jedem Atemzug von sich gab. Und plötzlich nahmen seine Augen draußen auf dem Fjord etwas Merkwürdiges wahr. Einen Hund, der auf dem Wasser zu laufen schien. Schmelzwasser, das durch Spalten im Eis nach oben drückte, obwohl es noch immer fror.

»Mir ist der Vorwurf gemacht worden, dass ich mir Vampirismus einbilde, weil ich will, dass es ihn gibt«, sagte Smith. »Aber jetzt ist das für alle Ewigkeit bewiesen, und bald wird die ganze

Welt wissen, was Professor Smiths Vampirismus ist, egal, was mit mir passieren wird. Und Valentin wird nicht der Einzige sein, es werden andere folgen. Der Blick der Welt wird weiterhin auf den Vampirismus gerichtet sein. Ich verspreche dir, die Nachfolger sind bereits rekrutiert. Du hast mich mal gefragt, ob Anerkennung wichtiger ist als das Leben. Natürlich ist sie das. Anerkennung ist ewiges Leben. Und auch du wirst ewig leben, Harry. Als der, der Hallstein Smith, den sie früher einmal den ›Affen‹ nannten, fast geschnappt hätte. Findest du, dass ich zu viel rede?«

Sie näherten sich IKEA. Noch fünf Minuten, dann würden sie in Asker sein. Der dort entstehende Stau würde Smith nicht irritieren, dort kam der Verkehr oft ins Stocken.

»Dänemark«, sagte Smith. »Da kommt der Frühling früher.«

Dänemark? Wurde Smith jetzt psychotisch? Plötzlich hörte Harry ein trockenes Klicken. Smith hatte den Blinker gesetzt. Nein! Scheiße! Er fuhr von der Hauptstraße ab, und Harry sah das Schild in Richtung Nesøya.

»Es ist genug Schmelzwasser auf dem Eis, um bis zum Rand des Eises zu kommen, meinst du nicht auch? Ein superleichtes Aluboot mit nur einem Mann Besatzung hat nicht so viel Tiefgang.«

Boot. Harry biss die Zähne zusammen und fluchte leise. Das Bootshaus. Er wollte zu dem Bootshaus, das laut Smith zum Hof gehörte.

»Über den Skagerrak sind es genau 130 Seemeilen. Wie lang dauert das bei durchschnittlich zwanzig Knoten? Harry, du kannst doch rechnen?« Smith lachte. »Ich habe es aber schon ausgerechnet. Mit dem Taschenrechner. Das sind sechseinhalb Stunden. Und dann kann man per Bus quer durch Dänemark fahren. Bis Kopenhagen ist es nicht weit. Nørrebro. Der Rote Platz. Ich setze mich auf eine Bank, halte ein Busticket hoch und warte auf das Reisebüro. Was hältst du von Uruguay? Ein schönes, kleines Land. Nur gut, dass ich den Weg bis in den Schuppen am Bootshaus geräumt habe, so dass da Platz für ein Auto ist. Sonst wäre es wegen des Rallyestreifens auf dem Dach vom Helikopter aus bestimmt leicht zu finden, oder was meinst du?«

Harry schloss die Augen. Smith hatte seinen Fluchtplan schon lange gemacht. Für den Fall der Fälle. Und dass er Harry jetzt einweihte, konnte nur eines bedeuten. Harry würde nie die Gelegenheit bekommen, das irgendjemandem zu erzählen.

»Da vorne nach links«, sagte Steffens vom Rücksitz. »Gebäude 17!«

Oleg bog ab und spürte, wie die Räder für einen Moment durchdrehten, dann griffen sie wieder auf dem Eis.

Er wusste, dass es innerhalb des Krankenhausgeländes eine Geschwindigkeitsbegrenzung gab, aber auch, dass Berntsen keine Zeit und kein Blut mehr verlieren durfte.

Er bremste vor dem Eingang, an dem bereits zwei Männer in gelben Sanitäterwesten warteten. Mit geübten Bewegungen bugsierten sie Berntsen von der Rückbank auf die bereitstehende Krankentrage.

»Er hat keinen Puls«, sagte Steffens. »Direkt in den Hybrid-Raum. Ist das Traumatologie-Team …?«

»Es sind alle da«, sagte der ältere Sanitäter.

Oleg und Anders folgten der Trage und Steffens durch die Flure bis zu einem OP, in dem bereits ein sechsköpfiges Team mit Kitteln und Mundschutz wartete.

»Danke«, sagte eine Frau und hob die Hand als Zeichen dafür, dass Anders und Oleg hier keinen Zutritt hatten. Die Trage, Steffens und das Team verschwanden hinter zwei breiten Türen.

»Ich weiß, dass du im Dezernat arbeitest«, sagte Oleg, als es um sie herum still wurde. »Aber nicht, dass du auch Medizin studiert hast.«

»Habe ich auch nicht«, sagte Anders und starrte auf die geschlossenen Türen.

»Nicht? Das hat sich im Auto aber anders angehört.«

»Ich habe in der Schulzeit auf eigene Faust ein wenig Medizin gelernt. Ich habe aber nie zu studieren begonnen.«

»Warum nicht? Wegen der Noten?«

»Die Noten hatte ich.«

»Aber?« Oleg wusste nicht, ob er weiterfragte, weil er sich wirklich dafür interessierte, oder um sich nicht fragen zu müssen, was jetzt wohl mit Harry war.

Anders starrte auf seine blutigen Hände. »Bei mir war das vermutlich so wie bei dir.«

»Bei mir?«

»Ich wollte werden, was mein Vater war.«

»Und dann?«

Anders zuckte mit den Schultern. »Dann wollte ich das nicht mehr.«

»Und bist stattdessen zur Polizei gegangen?«

»So hätte ich sie wenigstens retten können.«

»Sie?«

»Meine Mutter. Oder Menschen in derselben Situation. Dachte ich.«

»Wie ist sie gestorben?«

Anders zuckte mit den Schultern. »Bei uns zu Hause ist eingebrochen worden, der Einbrecher wurde von meiner Mutter überrascht, der sie dann als Geisel genommen hat. Mein Vater und ich standen einfach da, bis mein Vater irgendwann hysterisch wurde und der Einbrecher auf Mama einstach, um abhauen zu können. Vater ist wie ein kopfloser Hahn herumgerannt, hat nach einer Schere gesucht und dabei geschrien, dass ich sie nicht anrühren soll.« Wyller schluckte. »Mein Vater, der Oberarzt, suchte nach einer Schere, während ich dastand und sie verbluten sah. Ich habe im Nachhinein mit ein paar Ärzten gesprochen und dabei deutlich herausgehört, dass man sie hätte retten können, wenn wir sofort das Richtige getan hätten. Mein Vater ist Hämatologe, der Staat hat Millionen investiert, um ihm alles beizubringen, was man über Blut wissen kann. Und trotzdem war er nicht in der Lage, das zu tun, was man tun muss, damit sie nicht verblutete. Wüsste die Staatsanwaltschaft, was er über lebensrettende Ersthilfemaßnahmen weiß, hätte sie ihn bestimmt wegen fahrlässiger Tötung angeklagt.«

»Dein Vater hat versagt. Einen Fehler gemacht. Das ist doch nur menschlich.«

»Und trotzdem sitzt er da in seinem Büro und hält sich wegen dieses Oberarzttitels für besser als andere.« Anders' Stimme hatte zu zittern begonnen. »Ein Polizist mit mittelmäßigem Abitur und einem einwöchigen Nahkampfkurs hätte den Einbrecher übermannt, bevor er hätte zustechen können.«

»Aber heute hat er nicht versagt«, sagte Oleg. »Steffens ist dein Vater, nicht wahr?«

Anders nickte. »Wenn es um das Leben eines korrupten, faulen Drecksacks wie Berntsen geht, macht er natürlich alles richtig.«

Oleg sah auf die Uhr. Nahm das Telefon. Keine Nachrichten von Mama. Er legte es zurück. Sie hatte gesagt, dass er nichts für Harry tun könne, wohl aber für Truls Berntsen.

»Es geht mich ja nichts an«, sagte Oleg. »Aber hast du deinen Vater jemals gefragt, auf wie viel er verzichtet hat? Wie viele Jahre er für die Arbeit geopfert hat, um möglichst viel über Blut zu wissen, und wie viele Menschen er dank dieses Einsatzes retten konnte?«

Anders schüttelte den gesenkten Kopf.

»Nein?«, fragte Oleg.

»Ich rede nicht mit ihm.«

»Überhaupt nicht?«

Anders zuckte mit den Schultern. »Ich bin ausgezogen. Hab seinen Namen aus meinem Leben getilgt.«

»Wyller ist der Name deiner Mutter?«

»Ja.«

Sie sahen den Rücken eines Mannes im Arztkittel, der in den OP hastete, bevor die Türen sich wieder schlossen.

Oleg räusperte sich. »Noch einmal, es geht mich nichts an.

Aber denkst du nicht, dass du über deinen Vater ein etwas zu hartes Urteil fällst?«

Anders hob den Kopf. Sah Oleg in die Augen. »Du hast recht«, sagte er und nickte langsam. »Es geht dich nichts an.« Dann stand er auf und ging zum Ausgang.

»Wohin willst du?«, fragte Oleg.

»Zurück zur Universität. Fährst du mich? Sonst nehme ich den Bus.«

Oleg stand auf und folgte Anders. »Da sind doch schon genug, während hier ein Polizist liegt, der mit dem Tod ringt.« Er holte ihn ein und legte ihm eine Hand auf die Schulter. »Und als Polizeikollege bist du im Moment der ihm Nächste. Du kannst jetzt nicht gehen. Er braucht dich.«

Als sich Anders umdrehte, sah Oleg, dass die Augen des jungen Polizisten glänzten.

»Sie brauchen dich beide«, sagte er.

Harry musste etwas tun. Und zwar schnell.

Smith war von der Hauptstraße abgebogen und fuhr vorsichtig über einen schmalen Weg, auf dem sich rechts und links der Schnee türmte. Vor ihnen lag der Fjord und davor ein rotgestrichenes Bootshaus mit Schuppen, dessen Doppeltür mit einem weißen Holzriegel verschlossen war. Er sah zwei Häuser, eines auf jeder Seite des Weges, aber sie lagen etwas versteckt hinter Bäumen und Felsen und waren so weit entfernt, dass er mit einfachen Hilfeschreien niemanden auf sich aufmerksam machen konnte. Harry holte tief Luft und drückte die Zunge gegen die Oberlippe. Er hatte einen metallischen Geschmack im Mund, und kalter Schweiß rann ihm am Körper herab. Er versuchte nachzudenken, zu ergründen, was Smith dachte. In einem kleinen, offenen Boot nach Dänemark. Natürlich war das möglich, aber so dreist, dass niemand in der ganzen Polizei auf eine solche Fluchtidee kommen würde. Und was würde mit ihm selbst passieren? Wie würde Smith dieses Problem lösen? Harry versuchte, die verzweifelte Stimme der Hoffnung zum Schweigen zu bringen, die ihm einreden wollte, dass Smith ihn verschonen würde. Und die träge Stimme der Resignation, die murrte, dass ohnehin schon alles zu spät sei und es nur noch schmerzhafter werden würde, wenn er sich zu wehren versuchte.

Stattdessen lauschte er der kalten Stimme der Logik, und die sagte ihm, dass er als Geisel keine Funktion mehr hatte und Smith im Boot nur behindern würde. Smith würde keine Hemmungen haben, da er bereits Valentin und einen Polizisten erschossen hatte. Und es würde hier drinnen im Auto passieren, bevor sie ausstiegen, damit der Knall nicht so weit zu hören war.

Harry versuchte sich nach vorn zu beugen, aber der Dreipunktgurt nagelte ihn an den Sitz. Die Handschellen drückten gegen seine Beine und scheuerten an der Haut seiner Handgelenke.

Es waren noch hundert Meter bis zum Bootshaus. Harry schrie. Ein kehliges Brüllen, das in der Tiefe seines Bauchs entstand. Dann warf er sich hin und her und knallte den Kopf an die Seitenscheibe. Es knackte, und im Glas war eine runde Bruchstelle zu sehen. Schreiend stieß er noch einmal mit dem Kopf zu. Die Bruchstelle wurde größer. Ein drittes Mal, und das erste Stückchen Glas fiel heraus.

»Halt deinen Mund, sonst erschieße ich dich gleich jetzt!«, rief Smith und hielt den Revolver an Harrys Kopf, ein Auge noch immer auf den Weg gerichtet.

Harry biss zu.

Spürte die Schmerzen, als sein Zahnfleisch zusammengedrückt wurde, und das Metall, das er geschmeckt hatte, seit er sich die Eisenzähne heimlich in den Mund geschoben und dann die Handschellen angelegt hatte. Die scharfen Zähne drangen überraschend glatt in Hallstein Smiths Handgelenk. Smith schrie auf, und Harry spürte den Revolver auf sein Knie und dann zwischen seine Füße fallen. Er spannte die Nackenmuskulatur an und zog Smiths Arm nach rechts. Smith ließ das Lenkrad los und versuchte, mit der linken Hand Harrys Kopf zu treffen, aber der Gurt hielt ihn so fest, dass er Harry nicht erreichte. Harry öffnete den Mund, etwas gurgelte in seiner Kehle, als er einatmete, und er biss erneut zu. Sein Mund füllte sich mit warmem Blut. Vielleicht hatte er die Pulsader getroffen, vielleicht nicht. Er schluckte den dicken, zähflüssigen Saft, wie Bratensauce, nur ekelhaft süß.

Smith bekam mit der linken Hand wieder das Lenkrad zu fassen. Harry hatte erwartet, dass er bremsen würde, stattdessen gab er Gas.

Die Räder des Amazon drehten auf dem Eis durch, bevor der Wagen nach unten in Richtung Bootshaus beschleunigte. Der Holzriegel brach wie ein Streichholz, als der zwei Tonnen schwere schwedische Oldtimer dagegenraste. Dann rissen die Schuppentüren aus den Scharnieren.

Harry wurde im Sitz nach vorn geschleudert, als der Wagen gegen einen Betonsockel knallte und das Zwölf-Fuß-Aluboot in Richtung Wasser drückte.

Er sah, dass der Zündschlüssel im Schloss abgeknickt war, dann ging der Motor aus. Er spürte einen stechenden Schmerz in Zähnen und Mund, als Smith seinen Arm zu sich zu reißen versuchte. Harry wusste, dass er nicht loslassen durfte, auch wenn er keinen großen Schaden anrichten konnte. Selbst wenn die Pulsader punktiert war, war sie an dieser Stelle des Handgelenks so dünn, dass es Stunden dauern konnte, bis Smith verblutete. Das wusste jeder Selbstmörder. Smith versuchte noch einmal, den Arm zu sich zu reißen, aber seine Kräfte ließen nach. Aus den Augenwinkeln sah Harry, wie blass Smith war. Wenn er kein Blut sehen konnte, wurde er vielleicht ohnmächtig? Harry presste die Kiefer, so fest er konnte, zusammen.

»Ich sehe, dass ich blute, Harry.« Smiths Stimme klang dünn, aber ruhig. »Wusstest du, dass Peter Kürten, der Vampir von Düsseldorf, vor seiner Enthauptung Dr. Karl Berg eine Frage gestellt hatte? Er wollte wissen, ob Berg glaube, dass er, Kürten, noch hören würde, wie das Blut aus seinem Hals spritze, bevor er das Bewusstsein verliere. Für Kürten wäre das der ultimative Genuss gewesen. Ich fürchte nur, dass das hier noch nicht genug für mich ist, Harry, für mich fängt der Genuss hier erst an.«

Mit einer schnellen Bewegung der linken Hand löste Smith seinen Gurt, beugte sich über Harry, legte den Kopf auf dessen Knie und suchte mit der linken Hand den Boden ab, jedoch ohne den Revolver zu ertasten. Er beugte sich noch tiefer und drehte Harry das Gesicht zu, um mit der Hand weiter unter den Sitz zu kommen. Harry sah, wie sich ein Lächeln auf Smiths Lippen ausbreitete. Er hatte den Revolver gefunden. Harry hob ein Bein an und trat mit aller Wucht nach unten. Spürte den Stahl und Smiths Hand unter der dünnen Sohle der Lederschuhe.

Smith stöhnte. »Weg mit dem Fuß, Harry. Sonst nehme ich das Messer. Hörst du? Weg mit dem ...«

Harry öffnete den Mund und spannte die Bauchmuskeln an. »Iie u illst.« Mit einem Ruck riss er die Beine samt Smiths Kopf nach oben, wobei ihm der straff sitzende Gurt half.

Smith spürte, dass Harrys Schuhe sich vom Revolver lösten, gleichzeitig wurde er von den Beinen aber nach oben gerissen, so dass seine Finger die Waffe nicht festhalten konnten. Er musste nachfassen, den Arm ganz ausstrecken, und tatsächlich schaffte er es, mit zwei Fingern den Schaft der Waffe zu erreichen, als Harry seinen rechten Arm losließ. Er musste die Waffe jetzt nur noch anheben und auf Harry richten. Dann erkannte Smith mit einem Mal, was geschehen würde. Er sah, wie Harrys Mund sich erneut öffnete, sah das Metall aufblitzen, sah, wie er sich zu ihm hinunterbeugte, und spürte seinen warmen Atem auf der Haut seiner Kehle. Es fühlte sich an, als würden sich Eiszapfen durch seine Haut bohren. Sein Schrei verstummte abrupt, als Harrys Kiefer sich um seinen Kehlkopf schlossen. Dann knallte Harrys Fuß wieder nach unten und stemmte sich auf die Hand und den Revolver.

Smith versuchte, mit der rechten Hand auf Harry einzuschlagen, aber er konnte nicht weit genug ausholen, um ausreichend Kraft in den Schlag zu legen. Und er bekam keine Luft. Harry hatte die Halsschlagader nicht durchgebissen, sonst würde Blut spritzen, aber er drückte die Luftröhre zusammen, so dass Smith bereits spürte, wie der Druck in seinem Kopf zunahm. Trotzdem wollte er den Revolver nicht loslassen. Schon als Junge hatte er nie aufgeben können. Affe. Affe. Aber er brauchte Luft, sonst würde ihm der Kopf zerspringen.

Hallstein Smith ließ den Revolver los, den konnte er sich auch später noch sichern. Er hob die linke Hand und schlug seitlich auf Harrys Kopf ein. Dann hämmerte er die rechte auf Harrys Ohr. Wieder und wieder, bis er spürte, wie sein Ehering Harrys Augenbraue aufplatzen ließ. Seine Wut stieg ins Unermessliche, als er das Blut des anderen sah. Wie Benzin ein Feuer anfacht, mobilisierte das Blut bei ihm neue Kräfte. Er hämmerte los. Schlug auf Harry ein. *Verteilte* Prügel.

»Und was soll ich jetzt tun?«, fragte Mikael Bellman und starrte über den Fjord.

»Ich kann echt nicht glauben, was du getan hast«, sagte Isabelle Skøyen, die hinter ihm auf und ab lief.

»Das ist alles so schnell gegangen«, sagte Mikael und fokussierte sein Spiegelbild in der Fensterscheibe. »Ich konnte nicht denken.«

»Doch, du hast gedacht«, sagte Isabelle. »Nur nicht lange genug. Du hast gedacht, dass er dich erschießt, wenn du einzugreifen versuchst, aber nicht, dass die versammelte Presse dich auch erschießt, wenn du nicht eingreifst.«

»Ich war unbewaffnet, und er hatte einen Revolver. Niemand wäre auf die Idee gekommen, da einzugreifen, hätte nicht Truls, dieser Idiot, versucht, den Helden zu spielen.« Bellman schüttelte den Kopf. »Aber der arme Kerl war ja immer schon bis über beide Ohren in Ulla verliebt.«

Isabelle stöhnte. »Hätte Truls deinen Ruf zerstören wollen, er hätte nicht gerissener vorgehen können. Das Erste, was den Menschen jetzt durch den Kopf geht, ist Feigheit. Ob das gerechtfertigt ist oder nicht.«

»Hör auf!«, fauchte Mikael. »Nicht nur ich habe nicht eingegriffen, da waren noch andere Polizisten im Raum, die ...«

»Sie ist deine Frau, Mikael. Du hast neben ihr in der ersten Reihe gesessen, und auch wenn es deine letzten Tage im Amt sind, bist du der amtierende Polizeipräsident. Du musst der sein, der sie anführt. Und jetzt willst du Justizminister werden ...«

»Du meinst also, ich hätte mich erschießen lassen sollen? Du hast schon mitbekommen, dass er wirklich geschossen hat? Truls hat Ulla dadurch auch nicht gerettet! Zeigt das nicht, dass ich als Polizeipräsident die Lage richtig eingeschätzt habe, während Kommissar Berntsen auf eigene Initiative einen schwerwiegenden Fehler begangen hat? Ja, dass er Ullas Leben sogar in Gefahr gebracht hat?«

»Natürlich müssen wir versuchen, die Sache so darzustellen. Ich sage ja nur, dass das schwierig wird.«

»Und was ist daran so verdammt schwierig?«

»Harry Hole. Dass er sich als Geisel zur Verfügung gestellt hat und nicht du.«

Mikael breitete die Arme aus. »Isabelle, es war Harry Hole, der die ganze Sache heraufbeschworen hat, als er Smith als Mörder entlarvt hat. Er hat Smith doch förmlich dazu gezwungen, zu der Waffe zu greifen, die vor ihm lag. Indem er sich als Geisel gemeldet hat, hat Hole nur die Verantwortung für das übernommen, was er angerichtet hat.«

»Ja schon, aber unsere Gefühle sind schneller als unsere Gedanken. Wir sehen einen Mann, der nichts tut, um seine Frau zu retten, und empfinden Verachtung. Die nüchterne, objektive Reflexion kommt erst später, und trotz der neuen Informationen suchen wir nach Argumenten für das, was wir spontan gefühlt haben. Das ist zwar die unreflektierte Verachtung der Dummen,

Mikael, aber ich bin mir ziemlich sicher, dass die meisten Leute genau das empfinden.«

»Und warum?«

Sie antwortete nicht.

Er drehte sich zu ihr um. Suchte ihren Blick.

»Aha«, sagte er. »Weil du dasselbe empfindest?«

Mikael sah, wie die Flügel von Isabelle Skøyens beeindruckender Nase sich weiteten, als sie tief Luft holte. »Du stehst für so vieles«, sagte sie. »Hast so viele Eigenschaften, dank derer du da bist, wo du jetzt bist.«

»Und?«

»Eine davon ist sicher deine Fähigkeit, in Deckung zu gehen und andere für dich kämpfen zu lassen, wenn Feigheit sich lohnt. Der Punkt ist nur, dass du dieses Mal vergessen hast, dass du Publikum hattest. Und nicht irgendein Publikum, sondern das denkbar ungünstigste.«

Mikael Bellman nickte. Journalisten aus dem In- und Ausland. Isabelle und er hatten wirklich ein schweres Stück Arbeit vor sich. Er nahm das große ostdeutsche Fernglas, das auf ihrer Fensterbank stand. Bestimmt das Geschenk eines männlichen Bewunderers. Richtete es auf den Fjord. Irgendwas dort draußen hatte seine Aufmerksamkeit geweckt.

»Was glaubst du, welcher Ausgang wäre strategisch der beste für uns?«, fragte er.

»Wie bitte?«, fragte Isabelle in der vornehmen Art des Osloer Westens, die sie sich angeeignet hatte, ohne dass das bei ihr aufgesetzt wirkte, obwohl sie auf dem Land groß geworden war. Mikael hatte ohne Erfolg dasselbe versucht. Die Spuren, die seine Kindheit und Jugend im Osten der Stadt hinterlassen hatten, waren zu tief.

»Dass Truls stirbt oder überlebt?« Das Fernglas fing etwas ein. Er stellte es scharf.

Es verging eine Sekunde, bis er ihr Lachen hörte.

»Und da haben wir deine andere Fähigkeit«, sagte sie. »Du

kannst alle Gefühle ausblenden, wenn die Situation das erfordert. Du wirst Schaden nehmen, aber überleben.«

»Tot, oder? Dann müsste doch für alle klar sein, dass er die falsche und ich die richtige Entscheidung getroffen habe. Außerdem kann er dann nicht interviewt werden, so dass die Sache auch keine lange Laufzeit haben wird.«

Er spürte ihre Hand an seiner Gürtelschnalle, während ihre Stimme ihm ins Ohr flüsterte: »Wünschst du dir wirklich, mit der nächsten SMS zu erfahren, dass dein bester Freund tot ist?«

Es war ein Hund. Weit draußen auf dem Fjord. Wo in aller Welt wollte der denn hin?

Wie aus dem Nichts kam ein nächster, wirklich neuer Gedanke. Eine Frage, die der Polizeipräsident und designierte Justizminister Mikael Bellman sich in seinem vierzigjährigen Leben noch nie gestellt hatte.

Wo in aller Welt wollten wir denn hin?

Harry hatte ein hochfrequentes Piepen im Ohr, und eines seiner Augen war von seinem eigenen Blut verklebt. Die Schläge wollten einfach nicht aufhören. Er spürte keine Schmerzen mehr, nur dass es im Auto immer dunkler und kälter wurde.

Trotzdem ließ er nicht los. Er hatte schon so oft losgelassen, dem Schmerz nachgegeben, der Angst oder seiner Sehnsucht nach dem Tod. Aber auch dem primitiven, egoistischen Überlebensinstinkt, der das Verlangen nach dem schmerzfreien Nichts, dem ewigen Schlaf und der Dunkelheit ein ums andere Mal überwunden hatte. Und dem er zu verdanken hatte, dass er noch immer hier war. Noch immer. Er würde nicht loslassen.

Die Kiefermuskulatur schmerzte so sehr, dass er am ganzen Körper zitterte. Und die Schläge hagelten weiter auf ihn ein. Aber er ließ nicht locker. Siebzig Kilo Druck. Gelänge es ihm, den ganzen Hals zusammenzudrücken und die Blutzufuhr zum Hirn zu beeinträchtigen, würde Smith schnell ohnmächtig werden. Wenn er ihm nur die Luft abdrückte, konnte es noch mehrere Minuten dauern. Als ihn der nächste Schlag an der Schläfe traf, spürte Harry, dass auch er im Begriff war, das Bewusstsein zu verlieren. Nein! Er ruckte auf dem Sitz herum. Biss fester zu. Durchhalten, durchhalten. Löwe. Wasserbüffel. Harry zählte und atmete schnaufend durch die Nase. Hundert. Die Schläge hörten nicht auf, aber wurden die Abstände zwischen den einzelnen Schlägen nicht größer und hatte den letzten nicht etwas Kraft gefehlt? Smiths Finger legten sich auf Harrys Gesicht und versuchten, ihn wegzudrücken. Dann gab er es auf. Ließ von ihm ab. War Smiths Hirn endlich so sauerstoffleer, dass es ihm die Arbeit verweigerte? Harry spürte die Erleichterung und würgte noch einmal Smiths Blut herunter. Im gleichen Moment meldete sich ein Gedanke. Glasklar. Valentins Prophezeiung. *Hast darauf gewartet, dass du auch einmal der Vampir sein darfst ... Und eines Tages wirst auch du einen Schluck nehmen.* Vielleicht war es der Gedanke, der dazu führte, dass einen Moment seine Konzentration nachließ, denn im selben Augenblick spürte Harry, wie der Revolver unter seiner Schuhsohle sich bewegte. Er hatte den Druck seines Fußes gelockert, und Smith hatte zu schlagen aufgehört, um doch noch die Waffe zu ergreifen. Mit Erfolg.

Katrine blieb in der Tür des Saals stehen.

Bis auf die zwei Frauen, die Arm in Arm in der ersten Reihe saßen, war der Raum jetzt leer.

Sie musterte die beiden. Ein ungleiches Paar. Rakel und Ulla. Die Ehepartner von zwei Todfeinden. War es wirklich so, dass Frauen leichter Trost bei anderen fanden als Männer? Katrine wusste es nicht. Diese Art von Schwesternschaft hatte sie nie interessiert.

Sie ging zu ihnen. Ulla Bellmans Schultern zitterten leicht, aber sie weinte nur noch leise.

Rakel sah mit fragendem Blick zu Katrine.

»Wir haben nichts gehört«, sagte Katrine.

»Okay«, erwiderte Rakel. »Er wird schon klarkommen.«

Katrine dachte, dass das eigentlich ihre Antwort war, nicht Rakels. Rakel Fauke. Die dunkle, starke Frau mit den sanften braunen Augen. Katrine hatte immer Eifersucht empfunden. Nicht weil sie sich das Leben der anderen wünschte oder Harrys Frau sein wollte. Harry konnte eine Frau vielleicht befriedigen oder für eine Weile glücklich machen, aber auf lange Sicht brachte er nur Trauer, Verzweiflung und Zerstörung. Auf lange Sicht brauchte man jemanden wie Bjørn Holm. Und trotzdem beneidete sie Rakel Fauke. Weil Harry Hole nur sie wollte.

»Entschuldigung.« Ståle Aune hatte den Saal betreten. »Man hat mir einen Raum zur Verfügung gestellt, in den wir gehen können.«

Ulla Bellman nickte schniefend, stand auf und ging mit Aune nach draußen.

»Krisenpsychologie?«, fragte Katrine.

»Ja«, sagte Rakel. »Und das Seltsame ist, dass das wirklich funktioniert.«

»Tut es?«

»Ja, ich weiß das. Wie geht es dir?«

»Mir?«

»Ja. All diese Verantwortung. Und dann noch die Schwangerschaft. Und du stehst Harry doch auch nah.«

Katrine strich sich mit der Hand über den Bauch. Ein seltsamer Gedanke kam ihr, auf jeden Fall ein Gedanke, den sie noch nie gehabt hatte. Wie nah beides beieinander war. Die Geburt und der Tod. Als wäre das eine ein Teil des anderen, als bräuchte man bei der unerbittlichen Reise nach Jerusalem einen Toten, um Platz für einen neuen Menschen zu haben.

»Wisst ihr schon, ob es ein Junge oder ein Mädchen wird?«

Katrine schüttelte den Kopf.

»Name?«

»Bjørn hat Hank vorgeschlagen«, sagte Katrine. »Nach Hank Williams.«

»Klar. Dann glaubt er, dass es ein Junge wird?«

»Unabhängig vom Geschlecht.«

Sie lachten. Und dieses Lachen kam ihnen beiden nicht im Ansatz absurd vor. Sie lachten und plauderten über das nah bevorstehende Leben, statt über den nah bevorstehenden Tod. Weil das Leben magisch und der Tod trivial ist.

»Ich muss gehen, aber ich sage dir Bescheid, sobald wir etwas wissen«, sagte Katrine.

Rakel nickte. »Ich bleibe hier. Sag, wenn ich helfen kann.«

Katrine stand auf. Zögerte, schien dann aber einen Entschluss zu fassen und streichelte sich noch einmal mit der Hand über den Bauch. »Ich denke manchmal daran, dass ich dieses Kind auch verlieren könnte.«

»Das ist natürlich.«

»Und dann frage ich mich, was von mir dann noch bliebe. Und ob ich weitermachen könnte.«

»Das könntest du«, sagte Rakel mit Nachdruck.

»Du musst mir versprechen, dass du das auch kannst«, sagte Katrine. »Du sagst, dass Harry schon klarkommt, und Hoffnung ist wichtig. Ich sollte dir aber auch sagen, dass Delta ... dass sie ein Profil vom Geiselnehmer erstellt haben, also von Hallstein Smith, und dass er wahrscheinlich ... also, dass es zu ihm passen würde, wenn er ...«

»Danke«, sagte Rakel und nahm Katrines Hand. »Ich liebe Harry, und sollte ich ihn jetzt wirklich verlieren, verspreche ich dir, dass ich weitermache.«

»Und Oleg, wie wird er ...?«

Katrine sah den Schmerz in Rakels Augen und bereute die Frage sofort. Sie sah, dass Rakel etwas zu sagen versuchte, es aber nicht schaffte und stattdessen nur mit den Schultern zuckte.

Als sie nach draußen auf den Platz trat, hörte sie ein Knattern und sah nach oben. Das Sonnenlicht reflektierte auf dem Helikopter, der am Himmel stand.

John D. Steffens öffnete die Tür der Notaufnahme, sog die kalte Winterluft ein und ging zu dem älteren Rettungssanitäter, der allein mit geschlossenen Augen an der Wand lehnte und sich von der Sonne das Gesicht wärmen ließ. Langsam und genussvoll rauchte er.

»Nun, Hansen?«, sagte Steffens und lehnte sich neben ihm an die Wand.

»Guter Winter«, sagte der Sanitäter, ohne die Augen zu öffnen.

»Könnte ich ...?«

Der Sanitäter kramte nach der Schachtel und bot ihm eine Zigarette an.

Steffens nahm sie an und fischte auch das Feuerzeug aus der Packung.

»Wird er überleben?«

»Das werden wir sehen«, sagte Steffens. »Wir haben wieder ein bisschen Blut in seinen Körper pumpen können, aber die Kugel steckt weiterhin in ihm.«

»Was glauben Sie, wie viele Leben müssen Sie retten, Steffens?«

»Was?«

»Sie hatten Nachtschicht und sind noch immer hier. Wie gewöhnlich. Also, wie viele haben Sie sich vorgenommen zu retten, um das wiedergutzumachen?«

»Ich weiß wirklich nicht, wovon Sie reden, Hansen.«

»Von Ihrer Frau. Die Sie nicht retten konnten.«

Steffens antwortete nicht, sondern inhalierte tief.

»Ich habe mich umgehört«, sagte der Sanitäter.

»Warum?«

»Weil ich mir Sorgen um Sie gemacht habe. Und weil ich weiß, wie das ist. Auch ich habe meine Frau verloren. Aber all die Überstunden, all die geretteten Leben bringen Ihnen Ihre Frau nicht zurück, das wissen Sie, oder? Und eines Tages werden Sie einen Fehler machen, weil Sie zu müde sind. Und dann haben Sie noch ein Leben auf dem Gewissen.«

»Werde ich das?«, fragte Steffens und gähnte. »Kennen Sie
einen Hämatologen, der besser in Notfallmedizin ist als ich?«

»Wie lange ist es her, dass Sie zuletzt die Sonne gesehen haben?« Der Sanitäter drückte die Zigarette an der Wand aus und
steckte die Kippe in die Tasche. »Bleiben Sie hier stehen, rauchen
Sie zu Ende, genießen Sie den Tag. Und dann gehen Sie nach
Hause und schlafen.«

Steffens schloss die Augen und hörte, wie die Schritte des Sa-
nitäters sich entfernten.

Schlafen.

Er wünschte sich, dass er das könnte.

Es war 2152 Tage her. Nicht, dass Ina, seine Frau und Anders'
Mutter, gestorben war – das lag 2912 Tage zurück. 2152 Tage, seit
er Anders das letzte Mal gesehen hatte. In der ersten Zeit nach
Inas Tod hatten sie wenigstens noch sporadisch miteinander geredet, auch wenn Anders wütend gewesen war und ihm die
Schuld gegeben hatte, dass man sie nicht hatte retten können.
Berechtigt. Anders war ausgezogen, war geflohen und hatte dafür gesorgt, einen möglichst großen Abstand zwischen sich und
seinen Vater zu bringen. Auch indem er seinen ursprünglichen
Plan, Medizin zu studieren, fallengelassen hatte und stattdessen
auf die Polizeihochschule gegangen war. In einem dieser spora-
dischen, lautstarken Streitgespräche hatte Anders gesagt, dass
er lieber wie einer seiner Dozenten wurde. Er meinte damit den
früheren Hauptkommissar Harry Hole, den Anders allem Anschein nach vergötterte, wie er einmal seinen Vater vergöttert
hatte. Steffens hatte Anders an all seinen verschiedenen Adressen besucht, auf der Polizeihochschule und weit im Norden, wo
er seinen ersten Job gehabt hatte, war aber immer wieder abgewiesen worden. Er hatte seinen Sohn in dieser Zeit richtiggehend gestalkt, damit er endlich verstand. Und weil sie beide ein
bisschen weniger verlören, wenn sie nicht auch noch sich verlören. Gemeinsam könnten sie sie wenigstens ein klein wenig am
Leben erhalten. Aber Anders hatte nichts davon hören wollen.

Als Rakel Fauke zu ihm in die Sprechstunde kam und ihm klarwurde, dass sie die Frau von Harry Hole war, war er natürlich neugierig geworden. Was hatte dieser Harry Hole, das Anders so anzog? Konnte er von diesem Mann etwas lernen, das ihm half, sich Anders wieder anzunähern? Aber dann hatte er bemerkt, dass Holes Stiefsohn, Oleg, genau wie Anders reagierte, als er bemerkte, dass Harry Hole seine Mutter nicht retten konnte. Es war immer dieselbe Interpretation väterlichen Versagens.

Schlafen.

Es war ein Schock gewesen, Anders heute zu sehen. Sein erster, dummer Gedanke war, dass sie beide getäuscht worden waren und Oleg und Harry eine Art Versöhnungstreffen arrangiert hatten.

Endlich schlafen.

Es wurde dunkler, und die Haut auf seinem Gesicht wurde kalt. Eine Wolke. John D. Steffens öffnete die Augen. Jemand stand vor ihm, eingerahmt von einem Glorienschein aus Sonnenstrahlen.

»Wann hast du wieder angefangen?«, fragte die Silhouette. »Ich dachte, du wärst Arzt.«

John D. Steffens blinzelte. Das Licht stach ihm in die Augen. Er musste sich räuspern, damit ihm nicht die Stimme versagte. »Anders?«

»Berntsen wird überleben.« Pause. »Dank dir, sagen sie.«

Clas Hafslund saß in seinem Wintergarten und sah über den Fjord. Das Wasser, das sich in einer dünnen, glatten Schicht auf das Eis gelegt hatte, ließ die ganze Fläche wie einen gigantischen Spiegel aussehen. Er hatte die Zeitung beiseitegelegt, in der wieder einmal seitenweise über diesen Vampiristen berichtet wurde. Dass sie dieses Thema nicht leid wurden. Hier draußen auf Nesøya gab es solche Monster glücklicherweise nicht. Hier war es das ganze Jahr hindurch ruhig und friedlich. Sah man einmal von dem nervenaufreibenden Knattern des Helikopters ab, den er seit ein paar Augenblicken hörte. Bestimmt ein Unfall auf der E18. Clas Hafslund zuckte zusammen, als es plötzlich knallte und die Schallwellen über den Fjord getragen wurden.

Ein Schuss.

Es hörte sich an, als wäre er von einem der Nachbargrundstücke gekommen. Hagen oder Reinertsen. Die beiden Kaufleute stritten seit Jahren darüber, ob ihre Grundstücksgrenze rechts oder links an einer alten Eiche entlangführte. Reinertsen hatte in einem Interview in der Lokalzeitung gesagt, dass diesem Nachbarschaftsstreit durchaus etwas Absurdes anhaftete, da es ja nur um wenige Quadratmeter zweier riesiger Grundstücke gehe. Andererseits gehe es um das Prinzip des Eigentumsrechts und damit um eine ernste Sache. Er sei sich sicher, dass die Grundbesitzer auf Nesøya ihm recht geben würden, dass jeder verantwortungsvolle Bürger um dieses Recht kämpfen müsse. Außerdem gebe es keinen Zweifel, dass dieser Baum zum Reinertsen-Anwesen gehöre, er sei sogar auf dem Wappen der Familie, von der er das Gut gekauft hatte. Eindeutig seine Eiche. Reinertsen hatte sich des Weiteren darüber ausgelassen, wie sehr ihm der Anblick des mächtigen Baumes und die Gewissheit, dass dieses Schmuckstück ihm gehöre, das Herz wärmten (der Journalist hatte in diesem Zusammenhang angedeutet, dass Reinertsen auf dem Dach sitzen müsse, um den Baum sehen zu können). Am Tag nachdem das Interview abgedruckt worden war, hatte Hagen den Baum gefällt, mit dem Holz seinen Kamin angeheizt und der Zeitung gesagt, dass dieser Baum ihm jetzt nicht nur das Herz, sondern auch die Zehen wärmte. Und dass Reinertsen sich von nun an damit begnügen müsse, den Anblick des Rauches zu genießen, der aus dem Schornstein des Nachbarhauses käme. In den nächsten Jahren würde er ausschließlich dieses Holz in seinem Kamin verbrennen. Trotz dieser Provokation konnte Clas Hafslund aber nicht glauben, dass Reinertsen Hagen nur wegen dieses Baumes erschossen hatte.

Hafslund sah eine Bewegung unten an dem alten Bootshaus,

das rund hundertfünfzig Meter von seinem und dem Anwesen seines Nachbarns entfernt lag. Ein Mann, er trug einen Anzug, stakste auf das Eis hinaus und zog ein Aluminiumboot hinter sich her. Clas kniff die Augen zusammen. Der Mann taumelte und ging auf dem Eis in die Knie. Dann drehte er sich zu Clas Hafslunds Haus um, als hätte er bemerkt, dass ihn jemand beobachtete. Das Gesicht des Mannes war schwarz. Ein Flüchtling? Waren die jetzt schon auf Nesøya? Alarmiert griff er zum Fernglas, das auf dem Regal hinter ihm stand, und richtete es auf den Mann. Nein. Er war nicht schwarz. Das Gesicht des Mannes war voller Blut. Zwei weiße Augen starrten aus all dem Rot hervor. Jetzt legte er beide Hände auf die Reling und drückte sich wieder hoch, ehe er taumelnd ein Seil ergriff und das Boot mit beiden Händen hinter sich herzog. Clas Hafslund war nicht religiös, trotzdem glaubte er Jesus zu sehen, der über das Wasser ging. Jesus, der sein Kreuz in Richtung Golgatha schleppte. Jesus, der von den Toten auferstanden war, um Clas Hafslund und ganz Nesøya heimzusuchen. Jesus mit einem großen Revolver in der einen Hand.

Sivert Falkeid saß vorn im Rib-Boot, den Wind im Gesicht. Er hatte das Fernglas auf Nesøya gerichtet. Dann sah er ein letztes Mal auf die Uhr. Es war exakt dreizehn Minuten her, dass sein Team den Hinweis bekommen und diesen sogleich mit der Geiselnahme in Verbindung gebracht hatte.

»Von Nesøya werden Schüsse gemeldet.«

Ihre Reaktionszeit war akzeptabel. Sie würden dort sein, noch ehe die ersten Einsatzfahrzeuge, die auch in Richtung Nesøya geschickt worden waren, ankamen. Aber jede Kugel war schneller, das war klar.

Er sah das Aluminiumboot und den Schatten im Wasser, dort wo die Eisfläche begann.

»Jetzt«, brüllte er und trat nach hinten zu den anderen, so dass der Bug hochging und sie mit vollem Tempo in Richtung Eisrand rasten. Der Polizist, der das Boot steuerte, kippte den Motor aus dem Wasser. Gleich darauf ging ein Ruck durch das Boot, und Falkeid hörte, wie sie weiterhin bei hoher Geschwindigkeit nun mit einem kratzenden Geräusch über das Eis glitten. Falkeid hoffte, dass das Eis sie weit genug trug.

Als das Boot stillstand, stieg Sivert Falkeid über die Reling und setzte vorsichtig einen Fuß auf das Eis. Das Wasser reichte ihm bis zum Knöchel.

»Gebt mir zwanzig Meter, dann folgt ihr mir«, sagte er. »Zehn Meter zwischen jedem Mann.«

Falkeid watete in Richtung Aluminiumboot. Er schätzte den Abstand auf dreihundert Meter. Das kleine Boot sah verlassen aus, aber der Bericht besagte, dass der Mann, der den Schuss abgefeuert hatte, das Boot aus Hallstein Smiths Bootshaus gezogen hatte.

»Das Eis trägt«, flüsterte er ins Funkgerät.

Jeder Polizist des Kommandos hatte einen Pickel dabei, der mit einem Seil an seiner Uniform befestigt war, so dass die Männer sich, sollten sie einbrechen, aus eigener Kraft zurück aufs Eis ziehen konnten. Das Seil des Pickels hatte sich um den Lauf von Falkeids Maschinenpistole gewickelt, so dass er den Blick senken musste, um die Waffe zu befreien.

Im gleichen Moment knallte ein Schuss. Sivert hatte keine Ahnung, woher er kam, und warf sich automatisch ins Wasser.

Es knallte noch einmal. Und dieses Mal sah er eine kleine Rauchwolke aus dem Boot aufsteigen.

»Schüsse aus dem Boot«, hörte er im Ohrhörer. »Wir haben es alle im Korn. Erwarten Befehle, ob wir es in die Hölle schicken sollen.«

Sie waren darüber informiert worden, dass Smith mit einem Revolver bewaffnet war, das Risiko, dass er Falkeid über eine Distanz von zweihundert Metern traf, war demnach sehr gering. Trotzdem war das wieder eine dieser Situationen. Sivert Falkeid holte tief Luft und spürte das lähmend kalte Wasser durch seine

Kleidung bis auf die Haut dringen. Seine Aufgabe war es nicht, zu überlegen, was es den Staat kosten würde, das Leben dieses Serienmörders zu retten. Gerichtsverfahren, Bewachung und Aufenthalt im Fünf-Sterne-Gefängnis kosteten Geld. Seine Aufgabe war es, die Bedrohung einzuschätzen, die von diesem Mann für seine Männer oder für andere ausging, und entsprechend zu reagieren. Er durfte jetzt nicht an Kindergartenplätze, Krankenbetten oder die Renovierung heruntergekommener Schulen denken.

»Feuer frei«, sagte Sivert Falkeid.

Keine Antwort.

Keine Antwort. Nur der Wind und das Knattern des Helikopters in der Ferne.

»Schießt«, wiederholte er.

Noch immer keine Bestätigung. Der Helikopter näherte sich.

»Hörst du mich?«, kam es durch den Ohrhörer. »Bist du verletzt?«

Falkeid wollte den Befehl wiederholen, als ihm klarwurde, dass wieder das passiert war, was schon bei der Übung in Haakonsvern passiert war. Das Salzwasser hatte das Mikrofon zerstört, nur der Empfänger funktionierte noch. Er drehte sich zu dem Boot um und rief, aber seine Stimme wurde von dem Helikopter übertönt, der jetzt unmittelbar über ihnen in der Luft stand. Dann gab er das interne Handsignal, damit das Feuer eröffnet wurde, zwei Schläge mit der geballten rechten Faust. Noch immer keine Reaktion. Was war da los? Falkeid lief zurück zum Gummiboot, als er sah, dass zwei der Männer ohne sich zu ducken, auf das Eis traten.

»Runter!«, schrie er, aber sie kamen ruhig auf ihn zu.

»Wir haben Kontakt mit dem Helikopter!«, rief einer der beiden durch den Lärm. »Sie sehen ihn, er liegt im Boot.«

Er lag mit geschlossenen Augen am Boden des Bootes und ließ die Sonne auf sich scheinen. Er hörte nichts, stellte sich aber vor, dass das Wasser glucksend von unten gegen das Boot platschte. Dass es Sommer war und die ganze Familie im Boot saß. Ein Familienausflug. Kinderlachen. Wenn er die Augen lange genug geschlossen hielt, konnte er dort vielleicht bleiben.

Er wusste nicht, ob das Boot trieb oder sein Gewicht es auf dem Eis festhielt. Aber das spielte keine Rolle. Er wollte nirgendwohin. Die Zeit stand still. Vielleicht hatte sie das immer getan, vielleicht war sie gerade eben erst stehengeblieben. Für ihn und für den, der noch im Amazon saß. War es auch für ihn Sommer geworden? War auch er jetzt an einem besseren Ort?

Etwas schirmte die Sonne ab. Eine Wolke? Ein Gesicht? Ja, ein Gesicht. Das Gesicht einer Frau. Wie eine im Dunkeln liegende Erinnerung, die plötzlich wiederkam. Sie saß auf ihm und ritt ihn. Flüsterte, dass sie ihn liebe, dass sie das immer getan habe, und dass sie darauf gewartet habe. Ob er wie sie spüre, dass die Zeit jetzt stillstehe. Er nahm die Vibration des Bootes wahr, hörte ihr lauter werdendes Stöhnen, bis es wie ein langgezogener Schrei klang, als hätte er ein Messer in sie gerammt. Er ließ die Luft aus seinen Lungen und kam. In diesem Moment starb sie auf ihm. Ihr Kopf knallte auf seine Brust, während der Wind an den Fenstern über dem Bett rüttelte. Und bevor die Zeit wieder zu laufen begann, schliefen sie beide ein, bewusstlos, erinnerungslos, gewissenlos.

Er öffnete die Augen.

Es sah aus wie ein großer, rüttelnder Vogel.

Ein Helikopter. Zehn bis zwanzig Meter über ihm, trotzdem hörte er nichts, wusste jetzt aber, was das Boot so vibrieren ließ.

Katrine stand frierend vor dem Bootshaus, während die anderen zum Amazon gingen.

Sie sah, wie sie rechts und links die Türen öffneten und ein Arm in einem Anzugärmel nach draußen kippte. Auf der falschen Seite. Auf Harrys Seite. Die nackte Hand war blutig. Der Beamte steckte den Kopf in den Wagen, vermutlich um zu überprüfen, ob noch ein Puls zu fühlen war. Es dauerte, irgendwann konnte Katrine sich nicht mehr beherrschen und hörte ihre eigene zitternde Stimme: »Lebt er?«

»Vielleicht«, rief der Beamte, um den Lärm des Helikopters draußen über den Fjord zu übertönen. »Ich spüre keinen Puls, es ist aber möglich, dass er atmet. Aber wenn er lebt, hat er nicht mehr lang, glaube ich.«

Katrine trat ein paar Schritte näher. »Der Rettungswagen ist unterwegs. Gibt es eine Schusswunde?«

»Kann ich nicht sehen, da ist zu viel Blut.«

Katrine ging ins Bootshaus. Sie starrte auf die Hand, die aus der Tür hing und aussah, als suchte sie nach etwas, woran sie sich festhalten konnte. Nach jemandem. Sie fuhr sich über den Bauch. Es gab etwas, das sie ihm hätte sagen müssen.

»Ich glaube, du irrst dich«, sagte der andere Beamte. »Der ist schon tot. Guck dir doch mal seine Pupillen an.«

Katrine schloss die Augen.

Er starrte in die Gesichter, die auf beiden Seiten des Bootes über ihm aufgetaucht waren. Einer von ihnen hatte die schwarze Maske abgesetzt, sein Mund öffnete sich und formte Worte. So angespannt, wie sein Hals aussah, schrie er.

Vielleicht wollte er, dass er den Revolver losließ. Vielleicht schrie er seinen Namen. Vielleicht forderte er Rache.

Katrine trat auf Harrys Seite des Wagens und ging bis zur Tür. Atmete tief durch und sah hinein.

Mit starrem Blick. Spürte, dass der Schock sie noch härter traf, als sie es erwartet hatte. Im Hintergrund war jetzt die Sirene des Rettungswagens zu hören, aber sie hatte mehr Tote gesehen als die anderen Beamten und wusste schon nach einem kurzen Blick, dass dieser Körper für immer unbewohnt war. Sie kannte ihn und wusste, dass das nur die Hülle war, die er hinterlassen hatte.

Sie schluckte. »Er ist tot. Nicht anfassen.«

»Aber wir sollten doch wenigstens einen Wiederbelebungsversuch machen. Vielleicht ...«

»Nein«, sagte sie mit Nachdruck. »Nicht.«

Sie stand da, spürte, wie der Schockzustand langsam wich und der Überraschung Platz machte. Überraschung darüber, dass Hallstein Smith selbst gefahren war und nicht der Geisel das Steuer überlassen hatte. Und dass das, was sie für Harrys Platz gehalten hatte, nicht Harrys Platz war.

Harry lag am Boden des Bootes und sah nach oben. Die Gesichter der Männer, der Helikopter, der die Sonne abschirmte, der blaue Himmel. Er hatte es geschafft, den Fuß wieder nach unten zu drücken, bevor Hallstein den Revolver richtig zu fassen bekommen hatte. In diesem Moment schien Hallstein Smith aufgegeben zu haben. Vielleicht bildete Harry sich das ein, aber er hatte geglaubt, durch die Zähne in seinem Mund gespürt zu haben, wie der Puls des anderen schwächer und schwächer geworden und dann, irgendwann, nicht mehr zu spüren gewesen war. Harry hatte zweimal das Bewusstsein verloren, bis er die Hände mit den Handschellen nach vorne bekommen, den Gurt gelöst und die Schlüssel der Handschellen aus seiner Jackentasche gefischt hatte. Der Zündschlüssel des Amazon war abgebrochen, und er wusste, dass er nicht die Kraft hatte, über den steilen, eisigen Weg nach oben zur Hauptstraße zu gehen oder über die hohen Zäune auf eines der Nachbargrundstücke rechts und links des Weges zu klettern. Er hatte um Hilfe gerufen, aber es war so, als hätte Smith ihm die Stimme aus dem Leib geprügelt. Seine leisen Rufe waren vom Knattern eines Helikopters irgendwo in der Nähe übertönt worden. Vermutlich der Polizeihelikopter. Deshalb hatte er den Revolver genommen, war vor das Bootshaus getreten, hatte in die Luft geschossen und gehofft, dass der Helikopter irgendwie informiert wurde. Um aus der Luft entdeckt zu werden, hatte er Smiths Boot aus dem Bootshaus aufs Eis gezogen, sich hineingelegt und weitere Schüsse abgefeuert.

Er ließ den Schaft der Ruger los. Sie hatte ihren Job getan. Es war vorbei. Er konnte jetzt wieder zurück. Zurück in den Sommer. Als er zwölf Jahre alt war und in einem Boot lag, den Kopf auf dem Schoß seiner Mutter und gemeinsam mit Søs einer Geschichte seines Vaters lauschte. Irgendeine über einen eifersüchtigen General während des Krieges zwischen den Venezianern und den Türken, und Harry wusste genau, dass er sie später, wenn sie ins Bett gingen, seiner Schwester erklären musste. Worauf er sich eigentlich ein bisschen freute, denn wie lange es auch dauern würde, sie würden nicht eher aufgeben, bis sie den Zusammenhang verstanden hatte. Und Harry liebte Zusammenhänge. Auch wenn er ganz tief in seinem Inneren wusste, dass es keinen gab.

Er schloss die Augen.

Sie war noch immer da. An seiner Seite. Und jetzt flüsterte sie ihm ins Ohr:

»Harry, glaubst du, dass du auch Leben *geben* kannst?«

EPILOG

Harry schenkte ein Glas Jim Beam ein. Stellte die Flasche zurück ins Regal. Nahm das Glas und stellte es neben das Weißweinglas vor Anders Wyller. Dahinter drängelten sich andere Kunden zum Tresen.

»Du siehst viel besser aus«, sagte Anders und sah in sein Whiskyglas, ohne es anzurühren.

»Dein Vater hat mich wieder zusammengeflickt«, sagte Harry. Sein Blick ging zu Øystein, der ihm nickend zu verstehen gab, dass er die Burg eine Weile allein verteidigen konnte. »Wie läuft's im Dezernat?«

»Gut«, sagte Anders. »Aber du weißt ja. Die Ruhe nach dem Sturm.«

»Hm. Du weißt aber schon, dass das ...«

»Ja, Gunnar Hagen hat mich heute gefragt, ob ich vorübergehend die Assistenz der Ermittlungsleitung übernehmen möchte, während Katrine im Mutterschutz ist.«

»Gratuliere. Aber bist du nicht ein bisschen jung dafür?«

»Er hat gesagt, dass du mich vorgeschlagen hättest.«

»Ich? Das muss dann gewesen sein, als ich noch diese Gehirnerschütterung hatte.« Harry drehte den Verstärker auf, als »Tampa to Tulsa« von The Jayhawks lief.

Anders lächelte. »Ja, mein Vater hat mir gesagt, dass du ganz schön Prügel eingesteckt hast. Wann hast du eigentlich kapiert, dass er mein Vater ist?«

»Das hatte mit Kapieren nichts zu tun, das war eine logische Indizienkette. Die Rechtsmedizin hatte bei einer DNA-Analyse seines Haares herausgefunden, dass es eine Übereinstimmung mit einem der DNA-Profile an einem der Tatorte gab. Nicht mit einem der Verdächtigen, sondern mit dem Profil eines Ermittlers, es werden ja die von allen gespeichert, die am Tatort waren. Und das war deines, Anders. Aber der Treffer hatte nur eine teilweise Übereinstimmung. Verwandtschaft also. Ein Vater-Sohn-Treffer. Du hast das Resultat als Erster bekommen, es aber weder an mich noch an sonst wen bei der Polizei weitergegeben. Als ich schließlich von diesem Match erfahren habe, war es ein Leichtes, herauszufinden, dass Oberarzt Steffens' verstorbene Frau den Mädchennamen Wyller hatte. Warum hast du mich eigentlich nicht informiert?«

Anders zuckte mit den Schultern. »Es schien mir für unseren Fall keine Bedeutung zu haben.«

»Und du wolltest nicht mit ihm in Verbindung gebracht werden? Deshalb trägst du auch den Mädchennamen deiner Mutter, oder?«

Anders nickte. »Das ist eine lange Geschichte, aber es geht besser jetzt. Wir reden wieder miteinander. Er ist ein bisschen demütiger geworden, hat eingesehen, dass er nicht Mister Perfect ist. Und ich bin ... tja, vielleicht älter und klüger geworden. Wer weiß. Und wie hast du erkannt, dass Mona in meiner Wohnung war?«

»Deduktion.«

»Natürlich, wie in ...«

»Der Geruch in deinem Flur. Old Spice. Rasierwasser. Du warst aber nicht rasiert. Und Oleg hatte erwähnt, dass Mona Daa Old Spice als Parfüm trägt. Außerdem dieser Katzenkäfig. So etwas hat man einfach nicht. Außer man hat häufig Besuch von einer Frau mit Katzenallergie.«

»Du lieferst wirklich ab, Harry.«

»Du auch, Anders. Ich glaube aber trotzdem, dass du noch zu jung und unerfahren für diesen Job bist.«

»Und warum hast du mich dann vorgeschlagen? Ich bin ja noch nicht mal Hauptkommissar.«

»Damit du dir Gedanken machst und erkennst, in welchen

617

Bereichen du noch Schwachstellen hast. Damit du besser wirst und das Angebot erst einmal ablehnst.«

Anders schüttelte den Kopf und lachte. »Okay, genau das habe ich getan.«

»Gut. Willst du deinen Jim Beam nicht trinken?«

Anders Wyller starrte in das Glas. Holte tief Luft. Schüttelte den Kopf. »Ich mag eigentlich gar keinen Whisky. Ich denke, ich bestelle den, um dich zu kopieren.«

»Und?«

»Es ist wohl an der Zeit, mir meinen eigenen Drink zu suchen. Kipp ihn weg, bitte.«

Harry nahm das Glas und schüttete den Inhalt hinter sich ins Spülbecken. Fragte sich, ob er Anders einen Drink aus der Flasche anbieten sollte, die Ståle Aune als verspätetes Geschenk zur Neueröffnung der Bar mitgebracht hatte. Ein orangefarbener Kräuterlikör mit Namen Stumbras 999 Raudonos Devynerios. Sie hatten diesen Likör früher in ihrer Studentenbar gehabt, und der Name hatte den Barchef auf die Idee mit dem Safecode gebracht, der Hallstein Smith schließlich in die Affenfalle hatte tappen lassen. Harry drehte sich um, um Anders das zu erzählen, als er jemanden in die Kneipe kommen sah. Ihre Blicke begegneten sich.

»Entschuldigung«, sagte Harry. »Wir haben hohen Besuch.«

Er musterte sie, während sie durch das volle Lokal schritt, als wäre sie vollkommen allein im Raum. Sie bewegte sich noch immer so wie bei ihrer ersten Begegnung, als sie vor dem Haus auf ihn zugekommen war. Wie eine Ballerina.

Rakel blieb am Tresen stehen und lächelte ihn an.

»Ja«, sagte sie.

»Ja?«

»Du hast mein Jawort. Ich will.«

Harry lächelte breit und legte seine Hand auf ihre. »Ich liebe dich, Frau.«

»Gut zu wissen. Denn wir richten eine Aktiengesellschaft ein, deren Vorstandsvorsitzende ich bin. Ich kriege dreißig Prozent der Aktien, eine 25-Prozent-Stelle, und wir spielen mindestens einen PJ-Harvey-Song pro Abend.«

»Abgemacht. Hast du gehört, Øystein?«

»Wenn sie angestellt ist, sieh zu, dass sie hinter den Tresen kommt, aber dalli!«, fauchte Øystein.

Anders zog den Reißverschluss seiner Jacke hoch. »Mona hat eine Kinokarte für mich, also, schönen Abend.«

Rakel ging zu Øystein, und Anders verschwand durch die Tür.

Harry griff zum Telefon und wählte eine Nummer.

»Hagen«, kam als Antwort.

»Hallo, Chef, hier ist Harry.«

»Das sehe ich. Bin ich jetzt wieder dein Chef?«

»Biete Wyller den Job noch einmal an. Besteh darauf, dass er ja sagt.«

»Warum?«

»Weil ich mich geirrt habe. Er ist so weit.«

»Aber ...«

»Als Assistenz der Ermittlungsleitung kann er so viel ja auch nicht falsch machen, dafür aber eine Menge lernen.«

»Ja, aber ...«

»Und jetzt ist der perfekte Zeitpunkt, in der Stille nach dem Sturm.«

»Du weißt schon, dass das ...«

»Ja.«

Harry legte auf. Versuchte den Gedanken zu verdrängen. Was Smith im Auto gesagt hatte. Über das, was kommen würde. Er hatte es Katrine gegenüber erwähnt, und sie hatte Smiths Korrespondenz überprüft, aber nichts gefunden, was auf die Rekrutierung weiterer Vampiristen hindeutete. Sie konnten also nicht viel tun. Außerdem war das vielleicht ja auch nur das Wunschdenken eines total verrückten Mannes. Harry drehte The Jayhawks noch zwei Stufen lauter. So, ja.

Svein »Verlobter« Finne stieg aus der Dusche und trat nackt vor den Spiegel in der leeren Garderobe des Gain-Trainingscenters. Er mochte den Ort, die Aussicht über den Park, das Gefühl von Weite und Freiheit, das ihm gar nicht so zu schaffen machte, wie es ihm prophezeit worden war. Er ließ das Wasser an sich herunterlaufen, die restliche Feuchtigkeit verdampfte auf der Haut. Es war eine lange Trainingseinheit gewesen. Er kannte das aus dem Gefängnis, Stunde um Stunde mit Atmen, Schweiß und Gewichten. Sein Körper spielte mit. Musste mitspielen, er hatte einen langen Job vor sich. Er wusste nicht, wer der Mann war, der Kontakt mit ihm aufgenommen hatte, und hatte jetzt auch schon eine ganze Weile nichts mehr von ihm gehört. Aber das Angebot hatte er ganz einfach nicht ablehnen können. Wohnung. Neue Identität. Frauen.

Er fuhr sich mit der Hand über das Tattoo auf seiner Brust.

Dann drehte er sich um und trat an den Schrank in der Umkleide, an dem das Vorhängeschloss mit dem rosa Punkt hing. Er stellte die Zahlenkombination ein, die ihm geschickt worden war. 0999. Mochten die Götter wissen, ob die Ziffern irgendetwas bedeuteten, aber sie öffneten das Schloss. Er zog die Schranktür auf. Drinnen lag ein Umschlag. Er riss ihn auf und hielt ihn mit der Öffnung nach unten. Ein weißer Plastikschlüssel fiel ihm in die Hand, und ein Zettel mit einer Adresse. Am Holmenkollen.

Und da war noch etwas, das sich im Futter des Umschlags verhakt hatte.

Er löste es und starrte darauf. Schwarz. Und schön, in all seiner banalen Grausamkeit. Dann steckte er es sich in den Mund und biss die Zähne zusammen. Es schmeckte nach Salz und bitterem Eisen.

Er spürte den Brand. Den Durst.

Die Erfolgsserie des Bestsellerautors
Jo Nesbø:

Alle Titel sind auch als E-Book erhältlich.

**Harry Holes 1. Fall:
Der Fledermausmann**
Kriminalroman.
ISBN 978-3-548-25364-0

**Harry Holes 2. Fall:
Kakerlaken**
Kriminalroman.
ISBN 978-3-548-28049-3

**Harry Holes 3. Fall:
Rotkehlchen**
Kriminalroman.
ISBN 978-3-548-25885-0

**Harry Holes 4. Fall:
Die Fährte**
Kriminalroman.
ISBN 978-3-548-26388-5

**Harry Holes 5. Fall:
Das fünfte Zeichen**
Kriminalroman.
ISBN 978-3-548-26725-8

**Harry Holes 6. Fall:
Der Erlöser**
Kriminalroman.
ISBN 978-3-548-26968-9

**Harry Holes 7. Fall:
Schneemann**
Kriminalroman.
ISBN 978-3-548-28123-0

**Harry Holes 8. Fall:
Leopard**
Kriminalroman.
ISBN 978-3-548-28321-0

**Harry Holes 9. Fall:
Die Larve**
Kriminalroman.
ISBN 978-3-548-28493-4

**Harry Holes 10. Fall:
Koma**
Kriminalroman.
ISBN 978-3-548-28686-0

**Harry Holes 11. Fall:
Durst**
Kriminalroman
ISBN 978-3-548-29071-3

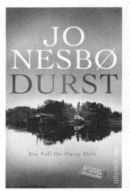

www.ullstein-buchverlage.de

Jo Nesbø

Der Sohn

Kriminalroman.
Aus dem Norwegischen von
Günther Frauenlob.
Taschenbuch.
Auch als E-Book erhältlich.
www.ullstein-taschenbuch.de

»*Einer von Nesbøs besten Romanen, tiefgründig und vielschichtig.*« Kirkus Reviews

Sonny Lofthus sitzt im modernen Hochsicherheitsgefängnis Staten in Oslo. Seine kriminelle Karriere begann, als sein Vater Ab sich das Leben nahm. Ab Lofthus war Polizist. Kurz vor seinem Tod gestand er, korrupt gewesen zu sein. Dieser Verrat zerstörte Sonnys Leben.

Jetzt, viele Jahre später, hört er von einem Mitgefangenen, dass alles ganz anders gewesen ist. Sonny will Rache. Er flieht aus dem Gefängnis, denn die Verantwortlichen sollen für ihre Verbrechen büßen.